Дарья Донцова

Скелет из пробирки

Галина Куликова

Закон сохранения вранья

Москва

ЭКСМО

2 0 0 3

ИРОНИЧЕСКИЙ ДЕТЕКТИВ

УДК 882
ББК 84(2Рос-Рус)6-4
Д 67

Разработка серийного оформления
художника *В. Щербакова*

Д 67   **Донцова Д. А., Куликова Г. М.**
Скелет из пробирки. Закон сохранения вранья: Романы. — М.: Изд-во Эксмо, 2003. — 416 с. (Серия «Иронический детектив»).

ISBN 5-699-01391-1

Катастрофа! Я, Виола Тараканова, в панике! В издательстве ждут мой
новый детективный роман, а муза, очевидно, от жары скрылась в неизвестном
направлении. Хоть убейте, нет сюжета! Но кто ищет, тот всегда найдет!..
Купив в магазине раритетный комодик, я обнаружила в нем письмо с воплем
о помощи. Некая Люба сообщала, что ее медленно убивают. Она даже указала
свой адрес, но я опоздала. Мать Любы сказала, что та умерла два месяца назад
от астмы. Зацепиться не за что! Но только не мне, бывалой детективщице и
жене мента! Я начала распутывать дело этой странной семьи, где старики
самозабвенно занимаются наукой, а молодые мрут, словно мухи... Вот и
сюжет для нового забойного детектива потихонечку вырисовывается...

УДК 882
ББК 84(2Рос-Рус)6-4

Д. Донцова

Скелет из пробирки

ИРОНИЧЕСКИЙ ДЕТЕКТИВ

Читайте романы
примадонны иронического детектива
Дарьи Донцовой

Автор посвящает эту книгу редакторам, художникам, корректорам, верстальщикам, работникам пресс-службы и рекламного отдела, короче говоря, всем сотрудникам издательства «Эксмо», с любовью и благодарностью.

Глава 1

Ничто так не поднимает настроение, как покупка напрасной, абсолютно бесполезной вещи. Все эти керамические свинки, крохотные коробочки, миниатюрные чашечки... А в ГУМе имеется магазин под названием «Гостиная тетушки Эмили». Вроде и невелика лавчонка, всего одна небольшая комнатушка, но провести в ней можно целый день, разглядывая всевозможные очаровательные штучки. Даже мой муж, Олег Куприн, попав туда однажды, разинул рот. Правда, простояв так минут пятнадцать, он потом все же спросил:

— Ну и какой в этом прок?

— Что ты имеешь в виду? — спросила я, вертя в руках милую плюшевую собачку размером с полмизинца.

Муженек крякнул:

— Чайник величиной с ноготь! Ну какая от него в хозяйстве польза?

— Никакой, — пожала я плечами.

— Ну и на фига он тогда?

Да уж, мужчине никогда не понять женскую душу. Зачем делают безделушки? Для того чтобы вы их покупали. И для лиц сильного пола тоже производят игрушки. Зайдите в магазин «Все для рыбалки и охоты», там у прилавков с самым романтическим настроением толпятся мужики. Отчего их глаза страстью горят при взгляде на вожделенные удочки и ружья, а не при виде любимой жены?

В общем, у каждого свои погремушки, но я настоятельно рекомендую мужчинам хоть раз привести в «Гостиную тетушки Эмили» своих женщин, буря восторга гарантирована. Даже самая суровая и злобная теща растает, рассматривая крохотулечные штукенции.

Вот я заявилась сегодня сюда в отвратительном настроении и через мгновение забыла о своих неприятностях. Руки схватили прелестный комодик, прямо как настоящий, только чуть меньше пол-литровой банки. Ящички у него выдвигались, ручки были бронзовыми, передняя панель украшена миниатюрными медальонами. Я просто не сумела расстаться с комодиком и, прижав его к груди, прошествовала к кассе.

— Что-то вы сегодня быстро, — улыбнулась приветливая продавщица, — походили бы еще, поглядели.

— Ваш магазин — сплошная разориловка, — вздохнула я, — последние деньги потратила, муж ругаться станет.

— Наплюйте, — махнула рукой девушка, — мой тоже вечно стонет: «Распланируй расходы, живи по средствам, давай на квартиру копить». Как он, интересно, собирается на нее насобирать, откладывая по тысяче рубликов в месяц? Я разок посчитала — больше ста лет понадобится, чтобы собрать необходимую сумму, а мне через пару десятков лет вообще все равно будет, где жить! Своего, знаете, как затыкаю? Чуть он про экономию, а я в ответ: «Зарабатывай больше и меньше на мамочку трать. А то ей шубу купить можно, а мне трусы нельзя».

Я взяла пакет с покупкой и потопала к метро. Интересно, под что можно приспособить комодик? Класть в ящички драгоценности? Но у меня всего одна золотая цепочка, две пары сережек и три колечка. Впрочем, скорей всего он подойдет для хранения ниток и иголок.

В великолепном настроении я ворвалась в квартиру и обнаружила, что дома никого нет. На холодильнике покачивалась прижатая магнитом записка: «Ушла с Никитой в поликлинику. Тома»[1]. Я сделала себе чай с лимоном, вытащила из холодильника глазированный сырок, одним махом проглотила его, облизала бумажку и принялась в деталях изучать комодик. Чем больше смотрю на приобретение, тем больше нравится. Впрочем, Томочке он тоже придется по вкусу, до сих пор катушки валялись у нас в круглой железной коробке из-под печенья, а теперь улягутся в ящички!

Я сбегала в гостиную, притащила измятую, поцарапанную тару из-под бисквитов, вытряхнула нитки с иголками и начала раскладывать швейные принадлежности, не уставая удивляться красоте комодика. Какие крохотные отделеньица, до чего славные ручечки и медальончики...

Наконец я добралась до последнего ящичка. Аккуратно выдвинула его и увидела сложенную белую бумажку. Наверное, инструкция по пользованию. Ничего интересного в ней нет, знаю наперед. Не держите изделие вблизи огня, не протирайте мокрой тряпкой, не чистите абразивными порошками. Все вещи иностранного производства, как правило, снабже-

---

[1] История семьи Виолы Таракановой рассказана в книге «Черт из табакерки».

ны детальными предостережениями. Самое гениальное попалось мне на бутылочке шампуня для собак, произведенного в Германии. С немецкой обстоятельностью фирма предупреждала: «Откройте колпачок, налейте в воду небольшое количество средства, поставьте в жидкость одну собаку, вымойте до чистого состояния, затем высушите животное. Применять только в воде, не использовать нигде, кроме ванной. Не пить, не давать детям, не употреблять для стирки». Хорошо, что предупредили, а то я, тупая до невероятности, могла бы затеять собачью баню в гостиной или коридоре. И уж совсем замечательно, что велели ставить в воду только одну собаку. Представьте теперь, что вы решили помыть три Жучки одновременно? Ну кому подобная идея могла прийти в голову? Только сумасшедшему многорукому существу. Замечательней этой инструкции была только сопроводительная записка на зонтике: «Выйдя на улицу, раскройте зонт, вернувшись в помещение — закройте». В общем, «бабе цветы — детям мороженое, смотри не перепутай!»

Я вытащила бумажку, развернула ее и удивилась. Инструкция была написана от руки, нервным женским почерком. Но уже через секунду стало понятно: передо мной письмо, не имеющее никакого отношения к безделушке.

«Помогите! Если кто прочтет это, помогите! Боярская Любовь Кирилловна, улица Баскакова, д. 9, кв. 17. Может, успеете. Меня убивают, спасите, умоляю, попросить некого, он уже совсем отравил меня, никто не верит. Умоляю!!! Придите!!!»

Я чуть не выронила листок. Ну ничего себе! Каким образом это послание попало в комодик? На душе заскребли кошки. Мой муж служит в милиции, и я хорошо знаю, какова криминогенная ситуация в городе. Олег очень не любит, когда я вечером, в темноте, иду одна по узкой улочке от метро. И еще он всегда предупреждает: «Если к тебе подошли, показали нож и потребовали кошелек, шубку, колечки, немедленно отдавай все. Глупо умирать из-за ерунды».

Но это письмо... Может, его нацарапала сумасшедшая? В Москве полно людей, которые видят НЛО, слышат голоса и запросто разговаривают с инопланетянами. Олега целый год изводила старушка, ухитрявшаяся невесть как, не имея пропуска, проникать к нему в кабинет. Бойкая бабуся просила расстрелять соседей, которые пускают в ее квартиру отравляющий газ. Бедному Куприну, чтобы избавиться от ненормальной, пришлось отправиться к ней домой и просидеть пару часов в ванной, пока ее не заполнил резкий сладкий аромат.

— Вот, чуете? — обрадовалась бабка. — Газ пошел!

Естественно, Куприн сразу понял, в чем дело. Просто люди

из соседней квартиры воспользовались освежителем воздуха, у нас самих в туалете стоит такой, только не цветочный, а пихтовый.

— Ты объяснил ей, в чем дело? — спросила я, когда Олег, смеясь, рассказал эту историю.

— Нет, — покачал головой муж, — все равно не поверит и начнет бегать по другим кабинетам, рассказывая, что я в сговоре с преступниками. Я сделал лучше.

— Ну? — заинтересовалась Тамарочка. — Что же пришло тебе в голову?

— Сгонял в магазин, — захихикал Олег, — купил «Антитабак» в аэрозоле и вручил старухе со словами: «Вот вам нейтрализатор, только почуете отраву, сразу пшикайте, действует стопроцентно». Теперь бабка раз в три месяца является за новым нейтрализатором, и мы нежно расстаемся. Вы не поверите, у нее прошли все болячки, даже давление пришло в норму. Вот она — великая сила гипноза.

Я повертела в руках записку. Минуточку, а как она попала в комодик? Неужели в «Гостиной тетушки Эмили» торгуют подержанными вещами, выдавая их за новые? Ну и ну, полное безобразие! Охваченная справедливым гневом, я схватила безделушку и ринулась назад в ГУМ.

— Что вы, — замахали руками продавщицы, услыхав мое негодующее: «Это вещь, сданная на комиссию». — У нас только новые товары.

— Они просто выглядят так, их искусственно старят, — пояснила девушка с бейджиком «Лена», — ну прикольно это, вроде потертое, потрескавшееся, а на самом деле новехонькое. Слышь, Ань, покажи книгу учета.

Рыженькая Анечка нырнула в подсобку и мигом приволокла здоровенный том.

— Вот смотрите, — сказала она, — картины прибыли из Англии зимой, а ваш комодик привезли три месяца назад из Италии. Их вообще-то десять штук было, на сегодняшний день остался один, тот, который вы приобрели.

— Извините, — пробормотала я.

— Ничего, — заулыбалась Лена, — приходите еще, скоро мишки поступят, такие классные, в шапочках и костюмчиках.

— Что вас так взволновало? — поинтересовалась Аня.

Я вытащила бумажку.

— Представляете, нашла в нижнем ящичке.

Аня взяла листок и, забыв про профессиональную учтивость, заявила:

— Во, блин, ну придурки!

— Кто? — заинтересовалась я.

— Ну эти, — замялась девушка, — из «Городка Вильямса».

— Откуда? — не поняла я.

Аня с Леной переглянулись.

— Да так!

— Нет уж, расскажите!

Лена вздохнула:

— Вы вроде как наша постоянная покупательница... Ладно, слушайте.

«Гостиная тетушки Эмили» существует уже давно, причем это сеть магазинов. Они есть не только в ГУМе, просто здесь самый большой выбор, да и новинки прежде всего поступают именно сюда. Долгое время «Гостиная тетушки Эмили» была монополистом на рынке, но потом на соседней улице открылась похожая торговая точка под названием «Городок Вильямс». Его продавцы сразу повели себя некорректно. Всем покупателям они, не стесняясь, говорили: «Только не ходите в «Гостиную тетушки Эмили», торгуют жуткой дрянью по завышенным ценам».

Но людей не обмануть, — сердито объясняла Лена, — всем тут же стало понятно, что товар у них отвратительный и страшно дорогой. И ходить к ним практически перестали. Тогда владельцы новой торговой точки решились на терроризм.

— Такие гады, — влезла в разговор Аня. — Начали нанимать всяких проходимцев. Ну представьте, вечер, тут полно покупателей, появляется грязный бомж и принимается кашлять. Естественно, все разбегаются кто куда.

— Или бабка припрется, — вздохнула Лена, — и давай товар цапать и ломать. А какой с нее спрос?

Продавщицы сначала думали, что все неприятности происходят оттого, что «Гостиная тетушки Эмили» расположена у самого входа в ГУМ, но потом они поймали подростка, который втихаря засовывал мороженое в шкатулочку, и пригрозили вызвать милицию. Паренек тут же разрыдался и сказал, что его наняла за сто рублей прилично одетая женщина. Обозленные Аня и Лена поволокли мальчишку в «Городок Вильямс», и юный «террорист» мигом указал на одну из продавщиц. Разгорелся дикий скандал. Негодяйка сделала большие глаза и заявила:

— С ума сошли! Первый раз вижу этого оборванца, и вообще я сегодня ни на минуту не покидала рабочее место. Мальчишка врет! Пусть докажет, что деньги я ему дала!

Так и не добившись правды, Аня и Лена вернулись назад и теперь очень внимательно следят за посетителями, потому что конкуренты не успокаиваются, придумывают все новые и новые пакости.

— Вон чего теперь удумали, записочки подкидывать! — возмущалась Аня.

— Да еще с адресом, — кипела Лена.

— Поехать бы туда да по шеям надавать, — не успокаивалась Аня.

— Да небось адрес от балды взят, — вздохнула Лена, — им же надо от нас покупателей отвадить, вот вы пришли с претензией, а другие не поедут, просто решат, что мы обманщики, торгуем подержанными вещами как новыми, и больше сюда не сунутся.

— Чтоб их «Городок Вильямс» сгорел, — топнула хорошенькой ножкой Аня, — мерзавцы.

— Акулы торговли, — вторила ей Лена, — я ведь даже знаю, кто и когда записку подсунул!

— Ну, — подскочила Аня, — кто же?

— А помнишь, весной, мы только получили комодики и выставили их в зале, тетка заявилась, такая дерганая, в шубе, с мороженым. Все головой по сторонам вертела. Мы еще ей сказали, что в магазин вход с едой запрещен, а она разоралась: «Мне надо, хочу и войду». А потом уронила стаканчик, и нам пришлось пол мыть.

— Точно, — подскочила Лена, — вот пакостница! Нарочно ведь пломбир по полу растоптала, а потом целый час по «Гостиной» шлялась и ничего не купила. Она мне тогда просто хамкой показалась. Эти, из «Городка», либо бомжей, либо старух убогих нанимают. Дама-то выглядела обеспеченной: шуба, кольца, серьги и вела себя уверенно... Неужто такая на сто паршивых рубликов польстилась!

— Почему бы нет, — пожала плечами Аня и повернулась ко мне, — уж извините нас, езжайте домой, комодик совершенно новый!

Слегка успокоенная, я вышла из магазина, потолкалась в переходе, дошла до метро, села на лавочку и еще раз перечитала письмо. Отчего-то в сердце ржавым крючком сидела тревога. Вдруг нечестные конкуренты ни при чем? Вдруг неведомая Любовь Кирилловна и впрямь нуждается в помощи, а письмо засунуто в комодик в последней надежде?

Так моряк, попавший на необитаемый остров, швыряет в равнодушный океан бутылку с координатами своего местонахождения. Нет, пока я сама не убежусь, то есть убедюсь, то есть не убеждусь... Отчаявшись найти правильную форму, я пошла к книжному лотку. Сейчас куплю атлас и найду там улицу Баскакова.

Самое интересное, что она оказалась почти рядом, шла перпендикулярно Солянке, и я добралась до места буквально за пятнадцать минут. Дом номер девять прятался за зеленой полупрозрачной тканью, очевидно, шел ремонт фасада. Я стала заглядывать под чехол, ища вход в подъезд.

— Эй, — окликнул меня молодой парень в каске, — чего надо?

— Как пройти внутрь?

— А зачем тебе?

— В гости иду, в семнадцатую квартиру.

Строитель улыбнулся.

— Опоздала, все выбыли.

— Куда? — удивилась я.

Юноша вытащил сигареты.

— По разным местам, не понятно разве? Здание пустое, жильцы выселены.

Тут только я увидела выбитые стекла и поняла, что рабочий прав.

— А где люди?

— Так квартиры получили, небось рады-радешеньки.

— Почему?

— Здесь сплошные коммуналки были, а теперь банк откроют. Народу хоромы дали. Самое лучшее, когда не муниципальные власти, а богатые структуры расселяют, они метры не считают, а мэрия жадится.

— И куда все съехали?

Парень развел руками.

— Понятия не имею, а вам зачем?

— Подруга у меня тут жила, в семнадцатой квартире, как ее теперь искать?

На секунду паренек призадумался, а потом посоветовал:

— Вы поезжайте на Волгоградский проспект, там офис «Обманбанка», найдете того, кто людей расселял, списки-то наверняка сохранились — кто, куда и в какую квартирку съехал. У финансистов бумажки хорошо сохраняются...

— Как, вы сказали, называется учреждение? — удивилась я. — «Обманбанк»?

— Ну да, — пояснил строитель, — «Объединенный московский аналитический банк», а что?

Ничего, конечно, кроме того, что я никогда бы не доверила ни копейки учреждению с подобным названием. Я вздохнула и ушла.

Глава 2

На Волгоградский проспект я отправилась на следующий день и потратила почти два часа, разыскивая того, кто знал хоть что-нибудь о новом офисе на улице Баскакова. Наконец

после долгих и мучительных хождений по кабинетам я очутилась перед молодым, но страшно серьезным пареньком, оде-
тым, несмотря на жару, в строгий темный шерстяной костюм
с галстуком.

— Почему, собственно говоря, вас волнует наше ремонти-
руемое здание? — сухо поинтересовался он.

Я прикинулась идиоткой.

— Понимаете, там жила моя подруга, Боярская Любаша,
Любовь Кирилловна. Как теперь с ней связаться?

— Подождите, сама позвонит.

— Она глухонемая, — нашлась я.

— Тогда муж проявится или кто из родственников, — не
сдался клерк.

— Нету никого, она одинокая. Сделайте милость, гляньте,
куда она выехала!

Несколько секунд юный финансист сидел неподвижимо,
потом бормотнул:

— Не положено.

— Пожалуйста, в виде исключения.

Мальчик встал и подошел к шкафу.

— Только из-за того, что она инвалид.

— Да-да, — закивала я, — какой вы добрый, другой бы человек и пальцем не пошевелил ради меня, а вы такой замечательный. Прямо неудобно делается при виде такого внимания
к делам совершенно посторонней женщины.

Я давно заметила: стоит похвалить человека, как он мигом
старается оправдать мнение о себе. Очень советую вам подобное поведение, оно безотказно действует в кабинетах у чинов-
ников всех мастей. Начнете скандалить и требовать того, что
положено вам по закону, — не получите ничего, а примените
стратегическую хитрость — добьетесь своего.

Одна моя подруга, многодетная мать, родившая пять мальчиков и шесть девочек, имеет множество льгот. К сожалению,
все они остаются лишь на бумаге. Маня одно время бегала по
кабинетам, размахивая шашкой над головой с воплем: «Мне
положено — дайте». Но дамы в английских костюмах, сидев-
шие за красивыми офисными столами, футболили Маньку.
Они не брали взяток, да и какие деньги можно потребовать с
бедной бабы? Нет, ее просто заставляли заполнять кипы блан-
ков и говорили: «Приходите в среду». Потом в четверг, в пятницу... Теперь Манечка применяет иную тактику. Опустив
глазки, она вползает в кабинет и заводит песню:

— Мне так неудобно отвлекать вас от решения важных го-
сударственных проблем ерундой, но только вы способны мне
помочь. Знаю, что люди нещадно эксплуатируют ваше доброе

сердце, но остальные вокруг взяточники и хамы, а вы честный человек, никогда не сказавший никому грубого слова.

После такого заявления чиновница или чиновник мигом подписывает все бумаги, а Маняша, кланяясь до пола, задом выходит в коридор.

Вот я сейчас вспомнила ее советы и добилась успеха. Клерк довольно долго рылся в папках и наконец сообщил:

— Боярская Любовь Кирилловна выехала по адресу: улица Академика Боренко, дом шесть, квартира семьдесят девять.

В полном восторге от собственной предприимчивости, я вышла на улицу и пошла к метро. Я знаю, что улица Академика Боренко находится на Юго-Западе столицы. Когда я преподавала немецкий язык, в том районе жило много моих учеников: Юля Охрипко, Дима Мельник, Олег Савостин.

Кстати, с Димой Мельником постоянно происходили дикие истории, связанные с тем, что парень совершенно не хотел учить иностранные языки. Вообще говоря, он тяготел к математике, мечтал досконально овладеть компьютером, но папа, директор крупного завода, категорично заявил:

— Я ни одним языком не владею, мне это страшно мешает, поэтому ты изучишь английский и немецкий.

Некоторые родители обладают потрясающей логикой. Отсутствие знаний иностранных языков мешало папе, а бороться с неправильными глаголами и пролезать сквозь колючие дебри грамматики должен был несчастный Дима. Папенька хотел изжить таким образом свои комплексы.

Бедный парень мучился ужасно, ни немецкий, который преподавала ему я, ни английский, который пыталась вбить ему Юдифь Соломоновна, не лезли бедняге в голову. Потом отец отправил юношу в Лондон на месяц, так сказать, для полировки знаний.

Честно говоря, Димин английский находился в таком состоянии, что шлифовать было совсем нечего, но ведь не заявлять же об этом суровому папе? Тридцать дней несчастный Дима Мельник бродил по Лондону в полной тоске, вокруг говорили только по-английски, мясо ему давали с вареньем, в ванной вместо нормального смесителя из стены торчали два крана, и приходилось, заткнув раковину пробкой, полоскаться в грязной воде...

Нет, в Великобритании Диме решительно не понравилось, и он испытал бурный приступ радости, собираясь на посадку в самолет, который должен был доставить его в Москву.

В аэропорту Диме в голову пришла славная идея: следует обмотать сумку скотчем, чтобы никто не влез в нее и не спер купленные подарки.

Парень огляделся по сторонам, увидел служащего, подошел к нему и сказал:

— Скотч. Ай вонт скотч.

Мужчина в форме улыбнулся и привел Диму в... ресторан. А вы куда бы отправили парня, который на плохом английском твердил фразу: «Я хочу скотч».

Между прочим, на языке Шекспира «скотч» означает виски.

Увидав барную стойку, Мельник возмутился и потребовал:

— Ай вонт скотч!

Бармен мигом вытащил бутылку «Белой лошади».

— Ноу, — покачал головой Дима, — скотч.

Бармен решил, что парню не подходит сорт, и достал более дорогой «Блэк лэбел».

— Ноу, — завопил Мельник, теряя самообладание.

Знания языка катастрофически не хватало для полноценного диалога, но Дима все же решил объяснить ситуацию:

— Ай рашен! Ай вонт...

Бармен радостно закивал, он понял, что турист из России. Дима расслабился, и тут перед ним возникла бутылка водки «Смирнофф», а парень с той стороны стойки с идиотской улыбкой сказал:

— Йес! Рашен скотч!

Чтобы Диме было более понятно, бармен заговорил на искаженном английском. И потом, все же знают, что русские пьют лишь водку, а про виски, коньяк, шампанское и хорошее вино никогда не слышали. Несчастный Мельник заскрипел зубами, поднял сумку, потряс ею перед барменом и заявил:

— Ай рашен, ай вонт скотч!

Тут бармен засмеялся:

— Вау! Йес!

Дима обрадовался, его поняли!

Через секунду около него появилась хорошенькая официантка и потянула за рукав:

— Камин, сэр!

Мельник пошел за девушкой, все больше радуясь: его уводят из ресторана, значит, он хоть как-то может объясниться с англичанами. На всякий случай он потряс сумкой перед носом у провожатой и сообщил:

— Скотч! Ай вонт скотч! Ай рашен.

— Йес, йес, — закивала девица, уволакивая Диму в зал беспошлинной торговли, — скотч! Йес, скотч!

Через пять минут девчонка втащила Мельника в отдел, торгующий спиртным, и ткнула пальцем в пятилитровую бутыль виски. И бармен, и она решили, что парень хочет прихватить домой, в Россию, спиртное.

Дима затопал ногами и стал требовать:

— Скотч, скотч, скотч!

Продавцы начали притаскивать разнообразные бутылки. У Мельника чуть не случился приступ истерики, но тут около него оказалась симпатичная девчушка лет пятнадцати с красным рюкзачком за спиной.

— Что тебе надо? — на чистейшем русском языке поинтересовалась она.

— Скотч, — чуть не зарыдал Дима, — сумку обмотать. Где его тут можно купить? Ну англичане тупорылые, ни фига не понимают. Ясно же говорю — скотч! Так нет, волокут выпивку!

— Это не англичане такие, а ты кретин, — скривилась девочка, — скотч здесь называется «tape». Иди на оформление багажа, бесплатно сумки замотают.

Улица Академика Боренко — извилистая, узкая — бежала в горку, а нужный мне дом, новый блочный красавец, стоял на самом верху. Здание выглядело внушительно, жильцы, похоже, были озабочены собственной безопасностью, потому что двор окружали высокий глухой забор и крепко-накрепко запертые ворота с калиткой. Я поискала домофон, но никаких кнопочек на железной панели не нашлось. Внезапно калитка открылась, и появилась женщина с коляской, я обрадовалась и шмыгнула внутрь.

Нужная дверь была железной, прикрытой дорогой деревянной панелью. Недолго думая, я ткнула пальцем в звонок.

— Кто там? — спросил нежный голосок.

— Любовь Кирилловну можно?

Загремел замок, и появилась девушка лет шестнадцати в крохотных шортиках и обтягивающей маечке.

— Вы кто? — тихо вымолвила она.

— Мне нужна Любовь Кирилловна.

Юное создание попятилось.

— Она умерла!

У меня тревожно сжалось сердце.

— Как? Давно?

— Ну, примерно два месяца назад, сорок дней недавно отмечали.

— Что с ней приключилось? — не успокаивалась я.

Девочка начала кашлять. У нее явно был сильный бронхит. Наконец, слегка отдышавшись, она ответила:

— У тети Любы была сильная астма.

— Кто там, Алина? — раздался голос из глубины квартиры.

— К Любовь Кирилловне пришли, — попыталась крикнуть в ответ девочка и снова зашлась в кашле.

Ее лицо побледнело, на лбу выступили капли пота, и несчастной пришлось уцепиться за косяк, чтобы не упасть.

— Ну и скрутило вас, — покачала я головой.

Алина, еле-еле отдышавшись, сказала:

— Прямо беда, простудилась и никак в себя не приду.

— Надо к врачу сходить.

— Да была уже. Сказали, какая-то аллергия, сделала пробы, но ничего не выяснили.

— С кем ты разговариваешь, Алина? — спросили довольно полная женщина, выплывая в коридор. — Опять на сквозняке стоишь! Разве можно с твоим кашлем. Немедленно уходи. Вам кого?

Последняя фраза явно относилась ко мне. Я приветливо улыбнулась:

— Извините, я ищу Любовь Кирилловну.

— Моя дочь умерла.

— Бога ради, простите.

— А в чем, собственно говоря, дело? — удивилась дама. — Мы с вами знакомы?

Понимая, что попала в идиотскую ситуацию, я решила объяснить, в чем дело.

— Понимаете, я была в магазине...

— Так вы Вика Виноградова, — прервала меня женщина, — как я сразу не догадалась! Любаша о вас много рассказывала! Входите, входите, уже приехали? Я — Мария Григорьевна.

— Откуда? — машинально спросила я, шагая за хозяйкой.

Мария Григорьевна удивилась:

— Из Лондона. Любаша говорила, вы туда в январе на практику уехали.

— Ах да, конечно... — замямлила я, думая, как выбраться из идиотской ситуации. — Вот... вернулась... пришла...

Мария Григорьевна судорожно вздохнула:

— Кто бы мог подумать! Элементарная простуда — и смерть.

По щекам пожилой дамы потекли слезы. Мне стало неудобно, но момент сообщить свое настоящее имя и цель визита был упущен. И к тому же меня успели ввести в элегантно обставленную комнату и усадить на кожаный темно-коричневый диван со словами:

— Викочка, вам чай или кофе?

Пока Мария Григорьевна хлопотала, я оглядывала комнату. Одна стена завешана фотографиями. Внимание привлек один снимок. Молодая девушка сидит, прислонившись к толстой березе, за ее спиной стоит кряжистый мужчина в мешковатом костюме. А Мария Григорьевна-то в молодости была красавицей!

Потом перед моим носом оказались хрупкая чашечка из прозрачного фарфора с дымящейся ароматной жидкостью и коробочка шоколадных конфет. Мария Григорьевна справилась с рыданиями и продолжила:

— Это был настоящий шок! У всех просто паралич наступил. Конечно, мы понимали, что Любаша больна. Вы когда уехали, Викочка, не припомню, Любаша-то рассказывала о вашей удаче, так радовалась, говорила: «Мамочка, Викуле страшно повезло! Стажировка в Лондоне!» Но я, честно говоря, считала, что вы получили заслуженное вознаграждение. Ведь не бросили аспирантуру, защитились, стали кандидатом. А Любаша, сами знаете, при ее таланте, свободном владении языком, испугалась нищеты, бросила науку, открыла этот чертов магазин. Господи, ведь стыдно сказать, чему посвятила жизнь! Моя дочь! Боярская! И такое...

— Сейчас многие занимаются торговлей, — я дипломатично поддержала разговор.

Мария Григорьевна тяжело вздохнула.

— Ценю вашу деликатность, Викочка, но сами знаете, что за товар был представлен на прилавках. Я, кстати, ни разу не была в торговой точке. Впрочем, Любаша, зная мое отношение к ее занятиям, и не приглашала меня. Но иногда она приносила каталоги, и я страшно боялась, что Алиночка случайно сунет туда нос. Если бы я увидела нечто подобное в ее возрасте, думаю, испытала бы невероятный шок.

Честно говоря, мне стало интересно, чем же таким торговала Любовь Кирилловна?

— Но Любочка, видя мое недовольство, — продолжала Мария Григорьевна, — только смеялась. А потом очень жестко заявила мне: «Мама, у меня на руках ты, пожилая пенсионерка, и Алина. Можешь сколько угодно морщить нос и оттопыривать мизинцы, но вы хотите есть, одеваться и отдыхать в Турции». Любочка могла иногда так сказануть... Вот я и замолчала... Господи, ну кто бы мог подумать!

— А что с ней стряслось? — решила я задать вопрос.

— Разве она вам не писала? — удивилась Мария Григорьевна. — Любочка ведь частенько сидела в Интернете, идиотская забава — разговаривать с незнакомыми людьми посредством строчек на экране! Более того, она заразила этим и Алиночку! Впрочем, после смерти Любаши девочка стала практически неуправляемой! Хамит, грубит, не слушается. Что ни скажу, слышу в ответ: отстань, я взрослая! Подростковый возраст! Я так поняла, что Любаша посылала вам письма по почте, то есть по этой штуке со странным названием... э... Емеля вроде...

— Е-майл, — поправила я.

— Точно, — исправилась дама. — Именно так Любаня и говорила: «Отправила Викуле е-майл». Неужели она вам не сообщила о болячке?

На меня неожиданно снизошло вдохновение, и я стала самозабвенно врать:

— Понимаете, в Лондоне я жила на частной квартире, там у хозяев имелся компьютер, они вроде разрешили мне им пользоваться, а потом передумали. Но, что самое неприятное, их сын-подросток удалял всю мою корреспонденцию. Письма приходили, а он их уничтожал!

Вымолвив последнюю фразу, я поняла, что сказала глупость. Если знала, что послания уничтожаются, то почему не позвонила Любе? И коли мы общались в Интернете через какой-то чат, почему она не сообщила мне о себе никаких подробностей? Еще есть Интернет-салоны, отчего не пошла туда?

Но Мария Григорьевна не заметила нестыковок.

— Надо же, — покачала она головой, — мне всегда не нравились англичане, сухие, расчетливые... Значит, вы не в курсе событий последнего года?

— Нет.

Мария Григорьевна вновь стала бороться с подступающими рыданиями.

— Я столько пережила! А информация может уместиться в пару фраз! В январе Любаня записалась в фитнес-клуб, ей все казалось, что она толстеет. Глупая фобия! Сначала изводила себя диетами, потом решила еще и спортом заняться! Ну, тренажеры ей не понравились, стала в баню ходить. Попарилась от души, нырнула в ледяной бассейн и, естественно, простудилась. Нет бы спокойно вылечиться! Так на беду, Инга Горская, вы ведь знаете Ингу? С Любой вместе работает...

На всякий случай я кивнула.

— Так вот, Инга позвала Любу к себе на день рождения, и дочь познакомилась там с какой-то сумасшедшей, которая сказала, что лечиться таблетками и микстурами нельзя, это засоряет организм. Нужно обливаться ледяной водой из ведра, стоя босиком на земле, голодать полностью два раза в неделю, естественно, не употреблять спиртное и не курить.

Глава 3

Я молча слушала Марию Григорьевну. Когда-то в нашем подъезде жила странная женщина — Ольга Алексеевна. Когда я увидела, как она выходит ледяным январским днем на улицу босиком, в купальнике, с ведром воды, то первый позыв был позвонить в «Скорую психиатрическую помощь». Впрочем, то же желание испытывали и остальные жильцы, наблюдая, как новая соседка ничтоже сумняшеся опрокидывает на себя содержимое пластмассовой емкости. Потом мы привыкли к «водным процедурам» и поняли, что с Ольгой Алексеевной бесполезно здороваться, когда та стоит, задрав лицо к небу, и что-то про себя бормочет. Следующий взрыв эмоций случился у обитателей пятиэтажки, когда баба принялась закалять своих детей: мальчика и девочку, худеньких до синевы и явно очень болезненных. Главная подъездная сплетница Алевтина Рогачева принеслась к нам с Тамарочкой на кухню и зачастила:

— Вы только прикиньте, она этих детишек не только морозит, но и голодом мучает, они по понедельникам, средам и пятницам ваще ничего не едят!

Мы возмутились и плотной группой отправились к Ольге Алексеевне. Она приняла нас в гостиной, убранство которой не посчитал бы уютным даже монах-схимник. Стол, два стула и жесткая софа без покрывала или пледа. Несмотря на вьюжный февраль, окно в гостиной распахнуто настежь, и я, одетая в толстый свитер, шерстяные носки и теплый спортивный костюм, мигом затряслась в ознобе. Хозяйка же спокойно стояла в летнем сарафане, без тапочек, на ее голые руки, ноги и шею было страшно смотреть. Дети были облачены в застиранные футболочки и купальные шортики, они тоже ходили по не застеленному ковром паркету босиком.

— Таких, как вы, надо лишать родительских прав! — в гневе закричала Алевтина, размахивая перед носом у Ольги кулаками.

Я попятилась. Вечно Алевтина все портит своей грубостью. Следовало спокойно побеседовать с соседкой, а не орать на нее, топая ногами. Сейчас хозяйка выгонит нас вон и будет совершенно права. Но Ольга неожиданно спокойно улыбнулась и ответила:

— Не судите, да не судимы будете. Зачем говорить в злобе о том, чего не знаете? Садитесь, я расскажу вам о матери.

Мы уместились на бугристой софе. Ольга повернулась лицом к фотографии довольно молодой женщины, висящей на стене, единственному украшению скудно обставленной комнаты.

— Это моя мать.

— Такая молодая? — удивилась Алевтина. — Она же твоих лет.

— Это наша общая мать, — монотонно принялась объяснять Ольга.

Пока тек ее неспешный рассказ, я наблюдала, как тихие дети молча возились с пустыми упаковками из-под чая, кофе и обуви. Очевидно, помятые коробки, принесенные с помойки, заменяли им игрушки.

Любое, самое хорошее дело превратится в полный кошмар, если к нему приложит руки фанатик. Таинственная мать, о которой с почтительным придыханием рассказывала Ольга, не советовала своим адептам ничего плохого. Закаляйтесь, принимайте холодные водные процедуры. Не обжирайтесь, устраивайте день голодания в неделю, не ешьте жирного, копченого, сладкого, не курите, не пейте. Ей-богу, все подобные советы мог со спокойной совестью дать любой районный терапевт, никакого вреда организму они не принесут.

«Мать» заботилась и о душе своих «овец». Утром, прежде чем заняться трудовой деятельностью, следовало стать босиком на землю и попросить у неба удачи. А вечером проделать ту же процедуру. Раз в неделю все собирались вместе и рассказывали друг другу о том, как прожили семь дней, а потом, обсудив все дела и поступки, выбирали помощницу матери на ближайшую семидневку. На мой взгляд, эта процедура сильно напоминала групповые занятия у психотерапевта. При этом «мать», в отличие от очень многих «пророков», не просила никакой материальной помощи, не требовала переписать на нее квартиры, машины и дачи. Более того, она не уставала повторять, что главное для человека — семья, заботиться в первую очередь следует о своих близких, а на собрания верующих ходить только в свободное время. Но Ольга довела служение «матери» до абсурда. Это про таких сложена пословица: «Заставь дурака богу молиться, он лоб расшибет».

В тот день мы так и не сумели переубедить бабу, и обливания ледяной водой продолжались. Потом у Ольги умер сын, она продала квартиру и исчезла из нашего двора.

Похоже, что Любовь Кирилловна Боярская приходилась нашей полоумной соседке родной сестрой, потому что идея лечить сильную простуду посредством обливания ледяной водой пришлась даме по вкусу. Люба стала опрокидывать себе на голову ведра с водой. Ей становилось все хуже и хуже, что, в общем-то, естественно, но когда Мария Григорьевна просила дочь прекратить издевательство над собственным организмом, та лишь шипела в ответ:

— Отстань! Вот такие, как ты, удушили в Средневековье передовую науку.

— Но у тебя температура повышается, — мать пробовала воззвать к остаткам разума своей дочери, — пятый день тридцать девять!

— Так и должно быть, — тряслась в ознобе Люба, — токсины выходят, сейчас шлаки пойдут, и наступит резкое выздоровление.

Простуда перетекла в бронхит, тот плавно перешел в воспаление легких... Лишь после того, как Люба завалилась в обморок, она разрешила вызвать к себе врача. Тот, всплеснув руками, отправил ее в больницу. Там ей назначили уколы антибиотиков, но Люба, едва оправившись, вновь принялась за старое. Не ела мясо, рыбу, яйца, хлеб, масло, молоко... Короче, легче сказать, чем она питалась: орехами, ростками пшеницы и капустой. Измученный долгой болезнью и голодовкой организм дал сбой, началась астма с тяжелыми, изматывающими приступами удушья. Чтобы помочь больной, решили сделать цикл уколов нового, очень действенного лекарства. Мария Григорьевна за бешеные деньги приобрела десять ампул и отдала врачу. Вечером ей сообщили, что дочь скончалась от аллергического шока.

— Получается, что я сама купила Любочке смерть, — всхлипывала Мария Григорьевна, — недавно сорок дней прошло, а я все успокоиться не могу.

Я провела у Боярской еще полчаса, утешая пожилую даму, потом ушла. На улице начал накрапывать мелкий дождик. Зонта у меня с собой не было, впрочем, дождь мне не мешал и я спокойно пошла к метро.

Да, Любовь Кирилловна Боярская скончалась, но в ее смерти не было ничего экстраординарного, ее свела в могилу собственная глупость, помноженная на медицинскую ошибку. Что же касается письма в комодике... По-моему, у Любови Кирилловны было не слишком хорошо с мозгами. Может, у тетки началась мания преследования...

— Вика, погодите, — донеслось сзади.

Я обернулась, ко мне спешила Алина — прямо в коротеньких шортиках и домашних тапочках.

— Постойте, — задыхаясь, проговорила она и начала судорожно кашлять.

— Зачем же ты выскочила на улицу голая! — покачала я головой.

— Так жарко же, — прохрипела девочка, судорожно пытаясь подавить приступ кашля.

— Все равно, если болеешь, нужно теплее одеваться.

— Некогда переодеваться было, боялась, что вы уйдете, — пояснила Алина, — думала, не догоню. Вот возьмите, Любаша вам просила передать сразу после ее смерти, только я не отослала, потому что заболела.

В моих руках оказался конверт с адресом: улица Реутовская, дом четыре, Виктории Виноградовой. Делать нечего, пришлось взять послание.

— Что же ты не отдала мне его дома?

Алина вновь зашлась в кашле. Я покачала головой.

— По-моему, тебе надо к врачу.

Девочка вяло улыбнулась.

— Да уж ходили с бабушкой везде. Одни говорят — бронхит, другие — аллергия. Вот пристал, никак не отвяжется. Люба просила вам конверт отдать тайком, так, чтобы никто не видел, даже бабуля. Ну, мне пора, а то она спохватится.

Не успела я и глазом моргнуть, как девочка испарилась. Ну и что теперь прикажете делать? Повертев письмо в руках, я положила его в сумочку. Придется завтра ехать на Реутовскую улицу и вручать депешу Виктории Виноградовой. Сегодня, к сожалению, нет времени, потому что я должна попасть в издательство.

Совсем недавно я написала детективный роман. Самое странное, что я довела книгу до конца, до этого все мои потуги на писательство заканчивались на двадцатой странице. Но еще более странно, что рукопись взяли в издательстве и... напечатали. И что уж и вовсе непонятно, так это то, что мне заплатили деньги. Первый успех окрылил меня настолько, что я быстро состряпала следующее произведение, которое тоже вскоре оказалось на прилавках. Но потом процесс «выпекания» криминальных романов приостановился. Честно говоря, я не знала, что придумать. В двух вышедших книгах я просто описала случившиеся со мной события. Наверное, я ненастоящая писательница.

Вон вчера встала у лотка и принялась пересчитывать книги других авторов. Ладно, про Маринину и Полякову промолчим, это не женщины, а роботы какие-то! Ну как они ухитряются с аптекарской пунктуальностью выдавать на-гора все новые и новые повести? И ведь качество написанного от книги к книге делается только лучше. Где берут сюжеты? Хотя Маринина вроде работала в милиции... но Полякова! Та ведь была воспитательницей детского сада! Ну где она черпает материал, а? Еще Анна Смолякова. Баба вообще ухитрилась за четыре года выдать тридцать книг. Нет, из меня ничего не получится. Вот сейчас у меня на руках договор, по условиям которого я должна представить к тридцатому числу новую рукопись, но на письменном столе лежит лишь один листочек, на котором красуется единственная фраза: «В тот вечер шел дождь». Все, дальше дело забуксовало.

Поняв, что не сумею вовремя принести рукопись в издательство, я накинулась на Олега с воплем:

— Ты работаешь в милиции, подбрось сюжетик!

Супруг шарахнулся в сторону.

— Господь с тобой, нет ничего интересного.

— Нет, — наскакивала я, — немедленно расскажи, что было вчера.

— На труп ездили, — вздохнул Олег.

— Вот, — оживилась я, — ну-ка поподробней.

— Да о чем говорить, — недовольно заворчал Куприн, — некий гражданин Сычев Николай купил три бутылки водки и выпил их вместе со своей сожительницей, гражданкой Аветисовой. В процессе совместного распития напитков гражданин Сычев вспомнил, что утром Аветисова назвала его козлом, и ударил ее по голове чугунной сковородкой.

— И что? — обалдело спросила я.

— Убил на месте, — пожал плечами Олег, — ничего интересного. Знаешь, Вилка, если писать правду о том, что происходит в городе, то читателям не понравится. Сплошная бытовуха — пьянство, грязь и мерзость.

Я приуныла, похоже, муженек прав, но мне-то куда деваться? В довершение всего вчера вечером позвонили из издательства и попросили приехать сегодня к пяти часам в сто двенадцатый кабинет. Я до сих пор имела дело только с женщиной по имени Олеся Константиновна и, честно говоря, испугалась, услыхав бархатистый тенор, сообщивший:

— Вас ждет Федор Николаевич.

Кто такой Федор Николаевич, я не знала и от этого нервничала еще больше.

Первой попалась мне на глаза в длинном коридоре издательства Мила. Мне стало совсем неуютно. Эта молоденькая, заносчивая девица лет двадцати от роду делит рабочий кабинет с Олесей Константиновной. Каждый раз, когда я вхожу к ним в комнату, Мила усиленно делает вид, что не замечает меня. Она не здоровается и никогда не поворачивает головы, услышав робкое: «Добрый день, можно войти?»

На хорошенькой мордашке девушки при виде меня появляется презрительное выражение, и чаще всего она демонстративно громко начинает разговаривать по телефону.

Я медленно шла по коридору, Мила, двигаясь с другого конца, неотвратимо приближалась. Еще минута, и мы встретимся, как два поезда из школьной задачки по арифметике. Мила, гордо задрав голову, прошествует мимо, изображая полнейшее пренебрежение, а у меня возникнет стойкое ощущение, что невидимая рука опрокинула на голову ведро с помоями. Но деваться некуда, придется выдержать это испытание. Давай, Вилка, не тушуйся, бывали в твоей жизни ситуации и похуже. Ну-ка вспомни, как пришлось бежать через темный лес, одной, ровнехонько в полночь. А тут всего лишь дурно воспитанная нахалка.

Внезапно на лице Милы засияла приветливая улыбка.

— Добрый день! Страшно рада встрече. Вы несете нам новую рукопись? Две предыдущие вещи просто супер.

Я шарахнулась в сторону и оглянулась. Наверное, сзади идет Смолякова, она тоже печатается в этом издательстве. Но коридор оказался пуст.

Мила тем временем поравнялась со мной и, продолжая лучиться, сказала:

— Виола Ленинидовна, вы сегодня прекрасно выглядите.

— Э-э-э, — забормотала я, — ага, ну да, то есть вы тоже.

Мила закатила глаза.

— Мне так понравилось «Гнездо бегемота»!

— Спасибо, — ошарашенно ответила я.

— Это вам спасибо, — ответила девушка и ушла.

Я прислонилась к стене, чувствуя, как мелко-мелко подрагивают колени. Полная женщина лет сорока, курившая у открытого окна, заботливо спросила:

— Вам плохо?

— Нет-нет. Вы знаете эту девушку?

— Милу? Конечно. А в чем дело?

— Она не заболела?

— Вроде с утра выглядела здоровой. Да что случилось?

— Понимаете, она сидит в одной комнате с Олесей Константиновной...

Женщина кивнула:

— Да, их кабинет в конце коридора.

— Ну так вот, Мила со мной раньше никогда не здоровалась, а сейчас была так приветлива! Осыпала комплиментами.

Собеседница рассмеялась и выбросила окурок во двор.

— Вы ведь наш автор!

— Вроде того.

— Поздравляю!

— С чем?

— Наша Мила точный барометр. Если не замечает вас — дело плохо. А коли она приветлива, ваш рейтинг в издательстве сильно вырос. Так что советую не расслабляться, а быстро писать новую книгу. Думаю, Виола Ленинидовна, она продастся так же хорошо, как и первые две.

— Мы знакомы? — удивилась я.

— Я делала обложку на «Гнездо бегемота», — пояснила толстуха и исчезла за дверью ближайшего кабинета.

Я посмотрела ей вслед. Советы все давать умеют, нет бы подсказать, где взять материал для нового романа! Тяжело вздохнув, я добралась до нужного кабинета и сунула голову внутрь.

— Можно?

Невысокий парнишка, худощавый блондин со слегка длинноватым для узкого лица носом, быстро сказал:

— Входите, Виола Ленинидовна, жду, меня зовут Федор.

— Тогда я просто Виола.

— Ну что вы, — закривлялся паренек, — я никак не могу называть по имени известную писательницу.

— Не такая уж я и знаменитая, думаю, что если спросить людей в метро, кто такая Арина Виолова, то вряд ли они сообразят, что это автор двух криминальных романов.

— А вы хотите стать известной? — посерьезнел Федор.

— Не отказалась бы.

— Вот и отлично, именно за этим я и позвал вас. Кстати, я заведую отделом рекламы и пиара издательства, нам следует придумать для вас имидж.

— Что? — не поняла я.

— Слышали высказывание: «Реклама — двигатель торговли»? — улыбнулся Федор.

— Конечно.

— Книги — это товар, и наша задача продать его как можно больше. Вы очень хорошо стартовали, при условии, что станете писать регулярно...

Я поежилась. Господи, ну почему в голове пусто? Отчего меня хватило только на фразу: «В тот вечер шел дождь»?

— ...быстро войдете в десятку самых читаемых авторов, — мирно продолжал Федор, — к вам начнут ходить журналисты, кстати, вот уже один, Сергей Сысоев, настойчиво просит ваш телефон. И что вы ему про себя расскажете?

— Ну... что... — замялась я, — правду.

Федор ухмыльнулся:

— Какую?

Я удивилась:

— Разве она бывает разной? Просто правду — о себе, родителях... Он же, наверное, сам станет расспрашивать?

— Милая Виола Ленинидовна, — проникновенным голосом произнес Федор, — расскажите сначала мне о себе ту самую правду, которую собирались изложить Сысоеву.

Глава 4

Я пожала плечами:

— Ничего особенного в моей биографии нет. Училась в школе, хорошо знаю немецкий язык. Высшего образования у меня нет, потому что умерла мачеха и пришлось зарабатывать на жизнь.

— И где вы работали?

Мне стало смешно.

— Вначале в метро, мастером машинного управления.

— Кем? — удивился Федор. — Машинистом?

— Нет, конечно, уборщицей, просто в подземке так красиво зовут поломоек. Потом чистила ковры в Доме моделей... всего и не перечислить. Впрочем, могу принести трудовую книжку. Последние годы преподавала немецкий, частным образом, детям.

— А кто ваши родители?

— Мать была осуждена и давно умерла. Отец тоже сидел, но сейчас ведет себя вполне прилично, работает в фирме, производящей мебель. Он женат вторым браком.

— Вы сами замужем?

— Мой супруг, Олег Куприн, милиционер.

Федор сморщился:

— Не пойдет!

— Что?

— Все.

— Что именно?

— Ну, ваша биография.

— Почему?

— Муж-милиционер есть у Кати Троновой.

— Да? Очень интересно. А почему у меня его не должно быть?

Федор скорчил гримасу.

— Отец-уголовник у Лехи Королева. Там мы вообще построили рекламную кампанию на том, что Леха родился на зоне. Очень здорово вышло. А теперь появляетесь вы! Да, придется думать над новой анкетой.

И он принялся с сосредоточенным видом постукивать остро отточенным карандашом по клавиатуре компьютера.

— Но почему у меня не может быть мужа-милиционера? — тихо удивлялась я.

Федор снисходительно улыбнулся.

— Потому что рекламная кампания Кати Троновой строилась на том, что ее супружник, кстати, он простой преподаватель Академии МВД, рассказывает женушке самые, самые, самые классные случаи. А теперь еще и ты с ментом! Мы что, издательство при легавке?

Я отметила, что парень перестал «выкать», и вздохнула:

— Господи, как же повезло этой Кате! Мой Олег, хоть и настоящий майор, заваленный по брови уголовными делами, никогда ни о чем не рассказывает, прямо слова не выдавишь!

Федор вытащил из футляра трубку.

— Катькин Иван олух. Максимум, что он способен растрепать, это то, какое пиво продают в киоске возле дома. Наверное, твой муж — хороший профессионал, но одна писательница, жена мента, уже есть, второй не надо, ясно?

— Вы меня выгоняете? — испугалась я.

Федор сосредоточенно раскурил трубку.

— Не блажи! Кто же выставит за дверь пишущего автора. Надо просто крепко подумать. Ясно одно: мужа надо менять. И вообще, зачем он тебе?

— Кто? — растерялась я.

— Муж.

— Предлагаете развестись?

— Нет, конечно, — хмыкнул Федор. — Просто придумаем новую биографию. Ну, допустим, ты — дочь рано умерших родителей. Отец всю жизнь провел в Африке, он изучал там местные племена и в результате сгинул в диких джунглях.

— Джунгли, кажется, не на этом континенте, — робко заметила я.

— Погоди, это я так, к примеру. До пятнадцати лет ты воспитывалась в деревне Мамбо-тонго, свободно владеешь наречием кумбо.

— Про такое я даже не слышала!

Федор хихикнул:

— А его и нет. Только кто сумеет проверить? Не перебивай. Потом твои родители поехали на охоту на слонов и погибли. Ты вернулась в Москву. Здесь можно рассказать о бедах. Денег нет, помочь некому, пришлось мыть полы. Народ такое любит. Люди ваще тащатся от чужих неприятностей. Может, сделать из тебя инвалида?

На всякий случай я отодвинулась от его стола: ей-богу, парень, похоже, сумасшедший!

— Но потом, — тарахтел Федор, — потом, однажды ночью, тебе приснился покойный отец, который начал диктовать криминальные романы, и жизнь заиграла яркими красками, потому что папенька не только наговорил книгу, а еще и посоветовал обратиться в самое лучшее на свете издательство «Марко». Усекла?

— Ну...

— И ваще ты вся такая... в перьях.

Я вновь на секунду потеряла дар речи.

— В чем?

— Ну, одеваешься экстравагантно, куришь сигареты с мундштуком, спишь на полу, привыкла в Африке. Питаешься фруктами: ананасами, бананами, манго и коа-коа.

— А что это такое, коа-коа?

— Понятия не имею, — заржал Федор, — тебе лучше знать. Кто из нас вырос в диком племени? Сама понимаешь, муж-мент сюда не катит! Ладно, ступай домой, завтра в пять жду у себя. Имей в виду, нас в отделе шесть человек, слушаться надо всех.

— Но зачем весь этот спектакль? — я попробовала слабо сопротивляться. — Почему бы мне спокойно не жить Виолой Таракановой?

— Ариной Виоловой, — поправил Федор, — детективы пишет не Виола Тараканова, а Арина Виолова. Так вот, мой дружочек, твоя биография неинтересна, никому не нужна. А мы должны возбудить любопытство, заставить людей шептаться: «Вы слышали, Виолова-то!» Вследствие этого вырастет тираж твоих книжек, мы хорошо заработаем, выплатим тебе отличный гонорар, ты купишь мужу-менту личное отделение милиции...

Федор расхохотался. Я смотрела на него во все глаза.

— Ладно, — парень стал неожиданно серьезным, — пошутили — и будет, значит, завтра в семнадцать ноль-ноль познакомим общественность с концепцией твоей рекламной кампании. Вызову-ка я сюда Сысоева и сам дам ему первое интервью. А ты завтра купи газетку «Сплетник», полюбуешься. Главное, что я понял, — ты хочешь стать известной и готова помогать нам.

В полном обалдении я выпала на улицу, добрела до метро и уставилась на новенькую «Экспресс-газету». Через всю обложку шел огромный красный заголовок: «Смолякова глушит коньяк бочками. Известная писательница топит страх в алкоголе». Чуть ниже виднелись синие буквы: «Певца Марио ограбили. У парня сперли коллекцию тараканов, которую он собирал с детства».

Я купила газету, спустилась в метро и принялась перелистывать страницы. Честно говоря, до сих пор я считала, что люди искусства просто не умеют себя вести. Ну звездит у них в голове, поэтому устраивают скандалы в ресторанах и гостиницах, без конца меняют партнеров и заводят в качестве домашних любимцев аллигаторов. Но сейчас мне в голову неожиданно закралась иная мысль: что, если у них есть такие Федоры, которые придумывают рекламные трюки? Может, на самом деле певцы, артисты и музыканты тихие люди, любящие по вечерам смотреть телик?

К Вике Виноградовой я хотела поехать утром, но, проснувшись, обнаружила, что таинственным образом, во сне, получила насморк и кашель. Термометр равнодушно показал 37,5. Представляете, как я обозлилась, сообразив, что теперь придется просидеть пару или тройку дней дома? Визит пришлось вре-

менно отложить и сидеть над кастрюлей с горячей картошкой, осторожно вдыхая пар.

К Вике я попала только через несколько дней.

Утром я, правда, попыталась посидеть за письменным столом и даже лихо написала еще одну фразу: «Кругом стояли
лужи». Теперь текст выглядел так: «В тот вечер шел дождь.
Кругом стояли лужи». Но на этом вдохновение исчерпалось.
Я сломала от злости ручку «Бик» и отправилась на Реутовскую
улицу. Скорей всего, Виктория на работе, но мне она не нужна,
просто брошу письмо в ящик.

Подъезд оказался заперт, дверь щетинилась домофоном.
Не успела я подумать, что делать, как щелкнул замок, наружу
вышел парень, а я очутилась в темном, холодном подъезде.

Нужная квартира была расположена прямо тут, на первом
этаже. Я хотела позвонить, но дверь распахнулась, и в проеме
появилась женщина с большой сумкой.

— Вы Вика? — спросила я.

— Ее в больницу положили, — ответила тетка.

— Как? — удивилась я. — Когда?

— Сегодня ночью, вернее, утром, — пояснила незнакомка,
пытаясь запереть замок. — Черт, он не поворачивается!

— Дайте попробую, у нас такой же, там надо ключ канав-
кой вверх засовывать.

Женщина протянула мне связку.

— Что случилось с Викой? — поинтересовалась я, гремя
замком.

Тетка устало ответила:

— Отравилась, подробностей не знаю. Я санитаркой в токсикологии работаю. Виноградову привезли около трех утра.
Ей к девяти полегче стало, она мне ключи дала и попросила из
дома кой-чего привезти: ну, халат, тапки, дезодорант. А вы ей
кем приходитесь?

Я хотела было сказать: «Подругой, вот, пожалуйста, пере-
дайте Вике письмо», но отчего-то осеклась и произнесла совсем другую фразу:

— Да никем, мы еле-еле знакомы. Работаем в одной конторе. Вика вчера по случайности ключи от сейфа уволокла, а
сегодня на работу не явилась, вот хозяин меня и послал узнать, что к чему. Больница-то далеко?

— Рядом, две остановки на автобусе, близко совсем.

— Тогда пошли, помочь вам нести сумку?

— Да она легкая, — ответила тетка, — просто здоровая
с виду. Неудобно у постороннего человека в вещах рыться,
вот я и схватила торбу, которая в прихожей стояла. Как вас
звать-то?

— Таня, — ляпнула я, — Таня Иванова.

И я снова удивилась про себя. Господи, да я становлюсь самой настоящей вруньей, ну отчего не назвала приветливой бабе свое настоящее имя?

— А я Анна Петровна, — улыбнулась санитарка, — всю жизнь по больницам полы мою. Собачья работа, скажу тебе, зарплата маленькая, вот и приходится крутиться, чтобы деньжонок нарыть. Кому судно подашь, кому палату лишний раз протрешь или вот за вещами сгоняешь, копеечка к копеечке, получается рублик.

Сказав последнюю фразу, Анна Петровна поставила сумку на асфальт и провела рукой по растрепавшимся волосам.

Мои глаза скользнули по ее тонким, бледным пальцам... Что-то показалось странным... Но тут, испуская удушливую вонь, подкатил автобус, и мы стали втискиваться в переполненное нутро. Анна Петровна не обманула. Путь действительно занял всего пять минут.

— Вот она, больничка, за супермаркетом, — сообщила санитарка, когда мы, слегка помятые, выбрались наружу, — тебе через главный вход идти, а мне с тылу, где сотрудники просачиваются. Ну, пока, может, еще встретимся.

Я потянула на себя тяжеленную дверь, оказалась в просторном холле и увидела небольшое окошечко с надписью «Справочная».

— Скажите, в какой палате лежит Виктория Виноградова?

Бабка в белом халате, сидевшая по ту сторону стекла, нехотя отвлеклась от книжки. Она перевернула карманное издание переплетом вверх и шмякнула его около допотопного черного телефонного аппарата. Я невольно бросила взгляд на фамилию автора и испытала укол совсем не белой зависти. Смолякова! Ее читают везде.

— Справки выдаем лишь ближайшим родственникам, — каменным голосом ответила бабулька.

— Я сестра Виноградовой.

— Покажи документ.

— Извините, паспорта нет.

— На «нет» и суда нет! — рявкнула старушка и погрузилась в Смолякову.

— Будьте добры, — я решила предпринять еще одну попытку.

Но бабушка молча опустила занавеску. Перед глазами закачалась табличка: «Перерыв двадцать минут». Поняв, что ничего не узнаю, я подошла к милиционеру, сторожившему вход.

— Можно войти?

— Пропуск, — лениво сказал он.

— У меня нет.

— Вход только по разрешению врача.

— Но как же продукты передать?

— Посещение больных с семнадцати до девятнадцати, — довольно вежливо пояснил парень.

— Мне в пять часов нужно быть совсем в другом месте!

— Это не ко мне, — покачал головой охранник, — есть пропуск — пущу, нет — приходите в установленное время.

Потерпев полное фиаско, я решила попытать счастья в окошке, над которым красовалась надпись: «Прием передач».

— Не могли бы вы взять у меня это письмо? — робко попросила я женщину примерно моих лет.

Та отложила книгу. Вновь Смолякова!

— Номер палаты и какое отделение?

— Токсикология, а в какой палате лежит, не знаю.

— Спросите в «Справочной».

— Там только родственникам сведения дают.

— Вы предлагаете мне бегать по коридору, размахивая конвертом? — окрысилась тетка. — Во народ, обнаглели совсем.

И она тоже опустила занавеску. На этот раз появилась табличка: «Идет разнос полученных передач. Новый прием через два часа».

Я вышла во двор и увидела ларек, бодро торгующий всякой всячиной: домашними тапками, халатами, печеньем, газетами.

Секунду я рассматривала ассортимент, а потом сообразила, как поступить.

Через пару минут, купив красные клетчатые тапки с помпонами, я нацепила их на ноги, сунула босоножки в пакет, бросила сверху две газеты, пачку дешевого печенья и отправилась искать служебный вход. Дверь обнаружилась в углу здания, возле нее читал журнал кабаноподобный дядька.

— Эй, ты куда? — бдительно притормозил он меня.

Я выставила вперед пакет.

— Да во двор за газетками сбегала, опять же сладкого захотелось, тут к чаю ничего не дают хорошего!

Секьюрити скользнул глазами по моим ногам, обутым в уродские тапки, и вздохнул:

— Ступай себе в палату, нечего по улице шляться, если лечиться приехала.

Я ужом проскользнула внутрь здания и полетела искать токсикологию. Наверное, Анна Петровна на работе, она покажет мне палату Вики Виноградовой.

Оказавшись в длинном коридоре, я остановила молоденькую медсестру с эмалированным лотком в руках:

— Где мне найти Анну Петровну?

— Спросите на посту, сведения о больных у них, — весьма приветливо ответила девушка.

— Мне нужна ваша санитарка.

— Кто? — удивилась медичка.

— Нянечка Анна Петровна.

— Такой тут нет.

— Как?

— Очень просто. В нашей смене баба Клава, есть еще Ольга Николаевна и Серафима Сергеевна. Если хотите договориться об уходе, идите сейчас в процедурную, баба Клава там пол моет!

Страшно удивившись, я пошла в указанном направлении и нашла в резко пахнущей лекарствами комнате кругленькую бабуську, бодро шлепавшую тряпкой по мокрому линолеуму.

— Вы Клавдия... простите, не знаю отчества.

— Зови бабой Клавой, — улыбнулась старушка, — чего тебе? Говори, не стесняйся, беру недорого, за сутки пятьдесят рублей. Работу исполняю честно. Кто у тебя тут? Пригляжу, как за родным.

— Вы не подскажете, где найти Анну Петровну?

— Это кто ж такая? — удивилась нянечка.

— Она мне сказала, что работает санитаркой, пообещала за моей подругой поухаживать, взяла сто рублей и пропала!

Баба Клава оперлась на швабру.

— Нету тут никаких Анек... Хотя постой, вот гнида!

— Вы кого имеете в виду?

— Да Анька из нейрохирургии! — воскликнула нянечка. — Она это, больше некому. Анна Петровна, с третьего этажа. Ишь, пройда, чего надумала! Клиентов моих отбивать. То-то она сегодня по нашему коридору шмыгала взад-вперед, взад-вперед. Я еще подумала: что ей тут надо? Ступай в нейрохирургию, забери свои деньги. Аньке никто не позволит в токсикологии за людьми приглядывать, да и прошу я меньше, всего полтинник.

Я спустилась на этаж ниже, потыркалась в разные двери и наконец попала в сестринскую. Очень высокая и излишне полная женщина буркнула:

— Ищете кого?

— Мне бы Анну Петровну, санитарку.

— Ну, слушаю!

Я растерялась. Эта Анна Петровна совершенно не походила на женщину, которая несла сумку.

— Это вы?

— Да.

— Анна Петровна?

— Именно.

— Другой нет?

Санитарка шумно вздохнула:

— В этой смене работаю я.

— Нет ли другой какой Анны Петровны?

— У нас нет.

— А в больнице?

— Тут пятнадцать отделений, — обозлилась нянечка, — всех знать невозможно.

Сказав эту фразу, она схватила чашку и залпом выпила ее. Я невольно проследила глазами за ее широкой ладонью с короткими, потрескавшимися от тяжелой работы пальцами и обломанными ногтями и вдруг ощутила укол тревоги. Я поняла, что насторожило меня, когда женщина, несшая сумку, поставила ее на асфальт в ожидании автобуса. У той Анны Петровны были тоненькие беленькие пальчики с красиво наманикюренными, покрытыми красным лаком ноготками. Каким это образом, работая поломойкой, можно иметь длинные ногти с необлупившимся лаком?

Глава 5

Чувствуя все возрастающую тревогу, я вернулась в токсикологию и спросила у медсестер на посту:

— В какой палате лежит Виктория Виноградова?

Девушки переглянулись. Потом одна осторожно осведомилась:

— А вы ей кто?

— Близкая родственница.

Девчонка насупилась.

— Ступайте к врачу. Семен Михайлович в ординаторской.

Я вновь пошла в другой конец коридора. Честно говоря, прогулки по воняющему хлоркой линолеуму начали меня утомлять. Ну отчего просто не сказать номер палаты? Зачем гонять человека взад-вперед?

Услыхав, что к нему явилась близкая родственница Виноградовой, врач велел:

— Садитесь.

Я плюхнулась на железную, круглую, выкрашенную белой краской табуретку.

— Виктория скончалась.

Я чуть не свалилась на пол.

— Когда?

— Официальное время смерти шесть утра, — со вздохом сообщил доктор. — Мы старались как могли, но отравление грибами — очень серьезное дело. Люди такие беспечные, сколько твердим: не покупайте банки у частного изготовителя, с рук, у неизвестных бабок. Нет, тянет народ на вкусненькое!

— Вика отравилась грибами? — недоумевала я. — Какими? Ведь только самое начало сезона?

— Маринованные купила вечером у какой-то женщины, — пояснил Семен Михайлович, — отварила картошечки, салатик сготовила и навернула от души с грибочками. Да еще соседку угостила.

— И та тоже умерла?

— Нет. Нина Ивановна грибы не ела, только картошку с помидорами. У нее аллергия на этот продукт, что ее и спасло, иначе бы имели два трупа! — пробормотал доктор. — Частое дело. Бабки-то не соблюдают никаких правил, закатывают в плохо простерилизованные банки. Хранят без холодильника. Даже в промышленных условиях не исключена возможность попадания в консервы инфекции, а уж в домашних! Привезли Виноградову около трех. Рвота, понос, бронхоспазм, брадикардия — типичная картина. Обычно мы выводим из таких состояний, но тут не выдержало сердце. Соседка как узнала, едва сама сердечный приступ не получила.

Я повозила пальцем по клеенке.

— Ужасно! Не знаешь, что и сказать!

— Тело можно будет получить только завтра, — деловито ответил врач.

— Как, вы говорите, зовут соседку?

— Нина Ивановна Иванова. Очень нервничала, бегала по коридору, словно предчувствовала беду.

Я вышла на улицу и принялась соображать. До Реутовской улицы пять минут езды, кстати, вот и автобус подкатывает. В издательстве следует быть в пять часов. Вполне успею поболтать с Ниной Ивановной...

Оказавшись вновь в подъезде, я призадумалась. Номера квартиры Нины Ивановны-то я не знаю. Но, скорей всего, она живет возле Вики.

На лестничную клетку выходило четыре двери. Я позвонила в крайнюю. Высунулся мальчишка лет двенадцати.

— Вам кого?

— Позови Нину Ивановну.

— Тут таких нет, — сообщил ребенок.

— Тогда подскажи, где она живет, — попросила я, — пришла в гости и забыла номер квартиры.

— Вон там только Вика, — зачастил паренек, — около нее дядя Володя и тетя Лариса Степанцевы. А в сорок девятой Люся с дочкой, больше никого.

— Ты всех соседей знаешь?

Подросток кивнул:

— Ага, конечно, народу немного. Пять этажей только.

— А Нина Ивановна на каком?

Мальчишка призадумался, потом решительно ответил:

— В нашем подъезде таких нет!

— Точно?

— Зуб даю. Есть Нина на четвертом, но ей всего три года.

Я вышла во двор. Вовсе не обязательно дружить с теткой из соседней квартиры, вполне вероятно, что Нина Ивановна обитает в другой части дома. На скамеечке в чахлом палисадничке сидела девушка с коляской.

— Простите, — тихо спросила я, — вы из какого подъезда?

Молодая мать отложила книгу. Угадайте с трех раз, кто был автором затрепанного детектива?! Естественно, Смолякова! Я, в принципе, не испытываю чувства зависти. Кое-кто из моих подруг щеголяет в норковой шубке и носит на пальчиках хорошенькие брильянтовые колечки. Мне же вполне комфортно в пуховике, а украшения мешают, даже тонкое золотое кольцо, подаренное в день свадьбы Олегом, я надеваю очень редко. Но сейчас из глубин души поднялось нечто темное, со звериным оскалом. Эта Смолякова! Ну что в ее книжках особенного?! Отчего вся страна сошла с ума от незатейливых историй? И где она нарывает сюжеты? Где?!!

— Из второго, — ответила девушка.

— Подскажите, в какой квартире живет Нина Ивановна?

Собеседница покачала коляску.

— В нашем такой нет.

— Нина Ивановна Иванова... неужели не знаете?

— Не-а, — протянула девушка, — может, в третьем? Хотя... на первом этаже там теперь салон красоты открыли, какая-то тетка выкупила все квартиры. Может, ваша Нина Ивановна там? Среди жильцов такой точно нет!

— Вы так категорично говорите, неужели со всеми знакомы?

— Конечно, всю жизнь на одном месте. Нины Ивановны нет. Есть Иванова, но она Лена. У нас тут Нин нету, только малышка из первого подъезда.

Скорей всего, молодая мама говорит правду. Я сама большую часть своей жизни провела в такой же пятиэтажке и великолепно знала не только всех жильцов, но и то, какой суп они станут есть вечером, придя с работы домой.

Оставалась слабая надежда на то, что Нина Ивановна работает в салоне с интригующим названием «Счастье русалки».

Я обогнула дом, вошла в парикмахерскую и сразу ощутила приятную прохладу — в холле вовсю работал кондиционер.

Элегантная дама, сидевшая за столиком, окинула меня оценивающим взглядом. Скорей всего, ей сразу стало понятно, что моя футболочка приобретена на Черкизовском рынке, а брюки в ближайшем переходе, но она безукоризненно вежливо сказала:

— Добрый день. Вы записаны?

— Да, на стрижку к Нине Ивановне.

Администратор удивилась:

— Но у нас нет такого мастера.

— Извините, она маникюрша!

— Вы же сказали, на стрижку.

— Оговорилась.

— Но в салоне нет ни одного человека с таким именем и отчеством.

Я старательно изобразила замешательство:

— Да? Ей-богу, странно. Вчера звонила.

Дама призадумалась, потом радостно воскликнула:

— В конце улицы есть еще один салон, «Карина», вам, наверное, туда.

— Да-да, — заулыбалась я, — точно.

Когда я вышла на улицу, женщины с коляской уже не было. Я села на ее место и призадумалась. Однако странная вырисовывается картина. Сначала я сталкиваюсь с санитаркой Анной Петровной, а потом выясняется, что такой нет. Кстати, самозванка несла большую сумку. Интересно, чем был набит саквояж? Явно не вещами для бедной больной. Может, Анна Петровна — обыкновенная воровка, которая не растерялась, когда ее застали на месте преступления? Но откуда у тетки ключи от квартиры? И потом, она привела меня в больницу, значит, знала, что Вика находится в клинике. Еще более странным выглядит тот факт, что Вику в больницу сопровождала несуществующая соседка. Может, доктор Семен Михайлович ошибся? Вероятно, женщина представилась подругой или коллегой по работе.

Ясно одно: письмо передавать некому. Отравилась грибами! Надо же быть такой идиоткой: купить жарким летним вечером самодельные консервы. Ей-богу, у некоторых людей просто нет головы! Банки наверняка весь день жарились на солнышке, представляю, что завелось в маринаде! Ладно, пора ехать в издательство.

Я встала и собралась уже идти к метро, но тут сообразила, что в руках нет сумочки. В полной растерянности я посмотрела на свои руки и понеслась назад, в подъезд, где жила несчастная Вика Виноградова. Скорей всего, я обронила сумку там.

Абсолютно не надеясь на то, что ридикюль поджидает меня,

я вбежала на лестничную площадку и увидела свою сумочку, валяющуюся возле квартиры Вики. Самое интересное, что внутри все оказалось в целости и сохранности: деньги и мелочь не тронул никто. Либо тут жили суперчестные люди, либо просто никто не заметил сумку.

— Что вы тут топчетесь? — раздался голос слева.

Я повернула голову. В приоткрытом дверном проеме стояла довольно полная дама в цветастом фартуке со скалкой в руках. Мне стало смешно: ну отчего женщины считают обструганную деревяшку грозным оружием?

— Простите, пожалуйста, если напугала, — улыбнулась я, — но вот пришла к Вике, договорились о встрече, звоню, звоню, никто не открывает.

— Ой, мамочка! — всплеснула руками женщина. — Вы не знаете?

— Что? — на всякий случай спросила я.

— Ну бабы! — раздалось справа, и на лестницу высунулся дядька в грязной майке. — Устроили, блин, базар! Орете, чисто пингвины! Промежду прочим, я с ночи пришел, отдохнуть хочу!

— Тебе бы, Вовка, только спать да жрать, — возмутилась соседка, — беда-то какая!

— Чево случилося? — зевнул мужик. — Кот у тебя сдох? Так давно ему пора, старый совсем.

— Типун тебе на язык, — обозлилась соседка, — здоровехонек Кузя, как никогда. Вика умерла, Виноградова.

Мужик, сосредоточенно чесавший свою грудь, разинул рот.

— Врешь! Я ее вчера утром видел, веселая такая шла.

— Вот и нет! Ночью померла.

— Откуда знаешь?

— Так подруга ее рассказала! Так плакала, убивалась, еле квартиру открыла.

— Какая подруга? — насторожилась я.

— Давай, Валька, рассказывай, — забубнил Володя.

— Я человек бдительный, — подбоченилась Валентина, — не то что некоторые, за порядком слежу.

— Да знаем мы, — отмахнулся Володя, — целый день у глазка сидишь! Дело говори.

— А ты слушай! — окрысилась Валентина. — Утром гляжу, совсем рано, баба дверь Викину открывает, ну я и спросила ее: чего надо? Женщина, с трудом сдерживая рыдания, пояснила: «Вика умерла. Купила у метро грибов, поела и отравилась. Я ее подруга, за вещами приехала, из больницы!»

Валентина просто обомлела от такой новости.

— Вот оно как бывает, — качала она сейчас головой, — только что была — и уже померла, все под богом ходим!

— Бог тут ни при чем, — вздохнул Володя, — дурой не надо быть. У нас в деревне тоже родственница отравилась. Сама грибочки закатала, для себя делала — и ау! Мы с женой теперь только варенье варим!

— А как звали подругу? — тихо спросила я.

— Аней представилась, — ответила Валентина.

— Вы ее раньше видели?

Валя покачала головой:

— Не-а, в первый раз встретились. Вот как бывает! В один час померла!

— У меня племяш водки купил в ларьке и тоже спустя полсуток отъехал, — зевнул Володя.

— Тебе бы только про ханку и говорить, — обозлилась Валентина.

— А делать-то че? Под дверью сидеть, как ты? — парировал Володя.

— Дурак!

— Сама дура!!!

Спокойный разговор стихийно перерос в скандал. Не дожидаясь, пока милые соседи вцепятся друг другу в волосы, я ушла.

Добравшись до метро, я спустилась на станцию. С ревом и грохотом подкатил поезд. Я вошла в полупустой вагон и устроилась на сиденье. Надо же, четыре часа, а давки нет, можно спокойно посидеть, почитать.

Я раскрыла сумочку, намереваясь вытащить карманное издание серии «Русский бестселлер», но пальцы наткнулись на конверт. Пару секунд я колебалась. Вообще говоря, никогда не вскрываю чужих посланий, ну нет у меня привычки читать непредназначенные для меня письма. Но вся история со смертью Любови Кирилловны Боярской и отравлением Вики Виноградовой стала казаться мне крайне подозрительной. Ни отправителя, ни адресата более нет в живых.

«Дорогая Викуша, уж и не знаю, буду ли я жива, когда ты получишь это письмо. Дело настолько серьезно, что побоялась даже намекнуть в чате о том, в какую дурацкую ситуацию влипла. Единственным оправданием моей безголовости служит тот факт, что «Твои грезы» требовали расширения, а следовательно, вложения капитала. Деньги-то где брать? Оставаться работать в палатке не хотелось, да и какой доход от ларька. Вот я и рискнула, заняла пиастры у Инги Горской, переехала в другое помещение, открыла новые отделы: белье, лекарства, приколы, думала, покупатель валом повалит. Но нет! Так, заглянут, похихикают и уйдут. Даже в будке народу было несоизмеримо больше. Честно говоря, я не понимаю, отчего такое произошло. В общем, я растерялась и сделала новую глупость.

Вместо того чтобы отдать Инге часть долга, вложила прибыль, кстати говоря, очень небольшую, в рекламу. Думала раскрутиться, но опять вышел облом.

Я задергалась, заметалась, но тут появился этот Треш из чата с деловым предложением заработать. Он каким-то образом вошел в мою «аську»[1] и спросил:

— Хочешь бабок нарубить? Дело на десять тысяч баксов.

Я знаю, что ты сейчас подумаешь, но мне просто очень нужны были денежки, вот я и попросила его рассказать поподробней. Дело оказалось пустяковым, Треш предложил мне помочь ему в доставке товара. Надо встретить в Шереметьеве парня с коробкой, в ней наркотики, и отвезти по указанному адресу. За одну ходку мне полагалось десять тысяч. Эта сумма решила бы часть моих проблем, и я согласилась.

Представляю, как ты сейчас носишься по своей квартире и орешь: «Дура! Кретинка безмозглая!»

Пойми, мне жутко были нужны деньги.

И куда было деваться? Продавать квартиру? Съезжать в однокомнатную халупу? Вместе с мамой и Алиной? Представляешь, какая славная житуха! Да и дело казалось пустяковым, просто взять товар и передать коробку одному человечку. Кстати говоря, первая часть операции прошла без сучка без задоринки. Я получила коробку, не вызвавшую ни у кого никаких подозрений, и отвезла ее по указанному адресу. Женщина, взявшая посылку, вскрыла ее, и тут выяснилось, что товар пропал. Якобы в коробке нет пакета с героином и я теперь должна отдать сто тысяч долларов. Ни больше, ни меньше.

Я попыталась отбиться, сказала, что не распечатывала упаковку и не проверяла. Может, героин исчез еще до отправки в Москву или его украл курьер? Но Треш категорично ответил:

— Порошок с...а ты. С остальными я имею дело не в первый раз, отдавай лавэ, иначе худо будет.

И теперь я понимаю, что меня убьют. Можно попытаться скрыться, но парень или девка, кто его знает, какого пола человек с ником[2] Треш, конкретно сообщил:

— Даже не вздумай убегать, потому как имеешь мать и племянницу.

Оказывается, он обо мне все знает. Так что меня загнали в

---

[1] «А с ь к а» — программа ICQ, позволяющая двум людям вести приватный разговор посредством компьютера.

[2] Н и к — псевдоним, который берет человек, чтобы общаться в Интернете. Шапочка может оказаться лысым дядькой. Великий дракон — 12-летней школьницей, а Оторва зеленая — почтенной, сорокалетней матерью семейства.

угол, счетчик тикает, и никакого просвета не видно. Скорей всего — меня убьют.

Викуля, знаю, что ты тоже ходишь в чат «my.ru». Так вот, заклинаю тебя, забудь это место и никогда не имей дела с человеком под ником Треш. Письмо это я побоялась отправить через е-мейл и не доверила обычной почте. Попросила Алину съездить и передать тебе лично, когда вернешься. Сейчас я лежу в больнице и, скорей всего, умру. Проклятый Треш ухитрился меня отравить, только я не понимаю как, магазин достанется Инге Горской. Я переписала его на нее за долги. Вот видишь, какой ужас получился! Алину надо поставить на ноги. Думаю, моя песенка спета. Не сегодня-завтра встречусь с Анютой, и она меня спросит: «Ты что же, сестричка, не сумела поднять Алину? Ведь я доверила ее тебе, умирая».

Похоже, мне не будет покоя и на том свете. Прощай, Викуля, не поминай лихом и хотя бы раз в полгода навещай маму с Алиной. Вы, правда, незнакомы, но, думаю, если приедешь и скажешь, что ты — Виктория Виноградова, мамочка очень обрадуется. Она считает тебя положительной и серьезной, в отличие от меня, раздолбайки. Честно говоря, я обижалась на маму, когда она заводила песню с рефреном: «Зачем тебе магазин! Боярские всю жизнь шли в науку».

Но теперь стало понятно: мама была права. Мне не следовало заниматься коммерцией, видишь, как все получилось, хуже некуда. Твоя несчастная Любаша».

Я сунула письмо в сумочку, выскочила на платформу и побежала в издательство. Вот оно что! Любу Боярскую и впрямь убили. Да, жаль, я не успела поговорить с Викой Виноградовой, она, наверное, могла много интересного рассказать о подружке.

Вынырнув из подземного перехода, я налетела на лоток с книгами. Сразу зарябило в глазах. Смолякова, Смолякова, Смолякова... Нет, я просто с ума сойду! За то время, что я пытаюсь найти сюжет, она выпустила уже две книги! Даже не обладая чувством зависти, заскрипишь зубами от злости! Мне-то что делать?

Вдруг в голове вспыхнул свет. Господи, ну как я раньше не догадалась! Вот же она, моя новая книга, следует только найти убийцу Любы Боярской. Торговля наркотиками — это же страшно интересно! То есть я хотела сказать, что читателям будет очень увлекательно следить за перипетиями повествования!

Внезапно у меня появилось хорошее настроение. Какая чудесная, жаркая погода, по улицам идут красивые, радостные люди, Смолякова пишет великолепные книжки, дай бог ей здоровья, а в издательстве «Марко» сидят классные профессионалы, которые в два счета сделают из меня великую писательницу.

Глава 6

В «Марко» я ворвалась без двух минут пять и ткнулась в крепко запертую дверь Федора. Подергав ручку, я села на подоконник и вытащила из сумочки только что купленный детектив Смоляковой.

— Вот это кадр, — раздался голос, — сейчас возьму «Полароид».

Я подняла голову. Улыбающийся Федор спокойно отпирал дверь.

— И после этого некоторые подлые журналюги говорят о том, что писатели ненавидят друг друга. Любуйтесь, вот сидит Виолова и взахлеб читает Смолякову.

— Она хорошо пишет, — ответила я.

Федор скривился, но потом выставил вперед руки.

— Все! Молчу, молчу! Страна считает Смолякову гениальной, мое мнение никого не волнует. Мы люди маленькие, темные. Наше дело взять автора и превратить в яркую звезду. Ну-ка, заползай. И имей в виду: будешь слушать меня, Смолякова тебе кофе подавать станет.

Я пошла за ним. Федор плюхнулся в кресло.

— Значитца, концепцию придумали. В общих чертах то, о чем говорил вчера. Ты из Африки...

Я слушала его гладкую речь и пугалась. Ну и ну. Мне теперь что — до конца жизни предстоит изображать из себя экзальтированную незамужнюю дамочку, пишущую романы под диктовку привидения?

— Чего молчишь? — рассердился Федор.

— Запоминаю роль, — промямлила я.

— Правильно, — помягчел парень, — не бойся, на первых порах я всегда буду рядом, а потом освоишься.

В эту минуту дверь открылась, и появился толстый, лысый, одышливый дядечка.

— Степа, — распростер объятия Федор, — как она, жисть?

— Совсем затрахался, — жалобно ответил мужик, — сил нет, а еще в Питер ехать. Может, отложим, а?

— Нет, Степа, — категорично ответил парень, — страна хочет знать своих героев, кстати, знакомься: молодая, начинающая писательница Арина Виолова.

Дядечка вытер платком обширную лысину и церемонно поклонился:

— Очень приятно. Будем знакомы. Артем Беспощадный.

Я не сдержала удивленного возгласа:

— Вы? Вы Артем Беспощадный? Тот, который издается в серии «Спецназ»? У вас такие крутые книги, мой муж их обожает. А когда он прочитал вашу биографию и узнал, что вы прошли Афган и Чечню, владеете почти всеми видами единоборств, стреляете с двух рук и можете водить любое транспортное средство от мопеда до космической ракеты, то зауважал вас чрезвычайно. Эх, жаль, у меня с собой вашей книги нет, а то бы автограф ему принесла.

Артем шумно вздохнул и плюхнулся на стул, широко расставив толстые ноги. Большой живот любителя пива повис почти до пола.

— Федька, дай мою новую книжку, подпишу Арине, — задыхаясь, произнес он.

Когда Беспощадный ушел, я покачала головой:

— Я представляла его совсем другим, похожим на Рэмбо. Вот ведь как интересно, натолкнешься на такого в толпе и не подумаешь, что супермен. Самый обычный толстый дядечка.

— Он и есть самый обычный, не в меру жирный субъект, — заржал Федор. — Рэмбо! Чемпион по швырянию вишневых косточек. Ой, не смеши меня! Да Артем всего боится, а больше всего своей жены Ленки, вот уж если кто Рэмбо, так это она. Ладно, недосуг языком болтать. Ща переоденешься, и поедем.

— Куда? — оторопела я.

— В твой любимый ресторан «Там-там». Журналюги ждут к шести. Не беда, опоздаем чуток.

— Зачем?

— Надо поторговать мордой. Маринка, поди сюда!

Последняя фраза была произнесена в телефон. Через секунду в кабинете материализовалась девушка.

— Пойдемте, Арина.

— Но...

— Иди с Маринкой, — велел Федор, — и помни: твое дело подчиняться.

Улыбающаяся Марина привела меня в просторную комнату и протянула пакет.

— Переодевайтесь.

Я вытащила узенькие брючки, похожие на изделие из фольги, и покачала головой:

— Простите, но я такое не ношу.

Мариночка вытряхнула из пакета ярко-красный топик из кружев и босоножки на длинной, устрашающе тонкой шпильке.

— Понимаю, но надо! Ваша одежда не соответствует имиджу.

Тяжело вздыхая, я влезла в попугайский прикид. Человек, купивший мне эти вещи, абсолютно точно подобрал мой размер. Одежда сидела словно влитая, включая туфли. Одна беда — я не могла в них ступить и шагу.

— Не умею ходить на каблуках, — пробормотала я.

— Научитесь, — ответила Марина, — ничего сложного, книги трудней писать! Теперь я вас накрашу и причешу.

Спустя пятнадцать минут я уставилась в зеркало и ойкнула.

— Нравится? — поинтересовалась девушка, роясь в письменном столе.

— Ну... просто офигеть!

— Здорово вышло, — закивала Марина, — теперь это надевайте.

Она с грохотом высыпала из мешочка жуткие железные кольца в количестве шести штук. Два перстня алчно сверкали кроваво-красными камнями, остальные украшал витиеватый орнамент.

— Это что? — испугалась я.

Но Мариночка уже тащила следующий прибамбас. Не успела я оглянуться, как железки очутились на пальцах, на шее повисла цепь с медальоном размером с суповую тарелку, а в левой руке оказался длинный-предлинный мундштук с темно-коричневой сигариллой.

— Класс, — заявил ворвавшийся в кабинет Федор, — прямо в точку, двигай в машину.

Пошатываясь, словно циркач на ходулях, я добралась до роскошной лаково-черной иномарки и плюхнулась на слишком низкое сиденье.

Всю дорогу до ресторана «Там-там» Федор поучал меня, как следует себя вести. Чем больше он говорил, тем страшней мне делалось. Совсем плохо стало, когда у входа в кабак я увидела трех мужиков с фотоаппаратами на изготовку.

Федор обежал машину, распахнул дверцу и шепнул:

— Значит, помнишь. Выходишь красиво, мило улыбаешься, киваешь этим парням и молчишь.

Я выставила ногу, оперлась на нее, навесила на морду лица самую сладкую гримасу и попыталась выбраться из кабриолета так, как это делают кинозвезды: легко, непринужденно, обаятельно...

Каблук зацепился за какой-то выступ в плохо положенном асфальте. Я дернулась и шлепнулась на четвереньки. Фотокорреспонденты защелкали аппаратами.

На секунду я растерялась. И что теперь делать? Это совсем не тот элегантный выход, которого от меня ждали.

Но Федор, в отличие от меня, не стушевался.

— Господа, — совершенно спокойно произнес он, — Арина воспитывалась в племени Мамбо-тонго, у его членов существует обычай: если приехал куда впервые, следует, в качестве приветствия, поцеловать землю у порога. Надеюсь, Арина скоро забудет об этой привычке, потому что, сами понимаете, почва в непромышленной африканской стране и асфальт в Москве — это две большие разницы. Арина, радость наша, остановитесь! В России не следует так уж точно выполнять обычаи!

Сильные руки подняли меня, встряхнули и поставили на шпильки.

— Спасибо, — прошептала я, ковыляя за Федором по лестнице.

— Нема за що, — тихо ответил пиарщик, — кушай на здоровье.

Следующее испытание ожидало меня за столом. В меню оказались сплошь неизвестные блюда: стейк из аллигатора, суп из буйволиных хвостов, жаркое из обезьяны, ростбиф из носорога, уши слона с овощами и таинственное нечто под названием «Крас-тонго».

— Арина чувствует себя тут как дома, — щебетал Федор, листая карту, — милая, что вкусней: обезьяна или аллигатор? Что есть станем? О... кобра в горшочке, пойдет?

— Нет, — пискнула я, чувствуя, как желудок, словно лифт в многоэтажном здании, рвется вверх. — Только не змею.

— Отчего же? — ерничал Федор. — Похоже, их тут хорошо готовят.

Я разозлилась. Он должен мне помогать, а не топить.

— Сейчас не сезон для кобры, ее едят только зимой, в момент, когда пресмыкающееся накопило жир, — бодро соврала я.

Федор удивленно глянул на меня.

— Да? Не знал. Видите ли, я, в отличие от вас, никогда не жил в Африке. Тогда обезьяна на вертеле? Это как? Можно в июне?

— Нет, — взвизгнула я, коченея от ужаса. — Хочу рыбу, вот... мурасу в листьях.

— Нет проблем, — пожал плечами Федор и поманил пальцем почтительно кланявшегося негра. — Значитца, даме рыбку, мне салат из овощей, а вот тем трем дядям...

— Нам чего попроще, — хором сказали журналисты, — водки и мясо нормальное, не аллигатора.

Пока готовили заказ, я давала интервью. Процесс протекал оригинальным образом. Когда журналист задавал вопрос, ну, к примеру: «Расскажите о вашей семье», Федор мигом начинал отвечать:

— Арина не замужем и не имеет детей, но она считает, что личная жизнь неприкосновенна, и давать комментарии по этому поводу отказывается. Да, дорогая?

Следовал крепкий тычок в бок, и я, словно дрессированная собачка, начинала кивать, приговаривая:

— Да, конечно, естественно.

Потом принесли еду. Корреспонденты с жадностью набросились на угощение, Федор начал лениво ковырять вилкой в салате, я попробовала рыбу. Таинственную мурасу подали целиком. Справа — большая голова с выпученными глазами, слева — хвост, посередине нарезанные куски. Неожиданно рыба оказалась вкусной, и я, не ожидая никаких подвохов, съела один ломоть и хотела приняться за второй. Не успела я воткнуть вилку в мякоть, как голова моргнула глазами.

— Мама! — заорала я.

— Что такое? — подскочил Федор.

— Она моргает!

— Кто?

— Рыба.

— Да-да, конечно, моргает, — начал успокаивать меня подоспевший официант, — не сомневайтесь, мураса подана, как и полагается, живой, у нас все без обмана.

Чувствуя, что съеденная рыба вновь оказалась во рту, я прошептала:

— Воды.

— Какой? — засуетился негр. — Может, лучше Бумбо?

— Да, — кивнула я, — только скорей, сейчас умру!

Через пару секунд передо мной возник запотевший стакан. Я, игнорируя соломинку, одним махом опрокинула в себя прохладную жидкость. Тошнота слегка отступила. Я глянула в пустой фужер и чуть не лишилась чувств. На дне лежало нечто, больше всего похожее на огромного черного таракана.

Рыба и вода стремительно начали подниматься из желудка вверх. Я вскочила и, спотыкаясь о настеленные повсюду циновки, рванула на поиски туалета.

Слава богу, санузел оказался не африканский, а самый обычный — с чистым, нежно-розовым унитазом и маленькой раковиной. На стене висело огромное зеркало. Я отвернула кран и увидела в посеребренном стекле жуткую морду. Глаза с темно-зелеными веками и слегка размазавшейся тушью казались огромными, щеки горели лихорадочным румянцем, губы пламенели остатками помады, волосы стояли дыбом, словно их хозяйку шандарахнуло током. В довершение картины у чудовища на груди болталась железная цепь с куском бронзы... Понадобилась целая минута, чтобы осознать, что данный монстр — я.

Пальцами, унизанными идиотскими перстнями, я попыталась пригладить лохмы. Господи, а ведь это только начало. Надеюсь, мне не придется остаток жизни таскаться по кабакам, изображая из себя африканку.

Домой я приплелась около одиннадцати, надеясь на то, что Олег, как всегда, задержится на работе. Но, как назло, супруг уже освободился. Он вышел в прихожую и с удивлением спросил:

— Вам кого? Как вы сюда попали?

Я скинула шпильки и плюхнулась на стул, вытянув вперед «фольговые» ноги.

— Жену не узнал? Что, в общем, учитывая твой график работы, не слишком удивительно.

— Вилка, — попятился Куприн. — Что это на тебе надето?

— Пиар, — вздохнула я.

— Что? — не врубился мой майор, не имеющий никакого отношения к рекламному бизнесу.

— Смена имиджа, — растолковывала я, пытаясь стянуть с пальцев кольца, — ты не пугайся, так одеваться надо лишь на мероприятия, которые устраивает издательство. Просто сегодня я забыла свою нормальную одежду у Марины в кабинете.

— А-а, — протянул Олег.

Я хотела продолжить объяснения, но тут из кухни высунулся Ленинид.

— Эй, доча, — воскликнул он, — приветик! Окрошечку хавать пойдешь?

Я вспомнила моргающую глазами рыбью голову и закричала:

— Нет!

— Чего орешь? — обиделся папенька. — Ничего плохого не хотел, окрошечки предложил. Ты на карнавале была?

— Отстань, — прошипела я, борясь с перстнями.

— Пошли, Ленинид, — вздохнул Олег, — холодное в жару — первое дело.

Я чуть не зарыдала, глядя, как они удаляются по коридору. Кольца сидели на пальцах словно прибитые. В прихожую влетела Кристина.

— Ой, Вилка, — девочка пришла в восторг, — какие штаны! Дай померить.

— Сейчас, погоди, — пропыхтела я.

Тут же возник Сеня.

— Ну ты даешь! Что на себя нацепила! Кошмар замка Норфолк!

— Отвали! — рявкнула я.

Из ванной вышла Тамарочка, неся голопопого Никиту. Мальчонка увидел меня, сморщился и закатился в истерическом плаче.

— Во! — восхитился Сеня. — Ты так чудесно выглядишь, что у младенца родимчик начался.

— Да отвяжись от меня, — заорала я, чувствуя, что сейчас забьюсь в истерике.

Из кухни выглянул Олег.

— Сеня, иди ужинать, брось Вилку. Она теперь писательница, а у них у всех в голове тараканы.

Семен порысил на зов. Кристина, распевая, исчезла в ванной, Томочка уволокла вопящего Никиту в спальню. Я осталась одна-одинешенька. На глаза навернулись слезы. Вот оно как! Ей-богу, быть знаменитой очень тяжело.

Глава 7

Около полуночи я пробралась в кабинет к Семену и включила компьютер. Честно говоря, я хреновый пользователь. Вообще, в нашем доме самый опытный программист Кристина. Девочка сидит в Интернете часами, в основном по вечерам, когда Сеня и Тамарочка укладываются спать. Впрочем, мы пытались запретить Кристе проводить время у монитора, объясняя это заботой о ее здоровье, но неожиданно натолкнулись на агрессию.

— Это мои глаза, — взвилась Кристя, — и вообще, что вам надо? Учусь на одни пятерки, не пью, не курю, сижу дома. Поглядите вокруг, таких, как я, единицы. Или хотите, чтобы таскалась по подвалам с мальчишками?

— Нет, конечно, — испугалась Томочка, — просто от компьютера исходит вредное излучение...

— Фигня, — заявила Кристина, убегая в свою комнату, — ваш телик не лучше!

— По-моему, — подвел итог Олег, — ее надо оставить в покое. У меня был дедушка, так вот, в самом начале двадцатого века он запретил проводить в свой дом электричество, мотивируя это тем, что искусственный свет неминуемо приведет к слепоте и безумию.

Мы послушались Куприна и отстали от Кристины.

Я подождала, пока машина загрузится, набрала адрес чата и увидела строку — «Регистрация. Выберите ник и пароль».

Я почесала в затылке. Ладно, назовусь Белоснежкой, а в качестве пароля напишу наш номер телефона.

«Не пойдет. Подобный ник уже зарегистрирован другим лицом».

Хорошо, пусть будет Дюшка, это кличка нашей собаки.

«Не пойдет, плохой пароль».

Вот ведь зараза какая! Ничего ему не нравится! Итак, Дюшка, 777777.

«Попробуйте еще раз».

Я чуть не треснула системный блок ногой. Придется звать на помощь Кристину.

Девочка, зевая, потыкала в кнопки.

«Добрый день, Дюшка, заходи».

— Как тебе это удалось? — восхитилась я.

— Он меня боится, — заявила Кристя и поинтересовалась: — Что же это за чат такой?

— Да вот, — осторожно ответила я, — в издательстве посоветовали, вроде там интересные люди тусуются. Скажи, у тебя есть такая штука — «аська»?

Кристина с уважением глянула на меня.

— Какая ты, Вилка, продвинутая. Когда Интернет включился, слышала паровозный гудок?

— Да.

— Это и есть «аська». Вот сюда, на цветочек, жмешь, появляется табло. А если тебя вызывают, внизу экрана строчка заморгает, кликнешь и общайся сколько хочешь.

Я кивнула:

— Ясно.

— Удачно тебе початиться, — ухмыльнулась Кристя и ушла.

Я попыталась вступить в разговор. Но строчки с ником Дюшка игнорировались участниками беседы, меня не хотели замечать. Напечатав в пятнадцатый раз «Добрый вечер» и не получив ответа, я сдалась и снова вытащила из постели Кристину.

— Как ты мне надоела, — занудила девочка, нажимая на клавиши, — ну с кем тебе охота потрепаться?

— Давай вот с этой, Королевой роз, контакт наладим. Наверное, с женщиной легче, — предложила я.

— Королева роз запросто может оказаться лысым дядькой или парнем лет десяти, — хихикнула Кристя, — на, дальше сама продолжай.

Я посмотрела на экран.

«Королева. Как дела?»

«Дюшка. Отлично. А у тебя?»

«Королева. Средней хреновости».

«Дюшка. Чего так?»

«Королева. Жизнь доконала».

Ну надо же! Диалог завязался. Минут десять мы болтали ни о чем, наконец я сочла момент подходящим и спросила:

«Ты сюда часто ходишь?»

«Каждый вечер».

«Не встречала человека с ником Треш?»

«Бывает такой, сейчас его нет».

«Он мне нужен».

«Зайди попозже. Треш раньше часа не появляется».

«Сегодня придет?»

«Фиг его знает».

«Как с ним связаться?»

«Понятия не имею».

«У него есть «аська»?»

«Вполне вероятно».

«Дай номер».

«Не знаю».

«Очень нужен».

«Не знаю».

«Что делать?»

«Зайди позже».

«Ты его вчера видела?»

Ответа не последовало. Я повторила вопрос пять раз, прежде чем увидела на экране строчку, написанную мелкими буквами желтого цвета: «Тайм-аут для Королевы роз».

— Кристя, — закричала я.

— Слушай, — обозлилась девочка, входя в кабинет, — у меня завтра экзамен, а ты спать не даешь! Ну что еще?

— Что значит «тайм-аут»?

— Матерь Божья, — вздохнула Кристина, — ни сна, ни отдыха измученной душе. Твоя Королева роз ушла из компа или ее вынесло.

Я глянула на часы. Ладно, подожду, вдруг Треш появится.

Минуты улетали прочь. В чат приходили и уходили люди под самыми разными, подчас просто невозможными прозвищами: Хрюндель, 77 1/2, Хтрэвел, Экстрима, Гостиница, Уединение, Чудо без перьев, Дыня... Я уже совсем отчаялась, стрелки подбирались к половине третьего. Наверное, надо уходить и вновь попытать счастья завтра, к тому же немилосердно захотелось спать. Но тут через экран побежала строчка крохотных букв: «К нам приходит Треш».

Сон мигом слетел с меня, и я начала долбасить по клавишам:

«Треш, приветик!»

«Добрый вечер».

«Давно жду тебя».

«Зачем?..»

«Ты меня не узнал?»

«Нет».

«Это же я».

«Кто?»

«Ну я, та самая».

«Кто?!»

«Треш! Ты забыл! Как можно! А я согласна».

«Давай в мою «аську».

Я посмотрела на экран, там ничего не моргало. Кристина уже спит, спросить не у кого, но девочка вроде говорила, что внизу должно появиться окошко.

«Ну и где же ты? — спросил Треш. — Чего тормозишь?»

«Не знаю, как в твою «аську» попасть».

«Кликни внизу».

«Там ничего нет».

«Ща. Так ты инвисибль! Включи «аську». Что за черт, ты офлайн!»

Честно говоря, я не понимала ни слова. Но тут меня вдруг осенило. Треш принял меня за кого-то и сейчас соединяется с другим компьютером, номера-то моей «аськи» он не знает.

«Ну, блин, набери 19876543217».

«Это чья «аська»?» — бдительно спросил поганец.

«Моя».

«Твоя другая».

«Моя. Просто сейчас я не дома».

«А где?»

«У соседки, попросила ребенка постеречь, она в гости ушла».

«О'кей».

Внизу экрана затряслась красная полоска, я щелкнула по ней мышкой. Открылось окно, и появилась строчка.

«Келлер. 2.45. Лилит? Ты?»

Я быстро набрала ответ и нажала на то место, где стояло «отослать сообщение». Послышалось мелодичное «блям, блям, блям», и под первой строкой возникла вторая.

«Чес. 2.46. Я!»

Очевидно, неизвестный Треш поверил мне, потому что на белом фоне мигом побежали буквы.

«Думал, ты не решилась, чего молчала?»

«Ну так!»

«Берешься?»

«Да».

«Условия прежние».

«Хорошо. Что мне делать?»

«Завтра, в десять утра, Шереметьево, рейс Дели — Москва, встретишь парня, возьмешь сумку, привезешь куда надо, получишь 10 тысяч баксов».

«Как я его узнаю?»

«Сам подойдет».

«А он как меня узнает?»

«Возьми в левую руку бутылку воды «Святой источник», 0,5 литра, а в правую новый роман Смоляковой».

Я пришла в полнейшее негодование. Это уже слишком!

«Можно вместо Смоляковой Маринину?»

«Нет! Курьер уже летит, поздно. Ничего не перепутай, стой под табло в зале прилета. В сумке товара на сто тонн гринов, отвечаешь головой».

«Куда везти товар?»

«Косинская улица, дом восемь, квартира шесть».

«Где такая?»

«В атласе погляди», — ответил Треш и исчез.

Я выключила компьютер и зарылась в постель. Олег мирно похрапывал на левом боку. Ладно, дружочек, вот стану и в самом деле суперзнаменитой и офигительно популярной, тогда и посмотрим, у кого в голове тараканы!

Для того чтобы попасть к десяти в Шереметьево, мне пришлось вылезать из уютной теплой кроватки аж в семь часов. Но никто не удивился моему столь раннему пробуждению. Олег и Сеня в это время уже ушли на работу, а Кристя, Томочка и Никита спят самым сладким сном. Подождав, пока хлопнет входная дверь, я вихрем понеслась в ванную, постанывая от нетерпения. Дело, похоже, выеденного яйца не стоит. Сейчас получу сумку, скорей всего с наркотиками, дотащу ее до Косинской улицы и увижу Треша. Дальше — дело техники. Послежу за парнем, раскрою сеть наркодилеров и сдам негодяя милиционерам. Жаль только, что приключение так быстро несется к концу, большой книжки не получится.

Несмотря на ранний час, в Шереметьеве клубился народ. Не успела я войти в просторный зал, как откуда-то из-под потолка раздался приятный женский голос:

— Совершил посадку самолет Аэрофлота, следующий рейсом из Дели. Встречающих просят подойти к выходу номер два.

Я понеслась было в сторону большой черной двойки, видневшейся на стенде, но тут же вспомнила, что ждать таинственного незнакомца следует под табло, и опрометью побежала назад, сжимая в одной руке бутылочку «Святого источника», а в другой детектив. Моя внешность ни у кого не вызывала подозрений. Из-за жары очень многие пили минералку, а книги Смоляковой держал каждый третий.

Я тупо стояла под табло и уже стала думать, что Треш подшутил надо мной, когда раздался тихий вопрос:

— Вы Лилит?

Очень смуглый, хрупкий юноша в строгом черном костюме испытующе заглядывал мне в лицо. На мизинце правой руки сверкнуло кольцо, похоже, с бриллиантом.

— Да-да, я Лилит.

— От кого вы?

— От Треша.

— Что должны забрать?

— Сумку с товаром на сто тысяч, — бодро отчеканила я.

— Тише, — шикнул курьер, — вот держите.

И он ногой пододвинул ко мне спортивный баул не слишком больших размеров. Я схватилась за ручки. Неожиданно поклажа легко оторвалась от пола.

— Не вздумай открыть по дороге и смыться с героином, — предостерег курьер, — Треш тебя из-под земли достанет.

— Я честный человек!

— Все честные до первой стодолларовой бумажки, — изрек курьер и смешался с толпой.

Я пошла к автобусу. Косинская улица на другом конце города, меньше чем за два часа не добраться.

Из метро я вышла в боевом настроении. Вся подземка читала Маринину, Полякову и Смолякову. Впрочем, кое у кого мелькали в руках любовные романы Анны Берсеневой — молодой, но уже успевшей стать модной писательницы. Арину Виолову не читал ни один человек, словно меня и нет на свете. Ну ничего, сейчас закончу расследование и такую книгу напишу! Смолякова локти от зависти искусает!

Но чем дальше я шла по Косинской улице, тем быстрее пропадал задор, возле дома шесть я совсем приуныла. Да уж, очень надо Смоляковой с ее тридцатью книгами завидовать какой-то Арине Виоловой. Где она и где я. Небо и земля.

Восьмой дом оказался нежилым. Одна из пятиэтажек первой серии, подготовленная под снос. Жильцы давно выселены, стекла выбиты, двери подъездов распахнуты.

Поколебавшись немного, я вошла в первый подъезд и стала подниматься на второй этаж. Под ногами крошились куски битых кирпичей и осколки. Неожиданно дверь в шестую квартиру оказалась запертой. Я постучала ногой в филенку.

— Кто? — глухо донеслось с той стороны.

— Лилит.

— К кому?

— К Трешу.

С легким скрипом дверь распахнулась.

— Давай сюда, — велела тощая белобрысая девица, по виду чуть старше Кристи.

Я вошла в грязную прихожую.

— Где товар?

— Вот.

— Сумку не открывала?

— Нет, конечно, не волнуйтесь, все в целости и сохранности довезла.

— Стой тут, ща проверю, — процедила девчонка и исчезла в комнате.

Я хотела прислониться к стене, на которой были записаны шариковой ручкой номера телефонов, но не успела, потому что хозяйка заорала:

— А ну иди сюда!

Я вошла в комнату. Из мебели была только табуретка, на ней —раскрытая сумка, рядом, сердито сдвинув брови, стояла девчонка.

— И где товар?

— Как? В бауле!

— Да? Там нет ничего.

— Не может быть, — я подскочила к табуретке.

— Сама смотри, — прошипела девица, — одни рваные газеты.

Я принялась перебирать смятую бумагу.

— Действительно!

Девчонка вцепилась мне в запястья.

— Ах ты, падла! Сперла товар.

— С ума сошла?!

— Вовсе нет! Нашлась, самая хитрая. Решила нас на сто кусков кинуть!

— Не мели чушь, — огрызнулась я и попыталась вывернуться из ее маленьких, цепких, как у обезьянки, рук.

Но девушка держала меня мертвой хваткой.

— Ну-ка, погоди!

Из кармана крохотных джинсовых шортиков словно по мановению волшебной палочки появился мобильный.

— Послушай, — миролюбиво сказала я, — включи мозги, если они у тебя, конечно, есть. Предположим, я и в самом деле унесла героин, ну зачем бы тогда явилась сюда с пустой кошелкой? Между прочим, от Шереметьева до Косинской улицы почти два часа пилить, ты меня рано не ждала, было время испариться. К чему сюда-то являться? Товар, скорей всего, скоммуниздил тот смуглый парень, который вез посылку из Индии.

— Он вне подозрений, — выплюнула девчонка, поднося к уху мобильный, — ездит пятый год, и все тип-топ, а вот ты, голуба, первый раз взялась!

— Да зачем сюда приезжать с пустой сумкой?!

— Эй, Треш, — заорала девчонка, — п...ц, товар с...и, эта

м...а заявилась с е...и газетами. Что? Ага, ясненько, да, да, да, так и передам!

Красная от гнева, она швырнула мобильник на пол и заявила:

— Спрашиваешь, зачем сюда сумину волокла? Хитрой быть хотела! Думала козой прикинуться! Ничего не знаю, ни о чем не ведаю, сумочку притащила, давай «зелень» и распрощаемся. Только облом вышел. Мы про тебя все знаем! Придется тебе у муженька сто тонн попросить и отдать Трешу.

— У какого мужа? — стала заикаться я.

Только не хватало сейчас втянуть в это дело Куприна, мало мне не покажется!

— Хватит, — просипела девчонка, — ты что, и впрямь считаешь, будто Треш лишь один твой ник знает? Слушай, Лилит, ты — Лидия Анатольевна Ферганова, проживаешь на Сиреневом бульваре, в доме двадцать три. Муж твой — Николай Петрович Ферганов — имеет неплохой бизнес, денежки домой тугими мешочками таскает. Только тебя не устраивает семейное положение. Половина баб скосорылится от зависти, узнав, что ты не работаешь, имеешь полно хрустиков и занимаешься лишь своей придурочной собачкой. Но ты телка шебутная, вот и завела себе любовничка, Витьку Корниенко, наделала долгов и решила подзаработать. Все про тебя известно, голуба! Теперь, если не хочешь, чтобы до мужа дошел рассказ про тебя и Витьку, ищи сто кусков. Мы люди честные. Нам больше, чем товар стоит, не надо. Собирались, правда, продать и наварить, да хрен с тобой. Гони бабки! Или верни героин.

Я почувствовала легкое головокружение. Вот беда. Получается, что я втравила совершенно незнакомую мне Лидию Анатольевну Ферганову в дикую историю.

— Так сразу не могу, — забормотала я, — дайте подумать, деньги большие.

— Возьми у мужа!

— Не даст, и потом, как я объясню, зачем мне такая куча баксов?

— Ну, — протянула девица, — возможны варианты, мы с Трешем готовы пойти тебе навстречу.

— Как тебя звать? — я решила наладить контакт.

— Джуманджи, — не моргнув глазом, представилась пакостница, — вот что, Лилит, скажи своему благоверному, что тебе бабушку надо привезти в Москву, родственницу одинокую, пусть ей квартиру купит.

— Но... Откуда я возьму старушку?

— Не твоя печаль, уговоришь мужа, предоставим бабуську, поможем.

— Дайте подумать! — взмолилась я. — Ну не могу я так сразу, мозги отключились!

Джуманджи глянула на часы.

— Времени тебе до часа ночи. Выйдешь в чат и свяжешься с Трешем. Не вздумай убежать.

— Мне некуда.

— Вот-вот. И помни: о тебе все известно, Лилит!

Вымолвив последнюю фразу, Джуманджи противненько засмеялась и почесала нос. На одном из пальцев у нее виднелась белая полоска — очевидно, девица сняла с руки кольцо.

— Ступай себе, — велела она.

Я выскочила на улицу и, не разбирая дороги, кинулась к метро. Надо немедленно потолковать с Лидией Анатольевной.

Глава 8

На Сиреневый бульвар я заявилась в самый разгар трудового дня, искренне надеясь, что нигде не работающая Лидия Анатольевна сидит за чашечкой кофе перед теликом. То, что семья Фергановых более обеспечена, чем соседи, стало понятно сразу, при беглом взгляде на дверь в их квартиру. У всех двери были деревянными, слегка облупившимися, а у Фергановых — шикарная панель, похоже, из цельного массива дуба, да еще наверху, в углу потолка, торчала маленькая камера.

Я нажала на звонок.

— Кто там? — донеслось из стены.

— Виола Тараканова.

— Кто?

— Меня вызывала Лидия Анатольевна.

— Минуточку.

Послышался легкий шорох, потом другой женский голос спросил:

— Вы ко мне?

— Мне нужна Лидия Анатольевна Ферганова.

— Слушаю.

Я обозлилась. Она что, предполагает беседовать со мной через дверь?

— Откройте, пожалуйста.

— Зачем?

— Нужно встретиться.

— Я с вами незнакома, — не сдалась тетка, — дверь не открою, говорите так или уходите. Станете названивать, нажму тревожную кнопку, и вас заберут в милицию.

— Откройте, я не причиню вам вреда.

— Убирайтесь.

Понимая, что разговор зашел в тупик, я рявкнула:

— Не идиотничайте! Лучше посмотрите внимательно на экран видеофона. Разве я похожа на бандитку? Если не впустите меня, то, естественно, я не стану настаивать и уйду, но вас тогда ждут крупные неприятности. Треш знает про Виктора.

— Не понимаю, — дрожащим голосом начала Лидия Анатольевна, но я перебила ее:

— Чат... «my.ru», разговор по «аське» с Трешем в отношении кое-какой услуги. Сколько он вам пообещал?

Загремели замки, и на лестницу выскочила прехорошенькая блондиночка в коротком халатике-распашонке, открывавшем красивые, стройные ножки.

— По-моему, вы сумасшедшая, — гневно сверкая большими голубыми глазами, сказала она, — несете чушь!

Я улыбнулась.

— Почему тогда вы не вызвали милицию, а открыли дверь? Вам не следует меня бояться, давайте поговорим. Вы дома одна?

— Нет, конечно, — звенящим от напряжения голосом сообщила красавица, — во-первых, в квартире горничная и два охранника, во-вторых, муж в кабинете, в-третьих...

— Шесть вооруженных до зубов омоновцев, парочка Джеймсов Бондов, установка «град» и зенитно-ракетный комплекс, — хмыкнула я, — ну не врите так глупо. Нам действительно надо срочно переговорить в укромном уголке. Вам грозит нешуточная неприятность, которую, к сожалению, спровоцировала я.

Лидочка бросила быстрый взгляд на камеру и понизила голос:

— Вы кто?

— Журналистка и писательница Виола Тараканова.

— Не слышала о такой.

Я вздохнула.

— Ну, пока мое имя не слишком на слуху, я написала лишь два детектива. «Гнездо бегемота» и «Скелет в шкафу».

— А вот не брешите-ка, — заявила Лида, — я читала эти книжки-то, их автор Арина Виолова!

Я почувствовала прилив гордости. Ну надо же!

— Вы переверните книгу, там на задней обложке моя фотография помещена.

Не говоря ни слова, Лида исчезла в квартире. Я прислонилась к косяку. Не прошло и пяти минут, как дверь распахнулась и улыбающаяся хозяйка потрясла ярким томиком.

— Ну и ну! Кому сказать — не поверят! Автограф дадите? Идите, идите, вам чай или кофе? Хотите пообедать? Катька вкусно готовит.

— Большое спасибо, есть не хочется, а вот чаю с удовольствием.

Меня провели в гостиную и торжественно усадили за овальный стол, с которого почти до полу свисала кружевная скатерть цвета ряженки. В мгновение ока появились две хрупкие чашечки, изящный чайничек, коробочка конфет «Моцарт» и вазочка с печеньем. Лидочка продолжала радостно щебетать:

— Ну никогда не встречалась с писателями! Надо же! Сама Арина Виолова и у меня дома!

Мне очень не хотелось портить ее радужное настроение, но делать было нечего. Выпив удивительно вкусный, отлично заваренный чай, я набрала побольше воздуха в легкие и начала:

— Вчера я вошла в чат «my.ru»...

Чем дольше я говорила, тем сильней бледнела Лидочка, в самом конце она прошептала:

— Господи, что же вы наделали! Ну зачем прикинулись мной!

— Я не думала ни о чем плохом. Случайно вышло. Хотела вызвать Треша на разговор, а он сразу принял меня за вас. Вы ведь и раньше общались?

Лида кивнула.

— Да, в чате. Знаете, как в сети болтают, все растрепать могут. Я познакомилась с девчонкой. Она жаловаться стала, что муж намного ее старше, запер дома, а мой...

Лидочка схватила край кружевной скатерти и, комкая ее, стала исповедоваться.

Ей всего двадцать три года, за плечами только школа да учеба в модельном агентстве «Рашен старз». Неизвестно, какая бы модель получилась из Лидочки, поработать ей так и не удалось, потому что на первом же показе в нее влюбился солидный, богатый человек Николай Ферганов. Коля сначала красиво ухаживал, а потом предложил руку и сердце. Девятнадцатилетняя Лидочка заколебалась. С одной стороны, жизнь еще и не начиналась, связывать себя не хотелось, появятся дети, испортится фигура... С другой стороны, на нее налетели подружки.

— Ты, Лидка, ваще дура, — в один голос твердили «вешалки», — может, такая удача только один раз в жизни и выпала!

— Другие мужики найдутся, — легкомысленно заявила Лида. — Коля старый, тридцать пять стукнуло, да и не нравится он мне!

— Привыкнешь, — сурово заявила Инесса Радова, — а насчет мужиков... Их тут и впрямь тучи, только что-то жениться никто не спешит. Проводят с нами время, а в супруги других берут. Не упусти удачу!

Под давлением общественности Лидочка дрогнула и пошла в загс. Первые полгода семейная жизнь текла беззаботно. Несостоявшаяся моделька носилась по магазинам, скупая все, на что падал взгляд. Потом заниматься безудержным шопингом надоело. Муж целыми днями ворочал бизнесом, таких понятий, как выходные и праздники, для него не существовало. Лидочка изнывала от скуки. Она попыталась было снова выйти на подиум, но супруг категорично сказал:

— Нет.

Еще год Лида провела, как в анабиозе, спала до полудня, много ела, смотрела телевизор, толстела и от скуки устраивала истерики мужу. В конце концов Николай сообразил, что жену следует чем-то занять, и отправил ее учиться в Академию киноискусства. Согласитесь, жена-артистка — это круче, чем жена-манекенщица.

— Получишь диплом, — наметил он перед Лидой перспективы, — я проспонсирую какой-нибудь фильм, сыграешь в нем главную роль.

Лидочка с жаром взялась за учебу. Вернее, ей нравилось не сидеть за учебниками, а весело проводить время с сокурсниками, ходить в кафе, участвовать в капустниках, гулять по Москве. Николая никогда не было дома, и Лидуша перестала ощущать себя замужней дамой, скорей она воспринимала супруга как родственника, ну, к примеру, богатого дядю. А потом к ней пришла любовь. В роли Ромео выступил четверокурсник Витя, местный красавец и Казанова.

Неревнивый муж абсолютно спокойно реагировал на заявления супруги типа:

«Приду поздно, у нас репетиция». Или: «Поеду к подруге готовиться к экзаменам».

Парочка забросила учебу и шлялась по кабакам. Ели и пили на деньги Лидочки, у Вити в кармане бренчали считаные копейки. Потом им надоело таскаться по общественным местам, захотелось иллюзии собственного дома, и Лидочка сняла квартиру. Теперь к Николаю она прибегала только ночевать, а через пару месяцев стала задумываться о разводе. Но тут Коля улетел на целых три месяца в Америку, у него затевался невероятно выгодный контракт с заокеанскими партнерами. Лидуся уволила прислугу, чтобы та не шпионила за хозяйкой, и переселилась на съемную квартиру к любимому Витеньке. Через месяц стало понятно: она фатально ошибалась. Во-первых, кончились деньги, а Лидочка не привыкла себе ни в чем отказывать. Питаться кефиром и одеваться в секонд-хенде забавно ради приключения, но постоянно так жить унизительно. Во-вторых, Витька целый день лежал на диване и попрекал

«жену»: не постирала рубашки, не сварила обед, плохо заварила чай. Лидочка, приученная к тому, что всю работу по дому
выполняют наемные люди, сначала пыталась вести хозяйство,
а потом возмутилась:

— Сам себе брюки гладь!

Разразился скандал со взаимными упреками, слезами и
хамскими криками. Лида схватила чемодан и была такова.
Она тихо радовалась, что не совершила глупости, не объявила
мужу об уходе, а проделала все тайно. Коля теперь казался ей
лучшим из супругов. Лидочка наняла новую домработницу,
записалась в кружок вязания и осела у телевизора. В институт,
чтобы не столкнуться с Витькой, она не ходила. Впрочем, весной бывший любовник должен получить диплом и исчезнуть
из жизни Лиды.

Вернулся Коля, померил жутковатый свитер с вытянутыми
петлями и расцеловал жену. Жизнь вновь налаживалась, но
неожиданно возникла неприятность. Позвонила незнакомая
девушка и заявила:

— С тебя десять тысяч баксов.

— За что? — подскочила Лида.

— Приезжай на Манежную площадь, в кафе «Рондо», уз-
наешь.

Лида поспешила по указанному адресу, встретилась с отвратительно толстой, черноволосой и усатой бабищей, которая показала ей парочку фото. Витя и Лидочка обнимаются на
фоне красиво цветущей яблони, а вот и вовсе раздетые...

— Это что... — испуганно пробормотала неверная жена.

— Десять тысяч гринов — и негативы твои, — ухмыльнулась толстуха, — даю на раздумье неделю. Прикинь, как твой
муж обрадуется, увидев картинки. Ей-богу, сумма невелика.

Лидочка в полной панике приехала домой. Николай мог
дать десять тысяч, не моргнув глазом, попроси жена купить ей
колечко, часы или эксклюзивную шубку. Но он, естественно,
удивится, узнав, что такая сумма понадобилась ей на карман-
ные расходы. Взять в долг? Не у кого.

Лидочка просто сломала голову. От полной тоски и безвыс-
ходности она поделилась бедой со своей подругой по чату сек-
ретом. Лидочка совершенно не рисковала. О ней не было ничего известно, кроме ника Лилит. Впрочем, и она не знала настоящего имени девчонки, просто знала ее ник Мимоза и
болтала с ней в чате около месяца. Лидочка любила бродить по
сети, но чат «my.ru» был лучшим, там собирались прикольные
собеседники. Уезжая к Вите, Лида прихватила ноутбук и по
вечерам убегала в «паутину». Кстати, Витька был недоволен,
он не умел пользоваться компьютером и считал походы в чат

идиотской забавой. Мимоза появилась в «my.ru» не так давно, недели за две до разрыва Лиды и Витьки, но успела стать для разочарованной любовницы жилеткой, куда можно смело плакать, не боясь, что слушательница воспользуется полученной информацией.

Естественно, Лида тут же рассказала Мимозе о шантажистке, и виртуальная подруга написала в ответ:

«Погоди, могу помочь».

«Как?»

«Тебе нужны десять тысяч?»

«Очень».

«Есть человек, Треш, приходит сюда после часа ночи, вызови его в приват, скажи, что от меня, он даст заработать».

«Что делать?»

«Не знаю».

Лидочка едва дождалась урочного времени. Треш спокойно пообещал:

«Есть возможность. Отвезешь товар — получишь бабки».

«Какой товар?» — решила уточнить Лида.

«Дурь», — ответил Треш, — не бойся, дело налажено. Не ты первая».

Лидочка испугалась. Наркотики — это серьезно.

«Я подумаю», — ответила она.

«Только не тяни, — предупредил Треш, — завтра в час дай ответ, не захочешь — другой побежит. Мне лишние курьеры не нужны. Ради Мимозы согласился».

Весь следующий день Лида провела в дикой тревоге, да еще вечером, около десяти, на ее мобильный позвонила шантажистка и напомнила:

— Счет идет, осталось три дня.

Ощущая себя тараканом, над которым навис ботинок, Лидочка вошла ночью в чат и написала:

«Я согласна, куда ехать?»

«На...» — начал Треш, и тут связь прервалась.

Лидочка попыталась еще раз выйти в Интернет, но попытки срывались одна за другой. Сначала не налаживалась связь с провайдером, потом комп заморгал и погас. Похоже, что он совсем сломался. Лидочка от злости чуть не разбила монитор. Ну бывает же такая фатальная невезуха! Именно в тот момент, когда ей начали сообщать самую нужную информацию, проклятая консервная банка надумала скончаться!

Решив завтра же попросить у мужа новый компьютер, Лидочка отправилась в кровать. Утром произошло непредвиденное событие.

Едва проснувшись, Лидуся увидела на тумбочке букет алых

роз и прислоненный к нему конверт. Ничего не понимая, она развернула письмо.

«...Дорогая Лидуся, заинька моя! Извини, не стал тебя будить, хотя очень хотел поздравить лично. Но ты так сладко спала, что я решил отложить поцелуи до вечера. Поздравляю с годовщиной нашей свадьбы. Я очень люблю тебя и счастлив. Ей-богу, не знал, что тебе подарить. Не слишком-то сведущ в дамских штучках. Поэтому решил: купи сама, что пожелаешь. Машину, шубу, колечки. На счету двадцать тысяч, если не хватит — доложу. Твой мохнатый мишка».

Лидочка посмотрела на новенькую карточку VISA, выпавшую из открытки, перечитала письмо и разрыдалась. Нет, ее Коля самый лучший, нежный, внимательный, чудесный... Никогда больше она не станет ему изменять. Всучит деньги шантажистке, пусть та подавится, и заживет спокойно.

— И ты отдала десять тысяч? — поинтересовалась я.

— Еще нет, — покачала головой Лида. — Эта дрянь должна послезавтра звонить. С Трешем я, естественно, соединяться не стала, в чат «my.ru» больше никогда не пойду. Думала, все отлично, но теперь появилась ты! Что же теперь делать, а?

— Погоди, — забормотала я, — сейчас придумаем. Твой муж когда приедет?

— Поздно, является около двух, как правило.

— Это хорошо, — протянула я, — жди меня у себя в полночь, станем играть с Трешем в кошки-мышки.

— Ой, не надо, — испугалась Лида.

— Не бойся, мы прижмем ему хвост, — пообещала я, — но для этого надо встретиться с парочкой людей. Ну-ка, пусти меня к телефону!

Первый звонок я сделала одному из приятелей Куприна, Андрею Протасову. Андрюшка работает в отделе, который занимается наркотиками, и может пролить свет на кое-какие загадочные обстоятельства.

— Протасов, — гаркнуло из трубки.

— Добрый день.

— Слушаю, — голос звучал по-прежнему сурово.

— Андрюш, это я, Виола, жена Олега Куприна.

— О-о, привет великим писателям!

— Ладно тебе издеваться.

— Вовсе нет, я всерьез, моя Ленка от твоего «Гнезда бегемота» в восторге.

— Слышь, Андрюш, помоги.

— Случилось что-то?

— Нет, надо посоветоваться, у меня в новом романе ситуация крутится вокруг наркотиков.

— А ты напишешь на первой странице: «Консультант майор Протасов А. М.»? — заржал приятель.

— Обязательно.

— Тады приезжай.

— Куда?

— Ко мне.

— Нет, не хочу, чтобы Олег знал.

— Почему?

— Он издевается надо мной, говорит, ерунду пишу. Вот хочу с тобой проконсультироваться, чтобы чего не напороть, а Куприну не скажу, пусть думает, что сама такая умная.

Андрюшка захихикал.

— Лады, дуй на улицу Поликарпова.

— А там что?

— Квартирка хитрая, — веселился Андрей, — будем встречаться как мент и информатор, в условиях полнейшей секретности. Пиши.

Я схватила ручку и записала адрес.

Глава 9

Подойдя к девятиэтажной серой башне, я задалась вопросом: «Интересно, а у Куприна имеется оперативная квартира? И для каких целей он ее использует?»

Андрюшка распахнул дверь и хохотнул:

— Дуй по коридору непосредственно в кухню. У меня кофе есть.

Если сказать честно, я терпеть не могу растворимый суррогат. К благородному напитку, получаемому из зерен, он не имеет никакого отношения. Но Андрюшка с такой радостью тряс банкой «Нескафе», приговаривая:

— Глянь-ка, чего для тебя купил, — что я не посмела отказаться.

С первого взгляда на крохотную кухоньку становилось понятно, что здесь не готовят обедов. Над не слишком чистой раковиной висела металлическая корзиночка, в которой стояли две чашки, одна тарелка и одноразовые пластиковые стаканчики, которые кто-то, пожалев выбросить, решил помыть и использовать второй раз. Плита тут была двухконфорочная, зеленые занавески совершенно не сочетались с темно-синей клеенкой, посудное полотенце отсутствовало, а на подоконнике стоял чайник, не электрический, эмалированный, с отбитой эмалью, ядовито-желтого цвета, смахивающий на старого гуся. Андрюшка вскипятил воду, развел кофе и принялся ругаться:

— Ну народ, шакалы прям. Ведь купил сюда пряников, печенья, чтобы людей угощать. Так все слопали, один сахар оставили!

— Мне не хочется есть, спасибо, — ответила я, помешивая темно-коричневую жидкость.

Ей-богу, так противно пахнет, что и пробовать неохота.

— Дело не в этом, — злился Андрюшка, — нехорошо, когда только один покупает, а остальные жрут. Ну, выкладывай, что там у тебя.

Я насыпала в «Нескафе» сахар, может, сладкое это пойло не будет таким гадким?

— Понимаешь, я придумала сюжет для небольшой повестушки, но там дело вертится вокруг наркотиков. Боюсь наврать чего...

— Весь внимание, — заявил Андрюшка и вытащил сигареты.

Если в ментах и есть что хорошее, так это их умение слушать. Олег никогда не станет прерывать собеседника, даст выговориться до конца, уточнит:

— Это все?

А потом засыплет вопросами. Андрюшка тоже абсолютно молча ждал, пока я все расскажу, и только затем заявил:

— Ну, в отношении компьютеров ничего тебе сказать не могу. С этим следует обращаться к Петьке Рогову. Я только пасьянсы раскладывать умею. Что же касается наркотиков... Тут полно серьезных ошибок.

— А именно?

— Действительно, очень часто курьеров нанимают, так сказать, со стороны. Используют людей, не связанных с наркоорганизацией. Такой, даже если и попадет в руки милиции, ничего не расскажет. Максимум, что сообщит: место, где получил товар, да опишет внешность того, кто отдавал сумку. Только, сама понимаешь, толку от этих сведений грош. В курьеры стараются нанять людей, которые должны вызвать наименьшее подозрение: ну, допустим, женщину с грудным младенцем, ребенка лет двенадцати, старуху.

— И они соглашаются?

— Не перебивай, — рассердился Андрюшка, — слушай внимательно, запоминай свои вопросы, потом задашь! Еще как соглашаются! Правда, иногда бывают «слепые» курьеры.

— Господи, — всплеснула я руками, — ну ни за что бы не подумала! Человек ничего не видит, а берется за такое дело!

Андрюшка хмыкнул.

— Ну, Вилка, нельзя же начинать писать книгу и не иметь

никакого понятия о предмете! «Слепой» курьер — это отнюдь не тот, кто лишен зрения. Так называют людей, которые не знают, что везут наркотики.

— Это как?

— Да просто. Ну попросил тебя приятель: «Вилка, будь другом, летишь в Москву, прихвати для моего друга посылочку». Возьмешь?

— Конечно, если она не слишком большая.

— Попросишь, чтобы развернули пакет и показали содержимое?

— Да нет...

— Вот, и таких лохов, как ты, шеренги. Но не о них речь. Даже если и предположить, что этот Треш ищет курьеров через Интернет, то совершенно невероятно, что он отправляет новенького с большой партией товара. Курьера сначала проверяют на граммах, и вообще, для крупных поставок существуют иные каналы. Потом, десять тысяч долларов никто не заплатит за перевозку. Вернее, такую сумму могут отдать, но только в том случае, если человек обеспечивает безопасность цепочки: поставщик — курьер — получатель — барыга — дилер — покупатель. Курьер — маленькая шестеренка в машине наркоторговли. Десять тысяч баксов! Ты с ума сошла! Да ему цена две сотни, без тысяч! Ну и загнула! И уж совершенно непонятно, почему этой Лилит дали десять дней на поиски денег.

— Как почему? Она должна добыть сто тысяч!

Андрюшка снисходительно похлопал меня по плечу.

— Милая ты моя, наивная незабудка! Если предположить, что товар исчез, а курьер прибыл с пустой тарой, то его никто никуда не отпустит. Сначала побьют от души, затем прикажут решать вопрос на месте — велят «подарить» квартиру или дачу. А если у бедняги ничего нет, просто убьют, чтобы другим неповадно было. Есть еще и другие огрехи. Придется тебе всю книжку переписывать.

Я залпом опрокинула в себя отвратительную жидкость. От сахара кофе получился еще гаже.

— Да уж, невесело.

Андрюша развел руками.

— Можешь, конечно, оставить все как есть, только на правду это будет похоже, как муха на крокодила. Хотя откуда людям знать... Ну, посмеется кое-кто, оставь, не переписывай! Я иногда детективы почитываю и дико веселюсь, в особенности на тех страницах, где написано, как следователь хватает государственную машину и мчится за преступником. Все брехня: и автомобиля не допросишься, и следователь...

— Значит, на истину не похоже? — прервала я Андрюшку.

— Угу, — кивнул тот, — впрочем, знаешь что?

— Ну?

— Сделай по-другому.

— Как? — машинально спросила я.

Честно говоря, разговор я поддерживала просто по инерции, все, что требовалось, уже узнала.

— Предположим, в Интернете орудует шайка мошенников, — начал фантазировать Андрюшка, — никакими наркотиками они не торгуют, просто отлавливают лохов и дурят по-черному. Всовывают саквояжик якобы с «дурью», потом делают вид, что героин исчез, и начинают вымогать деньги. Вот тогда все становится на свои места. Ясно, почему десять тысяч пообещали, их никто платить-то не собирался. Понятно, отчего большую партию товара сразу переправляли, не было его в сумке.

На секунду я замерла, потом заорала:

— Андрюха! Ты гений! Именно так и обстояло дело! Все, извини, бегу, где моя сумка? Пока! Кофе был чудесный!

Налетая от возбуждения на стены, я понеслась к выходу.

— Ты сумасшедшая, — крикнул мне вслед Андрюшка, — долбанутая писательница!

Я выскочила из подъезда, перевела дух и постаралась успокоиться. Интересно, отчего все окружающие меня люди так не любят литераторов? Чуть что, начинают дразниться.

До метро было довольно далеко, но лезть в переполненный автобус и толкаться среди потных, злых людей не хотелось, поэтому я пошла пешком. Но не успела сделать и пары шагов, как раздался голос:

— Девушка, вы не подскажете, как проехать к Беговой улице?

Я повернула голову. На проезжей части стоял огромный, сверкающий, лакированный, похожий на троллейбус джип с затемненными стеклами. Водитель приоткрыл переднюю дверцу и выжидательно смотрел на меня. Выглядел он самым импозантным образом. Примерно сорока лет, но уже с сильной сединой. Весь вид мужика кричал об устойчивом финансовом положении. Льняной летний костюм, слегка помятый, никак не походил на вещи, которые висят на Черкизовском рынке. Несколько дней тому назад я уломала Олега и купила ему брюки из хлопка. Так вот они выглядят тряпкой, а те, что натянуты на водителе джипа, смотрятся, простите за каламбур, сногсшибательно.

— Беговая улица перед вами, — пояснила я.

— Но там вроде ремонт.

— Да нет, есть проезд, недавно проходила мимо.

— Там?

— Нет.

— А где?

Вот ведь тупой какой! А может, просто от жары обалдел? Градусник зашкалил за тридцать, невероятная температура для июньской Москвы.

Я подошла к джипу вплотную.

— Сейчас чуть-чуть прямо, затем левее...

— Ну спасибо, — улыбнулся шофер и швырнул мне на лицо мокрую тряпку.

Я хотела было возмутиться и закричать: «Что вы делаете?» — но ноги подогнулись, тело стекло на асфальт. Последнее, что помню, это то, как сильные, просто железные руки втаскивают меня в пахнущее дорогими сигаретами кожаное нутро внедорожника.

— Ну, красота ненаглядная, открывай глазенки!

Я разлепила веки. Прямо надо мной навис водитель джипа.

— Надеюсь, ты не ждешь, что я стану целовать тебя, словно спящую красавицу, — хмыкнул он.

В моей голове будто работала кофемолка, рот раздирала зевота, и очень хотелось почесать нос, но сделать это простое действие было крайне затруднительно, потому что кто-то примотал крепко-накрепко все мои четыре конечности к стулу.

— Никак не проснешься? — заботливо осведомился шофер. — Могу предложить холодный душ. Только, сама понимаешь, одну тебя туда не пустят, попрошу парней за банно-прачечной процедурой присмотреть, уж не обессудь, они молоды, с потенцией порядок, могут и не сдержаться. Так как, пойдешь мыться с моими мальчиками?

— Где я?

— У меня.

— А вы кто?

— Дед Пихто.

— Имейте в виду, — дрожащим от ужаса голосом завела я, — вы избрали крайне неудачный объект для похищения.

— Очень интересно, — процедил мужчина и, раскурив толстую сигару, выпустил струю тошнотворного дыма прямо мне в лицо, — пой, птичка, пой.

— Во-первых, у нас нет денег, во-вторых, мой муж — майор милиции, да он, если я не вернусь домой, поставит на ноги всю Российскую Федерацию.

Похититель расхохотался, но я решила не сдаваться.

— А в-третьих, я очень, очень известная и знаменитая писательница Арина Виолова. Мною написаны такие книги, как «Гнездо бегемота» и «Скелет в шкафу».

Седовласый отложил вонючую сигару.

— Ну ты, мать моя, и горазда врать. И впрямь могла бы писакой стать, жаль, времени у тебя не будет.

— Почему? — пролепетала я.

— И деньги твои не нужны, можешь их себе в ... засунуть, — мурлыкал мужчина, — да и муж-ментяра, в наличии которого я сильно сомневаюсь, уже не поможет. Если хочешь пожить еще денек...

— Я правда Арина Виолова!!!

Мужчина взял мою сумочку и одним махом вытряс содержимое на стол.

— Вот бабы! — восхитился он. — Сколько дряни таскают! Страх смотреть. Да ты брехушка, милочка. В паспорте написано — Виола Тараканова. Спору нет, имечко красивое, фамилия оригинальная, наверное, тебя люди сразу запоминали, но, согласись, Арину Виолову это мало напоминает. Понимаешь, кисонька, я не привык верить людям на слово, а тому, что вылетает из накрашенных ротиков, в особенности.

Внезапно я успокоилась.

— Позвоните в издательство «Марко». Арина Виолова — это псевдоним. Пусть вам скажут, как звучит ее настоящее имя. Еще можно купить книжку и посмотреть на обложку, там помещена моя фотография, жуткая, правда, но узнать можно.

Похититель пару секунд не мигая глядел на меня, потом ухмыльнулся:

— Что ж, уважаю тех, кто, несмотря ни на что, стоит на своем и борется до конца. Лады, посиди тут, рыбонька, не скучай, сейчас разузнаем, какая ты писательница! Маринина, блин!

Он легко встал из кресла и вышел. Я, чувствуя, как противно сжимается желудок и мелко-мелко трясется сердце, принялась разглядывать комнату. Похоже, удрать отсюда не удастся. Я примотана к стулу. Правда, возле окна стоит огромный, словно аэродром, письменный стол, а на нем лежат острые ножницы. Нужно попытаться до них добраться.

Дергаясь всем телом, я продвинулась около метра и остановилась. Даже если доскачу до стола, то как взять ножницы? Ладно, предположим, схвачу их зубами, но тогда возникает следующая проблема: как разрезать веревку. Руки-то завязаны за спинкой стула, а ноги зацеплены за ножки!

Не успела я задуматься о дальнейших действиях, как в комнату быстрым неслышным шагом, словно голодный тигр, ворвался хозяин. Я вжалась в стул. Мужчина подошел к столу, схватил ножницы и мигом разрезал путы.

— Простите, Виола Ленинидовна, произошла трагическая ошибка!

— Ничего, — пролепетала я, растирая запястья, — сущая ерунда, со всяким случиться может, ну, перепутали объект, ерунда, ей-богу!

— Скажите, вы сегодня ездили на Сиреневый бульвар?

— Да.

— Если не секрет, к кому и зачем?

— Тут нет никакой тайны, — я пожала плечами, — там живет моя подруга, Лидочка Ферганова, она попросила подписать ей книги.

— Ох, Виола Ленинидовна...

— Мне больше нравится, когда меня не величают по отчеству!

— Хорошо. Я — Николай Ферганов, Лидин муж.

— Что?!

— Вот именно. Вас принял за шантажистку, которая вымогает у моей жены деньги.

— Вы знаете?

— Конечно.

— Поэтому и дали Лиде денег?

— Да.

— Ничего не понимаю! — в отчаянии воскликнула я.

— Все просто, — спокойно заявил Николай, доставая новую сигару. — Вы позволите?

— Вы только что дымили мне в нос! — не удержалась я.

Николай улыбнулся.

— Чай или кофе? А может, желаете перекусить?

— Спасибо, аппетит исчез начисто, вот от чашечки «Липтона» не откажусь.

Через несколько минут угрюмый, шкафоподобный парень в черном костюме поставил на маленький столик поднос и, хмуро поглядывая на меня, спросил:

— Какие будут указания?

— Никаких, Костик, отдыхай пока, — ласково сказал Николай.

Потом он повернулся ко мне.

— Думал, что изловил негодяйку. Хотел выяснить, кто автор затеи. Лида — дурочка, ее обвели вокруг пальца. Предполагаю, этот Виктор в доле.

— Вы знали, что жена вам изменяет?

Николай потер затылок.

— Лидуша очень молода, годится мне в дочери, ну а если брать в расчет жизненный опыт, то в правнучки. Ничегошеньки она не видела вот и попалась на крючок к сладкоголосому мерзавцу. У меня на этого «артиста», с позволения сказать, целое досье собрано. Альфонс, живет за счет глупышек. Пользуется тем, что мужья тотально заняты, не могут проводить время со своими половинами, и начинает окучивать грядки. Лида у него не первая. Но в возникшей ситуации виноват я — предоставил девочку самой себе, не уделял ей должного внимания, вот и результат.

— Лида считает вас лучшим из мужей, — быстро сказала я.

— Да, — кивнул Николай, — это главный итог. Она сделала правильные выводы и никогда себе больше не позволит подобного.

— И вы не расскажете ей, что в курсе дела?

— Нет, конечно. Поэтому и подсунул деньги: пусть не волнуется, проблема решена. Но я не собирался прощать тех, кто затеял аферу. Домработница следит за Лидой, мои парни — за квартирой. Тут появляетесь вы. Сначала шепчетесь о чем-то с Лидушей, затем едете на улицу Поликарпова. Стопроцентно был уверен — передо мной если не сама шантажистка, то ее доверенное лицо. Сделайте одолжение, Виола, с какого боку вы причастны к этой истории?

Я выпила чай и слегка расслабилась.

— Хорошо, сейчас расскажу.

Надо отдать должное Николаю. Слушатель он оказался такой же хороший, как Олег. Правда, иногда он сдвигал брови и крякал, но это было все. Когда рассказ иссяк, Николай покачал головой:

— И муж, майор милиции, разрешает вам влезать в такие истории?

— Он ничего не знает! А если до него дойдет эта информация, будет скандал, — вздохнула я.

— Я бы Лидочку, узнав про такое, запер дома, — покачал головой Николай.

— Ну мне-то не двадцать три года, — обозлилась я, — от супруга я материально не завишу, зарабатываю, между прочим, побольше Олега, и никакого права удерживать меня он не имеет. И потом, должна же я где-то брать материал для новых книг?

Николай улыбнулся.

— Всегда считал, что писатели в основном врут и получают за это деньги. Ладно, если не боитесь, тогда у меня есть план. Но надеюсь на ваше умение хранить язык за зубами, мне не хочется, чтобы Лида...

— Поняла, — перебила я его, — излагайте.

Глава 10

Около полуночи, сжимая в одной руке сумочку, я позвонила в Лидочкину дверь. Она мигом распахнулась.

— Господи, — зашептала девушка, — как ты долго! Я прямо извелась вся.

— Твой муж дома? — так же тихо спросила я.

— Нет.

— Когда придет?

— Звонил недавно. Завтра появится, уехал на переговоры с клиентами.

— Ночью? — я старательно изображала удивление.

— Обычное дело, — вздохнула Лидочка, — бизнес не спит.

— Ну отлично, включай компьютер.

— Зачем? — испугалась Лида.

— Пошли, пошли, ты хочешь, чтобы ситуация рассосалась, а Николай ничего не узнал?

— Да.

— Тогда вперед, открывай чат «my.ru», будем ждать Треша.

Мерзавец отчего-то появился сегодня рано. Не успела Лида открыть нужную страницу, как мы увидели строчку: «К нам приходит Треш».

«Треш, зайди в мою «аську».

«Ща», — ответил мерзавец.

Через секунду высветилось окно. Я оттеснила Лидочку и напечатала:

«Деньги нашла, пришлось взять в долг. Дома держать боюсь, хочу отдать сегодня».

Очевидно, у подлеца от радости, что он скоро станет обладателем ста тысяч долларов, затряслись руки, потому что в его ответе было сразу три опечатки:

«Харашо. Пишит адрис».

«Пишу».

«Вяльцевский проезд...»

«Дальше».

«Дом четыре, во дворе трансформаторная будка. Там зайдешь внутрь. Отдашь Джуманджи».

«Меня убьет током».

«Будка не работает. Времени — час».

«Могу не успеть».

«Твои проблемы. Приезжаешь одна. Не вздумай обратиться в милицию. Имей в виду, за твоим домом следят».

«В милицию — никогда».

«Жду».

Я вскочила на ноги.

— Лида, выключай компьютер и дай честное слово, что больше никогда не пойдешь в этот чат. И вообще, будь поосторожней с Интернетом, не разбалтывай свои тайны.

Девушка всхлипнула:

— Вообще выброшу комп на фиг.

— Ну, это уже слишком. Я поехала.

— Погоди, а деньги? Ты где их возьмешь?

Я улыбнулась и раскрыла сумку.

— Мама! — взвизгнула Лидочка. — С ума сойти, тут и впрямь доллары. Целая куча.

Потом она отступила в глубь коридора и испуганно спросила:

— Что же получается? Теперь я буду должна тебе жуткую сумму?

— Нет.

— Ты хочешь подарить мне сто тысяч американских рублей? — недоумевала хозяйка.

— О господи! Нет, конечно. Они ненастоящие.

— Кто? — трясла головой Лида.

— Успокойся, это «кукла». Сверху в каждой пачке несколько подлинных купюр, а посередине бумага.

— Но Треш обозлится.

— Не успеет.

— Почему?

— Можно, я не стану объяснять подробности?

— Пожалуйста, — вцепилась в меня Лидочка, — умоляю, объясни!

— Ну... Ты же знаешь, что я пишу детективы, — вдохновенно принялась врать я.

— Ага.

— Имею много знакомств в тех кругах, которые называют криминальными, — несло меня на волне лжи, — обратилась к браткам, вот дали «куклы», сейчас сообщу ребяткам адрес места встречи — и прощай, Треш.

Лидочка села на стул.

— Мама! А эти братки потом на нас не наедут?

— Нет.

— Ты уверена?

— Абсолютно.

— Почему они нам помогают?

Я обозлилась. Вот ведь какая настырная!

— Видишь ли, криминальный авторитет по кличке... э... Дракула очень хочет прославиться, пообещала написать про него книгу. И вообще, не задерживай меня, время тикает.

— Ясно, — дрожащим голосом проблеяла Лидочка, — можно мне с тобой?

— Ни в коем случае, — отрезала я, — ложись спокойно спать, все. Завтра позвоню.

Лидочка разрыдалась, я подхватила сумку и понеслась на улицу, где меня ждали раздолбанные, еле живые от старости «Жигули» с табличкой «такси» на ветровом стекле. Сидевший за рулем угрюмый парень Костя лаконично спросил:

— Ну?

— Порядок, — еле переводя дух, ответила я, — значит, так — Вяльцевский проезд, дом четыре, трансформаторная будка.

Костя взял небольшую черную коробочку.

— Михей, внимание, сначала адрес...

Вяльцевский проезд спал. В доме номер четыре, девятиэтажной блочной башне, горело всего два окна. Тишина стояла потрясающая. Собачники уже отгуляли со своими питомцами, не было видно и подростков. Наверное, всех измучила жара и сейчас люди отдыхали от зноя.

Костя припарковался и сказал:

— Так, уезжаю, а ты действуешь по плану. Эх, жаль!

— Что случилось? — спросила я, прижимая к себе сумку.

— Да сериал сегодня начинается по телику по книгам Смоляковой, — мрачно сообщил парень, — поглядеть хотел, круто пишет, хоть и баба.

Я выскочила из «Жигулей» и так стукнула дверцей, что эхо прокатилось по двору. Ей-богу, эта Смолякова везде, теперь еще и телесериал. Ладно, вот напишу новую книгу, и посмотрим!

На двери трансформаторной будки висел замок. Я дернула за ручку, дверь мигом открылась. В лицо пахнуло затхлым воздухом. Воняло ужасно — очевидно, бомжи использовали будку вместо туалета.

— Есть тут кто? — крикнула я.

— Не ори, — донеслось из темноты, — принесла?

— Да.

Вспыхнул узкий луч фонарика.

— Иди сюда.

Спотыкаясь о битые кирпичи и доски, я, стараясь не дышать, побрела на зов. Перед глазами возникла ухмыляющаяся Джуманджи.

— Показывай!

— Вот, — протянула я сумку.

Джуманджи посветила внутрь и схватила торбу.

— Лады, считай, мы тебя простили. А теперь отдохни тут чуток.

Я не успела ничего сказать, потому что в лицо ударила едкая струя. Глаза мигом наполнились слезами, в носу защипало, изо рта потекли слюни. На какое-то мгновение я ослепла, онемела и перестала дышать, но уже через секунду воздух, словно острый нож, ворвался в легкие. Никогда он не казался мне таким упоительным.

Слезы, сопли и слюни продолжали течь по лицу. Я стояла, вытянув вперед руки, напряженно вслушиваясь в то, что творится снаружи, но на улице стояла все та же сонная тишина. Неужели люди Николая упустили Джуманджи?

— Эй, Виола, жива? — донесся от двери абсолютно спокойный голос Кости.

— Да, — прохрипела я, — вроде да.

— Иди сюда.

— Не могу.

Послышался хруст. Это Костины сто килограммов дробили битый кирпич и стекла. В лицо ударил свет фонаря.

— Она в тебя из баллончика пульнула, — без всякого удивления констатировал парень, — вот падла. Не бойсь, ща нос задышит. Сопли-то утри.

Я рукавом блузки размазывала по лицу слезы.

Константин укоризненно вздохнул, вынул из кармана рубашки белый носовой платок, пахнущий дорогим одеколоном, и сунул мне в руки.

— Вы, бабы, только изображаете из себя невесть что, — констатировал он, — а платков-то никогда не носите! Двигай на улицу, легче станет, а то смердит здесь, без баллончика скореживает!

Я выползла на улицу.

— Где Джуманджи?

— Так увезли.

— Вы ее поймали?

— А то, мигом.

— И где она?

— Николай Петрович ею займется. Пошли.

— Куда?

— Велено тебя домой отвезти.

— Но мне хочется знать...

— Я человек маленький, — вздохнула стокилограммовая туша, — приказано доставить до квартиры.

— Но...

Костя посмотрел на меня исподлобья:

— Сама пойдешь или отнести?

— Но...

Парень легко подхватил меня одной рукой и сунул в «Жигули».

— Завтра с Николаем Петровичем побазаришь. Вот бабы! Сказано домой — значит, домой!

Страшно усталая, злая, бесконечно чихающая, в измазанных невесть чем брюках, я вошла в прихожую и, тихо радуясь, что в доме стоит тишина, прокралась на кухню. Так, Олег, кажется, спит, сейчас ко мне никто с расспросами не пристанет, а утром всем будет некогда... Где же бутылка с минеральной водой, в горле просто пересохло.

Но не успела рука открутить пробку, как вспыхнул свет и ледяной голос произнес:

— Добрый вечер, Виола!

От неожиданности я уронила пластиковую бутылку с боржоми и обозлилась.

— Олег! Как ты меня напугал! Подкрался и рявкнул!

— Где ты была? — хмурился муж, мрачно разглядывая меня.

— Э... по делам издательства...

— До трех утра?

— Как? Уже три? — фальшиво удивилась я.

Олег ткнул пальцем в часы.

— Представь себе. Кстати, твой прежний имидж понравился мне намного больше, чем сегодняшний. Брючки из блестящей материи, топик, дурацкие украшения и боевая раскраска лучше, чем грязные ноги, рваная блузка и заплаканное лицо. Отчего у тебя глаза, словно у кролика, больного конъюнктивитом?

— Ну... понимаешь... как бы объяснить...

— Словами, — сказал Олег и сел на табуретку, — просто словами. Отчего морда красная? Почему выглядишь так, будто ползала по стройке на коленях?

— Э... вечеринка посвящалась строителям...

— Да?

— Ага. А еще у меня началась аллергия.

— На что?

— Ну... э...

— Не старайся, думаю, на меня.

— Прекрати нести чушь, — вскипела я.

Олег взял с подоконника газету и протянул мне.

— Было очень интересно прочитать это.

Я уставилась на разворот. «Московские тайны Арины Виоловой. Совсем недавно на литературном небосклоне ярко загорелась новая звездочка. Арина Виолова. Наш корреспондент встретился с писательницей и задал ей пару вопросов.

— Мы о вас ничего не знаем...

— Так мне и говорить не о чем. Живу одна, не имею ни мужа, ни родителей, ни детей. Я кошка, которая гуляет сама по себе.

— Но ведь вы же не появились на свет в результате клонирования!

— Нет, конечно. Мой отец, известный ученый, провел большую часть жизни в Африке...»

Замирая от ужаса, я дочитала материал до конца. Полосу украшала фотография. Ярко размалеванная баба в слишком обтягивающем тощее тельце топике засовывает в рот кусок чего-то синевато-фиолетового. «Иногда Арина посещает африканский ресторан, — гласила подпись под отвратительным снимком, — она ест привычные с детства котлеты из обезьяны и вспоминает дни, когда была счастлива на Черном континенте».

— И что скажешь? — поинтересовался Олег.

Я только открывала и закрывала рот. Кажется, я потеряла дар речи.

— Не знал про твои похождения, — абсолютно серьезно качал головой супруг, — однако как интересно! Африка, шашлык из бегемота, покойный папенька, диктующий романы. Прости, конечно, но отчего он набалтывает тебе в уши эту дрянь? Почему не пытается рассказать хорошую, серьезную вещь? И кто тогда Лениннид? По простоте душевной, я всегда считал его тестем. Он, конечно, не профессор, всего лишь уголовник со стажем, но ведь твердо встал на путь исправления, делает отличную мебель! Кстати, он обиделся, когда прочитал статью. Сказал: «Ну, ясное дело, мы писательницам в папашки не годимся!»

— Замолчи, пожалуйста, — взмолилась я, — это пиар.

— Уж объясни нам, темным ментам, что это за зверь такой? — кривлялся Олег. — Как ты сказала? Миар? Шмиар?

— Пиар, — вздохнула я, — сокращение от английских слов «паблик рилейшенз». Реклама, грубо говоря, привлечение к себе внимания. Этим все звезды занимаются.

— Зачем?

— Ну... Чем больше о тебе говорят, тем охотней люди станут покупать книги, вырастут тиражи, с ними мой гонорар.

— А... а... — протянул Олег, — ясненько. Ты теперь станешь колотить посуду в ресторанах, бить по лицу официантов и есть мозги живой мартышки.

— Не до такой степени. Пойми, я очень хочу стать знаменитой! Прямо жутко! Тебе, наверное, тоже будет приятно, все начнут говорить: вон пошел муж Арины Виоловой!

Очевидно, последнюю фразу я сказала зря, потому что Олег перекосился и процедил сквозь зубы:

— Всегда мечтал о такой славе! И потом, у тебя же нет мужа! Ты избавилась одним махом от меня и Ленинида, мы стали тебе, великой писательнице, не нужны. Ладно, пойду спать.

Я вцепилась ему в плечо.

— Милый, ну извини! Постарайся понять: я очень хочу пробиться, а для этого мне надо слушать сотрудников издательства. Они знают, как раскручивать имя.

Олег сбросил мою руку, встал и, ничего не говоря, пошел к выходу. Я чуть не зарыдала от отчаяния. На пороге муж обернулся и спросил:

— Тебе не приходило в голову, что добиться признания и популярности можно иным способом?

— Каким?

— Упорной, каждодневной работой. Напиши тридцать романов, как Смолякова, и станешь такой же знаменитой. Без труда не выловишь рыбку из пруда.

Вымолвив последнюю фразу, Куприн ушел. Я от злости швырнула на пол свою любимую чашку, украшенную изображениями собачек, потом, рыдая, стала подбирать осколки. Ну что мне все тычут в нос Смоляковой?

Глава 11

Из сна меня вырвал звонок. Я нашарила рукой трубку и, не открывая глаз, спросила:

— Что надо?

— Машина у подъезда.

— Кто это?

— Николай Ферганов. Если хочешь узнать детали, приезжай прямо сейчас, потом я буду занят. Константин ждет во дворе.

Я вскочила с кровати и вздрогнула. Половина, на которой спит Олег, была аккуратно застелена. Очевидно, Куприн не на шутку обозлился на меня. Раньше ему никогда не приходило в голову убирать за собой одеяло и подушки, уходя на работу. Ладно, не станем сейчас думать о неприятностях. Олег посердится и перестанет, Лениниду надо купить пива и попросить Томочку испечь кулебяку с рыбой. Все уладится. Главное, что Николай расскажет мне сейчас суть аферы, я напишу книгу, ее издадут... Держись, Смолякова!

Николай, свежий и отдохнувший, выглядел так, будто проспал не менее двенадцати часов.

— Чихать перестала? — спросил он.

— И кашлять тоже.

— Ну и здорово. Чай? Кофе?

— Лучше сразу рассказывай.

Ферганов вытащил сигару.

— Дело выеденного яйца не стоит. Треш и Джуманджи аферисты. Два юных подлеца, вернее, подлец и подлючка, которые решили заработать денежек. Уж очень хотелось «капусты» нарубить, но чтобы сразу. Мигом — миллион. Нетерпеливые такие. Опять же делать ничего не хотели. Эта Джуманджи вчера тут орала: «Нет у меня родителей, чтобы из грязи вытащить. Отец и мать — уроды, учителя в школе, копейки получают и тащатся. Жить-то как? За один поход в ресторан сто баксов оставить надо!»

— А ты не ходи по кабакам, — прошипела я, — купи лапшу «Доширак» и кушай у телевизора. Быстро, калорийно...

— Но девке-то хотелось красивой жизни, — вздохнул Николай. — И тут ее судьба сталкивает со студентом одного из кинематографических вузов Виктором Корниенко.

— Это тот, который...

Николай кивнул:

— Да, абсолютно верно. Подобное притягивает к себе подобное, два сапога пара, горшок нашел крышку. Виктор Корниенко и Оксана Твердохлебова, так на самом деле зовут Джуманджи, живо смекнули, как им можно подзаработать. Самым древним способом. Виктор, смазливый внешне, еще и неплохой актер. Ему кажется, что Москва полна глупых, богатых женщин, которые начнут засыпать его за любовь ценными подарками: машинами, квартирами, загородными особняками. Вот юноша и начал охоту.

Действовал он традиционно. Посещал клубы, где собираются богатые люди, назывался актером. Пару раз ему удалось познакомиться со стареющими дамочками и даже очутиться у них в постели. Но наутро оказывалось, что любовницы вовсе не собираются осыпать его золотым дождем сразу. Более того, букетов и подарков ждали они от него. Скорей всего, сумей Виктор удержать около себя скучающую богачку, он бы получил лакомые кусочки. Но любое дело требует первоначального вложения капитала, в данном случае следовало слегка потратиться, а главное — старательно исполнять все капризы тетенек. Но Виктору хотелось особняков сразу, наутро. Да и характер у него норовистый, вот «любовь» и заканчивалась, не успев начаться.

И тогда у Оксаны возник иной, гениальный план. Виктор сменил круг общения, теперь он обратил внимание на людей бизнеса. Схема была проста. Сначала выбирался объект — дама из тех, что имеют деньги, — а потом начинался «разгон». Знакомство, улыбки, поход в театр... Виктор сделал кое-какие выводы. Далее появлялась шантажистка со снимками. Дама начинала метаться в поисках денег, и тут в Интернете отыскивалась милая Мимоза, которая сводила ее с Трешем. Удивительное дело, но женщины мигом попадались на крючок.

— Все его любовницы пользовались Интернетом?

Николай кивнул:

— Да, Виктор специально выбирал таких. Подобных женщин очень много. Мужья работают с утра до ночи, а жена сидит в чате, ей не хватает общения в реальной жизни, вот и ищет его в сети. Виктор и Оксана считали, что раздача указаний через Интернет сделает их неуловимыми, и парень прежде, чем начать роман, всегда выяснял, имеет ли объект компьютер, любит ли лазить по чатам... Тех, кого не коснулся прогресс, просто не трогали. Схема мошенничества проста, как сапог...

— Они предлагали бабам отвезти сумку с большим количеством наркотиков, а потом изображали, что героин исчез! — воскликнула я.

Николай улыбнулся.

— Именно так. Несчастная жертва начинала дергаться. Ее положению не позавидуешь. Куда ни кинь, везде тридцать восемь! С одной стороны, жмет шантажистка, грозящая рассказать все мужу, с другой — разъяренные наркодельцы, пугающие мучительной смертью.

— И что, им платили?

Николай присвистнул.

— Представь себе, да! Пару раз негодяи получали неплохой куш, но потом удача отвернулась от них. Виктор нашел очередную «дойную козу», некую Любовь Боярскую, ту самую, про которую ты мне рассказывала.

Я подскочила на кресле.

— Но она же не была замужем.

Николай кивнул.

— Да, но у Любы были проблемы в бизнесе, она владела небольшим павильончиком, решила расширяться, назанимала кучу денег, сняла другое, более просторное помещение в надежде на то, что прибыль польется водопадом, и... прогорела. Кредитор начал проявлять нетерпение, и тут появилась Мимоза с предложением поработать. Далее по отработанной схеме.

— Непонятно, однако...

— Что?

— Зачем Виктор связался с женщиной, испытывающей финансовые трудности? Ведь он до сих пор тряс богатых тетенек, которые изворачивались, но доставали деньги... А Боярская-то!

— Виктор полагал, что у нее припрятана копеечка, — пояснил Николай, — думал, баба прибедняется. Ну посуди сама: живет в хорошей квартире, содержит пожилую мать, племянницу, дочку умершей сестры, ездит на джипе, открывает новый магазин, и нет денег? Вот он и решил тряхануть бабенку, но просчитался! Денег у нее в самом деле не было.

— И тогда Виктор убил Любу! Как?

Николай уставился на меня.

— Что за чушь взбрела тебе в голову? Никого он не убивал.

— Нет, — уперлась я, — ведь я рассказывала тебе про письмо!

Николай начал ходить по кабинету.

— Виктор и Оксана трусы. Такое дело, как убийство, требует определенной смелости. И потом, у них не было никаких причин убирать Любу. Да, дело сорвалось, жаль, конечно, но и только! Виктор и Оксана просто переключились на другой объект. Пойми, они чувствовали себя в абсолютной безопасности, пользуясь Интернетом. Хотя, между нами говоря, найти человека, скрывающегося в чате под ником, возможно. Правда, хлопотно. Но Виктор был уверен: Люба не сумеет разыскать его под именем Треш. Ну зачем ему ее убивать? Смысл какой? Без повода людей мочат только маньяки, а Виктор и Оксана вполне нормальны. Поняв, что вышел облом, они начали вскапывать другую грядку!

— Врут!!!

Николай спокойно сказал:

— Виола, меня не обманывают, это просто невозможно.

Я посмотрела в лицо Ферганова. Самая приятная улыбка растягивала его губы, казалось, он лучится радостью и добродушием, но уже через секунду стало понятно: это — американский «смайл», «чииз», а по-нашему — просто оскал, не имеющий ничего общего с приветливым смехом. В глубине глаз Николая плескался холод, и мне немедленно стало понятно: врать ему и впрямь невозможно.

— Люба умерла своей смертью, — подвел итог Ферганов.

— Нет!

— Да. Простудилась и отъехала на тот свет.

— Ее убили!

— Почему? Зачем? Какая выгода от смерти неудачливой тетки, решившей в недобрый час пуститься в море бизнеса? — пожал плечами Николай. — Как бы тебе ни хотелось, но ничего загадочного в кончине Боярской нет!

— Но моя интуиция подсказывает иное.

Николай рассмеялся, на этот раз вполне искренне.

— Странная вещь — бабская чувствительность. Ладно, хочешь дальше барахтаться в этой ситуации, семь футов тебе под килем.

— Можно два вопроса?

— Валяй.

— А кто этот индиец, который привез товар? Смуглый парень с перстнем на мизинце?

— Оксана. Небольшая коробочка с гримом — и тебя превратят в аборигена далеких островов.

Я вспомнила белую полоску на одном из пальцев девушки и вздохнула.

— Ты убил их?

— Кого? — оторопел Николай.

— Треша и Джуманджи.

— Охота была мараться, — скривился Ферганов, — я — легальный бизнесмен. Да, имею службу безопасности, но киллеров в штате не держу.

— Что с ними будет?

— Полежат полгодика в больнице, — сообщил Николай. — Костя у меня человек горячий, не сдержался чуток. Вылечат сломанные руки-ноги и больше не станут заниматься рэкетом. Во всяком случае, я донес до их крошечных мозгов простую истину: добрый дядя Ферганов — исключение в этом жестоком, давно поделенном на квадраты мире. Если еще раз высунут морды из очка, им сломают шеи. Мои коллеги по бизнесу, случись с ними подобная история, не задумываясь, закопали бы парочку живьем в компостную яму. Знай, мол, с кем собрался иметь дело, олух! Небось они подумали: поставляет Ферганов одноразовую посуду в магазины и рестораны, да и сам такой же простой, как пластиковый стаканчик. Ошибочка вышла.

Я молчала, мне неожиданно стало холодно и жарко одновременно. Внутри ворочался раскаленный желудок, а конечности тряслись в ознобе.

— Ладушки, — иным тоном продолжил хозяин, — с тобой было приятно работать... Если бы я не знал, что ты писательница, позвал бы к себе на оклад. Мне как раз такая баба нужна для особых поручений.

— Большое спасибо, — поспешила ответить я, — но вынуждена отказаться от лестного предложения.

— Да я и не надеялся на согласие, — пробормотал Николай, изучая лежащие в коробке толстые сигары. — Сама Арина Виолова у меня на посылках! Слишком круто!

Я с подозрением покосилась на Ферганова, но на лице Николая не было видно издевки: похоже, последнюю фразу он произнес от чистого сердца, если, конечно, способен на это.

Не успела я оказаться на раскаленной улице, как из сумочки понеслась заунывно-противная мелодия. Дрожащими пальцами я выудила телефон.

Не так давно решилась все-таки и приобрела мобильный аппарат, но пользуюсь им только в случае самой крайней необходимости, потому что десятидолларовая карточка Би+ заканчивается, не успев начаться. И теперь у меня появился новый рефлекс: если сотовый «оживает» — случилось несчастье.

— Что произошло? — нервно выкрикнула я. — Тамарочка, это ты?

— А что должно произойти? — донесся до меня совершенно спокойный голос Федора. — Дуй в издательство.

Я перевела дух.

— Зачем?

— На месте объясню, — рявкнул парень, — ноги в руки — и ходу, времени мало.

Я побежала к метро. Ну что он еще придумал?

— М-да, — пробормотал пиарщик, увидав меня, — так и знал! Носишься по городу в джинсах и футболке. Ладно, ступай переодеваться. Едем на тусовку.

Я покорно пошла на выход. Ну зачем было заставлять меня прибегать сюда? Неужели нельзя нормально, по телефону, попросить: «Вилка, надень жуткие брючки!»

Тут я остановилась. Вчера Кристина, хищно поглядывая на «фольговые» штанишки, начала жаловаться:

— Договорились с ребятами пойти в парк, а нацепить нечего.

— Надень белую юбочку, — посоветовала Тамарочка, — красиво и не жарко.

— В таком одни идиотки ходят, — надулась Кристя.

Следующие десять минут Томочка безуспешно пыталась уговорить ее на те или иные варианты, но та упорно твердила:

— Нет, жуть!

А потом, со слезами в голосе, заявила:

— Никуда не пойду, лучше дома останусь! Ну и что? Целый месяц мечтала поехать в парк, и обломалось!

— Можешь взять эти брюки, — спокойно разрешила я.

— Вау, Вилка, супер! — взвизгнула девочка, но тут же погрустнела: — Но они без топика не смотрятся!

— Забирай весь комплект, — хмыкнула я, — вместе с обувью, сумочкой, перстнями и медальоном!

— Вилка!!! — взвыла Кристя и умчалась к себе примерять наряд.

Так что сейчас серебряные брючки и красненький лоску-
тик на лямках гуляют в парке...

Не успела я сообразить, что делать, как мобильный вновь
заныл.

— Ну и где ты? — сердито спросил Федор.

— Домой бегу!

— Зачем?

— Так переодеваться!

— О мама миа! Что за несчастье на мои седины! Топай назад,
к Марине, одежда у нее!

— Нет-нет, брюки и кофта...

— Виола! В одном и том же два раза перед журналистами
не показываются. Рысью к Маришке!

На этот раз мне предложили белый костюм. Вещь вполне
интеллигентную и уместную при жаре, если бы не некоторые
детали. Костюмчик выглядел кургузым. Слишком коротенькая юбчонка заканчивалась «рваным» подолом, кофточка же
была абсолютно прозрачной, приталенной и обтягивала меня
словно вторая кожа. Я подошла к зеркалу и поняла, что выгляжу просто непристойно.

— Да, — задумчиво пробубнила Марина, — что-то не так!

Я обрадованно принялась расстегивать верхнюю часть.

— Вот! — воскликнула девушка и протянула мне черный
бюстгальтер.

— Но костюм белый! — возразила я.

— Надевай, — тоном человека, с которым бесполезно спорить, заявила стилистка.

Через минуту она пришла в восторг:

— То, что надо.

Я опять глянула в зеркало и не нашлась что сказать. С ранней
юности считала: под светлую одежду следует надевать белое
белье. Но, видно, я безнадежно отстала в вопросах моды.

Марина принялась колдовать над моим лицом.

— Ну супер! Очень люблю маловыразительные от природы
морды, на них такое нарисовать можно!

Я не поняла, считать ли данное высказывание комплимен-
том, и решила перевести стрелку разговора на другие рельсы:

— Почему нельзя появляться на людях дважды в одном и
том же?

— Потому.

— Почему?

— Не принято.

— Но где же взять столько одежды?

— В магазине, — промурлыкала Марина.

— Это же разориться можно!

— Многие бутики дают знаменитостям шмотки напрокат. Поносил пару часиков и вернул.

— Да?

— Ага. Пиар!!! Магазинам нужна реклама, а люди тупые, раз какая-нибудь фу-ты ну-ты нацепила драную юбчонку, то, будь уверена, через неделю после ее появления вся страна рванет в лавки, бутики и на рынки, чтобы отыскать подобную. Теперь возьми вот эту сумочку.

— Но туфли-то красные!

— И что?

— А баульчик зеленый.

— Ботинки и сумки одного цвета носят сейчас лишь безумные старухи, — отрезала Марина, — ступай к Федору, ты неотразима! Вся тусовка прибалдеет.

— Куда мы едем? — поинтересовалась я после того, как Федор впихнул меня в угрожающе огромную иномарку.

— На день рождения Аси Юдиной, — сообщил парень.

— А кто она такая?

— Писательница.

— Да? В первый раз слышу.

Федор захихикал.

— Аська выпустила в издательстве «Сафо» книжку «Моя жизнь с мужчинами». Неужели никогда не видела?

— Что-то припоминаю. Журналистка, которая описала свои романы с известными политиками, актерами, художниками. Это она?

Федор кивнул:

— Именно.

— Но книжка-то появилась лет семь-восемь назад, что она еще написала?

— Ничего, — ответил Федор.

— И ее считают писательницей?

Парень хмыкнул.

— Виола, тусовка — это своеобразный организм, грубо говоря, собрание людей, которые ничем не занимаются. Их работа — хождение по вечеринкам и разнообразным мероприятиям.

— Не понимаю, — протянула я.

Федор притормозил.

— Мороженого хочешь?

— Из крокодила? — испугалась я.

— Нет, — ухмыльнулся пиарщик, — обычное, в вафельном стаканчике.

Я открыла дверь.

— Пошли.

— Сиди, — рявкнул Федор, — сам принесу!

Сунув мне в руки холодный конус, парень вздохнул:

— Учить тебя и учить! Не царское это дело — самой к мороженщице гонять. На предложение откушать холодненького ты должна с капризным видом ответить: «Ну ладно...» — а когда я притащу угощение, нужно заявить: «Фу, я такое не ем! Где тирамису?»

— Тира... как?

— Никак! — отмахнулся Федор. — Теперь о тусовке. Все те, кто кочуют с презентаций на дни рождения, а потом бегут в казино, на самом деле не лентяи. Ты так попробуй, потусуйся! По мне, уж лучше на службе сидеть, чем по фуршетам носиться, никакого здоровья не хватит. Но именно тусовщики делают моду. На всяческих мероприятиях полно журналистов, потом в глянцевых журналах и газетах появляются снимки. Люди покупают издания, разглядывают картинки и бегут в магазины. Всем охота иметь платье, как у киноактрисы. Для того чтобы засветиться в прессе, актеры, писатели, композиторы появляются на тусовках. Если о тебе пишут, следовательно, ты популярен. Раз популярен — получаешь много предложений от работодателей, соответственно, больше зарабатываешь. К походу на тусовку следует отнестись серьезно. Если какая-нибудь Ася Юдина заявит, что читает сейчас Арину Виолову, все мигом рванут в магазины и сметут тираж. Поэтому тебе придется шляться сейчас по вечеринкам, по тем, куда я велю ходить. Ясно?

Я кивнула.

— А на что они живут?

— Кто?

— Ну, например, эта Юдина. Если она выпустила несколько лет тому назад всего одну книгу, то небось давным-давно съела гонорар.

Федор доел стаканчик и облизал пальцы.

— Ну, Аська-то постоянно выходит замуж. Сейчас у нее в супругах числится бизнесмен. Впрочем, есть у тусовщиков и способ заработать. Многие готовы хорошо заплатить, чтобы на их вечеринке появилась, допустим, Юдина. Это сразу возводит банальную пьянку в статус светского раута. Опять же журналюги побегут, а каждому охота свою морду на полосе узреть.

— И они ко всем ходят за деньги?

— Нет, друг друга посещают бесплатно, профессиональный тусовщик обязан постоянно светиться, усекла?

Я опять кивнула и уставилась в окно. Сама покупаю «ТВ-парк» и люблю разглядывать яркие фото со знаменитостями.

Глава 12

День рождения отмечали в ресторане с устрашающим названием «Улыбка акулы». Когда Федор впихнул меня в зал, в глазах потемнело, а из ушей пошел дым. В небольшом помещении было душно, шумно и громко. Потом, обретя возможность оценивать действительность, я увидела море людей с тарелками в руках. В углу, на небольшой сцене, изо всех сил орал в микрофон что-то нечленораздельное патлатый парень с гитарой в руках.

— Эй, Арина, — ткнул меня Федор, — знакомься, Алик, он ведет вечер.

Передо мной возник высокий мужик с красным потным лицом, одетый отчего-то в велосипедные шорты и ярко-синюю майку с надписью «Вау» на груди.

— Ну же, Арина, — снова пнул меня под колени Федор, — дай дяде ручку.

Алик схватил мою протянутую конечность своей противно-липкой ладонью, выудил откуда-то микрофон и, перекрывая вой патлатого парня, заорал во всю мочь:

— Вау, с нами известная писательница, кумир миллионов, сама Арина Виолова.

Никто даже не повернул головы в мою сторону. Продолжая вопить, Алик исчез в толпе.

— По-моему, насчет кумира миллионов он загнул, — сказала я и повернулась к Федору.

Глаза наткнулись на пустое место — пиарщик испарился. Я растерялась, что же мне делать тут одной, а? Вообще говоря, я с удовольствием бы поела немного. Где они добыли еду? Вон у толстой тетки в неимоверно розовых штанах такой привлекательный пирожок в руках.

Рот наполнился слюной, голод набросился на меня, словно злая собака. Поколебавшись секунду, я тронула «розовые штаны» за плечо.

— Простите, где взять пирожок?

Тетка повернулась ко мне. Я едва сдержала неприличный возглас: «Вот это да!» Сзади женщина выглядела вполне нормально: сверху что-то похожее на футболочку, внизу брючки цвета взбесившегося поросенка. Несколько смелый вариант, если учесть, что объем бедер дамы явно превышает ее рост. Но спереди летняя маечка оказалась абсолютно прозрачной, и была видна огромная, потерявшая девичьи формы жирная грудь, больше похожая на вымя немолодой коровы. Правда, бюст был втиснут в ярко-красный лифчик, но общая картина от этого не менялась.

— На столе всего полно, — приветливо улыбнулась тетка.

— А где он?

— Ты впервые тут? — поинтересовалась бабища.

— Да.

— Иди сюда, — велела «корова» и потащила меня сквозь толпу, бесконечно повторяя: — Привет, привет, здорово, как делишки, шикарно выглядишь...

Скорей всего, моя провожатая была из завсегдатаев.

— Вот, набирай, — велела она, подталкивая меня к длинному столу, — там закуски, здесь горячее. Чего стоишь? Действуй.

— Спасибо, — промямлила я, — сейчас народ немножечко разойдется, и я возьму угощение...

«Красный лифчик» расхохотался.

— Откуда ты такая взялась? Тут клювом щелкать нельзя. Лезь скорей.

— Ага, ладно, спасибо.

— О господи! — тетка закатила глаза. — С подобными манерами уйдешь голодной. Стой тут. Значит, пирожки хотела?

Я не успела ответить, потому что дама выхватила из большой стопки чистую тарелку и, выставив вперед угрожающий бюст, ловко ввинтилась между крупными мужиками, штурмовавшими бастион со жратвой.

Чувствуя себя полной кретинкой, я прислонилась к стене. Ну куда подевался Федор? Совершенно не знаю, что тут делать!

— На, — выскочила из толпы толстуха, — сделай одолжение, угощайся. Тут такие пираньи! Мигом все сожрут, ни крошечки не оставят, а что не влезло в желудок, в пакет схоронят и домой оттащат! Уж извини, на свой вкус положила.

Я мигом проглотила два крохотулечных пирожка и уставилась на нечто непонятное. Вроде комочек риса, внутри, похоже, рыба...

— А это что?

— Суши. Не ела разве?

— Только слышала.

Толстуха всплеснула руками:

— Откуда ты взялась?

— Из издательства «Марко», — я решила представиться, — Арина Виолова, писательница.

— Нюся, — сообщила тетка, — вот и познакомились.

— Я впервые на таком мероприятии.

— Оно и видно, — засмеялась Нюся, — твоя наивность берет за желудок. Похоже, тебе тусовки не по душе, чего явилась-то?

Я пыталась подцепить вилкой скользкий комок из риса.

— Пиар! Велели мне появляться на сборищах для повышения продажности книг.

Секунду Нюся смотрела на меня, потом принялась всхлипывать от смеха.

— Арина, ты всегда говоришь правду?

— А нельзя?

— Только не здесь! На вопрос, почему приперлась на тусовку, отвечай: «Сама не знаю, надоело все до жути».

Я наконец засунула в рот угощение.

— Ну как? — поинтересовалась Нюся. — Вкусно?

Вязкое нечто с трудом пролезло в пищевод.

— Жуткая дрянь! Клейкая, противная, и, похоже, вместо начинки — сырая, несвежая рыба!

Нюся сложилась пополам.

— Ариша! От тебя скончаться можно!

— А что? Тебе это нравится?

Весело блестя слишком ярко накрашенными глазами, Нюся ответила:

— По мне, так тоже отвратительно. Но ты должна восхищенно воскликнуть: «Ах, суши, обожаю, тащусь».

— Почему? — недоумевала я. — Отчего не признаться честно, что салатик «Оливье», пирожки и шашлык намного вкусней японских угощений. Впрочем, может, их просто не умеют готовить в России?

— И это верно, — вздохнула Нюся, — но на самом деле, что японцу здорово, то русскому смерть. Но говорить об этом на тусовке нельзя, вмиг сочтут отсталой. Знаешь, что меня вчера напугало до колик?

— Ну? — поинтересовалась я, пробуя следующее яство: нечто, больше всего похожее на переваренные, сладкие макароны.

— У Алки Трубниковой... слышала про такую?

— Нет.

— Ладно, не важно. Она недавно побывала на каком-то богом забытом острове и весь вечер разорялась о том, как хороши засахаренные кузнечики и саранча в шоколаде. Прикинь, что станут подавать на сейшингах[1], если Алке удастся ввести новую моду.

Я передернулась. Нюся снова засмеялась.

— Вот-вот, и меня переколбасило! Ладно, возьму над тобой шефство, ты мне понравилась.

---

[1] С е й ш и н г — в данном случае: сборище (*искаж. англ.*).

Я улыбнулась. Жутко одетая толстуха оказалась очень милой.
— Спасибо, ты тоже ничего.
— Давай дружить, — захихикала Нюся, — где твой совочек? Так, так, значитца, стоит задача торговли мордой...
— Нюсенька, — раздалось за спиной.

Моя собеседница развернулась и стала целоваться с лысым недомерком, облаченным в фиолетовые шорты из парчи.
— Люсик! Шикарно смотришься!
— Ах, Нюсенька, как ты похудела.
— Ты мне льстишь, Люсик!
— Нет, дружочек, талия — супер.

Я перевела взгляд на то место, где у обычных женщин самое узкое место тела. Огромный бюст Нюси плавно перетекал в желеобразный живот. Если сейчас, по словам этого дядечки с немыслимым именем Люсик, она похудела, то что же было раньше? Страшно представить.
— Кто это с тобой? — полюбопытствовал Люсик.

Нюся прищурилась.
— Как, ты не знаешь? Вся страна колотится в восторге от ее книжек! Знакомься. Моя лучшая подруга, писательница Арина Виолова.
— О-о-о, — Люсик закатил глазки, — как же! Читал ваши романы. Но сейчас вас не узнал, по телику вы выглядите чуть иначе.

Я принялась глупо улыбаться.
— У вас есть собака? — неожиданно поинтересовался Люсик.
— Да, Дюшка, девушка неизвестной породы.
— Тогда я вам понадоблюсь, — оскалился Люсик и убежал.
— Меня никогда не показывали по телевизору, — пробормотала я, — этот мужчина не мог видеть писательницу Виолову...
— А он и не видел, — ухмыльнулась Нюся, — вот что, дай мне номер твоего мобильного.
— Да, конечно, восемь, девять ноль три...
— Немедленно меняй номер, — нахмурилась Нюся.
— Почему?

Новая подружка прислонилась к стене.
— Он у тебя кривой, надо иметь прямой.
— Но это дорого!
— Если хочешь светиться в прессе, нужно потратиться!
— Арина! Вот ты где! — воскликнул Федор. — Ну обыскался прямо! Ах, Нюсенька! Вы — само очарование! Нимфа среди козлов! Дозвольте к царской ручке приложиться!
— Ты слишком неумело врешь, — кокетливо надула губки

Нюся, — впрочем, как все вы, пиарщики. Значит, так! Арина теперь под моим патронажем, и тебе это не будет стоить ни копейки. Подруг я раскручиваю бесплатно. Ну, покеда, дорогая, жди звонка.

Она клюнула меня в щеку и, подцепив под локоть тощего, долговязого парня, растворилась в гомонящей толпе.

— Как тебе это удалось? — обалдело поинтересовался Федор.

— Что ты имеешь в виду?

— Как ты ухитрилась подружиться с самой Асей Юдиной? Немыслимое дело!

— Так это она?!

— А ты не знала? — вытаращился Федор.

Я хотела было ответить: «Нет, конечно», но тут откуда-то налетела целая толпа людей с фотоаппаратами и затараторила:

— Арина, улыбнитесь, дорогуша, сюда гляньте, повернитесь к нам.

— Не разевай рот, — шипел Федор, — просто растяни губы, стань чуть боком, одну ногу выстави вперед, руку упри в бок.

Наконец журналисты убежали.

— Какая разница, как стоять и улыбаться, — наскочила я на парня.

— Очень большая, — ответил тот, — если разинешь пасть, вместо рта на снимке появится черная яма, не повернешься чуть боком, будешь выглядеть как бочка с соляркой. Ну, Ася, молодец! Это она борзописцев прислала. Да, Виола, следует признать: ты оборотистая девушка, в первый раз на тусовке, а не растерялась. Ладно, пошли домой, задача выполнена, нас заметили. Впрочем, если тебе понравилось, оставайся, а я очень устал.

— Пошли, — обрадовалась я.

Мы выскочили на улицу и наткнулись на группу журналистов. Федор мигом обнял меня за плечи и начал улыбаться, но люди с фотоаппаратами смотрели в другую сторону.

— Что там? — спросил мой спутник.

— Да вот, — ответил один из парней, — в соседнем ресторане крутые чего-то не поделили, стрельбу подняли, в результате, похоже, образовалась парочка трупов. Теперь ждем, когда менты выйдут, может, скажут чего...

В эту самую секунду из здания, расположенного в нескольких шагах от «Улыбки акулы», вышла группа хмурых, потных мужчин. Впереди с самым мрачным видом шествовал Куприн.

— Олег! — закричала я, подпрыгивая.

Муж остановился, на секунду по его лицу промелькнула улыбка, но уже через мгновение она исчезла, и он довольно сердито поинтересовался:

— И что ты тут делаешь?

— Вот, на тусовку пришла...

— А-а-а, — протянул Куприн, — развлекаешься и, похоже, с кавалером.

— Скажите нам, кого убили? — вмешался в разговор один из журналистов.

— Без комментариев! — рявкнул Олег.

— А откуда вы знаете модную писательницу Арину Виолову? — задала свой вопрос рыженькая девушка со слишком бледным лицом.

— Вы у нее поинтересуйтесь, — скривился супруг.

Я открыла рот.

— Это мой... — но тут же осеклась.

Что делать-то? По легенде, у меня нет и никогда не было мужа!

— Это мой... э... ну, в общем и целом, если сказать прямо, не скрывая... ну... э... а...

Олег с ухмылкой смотрел, как я пытаюсь выкрутиться из щекотливой ситуации. Подождав чуть-чуть, он хмыкнул:

— Ладно, Арина, все равно правды не скрыть! Я ее в свое время в тюрьму сажал!

От негодования у меня потемнело в глазах. Ну, Олег, погоди!

Ребята с фотоаппаратами и диктофонами ломанулись к Куприну, щелкая аппаратурой.

— Поподробнее, пожалуйста.

— Вы у самой Арины разузнайте правду, — как ни в чем не бывало заявил Олег и влез в свои старенькие «Жигули».

Весь табор продажных писак кинулся ко мне.

— Арина!!! Вы сидели!!! За что? По какой статье было предъявлено обвинение? Убили? Ограбили? Наркотики?

Бледный Федор, без конца повторяя: «Без комментариев», впихнул меня в роскошную иномарку и быстро увез.

Несколько перекрестков мы проскочили молча, потом парень внезапно припарковался и налетел на меня чуть ли не с кулаками.

— Какого черта! Почему ты не рассказала про ходку?

— Да ты чего! — замахала я руками. — Ничего такого не было! Он все выдумал!

— Кто?

— Да Олег, мой муж, майор Куприн.

— Этот животастый мент твой муженек? — Федор чуть не выпал на проезжую часть.

— И вовсе он не толстый, — обиделась я, — просто пиво любит выпить вечером, у телика!

— Ну шутник, — покачал головой Федя, — надеюсь, его выступление не будет иметь шумного резонанса, нам такой пиар совсем ни к чему.

— Он просто сердится, что я вынуждена ходить на всякие мероприятия, и вообще смеется надо мной, — стала я жаловаться.

— Не расстраивайся, — похлопал меня по плечу Федор и завел мотор. — Сейчас раскрутишься, бросишь своего ментяру, найдешь, блин, академика или космонавта, жизнь только начинается...

Я молча смотрела в окно. Мне абсолютно не хотелось разводиться с Олегом. И потом, может, вовсе и не надо становиться знаменитой? Жила же я как-то все годы, и ничего, была счастлива.

Глава 13

Утро началось со звонка редактора.

— Как у вас дела, Виола Ленинидовна? — поинтересовалась Олеся Константиновна.

— Прекрасно!

— Новая книжка пишется?

— Уже больше половины нацарапала! — бойко соврала я.

— Замечательно! — воскликнула Олеся Константиновна. — Вы у нас в плане, надеюсь, не подведете.

Я повесила трубку и рванулась к шкафу. Надо срочно продолжать поиски убийцы Любови Кирилловны Боярской. И сначала я подъеду в ее магазин «Твои грезы». Интересно, чем она торговала? И как звали женщину, у которой она брала деньги в долг... Инга Горская!

Адрес лавки «Твои грезы» я узнала по платной справочной. Вернее, сначала по привычке я набрала «09» и услышала:

— Информации о торговле у нас нет.

— Что же теперь бесплатно можно узнать? — возмутилась я. — Ноль один, ноль два, ноль три?

— Мы здесь ни при чем, — сухо ответила оператор и отсоединилась.

Я устыдилась. Ну действительно, чем девушка из справочной виновата? И еще мне было очень интересно, чем же все-таки торговала Люба Боярская? Насколько я помню, Мария Григорьевна очень осуждала покойную дочь.

Витрины магазина были закрыты непрозрачными жалюзи. Я испугалась. Неужели точка прекратила существование? Но дверь оказалась не заперта, на ней висело объявление: «Лица до восемнадцати лет не обслуживаются».

Страшно заинтересованная, я толкнула дверь, вошла в просторный зал и огляделась. В стеклянных витринах лежали фаллоимитаторы всевозможных цветов и размеров. По стенам были развешаны плетки, ошейники и белье из кожи, чуть поодаль виднелись полки с косметикой и лекарствами, а по углам таращились резиновые куклы с разинутыми ртами: две негритянки, две белокожие и одна представительница монголоидной расы. Любовь Кирилловна Боярская держала секс-шоп.

Две скучающие продавщицы кинулись ко мне со всех ног.

— Что желаете? Мы получили интимную косметику. Есть необыкновенное средство от импотенции, просто капаете партнеру в чай, и мужчина превращается во льва...

— Я из журнала.

Продавщицы замолкли, словно налетели на стену, потом та, что постарше, поинтересовалась:

— Из какого?

— «Космополитен».

— Ой, — захлопала в ладоши молоденькая, — я вас просто обожаю!

— Позовите, пожалуйста, хозяйку, Любу Боярскую.

— Ее нет, — переглянувшись, ответили продавщицы.

— Ладно, — кивнула я, — позвоню Любе домой.

— А зачем она вам? — поинтересовалась та, что помладше.

Я вспомнила вчерашний поход на тусовку, наглых парней, размахивающих фотоаппаратами, нацепила на лицо презрительную улыбку и процедила:

— Деточка, госпожа Боярская мне абсолютно без надобности. Сейчас лето, информационных поводов мало, редколлегия решила, что можно и о вас тиснуть страничку-другую...

— Инга, — подскочила молоденькая продавщица, — вот это суперски!

— Будем знакомы, — улыбнулась вторая женщина. — Инга Горская, хозяйка магазина.

— Да? — Я недоверчиво вскинула брови вверх. — Но госпожа Боярская уверяла меня, что точкой «Твои грезы» владеет она.

Инга, сохраняя на лице улыбку, предложила:

— Давайте выпьем кофе у меня в кабинете. Танечка останется в торговом зале и будет обслуживать покупателей.

В этот момент в секс-шоп вошла парочка. Молоденькая продавщица с самым недовольным видом пошла в ее сторону.

Налив в красивые чашечки отвратительный растворимый «Нескафе», Инга долго размешивала сахар, но потом все же решилась:

— Люба умерла.

— Да что вы! — Я изобразила крайнее изумление. — Под машину попала?

— Нет, — покачала головой Инга, — простуда, потом воспаление легких, астма и... все. Ужасно! Я целый месяц в себя прийти не могла. Мы ведь с детства дружили, в одном институте учились.

— И магазин достался вам по завещанию? — решила уточнить я. — Честно говоря, мне это кажется странным. Вроде у Боярской имелись мать, муж, племянница... Отчего она оставила лавку вам?

Инга опять включила чайник.

— Мужа у Любы не было. Вернее, Любаня — вдова. Игорь умер буквально через месяц после свадьбы.

— Ну надо же! — удивилась я.

— Трагическая история, — покачала головой Инга. — Бедной Любочке патологически не везло в жизни. Во всем, просто девочка-неудача. Ну да это неинтересно.

— Напротив! Расскажите.

— Но чем «Космо» привлекает история чужих неприятностей? — резонно возразила Горская.

— Я сделаю статью о зигзагах женской судьбы, — я принялась фантазировать. — Проиллюстрируем снимками вашего магазина, сообщим адрес...

Инга пожала плечами:

— Если хотите — слушайте, но, ей-богу, ничего особо примечательного.

Родители Любочки Боярской были учеными. Папа, Кирилл Петрович, — врач, доктор наук, мама, Мария Григорьевна, — всего лишь кандидат, всю жизнь помогала мужу. Познакомились Боярские во время Великой Отечественной войны. Причем их первая встреча произошла при трагических обстоятельствах.

В 1945 году молодой лейтенантик, так называемый заурядврач[1], был среди тех советских солдат, которые освобождали узников фашистского лагеря смерти Горнгольц. Это был не Освенцим и не Бухенвальд, заключенных в Горнгольце содержалось намного меньше, но судьба их была еще хуже, чем у тех, кто умирал в бараках от голода в Дахау и Треблинке. В обычных лагерях смерти, несмотря на безостановочно рабо-

---

[1] З а у р я д в р а ч. Во время войны 1941—1945 гг. не хватало медиков и было принято решение сократить срок обучения в соответствующих вузах. Выпускники не изучали теорию, только практику, и по сути являлись не врачами, а фельдшерами, но получали дипломы врачей.

тающие печи крематория и газовые камеры, все же был шанс выжить, а попавшим в Горнгольц становилось понятно: пути назад из этого ада нет, причем последние месяцы жизни придется провести в страшных мучениях. В Горнгольце людей использовали в качестве лабораторных крыс. Чтобы вы хорошо поняли суть проблемы, мне придется немного отвлечься.

Медицинские эксперименты проводились в большинстве концлагерей Германии. Опыты над обмороженными людьми, изучение порога их выживаемости, исследования свойств крови, проблема лечения бесплодия... Пожалуй, самым известным среди врачей-экспериментаторов был Йозеф Менгеле. Он занимался операциями без анестезии, переливанием крови, изучением реакций человека на различные стимулирующие вещества, искусственную перемену пола, удаление органов и конечностей. Еще его интересовали близнецы, то, как они переносят обширные полостные операции. «Парным» людям везло, их оперировали под наркозом, в отличие от других несчастных. Когда советские солдаты ворвались в Аушвиц, они не смогли сдержать слез при виде операционной, посреди которой стоял стол с хитроумной системой креплений.

Кстати, большинство этих, с позволения сказать, докторов получило на Нюрнбергском процессе различные сроки, семеро были казнены, но Менгеле удрал. Он скончался только в конце 70-х в Аргентине. Сколько людей погибло в результате бесчеловечных экспериментов, неизвестно, но принято считать, что речь идет о сотнях тысяч. Но самое ужасное состоит в том, что плодами этих научных работ мир пользуется до сих пор. Впервые о связи табака и рака легких заявили именно врачи фашистской Германии в своих работах, датированных серединой сороковых годов. Современная авиация и подводники используют защитные системы, основы которых были разработаны в немецких концлагерях. Женщины, идущие на искусственное оплодотворение, и не предполагают, что первыми, на ком пытались опробовать эту методику, были молодые польки из Освенцима. На результаты некоторых тех экспериментов опираются генетики и гематологи.

Врачи-убийцы осуждены, но их имена живут в науке — вот такой страшный, невероятный парадокс. Вряд ли кто из нас, покупая в аптеке лекарство, задумывается над тем, в результате каких экспериментов появились на свет таблетки.

Кирилл Боярский был одним из первых, кто ворвался в ревир[1]. Ужас, который испытал молодой парень, сам медик, не

---

[1] Р е в и р — больница в концлагере.

описать словами. Немцы, понимая, что советские войска неотвратимо наступают, умертвили всех «больных» и уничтожили документы. Изуродованные трупы, у большинства из которых не имелось конечностей, а тела покрывали жуткие шрамы, не успели сжечь в крематории. Фашисты бежали в последний момент, советские войска ворвались в Горнгольц буквально на багажниках автомобилей, увозивших мучителей тысяч ни в чем не повинных людей.

Когда тела бедных узников стали относить в крематорий, обнаружилось, что в ревире есть живое существо. В бачке, где валялись окровавленные простыни, на самом дне дрожала маленькая, худенькая, беловолосая и голубоглазая девушка, одетая в полосатую робу. На одной ее руке был выколот номер, правая нога изуродована раной, из которой сочилась кровь. Нашел несчастную Кирилл Боярский. От пережитого ужаса девушка потеряла голос и только мычала, отбиваясь от Кирилла. Сколько бы ни объяснял Боярский, что не сделает ей зла, как ни пытался вытащить бедолагу из бака, ничего не получалось. Ее так и привезли в больницу вместе с грязным бельем.

Кирилл начал навещать девушку и вскоре узнал ее историю. Звали узницу Анна-Мария, ей было всего шестнадцать лет, которые она провела в глухой польской деревушке. Но примерно месяц назад ее схватили и отправили в Горнгольц. Сначала она работала уборщицей и чуть не сошла с ума, убирая ампутированные конечности и слушая дикие, нечеловеческие вопли, которые издавали обрубки, лишенные рук и ног. Но потом она поняла, что имеет очень авторитетного ангела-хранителя, потому что ее, Анну-Марию, не привязывают к операционному столу. Счастье длилось тридцать дней. Но потом девушке сделали операцию, и вновь ей повезло. Ногу просто разрезали, а не отняли полностью.

Ночью начался переполох. По отделению забегали врачи со шприцами. Анна-Мария не знала, что за лекарство в них было, но ничего хорошего от фашистов она не ждала.

А на границе города Горнгольц уже вовсю грохотали советские пушки, близилось освобождение. Ужасно умирать, зная, что спасение рядом. Анна-Мария, превозмогая боль, слезла с кровати и спряталась в бачке. В общей сумматохе ее не заметили.

Кирилл не знал польского. После пережитого ужаса Анна-Мария заикалась, к тому же она позабыла почти все слова на родном языке. Как юноше и девушке удалось договориться — непонятно, но они полюбили друг друга. Кирилл женился на спасенной польке, она отбросила имя Анна, став просто Марией, уехала в СССР. Первое время, пока Маша осваивала русский язык, в ее речи был акцент, потом пропал и он. Из

Анны-Марии получилась Мария Григорьевна Боярская — талантливый токсиколог.

Началась другая, счастливая жизнь. Кирилл защитил диссертацию, сначала кандидатскую, потом докторскую. Мария помогала ему в исследованиях. Супруги занимались изучением ядов, имели много патентов на мази и капли. В семье подрастали две девочки-погодки: Аня и Любаша, и долгое время все шло хорошо.

Анечка вышла замуж, родила дочку Алиночку. Люба никак не могла устроить личную жизнь. Вообще, несмотря на то, что их разделял всего год, дочки у Марии Григорьевны получились разными. Аня — серьезная, вдумчивая, училась на одни пятерки, легко поступила в медицинский институт, потом пошла в аспирантуру. Девушка самостоятельно выучила немецкий, он как-то словно влетел ей в голову. Любочка же оказалась легкомысленной троечницей и наотрез отказалась идти в медицину. Люба пошла в иняз. Языки давались ей так же легко, как и старшей сестре, в особенности немецкий.

— Мне кажется, — сказала она как-то матери, — что я владею немецким с детства, похоже, я его просто вспоминаю.

Мария Григорьевна перекрестилась рукой, на внутренней стороне которой виднелся номер, и сурово сказала:

— Слава богу, ни одного немца в нашем роду не было.

— Ну откуда ты знаешь, — усмехнулась Любочка.

— Мои родители поляки, — напомнила Мария Григорьевна.

— Польша и Германия рядом, — настаивала Люба, — может, и имелась у нас в роду немецкая кровь.

— Ты знаешь, где мы познакомились с папой, и понимаешь, что я не испытываю никакой радости, слыша от тебя подобные умозаключения, — отрезала Мария Григорьевна.

— Ой! — испугалась Люба. — Прости...

Мария Григорьевна только качала головой. В этом была вся Любаша: сначала ляпнет, потом соображает. Анечка другая — разумная, молчаливая, послушная.

Потом скончался Кирилл Боярский. Его смерть словно открыла неисчислимую череду несчастий. Через некоторое время в семью пришла новая трагедия.

Анечка с мужем, молодым, подающим большие надежды токсикологом, поехала на субботу и воскресенье на дачу. Маленькую Алину, болевшую ветрянкой, оставили дома. Мария Григорьевна очень любила своего зятя. Анечка и тут проявила разумность: выбрала в спутники жизни аспиранта своего отца, давно принятого в доме на правах родственника.

Жарко натопив печку, молодая пара выпила бутылку вина, заснула и... не проснулась. Нашли их во вторник, когда страшно взволнованная столь долгим отсутствием детей Мария Григорьевна попросила соседа съездить на дачу и проверить, не случилось ли чего. Анечка и ее муж отравились дымом. Очевидно, они, практически никогда не имевшие дела с печкой, слишком рано закрыли вьюшку. Вполне вероятно, что кто-нибудь из супругов мог бы проснуться и поднять тревогу, но дело усугубила бутылка вина. Выпив «Арбатское», и Анечка, и Алексей спали без задних ног.

На похоронах почти помешавшаяся Мария Григорьевна твердила:

— Алиночка! Посадите ее около меня, не отпускайте! Любаша, держи девочку.

Но страшный рок преследовал семью. Не успела Любаша выйти замуж за очень симпатичного парня по имени Игорь, как он скончался от простой случайности. Решили сделать шашлык, собрали гостей. Игорь начал нанизывать мясо на шампур и поранил руку. Моментально обработали рану антисептиком.

— Ерунда, — отмахнулся парень, — заживет как на собаке.

Но уже вечером с температурой сорок его отправили в больницу. И здесь опять все было против Любочки. Происшествие случилось на даче, в страшную жару. Игоря поместили в крохотную больничку, до Москвы было далеко. Но квалификация врачей в районной больничке оставляла желать лучшего, они пользовались примитивными лекарствами, суперсовременных антибиотиков в клинике не водилось.

Мария Григорьевна мигом оценила ситуацию и поспешила в столицу. Но когда она с двумя московскими профессорами и сумкой, набитой медикаментами, явилась в больничку, тело зятя уже отправили в морг, а Любочка, заламывая руки, бегала по стертому от частого мытья старому линолеуму.

Больше Люба замуж выходить не хотела. Она решительно говорила:

— Нет. Надо мной висит проклятие. Наверное, Анечка на том свете не хочет, чтобы в нашем доме появился мужчина. Боится, как он станет относиться к Алине.

Мария Григорьевна очень переживала, пыталась вразумить дочь, но та не слушала мать.

Впрочем, Люба отмахивалась и от других советов Марии Григорьевны. Она открыла секс-шоп. Вернее, сначала небольшую палатку. Мать страшно переживала, что дочь занялась таким неприличным делом. Боялась, как бы Алина не узнала, чем торгует тетка. И еще Мария Григорьевна мигом краснела, когда слышала вопрос: «Что делает ваша дочь?»

Старушка туманно отвечала:

— Бизнесом владеет, только не спрашивайте о деталях, я их не знаю. Крутится, как и все.

Но и в коммерческих делах Любе не везло. Она, понадеявшись на удачу, расширила свою торговую точку и прогорела.

— Вы не поверите, как мне было ее жаль, — качала головой Инга, — и Марию Григорьевну тоже. Словно рок над ними висит.

— Нет, не поверю, — я решительно прервала Горскую.

Инга осеклась:

— Почему?

— Потому что вы дали Любе денег в долг, а потом заставили ее переписать на себя магазин!

Горская покачала головой.

— Кто наплел вам эти глупости?

— А что, не так?

— Нет, конечно, — завела было Инга, но тут же спохватилась: — Вы не журналистка!

— Почти угадали.

— Зачем вы явились сюда?

— Я расследую убийство Любы Боярской.

— Люба умерла своей смертью, — сердито возразила Инга.

— Ее убили, — спокойно парировала я.

— Ну что можно было получить в результате ее убийства? У Любы в кармане сидела вошь на аркане, — напряглась Инга. — И вообще. Вы кто?

Я мило улыбнулась.

— Разрешите представиться: частный детектив Виола Тараканова, а вот имя своего клиента не назову, эта информация конфиденциальная. Насчет же того, что у Любы ничего не было... А магазин? Между прочим, получили его вы, воспользовались, так сказать, чужой грядкой, теперь собираете урожай.

— Вы... вы... вы намекаете...

Я поморщилась.

— Какие уж тут намеки! Сначала вы опутываете Любу долгами, а затем прибираете к рукам предприятие.

— С ума сошла! — заорала Инга, вскакивая с места. — Все было не так!

— А как?

— Вот еще, стану я перед вами оправдываться.

— Не надо.

— Нет уж, послушайте.

Я подавила смешок: во многих людях живет трехлетний ребенок, толкающий их говорить «нет» на любые чужие предложения.

— Все на самом деле обстояло по-другому, — чуть успокоилась Инга. — Мы ведь дружили со студенческой скамьи много лет.

— Это еще не гарантия хороших отношений, — возразила я.

Глава 14

— Может, ты и права, — отбросила в запале церемонное «вы» Инга, — только не в нашем случае. Когда Люба затеяла историю с магазином, еще с тем, с первым, маленькой палаткой, я как раз осталась без работы.

Фирма, в которой Инга работала переводчиком, накрылась медным тазом, сотрудников выставили на улицу. Это только кажется, что найти службу классному специалисту легко. Вовсе даже нет. Одни места, куда Ингу брали с распростертыми объятиями, не устраивали ее из-за маленькой зарплаты, другие пугали двенадцатичасовым рабочим днем, в третьих попросту не было ставок, а становиться внештатным сотрудником не хотелось. Инга осела дома, и тут появилась Люба со своими безумными идеями. Сама Инга ни за что бы не пустилась в идиотскую авантюру, но неожиданно ее муж Юра встал на сторону Любы.

— Давай, рискни, — уговаривал он жену, — возьми деньги, ну те, что нам за гараж заплатили, и попробуй.

И Инга согласилась.

— Наш магазинчик изначально был оформлен на двоих, — объясняла она сейчас, — мы вложили в него одинаковые суммы.

Сначала дело быстро стало приносить доход. Люба воспряла духом и подбила Ингу на расширение.

— Лишних денег у нас не имелось, — прояснила ситуацию Горская, — вообще говоря, следовало подождать, подкопить средств, но Любаше, как капризному ребенку, хотелось всего и сразу, поэтому она предложила такой вариант.

У Инги и Юры была доставшаяся в наследство плохонькая однокомнатная квартира в убогом месте, да еще на первом этаже. Сдать такую жилплощадь практически невозможно.

— Вы продаете халупу и вкладываете средства, — тараторила Любочка, — а когда пойдет прибыль, я верну вам половину денег. Пойдет?

Горские согласились. Им тоже в то время показалось, что проект замечательный.

Но бог торговли отвернул свой взор от секс-шопа. Отчего-то покупатели, бегом спешившие в ларек, не появлялись в просторном торговом зале. Оборот упал практически до нуля, нечем было даже платить за электричество. Из экономии уволили продавцов и сами встали к прилавкам, бухгалтерию отдали в руки Юры, но все равно крах ожидал предприятие со дня на день.

Потом заплаканная Люба принесла документы.

— Вот, — сказала она Инге, — я переписала все на тебя.

— Зачем? — изумилась Горская.

— Хоть так верну вам часть затрат, — пояснила Люба.

— Вот глупость придумала! — рассердилась Инга.

Но дело было сделано, магазин перешел в ее единоличное пользование.

Правда, через некоторое время Любаша повеселела, начала вести разговоры о том, что у нее скоро появятся деньги.

— Где же ты их возьмешь? — поинтересовалась практичная Инга.

— Секрет, — радовалась Любочка, — большой такой секрет от маленькой компании.

Но, видно, что-то сорвалось. Люба стала нервной, дергалась от каждого телефонного звонка. Затем заболела и умерла.

— И вот ведь какая штука, — грустно говорила Инга, — не прошло и недели после похорон, как в «Твои грезы» толпами пошли покупатели. Народ просто сметал с прилавков товар. Ей-богу, поверишь в судьбу, карму и прочую чепуху. Любане богатство в руки не давалось. Стоило бедняге умереть, как заклятие исчезло. А я пожинаю сейчас плоды того дерева, которое мы сажали вместе...

И тут в моей сумочке запиликал мобильный.

— Да! — нервно выкрикнула я.

— Уже прочитала небось? — поинтересовался Федор.

— Что?

— «Сплетник». Не расстраивайся, выкручиваемся как можем, — затараторил пиарщик, — надеюсь, сейчас волна уляжется. Ты только попроси своего мента больше не ставить нас в кретинское положение...

В ухо понеслись гудки. Ладно, с этим разберемся чуть позже.

— Скажите, Инга, есть ли, кроме вас, на свете человек, который желал бы Любе смерти?

— Что значит «кроме вас»? — возмутилась женщина. — Между прочим...

Я схватила ее за плечо.

— Не знаю почему, но я верю вам. Люба ушла на тот свет без вашей помощи.

— Спасибо, — ехидно улыбнулась Инга, — очень тронута столь быстрой и радикальной переменой в ваших взглядах.

Но мне было не до ее ерничания.

— Только что вы сказали, что считали Любашу своей сестрой.

— Да, это так, — кивнула Инга.

— Неужели не хотите, чтобы убийца был наказан!

— Поймите, — усталым голосом откликнулась Горская, — Любаня никому не причинила зла. Милый, слегка взбалмошный человечек. Она и этой оздоровительной системой, сгубившей ее, увлеклась вполне искренне. Люба была большим ребенком. Видит яркую игрушку — хватает, не дают — начинает топать ногами и валиться на пол в истерике. Чуть подержит в руках и бросит — надоело, подавай новую. Но в ней абсолютно отсутствовали сволочизм и вредность. Любочка легко давала в долг, не подличала, не уводила чужих мужей. Никаких постыдных тайн в ее биографии не существовало. За что ее было убивать?

Я пожала плечами.

— И тем не менее я сердцем чувствую: смерть Боярской не случайна. Кстати, вот странность: скончалась Вика Виноградова.

— Это кто такая? — изумилась Инга.

— Вы не знаете? Подруга Любы, похоже, близкая.

— Такой не было. Впрочем...

Инга на секунду задумалась.

— Да, припоминаю, Вика... Понимаете, я ведь уже говорила, что Любочка была излишне увлекающейся натурой. В последний год она открыла для себя Интернет. Лично мне представляется очень глупым сидеть одной, в душной комнате и общаться незнамо с кем посредством гибрида телевизора с пишущей машинкой. По мне, так лучше в кино сходить или в театр. Но Любаня пребывала в восторге. Все время рассказывала о людях с дикими кличками, вываливая на меня совершенно неинтересную информацию. Некая Дыня поступает в аспирантуру, у Джун заболел хомяк, а Комок подцепил на отдыхе гонорею. Вы когда-нибудь слышали что-нибудь более идиотское? Да, сейчас припоминаю, Вика из этих. Причем, похоже, из более-менее нормальных, во всяком случае, она обреталась в Интернете под своим именем. Вроде она переводчица! Да, точно, теперь я окончательно вспомнила! Я приходила к Любаше на Восьмое марта, Мария Григорьевна стала в очередной раз упрекать дочь, что та занялась бизнесом, да еще таким стыдным, и бросила фразу:

— Вокруг тебя полно замечательных друзей. Вот Вика, твоя новая подружка из Интернета, тоже переводчица, а получила приглашение съездить в Лондон, поработать.

Я заинтересовалась и спросила:

— Вы знаете эту Вику?

— Нет, — ответила Мария Григорьевна, — никогда в глаза ее не видела, но Люба очень часто о ней рассказывала, похоже, Вика приятный человек.

Я молча смотрела в пол. Да, получается, что Вика была в последнее время более близка Любе, чем Инга. Ведь ей, а не Горской адресовалось письмо, в котором Люба писала: «Меня убивают, только не понимаю как».

— У Любочки не было не то что врагов, — бубнила Инга, — даже недоброжелателей. Хотя... подожди, есть одна особа... но это просто невозможно!

— Кто? — накинулась я на Ингу. — Говорите скорей.

— Мать Игоря, свекровь Любы, — пояснила Горская. — Она на его похоронах такой скандал устроила. Ткнула пальцем в невестку и как заорет: «Ты его убила, ты!» Стала кидаться на вдову. Еле-еле оттащили.

— Ну, похороны — дело нервное, — протянула я, — возможно, потом жалела, что скандал устроила.

— А вот и нет, — возразила Инга. — Она после всего пару раз звонила Любе, говорила гадости. В середине мая я встретила ее в магазине, подошла, поздоровалась и спросила: «Вы знаете, что Любочка умерла?»

В глазах пожилой женщины мелькнула радость, и она заявила:

«Так и должно было случиться. Бог все видит и ничего не прощает! Надеюсь, она попала прямиком в ад».

— У вас есть ее координаты?

Инга открыла стол, вытащила записную книжку.

— Пишите. Фаина Семеновна Чижик. Фамилия у нее такая дурацкая. Собственно говоря, Люба ей всегда не нравилась, но открытую форму война приняла, когда Любаша отказалась менять свою фамилию на Чижик. Ну не хотелось ей, чтобы люди потешались. Фаина Семеновна дико обозлилась, она-то считает, что фамилия уникальна. В общем, бред, нормальному человеку в голову не придет конфликтовать по такому поводу.

Я встала.

— Спасибо. Да, еще последний вопрос: среди ваших знакомых нет ли тетки по имени Анна Петровна?

— Вроде нет, — ответила Инга.

— Если вспомните, позвоните мне, — попросила я и ушла.

Добежав до метро, я первым делом купила газету «Сплетник» и стала перелистывать страницы. Что же тут вывело Федора из себя? Нужная информация нашлась в конце. В середине полосы красовалось цветное, яркое фото. Женщина с оскаленными

зубами, одетая в белую прозрачную блузку, из-под которой
вульгарно просвечивает черный лифчик, стоит около кажуще-
гося огромным Олега. Фотограф выбрал немного странный ра-
курс. Я выглядела тщедушной, коротконогой и скрюченной.
Куприн, напротив, смотрелся угрожающе. На его лице застыла мрачная, даже угрюмая гримаса, а мою физиомордию украшала заискивающая улыбочка второгодницы, в очередной раз
получившей кол по чтению.

Внизу краснела набранная афишным шрифтом подпись:
«Скандал недели. Майор Олег Куприн заявляет нашему кор-
респонденту: «Я арестовывал в свое время Арину Виолову».

В целом картина сильно смахивала на агитплакаты тридцатых годов. Рисовали художники в то время этакие настенные
украшения с угрожающими названиями: «Сотрудник НКВД[1]
давит гадину» или «Чекисты ночами не спят, от предателей нас
избавить хотят». Как-то раз мне, мывшей в 80-х полы в одном
столичном НИИ, попался в самом дальнем углу местной биб-
лиотеки тоненький песенник, выпущенный в 1938 году. Я заинтересовалась и перелистала пожелтевшие странички. Открывалась книжонка «Гимном НКВД». Были в нем потрясаю-
щие строки:

Шпион, троцкист, оппортунист на правый бок склоняется,
Но перед ним стоит чекист, он с ними расправляется.
Врага отправит на курорт в холодный, зимний край,
А кой-кого, а кой-кого отправит прямо в рай.

Жаль, в памяти не сохранилось имя автора опуса. Вполне
вероятно, что он, если еще жив, радеет сейчас за демократию.

Сопя от негодования, я принялась читать текст, сопровож-
давший снимок. «Майор Олег Куприн приоткрыл завесу над
тайнами писательницы Арины Виоловой. Оказывается, милая
женщина, трогательно краснеющая при виде направленного
на нее объектива, не так уж и наивна. Майор отказался дать
комментарии по этому поводу, но мы обещаем вам, что обязательно соединимся с писательницей и зададим ей вопросы:
«Арина, вы убили любовника? Украли кошелек? А может, тор-
говали наркотиками?» И еще, нашего корреспондента терза-
ют смутные подозрения: если, как утверждают в пресс-службе
издательства «Марко», Виолова лишь недавно прибыла из
Африки, то как же она успела побывать за колючей проволо-

---

[1] НКВД — Народный комиссариат внутренних дел. Именно его сотрудники проводили массовые аресты людей в 30-х, 40-х и начале 50-х
годов. ЧК, ВЧК, ОГПУ, НКВД — аббревиатуры разные, но суть организации не менялась.

кой? Может, «Африка» — это просто поэтическое название места, адрес которого выглядит как-нибудь так: ИТК № 1247/3? Или сизо № 2? И уж простите, милые читатели, но хмурому майору Куприну я верю больше, чем улыбчивым обманщикам из рекламной службы «Марко».

Я села на скамейку и попыталась справиться с подступающей злобой. Интересно, какой тираж у этого пасквильного листка? Одна радость: на снимке я запечатлена в таком виде, что и отец родной не узнает...

Не успела в голове оформиться последняя мысль, как напротив лавки остановилась стайка подростков и уставилась на меня широко раскрытыми глазами. Я было подумала, что случайно потерла глаза и теперь сижу, украшенная размазанной тушью. Потянулась к сумочке, но зеркальце достать не успела, потому что одна из тинейджерок, худенькая девочка в рваных джинсах, неожиданно воскликнула:

— Ой! Вы ведь эта писательница! Арина Виолова!

— Как вы узнали? — пробормотала я, вжимаясь в твердую спинку.

— Так тут ваша фотка, — потрясла газетой «Сплетник» другая девица, лицо которой напоминало по окраске абстрактное полотно: сине-красно-зелено-желто-белое.

— Да? — удивилась я. — Вроде я на себя там не похожа.

— Это вы зря, — «успокоила» меня девочка в джинсах. — Мы сразу сообразили, кого видим. А за что вы сидели?

— Э... э... не могу сказать.

— Ну, пожалуйста, дико интересно!

— Ну... это неправда! Никогда не имела дела с правоохранительными органами, то есть хочу сказать, никогда не находилась под следствием.

— Пошли, Ксюха, — со вздохом потянула подругу за рукав размалеванная девочка, — разве ж она правду расскажет!

Не успела стайка щебечущих подростков исчезнуть за поворотом, как я схватила мобильный, набрала номер и, услыхав глухое «да», проорала:

— Через час, в пирожковой, возле твоей работы! Не вздумай опоздать или не прийти!

— Но... — забормотал удивленный Олег, но я уже отсоединилась и скачками понеслась к метро.

Очевидно, Куприн настолько был удивлен моим тоном, что в виде исключения не заставил себя ждать. Обычно, если мы договариваемся о встрече где-нибудь в городе, мне приходится топтаться по полчаса, прежде чем увижу потного, всклокоченного мужа, который наконец-то явился на свидание. И если вы думаете, что первая фраза, которую он произносит, звучит так: «Прости, дорогая, я, как всегда, не рассчитал времени и заставил тебя плясать на морозе», то глубоко ошибаетесь.

С самым недовольным видом Олег заявляет: «Очень трудно прервать служебные дела из-за идиотского похода в магазин!»

При этом учтите, что мы собираемся покупать ему брюки, а в субботу или в воскресенье муженек тоже работает.

— Ты заболела? — с выражением неподдельной заботы на лице поинтересовался Олег и откусил полпирожка.

Я уставилась на оставшийся в его руках остаток с непонятной желтой начинкой, и меня мигом хватил «родимчик».

— Имей в виду! Завтра же я развожусь, а после подаю на тебя в суд!!!

Куприн выронил кусок печива и забубнил:

— Вилка, ну ты че? Белены объелась? И вообще, что случилось?

Но у меня от негодования закончились слова, а те, которые остались, как-то не принято произносить вслух в тесно набитой людьми забегаловке, да и дети тут есть!

— Ну что я сделал? — недоумевал Олег.

Потом вдруг его лицо разгладилось, и он хлопнул себя по лбу.

— Прости, я кретин!

— Вспомнил! — прошипела я.

— Извини, дорогая, как только я мог забыть! Сегодня же куплю подарок, а может, хочешь пойти в ресторан? — тряс хвостом супруг.

— Какой подарок? — изумилась я.

— Ну ладно, — заулыбался Олег, — у нас же вчера была годовщина свадьбы. То-то ты весь вечер дулась! Да, я кретин...

У меня просто потемнело в глазах. Кое-как собрав в кучу остатки самообладания, я протянула:

— Тот недобрый день, когда меня никто не остановил от похода в загс, был второго сентября. Сейчас на дворе июнь, а случилось вчера совсем иное, читай!

Олег взял «Сплетник» и через пару секунд растерянно спросил:

— Я сказал такое?

— Да.

— Но я просто пошутил. Глупо, конечно, вышло.

— Глупее не бывает, — я шмыгнула носом, — просто сорвал мне рекламную кампанию. Теперь издательство не захочет печатать мои книги. Федор конкретно сказал: станешь слушаться — все будет в шоколаде. А нет, так и иди на фиг!

— Но, Вилка, — попытался утихомирить меня муж, — успокойся! Во-первых, всем вокруг абсолютно понятно, что это просто шутка, хорошо, идиотская, но шутка. Во-вторых, тебя же невозможно узнать на фото, в-третьих, можешь оттащить свои идиотские книжонки в другое издательство. Вон их сколько, словно грибы после дождя растут.

Я пыталась справиться с подступающими рыданиями, но тут одна из бабенок, быстро поедавших пирожки, обернулась и с криком: «Вау» — кинулась ко мне. В руках она сжимала «Сплетник»!

— Это же вы! — заорала она, тыча мне под нос злополучное издание. — Ну скажите! Вы?!

Пришлось кивнуть. Баба развернулась и, перекрывая мерный гул голосов, завопила на весь зал:

— Надька! Чаво ты убиваешься из-за Ленки! Эка невидаль, посадили девку! Вон глянь скорей сюда! Вот эта, — в мою сторону направился корявый палец с облупившимся ярко-красным лаком, — отсидела свое, за убийство! А теперь писательница, Арина Виолова!

В пирожковой воцарилась тишина. Несколько десятков пар глаз, блестящих от любопытства, принялись шарить по моему лицу. Я не сумела сдержать рыданий, скомкала мерзкую газетенку, швырнула ее в Олега и, чувствуя, как чужие взгляды прожигают на мне дырки, побежала на улицу. Вслед мне понесся негодующий голос Олега:

— Ты офонарела? Какое убийство?! Эта женщина никогда не привлекалась!

У метро я слегка успокоилась и решила принять меры безопасности. Непонятно, каким образом люди опознают меня по фотографии, на которой я сама не могу найти себя. В ближайшем ларьке пришлось приобрести бейсболку и черные очки. Натянув козырек на нос, я спустилась в подземку и попыталась ослабить натянутые, как гитарная струна, нервы. Ладно, собака лает, а караван идет, надо искать убийцу Любы Боярской.

Услыхав, что к ней хочет приехать женщина, пишущая книгу о редких фамилиях, Фаина Семеновна мигом воскликнула:

— Жду с нетерпением!

И не успела я появиться на пороге большой, просторной квартиры, как она заявила:

— Чижик — уникальная фамилия, нас в Москве в свое время имелось только четверо. Я, мой отец, муж и сын.

Услыхав последнюю фразу, я сразу поняла, кто в доме был хозяин, и сообразила, как следует строить беседу. Следующий час мне демонстрировали семейные фотоальбомы и засыпали ненужными сведениями:

— Наш прапрапра... дед, — на полном серьезе сообщала Фаина Семеновна, — рос вместе с царевичем Дмитрием, ну помните? Еще поговаривают, будто ребенка Борис Годунов приказал убить. Мальчики любили развлекаться такой забавой, как игра в ножички. Ножик по-старорусски — чижик, отсюда и фамилия.

На мой взгляд, глупее истории и не придумать, но попробуйте доказать, что это неправда! Несчастный царевич Дмитрий давно то ли убит, то ли умер от припадка эпилепсии, косточки Бориса Годунова тоже истлели... Но Фаина Семеновна рассказывала о своем предке так, словно совсем недавно пила с ним чай на кухне. Нить ее повествования тянулась ровно, без узелков, — очевидно, пожилая женщина не раз озвучивала историю. В конце концов клубочек докатился до конца.

— Увы, — вздохнула Фаина Семеновна, — на мне род Чижиков угасает.

— Но у вас есть, кажется, наследник, — я приступила к интересующей меня теме, — он женится, родит сына. Впрочем, девочка тоже подойдет, не станет менять фамилию, когда выйдет замуж, и все.

Фаина Семеновна покачала головой:

— Игорь умер.

— Простите.

— Ничего, вы же не знали.

— Но что случилось? Он болел?

Чижик нахмурилась.

— Еще одна наша трагедия. К сожалению, некоторые семьи словно проклял господь. Вот мой прадедушка всегда говорил, что мы до седьмого колена будем несчастливы. Видите ли, в свое время Иван Николаевич Чижик, богатый землевладелец, крепостник, воспользовался правом первой ночи[1]. Слышали про такое?

— Конечно, учила в школе историю России.

— Так вот, девушка наутро утопилась в пруду, но перед смертью она прокляла Ивана Николаевича до седьмого колена, воскликнув: «Пусть старшие сыновья твоих сыновей не доживают до зрелых лет до тех пор, пока их кровь не смоет мою». Вы не поверите, но через год после этого неприятного происшествия скончался его сын Сергей Иванович. И с тех пор рок просто висит над Чижиками. Все старшие мальчики

---

[1] Право первой ночи — в крепостной России барин имел право лишить невинности невесту своего слуги или крестьянина сразу после ее свадьбы. Прогрессивная часть дворянства резко осуждала тех, кто пользовался этой возможностью.

погибали, причем при трагических обстоятельствах. Один пошел купаться в грозу и был убит молнией, другой попал под лошадь... Леонид был убит в восемнадцатом году, Николай погиб на фронте... Игорька же извела жена.

Я удивилась:

— Вы уверены?

Фаина Семеновна поджала и без того тонкие губы.

— Я всегда была против этого брака! Очень неприятная семья — что мать, что дочь! Представьте, в день свадьбы молодая заявила: «Не стану менять фамилию Боярская на Чижик. Не хочу, чтобы надо мной люди смеялись». Вы представляете? Фамилия Чижик ей не подходила! Не прошло и двух месяцев после свадьбы, как Игорька отравили!

— Но из-за чего, ведь не из-за фамилии же!

— Сейчас расскажу все до мельчайших деталей, — кивнула Фаина Семеновна, — а вы, когда станете писать книгу, должны большую часть посвятить истории семьи Чижик, поверьте, в ней есть самые трагичные страницы.

Я постаралась «удержать» лицо. Да уж, некоторым людям настолько хочется прославиться, что это выглядит неприличным.

— В тот ужасный день, — завела Фаина Семеновна, — мать Любы, Мария Григорьевна, решила похвастаться передо мной своей дачей. Мы с мужем всю жизнь честно проработали учителями, отдали себя без остатка чужим детям. Взяток не брали, машин и фазенд не нажили. А Боярские — врачи, сами знаете, без денег к ним соваться нечего, так налечат! Всю жизнь потом будешь не рад. Да еще Мария Григорьевна мещанка, абсолютно бездуховная личность! У нее дом ломился от хрусталя и ковров, но книг не имелось! Ну вот, значит, позвала на дачу...

Фаина Семеновна скрепя сердце, согласилась. Вот ведь как получается в жизни! Сын женится на неприятной девушке, а бедной матери приходится общаться не только с отвратительной невесткой, но и с ее малосимпатичной мамашей.

— Вообще не понимаю, — злилась Фаина Семеновна, — как она смогла переступить порог этой дачи! Во время шашлыков гости изрядно выпили, и один из мужчин рассказал мне, что именно в этом доме задохнулись от дыма ее старшая дочь и зять. Я бы мгновенно продала избу, но Мария Григорьевна как ни в чем не бывало накрыла стол.

Фаина Семеновна, злясь, сидела в углу. Противная сватья, очевидно, очень хотела унизить ее, потому что закатила целый пир. На белоснежной скатерти высились разнокалиберные бутылки, тут же стояли блюда с рыбой и овощами, вазочки с икрой, а на подоконнике размораживался вкусный, но очень дорогой торт немецкого производства.

— Приличные люди не покупают таких продуктов, — злилась сейчас Фаина Семеновна, — они предназначены для воров, взяточников и негодяев. Мария Григорьевна специально потратилась, чтобы уколоть меня. Знала ведь, что живу на крохотную пенсию.

Но больше всего Фаину Семеновну бесил тот факт, что гулянка собралась по поводу дня рождения... Игорька.

Когда гости расселись, Мария Григорьевна, нагло взявшая на себя роль тамады, заявила:

— А сейчас начнем поздравлять Игорька и вручать подарки. Фаиночка, милая, вам слово.

Фаина Семеновна напряглась. В их семье до сих пор было не принято с шиком отмечать праздники, да и не дарили Чижики друг другу ничего. Бывшая учительница откашлялась и вытащила из сумочки дешевую, слегка помятую открыточку.

— Вот, сыночек, послушай материнский наказ. Самое дорогое, что есть у человека, — это мать. Об этом нам писали классики: Пушкин, Бунин, Куприн. Вслушайся в мои слова, произнесенные любящим материнским сердцем, пойми их... Мать — это святое. Никакая другая женщина не может занять ее место, прочитай великих людей...

И так далее, на протяжении десяти минут. Гости, пытаясь сохранить серьезное выражение лиц, тупо смотрели в тарелки. Наконец фонтан напыщенных, ложно многозначительных благоглупостей иссяк.

— А где подарок-то? — поинтересовалась Любочка.

Если бы взглядом можно было убивать, Фаина Семеновна вмиг испепелила бы невестку. Но ей пришлось улыбнуться и ответить, протягивая открытку:

— Вот он, материнский наказ.

— А я, Игоречек, — мигом влезла в беседу Мария Григорьевна, — ничего тебе наказывать не стану, сам разберешься в жизни, не маленький. Докумекаешь, кого сильней любить надо: маму, жену или собственного ребенка. Держи, дружочек!

Игорь растерянно посмотрел на связку ключей.

— Это что?

— Дарю тебе «Жигули», — улыбнулась теща, — надеюсь, иногда Любочку покатаешь. А не захочешь — и не надо, машина лично твоя. Завтра оформим в ГАИ, извини, но без твоего присутствия процедуру не совершить!

— Мне бы такую тещу, — заорал ближайший приятель Игоря, Сережа Глотов.

Игорек покраснел, он давно хотел машину, но великолепно понимал, что с его заработками личные колеса так и останутся мечтой.

— Ой, — воскликнул он, — ну нет слов!

Любочка кинулась целовать мать, та смеялась.

— Да ладно тебе, сама машина-то дома, во дворе стоит, сюда я только ключи прихватила.

— А какой цвет? — не успокаивалась Люба.

— Серо-голубой, — сообщила Мария Григорьевна.

— Мой любимый, — не сдержал восхищенного возгласа Игорек.

В общем, подлая Мария Григорьевна добилась своего, перетянула одеяло на себя, а о Фаине Семеновне все забыли. Открыточка, исписанная четким учительским почерком, осталась лежать на столе, молодежь побежала делать шашлыки. Фаине Семеновне ничего не оставалось, как идти вместе со всеми во двор. Правда, пару раз она попыталась выступить, заведя любимую песню о том, как следует уважать родную мать, но Мария Григорьевна, нагло улыбаясь, заявила:

— Абсолютно согласна с вами, милая Фаина, мы, родившие таких замечательных детей, достойны всяческого уважения, но не могут же ваш сын и моя дочь ежесекундно благодарить нас и кланяться?

Фаина Семеновна надулась. Плохо воспитанная сватья посмела оборвать ее, ту, которая может дать совет, объяснить, как себя вести... Следовало демонстративно встать и уйти. Но до железнодорожной станции было десять километров через лес, на дачу Фаину Семеновну привезла на своей машине Мария Григорьевна. Значит, вновь придется унижаться, просить подбросить до станции. Решив ни с кем больше не разговаривать и наказать таким образом присутствующих, Фаина Семеновна демонстративно села посреди сада на скамейку. Пусть подходят к ней, заводят беседу, она ни за что не ответит!

Но уже через полчаса стало ясно: всем наплевать на Фаину Семеновну, никто, даже Игорек, не обратили внимания на старуху, восседавшую в центре участка с демонстративно поджатыми губами. От скуки Фаина Семеновна стала наблюдать за Любой. Невестка не нравилась ей категорически. Слишком самостоятельная, говорливая, привыкшая к хорошим деньгам, начисто лишенная почтения к свекрови, нагло высказывающая свое мнение вместо того, чтобы прислушаться к мудрым советам старших. А еще Любочка хихикала, когда Фаина Семеновна, вздыхая, говорила:

— Обратите внимание, дети, на закат. О чем говорит нам заходящее солнце? Оно напоминает о том, что денек прошел и теперь следует крепко подумать: а как мы его прожили? Не совершили ли ошибок?

Еще ее раздражало, что Игорь буквально смотрел в рот жене. Вот и сейчас сын взял в руки шампур и начал нанизывать мясо.

— Вот черт, — воскликнул он через секунду, — жилистый какой кусок!

— Мясо хорошее, — быстро возразила теща, — шампур тупой.

— Сейчас погляжу, вроде в шкафчике еще один лежит, — подхватилась Любочка и унеслась на кухню.

Через пару минут Игорь взял другой шампур и сказал:

— Во, теперь как по маслу идет, мясо-то и впрямь отличное. Ой, больно-то как!

По руке сына потекла кровь. Но Фаина Семеновна не бросилась к Игорю с перепуганными возгласами. Нет, она, словно статуя скорби и гнева, осталась сидеть на скамейке. Ее душевная рана была намного сильней, чем физическая на ладони парня, и потом, когда сын ранен, мать, естественно, страдает намного сильней и первую помощь и заботу следует оказывать именно ей. Но Мария Григорьевна и другие гости опять проявили удивительную черствость и бросились к Игорю.

— Ничего страшного, — сказала теща, — сейчас обработаем рану. Люба, принеси йод или зеленку, что у нас есть?

Минут через десять, когда суматоха улеглась, а Игорь с перевязанным пальцем вновь занялся шашлыком, Фаина Семеновна увидела, что Люба, озираясь, идет к туалету, стоящему в углу участка. Невестка прятала что-то за спиной. Свекровь пригляделась повнимательней — девушка несла шампур.

Страшно удивленная, свекровь уставилась на захлопнувшуюся дверь клозета. Вот уж странно! Зачем Любе в сортире шампур? Не успела она сделать предположения, как невестка вышла наружу с пустыми руками.

Заинтригованная донельзя, Фаина Семеновна дошла до туалета, сняла висевший на стене фонарик и посветила внутрь ямы. Луч отразился на металлической рукоятке. Любаша выбросила железку в дерьмо.

В глубоком удивлении Фаина Семеновна вернулась назад, получила кусок мяса, но есть его не стала. Все ее внимание теперь было устремлено на Любу. А та, не подозревая, что стала объектом слежки, делала странные вещи. Во-первых, когда Мария Григорьевна ушла в дом, ее дочь мигом размотала бинт на пальце у мужа и стала капать на рану какую-то жидкость красного цвета, совершенно не похожую ни на один известный Фаине Семеновне антисептик.

— Ой, — отбивался Игорь, — хватит, щиплет очень. Уже залили же йодом!

— Мне кажется, что наш йод просрочен, — на полном серьезе заявила девушка.

Фаина Семеновна навострила уши. Йод потерял годность? Ну и глупость говорит невестка, разве такое возможно! Потом Люба приволокла какие-то таблетки и начала всовывать мужу.

— Выпей.

— Ну что ты из-за ерунды трам-тарарам подняла, — улыбался Игорь, — я просто палец поцарапал.

— Немедленно прими!

Молодой муж скривился, а когда жена на секунду отвернулась, швырнул капсулу в костер. Фаина Семеновна мысленно одобрила сына: правильно, нельзя позволять всяким садиться себе на голову.

Когда ночью выяснилось, что у Игоря высокая температура и, скорей всего, началось заражение крови, именно Люба настояла на том, чтобы отвезти его в местную больницу.

— Просто устроила истерику, — с красным от злобы лицом говорила сейчас Фаина Семеновна, — кричала: «Мы не довезем его до Москвы». И каков результат? Игорек скончался от того, что в этом захолустье не было ни лекарств, ни приличных врачей. Она нарочно убила его.

— А через какое время после помещения в больницу скончался Игорь? — тихо спросила я.

— И часа не прошло, — пояснила Фаина Семеновна, — сердце не выдержало, стояла жара, процесс интоксикации организма пошел очень быстро.

— До Москвы было далеко?

— Два с половиной часа на машине.

Я вздохнула. Игоря и впрямь бы не успели доставить в столичную клинику, он бы умер в дороге.

— После похорон, — не замечая выражения моего лица, продолжала Фаина Семеновна, — я приехала к Любе и прямо сказала: ты убила моего сына.

— А она что?

Мадам Чижик пожала плечами:

— Весьма спокойно спросила: отчего я сделала подобный вывод?

Свекровь рассказала ей про шампур, красный антисептик, лекарство и подвела итог:

— Ты отравила моего сына. Сначала толкнула его, чтобы он напоролся на острый шампур, а потом обработала рану какой-то дрянью, чтобы она воспалилась. Ну-ка, отвечай, зачем ты вышвырнула железку в сортир? Небось хотела скрыть, что она вся ржавая?

Люба попыталась вразумить свекровь:

— Вы сами не знаете, что говорите. Йод на самом деле имеет срок годности, правда, он не тухнет, как кефир, просто теряет антисептические свойства. Красная жидкость — это фукорцин. Просто удивительно, что вы прожили жизнь, так и не узнав про это лекарство. Таблетка, которую я предлагала Игорю, — антибиотик нового поколения. Если бы вы сказали мне, что Игорек не принял капсулу, а зашвырнул в костер, я бы принесла еще одну, и мой муж, вполне вероятно, остался бы жив. Да, я выкинула шампур, но только по одной причине: испугалась, что кто-нибудь еще поранится, этот шампур самодельный, давно хотела от него избавиться.

Но Фаина Семеновна с возмущением воскликнула:

— Убийца!

Любочка распсиховалась и выгнала старуху. Та несколько месяцев звонила невестке и требовала:

— Иди сама в милицию, а то я отправлюсь туда. Покайся, расскажи о содеянном. Иначе я обращусь в органы.

— Иди куда хочешь, старая дура, — отвечала Люба, — совсем из ума выжила, напридумывала дряни!

Поняв, что бывшая невестка не хочет признаваться, Фаина Семеновна пошла в отделение. Ее вежливо выслушали и выпроводили, не став возбуждать дела.

— Впрочем, господь сам покарал негодяйку, — с плохо скрытой радостью верещала злобная старуха, — Любовь умерла. Так-то вот! Кара всегда падет на голову убийц.

Я с тоской вертела в руках бахрому от скатерти. Эх, совершенно зряшная поездка. Я думала, у Фаины Семеновны и впрямь имеются какие-то доказательства, улики, а тут — кухонная свара, война свекрови с невесткой! Я снова вытащила пустышку! И что теперь делать?

— Только Розочка Шифрина и поняла меня, — внезапно завершила рассказ старуха. — Честно говоря, я не слишком-то раньше привечала девушку, очень уж она вешалась Игорьку на шею, но теперь понимаю. Розочка любила Игоря. Уж лучше бы он женился на ней! Роза, когда узнала о моих предположениях, прямо затряслась вся, посерела и воскликнула:

— Убью ее! Отравлю! Любке Боярской не жить на этом свете.

— Дайте мне, пожалуйста, телефон Розочки, — попросила я.

— Зачем? — проявила старуха бдительность.

— Очень интересная фамилия, — не растерялась я, — подойдет для моей работы, которая, надеюсь, разрастется до книги.

Глава 15

Окончательно отупев от жары, обливаясь потом и чувствуя, как в желудке ворочается противное липко-сладкое мороженое, я приехала домой и влезла под душ. У Розочки Шифриной никто не снимал трубку. Наверное, она сейчас маялась на работе. Но в конце концов она явится в свою квартиру. Холодная вода лилась мне на лицо, вылезать из-под душа не хотелось. Внезапно дверь приоткрылась и всунулась Томочка:

— Вилка!

— Чего тебе? — не раскрывая глаз, поинтересовалась я. — Будь другом, кинь мне сюда бутылочку холодного кваса.

— Тебе придется выйти, — с сожалением сказала Тома.

— Зачем?

— Пришел какой-то странный мужчина, — недоуменно объяснила она, — говорит, ты его знаешь и ждешь на сеанс массажа!

Я потянулась за полотенцем.

— Наверное, ошибся квартирой, я никогда не имела дела с массажистами.

— Может, и зря, — улыбнулась Тамарочка, — вон у Кати Скачковой остеохондроз начался, вызвали некоего Игоря Федоровича — и все, носится Катюха словно заводная.

Я нацепила сарафан и вышла в прихожую. У вешалки, около какой-то странной конструкции, прислоненной к стене, терпеливо ждал Люсик — тот самый дядька, с которым я свела мимолетное знакомство на тусовке у Аси Юдиной. Только на этот раз на нем красовались не фиолетовые шорты из парчи, а совершенно невероятный костюм. Низ — нежно-бежевая юбка, расклешенная от талии, верх — ярко-розовая майка, сделанная из материала, сильно смахивающего на резину.

— Ариночка, — заулыбался Люсик, — а вот и я! Рады?

— Э... безумно, — пробормотала я, — чай, кофе?

Томочка хихикнула и скрылась на кухне.

— Ах, душенька, вы так гостеприимны, — закатил глаза Люсик, — право, это слишком! Но я во время работы никогда не ем! Давайте приступим.

— К чему? — попятилась я.

Люсик заломил руки.

— Как?! Вам не передали?

— Что?

— Я вчера звонил, около трех, разговаривал с девочкой, наверное, дочкой, она обещала не забыть! Понимаете, я эксклюзивный массажист, больше в Москве таких нет. Да и не только в Москве, кстати. Больные спины, конечности...

— Но, понимаете, меня ничего не беспокоит!

Люсик погрозил мне наманикюренным пальчиком.

— Так не бывает, просто вы не замечаете. Кстати, первый сеанс я проведу абсолютно бесплатно, ну, начнем же... Где поставить стол?

— Стол у нас есть в гостиной, — безнадежно сказала я.

Люсик заулыбался.

— Ариночка, у меня особый, массажно-лечебный столик, складной, ваш не подойдет. Так где его расставить?

— Ну...

— В гостиной, — высунулась из кухни Томочка, — это самое большое помещение в доме.

— Великолепно! — пришел в восторг Люсик и поволок грохочущую конструкцию по коридору. — Ариночка, идите сюда.

Разложив массажный стол, Люсик прикрепил на край большую лампу, поправил какие-то ремни, свисавшие по бокам, и спросил:

— Где можно помыть руки и переодеться?

— В ванной, — любезно предложила Томочка, — пойдемте, дам вам чистое полотенце.

Я осталась одна и с легким ужасом посмотрела на прокрустово ложе[1]. Столик казался слишком маленьким для человека. Сейчас мне предложат лечь на него, а голова или ноги будут висеть. От такого положения, скорей всего, начнется мигрень. И потом, мне не очень нравится, когда во время медицинских процедур собираются применять всяческие крепления. Если доктор намерен притачать вас покрепче, следовательно, он предполагает, что пациент начнет выворачиваться. А мало кто извивается от удовольствия, значит, сейчас будет больно. Нет уж, я совершенно не готова к экзекуции.

— Нуте-с, — энергично потер руки вошедший в комнату Люсик, — где больной? Все готово!

— Знаете, — начала я осторожно, не желая обидеть массажиста, — я боюсь упасть.

— Откуда?

— Ну, с этого вашего лечебного столика, уж очень он маленький!

— Да что вы! — замахал короткими толстыми ручонками дядька. — Тут спокойно мастино неаполитано умещается.

---

[1] В мифах древних греков есть упоминание о разбойнике по имени Прокруст. А у него имелась кровать, куда укладывались гости. Если человек оказывался длиннее койки, Прокруст отрубал ему ноги, если короче — вытягивал при помощи колеса.

Я обозлилась.

— Да, конечно, только я слегка длиннее мастино!

— А при чем тут вы? — отступил на шаг Люсик.

— Ну как? Массаж вроде мне собирались делать!

Люсик открыл саквояж и принялся вытаскивать всякие банки.

— Точно, именно массаж, несите вашу собаку.

— Собаку?!

— Естественно, кстати, вот держите.

В моих руках оказалась ярко-бордовая визитка, на которой золотом горели буквы: «Ковальский Леонид, магистр массажных наук, доктор гонорис кауза по методам мануальной терапии для животных, ведущий специалист в области позвоночных грыж, лордоза и суставного ревматизма».

— Но наша Дюшка совершенно здорова!

— Она страдает, но молчит, — голосом глашатая возвестил Люсик.

Я открыла дверь в коридор.

— Дюшенция, иди сюда!

Слава богу, массаж предназначен не мне!

Нашу домашнюю любимицу, собачку неизвестной породы, мы нашли в мусорном бачке[1]. Дюша существо не избалованное, в еде неприхотливое. Еще она очень аккуратная и никогда не посмеет написать в коридоре. Но последние дни Дюшка ходит грустная, спит не в кресле, а под диваном. Может, ее, конечно, доконала жара, но пусть Люсик глянет на животное, он, оказывается, очень крупный специалист: магистр, доктор...

Следом за помахивающей хвостом Дюшей в гостиную вошли Тамарочка и Кристина.

— Не мешайте врачу, — начала было я.

Но Люсик, ловко подхватив Дюшу, прервал меня:

— Такому специалисту, как я, помешать невозможно. Ну, что у нас? О-о-о...

— Положение так серьезно? — испугалась Томочка, глядя, как массажист ощупывает спину Дюши.

— Да уж, — укоризненно покачал головой он, — запустили собаку капитально. Она у вас хоть лает?

— Нет, — сообщила Кристина, — очень и очень редко, практически никогда. Последний раз лаяла перед Новым годом, когда Вилка ей на хвост чугунную кастрюлю с кашей поставила!

— Я же нечаянно!!!

---

[1] См. книгу Д. Донцовой «Черт из табакерки», вышедшую в издательстве «Эксмо».

— Вот! — Люсик поднял вверх палец. — Речевой центр парализовало, зажало нервные окончания!

— Ой! — пискнула Кристя. — Бедняжка!

— Вообще-то, — влезла я, — Дюша с детства такая.

— Ясно, — кивнул Люсик, — родовая травма. Как проходили роды у ее матери? Наверное, кесарили!

— А мы не знаем... — растерянно ответила Томочка. — Дюшу нашли на улице.

— Ага, — бормотнул Люсик, — тут грыжа, там выпадение ребра, еще, похоже, энтероколит, спровоцированный неправильной постановкой шеи, как следствие — парез уха, хронический насморк, перетекший в гайморит, лимфогранулез хвоста, легкая аллергия и постоянная депрессия. Гляньте, она вялая, неактивная.

Я пришла в ужас. Господи, да несчастному животному два часа до смерти осталось! Оказывается, наша Дюшенька одной ногой, то бишь лапой, на том свете, а глупые хозяева радуются, что им досталась небрехливая собачка!

— Что же делать? — зашмыгала носом Кристина.

— Не расстраивайся, — приободрил девочку Люсик, — двадцать-тридцать сеансов массажа — и ее не узнать будет. Да прямо сейчас, после первой процедуры, мигом заметите резкое улучшение. Ну-ка, начнем.

Он быстро привязал слабо сопротивляющуюся Дюшу к столу, потер руки, потом резко ущипнул собачку за жирную спинку. Дюшка вздрогнула.

— Отлично, — крякнул Люсик, — вижу поле деятельности. Итак, пощипывания, поглаживания, поколачивания.

Его маленькие, толстенькие, короткопалые ручки порхали над мохнатым телом. Затем Люсик схватил Дюшу за хвост и начал накручивать его в разные стороны.

«Р-р-р...» — донеслось со стола.

— Вот видите! — констатировал массажист. — Речевой центр потихоньку освобождается. А вот и наша грыжа.

Он с силой ткнул Дюше большим пальцем куда-то под ребра.

«Гав, гав!» — завопила собака.

— Отличненько, — Люсик пришел в полный восторг, — теперь следует сделать прогревание, но прежде легкое краваццо с тальком.

Я не успела поинтересоваться, что такое загадочное краваццо, как Люсик выхватил картонную тубу и вмиг покрыл собаку ровным слоем детской присыпки. Дюшенция принялась чихать, словно обезумевшая.

— Вот, слышите! — ликовал массажист, стуча по несчастной Дюше предметом, больше всего похожим на молоток для отбивания мяса. — Гайморит рассасывается. Великое дело — мануальная терапия! Эффект моментальный.

Облако дисперсной пудры летало по гостиной, у меня в носу тоже засвербило, может, сама болею гайморитом и не знаю об этом?

— По-моему, ей плохо, — прошептала Томочка и чихнула.

— Выздоровление всегда проходит через боль и страдания, — парировал Люсик, — теперь глубокое прогревание с ароматерапией. Несите большое полотенце.

Пока Кристина носилась в ванную, доктор обмазал Дюшу с головы до пят чем-то жирным, тягучим, добытым из белой пластиковой бутылочки.

— Замечательно, — заявил он, увидав махровую простыню.

В ту же секунду он накрыл Дюшку и включил лампу синего света, прикрепленную к краю стола.

Бедная собака вывалила наружу розовый язык и задышала, как марафонец, добежавший до конца дистанции.

— Надо, чтобы до костей пробрало, — пояснил Люсик, — подождем минут пять для полноты эффекта. А я пока иголочки приготовлю.

— Вы ей будете уколы делать? — робко поинтересовалась Томочка.

— Никаких лекарств, — отрезал Люсик, — химия нарушает метаболизм, только ручное воздействие. Все, дошло до капилляров! Теперь точку фун-шу!

С этими словами Люсик ловко воткнул в скользкую от масла собачью шкурку иголку.

«У-у-у...» — взвыла Дюша.

— А ты как хотела, — покачал головой Люсик, — следующая точка кунь-лунь, затем сяо-мяо.

Последнее название показалось мне немного странным, но тут Люсик, хищно воскликнув:

— И последнее! Точка жизни фуа-гра! — навалившись на собаку, сжал ее с боков.

Дюша всхлипнула, разинула пасть, икнула...

— Ой, мамочка! — восхитилась Кристина. — Вы выдавили из нее весь завтрак! Ага, так вот кто слопал мою шоколадку! Дюша, ты наглая воровка!

Но собака не реагировала на внешние раздражители.

— Пусть полежит пару секунд, отдохнет. — Люсик вытер со лба пот.

— Массаж можно делать только собакам? — спросила я, с тревогой поглядывая на Дюшу, которая ничем не напоминала живой организм. Скорей уж сдувшуюся шкуру одного дворте-рьера.

— Конечно, нет, — стал вещать Люсик, собирая банки и флаконы, — у меня полно клиентов: кошки, хомяки, крысы, вараны, змеи, мыши...

— А птички? — полюбопытствовала Кристя.

— Вот с ними трудней, — крякнул Люсик, — совершенно особая авторская методика, уникальная! И такой массаж не-много дороже. Если один сеанс с собакой стоит сущую ерун-ду, всего триста баксов, то за попугайчика надо отдать пять-сот!

Триста долларов?! А еще он говорил, что Дюше нужно про-вести двадцать-тридцать сеансов! Это же получается совер-шенно невероятная сумма!

— И люди вам платят? — вырвалось у меня.

— Ариночка, — снисходительно заметил Люсик, — я не ус-певаю отбиваться от клиентов. Ладно, спускаем вашу краса-вицу на пол.

Оказавшись на паркете, Дюша попыталась сгрести лапы вместе. Это простое действие удалось ей с третьей попытки. Потом она потрясла мордой и, разбрызгивая капли липкого масла, с оглушительным лаем кинулась на мучителя.

— Держите ее! — завопил Люсик.

Мы бросились к собаке, но та, всегда спокойная и привет-ливая, словно озверела. Она скалила зубы и безостановочно рычала.

— Не отпускайте ее, — визжал Люсик, забираясь на подо-конник.

Мы пытались удержать Дюшу, но та, скользкая, как кусок мыла, выворачивалась из рук. Наконец Томочка догадалась набросить на нее сдернутое со столика полотенце. Потом они с Кристиной потащили спеленутый сверток в ванную.

— Точку сяо-мяо надо было сильней прижать, — покачал головой Люсик, — побоялся сразу на полную мощь воздейст-вовать! Ну ничего, через тридцать сеансов...

Я набрала полную грудь воздуха и решительно прервала его:

— Извините, мы не можем провести целый курс.

— Вам не дорого здоровье собаки! — возмутился масса-жист.

— Именно, что дорого, — улыбнулась я. — Пока я только начинаю публиковаться, особых гонораров нет.

— Но Ася Юдина сказала, будто вы очень известны, — на-хмурился Люсик.

— Она слегка преувеличила.

— Ну ладно, — насупился «доктор», — если надумаете — звоните. А сейчас с вас три сотни зелеными.

— Но вы же обещали первый сеанс провести бесплатно! — возмутилась я.

— Это если бы вы решили целый цикл проводить, — отбил подачу Люсик.

Я побежала в нашу с Олегом спальню. Интересно, что скажет Куприн, когда узнает, что деньги, которые мы откладываем ему на дубленку, потрачены на противоостеохондрозный массаж Дюшки? Хотя сегодня, наверное, промолчит! Ему небось все же неудобно за дурацкую шутку!

Остаток вечера мы провели, пытаясь отмыть собачку от липкого, как свежее варенье, ароматического масла. Дюша, обычно воспринимающая водные процедуры с философским терпением, сегодня вела себя будто разбуженная фурия. Она визжала, стонала, лаяла, выворачивалась из рук и даже попыталась цапнуть Кристину, когда та решила намылить ей голову.

Устав удерживать беснующееся животное, я выпрямилась, и в то же мгновение озверевшая Дюша выскочила из ванной и, оставляя повсюду клочья белой пены, понеслась по коридору.

— Не заметили, где у нее эта точка, сяо-мяо? — спросила Кристина, кидая в лужу тряпку.

— Нет, — ответили мы с Томочкой хором, — а что?

— Может, нажать еще раз и она успокоится?

— Ни в коем случае! — испугалась я. — Больше никакой мануальной терапии.

— Вилка, — послышался голос Куприна.

Я высунулась в прихожую. Супруг, смущенно улыбаясь, протянул букет из непонятных цветов, больше всего смахивающих на гибрид тюльпана и астры.

— Вот, — забубнил Олег, — держи, от чистого сердца. Прости дурака. У меня прямо в глазах потемнело, когда тебя с тем парнем увидел. Стоит, за плечи обнимает и лыбится. Вот я обозлился и наговорил глупостей. Кто же думал, что такое получится: газеты, корреспонденты... И потом, ну как люди-то тебя узнают?! Мне это совершенно непонятно! В жизни ты совсем другая!

Я попыталась скрыть усмешку. Надо же, Олег, оказывается, способен на ревность! Совершенно неожиданное открытие!

— Вот еще, — держа одной рукой букет, заявил супруг, — на...

Я взяла протянутый пакет и впала в полное изумление. Внутри оказалась коробка дорогущего бельгийского шоколада. Наверное, жара повлияла на разум мужа, если он решился приобрести конфетки стоимостью в половину своего оклада!

— Букет тоже мне? — улыбнулась я.

— Конечно, держи, — Олег протянул мне неведомые цветы, — кажется, твои любимые.

Да уж, теперь не спросить, что это за звери, не могу же я не знать названия своих обожаемых цветов. Только я собралась их взять, как произошло невероятное. Из темноты коридора вылетела Дюша. Увидав Олега, она осела на задние лапы и издала страшный звук, похожий на стон и рычание одновременно.

— Дюшенция? — удивился муж. — Что с тобой стряслось, небось жара...

Но договорить фразу Куприн не успел, потому что собачка резко подпрыгнула вверх, вырвала у него из рук букет, а потом с утробным чавканьем и хрустом принялась быстро-быстро пожирать неведомые гибриды прямо вместе с бумагой.

— Мама, — попятился к двери Куприн, — вызывайте ветеринаров! Она от жары взбесилась!

— Нет, — вздохнула я, — сяо-мяо до конца не дожали!

— Что? — поразился Олег в полном ужасе, наблюдая, как Дюшенция, смолотив растения, принимается за его ботинок. — Что?

«Р-р-р-р...» — трясла головой собачка.

Шнурки она проглотила в момент и теперь пыталась справиться с довольно толстой подметкой.

— Не бойся, — потянула я мужа за рукав, — пошли, объясню, в чем дело!

Глава 16

До Розочки Шифриной я смогла дозвониться только через два дня, да и то когда, отчаявшись, набралась наглости и позвонила в семь утра.

— Да, — ответил звонкий, совсем не сонный голосок.

— Можно Розу... простите, не знаю отчества...

— Ну, пока я превосходно обхожусь без него, — засмеялась невидимая собеседница, — слушаю внимательно.

— Мне ваш телефон дала Фаина Семеновна, мама Игоря, припоминаете, о ком идет речь?

— Конечно, как она себя чувствует?

— Спасибо, вроде бы прекрасно, но у меня к вам дело.

— Извините, пожалуйста, — очень вежливо перебила меня Розочка, — но я опаздываю, у нас пятиминутка в половине девятого. Подъезжайте прямо в больницу, паспорт только не забудьте.

— Зачем? — изумилась я.

— Так на аборт без документов не возьмут, — деловито сообщила Розочка, — еще прихватите медицинский полис, тапочки, халат и ночную рубашку. Если к девяти успеете, тогда в пять вечера спокойненько домой уйдете.

— Адрес подскажите, — попросила я.

Небольшое четырехэтажное старое здание, похожее на школу, пряталось среди высоких деревьев. На круглой площадке перед входом во всю мощь легких надрывался слегка пьяноватый парень.

— Анька! Ну на кого он похож? Ань? На кого?

— На мою маму, — проорала в ответ свесившаяся из окна растрепанная женщина.

— Вот ужас-то! — перепугался муж. — Ну и несчастье!

— Дурак! — окрысилась жена. — Я-то боялась, что в тебя, козла, окажется!

— Ну, Ань, — занудил молодой отец, — не злись...

Я не стала слушать, чем закончится их диалог, вошла в приятно прохладный холл и спросила у толстой тетки в белом халате, курившей у окна:

— Где я могу найти Шифрину?

— Двенадцатый кабинет, — ответила та, не поворачивая головы.

На двери кабинета висела аккуратная табличка: «Прием ведет кандидат медицинских наук Роза Яковлевна Шифрина». Я сунула голову внутрь и увидела молодую женщину, сидевшую за письменным столом. Она подняла голову и улыбнулась.

— Проходите.

Я улыбнулась в ответ. Роза Яковлевна оказалась красавицей. Большие, чуть навыкате черно-коричневые глаза с кукольно загнутыми вверх ресницами, разлетающиеся к вискам стрелы бровей, точеный, аккуратный носик, пухлый, красиво очерченный рот и в качестве последнего, завершающего штриха — маленькая, пикантная родинка над верхней губой.

— В чем проблема? — снова улыбнулась Роза.

Было в ней что-то мгновенно располагающее к себе. Как многие женщины, я побаиваюсь врачей-гинекологов, хотя никто из них ни разу не сделал мне больно, но один вид кабинета с креслом и стеклянным столиком, на котором в изумительном порядке разложены железки самого отвратительного вида, вызывает у меня дрожь в коленках. Но в присутствии Розы Яковлевны это чувство отчего-то не возникло. Хотя, может, я просто знала, что Шифрина не понадобится мне в качестве доктора.

— Говорите, не стесняйтесь, — приободрила меня она, — в

кабинете врача нужно рассказывать все. Сейчас мы легко справляемся со многими проблемами.

— Меня прислала Фаина Семеновна...

— Очень хорошо! — мягко улыбнулась врач.

— Почему вы убили Любу Боярскую? — ляпнула я и тут же испугалась. Ну и глупость же я сделала!

Шифрина распахнула еще больше свои огромные глаза и стала похожа на собачку породы пекинес.

— Что?!

— Э... ничего, это так, глупая шутка...

— Вы кто?

— Виола Тараканова.

— Это мне ни о чем не говорит, — сурово сказала Розочка, потом резко встала, подошла к двери, заперла ее, положила ключи в сейф и заявила: — Пока не объяснитесь, отсюда не уйдете!

Я тяжело вздохнула. Господь, дав Розочке потрясающей красоты лицо, решил, что подарков с нее хватит, и фигура ей досталась самая неказистая. Ростом Шифрина была ниже меня. Верхняя часть фигуры, до талии, была слишком короткой, а бюст оказался плоским. Компенсировала отсутствующую грудь та часть, которой садятся на стул. Объем бедер у Розочки был метра полтора, не меньше, ножки же были тоненькие, словно спичечные.

Розочка сердито откинула за уши копну мелко вьющихся волос, села за стол и вновь превратилась в красавицу.

— Так в чем дело?! — без тени улыбки спросила она.

— Фаина Семеновна считает, что вы убили Любу... впрочем, давайте по порядку, — промямлила я.

— Сделайте одолжение, — сурово кивнула Роза, — я не выношу беспорядочных разговоров!

Как могла, я изложила события, старательно опуская те, которые, на мой взгляд, казались несущественными. Когда фонтан сведений иссяк, Розочка вытащила пачку «Парламента» и покачала головой.

— Много чего в жизни повидала, с шестнадцати лет в медицине работаю, медсестрой начинала! Но такое! Писательница, которая сама расследует преступление, чтобы написать книгу!

Я расстегнула сумочку и вытащила «Гнездо бегемота».

— Вот здесь, видите, моя фотография. Не слишком удачная, правда, но узнать можно. Хотите, подарю? Извините, но у меня остались только «бумажные» издания, твердый переплет давно расхватали знакомые.

— Честно говоря, — протянула Розочка, — я такое не читаю,

времени на специальную-то литературу нет, но ваше произведение обязательно посмотрю, не каждый день с живым писателем сталкиваешься. Что же касается смерти Любы Боярской... Может, я и воскликнула в гневе, что убью ее... Уж очень зла была на нее... Ладно, могу рассказать историю наших взаимоотношений с Игорем, если, конечно, вам интересно. Но хочу предупредить сразу: госпожу Боярскую я и пальцем не тронула. Хотя, мне кажется, я знаю имя той, которая замыслила извести Любовь Кирилловну!

Я быстро закивала головой.

— Говорите скорей!

Игорь и Розочка познакомились на первом курсе медицинского института. Только Розочка пошла в медицину по велению сердца, а парня в вуз толкнула мама.

— Уж не знаю, какое на вас впечатление произвела Фаина Семеновна, — объясняла Роза, — только она жуткая эгоистка. Без конца талдычит о своей всеобъемлющей материнской любви, а сама нещадно эксплуатировала Игоря, постоянно ему напоминая: «Ты должен заботиться о женщине, которая родила тебя».

Игорь не чувствовал никакой тяги к медицине, но мать, желавшая на старости лет иметь в доме человека, который сумеет померить давление и сделать укол, закатывала такие скандалы, что бедный парень решил, что лучше покориться.

Розочка и Игорь оказались в одной группе. Девушка сразу влюбилась в симпатичного парня и изо всех сил старалась помочь ему. Шифриной было ясно — врачебная стезя не для Игоря. Тому становилось дурно в морге, а при виде крови юноша бледнел и старался побыстрее сесть. Совсем плохо стало, когда началась практика в больнице. Естественно, студентов отправили в самые тяжелые отделения. Игорь с Розой, их на курсе все считали женихом и невестой, оказались в хирургии в самой затрапезной районной больнице. И если девушка просто рвалась в бой, мечтая о том, чтобы ей дали подержать крючки во время оперативного вмешательства, то парень прятался по углам и ныл:

— Тут так воняет!

Спустя месяц после начала практики Игорь спросил у Розочки:

— Господи, ты видела этого старика в коридоре? С жутким, отвратительным гнойником на ноге?

— Да, — кивнула девушка, — очень интересный случай, вот, думаю, можно вскрыть и попробовать...

— Тебе и впрямь этот кошмар кажется интересным? — перебил ее Игорек.

— Естественно, — удивилась Розочка, — запущенный случай, такое нечасто увидишь, интересно посмотреть, как Сергей Антонович станет операцию делать. Вот если бы мне поручили, то...

Игорь встал и вышел. Удивленная его реакцией Роза кинулась было следом, но ее позвал дежурный врач, и она занялась работой.

На следующий день возлюбленный не приехал в больницу. Розочка решила, что он заболел, и кинулась в ординаторскую звонить. Трубку сняла Фаина Семеновна и закатила ей бурный скандал:

— Игорь мне все рассказал!!!

— Что? — недоумевала Розочка.

— То! — вопила будущая свекровь. — Это из-за тебя он забрал документы из института! Ты дала ему понять, что медицина не для него! Дрянь! Не смей приближаться к нашему порогу!

Розочка только хлопала глазами, искренне не понимая, что же произошло.

Игорь ей не звонил. Пару раз девушка сама пыталась соединиться с ним, но трубку каждый раз снимала Фаина Семеновна, и Розочка быстро нажимала на рычаг — общаться со старухой совсем не хотелось. Потом Роза узнала, что Игорь и впрямь забрал документы из института. Она решила подстеречь парня и притаилась у его подъезда. Игорь не выходил, зато появилась Фаина Семеновна и села в троллейбус. Обрадованная Розочка кинулась в квартиру, к любимому.

Игорь, зевая, спокойно сказал ей:

— После разговора с тобой, ну, помнишь, о том старике с фурункулом, я твердо понял, что хорошим врачом никогда мне не стать. Пришлось выдержать колоссальный скандал с мамой, чуть до драки не дошло.

— Чем же теперь станешь заниматься? — осторожно спросила Роза.

— Знаешь ведь, — пожал плечами Игорь, — я всю жизнь мечтал изучать историю. Вот, готовлюсь поступать на истфак. Слава богу, успел документы сдать. Так что до августа не увидимся, сама понимаешь!

— Конечно, — кивнула Розочка, — удачи тебе.

Игорь замялся:

— Еще один момент...

— Какой? — напряглась Роза.

— Ты мне пока не звони и не приходи сюда больше, — наконец решился выдавить из себя кавалер, — мама дико злится.

— Мы расстаемся навсегда? — решила уточнить девушка.

— Что ты, — залебезил Игорь, — только до августа. Вот поступлю в университет, и снова будем вместе. Да и мама слегка успокоится. Я тут попытался ей объяснить, что если она хочет иметь дома врача, то получит его только в твоем лице.

Розочка слегка успокоилась, хотя перспектива стать лечащим доктором Фаины Семеновны ее отнюдь не обрадовала.

В августе Игорь пару раз сходил с Розой в кино, а в сентябре они практически расстались. Девушка старательно обманывала себя. Понятное дело, Игорь вновь стал первокурсником, ему нужно посещать все лекции и семинары, да и в первую сессию преподаватели обычно излишне суровы. Но в глубине души она понимала: Игорь на ней никогда не женится. А Фаина Семеновна, даже имея огромное желание жить рядом с доктором, будет очень рада, когда узнает, что Розочке не стать ее невесткой.

Вот так их отношения очень тихо сошли на нет. Целых два года Игорь старательно делал вид, что ничего не произошло и любовь осталась прежней. В течение недели он обычно не звонил Розочке, но в субботу непременно звал в кино. Девушка, безоглядно влюбленная в парня, была согласна на любые отношения, лишь бы хоть изредка встречаться с Игорем.

Потом она поступила в ординатуру, занялась диссертацией, времени катастрофически не хватало ни на что. И как-то так получилось, что они с Игорем расстались на полгода. Потом Розочка спохватилась, удивилась собственному равнодушию и позвонила Игорю. Трубку сняла Фаина Семеновна. Услыхав голос Розы, старуха злорадно заявила:

— Игоряша и Ксюшенька уехали кататься на теплоходе. Ты ведь знаешь Ксюшу Боярскую? Очень милая девочка.

Роза положила трубку. Имя и фамилию Ксюша Боярская она слышала впервые. Среди их общих с Игорем знакомых таких не было. Значит, у ее вечного жениха появилась новая возлюбленная. Розочка приготовилась испытать приступ дикой ревности, но неожиданно поняла: в ее душе пусто, словно в выжженной пустыне. Там больше не распускал лепестки яркий, дурманящий голову своим ароматом цветок любви.

— Игорь выдавил из меня по капле все хорошее к нему отношение, — грустно улыбалась Розочка, — словно из тюбика зубную пасту. Но ведь его больше не наполнить!

Вот так и расстались — без выяснений отношений, слез и скандалов. Игорь позвонил через пару месяцев, поздравил бывшую невесту с днем рождения. Розочка тоже проявила интеллигентность и двенадцатого июля набрала знакомый номер телефона, чтобы пожелать счастья и успехов.

Но трубку сняла Фаина Семеновна. Розе стало очень неприятно, сейчас старуха наговорит ей гадостей, но чуть не упала от неожиданности, услыхав ласковое восклицание:

— Розочка, детонька, совсем нас забыла! Хотя ты, наверное, очень занята, диссертацию защитила?

Потом Фаина Семеновна пожаловалась на высокое давление, Розочка посоветовала лекарства... Начали перезваниваться. Фаина Семеновна, поняв, что Роза никогда не станет женой Игоря, стала мила с девушкой. Советовалась с ней по поводу многочисленных болячек и заговорщицки шептала:

— Дома никого, кроме меня, нетрудно будет приехать, давление померить?

Роза не отказывала старухе, и между ними установились почти дружеские отношения. Иногда Фаина Семеновна заявляла:

— Вот не разглядела я тебя, сердилась на Игорька, а зря. Ксюша-то такая профурсетка! Грубая, непочтительная, вечно спорит, сына против меня настраивает!

Роза пропускала эти высказывания мимо ушей. С одной стороны, ее совершенно не интересовали Игорь с новой пассией, с другой — его мать всегда будет ненавидеть тех, кто попытается прибрать к рукам ее драгоценного мальчика.

Однажды вечером, достаточно поздно, около десяти, в дверь квартиры Розы позвонили. На пороге стояла маленькая, хрупкая девушка в красивой норковой шубке.

— Я вас умоляю, — без всякого предисловия заявила она, — отдайте мне Игоря.

— Вы кто? — изумилась Роза.

— Ксения Боярская, — ответила худышка и расплакалась.

Розочка втащила свою счастливую соперницу в комнату и попыталась утешить.

— Что случилось?

Ксюша, тихо плача, рассказала, что Игорь не торопится с предложением руки и сердца. Их роман длится уже почти три года, а предложения руки и сердца от него так и не последовало. В конце концов Ксюша не выдержала и поинтересовалась:

— Когда же мы поженимся?

Игорь замялся и выдал:

— Понимаешь, я связан обещанием с другой, Розой Шифриной, любви давно нет, но боюсь ее обидеть, да и здоровье у нее слабое, погоди пока!

Услыхав последнюю фразу, Розочка обозлилась до крайности и, несмотря на робкое сопротивление Ксюши, ринулась к телефону.

— Игорь, — твердо заявила она, — если ты еще не понял, то заявляю со всей определенностью: ты свободен от всяких обязательств. Я не собираюсь связывать свою жизнь с тобой, не люблю тебя. Кстати, с чего ты взял, что я болею? Абсолютно здорова!

Через неделю Ксюша перезвонила Розочке.

— Спасибо большое.

— Он сделал тебе предложение? — поинтересовалась Шифрина.

— Нет, но дело не за горами, — радовалась Ксюша, — вот летом съездим вместе отдохнуть — и готово!

Розочка не стала переубеждать дурочку. В глубине души она была уверена — Игорь никогда не женится, на то у него, как в известной песне, есть пять причин. Основная из которых — патологическая ревность Фаины Семеновны.

Спустя некоторое время оказалось, что она права. Осенью Ксюша снова прибежала к Розе в слезах.

— Он нашел другую!

— Да? — не удивилась Розочка. — И кого, если не секрет?

— Мою родственницу, — затопала ногами Ксюша, — Любу Боярскую!

— Твою сестру?

— У моего папы был брат, — пояснила Ксения, — это его дочь, жутко противная уродка! Сволочь! Отбила Игоря!

— Успокойся, — попыталась вразумить ее Розочка, — ей никогда не отвести парня в загс.

Но в июне месяце сыграли пышную свадьбу. Боярские собрали всех, кого можно и кого нельзя. Розочке тоже прислали открытку с изображением целующихся ангелочков. Шифрина купила красивый чайный сервиз, вручила коробку улыбающейся невесте, с легким злорадством отметила, что Фаина Семеновна стоит лиловая от злобы, и села на свое место за столом. К ней тут же подскочила Ксюша и прошипела:

— Очень хочется надеть этой дряни на голову миску с салатом!

— Зачем же ты пришла на свадьбу? — удивилась Розочка. — К чему этот экстравагантный поступок?

— Так папа велел, — всхлипнула Ксюша, — вон следит за всеми.

Розочка повернулась и увидела пожилого мужчину, сидящего в кресле на колесах.

— Твой отец инвалид? — спросила она.

— Ну да, — кивнула Ксюша, — у него инсульт был, вроде поправился, а ноги не слушаются. Вот теперь боюсь его волновать. А папа очень чтит родственные узы. После того как дядя Кирилл умер, он считает, что обязан поддерживать тетю Машу и Любку. Знаешь, как он меня вчера песочил! «Всякое в жизни бывает! Они друг друга полюбили. Ты найдешь себе пару, а родственников других не будет!» Вот и пришлось идти, теперь изображаю дружбу и радость. Боюсь, папу опять инсульт разобьет!

Ксюша замолчала, а потом с невероятной злобой, острым, пронзительным, словно наточенный клинок, голосом произнесла:

— Я ее убью!

— Кого? — испугалась Розочка.

Было в тоне Ксюши что-то такое, что заставляло верить: из уст девушки звучит не пустая угроза.

— Любку! — мстительно уточнила она. — Еще не знаю как, но обязательно убью.

Глава 17

Я ушла от Розочки, покачиваясь, словно пьяная. Ужасная жара висела над проспектом. Люди тащились по тротуару, сжимая бутылки с водой. Кислород словно испарился, было полное ощущение, что воздух превратился в вязкий кисель, который с трудом проникает в легкие и с огромным усилием выталкивается из них.

Я зашла в супермаркет и прислонилась к холодильнику, в котором стройными рядами выстроились йогурты и пачки масла. Хорошо-то как!

И тут затрезвонил мобильный. Меня охватил страх.

— Да? Что произошло?

— Ариша, — раздалось из трубки, — приветик, это Нюся!

Я смахнула со лба пот. Тысячи и тысячи людей используют мобильную связь, чтобы просто поболтать друг с другом, и только Виола Тараканова трясется от любого звонка!

— Привет, Нюся, — я постаралась изобразить радость.

— Ты где?

— В магазине.

— Каком?

— Супермаркете, стою около йогуртов, наслаждаюсь холодом.

Нюся засмеялась.

— Давай дуй на Сазоньевскую улицу.

— Зачем?

— Надо! Обещала же тебя пиарить. Давай, ноги в руки — и бегом.

— Но я не одета!

— Совсем голая? — захихикала Юдина. — Ходишь по лавкам только во вьетнамках? А что, это эпатажно!

— Нет, конечно, просто стою в стареньком сарафанчике и без макияжа.

— Аллах с ним, — заявила Нюся, — адрес пиши: Сазоньевская, девять, постарайся успеть за час.

— Куда? — недоумевала я.

— Приедешь, объясню, — буркнула Нюся и отсоединилась.

Я со вздохом оторвалась от рефрижератора и побрела по проминающемуся асфальту к метро.

Возле дома девять на Сазоньевской было пусто. Я расстроилась. Естественно, Нюся опоздает, а мне придется ждать ее на солнцепеке. Коротенькая улочка не украшена ни одним деревом, в тени которого можно было бы спрятаться, да и магазинов со спасительными холодильниками не видно. Но тут огромная черная машина, стоявшая чуть поодаль от девятого дома, коротко гуднула. Потом чья-то рука приоткрыла правую переднюю дверцу и звонкий голос велел:

— Ариша, вали сюда.

Я влезла в шикарный кожаный салон и со стоном села на подушку.

— Боже! Почему у вас тут так восхитительно прохладно?

— Так кондиционер фугует, — пожала полными плечами Нюся, — эка невидаль! Сейчас у всех они стоят.

Я молча наслаждалась холодным ветерком. Наверное, приятели Юдиной ездят на роскошных тачках. Вот у Олега в «Жигулях» роль кондиционера выполняет крохотный вентилятор, прикрепленный на стекле. Но толку от жужжащих лопастей никакого.

— Очень приличный сарафанчик, — одобрила Нюся, — у меня такой же.

Ее полное, рыхлое тело было облачено в некое подобие мешка из розовой льняной ткани на тонюсеньких лямочках. Будучи женщиной, свободной от всяческих комплексов, Нюся не носила нижнего белья, и от шеи до пупка колыхалась бесформенная масса, напоминающая студень.

— Слушай сюда, — велела она, — тут, в девятом доме, принимает страшно модный доктор, Феоктистов Сергей. Раньше у него был маленький кабинетик, а теперь он раскрутился и открывает центр кирпичетерапии.

Я подумала, что ослышалась, и переспросила:

— Какой терапии?

— Кирпичетерапии, — терпеливо повторила Нюся.

— Он лечит людей кирпичами?!

— Именно.

— Но каким образом? Бьет ими пациентов по голове?

Нюся хихикнула и быстренько вывалила краткую биографию знахаря.

Родом Феоктистов из глухой сибирской деревеньки. Воспитывала его бабка, деревенская лекарка. Старушка владела эксклюзивной методикой, которую получила от своей матери. В особом овраге, под чтение специальных заговоров и колдовские песни, в определенный день, в полночь выкапывалась глина. Потом с соответствующими обрядами лепились кирпичи, обжигались в священной печке — и инструмент был готов. Нагрев или охладив кирпич, бабушка Сергея могла, приложив его к больному месту, вылечить любую хворь. Проходили грыжи, запоры, бронхиты, рассасывались опухоли, пропадали аллергия, косоглазие и бесплодие.

Старушка передала тайные знания внуку и скончалась. Сергей стал врачевать и достиг намного более впечатляющих результатов, чем бабушка. К нему ехали со всей Сибири, почитали за святого. Денег за свою работу Феоктистов не брал.

Но затем в его родной деревеньке стряслась огромная беда. Приключилась великая сушь, а потом пожар. От непогашенного окурка сначала вспыхнул стог сена, а потом пламя резво поскакало по улицам, живо уничтожая небогатые домишки селян с немудреным скарбом и живностью. Меньше чем за полчаса деревенька превратилась в пепелище. Поднялись стон и плач. Обездоленные люди обнимали детей...

И тогда Сергей решил помочь землякам. Он отправился в Москву, где быстро стал модным доктором, а все заработанные деньги...

— Эй, погоди, — остановила я Нюсю, — ты же только что говорила, что он лечит людей бесплатно.

— Это было в деревне, — пояснила Юдина. — Сергей бескорыстен, словно монах, но сейчас он находится тут, чтобы набрать погорельцам на дома, и, естественно, берет гонорар.

— А сколько?

— Четыреста долларов час.

— И давно он практикует в Москве?

— Третий год, — сообщила Нюся.

В моей душе закопошилось легкое недоверие. Несколько лет в Москве при ставке в четыре сотни за сеанс, и до сих пор не сумел собрать нужную сумму?

— Где же он кирпичи берет?

— Два раза в год ездит в свой заветный овраг, — объяснила Нюся.

— Но у меня ничего не болит, — я попыталась посопротивляться.

— И что? — рассердилась Нюся.

— Зачем он мне? Да и четырехсот долларов у меня нет!

— Арина!!!

— Что?

— Имей в виду: в тусовке не принято говорить вслух о бедности и о деньгах вообще! Сейчас никто не будет заниматься медицинскими процедурами. Мы идем на открытие центра. Там журналюги, телекамеры, фуршет, благотворительная лотерея... Ферштейн?

— В целом да, — кивнула я.

— Очень хорошо, — подвела итог Нюся и глянула на часы, — прекрасно, мы опоздали на полчаса.

— Что же тут хорошего? — засуетилась я. — Извини бога ради, я ведь очень торопилась...

— Точно по часам обязаны являться журналисты, — пояснила Нюся, вылезая из «Мерседеса», — а нам не грех слегка припоздниться. Понимаешь, когда идет плотная толпа гостей, светские репортеры снимают не всех, а лишь тех, кто как-то выделяется. Ну пришел с голой жопой, из которой торчит роза. А вот если опаздываешь, внимание прессы гарантировано.

С этими словами она впихнула меня в полутемное помещение, в котором сновало дикое количество народа. Гремела музыка, и я на секунду оглохла и задохнулась — от толпы одуряюще несло французским парфюмом. Юдина хозяйским жестом ухватила за плечо вертлявого парня в сиреневой распашонке.

— Костик!

— Нюсенька, — кинулся целоваться с ней парнишка, — а кто это с тобой?

— Костя! — Нюся кокетливо погрозила ему пальчиком, на котором сверкал крупный бриллиант. — Только не делай вид, что не узнал мою лучшую подругу, наимоднейшую писательницу Арину Виолову!

— Тебя не обманешь, — захихикал Костя, — конечно, моментально понял, что вижу Арину. Ах, обожаю ваши книги. Ну скажите мне по секрету, вы и впрямь сидели или это пиар?

На секунду я растерялась, на губах появилась глупая улыбка, но Нюся мигом пнула меня под зад и ответила:

— Конечно, Арина полжизни провела по зонам. Десять лет за грабеж, двадцать за изнасилование, тридцать ей впаяли за убийство парочки журналистов и одного дурака — ведущего тусовок.

Константин закатился икающим смехом, потом вытащил откуда-то микрофон и заорал:

— К нам пришли две лучшие писательницы Москвы! Скорей встречайте: Нюся Юдина и Арина Виолова, музыка — туш!

Но из динамиков почему-то полилось «Хэппи бердэй», очевидно, ди-джей перепутал диски. На нас мигом налетела стая журналистов. Нюся принялась вертеть меня в разные стороны, изредка шипя:

— Улыбайся, упри руку в бок, отставь ногу...

Наконец в зал вошла еще какая-то известная личность, и объективы перенацелились на нее. Я прислонилась к стене.

— Устала? — хмыкнула Нюся.

— Есть немного.

— Да уж, тусоваться нелегко, — согласилась она, — но альтернативы-то нет. Вон видишь, там, у стола со жрачкой, девчонка в зеленых шортах? Эта из газеты «Круглый телевизор». Завтра утром у них появится фото, а внизу будет строчка: «Читать Арину Виолову не только интересно, но и модно». Вечером все ненормальные идиоты, считающие «Круглый телевизор» своим поводырем по жизни, ринутся к лоткам и в книжные магазины. Популярность легко не достигается.

— А вот есть такой писатель, Шульгин, — вяло возразила я, — очень хорошие детективы пишет, так о нем ничего не пишут. Просто сообщают: Шульгин интервью не дает.

— Это пиар наоборот, — отмахнулась Нюся, — небось запускает дезинформации о себе. Одни пишут: у Шульгина — девять жен, другие — супруга всю жизнь одна... Он к себе интерес таким образом подогревает.

— Возьмите билетик, — прочирикала хорошенькая длинноногая девчонка с подносом в руках.

Нюся швырнула ей сто рублей и вытащила из груды свернутых бумажек одну трубочку. Я повторила ее действия и спросила:

— Это что?

— Лотерея, пошли перекусим.

— Только не суши!

Нюся усмехнулась:

— Деваться тебе некуда! Но у Сергея, на счастье, такого не будет, он пропагандирует возврат к природе.

Следующие полчаса я пыталась прожевать сырые капустные листья, облитые кефиром, ростки сои и непонятные комки коричневого цвета, погребенные под какими-то фиолетовыми то ли тряпками, то ли листами бумаги. На угощение было противно смотреть. Но все остальные бодро опустошали тарелки, мне не хотелось выглядеть белой вороной. Потом я заметила, как один мужик, облаченный в ярко-красные брюки, быстренько скидывает «деликатесы» в урну, и страшно обрадовалась. Значит, они все просто притворяются!

— А теперь внимание, — заорал Костик, — в лотерее победил номер тридцать шесть. Прошу счастливого обладателя сюда!

Нюся раскатала бумажку и вполне искренне огорчилась:

— Сорок восемь! Никогда ничего не выигрываю! А у тебя какой?

— Тридцать шестой...

— Вау! Костик! Выиграла Арина! — перекрывая гул толпы, зычным голосом завопила Нюся.

Меня вытащили в центр зала, в круг безжалостно яркого света.

— Ариночка, — кривлялся Костя, — сейчас наш обожаемый, всеми любимый, гениальный доктор Сережа сам вручит вам подарок. Вау! Какой у него для вас сюрприз!

Передо мной появился мужчина, меньше всего походящий на аскетичного монаха, собирающего деньги для своих односельчан-погорельцев. Уж скорей он напоминал одного из служителей церкви, высмеянного в свое время в «Декамероне» Боккаччо. Помните, там все те, кто носил сутаны, обожали вкусно поесть, сладко выпить и не пропускали мимо ни одной юбки.

У Сергея было круглое румяное лицо и рыхлое тело человека, не отказывающего себе в лишней бутылочке пива. На толстой шее болталась золотая цепочка, запястье украшали дорогие часы. Весь вид довольно молодого парня говорил о стабильном финансовом положении, отличном питании и полнейшем душевном благополучии.

— Мы собрали сегодня вполне приличную сумму, — зарокотал он густым басом, — которую я незамедлительно передам в фонд борьбы со СПИДом. В качестве же главного приза предлагаю вам удивительную процедуру: бесплатное омоложение лица на десять лет. Попрошу ассистентов принести все необходимое.

Две девицы модельной внешности мигом притащили эмалированный лоток, накрытый стерильной салфеточкой. Жестом фокусника Сергей сдернул с него марлю. Я увидела осколки кирпича и испугалась: а ну как меня сейчас заставят это съесть? Хищно улыбаясь, Сергей поднял лоток над головой.

— Сама процедура, уж извините, будет проходить за закрытой дверью. Арина, пойдемте.

Я решила спасаться бегством.

— Э... спасибо, но вроде как я пока сама по себе неплохо выгляжу. Может, подыскать другую кандидатуру?

Но тут Нюся ущипнула меня за спину и велела:

— Топай живо! Пиар станет только гуще!

Ощущая себя овцой, которую тащат к жертвенному камню, я двинулась за кирпичетерапевтом, проклиная тот момент, когда в голове появилось неразумное желание стать знаменитой.

Меня завели в комнату, где две улыбающиеся девочки-ассистентки, одетые в неприлично короткие и обтягивающие халатики, уложили меня на кушетку. Затем появился Сергей и принялся шаманить. Сначала он зажег свечку и перекрестил лоток с битым кирпичом. Потом приступил к чтению молитвы, следом добыл из кармана пузырек синего стекла и начал капать на оранжевые обломки.

— Это удивительная сыворотка, — пояснил он, затыкая горлышко пробкой. — Досталась от бабушки.

Я с подозрением покосилась на тару. Не так давно мы с Томочкой отправились в «ИКЕА», где провели чудесный день, лазая по полкам и шаря в корзинках. Купили кучу отличных и копеечных вещичек. Так вот, в отделе кухонной утвари было полно таких синих стеклянных емкостей самого разного размера, начиная от крошечных и заканчивая трехлитровыми бутылями. Скорее всего, Сергей купил «бабушкин пузырек» там. Хотя, может, он имеет в виду, что ему достался от старушки рецепт зелья? Нюся говорила, будто знахарь практикует в столице уже четыре года, за этот срок крохотулечный флакончик должен был бы десять раз опустошиться.

Словно подслушав мои мысли, Сергей сладко улыбнулся и протянул:

— Я использую иммуноускоритель в крайне редких случаях, это чрезвычайно сильное и очень дорогое средство, но для вас, Ариночка, готов на все. Начнем, пожалуй!

На лицо мне настелили салфетку с прорезями для носа, глаз и рта, на нее навалили куски кирпичей, а возле стола зажгли лампу. Я мигом вспомнила про несчастную Дюшу и попросила:

— Только сяо-мяо не нажимайте.

— Что вы имеете в виду? — удивился Сергей.

— Мне не нравится, когда в тело втыкают иголки.

— Дорогая моя! — возмутился Сергей. — Вы, очевидно, столкнулись в свое время с одним из шарлатанов, которые, выдавая себя за эксклюзивных китайских врачей, используют точечное воздействие. Ужасно! Больше к ним ни ногой! Поймите, что узкоглазым здорово — нам смерть. Лечиться следует так, как это делали наши предки, никаких новшеств. Вот кирпичи — исконно русское лекарство, ими издавна пользовались в деревнях. Ваша генетика помнит об этом, и организм благодарно откликается на родные методы.

Я хотела было напомнить этому идиоту про антибиотики, массово появившиеся лишь во второй половине двадцатого века, про витамины, о пользе которых никогда не слышали деды, но не стала. Еще меня так и подмывало сказать, что я не знаю деталей своей родословной, может, там, в толще веков, и затесался какой-нибудь китаец...

— А теперь, солнышко, наслаждайтесь покоем, — велел Сергей и, подозвав медсестричек, больше похожих на стриптизерш, скрылся за дверью.

Я осталась одна, проклиная себя за слабохарактерность. Следовало еще там, в зале, заявить, закатив глаза:

— Ах нет, у меня аллергия на глину оранжевого цвета.

Но правильные мысли, как правило, посещают меня спустя сутки после произошедшего события. И вот поэтому я лежу сейчас на кушетке, в душной комнате, с лицом, засыпанным битым кирпичом, да еще над головой жарит лампа. И не хочется мне становиться на десять лет моложе. Ну отчего я постоянно попадаю в такие идиотские ситуации?

Лицо жгло, к тому же нестерпимо зачесалась левая пятка, но сесть я побоялась. Стоит только поднять верхнюю часть тела, как осколки кирпичей ссыплются на пол. Наконец появился «врач», снял с меня маску, протер лицо ватой, смоченной в какой-то жидкости, добытой из другого, на этот раз желтого, флакона, и с восхищением воскликнул:

— Какой потрясающий эффект!

— Удивительно! — хором заголосили медсестры. — Просто нет слов.

Я глянула в услужливо поданное зеркальце. Красные щеки пламенели пожаром, лоб и подбородок выглядели так, словно их обладательница, лишившись разума, провела весь день на палящем солнце. Нос поражал синеватой белизной, а на глаза словно надели очки. От бровей до скул простирались круглые бледные пятна.

Тяжело вздыхая, я поплелась в зал, где была встречена вспышками фотоаппаратов и восхищенными возгласами:

— Фантастика! Просто невероятно! Сногсшибательный эффект! Удивительная перемена!

Глядя на людей, говоривших комплименты с самым честным видом, я испугалась. Что же было раньше с моей физиономией, если теперь, по их мнению, я восхитительно выгляжу?

Слава богу, Костик затеял какую-то очередную дурацкую игру, и народ бросился в другой конец харчевни. Я проскользнула в туалет и умылась. Может, от холодной воды щеки приобретут нормальный цвет. Но воспаленная красота не проходила. Я выползла в холл и увидела Сергея. Кирпичетерапевт, не замечая меня, вытащил из кармана какую-то упаковку, выщелкнул из нее таблетку и, поморщившись, проглотил. Потом швырнул пустую пачку в угол и ушел. Я подошла и глянула на розово-серую фольгу. «Седалгин-нео». Очевидно, у Сергея от шума и духоты заболела голова. Мне стало смешно. Однако он не захотел жевать толченые кирпичи, а предпочел «травить» свой организм «химией».

Глава 18

К счастью, Нюся, заявив, что до конца мероприятия остаются только халявщики, велела мне уходить. Мы влезли в «Мерседес», и большая машина, интеллигентно шурша шинами, заскользила, словно сытая пантера, по шоссе.

— Хорошо тебе, — с плохо скрытой завистью сказала Нюся, — небось с такой фигурой никакой жары не ощущаешь.

— Да нет, тоже душно, — возразила я.

— Везет! — продолжала Нюся. — А я никак похудеть не могу, ничего не ем, а пухну.

— Так не бывает! Ну-ка, вспомни вчерашний день, — предложила я.

— Э... утром кофе с круассанами, потом в двенадцать два бутерброда с сыром, кусок торта и чай, затем в три была на тусовке, там подавали только низкокалорийное: морепродукты, рис, серые хлебцы, в семь выпила капуччино со взбитыми сливками и позволила себе один эклерчик. В девять отправилась на день рождения, жуткий стол, съедобный был один жюльен, домой принеслась голодная, но, помня о диете, съела только три бутерброда с ветчиной.

— И ты считаешь, что весь день не проглотила ни крошки?!!

— Ну да, — на полном серьезе заявила Нюся, — горячего-то не было — свинины, картошки, каши — так, перекус!

— Лучше бы ты тарелку геркулеса съела, — вздохнула я, — имей в виду, серые хлебцы калорийней батона...

Нюся выслушала мою пламенную речь и подвела итог:

— Все правильно говоришь, но для поддержания имиджа я должна бывать на тусовках и жрать там. Эх, мне бы на недельку в глухую деревню, без супермаркета и добрых соседей, у которых корова, живо бы в форму пришла.

Внезапно мне в голову пришла идея:

— Ты и впрямь желаешь избавиться от бубликов и сала?

— Самая заветная мечта! — с жаром воскликнула Нюся.

— Тогда с пятницы ничего не планируй на предстоящую неделю.

— Почему? — удивилась новая подруга.

— Будет тебе деревня без соседей, — радостно пообещала я.

К Ксюше Боярской я проникла под видом хорошей знакомой Фаины Семеновны. Девушка провела меня в уютно обставленную комнату и спросила:

— Простите, не слишком хорошо поняла по телефону, зачем я вам понадобилась?

Я выложила на стол «Гнездо бегемота».

— Видите ли, пишу криминальные романы, а жизнь порой подбрасывает такие сюжеты, которые не выдумать и самому воспаленному воображению. Фаина Семеновна поведала мне в свое время о трагедии, которая случилась у нее в семье. Я пишу теперь новую книгу, взяв за основу события, произошедшие с Игорем. Фаина Семеновна считает, что ее сына убила ваша двоюродная сестра Люба Боярская. Как вам кажется, такое возможно?

Ксюша покачала головой.

— Люба, конечно, отвратительно поступила в отношении меня, но смерть Игоря не на ее совести. Думаю, Фаина Семеновна рассказала о наших отношениях с ее сыном.

— В общих чертах... Вроде вы дружили?

— Мы жили несколько лет вместе, — спокойно пояснила Ксюша, — все вокруг считали меня женой Игоря, все, кроме Фаины Семеновны. Она каждую секунду подчеркивала, что главная женщина в жизни Игоря — мать, а я — так, дворняжка. Грызла меня, грызла... И вот ведь странно, стоило только Игорю жениться на Любе, как Фаина Семеновна переменилась! Вы не поверите! Чуть ли не в лучшие подруги набиваться стала. Только я ученой была и ни на какие сладкие речи не повелась!

Ксюша сердито поджала губы.

— Ваша несостоявшаяся свекровь утверждает, что Люба специально толкнула Игоря под руку, а когда тот напоролся на шампур, притащила какое-то дрянное лекарство, а не качественный антисептик! — подлила я масла в огонь.

— Любка, конечно, дрянь, — отрезала Ксюша, — хоть о покойных плохо и не говорят, но куда деться от правды? Я ведь как чувствовала, что нельзя знакомить ее с Игорем, а все папа! Ой, противно вспоминать!

Но, вопреки своей последней фразе, она не замолчала, а принялась подробно излагать события.

Валерий и Кирилл Боярские родились с разницей в полчаса, но Валера всю жизнь считал себя старшим и опекал Кирюшу. В детстве он защищал его от уличных хулиганов и решал за братца задачки, в зрелом возрасте активно вмешивался в его семейную жизнь. Братья расстались только на время Великой Отечественной войны. Они оба получили в сорок четвертом году дипломы заурядврачей, но, как ни просили, были отправлены в разные госпитали. В сорок пятом Кирилл нашел при освобождении лагеря Горнгольц свою судьбу, о чем мигом сообщил Валерию. Перепуганный старший брат сразу примчался к младшенькому и попытался вразумить его.

— С ума сошел! Она же иностранка! Тебя посадят!

Однако мягкотелый, во всем подчинявшийся авторитетному брату Кирилл неожиданно проявил твердость:

— Значит, посадят!

— Дурак! — вскипел Валерий.

— Я люблю ее, — пояснил Кирилл.

Но машина репрессий неожиданно дала сбой. Кирилла и Марию отчего-то не тронули, а потом умер Сталин, и иметь в женах иностранку стало даже престижно. В мирное время Боярские ушли в науку, оба выбрали токсикологию. Кирилл был более успешен, он раньше защитил докторскую диссертацию, Валерий довольно долго ходил в кандидатах, но потом вдруг написал несколько блестящих работ, получил премию, диплом доктора наук, а затем облачился в академическую мантию. И вот странно, судьба словно не хотела, чтобы оба брата были успешны. Едва Валерий пошел в гору, как с небосклона науки пропал Кирилл. Он до самой своей смерти так и не сделал больше ни одного открытия и не написал никаких научных работ. Досужие языки поговаривали, что у младшего близнеца Боярского случился инсульт, только семья тщательно скрывает этот факт от общественности, делая вид, будто Кирилл просто занят невероятно сложными исследованиями. Так это или нет, Ксюша не знала, потому что она не любила Марию Григорьевну, Любу, дядю и старалась бывать у «младшеньких» как можно реже. Впрочем, двоюродная сестра и ее мать отвечали девочке «взаимностью». Ксюше было страшно неуютно в их доме, да еще отец постоянно ставил дочери в пример Любу и ее старшую сестру.

— Вот ведь родительская радость, — вздыхал Валерий, — учатся отлично, на пианино играют. Да и из себя красавицы: стройненькие, как топольки.

Ксюша же, любившая мучное и сладкое, совершенно не

походила на молодое деревце, скорей уж на калорийную булочку. Да и в дневнике у нее толпились тройки, поставленные ей исключительно из жалости, потому что таблицу умножения Ксюшенька окончательно выучила лишь к восьмому классу. Не взяли ее и в музыкальную школу.

— Вашей девочке медведь наступил не на ухо, а на всю голову, — заявила преподавательница, которая отбирала будущих пианистов. — Первый раз такую встречаю — ни одной ноты правильно не способна взять.

Сами понимаете, что на фоне двоюродных сестер Ксюша смотрелась более чем бледно. И каждый поход в гости к дяде Кириллу и тете Маше проходил совершенно одинаково. Сначала родственники хвастались дочерьми, потом с ложной участливостью начинали укорять:

— Ксения, надо постараться, тебе же в институт поступать! На одних тройках в вуз не въедешь!

Ксюша, глотая слезы, смотрела в тарелку. Самое обидное было то, что ее родные мама и папа моментально становились на сторону дяди Кирилла и тети Маши. Однажды Ксюша решила отвертеться от очередного визита и, притворившись больной, легла в кровать. Мама пощупала ее лоб и позвала отца. Валерий сдернул с дочери одеяло и заявил:

— Собирайся, симулянтка.

— Не пойду, — уперлась девочка, — они меня ненавидят, вечно ругают.

— Немедленно одевайся, — заорал всегда корректный папа, — Кирилл и Маша тебе добра желают! Это единственные наши родственники! Между прочим, не грех и к их советам прислушаться. Быстро вставай, только посмей не пойти!

Пришлось подчиниться, и вечер прошел как всегда. Но это было в детстве Ксении. Потом она выросла, научилась озарять лицо сладкой улыбкой при виде родственников, поступила все же в институт, и папа с мамой даже начали иногда ее хвалить.

Но потом случилось несчастье. Мамочка с папой поехали на дачу к дяде Кириллу, откуда ни возьмись, прилетела оса и укусила Соню, жену Валерия. Она скончалась через полчаса от аллергического шока. Вокруг нее было трое врачей-токсикологов, но что они могли поделать, не имея под рукой никаких лекарств?

Ксюша прорыдала целый год, дивясь на черствость папы. Тот не проронил ни слезинки и с головой углубился в науку. Наверное, он хотел таким образом забыть о своем горе. Именно в это время он сделал какое-то важное открытие, суть которого Ксюше была недоступна, написал докторскую...

Беда редко приходит одна. Не прошло и двенадцати месяцев после нелепой смерти Софьи, как ушел в мир иной дядя Кирилл. Самое интересное, что Валерий совершенно спокойно перенес утрату брата. Больше всего его волновало, как будут жить теперь Мария Григорьевна и ее дочки. Каждый день Валерий сопровождал вдову домой, работали они в одной лаборатории и виделись постоянно. А доставив ее в квартиру, Валерий оставался пить чай, ужинать... Нередко задерживался до утра. Ксюша сидела одна.

Как-то раз она не выдержала и сказала отцу:

— Мне тут очень тоскливо, в пустой квартире, не мог бы ты хоть изредка после работы приезжать домой?

Всегда корректный папа затопал ногами:

— У Маши и девочек такое горе, они лишились любимого отца, а тут ты с глупостями!

Ксюша молча ушла в свою комнату. Папа, кажется, совершенно забыл о своей умершей жене и о том, что его дочь теперь тоже сирота, которой требуется сочувствие. Потом Мария Григорьевна потеряла старшую дочь и зятя. Валерий совершенно забросил Ксюшу, целиком и полностью посвятив себя Марии и Любе. Но Ксюшу это теперь не раздражало, наоборот, она стала находить прелесть в том, что в квартире никого нет, потому что тогда они с Игорем могли чувствовать себя полными хозяевами апартаментов. Валерий заскакивал домой только для того, чтобы выхватить из шкафа тщательно выглаженные дочерью рубашки.

Но злой рок продолжал преследовать Боярских, потому что у Валерия случился инсульт. Правда, перенес он его на редкость легко, речь восстановилась буквально сразу, сохранилась и ясность мышления, вот только ноги отказали — Валерий оказался в инвалидном кресле и превратил свою дочь в сиделку. Она возила его на работу и забирала оттуда, у нее на языке частенько вертелся вопрос:

— Что же Люба с тетей Машей не помогут?

Но она не произносила эту фразу вслух, потому что отцу нельзя было нервничать.

Ну а потом Люба один раз заскочила навестить дядю и столкнулась с Игорем.

— Она его просто начала преследовать, — жаловалась Ксюша. — Нагло и откровенно. А какой мужчина откажется, если в руки сам собой падает спелый персик?

Игорь не оказался исключением. Он быстро охладел к Ксюше, начал ухаживать за Любой, а потом сыграли свадьбу.

Уж как Ксюше не хотелось идти на бракосочетание, одному богу известно, но больной папа устроил истерику, и пришлось напяливать розовое платье.

Гадкая Люба, решив поиздеваться над Ксюшей, позвала поверженную соперницу в качестве подружки невесты.

Сами знаете, что произошло потом.

— Люба — дрянь, — бубнила Ксюша, — для нее не существует никаких моральных устоев и принципов. Привыкла действовать нахрапом, добиваться своего, идя по головам, но Игоря она просто обожала. Да уж скорей тогда его убила Мария Григорьевна.

— Почему? — осторожно поинтересовалась я.

— Ну, я была на том дне рождения, — пояснила Ксюша, — опять не хотела ехать, но папа настоял. Ему, видите ли, приятно видеть, когда вся семья собирается вместе. Ну не бред ли? Я никогда не считала тетю Машу и Любу своей семьей, но делать-то что?

Чтобы к ней не приставали с разговорами, Ксюша стала нанизывать шашлык и сразу пожалела, что решила заняться мясом, потому что к ней мигом подошел Игорь с шампуром и спросил:

— Не возражаешь поработать со мной в паре?

Ксюша натянуто улыбнулась:

— Тут ты хозяин!

— Это слишком громко сказано, — ухмыльнулся бывший возлюбленный, — хотя через некоторое время и я впрямь начну всем заправлять. Первым делом продам этот участок. Ехать-то от Москвы сюда два часа с гаком, рехнуться можно, надо ближе к столице домик искать.

Игорь говорил уверенным, безапелляционным тоном. Ксюша немало удивилась. Надо же, только месяц со дня свадьбы прошел, а Игорь уже чувствует себя полноправным владельцем всего.

— Как тебя тетя Маша любит, — покачала головой девушка, — машину подарила.

Игорь наклонился, обдав бывшую любовницу запахом хорошо знакомого одеколона, и сказал:

— Эх, Ксюха, а куда ей деваться?

Девушка нанизала на тупую железку очередной кус и возразила:

— Ну, очень часто милые тещи превращают жизнь своих зятьев в ад!

Игорь какое-то мгновение пытался справиться с особо неподатливым куском, потом громко воскликнул:

— Ну и жилистое же! Прямо жуть.

— Да нет, — мигом отозвалась с веранды Мария Григорьевна, — просто шампуры тупые взяли, свинина отличная, у своего мясника брали. Люба, сбегай в сарай, принеси другой шампур Игорю, возьми в углу, с никелированной ручкой, он там один.

— Видала? — тихо спросил бывший любовник Ксюшу. — Вон как тещенька ради меня дочурку гоняет, а почему, знаешь?

— Нет, — ответила Ксюша.

Ее тоже удивило, что тетя Маша отправила в сарай Любу, а не велела Игорю самому сходить за шампуром.

— А я знаю, — ухмыльнулся парень, — правильные выводы тещенька сделала, «Жигули» — это только начало. Я ваще много чего знаю, ой как много...

Но договорить он не успел, потому что Люба притащила шампур, Мария Григорьевна подошла к зятю и стала говорить:

— Вот так, по волокну нанизывай, а не поперек!

Раздался вскрик парня:

— Ой!

— Люба, — засуетилась теща, — скорей неси аптечку...

Все захлопотали вокруг Игоря, одна Ксюша продолжала машинально нанизывать свинину. Ей было очень любопытно, что же такое знает Игорь, если Мария Григорьевна, женщина властная и не слишком любвеобильная, принялась обхаживать зятя? Неужели он разузнал про Боярских какую-нибудь гадость? Ксюша, от души не любившая ни тетю Машу, ни Любу, с удовольствием бы похихикала над их тайнами. Девушке очень хотелось расспросить парня, но, как назло, Люба словно приклеилась к мужу и ни на секунду не оставляла его в одиночестве.

— Ну а потом он умер, — вздохнула Ксюша, — я была в шоке! Говорили, что заразился столбняком, впрочем, точно не знаю, но зато абсолютно уверена в другом: Игорь не любил мою двоюродную сестру, женился на ней по расчету.

— Это вы зря, — я решила слегка разозлить Ксюшу.

Давно заметила: стоит человеку выйти из себя, как он начинает выбалтывать все, что можно и нельзя.

— Вовсе не зря, — вскипела девушка, — именно по расчету!

— Господи, что же было у Любы?!

— Всего полно, — затараторила Ксюша, — квартира, машина, дача, денег немерено, уж не знаю, как их тетя Маша зарабатывала! Был расчет, а любовь отсутствовала.

— В вас говорит сейчас ревность!

— Да мне наплевать давно на Игоря, — взвилась она, — пережито и забыто, только что же это за любовь такая, если спустя две недели после свадьбы к другой бегаешь?

Глава 19

— Что вы имеете в виду? — насторожилась я.

— То самое! — торжествующе воскликнула Ксюша. — Любовница у него была.

— Откуда такие сведения?

Ксюша отбросила упавшую на лоб легкую прядку волос.

— Знаете, кем работала моя мама?

— Нет.

— Она заведовала архивом, где хранились всякие документы, посвященные Великой Отечественной войне. А Игорь учился на историческом факультете. Мы с ним познакомились у мамочки на работе.

Ксюша сидела у Софьи Николаевны в кабинете, когда в комнату, вежливо постучавшись, вошел красивый, высокий парень и сказал:

— Меня прислали из общего читального зала, говорят, что не могут выдать без вашего особого разрешения папку с грифом «А».

— Документы, хранящиеся под грифом «А», доступны только исследователям из профессорского зала, — спокойно пояснила Софья Николаевна. — Студентам мы их не показываем.

— Почему?

— Таковы правила!

— Это же безобразие, — принялся возмущаться парень.

Ксюша, поняв, что разговор грозит затянуться, встала:

— Мам, я пойду в буфет, кофе выпью.

— Конечно, ступай, — кивнула Софья Николаевна.

Ксюша побежала на первый этаж, купила эспрессо и принялась бездумно глазеть в окно.

— Ваша мама, как линия Маннергейма, — раздалось за спиной. — Неприступна и непробиваема!

Ксения подняла голову. Около столика улыбался тот же красивый парень.

— Невозможно было упросить ее! Вы хоть не так суровы? Можно рядом кофе выпить?

Ксюша кокетливо прищурилась — юноша понравился ей с первого взгляда.

— Присаживайся. Будешь хорошо себя вести, упрошу маму пустить тебя в профессорский зал.

— Правда? — обрадовался студент и устроился за столиком.

Так начался их роман. Естественно, Ксюша похлопотала за кавалера, а Софья Николаевна ради дочки пошла на мелкие нарушения. Игорь и впрямь получил временный пропуск в зал, где работали доктора наук, а вместе с ним и допуск к нужным архивным документам, до которых было не добраться другим людям, не имеющим на руках соответствующего диплома.

Потом уже, когда их отношения окончательно рухнули, Ксюше в голову закралась неожиданно нехорошая мысль: что, если она никогда и не нравилась Игорю? Вдруг парень затеял знакомство, чтобы посредством любовницы добраться до нужных бумаг?

После смерти Софьи Николаевны Ксюша изредка продолжала забегать в архив. Там, в читальном зале, работала ее подружка Оля Мазаева. Спустя две недели после свадьбы Любы Ксюша в отвратительном настроении приплелась в бумагохранилище, желая выплакаться у Ольги на груди. Но подружка оказалась занята.

— Иди пока подыми, — велела она Ксюше.

В архиве очень тщательно соблюдали правила противопожарной безопасности, да и нельзя иначе поступать в помещении, под завязку набитом бесценными бумагами, которые могут в мгновение ока вспыхнуть, словно отлично просмоленный факел. Поэтому курильщиков тут загнали в самый темный угол подвала, оборудовав там специальный отсек. Посетители старались лишний раз не заглядывать в курилку. Во-первых, предварительно следовало сдать бумаги, а во-вторых, в подвале было очень неуютно, под потолком мерцала тусклая двадцатипятиваттная лампочка, и попасть в курилку можно было только через узкий, длинный, правда, ярко освещенный коридор, где стояли ящики с песком, огнетушители и бак с водой.

Ксюша потопала в подвал, протиснулась между средствами для тушения пожара и уже собралась шагнуть в тесное, задымленное помещение, как услышала хорошо знакомый голос Игоря:

— Ну, малыш, чуть-чуть потерпеть осталось!

— Зачем же было жениться? — всхлипнул тонкий девичий голосок.

— Сама знаешь, иначе не получалось! — ответил Игорь.

— А ты не врешь? — плакала девушка. — Может, решил, что с Любкой лучше?

— Ну что ты, котик, — терпеливо квохтал парень, — выброси глупости из головы и спокойно подожди. Я с Любой ни разу в постель не лег, честное слово, хотя ради нашего с тобой счастья и не на такое способен.

— Мне очень тяжело, — жаловалась девушка, — особенно вечером. Потушу свет и представляю, как вы... С ума сойти можно!

— Котеночек мой, — терпеливо упрашивал Игорь, — лучше представляй, как мы, получив все их денежки, заживем счастливо! Главное, не возникай! Не мешай мне сейчас. Ты же великолепно знаешь, что я все затеял только для того, чтобы мы стали счастливы. Ладно, пошли.

Послышался легкий скрип, парочка явно направилась к выходу. Ксюша растерялась. Ей совсем не хотелось встречаться ни с бывшим любовником, ни с его девушкой. Но как избежать столкновения? Длинный коридор хорошо просматривался...

Внезапно глаза наткнулись на ящик с надписью «песок». Ксюша заглянула внутрь, увидела, что короб пуст, и быстро нырнула внутрь. В ту же секунду Игорь и дама вышли в коридорчик. Ксюша не удержалась, приподняла крышку и в щелочку проследила за парочкой.

Бывший ее любовник обнимал за плечи худенькую, маленькую, даже тщедушную девушку. Лиц их Ксюша не видела, только спины. Парочка удалялась от девушки по коридору. Но одно было ясно: любовница Игоря работает в архиве, потому что на ней был надет темно-синий халат, такие носили все, кто трудились в читальных залах и хранилищах. У незнакомки были распущенные ярко-рыжие волосы, ниспадавшие копной на угловатые плечики. И еще Ксюша со злорадством отметила, что убогая худышка довольно сильно хромает — то ли натерла свою уродски-кукольную ногу, то ли такой родилась.

— И вы не поинтересовались, как ее зовут? — воскликнула я.

— Зачем? — хмыкнула Ксюша. — Знаете, что меня порадовало?

— Ну? — удивилась я. — Что хорошего вы нашли в этой щекотливой ситуации?

— А они отошли чуть-чуть, потом эта, хромоногая, остановилась и как крикнет: «Знай, если я услышу, что ты и она... Если только вы... Мигом убью твою Любу! Отравлю, как Людовика! Ядом!» — «Не пори чушь! — обозлился Игорь. — На кону большие деньги». — Потом парень, сделав над собой усилие, справился с приступом злобы и засюсюкал: «Ревнивый котик! Совершенно зря переживаешь! Ну, пошли, а то тебя сейчас хватятся!»

Не успела Ксюша замолчать, как ожил телефон. Она схватила трубку.

— Да, еду.

Потом она повернулась ко мне.

— Извините, папа требует забрать его с работы.

— Ваш отец ездит на службу? Он же парализован.

— Что же здесь странного? — скривилась Ксюша. — Мозг у него работает просто великолепно, ноги ему, по большому счету, и не нужны! Папа купил такой микроавтобусик, специально под инвалидное кресло, а в институте для него пандус сделали. Вы сейчас куда? Хотите подвезу, если по дороге?

Ксюша ловко управлялась с невиданной мною доселе машиной. Темно-синий автомобильчик ловко скользил из ряда в ряд. Наконец девушка притормозила возле невысокого здания, построенного в середине пятидесятых годов.

— Мне сюда, а вам туда, метро за углом.

— Спасибо.

— Вы там постарайтесь объяснить этой жабе Фаине Семеновне, — вздохнула Ксюша, — что в смерти Игоря нет ничего загадочного. Дурацкий несчастный случай, глупое происшествие. Конечно, жаль его, но убивать Игоря никому не было смысла. И не верьте старухе, если та катит бочку на Любу. Я сама терпеть не могла двоюродную сестрицу и до сих пор считаю, что она поступила по отношению ко мне подло. Но думать, что Люба убийца — это, право, слишком. Фаина Семеновна просто ненавидит Любку за то, что той удалось затащить ее сокровище в загс. Все понятно. А тетю Машу мне стало даже жаль. Она хоть и очень противная, но, ей-богу, не заслужила таких несчастий. Ведь потеряла всех, осталась одна-одинешенька! Знаете, что меня жутко пугает?

— Боитесь, что папа сделает Марии Григорьевне предложение и вы получите ее в качестве мачехи?

— Да нет, — отмахнулась Ксюша, — если уж отец раньше не предпринял подобного шага, то и сейчас не станет. Другое тревожит. Папа — тяжело больной человек, а ну как он умрет раньше и мне придется ухаживать за Марией Григорьевной? У нее отменное здоровье, несмотря на возраст. Ничего не болит, до двухсот лет протянет!

— Не все так ужасно, — я решила слегка приободрить девушку, — Алина уже почти взрослая, она сумеет позаботиться о бабушке!

Ксюша поперхнулась.

— Вы не знаете?

— Что?!

— Алина умерла.

Я чуть не выпала из микроавтобуса.

— Как? Когда? От чего?

— Она очень сильно простудилась и все время кашляла, — пояснила Ксюша, — потом вдруг стала задыхаться и скончалась от приступа удушья. При вскрытии выяснилось, что у нее была в легких какая-то опухоль, не рак, а другое. Я плохо разбираюсь в медицине... Все-то думали — обычный бронхит, а оказалось...

Я с трудом переваривала полученную информацию. Тут же вспомнилась иссиня-бледная ручка Алины, которой она протягивала мне письмо, судорожный приступ кашля, который скрутил девочку...

— И Мария Григорьевна, врач по образованию, не всполошилась вовремя, слушая, как Алину бьет кашель?

Ксюша поморщилась.

— Тетя Маша очень жестокая. Хоть она и изображала, что любит дочерей и внучку, на самом деле ей на них плевать было, не это в ее жизни главное.

— А что же?

— Наука, — фыркнула Ксюша, — идиотская токсикология! Я иногда удивлялась: ну надо же было им встретиться.

— Кому?

— Дяде Кириллу, папе и тете Маше, — пояснила Ксюша, — просто полное совпадение жизненных позиций. Один раз Любка, еще в детстве, сломала руку. У них во дворе залили каток, и мы катались на коньках. Представьте ситуацию: Люба орет, я ее притащила в квартиру, звоню в лабораторию, подходит дядя Кирилл, узнает, в чем дело, и говорит:

— Сейчас Машу позову.

Мария Григорьевна схватила трубку и сказала замечательную фразу:

— Руку сломала? Бывает, это не смертельно, приедем в девять вечера и свезем в травмопункт!

— Но она от боли кричит, — попыталась вразумить тетку Ксюша.

— Ничего особенного, — отрезала Мария Григорьевна, — поорет и перестанет, скажи ей, чтобы травмированной конечностью не шевелила.

— Как же... — завела было Ксюша, но тетка оборвала ее:

— У нас идет опыт, если сейчас уедем, вся работа псу под хвост, а перелом руки — ерунда.

Ошарашенная Ксюша позвонила маме, Софья Николаевна мигом бросила архив и кинулась на помощь племяннице.

— Ксения! — донесся с улицы сердитый крик.

— Ой, папа! — испуганно воскликнула девушка. — Он уже выехал! Я вас умоляю, только не вздумайте при нем озвучить глупость про то, что Люба убила Игоря!

— Мне домой пора, — быстро сообразила я и выскользнула из автомобиля.

На тротуаре, в инвалидной коляске, сидел жилистый, абсолютно седой старик. Его светлые, совершенно не выцветшие от возраста глаза недобро глянули на меня.

— Вы кто, позвольте спросить? Отчего сидели в моей машине?

— Э... — протянула я, — здрассти!

— Папочка, — залебезила Ксюша, выбираясь наружу, — познакомься, моя подруга Виола!

— Некогда мне попусту турусы на колесах разводить, — нелюбезно гаркнул папенька, — по-твоему, я должен тут час стоять, пока дочь соизволит наконец оторваться от болтовни? Смею напомнить, что вы, сударыня, пока еще пустое место, неспособное даже заработать себе на жевательную резинку!

Покрасневшая Ксюша стала с видимым усилием впихивать кресло с гневно бранящимся стариком в микроавтобус. Несмотря на то что она опустила из автомобиля специальную подножку-настил, девушке явно было тяжело. Я подошла сзади и стала толкать вместе с сопящей от напряжения Ксюшей неподатливую конструкцию.

— Лучше убегай, — шепнула девушка, — а то сейчас увидит и разорется.

Подпрыгнув, кресло вскочило в автобусик. Я собралась идти к метро, но тут словно что-то толкнуло меня в спину, и шея сама собой повернулась. Из окна машины хмуро и недобро смотрел мне вслед голубоглазый старик.

Глава 20

В пятницу около двух я позвонила Нюсе.

— Ты не передумала худеть?

— Нет, конечно! — с энтузиазмом воскликнула Юдина.

— Освободила неделю?

— Представляешь, — радостно сообщила она, — Антон уехал в командировку, я всем наврала, что улетела с ним в Швейцарию!

— Это кто?

— Да муженек мой, — с тяжелым вздохом пояснила Нюся, — тоже полнотой попрекать стал. Прикинь, собрал чемоданы и заявил: «Знаешь, дорогая, пару лет назад, без лишних килограммов, ты выглядела моложе! Может, ляжешь на липосакцию?»

— Тоже выход, — кивнула я, — отсосут несколько литров сала, и снова стройной станешь!

— Ни за что! — оборвала меня Нюся. — Действительно, многие из наших идут на такое издевательство, только жир-то потом снова появляется, правда, в другом месте. Отрезала с жопы, переберется на плечи, убрала живот, «стечет» на бедра. Еще хуже становится. Вон Каролина, певичка из группы «Заводная обезьяна», просто в жуть превратилась! Она решила слегка талию уменьшить, а каков результат? Нет, талия у нее теперь пятьдесят четыре сантиметра, зато на спине гребень из жира! Не Каролина, а динозавр!

— Ну тогда...

— Слышь, Арина, — с жаром воскликнула Нюся, — если в результате твоих манипуляций я потеряю хотя бы пять кило! Даже три! Я тебя так отпиарю! Вся страна читать кинется! Федор из издательства — мальчик по сравнению со мной! У меня связи во всех издательствах, на ТВ, на радио...

Я улыбнулась. Несмотря на возраст и толщину, Нюся сохранила настоящую ребячливость, и вообще она была мне очень симпатична.

— Ладно, тогда положи в сумку необходимые мелочи и встретимся у метро.

— Но я же на машине!

— Нет. Хочешь похудеть?

— Конечно.

— Тогда едем на электричке.

— Куда?

— В санаторий для похудания, — хихикнула я, — чудесное, экологически чистое место, тебе понравится.

Путь занял у нас почти весь день. Сначала добрались до станции с зазывным названием Кащеево, потом тряслись на автобусе до деревеньки Житинкино, затем побрели через лес.

— Долго еще? — простонала Нюся, садясь на пенек.

— Чистая ерунда, — успокоила ее я, — всего семь километров.

— Умру, не дойду, — взвизгнула она, — это ужасно! Я забыла, когда столько пешком ходила!

— Ничего, выживешь, — приободрила ее я, — дыши глубже.

— Голова кружится, — жаловалась Нюся.

— Это от избытка кислорода.

— Ноги болят, — ныла она.

— Альтернативы нет: впереди лес, сзади тоже, между прочим, тут волки водятся, если до темноты до Попугаихи не доберемся, запросто можем к ним на ужин попасть.

Нюся подскочила и довольно резво пошкандыбала по узкой дорожке. Я, пряча усмешку, двинулась за ней. Последнего волка тут изловили еще до большевистского переворота, но Нюсе об этом знать совсем не обязательно. Наконец мы взобрались на косогорчик.

— Вон Попугаиха, — я ткнула пальцем в покосившиеся домики, черневшие внизу.

— Надо же было так деревню обозвать, — удивилась Нюся.

— Раньше тут жил барин, который страстно любил попугаев, — пояснила я, — сам держал в доме и крепостным велел. В каждой избе по три-четыре клетки висело. Вообще, русские крестьяне ловили себе щеглов, но тут вот развелись попугаи.

Мирно болтая, мы добрались до первой избенки, я пнула дверь ногой — покачиваясь на ржавых петлях, она открылась.

— Входи!

— Это что? — прошептала Нюся, оглядывая большую комнату с тремя железными кроватями.

— Мое родовое гнездо.

— Что?

Я усмехнулась и смахнула пыль с табуретки.

— Садись. Меня воспитывала мачеха, Раиса, она родилась в этом доме, тут жила ее семья. Но все давно умерли, и Раиса, и ее мать, хата досталась по наследству мне, но, сама понимаешь, ею никто не пользуется. Впрочем, тут есть все для нормальной жизни. Вот смотри: в шкафу белье, одеяло, подушки. Наверное, отсырело немного, ты проветри. На кухне чайник, кастрюльки, посуда. Туалет на огороде, там же баня. Дрова в сарае. Вот еды нет! Зато воды навалом, колодец у забора.

— И что? — дрожащим голосом поинтересовалась Нюся.

— Останешься тут на неделю.

— Одна!!!

— Почему? Слева живет баба Катя, справа баба Мотя. Телевизора тут нет, радио тоже. Зато на чердаке найдешь море книг. Мать Раисы читать любила, там всего полно — от классики до пособий по кройке и шитью. Вот с едой будет плохо. Бабки питаются с огорода, хлеб пекут сами, тебя угащать не станут.

— И чего?

— А ничего, — я пожала плечами, — неделя робинзонады — и десять кило долой. Тут хоть головой о пол бейся, супермаркета не отыщешь! Впрочем, электричества тоже нет. В сарае есть канистра с керосином.

— Но я не умею топить печь!

— Эка наука! Наколешь дров.

— Как?

— Топором!

— Мама! — взвизгнула Нюся. — Офигеть можно! Топором!

— Ну ладно, — вздохнула я, — пойду к бабкам, предупрежу, что у них временно новая соседка появится.

— Эй, Арина, постой!

— Ты же хотела потерять три кило? Так вот, гарантирую десять!

— Здесь мобильный не берет, — растерялась Нюся, глядя на свой роскошный «Нокиа».

— Естественно, ретрансляторов нет в радиусе ста километров. Тут медвежий угол, зато из речки можно воду пить, в лесу полно грибов, и еще на полянке растет земляника размером с кулак. Бабки ее не собирают.

— Арина! — взвыла Нюся. — Я не умею стелить белье! У меня для этого домработница есть!

— И сколько она весит?

— Не знаю, — удивилась Нюся, — килограмм пятьдесят, наверное.

— Вот видишь, как благотворно влияют на фигуру хлопоты по хозяйству, — резюмировала я и убежала.

На самом деле в Попугаихе все не так запущено. У бабок туго набитые погреба. У Моти имеется мотоцикл, на котором она, несмотря на семидесятипятилетний возраст, лихо рулит по дороге. А Катя — фельдшерица и в случае чего способна оказать первую помощь. Получив от меня в подарок по коробке шоколадных конфет и узнав, что к ним прибыла для похудания городская дама, да еще писательница, бабки развеселились до чрезвычайности.

— Ну, таперича у нас с тобой бесплатный цирк будет, — оживилась Мотя.

— Поглядим, как она керосинку вздует, — раздухарилась Катя.

— Вы, главное, ее не угощайте!

— Ни крошечки не отсыпем, не сумлевайся, Вилка, греби в свою Москву оглашенную, — сказала Мотя.

— Но мне не надо, чтобы она и от голода умерла, — решила предупредить я, — уж объясните ей про печь и баню.

— Не дергайся попусту, — успокоила Катя, — чай, не изверги, подохнуть-то не дадим, только пущай работает сама, а мы подмогнем в случае чего!

Я глянула на ходики и побежала через лес к остановке. Автобус тут ходит строго по расписанию, и у меня осталось час с четвертью. Но рядом больше нет тихоходной Нюси, а сама я ношусь быстро.

Утром я вытащила справочник и принялась звонить по архивам.

— Никогда не слышали про Софью Николаевну, — ответили по первому номеру.

— У нас уже тридцать лет директорствует Валентин Льво-
вич, — заявили во втором.

Но я не теряла надежды. Удача обязательно придет, нужно
только проявить упорство и терпение. На пятой попытке из
трубки донеслось:

— Софья Николаевна? Простите, но она умерла.

— Извините, а у вас работает такая рыженькая хромоногая
девушка?

— Светлана Григорьевна Сафонова сидит в зале периодики, — пояснил подчеркнуто интеллигентный голос, — с девяти до девятнадцати. Выдача материалов прекращается за час
до конца работы.

— К вам можно записаться?

— Вы студентка?

— Нет.

— Преподаватель?

— Бывший, сейчас уже никого не учу.

— Тогда возьмите с собой паспорт и учтите, что просто для
интересантов выдача документов платная.

Я натянула на себя джинсы и футболку, прихватила документ, удостоверяющий личность, и понеслась на улицу Авиа-
торскую. Азарт толкал в спину — торопись, Вилка, скоро сда-
вать рукопись в издательство, а у тебя мало того, что ни строчки
не написано, так еще и неизвестно, кто главный подозревае-
мый!

Попасть в архив оказалось непросто. Сначала в бюро про-
пусков седовласая дама со старомодным начесом устроила
мне целый допрос. Кто? По какой причине явилась сюда? Для
чего будут использованы изученные материалы? Знаю ли, что
фото- и киносъемка тут запрещена?

Под конец, смилостивившись, она, забрав мой паспорт,
выложила на прилавок, отделявший ее от меня, лист бумаги в
пленке.

— Ознакомьтесь с правилами.

Я покорно прочитала текст, набранный такими мелкими
буквами, что защипало в глазах. Только после этого я получила
листочек желтоватой бумаги с надписью «Вход на одно лицо».
Очень хотелось спросить у суровой дамы: «Простите, а ноги,
спину, грудь, шею и руки мне сдать вместе с сумкой в гардероб?
И как насчет ушей и волос, их же нельзя отнести к лицу?»

Но я удержалась, заплатила сто рублей и подошла к охран-
нику, который минут десять изучал паспорт и пропуск, потом
сличал фотографию с моим лицом, водил по моему телу какой-
то железной штукой и наконец с большим сожалением сказал:

— Проходите.

— Где у вас зал периодики? — робко поинтересовалась я.

— На втором этаже слева, — обронил секьюрити и потерял ко мне всякий интерес.

Лифт украшала табличка «Пользоваться кабиной разрешено только сотрудникам и посетителям профессорского зала». Чувствуя себя человеком пятого сорта, я полезла по бесконечным лестничным пролетам. Второй этаж этого старинного здания соизмерим с пятым в блочном доме.

В зале периодики царила тишина. Множество письменных столов самого допотопного вида теснились у стен. Ни одного посетителя, кроме меня, тут не наблюдалось. Не горели и настольные лампы, похожие, словно однояйцевые близнецы: коричневые ножки, мраморная подставка и зеленый абажур.

В центре высилась стойка, за которой сидела девушка с копной ярко-рыжих волос. Услыхав шаги, она оторвалась от какого-то журнала, спрятала его в ящик и поинтересовалась:

— Бланк заказа заполнили?

— Нет.

— Вы у нас впервые?

— Да.

— Вот здесь, в ящичке, возьмите, — принялась объяснять Света, — укажите название, месяц и номер. Газеты приносим в подшивках, журналы единичными экземплярами. Пожалуйста, пишите разборчиво.

Я прищурилась.

— А вы, наверное, Светлана Сафонова?

— Мы разве знакомы? — удивилась девушка. — Что-то я не припоминаю вас!

— Лично никогда не встречались, — успокоила я ее, — мне о вас много Игорь рассказывал.

— Какой? — слегка побледнела Света.

— Как? Сын Фаины Семеновны, Игорь Чижик, муж Любы Боярской!

Светлана довольно равнодушно ответила:

— Не знаю такого!

— Не может быть, — настаивала я, — Игорь! Такой высокий, красивый, мы дружили. Не подумайте чего плохого, между нами не было никаких любовных отношений. Просто мы давно приятельствовали. Игорь был со мной откровенен, он говорил: «Очень люблю Свету, но жениться вынужден на Любе!» Вы ведь знаете, что его убили?

— Кого? — белыми губами спросила Света.

— Игоря! Кстати, Фаина Семеновна уверена, что это сделала Люба. Интересно, откуда она узнала...

— Что?

Я хитро улыбнулась.

— А то! Откуда ей стало известно про вас и Игоря? Парень-то предполагал каким-то образом вытрясти из Боярских денежки, а потом уйти к вам!

— Вы сумасшедшая? — Света попыталась изобразить испуг.

— Конечно, нет, — пожала я плечами, — нормальней некуда! Хотите, таблицу умножения расскажу!

— Зачем?

— В доказательство своего психического здоровья.

— Заполните бланк заказа, — Света попыталась переменить тему, — люди ждут, не отнимайте зря мое время.

Я рассмеялась.

— Светочка, тут никого, кроме нас с вами, нет. Москвичи в массовом порядке отправились на дачи. Сегодня же суббота. В городе остались лишь те несчастные, которые вынуждены работать, в частности, мы вдвоем. Вы обязаны выдавать журналы, а я — расследовать дело об убийстве Игоря. Кстати, похоже, что ему выписала билет на тот свет молодая жена, Люба Боярская. А потом кто-то расправился и с ней! Вам ничего не известно об этой истории?

— Вы из милиции? — тихо спросила Света.

— Нет, частный детектив, работаю не на государство, а на клиента.

Света стала перебирать пустые бланки заказов. Руки у нее были красивые, с тонкими пальчиками, которые заканчивались аккуратными миндалевидными ногтями.

— Мне ничего не известно!

— И вы не были знакомы с Игорем?

— Нет.

Я обозлилась.

— Дорогая моя, глупо врать, есть свидетель.

— Какой? — испугалась Света.

— Ксения, бывшая любовница Игоря. Похоже, милый паренек вел себя как Казанова: жил с одной, морочил голову другой, женился на третьей, водил за нос четвертую.

— У меня нет знакомых по имени Ксения, — пыталась оказать сопротивление Света, — и никогда не было.

— Вы не поняли, — хмыкнула я, — Ксюша — любовница Игоря, он обещал на ней жениться, но потом неожиданно пошел в загс с Любой, ее двоюродной сестрой. Естественно, Ксения расстроилась. Потом она приехала в архив, заглянула в курилку и случайно подслушала ваш разговор со своим бывшим обожэ. Вы еще со всей определенностью пообещали убить Любу Боярскую, а Игорь вас утешал, просил подождать...

— Не было ничего такого, — прошептала белая, как лист бумаги, Света, — Ксюшу я никогда не видела, даже не слышала о такой.

— Вы давно работаете в архиве?

Света, очевидно, решила, что я ей поверила и теперь перевожу разговор в другое русло.

— Да, — бодро ответила она, — не первый год. Оклад, конечно, крошечный, но очень интересная служба. Вокруг интеллигентные люди — преподаватели, ученые. Я сама хочу диссертацию написать о русской журналистике конца девятнадцатого века. Благодатная тема, много совершенно не изученного никем материала...

— Значит, помните Софью Николаевну Боярскую, директора архива?

— Конечно, — кивнула Света, — она меня на работу принимала. Жаль, умерла, бедняжка. Ее оса укусила, и случился аллергический шок, спасти не успели. Очень хорошая женщина была, тут все плакали, когда Софьи Николаевны не стало.

— Ксюша — ее дочь, а Люба — племянница, — спокойно пояснила я.

Света стала пунцово-красной.

— Что?!!

— А вы не знали фамилию той, на которой женился Игорь?

— Знала, конечно, — растерянно пробормотала Света, — только мне в голову не приходило связать их с Софьей Николаевной. Боярских-то много. В читальный зал ходит Боярский Андрей, а в буфете у нас работает Лида Боярская...

Сказав последнюю фразу, она покраснела еще больше и, поняв, что выдала себя, пролепетала:

— Я очень любила Игоря.

— Ясное дело! Отчего-то женщин тянет на подлецов!

— Не смейте так говорить! — взвилась Света. — Игорек был самым лучшим! Самым! Он на Любе-то женился по необходимости!

— Да ну? Она была беременна? Парень решил, как честный человек, прикрыть грех?

— Он никогда не прикасался к Любе! — возмущенно воскликнула Света. — Она вешалась ему на шею, приставала... Но Игорь очень любил меня, вот и решил: некрасиво, конечно, но другого выхода не было...

Внезапно она уронила голову на стол и заплакала. Я встала, подошла к двери, перевернула висящую на ней табличку «Технический перерыв один час» на наружную сторону, вернулась к Свете и сказала:

— Ты лучше расскажи мне, что задумал Игорь! Легче станет!

Сафонова подняла залитое слезами лицо.

— Ничего плохого! Мы не могли пожениться. У Игоря есть мама, Фаина Семеновна. Он меня с ней знакомить боялся, говорил, что старушка патологически ревнива, ну просто до невменяемости. Стоило Игорьку показаться дома с какой-нибудь девочкой, как Фаина Семеновна устраивала скандал. Ну как мы могли создать семью, а? У меня копеечная зарплата и комната в коммуналке вместе с мамой и сестрой. Игорек жил в крохотной двушке с матерью, у них было чуть больше двадцати метров. Где, скажите, где могли мы устроиться?

Я вспомнила просторную квартиру Фаины Семеновны на четвертом этаже «сталинского» дома, бесконечный коридор, по которому меня вели в гостиную с двумя окнами, и постаралась сдержать негодующий возглас. Но Света не заметила сердитого выражения моего лица, она продолжала монотонно говорить:

— Да нам бы не дали жить вместе! Снять квартиру мы не могли... Все деньги проклятые, из-за них счастья не вышло...

И она снова заплакала, по-прежнему тихо, как-то стыдливо. Мне стало до боли жаль глупышку, обманутую пронырливым парнем. Я подождала, пока Света успокоится, и спросила:

— И тогда Игорь, чтобы получить собственную жилплощадь, решил шантажировать Марию Григорьевну и Любу?

Света кивнула:

— Да.

— Что же он разузнал о них?

Света пожала плечами:

— Понятия не имею. Только Игорь говорил, что у Боярских денег куры не клюют, сто тысяч долларов для них, как нам сто рублей. Он специально женился на Любе, чтобы получить подтверждение своим догадкам. Говорил: «У них дома, наверное, есть сейф или другое какое потайное место, документы там лежат! Вот только найду, заберу себе, а потом предложу выкупить. Сто тысяч хватит нам с тобой на квартиру, ты мне только помоги!»

— И вы помогали?

Света кивнула:

— Да, но ничего противозаконного не делала. Пару раз съездила по его поручениям к людям. Ну... нарушила еще должностную инструкцию.

— Зачем?

Света вытерла лицо чистым, аккуратно отглаженным платочком, сложила его, спрятала в карман халата и принялась каяться.

В архиве хранится великое множество документов. Сколько их и какие они, до конца не знают сами сотрудники. Встречали вы иногда в газетах сообщения: «В хранилище обнаружены неизвестные письма Чехова. Сенсационная находка российских исследователей»? Только не надо думать, что тот или иной ученый-литературовед путем длительного изучения жизни великого писателя и драматурга пришел к выводу, что Антон Павлович в июле 18... года писал помещику N. А потом начал рыться в архивах, просиживал там годы, и, о радость, предположение подтверждалось, нашелся заветный листочек.

На самом деле ситуация скорей всего выглядела по-другому. Вероятно, ученый читал бумаги и просто наткнулся на письмо Чехова, о котором было неизвестно сотрудникам архива.

После Великой Отечественной войны в специально оборудованные для хранения бумаг помещения привезли тонны документов и фото. Первые сотрудники архива попытались их систематизировать, описать, но до каких-то полок у них просто не дошли руки. Часть бумаг оказалась в хранилище, многие документы прибыли из Германии, и они были, естественно, на немецком языке. Внутрь этих папок особо не заглядывали, полагая, что немцы, люди до болезненности аккуратные, тщательно составили опись. Поэтому картонные ящички просто запихали на полки, указав в каталоге: «А-2; книги учета заключенных лагеря Хорстенборг», или: «В-75; списки советских военнопленных, погибших в 1942-м на территории округа Бранденбург». Что там внутри, никто особо не интересовался. Да и не нужны были никому эти странички. Ими заинтересовались уже после перестройки, когда немцы решили выплачивать бывшим заключенным компенсацию.

Германия требовала документ, подтверждающий факт пребывания человека в концлагере, и в архив потек ручеек людей. Замшелые единицы хранения вытащили на свет божий и обнаружили там кучу интересных вещей: фотографии, письма, чьи-то дневники. Фашисты оказались не столь аккуратными архивистами, как считалось до сих пор. А может, советские солдаты, ворвавшись в канцелярии, смешали содержимое папок.

Сотрудники архива решили систематизировать эту часть хранилища, но работы был непочатый край, и до сих пор на железных полках мирно ждут своей очереди картонные и железные чемоданчики, украшенные свастикой.

Так вот, посетителям доступно только то, что тщательно описано и включено в каталог. Сотрудники архива продолжают трудиться не покладая рук, открывая, в прямом и переносном смысле слова, все новые и новые папочки, каталог пополняется. Но все равно случаются ситуации, когда приходит пожилой человек и просит:

— Я был заключенным лагеря Освхоф. Можно посмотреть книгу учета?

Девушка-архивист, проглядев каталог, отвечает:

— У нас ее нет.

Посетитель уходит ни с чем, но книга-то стоит в подвале на полках, среди неописанного материала. Она есть, и ее нет. Парадокс архива.

Естественно, посетителям, даже тем, которые считаются VIP-персонами, не разрешено спускаться в подвал, к стеллажам.

Светочка закончила в свое время историко-архивный институт. В ее группе учились одни девочки, потом она попала на работу в женский коллектив. Познакомиться с молодым человеком было решительно негде. Да еще у Светы есть небольшой физический недостаток — легкая хромота, которой девушка очень стесняется. Кое-кто из ее коллег заводил романчики с посетителями, а Саша Абрамова даже выскочила замуж за доктора наук, но на Светочку никто не обращал внимания, а сама проявить активность она никак не могла, потому что была воспитана строгой мамой, учительницей русского языка и литературы, как тургеневская барышня.

В общем, светила ей судьба старой девы, но тут появился Игорь. Подошел к стойке, положил бланк заказа и улыбнулся:

— Сначала мне показалось, будто тут пожар, а это ваши волосы пламенеют.

Господь и правда наградил Свету потрясающими кудрями. Она смутилась, а парень, поняв это, развеселился и принялся осыпать комплиментами глупышку. Его позабавила ее неискушенность. Вот так и начался их бурный роман. Светочка просто потеряла голову. Ни у кого из ее знакомых не было такого красивого, умного, талантливого, любящего кавалера. Имелось лишь два маленьких обстоятельства, слегка портивших имидж прекрасного принца. У Игоря совершенно не было денег, и Светочка часто сама покупала билеты в кино или расплачивалась за мороженое. Но девушка не переживала по этому поводу. С милым рай и в шалаше, не в деньгах счастье, радость в хижине — горе во дворце... Эти высказывания она не раз слышала от мамы. Светочка превыше всего ценила в людях духовное начало, материальные ценности ее не слишком заботили. Она бы никогда не смогла выйти замуж за богатого человека по трезвому расчету. Так что бедность Игоря не была в ее глазах пороком, скорей наоборот. Но имелась одна нешуточная неприятность — Фаина Семеновна.

— Если мы поженимся, — вздыхал Игорь, — то где жить? У тебя коммуналка, у меня — мама. Да она сгрызет мою жену. Жутко вредная, избалованная старуха. Что нам делать?

— Давай подождем, — предложила Светочка, — все как-нибудь уладится.

Игорь грустно улыбнулся.

— Моя мамахен здорова, как кабан, а твоя еще молодая, надеяться не на что.

Потом жених попросил:

— Светуль, пусти меня покопаться в архиве, в хранилище, на полках!

— Ты что! — испугалась девушка. — Это же запрещено!

— Я тихонько.

— Тебя увидят другие сотрудники, и меня выгонят, — не согласилась Света.

— Ну, пожалуйста, — заныл Игорь, — очень надо.

— Зачем?

— Понимаешь, — пустился в объяснения парень, — всю голову сломал, ну как мне подзаработать? И тут такой шанс выпал! Один богатенький Буратино решил себе родословную составить. Я взялся за эту работу, посулили мне тысячу долларов. Представляешь, как здорово! Отдам заказ, и мы сможем пожениться. Снимем квартиру, тысячи гринов нам как раз на год хватит, если по окраинам поищем, а там еще что-нибудь отломится!

Света взвизгнула и повисла на шее Игоря.

— Ой! Вот здорово! Ну и счастье!

— Ага, — буркнул парень, освобождаясь от объятий, — счастье было так близко, так возможно... Только ничего не получится!

— Почему? — испугалась Света.

— Потому что ты не пускаешь меня в хранилище, — пояснил Игорь, — нужные материалы там, только они не внесены в каталог.

— Откуда ты знаешь?

Игорь вытащил из деревянного стеллажа ящик с карточками.

— Простое логичное умозаключение. Смотри сюда, мне нужны материалы, посвященные узникам лагеря Горнгольц, но их тут нет. Однако что же мы видим в каталоге? Вот документы про Руркранц и Вольфсвальд.

— Ну и что? — недоумевала Света.

— А то, — принялся терпеливо растолковывать он, — концлагерей фашисты настроили тьму. Сегодня люди помнят только о самых крупных: Дахау, Бухенвальд, Освенцим, Треблинка. Но были и другие, их число перевалило за несколько сотен. Некоторые назывались исправительными, некоторые трудовыми, но суть-то не менялась. И там, и там в ужасных условиях, впроголодь пытались выжить те, кто не принимал идеологию фашизма. Сейчас многие думают, что национал-социалисты убивали только военнопленных и евреев, но это не так. За колючую проволоку, а потом в крематорий отправляли многих немцев, и не все они были членами компартии Эрнста Тельмана, идеологическими врагами Гитлера. Нет, многие добропорядочные бюргеры оказывались на нарах в бараке после того, как у них, выпивших лишнюю кружку пива, развязывался язык и они позволяли себе заметить, что при кайзере масло стоило дешевле, чем при режиме национал-социалистов. Собственно говоря, Россия тоже пережила подобный период в 30-е годы, когда людей отправляли в лагеря без всякого повода.

— Ну и что? — не выдержала Света.

— Теперь смотри сюда, — Игорь ткнул пальцем в большую, подробную карту фашистской Германии, которая лежала в витрине около стойки. — Вот это городок Руркранц, возле него имелся одноименный лагерь, чуть поодаль, в тридцати километрах, находится Горнгольц, и нам известно, что и там были заключенные, а еще через сорок километров Вольфсвальд.

— Не понимаю...

— Господи, Света, — рассердился Игорь, — ну нельзя же быть такой тупой. Надеюсь, ты докумекала, что советские войска наступали с востока? Сначала они освободили Руркранц, прихватили архив, и он сейчас у вас в хранилище. Потом добрались до Горнгольца, выпустили несчастных, если там кто выжил, и забрали документы, потом добрались до Вольфсвальда. Вот в картотеке перечислены все бумаги, добытые там. Теперь вопрос: а куда подевался архив Горнгольца?

— Куда? — эхом повторила Света.

— Никуда, — передразнил Игорь, — лежит в вашем хранилище неразобранным, ждет своего часа, и именно в нем находится книга учета заключенных, в которую мне требуется заглянуть, чтобы мы сумели снять квартиру. Я доходчиво объяснил?

— Может, бумаги из Горнгольца отправили в другой архив, — медленно сказала Света.

— Нет, — покачал головой Игорь, — я уточнил, все те местечки освобождала одна воинская часть, архивы складировали вместе и отправили сюда.

— Ладно, — пробормотала Света, — в понедельник мое ночное дежурство, тогда и сходим вниз.

Самое интересное, что Игорь оказался прав! Он нашел-таки нужное: большие ящики из твердого картона. Сверху красовались свастика и надпись, сделанная готическим шрифтом: «Gorngolz»[1]. Пока Игорь рылся в кипе бумаг, Светочка, трясясь от ужаса, сидела наверху, боясь, что охранники заподозрят нехорошее, но все обошлось. Только парню не удалось с одного раза найти необходимое.

На следующий день Света пошла к начальству и попросила:

— Если можно, поставьте меня на две недели в третью смену.

Заведующая удивилась. Обычно сотрудники всеми силами сопротивлялись, когда подходила их очередь сидеть ночь в зале. Женщины боялись ужасно, им казалось, что за каждой занавеской прячется грабитель, а из-под стеллажей сейчас побегут мириады мышей. Было бесполезно объяснять им, что мимо охраны невозможно пройти незамеченным, а с мышами в архиве боролись как со злейшими врагами, на довольствии стояло десять кошек, безжалостных и очень активных.

— Понимаете, — смущенно улыбаясь, пояснила Света, — мама заболела, положили в больницу. Лекарства, перевязки... Всем денег дать надо: врачу, медсестрам. Какие у нас зарплаты, сами знаете. А за ночные дежурства двойная оплата идет.

— Конечно, конечно, — закивала начальница, — только тебе тяжело придется: две недели в ночь...

— Ничего, — отмахнулась Света, — очень уж деньги нужны.

Они с Игорем разработали целый план. Света приходила на службу за час до закрытия архива и прятала Игоря в шкафу, куда уборщицы ставили ведра и веники. Когда сотрудники убегали, а охрана заканчивала обход помещений, Света освобождала любовника и спускала вниз. Хранилище всегда опечатывали, но в архиве никогда не случалось краж, и печать совершенно открыто лежала в коробочке на столе у ученого секретаря. Ключи от всех помещений хранились в деревянном настенном ящике. Интеллигентные люди, работающие здесь, ничего не прятали.

На третью ночь Игорь нашел нужный ящик. Он вышел из хранилища, обнял Светочку и закружил ее, выкрикивая:

— Наша взяла!

— Тише, — испугалась девушка, — вдруг охрана услышит.

---

[1] Горнгольц.

— Теперь осталось раздобыть книгу, — ликовал парень. — Там столько дряни лежит!

Но нужные записи отыскать не удалось. Игорь мрачно констатировал:

— Книга либо потерялась, либо ее забыли в Горнгольце. Вот неудача, не видать нам тысячи баксов.

Однако, не желая терять надежду, парень продолжил поиски и неожиданно повеселел. Увидав жениха с довольной улыбкой на лице, Света обрадовалась:

— Книга отыскалась?

— Нет, — хмыкнул Игорь, — зато нашлось нечто более интересное.

— Да ну?

— Ага, — кивнул Игорь, — открываются новые перспективы.

— Какие?

— Потом скажу, — загадочно улыбнулся парень.

После этого разговора Игорек пропал на неделю, а затем явился с обескураживающим заявлением: ему надо жениться.

Света едва удержалась на ногах.

— На ком? Почему?

Возлюбленный изложил план. Денег у них нет, взять их неоткуда, затея с составлением родословной накрылась медным тазом. Но, роясь в папках, он обнаружил нечто, некие сведения, за которые Мария Григорьевна Боярская отдаст много денег.

— Она заплатит мне сто тысяч долларов, — потирал руки Игорь.

— Ты уверен? — недоверчиво спросила Света.

— Абсолютно! Не захочет, чтобы семейные тайны стали достоянием гласности.

— Это шантаж! — возмутилась Света.

— Нет, — обнял ее Игорь, — если у богатого взять немножко, это не грабеж, а дележка.

— Кто такая эта Мария Григорьевна? — не успокаивалась девушка.

— Одна знакомая моей матери.

— Но зачем тебе жениться на ее дочери?

— Понимаешь, — спокойно объяснял Игорь, — мне надо взглянуть на кое-какие документы, которые точно есть у них дома, а к ним иначе не подобраться.

Бедная Света только хлопала глазами. С ее точки зрения, поведение Игоря выглядело ужасно. Но любовник неожиданно обнял ее, поцеловал, наговорил много глупых ласковых слов, и девушке стало легче. Ей внезапно пришло в голову, что, может быть, Игорь прав, а она безнадежно старомодна, за счастье следует бороться, выгрызать его зубами и выцарапывать ногтями.

— Ты не думай о глупостях, — уговаривал ее Игорек, — брак заключу только на пару месяцев, максимум на полгода, и ни в какие отношения с Любой вступать не буду.

— И ты поверила! — воскликнула я.

Света кивнула.

— Конечно, Игорь любил меня и был готов на все, чтобы мы оказались вместе.

От подобной глупости мне стало нехорошо. Представляю, как потешался Игорь над наивной Светочкой, верящей каждому слову наглого парня. Да он и познакомился с убогой хромоножкой специально для того, чтобы проникнуть в хранилище. Подлец правильно рассчитал: непривычная к мужскому вниманию Света мгновенно влюбилась в него и выполняла все его просьбы. Вот мерзавец! Он никогда не собирался вести в загс эту дурочку. Насколько я помню, Ксюша, рассказывая о том, как Люба увела у нее Игоря, обронила примерно такую фразу:

«Он познакомился с ней осенью, а в июне уже сыграли свадьбу».

Игорь ухаживал за будущей женой примерно полгода, а глупой Свете сообщил о намерении оформить отношения с Боярской за неделю до торжества. Значит, он крутил роман одновременно с двумя, и Света была ему нужна лишь в качестве ключа к хранилищу. Ну как можно быть такой идиоткой, чтобы поверить в то, что отношения между мужем и женой останутся платоническими? Вы слышали когда-нибудь большую глупость? Игорь безошибочно выбрал из всех молодых сотрудниц архива именно Свету. Она, интеллигентная, тихая, скромная, ни за что не станет поднимать скандал, если партнер скажет: «Прости, дорогая, любовь закончилась».

Света заплачет, подумает о самоубийстве, запрется дома, но не поедет бить морду сопернице.

Внезапно я обозлилась до крайности. Светлана продолжала тихо шмыгать носом.

— Это все, что ты сделала ради любви? — налетела я на нее. — Может, еще куда Игоря впустила?

Девушка покачала головой.

— Он просился только в хранилище, ну, еще я ездила к двум людям по его просьбе, только они умерли.

— Рассказывай.

Светлана наморщила лоб.

— Одного звали... а, вспомнила, Вениамин Михайлович,

как писателя Каверина, только фамилия его была Листов. И не писатель он, а художник. Жил на Котельнической набережной, в таком огромном доме, сталинской высотке, внизу кинотеатр «Иллюзион», рядом...

— Да этот дом все москвичи знают! — в нетерпении воскликнула я. — Дальше!

— Игорь дал мне большую книгу, альбом по искусству, — все так же не торопясь поясняла Света, — и велел сказать, что я привезла заказ из архива. Ну, якобы этот Вениамин Михайлович просил найти ему это издание.

— Вы оказываете такие услуги? — удивилась я.

— Нет, конечно, — ответила Света, — но Игорь сказал, что очень надо.

Господи, да она бы убила парочку младенцев, скажи ее драгоценный любовник: мне этого хочется.

— И дальше что? — сердито спросила я.

— Ничего, — пожала плечами Светлана, — нужно было позвонить в квартиру, спросить Вениамина Михайловича и отдать ему альбом.

— Вручила книгу?

— Нет.

— Почему?

— Вышла женщина, примерно моих лет, и сообщила: «Ну вы, однако, не торопились с выполнением заказа, дедушка уже два года как умер».

— Игорь удивился?

— Не очень.

— Хорошо, а второй кто? К кому еще наведалась?

Света задумчиво протянула:

— К женщине, имя помню — Лиана Аракеловна, а вот фамилию... Такая странная, из животного мира. То ли Тигрова, то ли Горностаева, то ли Выдрова, что-то такое...

— Ладно, дальше.

— Ей надо было сказать, что издательство «Наука» берет печатать книгу, но нужны исправления.

Светлана покорно отправилась по указанному адресу, на этот раз вышел мужчина и налетел на нее чуть ли не с кулаками.

— Вы в своем издательстве совсем с ума сошли, — топал он ногами, — Лиана Аракеловна почти два года как покойница! Явилась! Вспомнила про рукопись! Откуда она у вас? Теща давным-давно, получив от «Науки» отказ, издалась в «Новом эксперименте»! Убирайтесь вон, опомнились!

И снова Игорь не удивился, казалось, он ждал от Светланы сообщения о смерти Лианы Аракеловны.

— Вроде он хотел меня еще куда-то отправить, — горестно

сообщила Света, — но умер. Вернее, Игорька убили. Его жена! Наверное, узнала, что он ее не любит!

Глупость собеседницы начала меня раздражать.

— Ты видела бумаги из Горнгольца? Знаешь, что отыскал Игорь?

— Нет.

— Где они лежат, представляешь?

— В общих чертах.

— Можешь найти?

— Да зачем?

Я схватила Светлану за руку.

— Ты любила Игоря?

— Очень, — прошептала она, — и сейчас люблю, никогда не выйду замуж за другого, сохраню ему верность!

Похоже, Свете без труда удастся исполнить клятву, очевидно, больше никто ею просто не заинтересуется. Часто некрасивые внешне женщины бывают умны и обаятельны, но это не тот случай. Глупость Светочки поражает.

— Слушай внимательно, — велела я, — до сих пор я сомневалась, но сейчас уверена: Игоря убили. Пока я не понимаю как, но знаю почему. Изучая архивы Горнгольца, он нашел сведения о Марии Григорьевне, которая была там в заключении. Очевидно, сведения эти были крайне порочащие, если старуха испугалась даже сейчас, спустя столько лет после окончания Отечественной войны. Игорь же, жаждавший денег, стал шантажировать Боярскую. Кстати, с чего он решил, будто у нее много денег? В наше время у ученых, даже докторов наук, особых средств нет!

— Не знаю, — растерянно протянула Света, — но он уверял, что Мария Григорьевна очень богата и безо всякого труда заплатит сто тысяч долларов.

— Хорошо, — кивнула я, — на эту тему подумаем потом! Ты должна спуститься в архив и попытаться сообразить, какой ящик заинтересовал Игоря.

— Зачем?

— Затем, что, посмотрев, я узнаю правду про Марию Григорьевну. А открыв ее тайну, мы сумеем сдать убийцу правоохранительным органам, ясно? Ты хочешь, чтобы та, которая уничтожила Игоря, была наказана?

— Да, — прошептала Светлана.

— Тогда надо действовать. Вот мой телефон, мобильный, он всегда включен, как только обнаружишь ящик — мигом звони!

— Обязательно! — с жаром воскликнула девушка. — Теперь делом всей моей жизни станет разоблачение преступницы.

Я вышла из архива и чихнула. Душный, жаркий, [на]ненный смогом воздух столицы отчего-то показался бол[ее]жим и приятным, чем кондиционированная прохлада архив[а]

Глава 21

Не успела я надышаться бензиновыми парами, как ожил мобильный. Вот это оперативность! Неужели Света успела за десять минут смотаться в подвал и обнаружить папки?

Но из трубки понесся недовольный голос Федора:

— И где мы шляемся?

— Работаю над новой книгой!

Он издал противный квакающий звук.

— Только не надо ля-ля! Дома тебя нет!

— В архиве сижу.

Что, между прочим, почти чистейшая правда!

— Ну-ну, — опять заквакал Федор, — надеюсь, не опоздаешь?

— Куда? — испугалась я.

Неужели опять придется жевать филе из хвоста бегемота в панировке из пальмовой муки? Впрочем, кажется, у бегемота нет хвоста! Или есть? Господи, я ничего не смыслю в зоологии, и если уж теперь вынуждена изображать из себя даму, чьи юные годы прошли в Африке, то следует хотя бы купить атлас животных. Ну-ка, скажите, бегемот, гиппопотам и носорог — это одно и то же?

— Послушай, — устало спросил Федор, — ты же вроде преподавала немецкий?

— Да, — удивилась я, — но только детям, тем, у кого трудности с выполнением домашних уроков, я хорошо владею языком в пределах программы спецшколы, могу довольно бойко разговаривать, имею отличный словарный запас, если бы не определенные обстоятельства, могла стать просто классной переводчицей, и...

— Не тараторь, — оборвал меня парень, — и что, ты вечно забывала про уроки? Путала, к кому приходить?

— Нет, конечно!

— А как запоминала расписание?

— Записывала в книжечку, да...

— Вот и сейчас заводи склерозник, — рявкнул Федор, — приколоти его себе на лоб! Еще неделю назад я предупредил: сегодня запись на телике, в программе Алика Войко! Ровно в девятнадцать ноль-ноль стой на улице Королева, у здания ЦТ,

и не перепутай, их там два! Тебе нужно главное, семнад-
подъезд!

— Хорошо, хорошо, — забубнила я.

— Теперь, что надеть, — раздавал инструкции Федор, — значитца, так: все в цветочек, полосочку, клеточку, тяпочку и капочку нельзя категорически.

— Почему?

— Рябит на экране. Голубое, зеленое, синее не надевай.

— А это отчего?

— Сольешься с фоном, у них студия цвета морской волны. Белое и черное отбрось, слишком официально. Оранжевое, красное и фиолетовое не подойдет. Эти цвета носит ведущий.

— Что же остается? — растерялась я.

Разговор сильно напоминал игру, которой мы забавлялись в детстве. «Барыня прислала сто рублей и велела купить одежды. Черного и белого не берите, «да» и «нет» не говорите...»

— Розовый! — гаркнул Федор.

— У меня таких вещей нет.

— Так приобрети, — рявкнул пиарщик, — время еще есть! Ноги в руки и дуй в магазин.

— А какой макияж делать?

— Тебя гример накрасит, — фыркнул Федор, — и причешет, только шмотки прикупи, ясненько?

Я огляделась по сторонам, увидела вывеску «Модная одежда из Италии» и нырнула в торговый зал. Походив между вешалками около часа, я сделала малоутешительные выводы. Во-первых, юбки и блузки, украшенные красивыми бирками «Made in Italia», выглядели хуже тех вещей, которыми торгуют пронырливые вьетнамцы. Во-вторых, единственный костюмчик розового цвета был такого ядовитого оттенка, что нужно быть полной идиоткой, чтобы нацепить на себя этакую красоту, в-третьих, мне просто не хватало денег. Несуразная шмотка стоила двести долларов.

Обойдя еще пару лавчонок, я окончательно приуныла. На глаза не попалось ничего достойного, а о ценах я лучше умолчу. И тут в голову пришла замечательная идея, и я как на крыльях полетела домой. Только бы Наташка, жена Ленинида, оказалась на месте. Не так давно папенька женился на моей хорошей знакомой, нашей бывшей соседке Наташке. Туся — жуткая шмотница, у нее гардеробы забиты вещами, наверняка найдется нужное.

— Есть розовенькое, — успокоила меня Наташка, — давай, беги.

Мы теперь не живем в одном доме, но все равно находимся в двух шагах друг от друга. Через пять минут я ворвалась в хорошо знакомую квартиру и увидела подругу, трясущую вешалкой.

Прикид подходил по всем статьям. Широкие от талии брюки, симпатичный сюртучок с накладными карманами, цвет — нежно-розовый, милые перламутровые пуговички... Одна беда — Наташка весит около ста килограммов, а рост у нее примерно метр семьдесят. Я же на десять сантиметров ниже и ровно в два раза меньше вешу. Если становлюсь на весы, стрелка никогда не перескакивает за отметку пятьдесят.

Естественно, брюки не держались на талии.

— Не беда, — воодушевленно заявила Наташка, — значит, так: внизу я их подошью, вверху заколем булавками, пиджак длинный, никто ничего не заметит. А то, что сюртук болтается, это хорошо, сейчас так модно, чтобы рукава свисали. Ты только ходи осторожно, и все будет тип-топ!

Федор нервно вышагивал перед подъездом, когда я вылезла из маршрутного такси. Он оглядел меня с головы до ног и остался недоволен.

— У матери прикид позаимствовала?

— Почти угадал, — хихикнула я, — у мачехи.

— Жуть, — оценил парень, — одна радость: ходить тебе по студии не придется.

Мы пошли по бесконечным, довольно обшарпанным грязным коридорам. Я удивилась: вот уж не предполагала, что внутри главного здания Центрального телевидения могучей страны так уныло и некрасиво. Наконец Федор впихнул меня в маленькую комнату и отдал на растерзание гримеру.

Худенькая, темноволосая девушка равнодушно спросила:

— Как обычно краситесь?

— Никак, — я пожала плечами, — предпочитаю быть естественной.

Девочка вытащила гору тюбиков и, перебирая их, буркнула:

— Надо отличать натуральность от естественности. Чтобы выглядеть так, будто у вас на лице нет никакой косметики, следует наложить на себя килограмм грима.

Ледяными пальцами она принялась размазывать у меня под глазами тональный крем. Брови, ресницы, губы — все получилось чрезвычайно ярким. Потом лицо просто засыпали пудрой, высоко начесали волосы и впихнули меня в жаркое, ярко освещенное помещение.

Здесь распоряжался парень в драных джинсах.

— Сядьте в кресло, прикрепите микрофон, не поворачивайтесь влево...

Впереди, на длинных скамейках, располагалась публика, в

основном женщины, потные и возбужденные. Потом раздался хлопок и крик:

— Начали! Мотор! Алик пошел.

Отворилась боковая дверца, и выскочил вертлявый юноша, похожий на попугая. Брюки у ведущего были оранжевые, рубашка красная, на шее болтался фиолетовый шарф.

— Добрый день, дорогие телезрители, — затараторил он, быстрыми шагами приближаясь ко мне, — в прямом эфире ток-шоу «Острый вопрос» и я, Алик Войко. Спонсор нашей программы кофе «Фобос»...

— Стоп! — заорал с потолка голос. — Алик! Кофе называется «Фобо», постарайся запомнить.

— Ну, блин, — взмахнул рукой ведущий, — спутал.

— Начинаем сначала, — велел невидимый режиссер.

Алик покорно выскочил из-за двери и снова зачастил:

— Добрый день... Спонсор нашей программы кофе «Хобо».

— Стоп! — завопили сверху. — Стоп! «Хобо»! С ума сойти! «Фобо»! Неужели нельзя запомнить!

— Очень трудно, — окрысился ведущий, — на прошлой записи были макароны «Хомо», нельзя ли в другой раз подобрать спонсоров, чтобы чуть-чуть отличались. «Хомо» — «Фобо», охренеть можно!

— Хватит трепаться, начинай сначала!

Войко вновь вылетел в студию. На этот раз ему удалось благополучно преодолеть барьер.

— ... является кофе «Фобо»!

Я перевела дух, слава богу! Но тут Алик, не моргнув глазом, продолжил:

— Эти макароны особенно хороши со сливочным соусом, рецепт которого...

— Тушите свет! — взвыл режиссер.

Мигом погасли яркие лампы софитов.

— Идиоты, — бесновался невидимый дядька, — не в том смысле тушите, что погасите, а в том, что я сейчас с ума сойду!

— Андрей, — заорал Алик, — сделай милость, выражайся яснее, никак не врублюсь, че те надо? Офигеть можно, где гример? Я весь взмок! Лена, сюда, не видишь, что ли, у меня морда блестит!

— При чем тут макароны, придурок! У тебя кофе «Фобо»! Спагетти «Хомо» были час назад. «Фобо»! «Фобо»! «Фобо»! Усек? — гремело с потолка.

— Я-то усек, — обиженно ответил Алик, — только на суфлере текст про макароны стоит.

И он ткнул пальцем в большой телевизор, на экране которого виднелись крупные печатные буквы.

— Уволю! — заверещал Андрей. — Катя, считай, ты у нас не работаешь!

Примерно через час все пришло в норму, приветствие было записано, и Алик, плюхнувшись около меня в кресло, заявил:

— Сегодня в качестве консультанта мы пригласили на передачу известную писательницу, звезду детективного жанра Александру Маринину.

Зал взвыл и захлопал. Я вздрогнула. Обожаю книги Марининой, прочла их все, но не могу же я прикидываться ею на телевидении. Пришлось прервать ведущего:

— Простите, я Арина Виолова.

Алик уставился на меня круглыми, как бусины, голубыми глазами.

— А где Маринина?

— Не знаю, дома, наверное.

— Вы кто?

— Писательница Арина Виолова, тоже работаю в жанре детектива.

— Простите бога ради, — засуетился Алик, — перепутал. Знаете, такой стереотип живет в мозгах: раз криминальный роман, следовательно, Маринина. Не слишком-то много читаю, времени нет.

Я с сомнением покосилась на него. Он издевается? Похоже, что нет, просто Алик идиот.

Дальше съемка покатилась как по маслу. Сначала привели тщедушную девицу, которая, бесконечно экая, объяснила суть проблемы: ее муж завел любовницу.

— Как мне поступить? — всхлипывала девчонка, аккуратно промокая платочком слезы.

Ведущий принялся бегать по рядам и подсовывать микрофон потным, взволнованным теткам. Одни советовали гнать изменника мокрой тряпкой, другие предлагали подождать. «Совершенно случайно» в центре зала оказался дипломированный психолог, лет сорока, при бороде и очках. В дамском окружении он смотрелся, как лопух среди роз. Схватив микрофон, «врачеватель души» завел минут на пять заунывную речь, из которой можно было в конце концов сделать вывод: гнать не надо, лучше подождать, но можно и выставить за порог.

Девушка на сцене продолжала хныкать, не забывая заботиться о том, чтобы не размазать макияж. Внезапно Алик повернулся ко мне.

— Ваше мнение?

К этому моменту я успела слегка задремать, поэтому от неожиданности сказала то, что думаю:

— Волосы вырвать.

— Кому? — растерялся Алик.

— Ну не мужу же любимому, сопернице, естественно. Поколотить как следует.

— Чем? — недоумевал Войко.

— А что под руку попадется, — я пожала плечами, — можно скалкой, разделочной доской, настольной лампой, табуреткой... Выбор огромен. От души советую. Сама я, правда, не применяла подобные методы на практике, но одна моя подруга частенько расправляется таким образом с бабами, которые залезают в кровать к ее муженьку. Потом она швыряет об пол всю посуду в доме и спокойно живет дальше, до следующего зигзага супруга.

— Может, лучше развестись с таким? — Ведущий попытался подтолкнуть меня в сторону стандартных решений.

— Ну уж нет, — возмутилась я. — Значит, воспитывала мужа, вкладывала в него деньги и душу, а потом его другой отдать? Ни фига подобного! Просто по морде надавать, мало ли чего в семейной жизни случиться может, так и женихов не напасешься.

— Правильно писательница говорит, — донеслось из зала, — все мужики — козлы, только и знают, что под юбки лапы запускать! Их воспитывать бесполезно, баб сволочных колотить надо!

Алик растерянно глянул вверх. Передача явно скатывалась не в ту степь, но режиссер молчал, очевидно, его устраивал ход событий.

— Хорошо, — нашелся Войко, — мы выслушали мнение эксперта. А теперь сюрприз. Чтобы сейчас, прямо на месте, распутать клубок, в который попала наша героиня Галя, мы пригласили сюда ее мужа Виктора и злую разлучницу Зину. Встречайте.

Зрители, в радостном предвкушении скандала, устроили овации. Из-за ширмы появился плюгавенький мужичонка с обширной лысиной. Я испытала некоторое разочарование. Столько шума из-за столь невзрачного субъекта. Интересно, как выглядит любовница? Послышался топот, и из двери, расположенной в противоположном конце студии, выбралась огромная тетка, размером с доменную печь. Мне на ум мигом пришел не совсем приличный анекдот о хомячке, который женился на слонихе. После первой бурной ночи новобрачная благополучно скончалась, а несчастный хомячок, стоя возле многотонного трупа, громко рыдал, приговаривая: «Один час удовольствия, и всю жизнь теперь закапывать».

Тяжело дыша, Зина села в кресло, стоящее около меня. Оно угрожающе заскрипело.

— А че обсуждать-то? — с простонародной наивностью спросила она. — Галька хозяйка хреновая, щей не сварит.

— А ты прямо повар! — взвилась законная жена. — Да просто водку ему к ужину ставишь, а я пить не даю, у меня строго. С тобой же квасит без оглядки, вот и вся любовь.

— И рубашек не постирает, — гнула свое Зина, — вечно Витька у ней оборванцем ходил.

Мужичонка растерянным взглядом обводил своих красавиц. В дискуссию о том, следует ли варить супругу суп, включился и зал. В конце концов ситуация прояснилась до конца. Виктор — безработный, Галя отлично зарабатывает. Но, получая большие деньги, она просто не имеет времени на ведение домашнего хозяйства. Зина же работает на детской молочной кухне и в полдень уже свободна, как птица. Прибежав домой, она приковывается к плите и начинает самозабвенно кашеварить, ну, любит она это дело. В довершение всего Галя и Зина оказались соседками.

— Ваше мнение? — повернулся ко мне Алик.

Я пожала плечами:

— Им следует принять мусульманство.

— Зачем? — подскочил Алик.

— В этой религии разрешено многоженство, — пояснила я, — по-моему, очень здорово выйдет: Галя будет зарабатывать, Зина убиваться по хозяйству, ну а Виктора они поделят. Допустим, понедельник, среду, пятницу он проводит с одной супругой, вторник, четверг, субботу — со второй. Стену между квартирами можно разбить, получатся большие, шикарные апартаменты.

— А воскресенье? — полюбопытствовал Алик. Похоже, мое предложение ему понравилось.

— Пусть ходит к маме.

— Да уж, — ожил в зале психолог, — не позавидуешь парню: две жены и мама! Даже интересно, ну сколько он протянет в такой компании? Месяц? Два?

После окончания передачи Алик протянул мне вялую, потную ладошку и с чувством произнес:

— Спасибо. Обычно все говорят одно и то же, ваше выступление было нестандартным. Пойдемте выпьем кофе, надеюсь, нам нальют не «Хомо».

— «Фобо», — поправила я.

— Один фиг, — отмахнулся Алик, — никогда не покупайте, просто блевотина.

Глава 22

В большой комнате весело кипел чайник. Я села на стул, увидела Федора в компании каких-то парней, хотела окликнуть пиарщика, но тут в помещение вошли Галя и Виктор. Я невольно втянула голову в плечи. Сейчас начнется драка, потому что вон там, спокойно поедая конфеты, сидит Зинаида. Но никто, кроме меня, и не думал пугаться. Съемочная группа, радуясь, что тяжелый день позади, быстро жевала пирожки, запивая их «Нескафе». Усиленно рекламируемый «Фобо» сами телевизионщики употреблять не хотели.

Галина направилась к Зине, я вздрогнула.

— Холодно? — заботливо поинтересовался подошедший ко мне Федор. — В студии у них жарища, а тут кондиционеры на полную шарашат. Хочешь, дам тебе, как деревенский ухажер, свой пиджачок?

— Мне нормально, — ответила я, с удивлением глядя, как Галя и Зина, поцеловавшись, начали что-то оживленно обсуждать.

— Отчего тогда трясешься? — настаивал пиарщик.

— Да скандалов очень боюсь, — я мотнула головой в сторону соперниц, — но, похоже, они, слава богу, драться не собираются!

Федор окинул взглядом женщин, мирно грызущих яблоки, и сложился от смеха.

— Ой, не могу! Держите, люди добрые!

— Что я такого веселого сказала?

— Ты всерьез решила, что они делят этого дядьку?

— Да, — растерянно ответила я, — разве ты не смотрел передачу? Вроде сидел во втором ряду!

— Душенька, — веселился Федор, — это актеры, которые разыграли сцену. На мой взгляд, выполнили свои роли очень профессионально.

— Подставка! — ахнула я.

— Естественно, — пожал плечами парень.

Я старалась переварить информацию. Зинаида и Галина, почти обнявшись, обсуждали какую-то животрепещущую тему.

— Сплошной обман, — вырвалось у меня.

Спутник гадко захихикал:

— Верно, не обманешь, не продашь. Запомни: газеты врут, радио лжет, но самое брехливое — телевидение. Все фальшиво: лицо намазано, костюмы чужие, мысли украдены, а большинство ток-шоу — постановочные. Кстати, слышала, Войко вначале объявил: передача идет в прямом эфире?

— Ну... Стой! Нас же записывали?!

— Именно. Сколько показывали часы в студии?

Пришлось напрячь память.

— Когда начинали — ровно двенадцать.

— А во сколько закончили?

— В двадцать ноль-ноль, — ответила я и обозлилась — и тут обман.

— Ага, — радостно заявил Федор, — но нам на это наплевать, главное, чтобы морда твоего лица стала узнаваемой, и тогда все будет тип-топ!

Мы вышли к длинной лестнице. Внизу скучали несколько парней с камерами и какими-то приборами. Стоящий у входа милиционер лениво зевал. Возле раздевалки чирикала группка ярко раскрашенных, длинноногих девчонок.

— Осторожно, — заботливо предупредил меня Федор, — не упади, тут ступенька выщербленная.

— Отвяжись, — сердито сказала я, но он решил придержать меня за локоть.

Я обозлилась окончательно. Терпеть не могу, когда малознакомые и не слишком приятные мне люди лезут обниматься, хватают за руки, пристают с поцелуями.

— Я вполне способна сама спуститься вниз! — рявкнула я и побежала по ступенькам.

В ту же секунду земля стала уходить из-под ног. Уже потом, анализируя произошедшее, я поняла, что случилось. Слишком длинные брючины Наташка наметала на «живую» нитку. Низ одной из штанин отпоролся, и я наступила на нее... Чтобы не свалиться на глазах у всех, пришлось изо всей силы уцепиться за перила. Я по инерции сделала шаг...

По ногам с тихим шелестом скользнуло нечто шелковисто-мягкое, в ту же секунду мне стало прохладно, а еще через мгновение пришло понимание: я стою на ступеньках почти голая. Розовые брючки, слишком длинные и широкие, небольшой кучкой лежат на моих туфлях. Пытаясь удержаться на ногах, я наступила на штанину, рванулась, и брюки свалились.

Один из парней, маячивших внизу, заржал и поднял кинокамеру. Я попыталась натянуть брюки, но легкая шелковая ткань выскальзывала из пальцев. Федор начал кашлять.

— Быстро помоги! — прошипела я.

Парень ловко поднял меня, встряхнул и поставил на другую ступеньку, потом наклонился, подхватил брюки и, подавая их мне, совершенно спокойно заявил:

— Ловко вышло.

— Ловчее некуда, — пропыхтела я, влезая в штаны, — прямо полный восторг!

— Одно плохо, — на полном серьезе заявил Федор, когда

мы, миновав веселящихся парней с камерами, оказались на улице, — у тебя совершенно неподходящее белье.

— У меня, — я пошла вразнос, — белые трикотажные новые трусики!

— Вот об этом и речь, — вздохнул пиарщик, — ничего интересного. Между прочим, если устраиваешь стриптиз на лестнице, то следует надеть вниз нечто... этакое... Ну прикинь, как бы ты смотрелась в черных стрингах с красной окантовкой? Может, тебе сделать пирсинг в пупке?

— Ты и похороны превратишь в шоу, — покачала я головой.

— Имей в виду, — заявил Федор, — твоя кончина и последующее погребение могут стать отличной пиар-акцией, наш народ начинает поголовно считать гениями тех, кто покинул сей бренный мир. Впрочем, это идея, следует ее обмозговать.

Я не нашлась что возразить. Ради удачного промоушена Федор готов закопать меня в могилу.

Ночью мне не спалось. Олег мирно храпел на своей половине, я пнула его в бок. Муж перевернулся, звук сменил тональность. Через пару минут ожили настенные часы в гостиной. Бом-бом-бом... Три часа, а сон все не идет. Слишком много смертей в этой истории, и как-то все события связаны между собой, но как? Бывают, конечно, семьи, над которыми словно висит рок, но что-то мешает мне думать подобным образом о Боярских. Итак, что же мне известно?

Мария Григорьевна и ее муж Кирилл — талантливые ученые, сделавшие отличную научную карьеру. Но вот в семейной жизни им не везет. Вернее, все было хорошо до смерти Кирилла. Стоило Боярскому умереть, как началась цепь несчастий. Такое ощущение, что он увел за собой всех: сначала угорают от дыма его старшая дочь и зять, затем погибает Игорь, умирает Люба, самой последней уходит на тот свет Алина. Не слишком повезло и его брату Валерию. Тот теряет сначала любимую жену Софью, а потом свое второе «я», Кирилла. Насколько я знаю, близнецы очень тяжело переносят смерть друг друга.

Правда, в кончине Софьи нет ничего загадочного. Я слышала о таких случаях, когда люди погибали от укуса осы... Впрочем, все смерти выглядят естественно. Одни забыли про печку, другая простудилась и вместо того, чтобы лечиться, принялась обливаться ледяной водой. Игорь вроде заразился столбняком, вполне объяснимая вещь: дача, земля, острый шампур... У Алины же незаметно развивалась опухоль, в конце концов удушившая девочку. Но существовали еще и Вика Виноградова, поевшая грибков, странная нянечка Анна Петровна, зачем-то вынесшая из ее квартиры сумку...

Есть одно обстоятельство, которое мешает мне поверить в случайность смерти Игоря. Что он узнал о Марии Григорьевне? Отчего теща испугалась? Какие тайны хранит архив? И как связаны с чередой смертей в семье Боярских кончина художника Вениамина Михайловича Листова и уход из жизни Лианы Аракеловны то ли Тигровой, то ли Горностаевой, то ли Выдровой? Зачем Игорь посылал к ним Свету? Парень, по ее словам, совсем не удивился, когда узнал, что художника и ученой нет в живых. Значит, он обладал какой-то информацией, позволившей ему сделать определенные выводы. И что же мне теперь делать, а?

Несмотря на то что в комнате было жарко, я затряслась в ознобе и стянула с Олега одеяло. Чем больше узнаю разных вещей, тем сильней запутываюсь. Так муха вязнет в паутине: сначала обматывается одной нитью, потом, желая освободиться, прилипает к другой, затем к третьей, а тут и паучок спешит по сигнальной нити. Не помню, чем там паук убивает муху: ядом или зубами, хотя у него вроде нет зубов...

Я вылезла из-под тяжелых одеял и пошла в ванную. Господи, да какая разница, чем убивает несчастную муху злобный паук? Важен конечный результат, а он, как правило, бывает неприятным для мухи...

В полном отупении я уставилась на бьющую из крана струю воды. В голове гремели две мысли: мне не хочется спать и что делать? Повертев их в разные стороны, я села на унитаз и пригорюнилась. Может, зря я полезла в это дело? Может, вообще все зря? И книги мои никому не нужны?

Перед глазами вдруг возник довольно большой саквояж из черно-зеленой плащевки. Наружу высовывался ярко-фиолетовый ботинок. Страшно удивившись, я встала и заглянула в чемоданчик. Внутри, неудобно свернувшись, подтянув колени к подбородку, в позе зародыша лежал Алик, ведущий ток-шоу «Острый вопрос». Я похолодела. Господи, как труп оказался в нашей ванной и что делать?

Роняя тапки, я бросилась в спальню и пнула Олега.

— Скорей вставай.

— Зачем? — не раскрывая глаз, поинтересовался муженек.

— В санузле, в бауле, труп мужчины.

— И что? — Куприн не спешил подниматься.

— Надо его быстро спрятать.

— Куда?

— Ну... вывезти в лес и утопить в болоте!

— Действуй, Вилка.

— Но мне одной не справиться!

— Почему?

— Саквояж дико тяжелый.

— Ничего, волоком, с остановками, — как ни в чем не бывало посоветовал Олег и мирно захрапел.

Я побежала назад, ухватила неподъемную поклажу, отдуваясь, стащила ее на первый этаж, выбралась на улицу и стала ловить такси. Проезжавшие мимо машины притормаживали, водители, увидев торчащую ногу в фиолетовом ботинке, быстро уезжали, даже не спросив, куда мне надо попасть. Неожиданно повалил снег, я замерзла и затряслась от злобы. Вот так постоянно! Всегда решаю все проблемы сама, без чьей-либо помощи. Олег сейчас дрыхнет в теплой постельке, а я стою на морозной улице, у ног чемодан с мертвым Аликом! Обида сжала горло, я затопала ногами. И тут, о радость, из-за угла вынырнула машина.

— Тебе куда? — спросил шофер.

— Федор? — удивилась я. — Ты подрабатываешь извозом?

— Начинается новая рекламная кампания, — гаркнул он и газанул.

Я свалилась на мостовую, довольно больно ударившись головой. Отчего-то резко запахло мылом.

— Помогите, — вырвалось из груди, — убивают!

Теплые руки схватили меня за плечи.

— Вилка, очнись!

Я открыла глаза и попыталась подняться, ноги скользили на ледяной мостовой.

— Весь дом перебудила, — сердито заявил Олег, — давай вставай!

Я потрясла головой. Сижу на полу в ванной, около унитаза, рядом валяется открытая бутылочка жидкого мыла «Дав».

— А где чемодан?

— Какой? — озабоченно спросила Томочка.

— С трупом Алика.

— ... — сказал Олег, — ну ты даешь! Сначала засыпаешь на унитазе, затем, словно спелое яблочко, падаешь на пол, орешь дурниной, потом требуешь чемодан с трупом... Может, тебе к психиатру сходить?

— Новопассит хорошо помогает, — задумчиво сообщила Томочка, — сон регулирует, и вообще...

— А можно и водочки на ночь принять, — подхватил Олег и протянул мне руку, — вставай.

— Вилка не пьет, — вздохнула Томочка.

— Начать никогда не поздно, — ухмыльнулся мой муж, — она у нас теперь гениальная, известная писательница, а литераторы все либо алкоголики, либо люди с левой резьбой. Чего на полу валяешься? Поднимайся!

Я оттолкнула его ладонь.

— Без тебя обойдусь!

— На что дуешься, Вилка?

— Ты не помог мне нести чемодан с трупом!!!

Олег разинул рот, я спокойно поднялась, сняла перемазанные жидким мылом тапки, швырнула их в бачок для грязного белья и, держа спину абсолютно ровно, словно вдовствующая королева-мать, выплыла в коридор.

— Ну, писака дает! — послышался голос Куприна. — Совсем офигела! Ты поняла, о каком чемодане идет речь?

Но ответа Томочки я не услышала, потому что вновь ужасно разозлилась. Писака! Вот как они меня между собой называют! Негодяи! Ну ничего, посмотрим, кто посмеется последним, потому что я знаю, как поступить! Я буквально в двух шагах от разгадки тайны, еще несколько дней — и узнаю имя того, кто поставил этот спектакль. А потом останется сущая ерунда — только записать события. Я легко справлюсь с этой задачей, недели хватит. Запрусь в спальне и примусь за работу. Никого не впущу в комнату, Олег пусть спит в гостиной. Муж, который отказывается помочь жене спрятать труп, достоин примерного наказания. Писака! Знаю, знаю, кто придумал дурацкую кличку! Что ж, послушаем, что он заговорит, когда новая книга выйдет из печати и вся страна станет ее читать! Назло всем стану знаменитой и страшно популярной!

Глава 23

Наверное, нет москвича, который не слышал бы о высотном здании на Котельнической набережной. Подавляюще огромный дом из светлого кирпича был возведен по приказу Сталина. Подобных ему сооружений в столице есть несколько. В одном, расположенном на Смоленской площади, находится Министерство иностранных дел, в другом, громоздящемся на Воробьевых горах, — Московский университет. А вот возле метро «Краснопресненская» и на Котельнической набережной в высотках жили простые москвичи. Впрочем, словечко «простые» я употребила тут зря. Роскошные квартиры с парящими на почти четырехметровой высоте потолками с лепниной получали совсем не простые люди, а те, кто принадлежал к творческой или партийной элите. Это сейчас всем стало понятно, что жить нужно в зеленом районе, а еще лучше в ближайшем Подмосковье, потому что Садовое кольцо и центр абсолютно лишены воздуха. Но вплоть до середины восьмидесятых годов высотки считались крайне престижным местом обитания.

В гулком подъезде, по размеру смахивающем на конюшню, восседала лифтерша: полная пожилая дама с аккуратно уложенными седыми волосами.

— Вы к кому? — сурово поинтересовалась она.

Мне стало смешно. Неужели жильцы полагают, что тучная особа, давно справившая шестидесятилетие, способна остановить грабителя?

— Меня ждет вдова Вениамина Михайловича Листова, художника.

— Проходите, — консьержка потеряла к посетительнице всякий интерес.

— Простите, я забыла номер квартиры.

— Сорок пять, — буркнула бабуся и уткнулась в книгу.

Радуясь собственной предприимчивости, я вошла в лифт и с трудом сдержала возглас восхищения. Кабина выглядела как музейный экспонат: вся из красного дерева, на одной стене огромное зеркало, около другой — скамеечка, обтянутая слегка вытертым красным бархатом. Такой лифт я видела впервые, и он произвел на меня сногсшибательное впечатление.

Дверь сорок пятой квартиры распахнулась сразу. На пороге стояла пожилая дама, такая же седовласая и тучная, как лифтерша. Но на этом сходство заканчивалось. У консьержки были злые глаза, сурово поджатые губы, а в мочках ушей покачивались небольшие сережки стоимостью в триста рублей. Женщина из сорок пятой квартиры смотрела на мир широко открытыми голубыми очами, а на ее лице застыло выражение легкой растерянности, любопытства и испуга. Так смотрит ребенок, потерявшийся в многолюдном магазине. И уши ее украшали подвески в тяжелой золотой оправе, набитой бриллиантами.

— Вы ко мне? — слегка задыхаясь, спросила хозяйка.

— Разрешите представиться, — затараторила я, — Виола, журналист, сотрудничаю в различных изданиях, на данном этапе получила задание от «Вокруг имен». Вот посмотрите, какой красивый журнальчик.

Дама машинально взяла глянцевый ежемесячник, только что приобретенный мною в киоске, и недоумевающе поинтересовалась:

— Но зачем я вам понадобилась?

— Ищу вдову Вениамина Михайловича Листова.

— Это я, Ирина Глебовна.

— Очень приятно, ваш муж был гениальный художник. Мы хотим напечатать статью о его жизни и творчестве.

Ирина Глебовна покраснела от удовольствия.

— Что же мы стоим на пороге? Проходите скорей, сейчас покажу все — фотографии, письма, картины. О таком человеке, как Вениамин Михайлович, мало писать статью, его жизнь — материал для большой книги, трагической, полной удивительных событий и совпадений. Стоит лишь вспомнить историю нашего с ним знакомства...

Продолжая безостановочно болтать, она провела меня в большую комнату, в которой было тесно от антикварной мебели. Одних диванов, обитых темно-синим шелком, стояло тут целых четыре штуки, а еще овальный стол, накрытый кружевной скатертью, двенадцать стульев, парочка буфетов, пуфики, этажерочки, какие-то непонятные, слишком изогнутые кресла с одним подлокотником. С потолка свисала люстра с синими хрустальными висюльками, а стен не было видно из-за картин в тяжелых бронзовых рамах.

— Перед вами работы Вениамина Михайловича, — торжественно заявила Ирина Глебовна, — вернее, малая их толика, самые дорогие сердцу, любимые. Муж не продавал те полотна, которые являлись для него знаковыми. В творчестве Вениамина Михайловича выделялось несколько периодов...

— Как у Пикассо, — некстати влезла я, — розовый, голубой...

Ирина Глебовна мгновенно нахмурилась.

— Пикассо! Более чем посредственный рисовальщик, разрекламированный средствами массовой информации. Уж простите меня, дорогая, не о вас, конечно, речь, но в массе своей журналисты безграмотны, недоучки, урвавшие куски знаний. Один заявил: «Пикассо — гений», другие разнесли по свету. А народ что? Народ поверил. Но я-то хорошо понимаю, что Пикассо в подметки не годился Вениамину Михайловичу! Он не испытал и сотой части страданий, выпавшей на долю Листова, а художника, пардон за банальность, лепит горе, а не радость. Детство мой муж провел в провинции в Польше. Эта часть территории была присоединена к Советской России лишь в тридцать девятом году. Так что Вениамин Михайлович не был с младых ногтей отравлен коммунистической пропагандой. Он родился в семнадцатом...

Я попыталась сосредоточиться. Вообще говоря, меня интересует не жизнь, а смерть Листова. Интересно, когда Ирина Глебовна доберется до наших дней? Вон как она далеко начала, с семнадцатого года.

Когда началась Отечественная война, Листову исполнилось двадцать четыре. Никакого восторга от того, что он теперь живет в России, юноша не испытывал. Советская власть ему решительно не нравилась, и защищать ее он не собирался. Вениамин постарался спрятаться, когда объявили всеобщую мобилизацию. Впрочем, ему не пришлось долго сидеть в подвале, потому что немецкие войска, раздавив слабо сопротивляющегося противника, почти без боя взяли родной городок Листова.

Население встречало фашистов с цветами и объятиями. В городе жили в основном поляки и западные украинцы, они ненавидели Советы, сочли фашистов за своих освободителей. Но уже через месяц положение коренным образом изменилось, потому что гитлеровцы установили везде свой Ordnung[1]. Для начала переписали евреев, а потом без долгих церемоний расстреляли их всех, закопав тела в ров, выдали оставшимся жителям аусвайсы[2], ввели комендантский час, а тех, кто его нарушал, убивали на месте.

Затем большую часть молодежи погрузили в товарные вагоны и повезли в Германию. Вениамин был еще очень молод и по-щенячьи доверчив, как, впрочем, и остальные юноши и девушки, попавшиеся на удочку пропаганды. Никто их не ловил и не запихивал прикладами в товарняк. Едва вышедшие из детского возраста, они сами явились на вокзал. До этого немецкие власти провели, как сейчас бы сказали, рекламную кампанию. По городу разбросали листовки. «Мы пришли навсегда, — гласил текст, — Германии нужны молодые специалисты. Предлагаем вам хорошую работу, достойный заработок и отличные перспективы. Те, кто желают стать другом Германии и потрудиться ради ее победы, должны собраться на вокзальной площади в девять утра. При себе иметь документы, деньги и одно место ручной клади не более пяти килограммов веса».

Вениамин прибежал на платформу с небольшим рюкзачком. В душе жила надежда. Германия — высокоразвитая промышленная страна, в отличие от бедной, сельскохозяйственной области, где прошло его детство. В Берлине имеется Академия художеств. «Может, удастся поступить туда», — наивно думал Листов. Его не насторожил даже тот факт, что волонтеров перевозили в грязном товарном вагоне. Набили людей, как сельдей в бочку, задвинули тяжелую дверь, а потом загремел железный замок.

[1] Ordnung — порядок (*нем.*).

[2] Аусвайс — удостоверение личности.

«Ничего, — успокаивал себя Вениамин, — все-таки идет война, поэтому и трудности».

Трое суток состав полз по рельсам. За это время их покормили только один раз: швырнули в вагон кирпичи хлеба из тяжелого, полусырого теста и вилки полусгнившей капусты. Туалета не было, его заменяла дырка в полу, остановок не делали. Вернее, поезд-то тормозил и подолгу стоял, пропуская составы с воинской техникой и солдатами вермахта, но двери вагонов никто не открывал и свежий воздух поступал в тесно набитый вагон все через то же отверстие, предназначенное для санитарных целей. На исходе третьих суток на Веню напал страх: не похоже, что им собираются предоставить хорошую работу. Но не успел парень додумать мысль до конца, как раздался грохот и в лицо ударил солнечный свет. После темного вагона Вениамин чуть не ослеп, но с улицы закричали:

— Los, schnell, schnell, aussteigen![1]

И юноши, и девушки принялись выпрыгивать на землю. Потом всех построили пятерками, и вдоль длинной шеренги пошел стройный офицер со стеком в руке. Военного сопровождал солдат, державший на коротком поводке ротвейлера, и две девушки, по виду лет пятнадцати, не больше, с какими-то непонятными буквами G и J[2], вышитыми на блузках. Офицер внимательно разглядывал лица молодых людей и изредка указывал стеком на понравившегося человека. Избранника отводили в сторону. Вениамин оказался в числе десятка отобранных. Их построили цепочкой и повели в сторону деревянных домиков, огражденных двумя рядами колючей проволоки. «Gorngolz» — было написано на воротах.

Оставшихся загнали в товарняк, и их судьба осталась для Вениамина неизвестной. К вечеру парню стало понятно, что на поступление в Академию художеств рассчитывать нечего. Он прибыл прямиком в ад.

Сатаной оказался тот самый офицер со стеком. Остальные фашисты, мужчины и женщины, почтительно обращались к нему «Herr Oberst»[3] и моментально кидались выполнять все его поручения. Ослушников Фридрих Виттенхоф, так звали полковника, карал незамедлительно. На следующий день после приезда Листов увидел, как одна из девочек, затянутых в униформу, сердито дернула плечиком на замечание начальства.

---

[1] Давай, быстро, быстро, выходить!

[2] G и J — дословно: Gitlerjugend — «Молодежь Гитлера», молодежная организация фашистской Германии.

[3] Herr Oberst — господин полковник (*нем.*).

Вениамин вжался в нары, ожидая, что девчонка получит сейчас по полной программе, но грозный полковник неожиданно рассмеялся и погладил ослушницу по красивым белокурым волосам.

— То есть его дочка, — объяснил лежавший рядом с Вениамином на деревяшках поляк Янек, — пся крев! Та еще сука, хоть и ребенок, пше прашем, конечно, за выражение. Ее Бригиттой зовут. А вторая, Лиззи, — воспитанница.

Скоро Вениамину стало понятно, что Янек прав. Хорошенькая Бригитта оказалась намного более злой, чем ее отец. Фридрих проводил исследования на людях, но его интересовала только наука. Бригитта помогала отцу, тот учил дочь ремеслу медсестры. Девочка могла просто так ударить или, отняв у ослабевшего человека миску с баландой, вывернуть ее ему на голову. В голову ей приходили разные замечательные идеи. Одну из них Вениамин испытал на себе. Ему отняли совершенно здоровую левую ногу, правда, под наркозом. Зато потом рану не зашили — Фридрих хотел изучить процесс заживления обширной поверхности. Так вот Бригитта со злорадной усмешкой уронила парню на ногу эмалированный лоток и ухмыльнулась, услышав крик.

Но, даже мучаясь от безумной боли на шершавых досках, не прикрытых ни матрасом, ни простыней, Вениамин не переставал благодарить господа за то, что тот не дал поместить его в соседний, выкрашенный синей краской барак. Там Фридрих, искавший лекарство от рака, испытывал на людях разные яды. В синем домике шансов на выживание не было. А еще Вениамин понимал, что оставлен на этом свете только до тех пор, пока не затянется рана на ноге. Как только образуется рубец, Фридрих потеряет к нему всякий интерес, и парня переведут туда, где людям колют цианиды, чтобы выяснить, возможно ли в принципе не умереть, получив такую инъекцию. Поэтому Веня, закусив от боли губу, расковыривал по ночам рану.

Как-то под утро ему захотелось в туалет. Веня с трудом добрался до сортира, расположенного в другом конце лагеря, постоял немного на свежем воздухе, но нужно, опираясь на костыль, прыгать назад. Фридрих не разрешал «кроликам» гулять, дозволялось только бегом сноситься до ветру. Но ночью проклятый фашист спал, капо[1] тоже давили подушку, и Веня, прислонившись к задней стенке туалета, наслаждался теплым

---

[1] К а п о — старший по бараку, как правило, приближенный к начальству заключенный.

воздухом, ранней весной и первой травкой. Потом, устав, он лег возле сортира. До подъема было еще часа два, можно не торопиться.

Вдруг вспыхнули прожектора, забегали немцы, откуда ни возьмись появились грузовики. Веня, затаив дыхание, наблюдал за происходящим. Вот из бараков вытаскивают часть узников и швыряют их в машины, вот часовые покидают вышки, а потом врачи вместе с военными отбывают прочь. Лагерь стремительно опустел. Перепуганный Веня не понимал, что происходит, теряясь в догадках, он на всякий случай хотел спрятаться в туалете, но потерял сознание, пришел в себя спустя несколько часов и увидел, как на территорию Горнгольца ворвались танки с красными флагами на башнях. Последнее, что помнил парень, это как огромный дядька в форме солдата Советской Армии берет его на руки и говорит:

— Ну все, вылечат тебя, не журись, сынко!

Через всю жизнь Листов пронес любовь к советским военным. Уже став художником и живя в Москве, он писал картины, где на переднем плане молодой парень в форме спасает ребенка или выносит из огня пожилую женщину. Даже беззубые советские критики порой не выдерживали и обзывали полотна Листова «агиткой Министерства обороны», но Вениамин Михайлович не обращал никакого внимания на тычки и пинки. Командование Советской Армии обожало Листова, и на художника пролился дождь из благ. Он получал генеральский паек, ездил отдыхать в ведомственные санатории и частенько отправлялся в те страны, где имелись группы ограниченного контингента советских войск. Вот только в Германию Листов, несмотря на неоднократные предложения, не ездил ни разу.

Послевоенная судьба Вениамина Михайловича — это благополучная жизнь признанного властями художника. Твердое положение слегка пошатнулось после перестройки, но ненадолго. Несмотря на громкие слова о реформе, армия осталась прежней, а Листов продолжал писать свои картины, посвященные воинам-освободителям, словно со страной ничего не случилось. Умер он в глубокой старости, оплакиваемый вдовой, тремя детьми и внуками. Словно в награду за мучения в юности, господь отсыпал Листову в зрелом возрасте щедрой рукой счастье.

— А отчего скончался Вениамин Михайлович? — вклинилась я в плавную речь Ирины Глебовны.

Вдова достала из кармана кофты носовой платок.

— Онкология. В последние годы муж страдал от рака крови, тяжелейшее заболевание. Мы, конечно, сделали все, что возможно, но силы Вени таяли. Потом приятели посоветовали обратиться в лабораторию к Валерию Боярскому, там изобрели какой-то метод, вроде новая химиотерапия, я не врач и плохо разбираюсь в деталях. Насколько поняла суть: больному делают инъекции какого-то яда, крайне опасного, но после курса уколов иногда наступает выздоровление. Нам терять было нечего. Муж все равно умирал, вот и решились на эксперимент. Кстати, очень и очень дорогое удовольствие, одна ампула несколько тысяч долларов стоит, а надо их двадцать. Но ведь ради жизни любимого человека ничего не жаль! Тем более что нам рекомендовала Боярского дочь Лианы Аракеловны Гургеновой.

— Кто? — подскочила я.

— Манана, — принялась объяснять Ирина Глебовна, — дочь Лианы Аракеловны Гургеновой, доктора исторических наук, нашей давней приятельницы. У Лианочки был рак груди. Манана носом всю Москву прорыла, выискивая специалистов, и вышла, уж не знаю как, на лабораторию Боярского. Ей провели цикл уколов, и представьте — вылечили! Десять лет еще прожила Лианочка и скончалась от воспаления легких, но онкология-то отступила!

Ирина Глебовна растрясла «подкожные» накопления и отправила супруга на уколы. После пятого Листову стало лучше, он даже начал работать, но потом вдруг наступило резкое ухудшение, и художник скончался.

— Вы не предъявляли претензий Боярскому? — поинтересовалась я.

Ирина Глебовна отложила платочек.

— Конечно, нет. Профессор с самого начала предупредил нас, что метод полуэкспериментальный, на людях достаточно не опробованный, но мы находились в таком положении, когда человек хватается за соломинку, чтобы спастись. И потом, подписали бумаги о том, что не будем иметь никаких претензий в случае летального исхода. Поймите, Вениамин Михайлович умирал, дни его были сочтены, но я бы никогда не простила себе, что не использовала все возможности для его спасения. Понимаете?

Я кивнула. Естественно, понимаю. Слава богу, в нашей семье все здоровы, но, случись несчастье, продали бы последнее, желая поставить на ноги любимого человека.

— Вы не подскажете мне телефон Мананы?

— С удовольствием, а зачем он вам? — полюбопытствовала Ирина Глебовна.

— Да бабушка у меня в тяжелом состоянии, — лихо соврала я, — может, в лаборатории у Боярского ей помогут.

— Так я могу соединить вас с профессором. — Ирина Глебовна мигом проявила ненужную активность.

— Понимаете, — я принялась изо всех сил выкручиваться, — у вас в доме был больной мужчина, мне хочется поговорить с теми, кто выхаживал женщину. Все-таки есть определенные нюансы... Но, если вам сложно или отчего-то не с руки давать телефон Мананы...

— Что за глупости! — сердито воскликнула Ирина Глебовна и схватила лежащую на столе трубку. — Мананочка? Здравствуй, детка. У меня сейчас в гостях очень милая девочка, Виолочка, у нее тяжело больна любимая бабушка...

Я терпеливо ждала, пока вдова Листова завершит разговор. Наконец Ирина Глебовна положила трубку и сказала:

— У Мананы дома ремонт, она предлагает, чтобы вы подъехали вот по этому адресу, зайдете в кафе «Ромашка». А Мананочка выйдет со службы и подскочит к вам. Мобильный имеете? Тогда позвоните ей, когда доберетесь до «Ромашки». У Мананы на службе сложная пропускная система, ей легче выйти, чем вам войти. Можете отправляться прямо сейчас, она ждет.

Я уставилась на бумажку. Название улицы показалось знакомым.

— Если не секрет, где работает Манана?

— Какие же тут могут быть тайны, — усмехнулась Ирина Глебовна, — Мананочка кандидат исторических наук, она заведует отделом в архиве «Подлинные документы».

Глава 24

Обратный путь до бумагохранилища я проделала почти бегом и потратила около получаса, отыскивая кафе «Ромашка». Наконец, потерпев полное фиаско, я набрала телефон Мананы.

— Извините, но я никак не пойму, где же эта чертова «Ромашка».

Из трубки послышался смешок:

— Вы сейчас где?

— У входа в архив.

— Бегу.

Спустя десять минут из здания вынырнула молодая, слишком полная, черноволосая, темноглазая женщина.

— Виола? — спросила она, задыхаясь.

— Да, здравствуйте.

Манана ткнула пальцем в соседний дом:

— Вот кафе.

— Но где же вывеска?

— В окошке.

Я пошарила по фасаду глазами и обнаружила небольшой листок с надписью «Ромашка».

— Ну, знаете ли... И как их только клиенты находят!

— Вот как раз от посетителей отбоя нет, — пояснила она, тяжело шагая по тротуару, — тут полно учреждений, и люди в «Ромашку» ходят обедать, кормят здесь великолепно, еда стоит копейки...

Мы устроились за крохотным столиком, и Манана поинтересовалась:

— Что с вашей бабушкой?

Я немного суеверна и считаю, что всякая сказанная ложь становится рано или поздно правдой, но никаких родственниц-старушек у меня нет и не было, если не считать за бабку мать Раисы, к которой меня отправляли на лето, поэтому я смело принялась врать:

— Очень тяжелое положение, но мы хотим использовать все шансы.

Манана отхлебнула кофе, отправила в рот половину эклера и предостерегла:

— Это не панацея. Моей маме помогло, а Вениамину Михайловичу нет. И еще, хочу вас предупредить: лаборатория Боярского на самом деле не является лечебным заведением, там просто ведут научную работу. Лекарство пока не имеет разрешения на применение от Министерства здравоохранения. Вы будете подписывать всякие бумаги, снимающие с ученых ответственность. И, конечно же, цена! Очень и очень, просто запредельно высокая.

— Сколько?

— Одна ампула стоит три тысячи долларов, а уколов, скорей всего, понадобится двадцать. Во всяком случае, столько включает в себя стандартный курс.

— Ох, и ни фига себе! — вырвалось у меня.

— Нам пришлось продать квартиру, — вздохнула Манана, — отличную четырехкомнатную, переехать в крошечную халупу, а разницу потратить на лечение. Но мама-то выздоровела! Вопреки всем прогнозам других врачей. Онкологи только руками разводили — и опухоль ушла, и метастазы, а мамочку до этого считали неоперабельной. Так что в нашем случае метод подействовал, я купила мамочке жизнь, по шесть тысяч долларов за год. И если бы сейчас мне сказали, что нужно отдать все шестьдесят за один месяц, я бы не колеблясь продала себя, чтобы только вновь увидеть маму.

По щекам Мананы полились быстрые слезы. Я молчала.

Сколько людей готово на все, чтобы отсрочить смерть своих близких? Вы сами, поставь жизнь, не дай, конечно, господи, вопрос: квартира или жизнь мужа, что выберете, а? Я так мгновенно бы понеслась в риелторскую контору.

— Поэтому сначала хорошенько подумайте, прежде чем решаться на поход в лабораторию, — предостерегла Манана, — может случиться так, что совершенно зря потратитесь, и бабушка скончается, и жить негде станет.

— Нет уж! — воскликнула я. — Потом совесть замучает! Могла спасти и ничего не предприняла.

Манана грустно улыбнулась.

— Мы тоже с мужем так решили, и моя мама целых десять лет еще провела с нами.

— А от чего она умерла?

— От воспаления легких, — пояснила женщина, — иммунитет был ослаблен, вот организм и не выдержал. Хотя мамочка регулярно ездила к Боярскому на обследования. После того как Валерий Петрович спас ее, она доверяла ему, как богу. Чуть заскрипит где, мигом профессору звонить. Он, бывало, засмеется и отвечает: «Голубушка, Лиана Аракеловна, помилуйте, я ведь все-таки не лечащий доктор, хоть и имею медицинское образование, а ученый. Вам лучше к терапевту сходить». Но мама только ему верила и, как это ни печально, потому и умерла.

— Почему?

— Съездила в очередной раз к Боярскому на осмотр, попала под дождик, простудилась и давай Валерия Петровича терзать: как лечиться?

Боярский, привычный к тому, что мнительная Лиана Аракеловна постоянно находит у себя новые и новые болячки, не обратил особого внимания на очередные жалобы и посоветовал народные средства борьбы с нестрашным недугом: обильное питье, мед, малиновое варенье, лимоны, носки с сухой горчицей и ингаляцию над кастрюлей со свежесваренной картошкой. Лиана Аракеловна выполнила предписания, но лучше ей не стало. А когда Манана сообразила, что маму следует везти в больницу, оказалось поздно, развился отек легких.

— Она была полна творческих планов, — грустно рассказывала Манана, — фонтанировала идеями, мечтала написать несколько книг.

— Ничего странного вы не заметили?

— Когда?

— Ну, за несколько недель до смерти.

Манана вытащила сигареты.

— Да нет! Все было как всегда. Разве только... Мама сильно поругалась с Вениамином Михайловичем Листовым.

Я насторожилась:

— Почему?

Манана пожала плечами:

— Понятия не имею. Мой отец был крупный военачальник, генерал. В начале восьмидесятых годов они с мамой отдыхали в санатории и там подружились с Вениамином Михайловичем и Ириной Глебовной. С тех пор все праздники и отпуска проводили вместе. Когда папа скончался, Листовы очень поддержали нас с мамой, одним словом — это были верные, настоящие друзья. Естественно, едва Вениамину Михайловичу поставили страшный диагноз, мамочка мгновенно отправила его к Боярскому. И знаете, художнику сразу стало лучше, но потом... Он приехал к нам домой один, на такси...

Манана очень удивилась, увидав на пороге старинного приятеля родителей — бледного, с лихорадочно горящими глазами.

— Мама дома? — не поздоровавшись, спросил он.

Девушка оторопела. Обычно Вениамин Михайлович являлся с презентами: букеты, конфеты, бутылки. Долго и церемонно приветствовал Манану, целовал ей руку, расспрашивал о жизни, но сейчас, быстро отодвинув девушку в сторону, почти побежал в комнату к Лиане Аракеловне.

Сначала в квартире стояла тишина, потом Лиана Аракеловна закричала:

— Такого просто не может быть!

— Я видел собственными глазами, — ответил Листов.

— У тебя старческая слепота.

— Нет, Лиана, согласись, кое-что забыть просто невозможно.

— Глупости! Никому не смей об этом рассказывать!

— Нет, я сначала хочу получить доказательства!

— Какие? — завопила Лиана Аракеловна. — Похоже, ты выжил из ума! Они — мои спасители. Кстати, не только мои! Тебе тоже стало намного лучше. Вспомни Колю Зайца! Ведь был уже под крышкой гроба, а Валерий Петрович его вытащил!

Вновь воцарилось молчание, а потом мама и Вениамин Михайлович перешли на свистящий шепот, и Манана уже не могла разобрать слов. В большой тревоге девушка выскочила на секунду за хлебом, а когда, держа теплый батон, вернулась в квартиру, застала драматический финал.

Вениамин Михайлович трясущимися руками пытался натянуть на себя куртку. Около него, словно разъяренная фурия, металась Лиана Аракеловна, мерно выкрикивая:

— Вон, убирайся вон!

— Ты не хочешь мне помочь? — выдавил из себя Листов.

— Я не предаю тех, кто спас мне жизнь! — патетически воскликнула Лиана Аракеловна.

Вениамин Михайлович вылетел на лестничную клетку, потеряв по дороге шляпу.

— Больше он к нам не приходил и не звонил, — вздохнула Манана, — впрочем, скоро Листову стало хуже и он умер.

После похорон друга Лиана Аракеловна несколько дней ходила как в воду опущенная, потом неожиданно попросила дочь:

— Сделай мне пропуск в свой архив.

Манана не слишком удивилась: ее мать была историком, часто читала документы, значит, теперь ей понадобилось нечто для новой книги.

Лиана Аракеловна провела день в профессорском зале и сказала:

— Вот жалость! Нужных бумаг нет.

— Что ты ищешь? — поинтересовалась Манана.

— Архив концлагеря Горнгольц, — ответила та, — только, похоже, он находится в другом месте, надо подумать, в какое еще хранилище могли отправить документы. Ты можешь послать запрос?

Манана выполнила необходимые процедуры и получила неутешительный ответ: архив лагеря Горнгольц на территории России не хранится.

Лиана Аракеловна походила пару дней задумчивая, потом неожиданно поехала в лабораторию к Валерию Петровичу. Вернулась назад она поздно вечером, страшно веселая, поставила на стол купленный торт и заявила:

— Идиот!

— Кто? — спросила Манана, удивленная маминым поведением.

Лиане Аракеловне не были свойственны резкая перемена настроения и истерические выпады.

— Вениамин! — весело ответила мама. — Наплел пять коробов глупостей! Еще хорошо, что у меня хватило ума прямо поговорить с Валерием Петровичем.

— А в чем дело? — не успокаивалась Манана.

— Вспоминать противно, — отмахнулась мать. — Потом как-нибудь...

Но потом так и не наступило, через две недели Лиана Аракеловна скончалась.

— Знаете, что самое удивительное в этой истории? — спросила Манана.

— Нет, — ответила я.

— Вениамин Михайлович ни словом не обмолвился жене о ссоре с моей мамой. На его похоронах Ирина Глебовна все повторяла: «Вот, Лианочка, что-то мы в последнее время редко встречались, недосуг было... Вот что вышло... Теперь уж не соберемся вместе! Нет Венечки, нет...»

— А кто такой Коля Заяц? — спросила я.

Манана пояснила:

— Мальчик, вернее, подросток, лет двенадцать ему, кажется. Еще и пожить не успел, а такой диагноз. Лиана Аракеловна отправила его к Боярскому. Знаете, у Анны Петровны, матери Коли, денег совсем не было. Она актриса, из неудачливых. «Кушать подано» — вот и все роли. Но Боярский такой человек! Просто святой! Взялся лечить ребенка бесплатно, и ведь поставил на ноги! Исцелил Колю. Анна Петровна теперь его следы на земле целовать готова!

Анна Петровна... Знакомое сочетание имени и отчества, так же звали женщину, которая изображала из себя санитарку!

— Вы не дадите мне ее адрес?

— Пожалуйста, — пожала плечами Манана, — пишите.

Домой я ворвалась еле живая от усталости и обнаружила, что вся семья во главе с Олегом устроилась в гостиной у телевизора. Я прошла на кухню, пошарила по кастрюлям, нашла отварную картошку, отпилила кусок докторской колбасы и, услыхав из комнаты раскаты дружного смеха, побежала к домашним.

— Веселое показывают?

— Умора прямо, — покачал головой Олег, — «Объектив в кустах».

Я принялась уничтожать удивительно вкусную, но уже остывшую картошку. Знаю эту передачу. Ее корреспонденты бродят по улицам с камерами на изготовку и запечатлевают всякие идиотские ситуации, в которые попадают люди. Еще здесь показывают куски из домашних видеозаписей. Ну сел ваш муж, держа в руках тарелку с манной кашей, мимо стула, а вы успели заснять «дивное» происшествие. Мигом отсылайте в передачу «Объектив в кустах», скорей всего, рано или поздно сюжет выйдет в эфир.

Сейчас, например, на экране очень толстая тетя с меланхоличным лицом откусывала от чудовищного бутерброда: целый батон хлеба сверху намазан слоем масла толщиной в палец. Тетка сидела на веранде, в уличном кафе, и была так поглощена едой, что не заметила папарацци, бродивших рядом.

Скажите, ну почему вид толстого человека, самозабвенно

поглощающего еду, вызывает пароксизм смеха? Ясное дело, что и тучнику следует подкреплять силы, но стоит моему взгляду упасть на даму, чей рост совпадает с объемом талии, в тот момент, когда она спокойно обедает, как губы начинают растягиваться в улыбке.

— Вот это кусмандель! — веселился Олег. — Мне бы его на неделю хватило!

Я с сомнением покосилась на супруга. Вес моего мужа зашкалил за сто килограмм. Честно говоря, я не слишком волновалась по этому поводу, значит, мне достался на жизненном пути любитель пива и свинины. Но некоторое время назад у Куприна начались сильные головные боли. Он побежал к врачу, и доктор вынес вердикт: развивается гипертоническая болезнь, следует немедленно сбавлять вес.

Те из женщин, которые пытаются избавиться от лишних килограммов, знают, как это трудно. Нужно иметь огромную силу воли, чтобы отказаться от мучного, жирного, жареного, сладкого, в общем, от вкусного и замечательного, и питаться полезным, но отвратительным пюре из шпината и салатом из капусты без всякой заправки. Причем от понимания того, что шпинат и капусту можно смело есть без ограничения, вовсе не становится радостно. Во-первых, этими листьями невозможно наесться, во-вторых, они очень противные.

Но если несчастные женщины ради того, чтобы влезать в брючки на размер меньше, готовы терпеть муки, то мужчинам абсолютно наплевать на внешний вид. Вернее, многие из представителей сильного пола не прочь иметь спортивную фигуру, но как только до них доходит, что им следует ограничить себя кое в какой еде... Вот тут, например, мой муж машет рукой и твердо заявляет, похлопывая себя по животу:

— И вовсе я не толстый, это не пузо, а комок нервов. Работа у меня неспокойная, вот и происходят изменения в весе.

Несколько раз мне удавалось посадить Олега на диету ровно на час. Плотно позавтракав манной кашей с вареньем, выпив пол-литровую чашку кофе с молоком и шестью кусками сахара, Куприн, вынимая сигареты, сообщал:

— Все, теперь сижу на диете.

И действительно, до обеда муж ничего не ел, только наливался сладким чаем. А в четырнадцать ноль-ноль он либо бежал в столовую, либо, что намного хуже, покупал на улице шаурму и съедал с наслаждением, без всяких угрызений совести исходящее жиром мясо, завернутое в лепешку.

Мне кажется, что мужчины в глубине души считают себя истинными красавцами, поэтому перед ними не стоит проблема веса, несчастные женщины же полны дурацких комплексов, отсюда и издевательство над собой.

Но несколько недель назад Олег пришел домой и с порога заявил:

— Ванька Реутов похудел на тридцать килограммов.

— Молодец, — отозвалась я, — наверное, жена заперла его в подвале, и волей-неволей пришлось Ваньке голодать.

— Нет, теперь есть новая диета, — пояснил Олег, — делаешь анализ крови на скрытую пищевую аллергию. И не ешь те продукты, которые твой организм не усваивает. Вот у Ваняши отняли помидоры, огурцы, баклажаны...

— А пиво? — удивилась я.

— Вот его-то как раз нужно пить, — ответил Олег, — я тоже пойду на такой анализ. Господи, как просто-то: запретят мне какую-нибудь капусту!

Я решила поддержать мужа в благом начинании и даже не расстроилась, когда узнала, что лабораторное исследование стоит чуть больше двухсот долларов. Ничего, сейчас отдадим большую сумму, зато потом сэкономим на лекарствах. Вот кто испытал ужасное разочарование, так это Олег, потому что ему, в отличие от везунчика Ваньки, у которого организм не принимал овощи, запретили: свинину, масло, сыр, молоко, яйца, сахар, колбасу, сосиски, обожаемое пиво... Легче сказать, что разрешили, собственно говоря, список оказался очень коротким: гречка, пресловутая капуста и зеленый горошек.

— И что? — злился Олег. — Мне теперь до конца жизни *этим* питаться? Ну уж нет! Плохой анализ какой-то.

Так эпопея и окончилась ничем. Правда, иногда Куприн самоотверженно заявляет:

— Ужинать не стану.

Но где-то около полуночи он крадется на кухню и начинает шарить в холодильнике. Дорога в ад, как известно, вымощена благими намерениями.

— Гляньте! — завопила Кристя, тыча пальцем в экран. — Ну до чего же эта тетка похожа на Вилку! Ой, сейчас умру, она штаны потеряла!

Я уставилась на экран. На одной из ступенек довольно длинной лестницы стояла бабенка самого безумного вида. Нет, все-таки нашим женщинам поголовно не хватает вкуса. Ну зачем мадемуазель, смахивающая на лыжную палку, нацепила на себя слишком широкий, балахонистый костюмчик? Слов нет, цвет приятный, нежно-розовый, но фасон! Кажется, что у этой дурочки совсем нет тела. И с волосами у нее беда: торчат, словно перья у курицы, попавшей под дождь. А обсуждать макияж даже не хочется: губы ярко-красные, щеки бордовые, брови черные, маленькие глазки окружены торчащими ресницами... Впрочем, личико несуразной дамочки показалось мне определенно знакомым. Не успела я сообразить, где встречалась с незнакомкой, как фигура на экране пошатнулась, замахала руками, сделала шаг... Домашние опять покатились со смеху.

— Где они таких идиоток находят, — вытирала слезы Томочка, — брюки потеряла! Ой, не могу, а кавалер их ей надеть пытается.

— С ума сойти, — покатывалась Кристя.

— Слушайте, — подскочил Олег, — это же Вилка! Вон над коленкой родимое пятно в виде бабочки.

Все замолчали, раскрыли рты и уткнулись в экран, а я тут же сообразила, отчего лицо худышки показалось знакомым — это моя собственная физиономия.

Через секунду Олег повернулся и сердито сказал:

— Ты говорила пару дней назад, что будешь на съемках, но почему не предупредила, в какой передаче! Отвратительно! И меня решительно бесит этот мерзкий парень!

— Федор — представитель издательства, — пискнула я.

— Да хоть администрации Президента! — рявкнул Куприн. — Какого черта он на тебя брюки натягивает?

— Случайно получилось, я наступила на брючину...

— Согласись, Олежка, — прервал меня молчавший до сих пор Семен, — было бы намного неприятней, кабы этот прощелыга начал раздевать Вилку!

— Омерзительно! — кипел муж. — На глазах у всей страны моя жена...

— Но тут же не сказано, кто потерял брюки, — резонно заметила Тамарочка.

— Только не хватало, — фыркнул муженек, — чтобы через весь экран шла надпись: «Любуйтесь. Перед вами Виола Тараканова, законная супруга Олега Куприна». Как завтра на работу идти? Парни засмеют.

— Да Вилку никто не узнает! — попытался утешить приятеля Семен. — Ее так безбожно размалевали!

Олег молча встал и вышел за дверь. Сеня укоризненно покачал головой.

— Ну ты даешь! Зачем согласилась на подобное представление?

— Это случайность!!!

Семен погрозил мне пальцем.

— Не надо ля-ля! Можешь Олегу с Тамаркой лапшу на уши вешать, а у меня большой опыт в практической журналистике. Я очень хорошо знаю, сколько нужно заплатить за съемку!

Чтобы эти пираньи с камерами за просто так запечатлели писательницу?! Чтобы твой пиарщик допустил подобные кадры без предварительной договоренности?

— Но я просто наступила на брючину! — в полном отчаянии воскликнула я.

— Смотри, Вилка, как бы тебе не остаться без мужа, — вздохнул Семен и вышел вслед за Олегом.

— Ты мне тоже не веришь? — поинтересовалась я у Томочки.

— Подумаешь, ерунда, — слишком быстро заговорила подруга, — ну всякое случается... Сама один раз чуть юбку не потеряла, крючок оторвался, еле подхватила...

Но по ее слегка виноватому тону стало понятно: Томочка примкнула к Олегу и Семену. Ей тоже кажется, что съемка была постановочной.

Глава 25

С самого раннего утра я понеслась к Анне Петровне Заяц. В душе жила надежда. Вдруг сейчас она откроет дверь, и я узнаю в ней ту самую «нянечку».

Конечно, неприлично рваться в дом к незнакомому человеку в восемь утра, но ведь Анна Петровна могла уйти на работу! Успокоив этим простым аргументом бунтующую совесть, я нажала на звонок.

— Кто там? — раздалось за дверью, в глазке мелькнула тень.

— Мне нужна Анна Петровна Заяц.

Воцарилась тишина.

— Позовите Анну Петровну Заяц, — повторила я.

— Вы кто?

— Откройте, не бойтесь!

— Уходите!

— Мне нужно поговорить с Анной Петровной.

— Она уехала.

— А когда вернется?

— Через год, — оповестил тонкий голосок, — в командировку отправилась.

— Куда?

— Не ваше дело!

— А вы кто?

— Убирайтесь, сейчас милицию позову!

Пришлось несолоно хлебавши отправляться прочь.

До четырех часов я просидела дома, усиленно изображая из себя домашнюю хозяйку. Сначала перестирала и перегладила все рубашки Олега, потом стала наводить порядок на полках в его шкафу, нашла засунутые в носовые платки две тысячные купюры и пришла в негодование: он еще и заначки делает! Но потом злость прошла, на Куприна мало похоже прятать деньги. Скорей всего, он выгреб из кармана носовой платок, а вместе с ним и бумажки. У Олега есть дурацкая привычка класть деньги не в бумажник, а прямо в карман.

Когда в нашей спальне воцарился порядок, я пошла на кухню и поставила тесто для блинчиков. Если признаться честно, кулинария не является моим хобби. Процесс натирания свеклы для борща кажется мне крайне утомительным, а чистка картошки навевает мысли о самоубийстве. Поэтому готовит у нас Томочка, которой не лень пропрыгать несколько часов около плиты ради блюда, которое исчезнет в чужих глотках за пару минут.

Но есть одно лакомство, которое делаю только я. Не знаю, почему оно у меня каждый раз изумительно получается, рецепт крайне простой. Берете два яйца, добавляете полстакана сахарного песка, стакан муки и, осторожно помешивая, доливаете пол-литра молока. Естественно, надо посолить тесто. Если собираетесь завернуть в блинчики мясо или рис, тогда возьмите сахара всего две чайные ложки. Затем добавляете в тесто немного масла, все равно какого: растительного, без запаха, или сливочного, предварительно растопленного, — и приступаете к готовке.

Просто наливаете половничек жидкого теста на хорошо разогретую, смазанную жиром сковородку, поджариваете одну сторону, переворачиваете на другую... Балую своих я не часто. Тесто-то развести недолго, вот процесс жарки может затянуться на пару часов.

Но сегодня, отчего-то испытывая чувство вины, я старательно возила куском масла по тефлоновому покрытию, когда зазвонил мой мобильный.

— Что случилось? — испуганно воскликнула я, хватая трубку, и обозлилась на самое себя.

Ну когда же я перестану воспринимать звонок на сотовый аппарат как предвестник несчастья!

— Позовите Виолу, — прошелестело из трубки.

— Я слушаю.

— Это Света.

— Кто?

— Света Сафонова из архива.

Я уронила на пол кусок масла.

— Что произошло?

— Мне кажется, я знаю, какие ящики заинтересовали тогда в архиве Игоря. Вернее, даже уверена...

— Только не уходи домой! — заорала я, вылетая в коридор. — Еду к тебе.

Уже в метро я вспомнила про кастрюлю с тестом и тяжело вздохнула. Пропали блинчики!

В читальный зал я ворвалась без пятнадцати шесть. Около стойки, где восседала Света, стояло несколько человек с подшивками. Очевидно, архив собирался закрываться и люди сдавали документы. Наконец последний исследователь покинул помещение. Я налетела на Свету:

— Показывай документы!

— Они в хранилище.

— Ты уверена, что нашла нужное?

Света кивнула.

— Лазила все ночное дежурство по стеллажам и обнаружила.

— Принеси сюда.

Девушка покачала головой:

— Это невозможно.

— Почему?

— Внизу работают совсем другие люди, они получают бланки заказов, смотрят на шифр и ищут бумаги, — пустилась в объяснения Светлана. — Ящики с архивом из Горнгольца не зарегистрированы, как сделать заказ?

— Написать: «Архив концлагеря Горнгольц».

— Придет ответ: ищите шифр в каталоге, — усмехнулась Светлана.

— Но его же там нет, — я пошла по кругу.

— Значит, вручат листочек со словами: «Данных единиц хранения не обнаружено».

— Но ты же нашла! Принеси архив, — настаивала я.

Света с жалостью глянула на меня.

— Как у тебя все просто! Кто же мне разрешит? Знаешь, сначала следует написать докладную записку о том, что обнаружила неучтенные экземпляры, потом документы начнут описывать. Пока все карточки не оформят, их в каталог не вставят.

— Когда же документы смогут попасть в мои руки?

— Ну, — заколебалась Света, — года через два, три... Только я не пойду рассказывать о находке.

— Да почему же? — закричала я.

— Тише, — шикнула Света, — я работаю в зале периодики. Как объяснить, что мне понадобилось в хранилище, да еще в той части, где лежит архив? А?

От злости у меня задрожали колени. Носом чую, что нахожусь в двух шагах от разгадки, и не могу узнать истину из-за глупых бюрократических препонов.

— Игоря ты впустила в хранилище!!!

Света покраснела, но ничего не сказала.

— Неужели не хочешь, чтобы убийцы любимого человека были наказаны?

Девушка стала свекольно-бордовой.

— Игорь лежит в могиле, — лила я масло в огонь, — а те, кто лишил его жизни, преспокойно разгуливают на свободе, разве это справедливо? Между прочим, бумаги, изобличающие преступников, совсем рядом! Но тебе, видно, наплевать на парня, умер и умер...

Света резко встала.

— Погоди-ка тут.

— Ты куда?

— Сегодня Аня Мефодьева в ночь дежурная, она с утра по комнатам бегает, просит, чтобы ее подменили. У свекрови день рождения, только никто не согласился. Если Аня не передумала, предложу помочь.

Через полчаса, все время озираясь, Света довела меня до большого шкафа, распахнула дверцы и велела:

— Залезай сюда и сиди тихо. Запру тебя снаружи и опечатаю! После того как охрана обойдет здание, вернусь.

— А вдруг они меня обнаружат?

— Это невозможно.

— Запросто, распахнут дверцы, а я там!

— Да никогда, — успокоила меня Света, — тут не случается ничего экстраординарного. Наши секьюрити просто соблюдают формальность. Им и в голову не придет лазить в опечатанный шкаф, да и права у них такого нет. Сиди тихо, не кашляй, не шевелись, не чихай, и все будет отлично.

С этими словами она впихнула меня между ведром, на котором висела воняющая хлоркой мокрая тряпка, и шваброй. Я втиснулась в довольно узкое пространство и села на корточки. Через секунду «аромат» мешковины стал невыносимым и пришлось встать.

Где-то через час, когда я окончательно извелась от безделья, послышались тяжелые шаги и грубый бас:

— Да моя... совсем... орет, ровно...

— В рыло дай, — посоветовал баритон, — я своей пятак начищу, живо в себя приходит.

— Миром... хотел, — вздохнул бас, — позавчера конфет купил, угадай, чего сказала?

— Ну... блин?

— «Небось от бабы идешь, раз такой заботливый». Ну не... ли?

— Все они... — разглагольствовал напарник, — пошли чаю хряпнем!

— Пивка бы сейчас.

— Да уж... и к телику.

Шаги стали удаляться, и вскоре их звук затих. Я осторожно пошевелила затекшими ногами. Ну где же Света? Долго мне тут стоять?

Снаружи послышался легкий шорох. Дверцы приоткрылись.

— Вылезай, — прошептала Света, — и иди за мной, молча. Охранники теперь, правда, на первом этаже сидят, больше сюда не сунутся, но лучше перестраховаться.

Мы пробежались по коридорам, спустились в подвал, добрались до тяжелой свинцовой двери. Света с видимым усилием потянула ее на себя.

— Входи.

Я вступила внутрь и ахнула. От пола до потолка шли железные полки, тесно заставленные папками, коробками, ящиками. Невозможно было увидеть все помещение целиком. Проходы между стеллажами узкие, протиснуться между ними затруднительно даже мне. Под потолком горят тусклые лампы, и отчего-то не пахнет пылью и сыростью.

Света сняла с крючка темно-синий халат.

— На, надень, а то перемажешься.

Я с радостью нацепила одеяние.

— Тут холодно!

— Специально поддерживается необходимая для лучшей сохранности документов температура, — пояснила Света, — в хранилище контролируются влажность и уровень шума. Иди за мной.

Вымолвив последнюю фразу, она легко заскользила между рядами. Я двинулась за ней, ощущая себя Ясоном, попавшим в лабиринт к Минотавру. Уже через пару секунд стало понятно: обратной дороги мне ни за что не найти. Хранилище напоминало по размеру футбольное поле, проходы изгибались под немыслимыми углами, но Света великолепно ориентировалась. Она уверенно поворачивала направо, налево, пролезала между железными стояками, шагала вперед. Наконец путь завершился.

— Нам туда, — сообщила она.

— Вверх? — изумилась я.

Света кивнула.

— Смотри, полка семьдесят восемь «а».

— Это где?

— Ну там, под потолком.

— Как же туда влезть?

Света потянула за торчащий сбоку небольшой рычажок, с легким лязганьем вывалилась железная лесенка, с виду шаткая и совершенно ненадежная. Ловко перебирая руками и ногами, моя провожатая взобралась почти под потолок, вытащила довольно объемистый ящик, доставила его вниз, потом вновь вскарабкалась наверх. В результате у моих ног оказалось пять ящиков, очень напоминающих чемоданы из многослойного картона.

— Бери, — отдуваясь, велела Света, — и неси вон туда, видишь у стены стол?

Мы переволокли ящики, Светлана зажгла небольшую настольную лампу и заявила:

— Это архив Горнгольца, не весь, а только часть. Где остальное, не знаю, может, и не привозили вовсе, но Игорь изучал именно эти ящики.

— Точно знаешь? — с сомнением спросила я, оглядывая темно-желтую, покрытую пятнами крышку одного из «кофров».

— Во всяком случае, — Света пожала плечами, — он мне, выйдя отсюда, сказал: полка семьдесят восемь «а», места хранения с восьмого по четырнадцатое. Да открой же.

Я подняла кусок шершавого картона. Под ним оказался ящик, набитый папками. Я потащила одну за корешок. «Gorngolz. Achtung. Zimmer nummer vier»[1]. Естественно, все документы были на немецком, но почерк у писаря оказался четким, почти каллиграфическим. К тому же основная часть бумаг была напечатана на машинке. Моего знания немецкого языка вполне хватило на то, чтобы понять — перед глазами список несчастных, лежавших в четвертой палате. С немецкой педантичностью слева были написаны имена, фамилии, справа — день прибытия в лагерь, причина смерти и число, когда труп заключенного отправили в крематорий.

«1. Тадуеш Ковальский. 1920 год, Варшава — 2 сентября 1941 г. — 3 ноября 1943 г. — сердечная недостаточность.

2. Иван Ребриков. 1915 год, Курск — 18 октября 1943 г. — 20 октября 1943 г. — ишемический инсульт».

Внезапно мне стало страшно. Наверное, родственники Ковальского и Ребрикова получили в свое время официальные извещения с краткой информацией «Пропал без вести».

---

[1] Горнгольц. Внимание. Комната номер четыре.

Увидеть подобную бумажку было намного хуже, чем стать обладателем похоронки. В нашем дворе жила тихая, серая, как осенний зайчик, Анна Михайловна. Тетя Нюра, как звали ее мы, дети, даже в семидесятые годы надеялась на то, что ее муж, Тихон Степанович, жив.

— Мне же не приносили похоронку, — с обескураживающей наивностью и робкой надеждой говорила она всем, — а «пропал без вести» — это еще не смерть. Может, и ходит где по свету мой Тишенька.

Вполне вероятно, что родственники Тадеуша и Ивана тоже долго ждали своих мужчин, надеялись, никто и не предполагал, что их замучили в лагере Горнгольц.

— Значит, ты тут смотри все тихонько, — велела Света, — я к себе пойду. Времени тебе до девяти утра. В десять архив открывается. Если вдруг понадоблюсь, видишь телефон? Наберешь один шестьдесят четыре, я тут же прибегу. Давай, пока.

Кивнув мне, Света нырнула за стеллажи. Я осталась одна в огромном, темном, враждебном помещении, освещенном только слабым светом неяркой лампочки. Вначале стало страшно, но потом я принялась перебирать документы, и испуг отступил, уступив место любопытству.

Вот ведомость продуктов, рядом заявление некоего Гюнтера Рура с просьбой предоставить ему отпуск, затем пожелтевшая бумажка с мелкими буквами: «Тела двадцати пяти умерших в бараке «А» отправлены в крематорий. Список прилагается». Тут же приколот огромной, совершенно не ржавой скрепкой листок. «Савостин Николай, 1917 г., Тимофеев Константин, 1923 г., Уваров Калистрат, 1901 г., Бжезинский Ян, 1905 г.». Дата смерти у всех несчастных была одна — 1944 год, октябрь, двенадцатое число.

Чего только не сохранили немцы! Сведения о белье и счета за электричество, списки заключенных, доносы тех, кто в надежде на лишний кусок хлеба сообщал сведения о своих товарищах, переписку с вышестоящим руководством рейха... Не было только никаких сведений о сути медицинских экспериментов. Можно было понять, что Горнгольц представлял собой огромную больницу, потому что в одной из папок лежала куча накладных на лекарственные средства, названия которых мне ни о чем не говорили, да и написаны они были по-латыни, но истории болезни, детальные описания медицинских экспериментов отсутствовали! В конце концов, это главные бумаги Горнгольца, ведь именно ради науки создавался концлагерь. Так где этот архив? Может, его передали в Министерство здравоохранения? Или отдали советским ученым, работавшим над аналогичными проблемами? Кстати, что изучали в концлагере?

Ответ на вопрос обнаружился в третьем ящике. Там оказались личные бумаги гитлеровцев — тех, кто, опозорив белый халат, мучил ни в чем не повинных людей. На самом верху лежало письмо. Адрес был написан слегка выцветшими черными чернилами. «Берлин, Вильгельмштрассе, 24, фрау Гизеле Рур».

Я вытащила сложенный вчетверо листок, разгладила его и углубилась в чтение, радуясь, что в школе на уроках немецкого языка не считала ворон, а старательно учила лексику.

«Дорогая мамочка, ты спрашиваешь, как я себя чувствую. Просто отлично. Конечно, Горнгольц не Берлин, и мы тут все сидим за колючей проволокой, не имея возможности высунуть нос наружу. Но думаю, что и вам в столице не слишком-то весело.

Я счастлив и горд, что могу послужить нашей Родине. Мало кому из молодых врачей повезло так, как мне. Лаборатория в Горнгольце оснащена по последнему слову техники, мы имеем все высококлассные препараты. Впрочем, думаю, иначе и быть не могло, ведь полковник Фридрих Виттенхоф гений, а создает он средство от рака. Еще пару лет — и весь мир узнает, что рак победили именно мы, ученые Адольфа Гитлера. У полковника потрясающая идея. В двух словах смысл ее состоит вот в чем: чтобы остановить рост злокачественных клеток, их следует уничтожить, но как? Десятки людей ломали мозги над этой проблемой, и только господину полковнику пришло в голову простое решение: яд! Следует подобрать сильное отравляющее вещество, которое не принесет вреда организму в целом, но убьет чужеродные, разрастающиеся клетки. Вот в этом направлении мы и работаем. К счастью, недостатка в человеческом материале нет, нам все время подвозят новые организмы. Смертность среди подопытных очень высока, но ни одно научное открытие еще никому не упало в руки просто так. Сначала господин полковник хотел отправить меня в другую лабораторию, где изучают заживление ран, но я буквально на коленях умолил его оставить меня при онкологах. Конечно, то, что делают ребята в бараке «Б», очень и очень важно, в особенности во время войны, когда множество доблестных солдат вермахта страдает в госпиталях. Но война скоро закончится нашей победой, я в этом твердо уверен, отступление войск вермахта — тактическая хитрость фюрера. А онкология, согласись, это благородно — спасать арийцев от смерти.

Есть еще одно, почему я категорически не захотел идти в барак «Б». Мамочка, я влюбился! У господина полковника есть очаровательная дочь и еще воспитанница. Им всего восемнадцать лет, но они хороши собой, как Лорелея, умны и великолепно помогают полковнику. Родители Лиззи умерли давно, мать Бригитты тоже, а девочки с 1939 года следуют за полковником тенью. Только не надо думать, что они неучи. Да, они не имели возможности регулярно учиться в гимназии, но господин Виттенхоф сам занимается образованием дочери и воспитанницы. Бригитта и Лиззи знают германский эпос и историю, прекрасно разбираются в математике, но, главное, у них великолепный ум исследователей. Ах, мамочка, с моей стороны слишком самонадеянно думать, что одна из этих девушек обратит на меня внимание, но я делаю все возможное, чтобы понравиться своей избраннице. А недавно мой коллега Курт снял нас во время эксперимента. Посылаю тебе карточку, чтобы стало понятно, какие они красавицы. Остаюсь твой любящий сын Гюнтер. 18 апреля 1945 года».

Тут же в конверте лежал и небольшой, но четкий снимок. Худощавый парень в белом халате улыбается, опершись рукой на операционный стол. У Гюнтера, твердо верившего восемнадцатого апреля сорок пятого года в победу фашистских войск, были приятное лицо интеллигентного мальчика из хорошей семьи и открытая, бесхитростная улыбка. Трудно поверить, что он брезгливо называл «человеческим материалом» и «живыми организмами» своих одногодков из Польши и России, на которых испытывались лекарства. Но еще меньше походили на хладнокровных убийц стоявшие рядом девочки. Обе невысокого росточка, с пышными белокурыми волосами и милой, слегка застенчивой улыбкой, они казались настоящими красавицами. На юных медсестрах были белые халаты, перетянутые на невероятно тонких талиях поясами, на ножках простые туфельки, похоже, без каблуков. Милая группа стояла в комнате, похожей на операционную. Одна из девочек держала в руке эмалированный лоток, прикрытый марлей.

Если бы мама Гюнтера получила снимок, предполагаемые невесты сына скорей всего пришлись бы фрау по душе — настоящие германские девушки, аккуратные, скромные, работящие. Из таких получатся отличные хозяйки и матери семейства.

Глава 26

Внезапно у меня перед глазами встала Ирина Глебовна, жена покойного Листова, и я вздрогнула. Бригитта! Неужели она одна из тех отвратительных девочек, мучивших заключенных просто так, из природной жестокости? Да быть того не может! Девушки на фотографии смотрятся ангелами.

Мои руки методично рылись в бумагах. Время шло, нет, бежало, а я все никак не могла понять, что же нашел тут Игорь? Внезапно перед глазами мелькнула знакомая фамилия, я уставилась на очередной лист. «Список умерших в бараке «А» восемнадцатого апреля 1945 года. Антипенко Дмитрий, 1912 г., Алохин Семен, 1918 г., Боярский Валерий, 1917 г., Боярский Кирилл, 1917 г.». Я еще раз перечитала строчки. Однако странно. Из рассказа Инги Горской, подруги Любы, вытекало, что Кирилл был советским солдатом, который освобождал Горнгольц. Он увидел в бачке с грязным бельем чудом уцелевшую девушку-польку Анну-Марию Зайцевскую, доставил ее в больницу, потом пришла любовь... Очень романтическая история. Но вот странность: Боярский Кирилл внесен в список умерших восемнадцатого апреля. Горнгольц освободили девятнадцатого, именно поэтому письмо Гюнтера с фотографией Бригитты и осталось неотправленным, наверное, почту увозили из местечка не каждый день. Может, однофамилец? Боярский! Не настолько уж редкое сочетание Кирилл Боярский... Но в списке есть еще и Валерий, а поверить в существование двух пар близнецов с одинаковыми именами, к тому же оказавшихся почти одновременно в Горнгольце, мне мешает простая логика.

Я машинально перевернула листок и наткнулась на строчку: «Анна-Мария Зайцевская, 1929 год». Ну надо же!

Чувствуя, что разгадка где-то рядом, я лихорадочно рылась в последнем ящике. На глаза попался конверт с фотографиями. Через секунду стало понятно, что это личный архив полковника Фридриха Виттенхофа. Записная книжка, какие-то блокноты, рисунки. Нашлось и фото. Совсем юная девушка, одетая в легкое летнее платье, сидит, прислонившись к толстой березе, за ее спиной стоит высокий, кряжистый мужчина в слегка мешковатом костюме. Отчего-то сразу стало понятно, что этот человек не привык носить пиджак.

В голове вихрем пронеслись воспоминания. Вот я, под видом Вики Виноградовой, проникаю в дом к Марии Григорьевне. Меня радушно проводят в гостиную, поят чаем, беседуют... На стене висит очень много фотографий, и одна из них копия той, что я держу сейчас в руках!

В ту же секунду в мозгах вспыхнул свет, и я поняла абсолютно все.

В половине одиннадцатого я выпала из архива на улицу и пошла домой, отчаянно зевая. Каким образом Бригитта Виттенхоф превратилась в Марию Григорьевну? Что случилось с ее отцом-полковником? И кто такие Валерий и Кирилл Боярские? Как парни оказались в Горнгольце? Каковы их настоящие фамилии? Зачем им потребовалось прикидываться другими людьми?

В метро я села на скамеечку и вытащила из сумочки фотографию Бригитты. Конечно, не слишком хорошо красть архивные документы, но мне надо удостовериться, правда ли эта девушка дочь Фридриха Виттенхофа? Гюнтер упоминал в письме ее имя, но меня все же одолевают смутные сомнения. На снимке, вложенном в конверт Гюнтера, запечатлены девушки лет восемнадцати, с длинными белокурыми волосами, а на фото «с березкой» улыбается почти девочка, коротко стриженная, похожая на мальчика... Вдруг я все придумала? Немцы, несмотря на хваленую аккуратность и педантичность, могли допустить ошибку. Вписали Зайцевскую в список мертвых, а она жива! И на фото, которое я держу сейчас в руках, запечатлена юная полька, а не кровожадный немецкий подросток. Да и мужчина в костюме, словно снятом с чужого плеча, больше похож на полуграмотного крестьянина, чем на полковника, образованного человека, ищущего средство от рака... Вон как нелепо сидит на дядьке костюм, лицо у мужика грубое, словно топором высеченное, лоб низкий, глаза маленькие, прищуренные, уши оттопыренные...

Был только один способ узнать, кто запечатлен на снимке. Карточку надо показать кому-нибудь из заключенных Горнгольца, оставшихся в живых, только где их найти?

— Здрассти, — раздалось за моей спиной.

Я обернулась. Невысокая женщина лет пятидесяти с самой приветливой улыбкой повторила:

— Здрассти!

— Добрый день, мы знакомы? Что-то не припоминаю.

Тетка заулыбалась еще шире.

— Вас вчера по телику показывали!

— Да? — удивилась я. — Неужели передача уже вышла?

— Ага, — кивнула женщина, — вчера, ну умора прям! Как вы брюки потеряли! Здорово! Теперь вот вся страна знает!

Выкрикнув последнюю фразу, она вскочила в поезд. Состав закрыл двери и исчез в тоннеле. Я осталась сидеть на скамейке с раскрытым ртом. Конечно, я очень хотела стать знаменитой, но нужна ли мне такая слава?

Домой я влетела около полудня и сразу наткнулась на Куприна, который чистил щеткой брюки.

— Привет! — я радостно кинулась к нему.

Олег, даже не посмотрев на меня, молча ушел в ванную. В полном недоумении я пошла за ним, но дверь оказалась плотно закрыта на задвижку. Я поскреблась в створку.

— Эй, пусти меня!

Но супруг не отзывался, он включил на полную мощь душ и упорно делал вид, что не слышит посторонних звуков. Разозлившись, я пнула дверь ногой и пошла на кухню. Томочка стояла возле плиты, держа в руках большую сковородку.

— Чего Олег такой злой? — поинтересовалась я, включая чайник.

Томочка удивленно взглянула на меня.

— Ты почему дома не ночевала?

— Ну... э... я работала.

— И где же, интересно? — донеслось из коридора.

— В архиве.

— Ври да не завирайся, — сказал Семен, входя на кухню, — по ночам все закрыто, народ в кроватках спит!

— Вот уж глупость! — всплеснула я руками. — Полно людей бодрствует после полуночи: сотрудники «Скорой помощи», пожарные, хлебопеки...

— Но ты не ездишь на машине с красным крестом, не тушишь огонь и не месишь тесто, — сердито ответил Семен.

Раздался скрип входной двери. Я ринулась в прихожую, увидела, что она пуста, бросилась на лестничную клетку и услышала шуршание. Лифт, закрыв дверцы, понесся вниз.

В самом ужасном настроении духа я вернулась домой и легла на кровать. Естественно, мы с Олегом и раньше ругались и спорили, один раз даже чуть не подрались. Дело было в посудном магазине, мы решили купить чайный сервиз, и Олегу, как на грех, понравился жуткий перламутровый монстр, украшенный картинами из жизни графов и графинь. Я дошла до неистовства, объясняя муженьку, что подобную красотищу поставить на стол стыдно. Олег же упорно твердил:

— Очень красивый, я всегда хотел такой.

В результате, поняв, что Куприн все равно купит произведение неизвестных ремесленников, я изо всей силы пнула супруга, а он схватил меня за локти, посадил на стул и прошипел:

— Не позорься!

Но самое интересное разыгралось потом. Куприн все-таки уступил мне, и домой мы вернулись с элегантным бело-синим набором из чешского фарфора. Когда все сели пить чай из новых чашек, Олег грустно сказал:

— Всю жизнь мечтал иметь «Мадонну». Витька Попов в Германии служил и привез сервиз себе еще в восьмидесятых.

— Так почему ты сейчас не купил? — удивилась Томочка. — Их же полно в магазинах, они никому теперь не нужны.

— Вилка запретила, — с самым несчастным видом ответил мой майор. — Сказала, ужасно неинтеллигентный вид!

Томочка с укоризной посмотрела на меня. Вечером у нас

на кухне появился еще один комплект чайной посуды: шесть переливающихся перламутровой краской чашек с аляповатыми картинками: вельможа в камзоле держит под руку даму, одетую в необъятный кринолин. Самое интересное, что чешский бело-синий сервиз разбился в три месяца, а отвратительно яркие уродцы живут до сих пор.

И что теперь прикажете делать? Никогда раньше Олег не сердился на меня до такой степени, чтобы перестать разговаривать. Каким образом выпросить у него прощение? Ну не могу же я рассказать мужу о расследовании! Куприн мигом запрет меня дома!

Хотя почему нет? Я вскочила с кровати и лихорадочно забегала по спальне. Нужно быстренько докопаться до правды, а потом выложить все супругу. И очень даже хорошо, если он затем прикрутит меня винтом к стулу. Ведь нужно будет сесть писать новую книгу! Дело за малым — найти кого-нибудь живого из лагеря Горнгольц. Ага, легко сказать! Окончательно рассердившись на весь свет, я ткнула пальцем в пульт, экран телевизора замерцал голубым светом.

— И ничего особо плохого не было в пионерской организации, — понесся бодрый голос, — дети занимались делом, помогали больным, подтягивали двоечников. А после перестройки с водой выплеснули и ребенка. Вот у нас, например, при ЖЭКе существовало объединение ветеранов войны, ну кому оно мешало, а? Между прочим, старики собирались вместе, складывались, покупали торт, пили чай. Теперь же каждый в своей норе сидит, людям не хватает общения, разве может просмотр телевизора компенсировать...

Последний глагол влетел в мою голову и взорвался там, словно ракета для фейерверка. Компенсировать! Немцы выплачивают теперь компенсацию тем, кто во время Отечественной войны был за колючей проволокой в лагерях смерти. Значит, где-то есть списки тех, кто получил денежки. А в них указаны не только фамилии, но и адреса!

Я поцеловала пульт, выскочила в гостиную, схватила толстый справочник «Вся Москва», нашла там телефон немецкого посольства и схватила трубку.

— Вы позвонили в представительство Германии, — ответил женский голос без всякого намека на акцент.

— Здравствуйте! — обрадовалась я.

— Если вам требуется получить визу и если ваш аппарат имеет тональный режим, нажмите единицу, в противном случае дождитесь ответа дежурного сотрудника миссии, — продолжало вещать бесстрастное сопрано.

Надо же быть такой дурой, чтобы поздороваться с автоответчиком! В ухо полилась заунывная мелодия.

— Внимательно слушаю, — прервал адаптированного для телефона Моцарта вежливый мужской голос, слишком четко выговаривающий окончания.

— Добрый день, меня зовут Виола Тараканова.

— Очень приятно.

— Моя бабушка была узницей концлагеря Горнгольц.

— Немецкая сторона сожалеет о темных страницах своей истории, — осторожно ответил дипломат.

— Да, конечно, но не об этом речь. Бабушке сказали, что жертвам фашизма выплачивается денежная компенсация.

— Это так.

— Когда можно подъехать к вам, чтобы получить марки, или, наверное, теперь вы в евро платите?

— Посольство не занимается выплатой денежных сумм, — терпеливо объяснял служащий, — вам надлежит обратиться в Комитет помощи жертвам фашизма, предоставить необходимые документы, и через какое-то время энная сумма поступит на ваш счет.

— Подскажите адрес комитета, — выкрикнула я, приплясывая от нетерпения.

К старинному московскому зданию, спрятавшемуся в кривых столичных переулочках, я подбежала около трех часов. У входа, естественно, сидел охранник, перед ним красовался бело-желтый телефон с огромной, словно высеченной из цельного куска камня трубкой.

— Меня ждет Ираида Алексеевна из двадцать третьей комнаты, вот смотрите, я — корреспондент журнала, — затараторила я, подсовывая тучному дядечке, затянутому в черную форму, свое просроченное рабочее удостоверение.

— Проходите, — лениво ответил секьюрити, — второй этаж, направо.

При виде меня Ираида Алексеевна быстро встала из высокого офисного кресла.

— Вы Тараканова? Журналистка?

— Да, час тому назад разговаривала с вами по телефону, вот документ.

Ираида Алексеевна мельком глянула на бордовую книжечку, включила электрочайник и улыбнулась.

— Вы хотите написать о нашей работе?

— Да, — с жаром воскликнула я, вытаскивая диктофон, — вас не смутит этот прибор?

— Конечно, нет, — ответила чиновница и стала рассказывать.

Из ее слов следовало, что компенсацию получит каждый, сумевший доказать, что он и впрямь был узником.

— А это трудно?

— Что? — осеклась Ираида Алексеевна.

— Ну, найти необходимые подтверждения.

Чиновница повертела в руках шариковую ручку.

— В общем, просто, следует обратиться в архив, получить выписку и прийти к нам.

— Знаете, — медленно протянула я, — наш знакомый, ныне, к сожалению, покойный, известный художник Вениамин Михайлович Листов, в свое время был заключенным в лагере Горнгольц, но компенсацию ему так и не выплатили!

— Горнгольц! — тяжело вздохнула Ираида Алексеевна. — Печально известное место, пожалуй, одно из самых страшных. Видите ли, немецкая сторона платит всем разные суммы, количество денег зависит от множества обстоятельств, так вот те, кто остался жив, пройдя Горнгольц, могли бы получить самое большое денежное вспомоществование. Но, увы, бывшие узники этого лагеря не имеют ничего, потому что архива Горнгольца нет ни на территории России, ни на территории Германии. Вернее, он где-то лежит, но все запрашиваемые хранилища дают стандартный ответ: «Подобным справочным материалом не располагаем».

— А если бумаги найдутся? — поинтересовалась я, вспоминая картонные ящики со свастикой на крышке.

— Тогда, естественно, начнутся выплаты, — вздохнула Ираида Алексеевна, — только Горнгольц был таким жутким местом, что в живых остались единицы. Там ставили медицинские эксперименты на людях.

Я кивнула.

— К нам за последние годы обратился лишь один человек, — продолжала Ираида Алексеевна, — очень, честно говоря, было его жаль. Показывал номер на руке, протез. Ему немцы ногу отняли. Но сделать-то ничего нельзя. Ну, предположим, я отправлю его документы, так в Германии мигом бумаги завернут — немцы жуткие бюрократы.

— Не помните, как звали этого человека?

— А зачем вам? — удивилась Ираида Алексеевна.

— Хочу сделать с ним интервью, — ответила я, — наши дети должны знать, что представлял собой фашизм, а то кое-кто из школьников начал считать Гитлера чуть ли не героической личностью, хотевшей освободить мир от чумы коммунизма.

— Да уж, — покачала головой Ираида Алексеевна, — в учебниках сейчас такие глупости пишут! Очень правильная мысль пришла вам в голову. Вот на днях я решила помочь внуку сделать уроки...

Продолжая возмущаться школьными пособиями, она крутанулась в кресле, вытащила с полки тонюсенькую папочку и открыла ее. Внутри лежал всего один листочек.

— Пишите. Ладожский Герман Наумович, улица Викторенко, дом сто семьдесят девять.

— Он еврей? — удивилась я.

Ираида Алексеевна пожала плечами.

— Нас национальность не волнует, хоть эскимос. Если бумаги в порядке, деньги выплатят.

— Вы меня не так поняли. Каким образом он мог выжить в лагере? Ведь фашисты убивали евреев сразу.

— Понятия не имею, — пробормотала Ираида Алексеевна, — ухитрился как-то, а может, ему просто повезло.

Глава 27

Желание побыстрее узнать правду заставило меня опрометью кинуться по указанному адресу. Телефона Германа Наумовича у Ираиды Алексеевны не было, старик обращался в комитет год тому назад. Двенадцать месяцев — очень большой срок для пожилого человека, вполне вероятно, что Ладожского уже нет в живых. Но я летела на улицу Викторенко как на крыльях. Сейчас, когда я в двух шагах от разгадки, судьба не может быть со мной жестока! Господи, сделай так, чтобы Герман Наумович сейчас в полном здравии смотрел телевизор!

Чем ближе я подбегала к нужному дому, тем сильней колотилось сердце, и оно чуть не выпрыгнуло из груди, когда я увидела совершенно неприметную пятиэтажку из красного кирпича.

На трясущихся ногах я добралась до последнего этажа, надавила на звонок, услышала тихое пощелкивание и испытала горькое разочарование. На пороге возник мужчина, едва достигший шестидесятилетия. На хозяине был спортивный костюм, и ног у него оказалось две. Седина едва тронула волосы мужика, а может, она была просто плохо заметна на соломенно-желтой шевелюре. Голубые глаза смотрели приветливо.

— Вы к кому? — голосом, лишенным старческого дребезжания, спросил он и склонил голову к левому плечу.

— Германа Наумовича Ладожского можно увидеть? — мрачно спросила я, в ответ ожидая услышать: «А он скончался».

Но мужчина неожиданно улыбнулся, обнажив белые крепкие зубы, и заявил:

— Такая красавица, и ко мне! Не верю своему счастью!

Его глаза взором опытного ловеласа ощупали мою фигуру. Я растерялась и сморозила глупость:

— Но у вас должна быть только одна нога!

— Так вы представитель ВТЭК? — хмыкнул Герман Наумович. — Пришли посмотреть, не отросла ли у меня конечность? Душенька, я понимаю, конечно, что инвалиды должны проходить освидетельствование, государство не может платить всем повышенную пенсию и давать льготы, от туберкулеза или онкологии можно вылечиться, но, согласитесь, это же глупо, осматривать того, у кого нет ноги! Да не вырастет она никогда!

Быстрым движением Ладожский задрал брючину, и я увидела протез с ремнями, обхватывающими культю.

— Убедились? — прищурился Герман Наумович. — Ай-яй-яй! Зря не верите дедушке!

— Ну, на дедушку вы мало похожи, — засмеялась я.

Герман Наумович приосанился.

— Это точно! А все почему? Ответ прост — люди моего возраста проводят большую часть времени у врачей, пьют горстями таблетки и надеются, что они вернут молодость. А я категорический противник всех медицинских препаратов и предпочитаю в свободное время заниматься спортом: бегать вокруг дома, зимой кататься на лыжах, летом на велосипеде. И вот результат! Хоть сейчас на Олимпийские игры. Но кто вы, прелестная незнакомка?

— Разрешите представиться: Виола Тараканова, журналистка, мне поручено взять у вас интервью, а еще могу обрадовать вас радостной вестью.

— Какой? — удивился Герман Наумович.

— Обнаружен архив Горнгольца, правда, частично, но надеюсь, теперь вы сумеете найти все необходимые для получения компенсации документы. Боюсь только, не сразу, он лежит в хранилище «Подлинные документы», но пока о нем никто не знает.

— И правда, отличная новость! — воскликнул Герман Наумович. — Деньги никогда не бывают лишними! Но почему вдруг ваше издание решило обратить на меня внимание? Я самый обычный человек, абсолютно ничем не примечательный — не писатель, не актер, не политик, просто скромный химик.

— Можно мне войти?

— Душенька, простите старого дурака, — воскликнул Герман Наумович, — держу такую прелестную нимфу на пороге. Совсем ума лишился! Кстати, у меня имеются совершенно восхитительные пирожные! Только не отказывайтесь, не говорите про диету! Вашу очаровательную фигурку невозможно испортить. Идите сюда, да не снимайте, бога ради, туфельки, вы попали в берлогу старого холостяка, которому совершенно наплевать на чистоту полов.

Как все ловеласы, Герман Наумович любил пококетничать. Кухня, куда меня в конце концов привели, выглядела безупречно. Идеально чистая плита с мойкой и до блеска вымытый линолеум. Скорей всего, Герман Наумович, назвавшись холостяком, слегка лукавил. Может, у него в паспорте и нет штампа, но на этой кухне готовит женщина. Ведь кто-то подобрал хорошенькие прихваточки в тон розовым занавескам и расставил повсюду керамические фигурки зайчиков, кошечек и собачек.

Получив чашечку отлично сваренного кофе, я осторожно спросила:

— Вы хорошо помните Горнгольц?

— Такое не забудешь, — воскликнул Герман Наумович, — я попал туда пятнадцатилетним парнишкой!

— Как же вам удалось выжить?

Ладожский тяжело вздохнул.

— Знаете, душенька, когда встает вопрос о жизни, делаешься очень изобретательным. Начнем с того, что я еврей. А фашисты убивали людей моей национальности сразу. Но когда нас привезли в Горнгольц, офицер, проводивший селекцию, воскликнул по-немецки: «Надо же, у этого русского наше имя Герман!»

Хоть Ладожский и был совсем ребенком, он живо смекнул, что судьба посылает ему шанс на спасение. К тому же паренек совершенно не походил на еврея, вернее, на тот образ иудея, который создали себе гитлеровцы. В их понимании потомок Моисея должен быть черноволос, кареглаз, смуглолиц и иметь большой горбатый нос. А Герман был тоненьким мальчиком с копной белокурых, абсолютно прямых волос, голубыми глазами и аккуратным носом с россыпью веснушек.

— Моя бабушка была из Берлина, — быстро, на хорошем немецком соврал мальчишка, — она научила меня родному языку и попросила назвать внука в честь своего отца.

Гитлеровец удивленно вскинул брови.

— Всем стоять смирно, — сказал офицер и ушел в домик, где помещалась администрация.

Герман замер на солнцепеке, чувствуя, как по спине горячими струйками льется пот. У него было две любимых бабушки: Сара Моисеевна и Юдифь Соломоновна. Первая, мамина мама, обожала оперу, в особенности «Пиковую даму», и, когда дочь родила сына, потребовала, чтобы его назвали Германом, но с одним «н». Юдифь Соломоновна же хотела дать мальчику имя Абрам, в честь своего умершего мужа. В результате долгих, кровопролитных баталий победила Сара Моисеевна. Юдифь Соломоновна разобиделась, хлопнула дверью и почти десять лет не разговаривала с Сарой. Приходившего в гости внука она упорно звала Абрамом. А Герману, честно говоря, было все равно, на что откликаться.

Но сейчас, отведенный в сторону от основной массы прибывших в Горнгольц людей, он истово молился всем известным богам, повторяя про себя:

— Милая бабушка, спасибо, что ты настояла на своем и не разрешила вписать в метрику имя Абрам.

А еще он тихо радовался тому, что в школе не прогуливал уроки «дойча», а старательно зубрил грамматику.

Наконец из домика вышел офицер, но не один, а с другим фашистом, более пожилым.

— Значит, твоя мать немка? — поинтересовался второй гитлеровец.

— Обрусевшая, — быстро затараторил Герман, — отца моего звали Наумо, он украинец. Наумо Ладожский.

— Какая фамилия у твоей матери? — резко спросил первый офицер.

— Миллер, — не растерялся Герман, — Анна Миллер, в замужестве Ладожская.

Офицеры переглянулись.

— Ступай в контору, — велел пожилой.

Очевидно, немцы не знали, как поступить, потому что они заперли паренька в кладовой, но предварительно сводили его в туалет — не в домик, расположенный у изгороди, а в санузел для немцев с чистейшим унитазом. А еще ему дали чашку какао и кусок восхитительного белого хлеба.

Наутро Германа выпустили и отвели к другому мужчине, кряжистому мужику, похожему на сельского тракториста.

— Значит, ты почти немецкий мальчик? — без тени улыбки поинтересовалось начальство.

Герман кивнул.

— Одних слов мало, — усмехнулся «крестьянин», — нужны доказательства, документы.

— У меня их нет, — пробормотал Герман и замолчал.

«Тракторист», не мигая, смотрел на пацана, и вдруг того осенило:

— Могу исполнить песенку, которую бабушка пела мне на ночь. Это старинная мелодия, ее знают только настоящие немцы!

— Давай, — крякнул дядька.

Герман затянул:

— Schlaf, mein lieber, schlaf, dein Vater...[1]

Лицо начальника разгладилось. Он подождал, пока подросток закончит петь, и сказал:

— Хорошо, назначаю тебя помощником санитара. Жить будешь в бараке «Б», питаться станешь вместе с капо, все-таки в тебе течет арийская кровь, правда, сильно испорченная украинской.

На мягких ногах Герман пошел в барак. В его школе преподавала иностранный язык настоящая немка, Роза Леопольдовна, приехавшая в свое время в СССР по линии Коминтерна. Отчего ее не расстреляли в 37-м, было непонятно, но иногда дама, наклонив голову с круто завитыми кудряшками, пела ученикам песни своего детства и юности. Дети беззлобно подсмеивались над Розой Леопольдовной. Ну взбредет же ей в ум развлекать их, совсем уже взрослых, таким образом. Но песни слушали и даже, от постоянного повторения, запомнили слова. Герман тоже прихихикивал на уроках, и вот теперь вышло, что полубезумная Роза Леопольдовна спасла ему жизнь.

Что пришлось пережить мальчику, почти ребенку, убиравшему в операционных и палатах, трудно описать словами. Герман старался, как мог, облегчить страдания несчастных «кроликов» — так называли немцы людей, на которых проводились опыты. По ночам, когда капо и доктора спали, мальчик утаскивал на кухне батон белого хлеба и угощал самых слабых. Люди хватали его и лихорадочно шептали:

— Слышь, парень, таблеточку анальгина раздобудь? Помоги!

Но лекарства трогать Герман боялся. Во-первых, все они были на строгом учете, а во-вторых, шкафы хорошо запирались, поэтому единственное, что мог сделать мальчик для несчастных, — это изредка подсунуть ломоть булки да дать воды. А еще он очень боялся оказаться в бараке в качестве подопытного. Но, очевидно, немцы и впрямь посчитали его за своего. Потому что краткие указания «вымой пол» или «простерилизуй инструменты» раздавали ему на немецком языке. Правда, в свой туалет не пускали, и ел Герман вместе с капо, питался он намного лучше, чем заключенные, но не ходил в офицерскую столовую.

Гром грянул в апреле сорок пятого. Первого числа среди новых заключенных оказался мальчик, чем-то похожий на Германа, пятнадцатилетний поляк Янек. Вечером ему отрезали

---

[1] «Спи, мой дорогой, спи, твой отец...» (далее — «пасет овец, мать стирает белье...») — старинная немецкая колыбельная песня.

ногу, и, прокричав до утра, паренек скончался. А второго апреля на стол положили Германа. У врачей родилась идея проверить, влияет ли национальность пациента на процесс выздоровления.

— Мальчишки здорово похожи, — радовался один из хирургов, — получится почти чистый эксперимент!

Неизвестно, в чем тут было дело, может, Герман, питавшийся лучше других несчастных, оказался более крепким, или его организм изначально был крепче, чем у несчастного Янека, но Герман выжил, а к восемнадцатому числу даже сумел встать.

Статус помощника санитара с него не сняли, поэтому где-то около пяти часов девятнадцатого апреля мальчик, постанывая от боли, направился на кухню, где питались капо. Очень хотелось есть, а Герман знал, что в шкафчике имеется какао и белый хлеб, впрочем, в нише под подоконником хранилось и масло.

Еле живой от усталости, Герман добрался до кухни, но только он потянулся к шкафчику, как резко зазвонил висевший в коридоре телефон. Мальчик замер, слушая, как дежурный коротко отвечает:

— Да, да, да, есть!

Потом раздался крик:

— Всему составу срочный подъем, русские на границе Горнгольца!

Герман с испугу нырнул в огромный шкаф и сел за мешком с мукой. Немцы бегали по бараку, кухня никого из них не интересовала. В воздухе носились отдаваемые приказы.

— Забирать только часть «кроликов» из барака «А», остальным немедленно сделать уколы фенола.

— Капо не сажать в машины!

— Архив! Грузите бумаги.

— Мы увезем документы, — вклинился голос полковника Фридриха Виттенхофа, — как капитан, я покину корабль последним и прихвачу ящики. Быстрей, времени нет!

Вдруг повисла тишина. Герман, напуганный до последней стадии, судорожно обнимал куль с мукой. Внезапно в шкафчик ворвался луч света, мальчик почувствовал запах табака и услышал грубый голос:

— О господи, малец, вылазь!

Это пришло спасение!

Вспоминая пережитое, Герман Наумович разволновался, его лоб покрылся капельками пота. Я вытащила из сумочки фотографию и положила на стол.

— Извините, я понимаю, что своими вопросами доставляю

вам ненужные волнения, но скажите, вы не знаете, кто запечатлен на снимке?

Герман Наумович взял карточку и резко побледнел. С его лица исчезло приветливое выражение. Он положил карточку на стол и тихо осведомился:

— Откуда у вас это?

Я посмотрела в его взволнованное лицо и заколебалась. Все-таки Герману Наумовичу много лет, да и здоровье у него, наверное, несмотря на хороший внешний вид, не богатырское. Стоит ли пугать старика рассказом о том, что знаю?

Ладожский стукнул кулаком по столу.

— Пока не объясните, не скажу ни слова!

— Вы знаете, кто на фото?

— Да, — кивнул Герман Наумович, — но пока не услышу от вас хоть каких-нибудь разъяснений, не открою рта. Вам придется ответить на мои вопросы! Кто вы?

— Журналистка Виола Тараканова, вот мое рабочее удостоверение.

— Паспорт с собой?

— Конечно.

— Покажите.

Удивленная до крайности, я вытащила бордовую книжечку и подала старику. Тот внимательно изучил его и протянул:

— Прописка московская, штамп стоит.

— Вы посчитали меня иногородней?

— Откуда у вас это фото?

— Нашла в архиве лагеря Горнгольц.

Герман Наумович вскочил, подбежал к плите, схватил спички и попытался закурить. Но спички ломались. Наконец старику с трудом удалось закурить.

— Архив лагеря Горнгольц считается утерянным. Я несколько лет искал его, хотел получить компенсацию, но везде натыкался на фразу: документы отсутствуют.

— Да, действительно, — я принялась терпеливо объяснять суть дела, — но я ведь уже говорила, что он содержится в «Подлинных документах», в каталоге карточек нет, я случайно наткнулась на ящики. Документы сохранились не полностью, отсутствует все относящееся к медицинским экспериментам, но есть книги учета заключенных, правда, не знаю, все ли они на месте. Однако можно попытаться поискать там сведения о вас. Прямо завтра давайте поедем в хранилище, пройдем к директору, объясним суть проблемы. Я назову номер полки 78«а» и место, где содержатся ящики. Насколько я поняла, сначала следует описать все документы, но в вашем случае пойдут на нарушение правил...

— Откуда у вас фото? — повторил Герман Наумович.

— Говорю же, из архива!

— Там что, остались личные вещи офицеров-медиков? — изумился старик.

— Нет, — покачала я головой, — ни одежды, ни обуви, ни книг я не видела, хотя, может, и лежат где-нибудь. Знаете, сколько в этом архиве полок! С ума сойти! Все никогда не изучить, пяти жизней не хватит! Я добралась только до нескольких ящиков с надписью «Горнгольц», и в одном нашлись бумаги полковника Фридриха Виттенхофа.

— Кого? — подскочил Герман Наумович, снова резко краснея.

— Фридриха Виттенхофа, — терпеливо растолковывала я, — полковника, начальника лагеря Горнгольц, главного мучителя людей, вы же о нем упоминали. У него еще имелась дочь Бригитта, любящая издеваться над несчастными.

Герман Наумович кивнул.

— Такое забыть невозможно.

— Скажите, это они?

— Кто?

— Бригитта и Фридрих Виттенхоф?

Сделав маленькую паузу, старик ответил:

— Да!

Я вскочила на ноги.

— Вот! Теперь все сложилось в целую картину! Очень боялась, что вы их не узнаете! И еще сомневалась: полковник ли с дочерью на снимке?

— В архиве не нашлось другого фото Виттенхофов? — полюбопытствовал старик.

— Нет, там лишь бумаги, снимок один, и, честно говоря, мужчина не слишком похож на фашистского офицера.

Неожиданно Герман Наумович улыбнулся:

— Почему?

— Ну, в моем понимании гитлеровцы должны выглядеть иначе: белокурые, голубоглазые...

Ладожский пожал плечами.

— А евреи все с черными вьющимися волосами. Нет, это Виттенхоф и Бригитта. Девушка тут совсем юная, просто ребенок, я ее такой не застал, но узнать негодяйку вполне возможно. Правда, в мое время она носила косы. Впрочем, сейчас это уже безразлично! И полковник, и его дочь давно мертвы! Насколько я знаю, его убили на окраине Горнгольца, и Бригитту тоже. Мне их совершенно не жаль! Собакам — собачья смерть!

— А вот тут вы ошибаетесь! — помимо своей воли выпалила я.

Герман Наумович опять сравнялся по цвету с белой кафельной плиткой, покрывавшей стены в кухне.

— Что имеете в виду?

— Бригитта осталась жива!

Ладожский схватил меня за предплечье.

— Не может быть! Где она? В Германии?

— Нет, живет в Москве, носит имя Мария Григорьевна Боярская.

— Подобное невозможно, — голосом, полным ужаса, заявил Ладожский, — вы путаете!

— Вовсе нет, на стене у этой женщины висит точь-в-точь такая фотография!

Ладожский секунду молча переваривал полученную информацию. Потом, очевидно, потрясенный услышанным, начал совершать непонятные действия. Встал, походил по кухне, выдвигая ящики, затем вытащил моток шпагата, подергал его, убрал, достал примерно метр бельевой веревки и принялся крутить в руках. Я решила, что старик расстроен и напуган, поэтому сочла нужным приободрить его:

— Не переживайте так! Через неделю Бригитту арестуют!

— Почему через неделю? — насторожился Ладожский. — На вашем месте я бы прямо сейчас пошел в КГБ. Или как там теперь называется это место?

— Мне многое пока неясно...

— Что же именно?

— Мария Григорьевна прожила всю жизнь с мужем, Кириллом Боярским, а у того был, вернее, есть брат. Похоже, что мужчины не те, за кого они себя выдают. Непонятно, как Бригитта превратилась в Марию, почему убили Любу, хотя со смертью Игоря я уже разобралась...

— Мне кажется, — вздохнул Ладожский, — хотя я и не понимаю, о каких людях идет речь, что рыться самостоятельно в подобном деле опасно! Пусть в нем копаются профессионалы-мужчины!

Сказав эту фразу, Герман Наумович запихнул веревку в ящик, выудил штопор и начал вертеть его в руках. Похоже, у старика пальцевой невроз.

— Понимаете, я пишу детективы, — пустилась я в объяснения.

Ладожский спокойно выслушал меня и уточнил:

— Значит, не пойдете в КГБ?

— Нет!

— Тогда я отправлюсь туда! Преступница должна сидеть в

тюрьме! Бригитта содействовала смерти десятков, сотен ни в чем не повинных людей.

Я ухватила Германа Наумовича за плечо.

— Умоляю, пока не надо! Иначе меня мигом запрут дома, я не узнаю сути дела и не сумею написать книгу. Только неделю! Семь дней! Успею дорыться до истины!

Ладожский убрал штопор и неожиданно улыбнулся.

— Всю жизнь иду на поводу у прекрасных дам! Хорошо, давайте, как сейчас модно говорить: придем к консенсусу.

— Давайте! — обрадовалась я.

— Вы в течение семи дней пытаетесь разложить все по полочкам, а я вам не мешаю. Но по истечении этого срока мы вместе идем в КГБ.

— Вроде эта организация сейчас носит название ФСБ.

— Суть-то не меняется, — мягко возразил Герман Наумович, — отправляемся вместе, потому как я могу выступить свидетелем. Кстати...

Он внезапно замолчал.

— Что? — подскочила я.

— Есть одна примета, которая поможет изобличить Бригитту, — задумчиво пробормотал Герман Наумович.

— Какая?

— У фашистов было принято наносить офицерам или особо ценным людям специальную татуировку, — пояснил Ладожский. — В подмышке выкалывали номер группы крови. Повторяю, не всем, только эсэсовцам или очень нужным военным. Считалось, что в случае тяжелого ранения, когда человек лежит без сознания, подобная мера спасет ему жизнь. Экспресс-анализов крови в сороковые годы не существовало, и медики могли потратить часы, ожидая результатов пробы.

— Она, наверное, ее вывела, — хмыкнула я. — Зачем оставлять такую примету!

Ладожский покачал головой и вытянул вперед руку. На внутренней стороне виднелась наколка «Gz 157658».

— В Горнгольце метили всех, — пояснил старик, — сначала транспорт разгружали, потом заключенных выстраивали и клеймили.

— Вот ужас! — воскликнула я. — Очень было больно? И, наверное, люди стояли часами в очереди к татуировщику!

— Нет, — объяснил Герман Наумович, — процесс обработки одной личности занимал пару секунд. Имелись специальные машинки, в них нужно было поменять лишь последние цифры... Что же касалось возможности сведения клейма...

Герман Наумович остановился, схватил чайную ложку, повертел ее, бросил в мойку и продолжил:

— По татуировке легко было найти сбежавшего заключенного, хотя удрать из лагерей удавалось людям очень и очень редко. Фашисты применяли специальную краску, поверьте, дорогая, химики в Германии были отличные. Концерн «Иген-фарбен» целиком работал на войну. Это его сотрудники изобрели удушающие вещества. Впрочем, я слишком удалился от темы. Видите, сколько лет прошло, а номер не поблек? Да и место нанесения клейма, внутренняя сторона запястья, было выбрано не случайно. С плеча или предплечья можно вырезать кусок кожи, а на запястье это затруднительно. Буквы и цифры под мышкой у эсэсовцев тоже делали этой краской, но тут преследовали иные цели — чтобы пот не уничтожил информацию. Впрочем, мужчина, гитлеровский офицер, мог впоследствии убрать компрометирующий знак, хотя наличие рубца сказало бы знающему человеку все, но вот женщина! Тут дело сложней.

— Почему?

— А грудь? — вопросом на вопрос ответил Ладожский. — Она-то частично подходит к подмышке. Так что через неделю изобличим преступников. Ради вашей книги, моя красавица, я готов потерпеть семь дней. Но есть у меня к вам просьба.

— Говорите скорей! — с жаром воскликнула я.

— Где содержится архив Горнгольца? Напомните еще раз.

— В хранилище «Подлинные документы».

— И у вас там, очевидно, есть помощница?

— Да.

— А как ее зовут?

— Светлана Сафонова. Зачем она вам?

— Хочу подъехать к девушке и, сославшись на вас, попросить помощи. Наверное, не откажет старику, поймет, как мне нужны деньги! Пенсия такая крохотная!

Я постаралась удержать улыбку. Едва речь зашла о валютных выплатах, как Герман Наумович тут же вспомнил о возрасте. Совсем недавно, кокетничая со мной, пенсионер сообщил о лошадином здоровье и страусиной выносливости.

— Лучше будет, если мы вместе через неделю пойдем к заведующей!

— Может, вы и правы, моя красавица, — неожиданно легко согласился старик. — Значит, до встречи через семь дней, желаю успеха!

Он церемонно довел меня до двери, усадил в лифт и потом еще махал рукой, высунувшись из окна.

В самом великолепном настроении я полетела к метро.

Конечно, Герман Наумович старый человек, но как приятно, что я еще могу производить впечатление на мужчин, пусть даже и пенсионного возраста.

Глава 28

Дома я заперлась в ванной и, пустив в раковину сильную струю воды, попыталась выстроить мысли по ранжиру. У нас большая, удобная квартира, но парадокс состоит в том, что спокойно посидеть можно либо в туалете, либо в ванной. Стоит устроиться в спальне в кресле, как мигом все начнут ходить и задавать идиотские вопросы:

— Ты заболела?

— Почему молчишь?

— Отчего у тебя такое лицо?

А какое лицо, спрашивается, должно быть у человека, который погружен в раздумья? Не могу же я постоянно хихикать и обсуждать глупые темы типа: куда следует поехать отдыхать? Тем более что договориться нам практически невозможно, слишком уж разного мы ждем от отпуска. Томочка хочет греться на солнышке и купаться в теплом море. Я не имею ничего против морской воды, а вот яркое светило переношу с трудом. По мне, так лучше отдыхать в Норвегии или Финляндии. Семен мечтает поохотиться на кабана, а Олег давно наточил крючки. Мой муж страстный рыболов. Причем стоячая вода его не привлекает, ему подавай бурную горную речку.

Если сложить все желания вместе, то получается, что нам нужна гостиница, стоящая наполовину в Турции, наполовину в Швеции, около теплого моря, в которое впадает быстрая ледяная речка с форелями, а по сторонам ее стоит непроходимый лес, населенный шумно дышащими, клыкастыми кабанами. Сами понимаете, что найти подобный отель невозможно. Поэтому мы безумно ругаемся. В прошлом году победу одержал Олег, и мы громко проклинали его весь август, сидя на какой-то базе отдыха в Карелии под бесконечно моросящим дождем.

Но несмотря на то, что никто ко мне не приставал, в голову не лезло ничего конструктивного. Решив, что утро вечера мудренее, я пошла спать.

Но и утром ясности не наступило. Было решительно непонятно, что делать! Я провела целый день, шатаясь по квартире. Сначала выпила кофе, потом съела геркулесовую кашу, затем вновь полезла в холодильник. Как назло, в квартире никого не было. Сеня и Олег пропадали на работе, а Томочка отправилась вместе с Никиткой на прививку. Кристина унеслась с подругами на Поклонную гору кататься на роликах. В квартире стояла полнейшая тишина, даже на кухне молчало радио.

В отчаянии я уселась за письменный стол и уставилась на лист с цифрой «один», на котором стояли две первые фразы будущей книги: «В тот вечер шел дождь. Кругом стояли лужи».

В порыве невероятного вдохновения я написала третье предложение: «Солнца не было видно» — и иссякла.

Походив с полчаса по комнате, я поняла всю сложность моего положения. Если бы сейчас сюда ворвался кто-нибудь из домашних с воплем: «Вилка, иди обедать», я бы мигом вспылила и заорала: «Сколько раз твердить: не мешайте! Вот опять спугнули вдохновение! Из-за вас книга не пишется!»

А потом, найдя виноватого, я бы преспокойненько села к столу со сладким ощущением талантливого человека, которому постоянно вставляют палки в колеса гадкие домашние, не понимающие, как сложен творческий процесс написания книги!

Но в квартире-то никого нет, и сердиться следует только на себя, а это, согласитесь, не слишком приятно! Я вновь побежала на кухню, загремела кастрюлями в холодильнике, слопала пару котлет, картошку, помидор, два огурца, закусила сыром и чуть не скончалась от обжорства. Стало еще хуже. Живот тянул к земле, рот раздирала зевота, глаза слипались.

Еле-еле перебирая ногами, я добралась до кровати и рухнула лицом в подушку. Посплю часок-другой, авось в голове просветлеет. Многие великие открытия люди делали во сне. Говорят, химик Менделеев именно во сне увидел свою периодическую систему элементов, а еще Ньютон открыл закон всемирного тяготения. Хотя нет, вроде Ньютон сидел в саду и ему на макушку шлепнулось яблоко.

Сладко зевнув, я натянула на себя одеяло. Небось храпел Ньютон на раскладушечке после обеда. Ладно, если сейчас не приснится ничего конструктивного, вечером выберусь во двор и сяду под дубом, авось плюхнутся на голову желуди и я пойму, что к чему.

— Вилка, ты заболела, — донесся до уха тихий голосок.

Я села и уставилась на Томочку, стоящую у кровати.

— На градусник, — подруга протянула мне стеклянную трубочку.

— Зачем? — удивилась я.

— Так время восемь вечера, — озабоченно сообщила она.

— И что из этого?

— Мы с Никитой вернулись в три. Зашла к тебе, смотрю,

спишь, — пустилась в объяснения Томуська, — решила, что ты просто устала, а сейчас вот забеспокоилась.

— Я работаю, пишу новую книгу! Никакой температуры у меня нет! Ну сколько раз можно говорить: не мешайте!

Томочка растерянно отступила к двери.

— Но ты же спала!

— Когда писатель дрыхнет, он тоже работает. И потом, разве в нашем доме можно обрести столь необходимый для творчества покой? Что за жуткие звуки доносятся из гостиной?

— Программа «Вести» идет, — пояснила Тамарочка. — Хочу посмотреть московские новости, они всегда после федеральных идут. Извини, сейчас выключу.

— Не надо!

— Не хочу тебе мешать!

— Оставь телевизор.

— Нет-нет.

— Я сама хочу увидеть выпуск!

— А как же работа? — удивилась Томуська. — Новая книга...

— Когда писатель смотрит в экран, его мозг обдумывает новые сюжетные ходы, — нашлась я и пошла в гостиную.

После блока рекламы симпатичный, но немного гнусавый молодой человек сообщил:

— В эфире «Вести-Москва». Сильный пожар в столице. Около пяти часов вечера внезапно вспыхнуло здание архива «Подлинные документы».

На экране появилось изображение хорошо известного мне дома. На тротуаре стояли люди. Судя по тому, что на многих были синие халаты, основную часть толпы составляли сотрудники архива. На проезжей части виднелась цепочка пожарных машин.

— Сейчас создан штаб по борьбе с пожаром, — звучал за кадром голос, — наш корреспондент Антон Ветров взял интервью у Нины Михайловны Наненской, директора учреждения.

Картинка сменилась. Я увидела молодого парня в светлых брюках и рубашке-поло. В связи с жарой даже телерепортеры стали разрешать себе вольности в одежде. Около юноши топталась полная тетка с абсолютно безумным лицом.

— Нина Михайловна, — журналист сунул ей под нос микрофон, — какова, на ваш взгляд, причина возгорания?

— Не знаю! — в отчаянии воскликнула директриса. — Это ужасно! Непоправимая катастрофа! Погибли сотни, тысячи невосстановимых документов! Невозможно оценить ущерб, нанесенный российской науке! Наверное, неполадки в электропроводке! Мы очень давно просили денег на ремонт, умоляли, но у московского правительства каждый раз оказывались более нужные объекты, куда вкладывались средства. Конечно, срочно требовалось построить новый торговый комплекс на Манежной площади, внутри которого простым людям дурно делается от одного взгляда на цены... Мы же просили на науку! Но нет...

— Может, все не так страшно? — прервал ее Ветров. — Огня-то не видно, только дым. Сейчас наши доблестные пожарные остановят процесс.

— Господи, — заломила руки Нина Михайловна, — вы рассуждаете о таких вещах, которых не знаете! Пламя бушует в хранилище! Распространяется оно среди бумаг, которыми забиты полки, с невероятной скоростью, а пожарные заливают все вокруг водой и специальной пеной, следовательно, то, что не исчезнет в огне, погибнет в жидкости. Это же архив! Не кабак! Тут документы!

— Вы уверены, что дело в проводке? Вдруг кто-то из сотрудников оставил непотушенную сигарету?

— Такое невозможно! — закричала Нина Михайловна. — Прекратите говорить глупости! У нас дымят лишь в одном строго отведенном для этого месте, и там есть все средства пожаротушения!

— Надеюсь, жертв среди сотрудников нет?

— Люди целы, — стала озираться директриса, — у нас все на месте?

— Свету Сафонову найти не можем, — сообщила худощавая женщина, подходя к камере.

— Это наш ученый секретарь Рагозова Наталья Петровна, — растерянно сказала начальница, — а где же Светлана?

— Не знаю, — озабоченно ответила Наталья Петровна, — только что провели перекличку и обнаружили, что ее нет!

— Она не могла остаться в пылающем хранилище? — поинтересовался репортер.

— Нет, — хором ответили женщины, потом директриса добавила: — Сафонова работает в зале периодики, ей нет необходимости спускаться в хранилище. Всех женщин, работающих в подвале, удалось эвакуировать!

На экране замелькала другая картинка.

— Тем, кому предстоит в этом году поступать в вуз... — завел гнусавый парень.

Я продолжала смотреть в экран. Вот это да! Архив сгорел! Сразу вспомнились длинные ряды железных полок, набитые бумагой и картоном. Да уж, небось там все сейчас полыхает, как безумный костер! А мне-то что делать? Единственное оставшееся документальное свидетельство — фотография Бригитты и Фридриха Виттенхофов. Надо положить ее в надежное место. Например, в сейф, который стоит у Семена в кабинете.

Я вскочила, побежала в спальню, схватила сумочку и принялась рыться в ней. Снимок исчез.

Чувствуя легкое головокружение, я вытряхнула все содержимое ридикюля на кровать и принялась тупо перебирать вещи. Через две секунды пришло понимание: я занимаюсь ерундой. В горе, состоящей из губной помады, расчески, шариковой ручки, пудреницы, упаковки «Орбит» и мятной карамельки, нет фото. Куда же оно подевалось?

Я постаралась прийти в себя. Не беда, есть живой свидетель — Ладожский Герман Наумович, ничего, сейчас все устаканится... Может, старик прав? Не надо ждать неделю? Рассказать все сейчас Олегу? Вон из прихожей доносятся голоса, отчего-то супруг явился сегодня домой к девяти. Ага, там еще и папенька!

— Пивко отнеси в холодильник, — крикнул Ленинид.

— Уже, — отозвался Олег и всунул голову в спальню. — Вилка, разделай нам селедочку. Купили по дороге, атлантическая, жирненькая...

Обычно, услыхав подобную просьбу, я начинаю изворачиваться и придумывать любые предлоги, чтобы не брать в руки скользкую тушку. Нет, я обожаю селедочку, как раз такую — атлантическую, жирную, с луком и горячей, рассыпчатой картошечкой. Но только люблю ее есть, а вот разделывать — увольте! Весьма специфическое удовольствие. Но, учитывая тот факт, что еще вчера Олег дулся и не разговаривал со мной, кривляться не следует.

— Конечно, дорогой, — подскочила я, — где рыбка?

— На кухне, — ответил Куприн и тут же спросил: — Ты не заболела?

— Никогда не чувствовала себя так хорошо, как сейчас, — заверила я его и отправилась на кухню.

Не успела я отрезать плавники, как вновь раздался звонок.

— Эй, откройте кто-нибудь, — завопила я, — у меня руки в рыбе!

Вообще говоря, я заметила, что к двери всегда бегает тот, чей статус в доме самый низкий. У нас это либо я, либо Томуська. Сеня и Олег никогда даже не вздрогнут, услыхав бодрую трель, а Кристина постоянно ходит с заткнутыми ушами — она безостановочно слушает плейер.

— О-о-о, — воскликнул Ленинид, — вот это класс! То, что надо к картошечке и пивку! Ну ловко! Давай сюда!

Через секунду папенька возник на пороге и потряс трехлитровой банкой маринованных грибов.

— Глянь, какие опятки, — восхищался папенька, — один к одному, просто картинка! Как считаешь, их маслом заправить?

Я посмотрела на банку. Значит, заявилась моя подруга, теперь еще по совместительству и мачеха, Наташка. Она совершенно потрясающе делает заготовки и, приходя в гости, вечно притаскивает помидорчики, огурчики, грибочки. Один раз приволокла соленый арбуз. Было немного необычно, но вкусно.

— Народ, — заорал Ленинид, — а ну, садитесь!

Олег, Семен, Томочка и я устроились за столом. Папенька вытащил из холодильника запотевшие бутылочки.

— Лепота, — крякнул Сеня, — селедочка, картошечка, лучок, пиво, ничего больше не надо, чтобы почувствовать себя счастливым!

— Ишо грибочки, — возвестил Ленинид и начал накладывать опята всем на тарелки.

— Где Наташка? — спросила я.

— Дома, — ответил папенька, — голова у нее болит. Ну, ребята, вздрогнули!

Мужчины осушили бокалы.

— Как дома? — удивилась я. — А грибы кто принес? Ты же только что восхищался в прихожей! И звонок звенел!

— Так бабка приходила, — пояснил папенька, нацеливаясь на опята. — Предложила купить за бесценок. Чистенькая такая старушка, в белом платочке, навроде маменьки моей покойной, видать, пенсия маленькая. Вот и приторговывает консервами. Да глянь, какие отличные грибки! Картинка!

В то же мгновение в моей голове пронеслась цепь картинок, словно кто-то включил видеокассету в убыстренном режиме. Вот соседка Вики Виноградовой, миловидная дама в брючном костюме, с укоризной восклицает: «Разве можно покупать грибы у незнакомых? Да и у знакомых не надо!» Вот в разговор вступает мужчина из соседней квартиры: «А у нас так знакомая отравилась! Сама сделала — и ау, спасти не успели. Мы с женой после этого случая только варенье варим».

Я вскочила на ноги с воплем:

— Не смей! — и выбила у папеньки из рук ложку.

— Ты че, Вилка, оборзела! — заорал Ленинид.

Я схватила миску с грибами и вывалила их в помойное ведро.

— Не ешьте, они отравлены.

— Офигеть можно! — покачал головой Семен. — Вот до чего доводит людей работа над криминальными романами. Мания преследования! Случай, описанный в науке!

Не обращая внимания на насмешки, я стала собирать тарелки и ставить в мойку.

— Объяснит мне кто-нибудь, что происходит? — взвился папенька. — В кои-то веки сели все вместе поужинать, и пожалуйста! Ну не хренота ли? Там еще в банке грибы остались?

Я быстро схватила трехлитровую банку.

— Нет!!!

— Ваще, блин! — завозмущался Ленинид.

Но его прервал спокойный голос Олега:

— Не трогай опята. Похоже, грибы есть не надо.

Я с благодарностью глянула на мужа.

— Но почему? — удивленно спросил Сеня.

Куприн отложил вилку.

— Очень надеюсь, что сейчас госпожа Тараканова спокойно сядет на свое место и объяснит нам несколько вещей: отчего сюда прибыли несъедобные грибочки, где она ночует и в какую лужу вляпалась на этот раз?

После этого высказывания супруг в упор посмотрел на меня. Сеня, Томочка и Леонид тоже уставились, не мигая, в мою сторону.

— Э... э... э... — забормотала я. — Разговор долгий, время позднее.

— А мы не торопимся, — сообщил Ленинид.

— Это точно, — каменным тоном подтвердил Олег.

Я увидела на лице у мужа самое нехорошее, злое выражение и принялась каяться.

Глава 29

Я понимаю, что вам хочется узнать, каким образом распутались все завязанные узлы. Я сама чуть с ума не сошла от любопытства, потому что Куприн, услыхав мой подробный отчет, отобрал диктофон, пленки с записями и запер меня дома. В принципе, я могла открыть дверь, Олег не приковал меня цепью к батарее. Но он безо всякой улыбки заявил:

— Если выйдешь из дома до моего разрешения, можешь назад не возвращаться!

— Ты меня выгонишь! — возмутилась я. — Вот благородный поступок!

Олег скривился.

— Сам уйду!

Отчего-то я испугалась и просидела семь дней тихо-тихо, из чистого подхалимства жаря каждый вечер блинчики! В воскресенье вечером Сеня не выдержал:

— Послушай, Олег, может, разрешишь Вилке выходить из квартиры? А то я превращусь в кабана!

Куприн пропустил замечание мимо ушей, но и не стал ругаться. Я сочла момент подходящим и робко попросила:

— Ты бы хоть чуть-чуть рассказал.

— Нет! — гаркнул Олег, и тут зазвонил телефон.

Я потянулась к аппарату.

— Нет, — вновь рявкнул муженек и сам схватил трубку, но уже через секунду сунул ее мне: — Тебя, из издательства.

— Алло, — пролепетала я, — слушаю.

Вот еще одна странность: едва услышу голосок Олеси Константиновны, начинаю ощущать себя котенком, который написал на ковер. Ну почему из моей груди вырывается идиотское прихихикивание, а ноги сгибаются в коленях?

— Виола Ленинидовна, где рукопись? — спросила редактор.

— Э... дописываю.

— Но срок истек вчера!

— Дайте мне еще две недельки, пожалуйста!

Из трубки донесся тяжелый вздох.

— Уважаемая Виола Ленинидовна, «Марко» заинтересовано в работающих авторах. Вот Смолякова, если договорились на восьмое число, седьмого уже тут.

— Прошу только четырнадцать дней.

— Ладно, — сухо бросила редактор и отсоединилась.

Я уставилась в окно. Так! Все ясно, из «Марко» меня выгонят! Книгу не написать! Развязки не знаю, а Олег не расскажет! И просить его не стану. В носу защипало. Я попыталась проглотить комок в горле и внезапно заревела в голос. До сих пор плакала лишь от злобы, но сейчас по щекам текли слезы отчаяния!

— Вилка, — бросилась ко мне Томочка, — что случилось? Успокойся!

Но я терпеть не могу, когда меня начинают утешать, я вообще не люблю выглядеть слабой, несчастной, беспомощной маргариткой. Нет, Виола Тараканова сильная! Но слезы лились по лицу, а я неожиданно ляпнула:

— Никогда! Никогда мне не стать знаменитой писательницей!

В тот же момент я разозлилась на себя до зубной боли. Вот нюня! Нечего рыдать на глазах у всех! Пытаясь справиться с истерикой, я понеслась в ванную, на бегу услышав укоризненный возглас Томочки:

— Олег! Как тебе не стыдно!

Примерно через час, умытая и внешне спокойная, я вернулась в гостиную, где домашние продолжали смотреть телевизор. Надеюсь, у них хватит ума, чтобы не лезть ко мне, пусть наслаждаются фильмом по Агате Кристи.

Но Олег мигом щелкнул пультом, экран погас.

— Теперь слушайте, — велел супруг, — история длинная, запутанная...

Не веря своему счастью, я плюхнулась на диван. Не может быть! Куприн решил все рассказать!

— Нам кажется, — завел муж, — что Великая Отечественная война была так давно, что никаких свидетелей не осталось, но это неправда. Человеку, рожденному в двадцать первом году, в нынешнем едва перевалило за восемьдесят. Конечно, возраст почтенный, но далеко не все старики маразматики и инвалиды. Кое-кто может похвастаться хорошим здоровьем и крепким умом. Чем дальше от нас годы той кровопролитной войны, тем больше появляется легенд. Отличить правду от лжи становится трудно.

Как-то принято считать, что все советские воины были герои, а немцы — негодяи, подонки и мучители невинных людей. Но это не так. Многие немцы понимали, что Гитлер агрессор, и старались хорошо обращаться с поляками, русскими и французами. Польская писательница Кристина Живульская, бывшая узница концлагеря, в своей книге «Я пережила Освенцим» рассказывает о немце-конвоире, который помог ей бежать из заключения. Так что люди разные, и нельзя мазать всех одной краской.

Разные попадались и среди советских воинов. Вступив на территорию Германии, некоторые из них занимались мародерством, насиловали немок и убивали мирных жителей.

Но время замело следы былых преступлений. Старики и старухи, убеленные сединами, одетые в воинскую форму тех лет, ищущие своих однополчан в день 9 Мая, выглядят непогрешимыми героями. Но есть среди них и предатели, такие, как Иван Селезнев.

— Кто? — подскочила я. — Про такого не слышала.

— Ты не нервничай, — неожиданно спокойно приказал Олег, — а слушай.

Иван Семенович Селезнев, 1917 года рождения, уроженец Минска, в 1941 году только-только закончил институт. Когда немцы взяли столицу Белоруссии, парень решил, что новый порядок установлен тут навсегда, и начал активно сотрудничать с гитлеровцами. Иван хорошо владел немецким, был талантлив, а фашисты, несмотря на сложившееся сейчас мнение о них как о людях, способных только пить пиво и драться, ценили умных, готовых к контакту людей.

Ване предложили очень интересную, перспективную, на его взгляд, службу: помогать в создании лекарства от рака. Селезнев мигом согласился и оказался в Горнгольце. Он не пришел в ужас, когда понял, что в лагере проводят эксперименты на людях. Ваня был снобом и считал, что человечество делится на две части: на тех, кто умен, образован, талантлив, и... на быдло. Вторых Иван не считал за людей и преспокойно использовал в качестве «кроликов». А еще Селезнев оказался из той категории ученых, которых называют фанатиками. Ради научных результатов он был готов на все. Для Вани не существовало таких понятий, как семья, любовь, прогулки под луной, дети... Жизнь Селезнева протекала среди пробирок, и ради них он мог спокойно заложить душу дьяволу.

Имея подобный характер, Ванечка легко влился в коллектив исследователей, работавших в лагере Горнгольц. Там все были такие, начиная с полковника. Фридрих Виттенхоф пожертвовал ради науки всем. Отказался от престижной работы на медицинском факультете одного из старейших университетов Германии и уехал из уютного бюргерского городка в плохо оборудованный в бытовом плане Горнгольц только потому, что там, за колючей проволокой, можно было изучать воздействие ядов на людей. А в университете работали с мышами, лягушками и собаками.

Будучи аскетом и фанатичной личностью, Фридрих воспитал в подобном духе Бригитту, свою дочь, сделав ее медсестрой. Девушка не заканчивала училища, но дело знала прекрасно, потому что учил ее такой высококлассный специалист, как родной отец! Абсолютно беспощадный к «кроликам» и «человеческим организмам», Фридрих был очень приветлив, порядочен и даже ласков с людьми своего круга. Он, как и Ваня Селезнев, считал, что человечество распадается на две части. Виттенхоф не был националистом, он, правда, недолюбливал евреев, но легкий антисемитизм не затмил ему мозги. Если Фридрих видел, что еврей умен и образован, он мигом завязывал с ним контакт. То, что Селезнев русский, никак не сказалось на отношении к нему полковника. Виттенхоф оценил талант парня и приблизил к себе Ивана. Одно время он даже намекал, что Бригитте нужен муж, но Селезнева отпугивала немотивированная жестокость молодой девушки, ее вспыльчивость и резкость... Куда больше ему нравилась племянница Виттенхофа — Лиззи. С ней было проще. Лиззи казалась милой, спокойной, постоянно улыбалась. И еще — мать Лиззи, жена старшего брата Фридриха, была русской, эмигрировавшей в семнадцатом году из большевистской России. Выйдя замуж за немца Виттенхофа, Нина Караваева ни на секунду не забывала о своем происхождении и говорила дома с дочерью по-русски. В конце тридцатых годов родители Лиззи погибли, и Фридрих взял племянницу к себе.

Теперь понимаете, почему Ивану было легче с Лиззи? И еще, Фридрих воспитывал и учил девочек одинаково, но Бригитта получилась исполнительной медсестрой с хорошими руками, а Лиззи оказалась ученым с фонтаном идей в белокурой головке. Девочки не ладили между собой, просто делали вид, что любят друг друга. Но на самом деле Бригитта считала двоюродную сестру выскочкой, а Лиззи морщилась, видя, как дочь Фридриха избивает «кролика». «Если «организм» был отработан, его следовало спокойно уничтожить, не мучая, просто убить, как отжившую лабораторную крысу, — думала Лиззи. — Бригитта слишком невыдержанна, что большой минус для арийки». А еще ради науки Лиззи, как Фридрих и Иван, могла отдать душу черту.

Не надо думать, что все великие открытия в медицине делались чистыми руками, людьми с благородной душой. В душе Лиззи иногда поднимала голову жалость, но, делая очередной жертве инъекцию яда, девушка говорила себе: «Что значит физическая кончина этого индивидуума? Его смерть служит науке и в конечном итоге спасет все человечество!» Бригитта же подобные размышлизмы не приходили в красивую головку, ей просто нравилось избивать людей. Даже отец иногда делал замечания дочери, но та не желала слушаться.

Семнадцатого апреля, вечером, в комнату к Ивану вошел Гюнтер Рур.

— Не помешал? — спросил он.

Иван отложил книгу. Гюнтер был ему очень симпатичен: целеустремленный, умный, эрудированный, готовый дни и ночи проводить в лаборатории.

— Садись, пожалуйста, — улыбнулся Селезнев, — небось все сигареты искурил?

Гюнтер кивнул:

— Точно, знаю, что у тебя всегда есть заначка! Но у меня другой разговор.

— Давай!

— Мы с Лиззи решили пожениться!

Иван испытал легкий укол ревности, но потом воскликнул:

— Здорово, когда?

Гюнтер не ответил, а задал собственный вопрос:

— Слышишь канонаду?

Иван кивнул.

— Русские не сегодня-завтра будут здесь, — добавил Гюнтер.

— Доблестные войска фюрера разгромят Советы, — ответил привычной пропагандистской формулой Иван.

Гюнтер мрачно глянул на собеседника.

— Сам так говорю и в письмах к матери пишу эту фразу. Но, скажи, ты веришь в благополучный исход дела?

Иван молчал.

— Понимаешь, что сделают с нами? — настаивал Гюнтер. — Убьют! Да плевать на физическую смерть! Пропадут результаты исследований.

— Полковник велел сложить архив медицинских бумаг, — пожал плечами Иван, — наверное, завтра эвакуируемся в Берлин.

— И дальше? — гнул свое Гюнтер. — Через месяц-другой над рейхсканцелярией будут развеваться красные флаги. Мы обязаны спасти лабораторию. Накоплен уникальный материал, если он пропадет, наука будет отброшена на много лет назад, мы стоим на пороге великого открытия.

— Что ты предлагаешь? — тихо поинтересовался Иван. — У нас, похоже, нет выхода!

— Выход есть всегда, — серьезно произнес Гюнтер. — Слушай внимательно. Мы с Лиззи могли бы бежать вдвоем. Но ты нужен нам, исследования без тебя не закончить. Впрочем, без нас тебе тоже не справиться. Мы в одной упряжке.

Иван уставился на Гюнтера. Чем дольше немец говорил, тем сильней удивлялся Селезнев. Лиззи и Гюнтер продумали все до мельчайших деталей.

К утру восемнадцатого числа все было сделано. На руке Лиззи появился номер, сделанный татуировочной машинкой. Девушке для пущей убедительности под наркозом сделали разрез на ноге. Номер появился на руке еще одного ученого, Дмитрия Горкина. Как и Лиззи, Дмитрий был сыном эмигрантки, хорошо владел русским языком и мечтал спасти человечество от рака. Четырех человек вполне хватало для создания лаборатории и продолжения исследований.

Бригитта и Фридрих Виттенхоф были убиты смертельной инъекцией, и Иван лично сжег их тела в крематории. Полковника, как ни жаль, пришлось убрать, выдать его за заключенного не представлялось возможным. Фридрих отпраздновал пятидесятипятилетие, а в Горнгольц привозили только тех, кому не исполнилось тридцати. И потом, для научных исследований он был не нужен, Гюнтер и Иван спокойно могли работать сами. Не сумел бы Фридрих прикинуться и русским. Бригитта же пугала своей жестокостью, еще не удержится, пойдет вразнос!

Никто из сотрудников Горнгольца не удивился, когда Гюнтер на утренней планерке заявил:

— Господин полковник уехал на сутки, повез документацию, всем велел работать.

Отправляясь на пару дней в Берлин, Виттенхоф всегда оставлял вместо себя Гюнтера. День потек обычной чередой. Папки с результатами исследований были спрятаны в надежном месте. Хитрые Гюнтер и Лиззи отобрали только те документы, которые относились к созданию лекарства от рака. Работы по заживлению ран их совершенно не интересовали. Бумаги были уложены в железный ящик и зарыты в саду.

Ночью поднялась тревога.

— Живо, живо, — командовал Гюнтер, — все по машинам, русские на окраине Горнгольца.

Схватив несколько особо интересных «кроликов», врачи умчались, и тогда начался следующий этап хорошо продуманной операции. Со склада, где хранилась одежда заключенных, добыли два комплекта военной формы советских солдат. Русские войска и впрямь стояли на подходе к Горнгольцу, но вошли они в городок лишь после обеда, тогда, когда Гюнтера и его сообщников и след простыл. Лиззи Виттенхоф, Гюнтер Рур, Иван Селезнев и Дмитрий Горкин погибли в огне войны. На старенькой, разбитой машине с красным крестом в глубь расположения советских войск, к госпиталю двигались совсем иные люди: близнецы Кирилл и Валерий Боярские, доблестные защитники Родины, и несчастные мученики из Горнгольца Анна-Мария Зайцевская и Герман Наумович Ладожский.

— О-о-о, — закричала я, — и кто из них стал кем? Почему двое превратились в близнецов?

Олег встал и начал ходить по комнате.

— Им удалось добыть лишь такие документы. Кирилл — это Гюнтер, Валерий — Иван Селезнев, Герман Ладожский — Дмитрий Горкин, ну а в Зайцевскую, как сразу становится понятно, превратилась Лиззи.

— Но как же они смогли выдать себя за близнецов? — удивилась Томочка. — Неужели были так похожи?

— А близнецы иногда рождаются совершенно разными, — влезла я.

— Правильно, — кивнул Олег.

— Меня интересует другое, — вновь не утерпела я, — каким образом Гюнтер-Кирилл, не знавший русского языка, сумел выдать себя за русского солдата?

— Слышала когда-нибудь про операцию под названием трахеотомия? — спросил Олег.

Я покачала головой.

— Ее делают в том случае, когда у человека по той или иной причине поражено дыхательное горло, — пояснил Куприн. — Ну, допустим, ребенка душит круп или дифтерит, тогда врач разрезает трахею и вставляет туда трубочку. Воздух начинает поступать прямо в легкие. Разговаривать такой больной не может и внешне выглядит ужасно, но на самом-то деле это хирургическое вмешательство можно провести очень быстро, а когда трубки вынимают, то на горле чаще всего и шрама-то не остается. Гюнтеру Лиззи поставила такую трубку, она ловко справилась с несложной процедурой. Гюнтер-Кирилл выглядел раненным в горло солдатом.

— А Ладожскому отрезали ногу? — подначила его я.

— Нет, — усмехнулся Олег, — на такое господин Горкин не дал бы согласия.

— Но он носит протез!

— Послушай! — возмутился Куприн. — Не перебивай! Давай по порядку, а?!

Я покорно закивала головой:

— Молчу, молчу, ты только говори!

— Преступники поступили хитро, — продолжил Олег, — им было понятно, что конец войны — дело ближайших дней, поэтому далеко не уходили от Горнгольца. Добрались до городка Фридрихсбург, в десятке километров от лагеря, и просто встали на постой у немца на квартире. Бюргер, напуганный тем, что советские войска уже дерутся на подступах к Берлину, изо всех сил старался угодить «освободителям», поэтому День Победы группа встретила у него в доме. К тому времени...

Олег неожиданно остановился.

— Давайте стану называть их теми именами, под которыми преступники прожили вторую половину своей жизни?

— Да, да, — закивала я.

— Так вот, к тому времени Ладожский и Боярский съездили в Горнгольц, добыли ящик с документами и разложили бумаги по вещмешкам. В середине мая началась отправка советских воинов домой. Четверка явилась на вокзал, чтобы сесть в поезд... Вы представляете себе, что такое состав с солдатами, едущими домой?

— Ну, в общем... — забубнил Сеня, — купе...

Олег усмехнулся.

— Да нет! Просто товарные вагоны с нарами. Возле каждого вагона стоит солдат, проверяющий проездные документы, он смотрит, чтобы все места были заняты, и, как только вагон заполнится, прекращает посадку. Но домой хотели все, поэтому очень часто проверяющие сквозь пальцы смотрели на то, что на одном спальном месте едут сразу четверо. В тесноте, да не в обиде, зато быстрей родных увидят.

Проездных документов у наших голубков не было, но Иван-Валерий спокойно уладил дело, сунув солдатику, смотрящему за посадкой, взятку: несколько золотых часов и колец. А потом им повезло. Не успел состав пройти и несколько километров, как прогремел взрыв. В первые месяцы после окончания войны отдельные группы гитлеровских солдат, не желавших сдаваться, вели партизанскую войну, минировали дороги, по которым шли составы с советскими солдатами. Ладожскому оторвало ногу, Кирилла сильно контузило. Валерия и Марию даже не задело.

— Хорошо везение! — подскочила Томочка.

— Ты не поняла! — покачал головой Олег. — Естественно, все оказались в госпитале и получили там настоящие бумаги. Более того, потом, уже выучив язык, Кирилл, оправдывая легкий акцент, говорил:

— Это последствие тяжелой контузии.

А Ладожский с жаром пел о мучениях, перенесенных в лагере, демонстрируя протез.

Олег замолчал, выждав секунду, он сказал:

— Я не стану тут описывать, как они добирались до Москвы, устраивались на работу, организовывали лабораторию... Безусловно, это интересно, но лучше сразу перейду к событиям последних месяцев.

Глава 30

Самое интересное, что до смерти Кирилла-Гюнтера все шло хорошо. Боярские: Мария Григорьевна, Кирилл и Валерий — защитили диссертации и продолжали работу над созданием лекарства. Ладожский тоже вполне преуспел, сидя в той же лаборатории. Одна беда — панацея все не находилась. Были получены впечатляющие результаты, но, увы, помочь удавалось не всем. Кое на кого разработанные на основе яда лекарства не действовали совершенно. Но Боярские и Ладожский не сдавались. И у них появилась возможность проводить эксперименты на людях.

Началось все очень просто. Одна из сотрудниц НИИ, где располагалась лаборатория, плача, пришла к Марии Григорьевне и взмолилась:

— Маша, помоги.

— Что случилось? — спросила Боярская.

— Говорят, вы какое-то чудо-лекарство изобрели!

— Да нет, — вздохнула Боярская, — работа в разгаре.

Но коллега вцепилась в нее.

— Мой сын умирает, саркома, умоляю!

— Что ты, — замахала руками Мария Григорьевна, — сама знаешь, не имею права.

— Умоляю, — упала перед ней на колени несчастная, — ему все равно умирать! Последний шанс!

Подростку провели цикл уколов, и — о чудо! Ребенок выздоровел. В лабораторию потек ручеек несчастных. Боярские и Ладожский были очень осторожны, брали только тех, кто одной ногой стоял в могиле. В случае летальных исходов родственники не предъявляли претензий. Денег ученые не брали, они начали это делать только после перестройки, когда государственное финансирование лаборатории сошло на нет, а им перестали выплачивать зарплату. Финансовые дела предоставили вести Ладожскому, жадному до крайности. Герман Наумович не растерялся и взвинтил цены. Ученые начали прилично зарабатывать, но, если Боярские не думали о деньгах и жили достаточно скромно, то Ладожскому все было мало. Жадность его становилась патологической, ему было жаль потратить копейку даже на себя. Он просто складывал доллары в сейф, который установил дома, и не упускал малейшей возможности приумножать заначку.

Умер Кирилл. Честно говоря, его смерть скорей обрадовала, чем огорчила сообщников. Дело в том, что, старея, Кирилл-Гюнтер делался невыносим. Последнее время он начал вести дикие разговоры.

— Мы стоим на пороге великого открытия, — вещал Кирилл, — как только доведем исследование до конца, мигом опубликуем данные и сообщим всем наши подлинные имена.

— Ты с ума сошел! — испугалась Мария Григорьевна. — Зачем?

— Мир должен знать, что спасение ему принес немец! — с пафосом заявил Кирилл.

Неизвестно, как бы он повел себя дальше, но тут его свалил инсульт, и Кирилл умер.

Мария Григорьевна поплакала и успокоилась. Еще раньше скончалась жена Валерия, Соня...

— Эй, — подскочила я, — она сама умерла?

Куприн кивнул.

— В череде смертей эта естественная. У Софьи Николаевны случился шок от укуса. Бывает такое.

— Так и думала! — воскликнула я.

— По-моему, ты слишком много думаешь, — на полном серьезе заявил Олег. — Значит, Боярские остались вдвоем, если считать еще и Ладожского, то в лаборатории теперь трудилось только трое, рабочих рук не хватало, и Мария Григорьевна решила, не посоветовавшись с Валерием, привлечь к делу свою старшую дочь Аню и зятя Николая. Они казались ей крайне подходящими кандидатурами: молодые, талантливые ученые, к тому же самые близкие родственники, тайна не уйдет из семьи.

Сначала Аня и Николай с радостью согласились, но через несколько дней, когда им стало ясно, где, кто и на ком начал проводить первые исследования, юноша и девушка пришли в ужас. Николай заявил теще:

— Скажите спасибо, что сегодня вечер пятницы! У вас есть время, чтобы насушить сухарей! В понедельник пойду в ФСБ! Вы — убийцы!

Николай не знал, что приемная Федеральной службы безопасности работает круглосуточно, и, вместо того чтобы бежать туда сломя голову, подхватил Аню и унесся на дачу.

Мария Григорьевна в страшной тревоге позвонила Валерию. Тот кинулся следом за племянницей и ее мужем, прихватив с собой бутылочку «Арбатского» с растворенным в нем ядом. И что было потом?

— Он задвинул заслонку, и дым пошел в избу, — тихо сказала я. — Каким-то образом обманул молодых людей, втерся к ним в доверие, предложил выпить...

— Именно, — подтвердил Олег.

— Он убил племянницу! — воскликнула Томочка.

— Во-первых, она ему не родная по крови, — вздохнул Куприн, — только по документам, а во-вторых, думаю, если бы Аня даже являлась его дочерью, Валерий не остановился бы. Ведь опасность угрожала лаборатории.

Мария Григорьевна, такая же фанатка, как и Валерий, спокойно перенесла смерть Ани и Николая. Им предложили такое дело, как работа над лекарством от рака, а эти люди заартачились. Мария Григорьевна выбросила из головы все мысли о глупой дочери и зажила спокойно.

Но потом опять пришла беда. Вернее, сначала она показалась праздником. Люба, младшая девочка Боярской, вышла замуж за Игоря. Примерно через месяц после свадьбы зять предложил теще сходить в ресторан, вдвоем, без Любы. Слегка удивленная приглашением, Мария Григорьевна согласилась. Приехали в крошечный, совершенно пустой кабак, и Игорь без всяких обиняков выложил:

— Сначала машина, потом квартира, затем ежемесячное содержание.

— Ты наглец! — вскипела Мария Григорьевна. — Завел семью — изволь сам и обеспечивать! Машина! Квартира! Да у меня и денег-то нет!

И тут Игорь стал спокойно рассказывать. У Боярской чуть не случился удар. Парень откуда-то узнал правду про Горнгольц.

— Чушь, — попыталась сопротивляться Боярская.

Но Игорь только усмехался:

— У вас под мышкой татуировка! Откуда?

— Я никогда не скрывала, что сидела в лагере Горнгольц, — деланно равнодушно ответила Мария Григорьевна, — тебе об этом тоже великолепно известно. Фашисты клеймили заключенных.

Игорь усмехнулся:

— Можете вешать лапшу на уши кому угодно, но не мне, историку, который как раз занимается изучением жизни узников концлагерей. Номер у вас на запястье — это клеймо, а под мышкой — группа крови, наколка эсэсовцев. Вы — Лиззи Виттенхоф и станете платить мне за молчание.

— Ты сумасшедший! — прошипела Мария Григорьевна. — Я Анна-Мария Зайцевская!

И тут Игорь вытащил из кармана пожелтевшую, смятую на сгибах бумажку.

— Вот смотрите, но только из моих рук.

Мария Григорьевна глянула на листочек... «Список тел, отправленных в крематорий 17 апреля 1945 года». Пятой по номеру шла Зайцевская.

— Вы присвоили ее документы, — пояснил Игорь, пряча бумажку, — есть еще одно обстоятельство... Ладно, согласен, передо мной полька, несчастное, измученное создание, скажите, вашего пожилого приятеля и коллегу Ладожского тоже держали в Горнгольце?

— Наверное, Люба рассказывала тебе нашу семейную историю, — хмуро сказала Боярская, — мы с Германом познакомились в лагере.

— Вас вместе привезли?

— Я полька, он русский, нет, конечно. Когда меня доставили в Горнгольц, Герман уже был там, он очень помог...

— Ладно, ладно, — отмахнулся Игорь, — давайте без заученных ролей. Ну-ка, напомните, какой номер у вас на запястье?

— Gz 157659, — заученно ответила Боярская.

— Ага, — кивнул Игорь, — а у Ладожского Gz 157658, получается, что вы стояли в одной шеренге к татуировщику, в затылок.

Мария Григорьевна опрокинула стакан с водой. Действительно, Кирилл-Гюнтер сделал татуировку сначала Ладожскому, а потом ей. В машинке переставлялась автоматически последняя цифра, но никто до сих пор не обратил внимания на последовательность номеров, такая идея пришла в голову лишь Игорю.

— Хорошо, — быстро сказала Мария Григорьевна, — машину получишь послезавтра, в качестве подарка на свой день рождения.

Игорь кивнул:

— Лады.

— Надеюсь, ты не станешь дальше распространять пришедшие тебе в голову глупости?

Игорь гадко улыбнулся.

— Мое благосостояние зависит от вашей жизни и работы! Стану заботиться о вас, милая тещенька!

— Они намазали ядом шампур! — завопила я.

Олег спокойно возразил:

— Нет, Валерий влил яд в вино, которое пил Игорь. Парень, увидав ключи от машины, расслабился и успокоился, решил, что теща испугалась до колик и будет платить. Валерий — опытный токсиколог. Доза отравляющего вещества была составлена так, чтобы убить парня примерно через двенадцать часов. То, что он напоролся на шампур, чистая случайность, но она сильно облегчила задачу. Малограмотный доктор из сельской больницы ни на секунду не засомневался, что у несчастного столбняк, впрочем, отдельные симптомы и впрямь были похожи.

Первые недели после похорон Валерий и Мария чувствовали некоторую тревогу. Пожелтевшую бумажку, список трупов, они так и не обнаружили в вещах Игоря, но больше никто не пытался их шантажировать, и парочка вздохнула свободно.

Затем настал час Любы.

Олег взлохматил свои и без того торчащие в разные стороны волосы.

— Вообще говоря, бедной Любе просто не повезло. Мария Григорьевна была очень недовольна младшей дочерью. Та не пошла в науку, занялась торговлей, открыла секс-шоп. На взгляд матери, Люба оказалась просто дурочкой, а после смерти Игоря вообще стала заговариваться. Сначала ударилась в мистику. Связалась с такими же ненормальными, как сама, ходила на какие-то сборища, занималась вызовом духов. Мария

Григорьевна только головой качала, слушая, как дочь на полном серьезе вещает:

— К нам приходил Наполеон, велел быть осторожными, двадцать второго августа грядет конец света!

Но потом, слава богу, Люба слегка поостыла, забросила спиритизм, увлеклась Интернетом, просиживала ночи в сети, утром, невыспавшаяся, но воодушевленная, рассказывала матери о своих новых знакомых. Мария Григорьевна делала вид, что ей интересно. В разговорах чаще всего мелькали имя и фамилия Вики Виноградовой. Скоро Боярской стало казаться, что она знает Виноградову лично. Впрочем, Вика нравилась Марии Григорьевне. Похоже, она была целеустремленной и могла в положительную сторону повлиять на ее более чем неразумную дочь. Но потом Люба загрустила — Вика уехала в Лондон.

Еще через некоторое время Люба стала дерганой, принялась говорить о скорой смерти, вновь начала бегать к медиуму и вертеть блюдечко. События шли по нарастающей. Люба простудилась, попробовала лечиться закаливанием, кашляла...

Однажды она вернулась из города бледная до синевы.

— Дух Игоря сказал, что меня убьют!

— Иди ляг в кровать, — велела Мария Григорьевна.

— Убьют! Из-за бумажки! Он, Треш, деньги и бумага...

Вид у Любы был совершенно безумный, и Мария Григорьевна решила показать дочь при первой возможности психиатру.

— Выпей новопассит, — велела она Любе.

Но та заперлась в спальне, потом выбежала на улицу, вернулась поздно, потная и растрепанная.

— Ты где была? — налетела на нее мать.

— Ходила по магазинам, раскладывала письма с просьбой о помощи, пусть меня спасут! — заявила Люба. — Кто-нибудь прочитает, придет сюда!

Мария Григорьевна испугалась: дело плохо, похоже, дочь сошла с ума. Но тут вдруг Люба встала, вытянула руки и с совершенно безумным лицом чужим голосом забасила:

— Здесь бумаги, там, туда, влево, в часах...

Покачиваясь, словно пьяная, Люба подошла к большим настенным часам, схватила гирю, остановила ее, развинтила и вытащила пару листков бумаги, потом села прямо на пол и уже своим голосом сообщила:

— Вот, дух Игоря на сеансе объяснил, где лежит! Сказал, беречь как зеницу ока!

Мария Григорьевна взяла листочки и чуть не закричала. Один из них — список тел, отправленных в крематорий, другой содержал адреса Листова Вениамина Михайловича и Львовой Лианы Аракеловны.

— Это кто такие? — спросила Томочка.

— Они их тоже убили! — закричала я. — Листов-то небось узнал Лиззи!

— Нет, — ответил Олег, — Вениамин Михайлович начал курс инъекций, и проводила их на самом деле Мария Григорьевна. Листов не стал ей рассказывать о своей биографии, уколы внутримышечные, он рубашку не снимал, номера на руке у него Боярская не видела. Но потом в комнату где-то на пятой или шестой процедуре вошел Валерий, и Листов мигом узнал в нем одного из своих мучителей.

Еле сдерживаясь, он спросил у Марии Григорьевны:

— Кто это?

— Великий ученый, придумавший лекарство, которое должно спасти вам жизнь, — ответила та.

— А он никогда не работал в лагере Горнгольц?

— Господи, откуда вам известно про это жуткое место? — воскликнула Мария Григорьевна.

Вениамин Михайлович закатал рукав рубашки.

— Я был заключенным и чудом спасся, Валерий страшно похож на одного из бесчеловечных убийц, вы хорошо его знаете?

Вот это был шок! Сами понимаете, что Мария Григорьевна мигом принялась разубеждать Листова, а когда тот пришел на следующий укол, в пробирке уже было не лекарство, а хитрый яд, который должен был убить Вениамина Михайловича через сутки после введения. Но Листов успел уже съездить к Лиане Аракеловне и рассказать о своих подозрениях.

Лиана в гневе выгоняет Листова, она справедливо считает Боярского своим исцелителем и чуть ли не молится на него.

Смерть Листова не вызывает ни у кого сомнений, рак в последней стадии обычно убивает человека. Но Лиана Аракеловна все-таки едет к Боярскому и говорит:

— Вениамин Михайлович рассказал мне перед смертью дикую вещь.

Валерий с недрогнувшим лицом объяснил:

— Очевидно, метастазы затронули мозг, жаль, конечно, человека, но мы пока даже не всем можем помочь!

Успокоенная Лиана Аракеловна едет домой и умирает на следующий день от отека легких. Яд был в чае, которым Валерий любезно потчевал гостью.

Каким образом Игорь разнюхал про Листова и Лиану Аракеловну, отчего вдруг Люба, словно сомнамбула, пошла к часам, Мария Григорьевна не понимала, но ей стало ясно: от младшей дочери следует немедленно избавиться, та совсем лишилась разума. То пишет какие-то письма с просьбой о помощи и разбрасывает их по магазинам, а сейчас трясет листками, вынутыми из часов, и требует:

— Ну-ка, объясни, мама, что это?

Смерть Любы, занимавшейся на фоне болезни закаливающими процедурами, не вызвала ни у кого подозрений, и Боярские, встряхнувшись, продолжили исследования. Их, настоящих фанатиков, не останавливало ничто. Ни то, что после тяжелой болезни Валерий был вынужден передвигаться в инвалидном кресле, ни череда убийств... Им казалось, что долгожданное открытие рядом, на расстоянии протянутой руки.

Олег остановился, перевел дух и продолжил:

— Но тут в историю вляпывается Вилка, желающая стать знаменитой писательницей криминального жанра.

Глава 31

Я решила не спорить с Куприным, пусть обзывается, как хочет, лишь бы рассказал до конца.

— Когда Виола под именем Вики Виноградовой является к Боярской, Мария Григорьевна абсолютно не пугается, — продолжил Олег. — Вику она никогда в лицо не видела, но слышала о ней, и «Виноградова» получает информацию о болезни Любы и ее неразумном отношении к собственному здоровью. На этом бы все и закончилось, но тут, на беду, Алина, дочь Ани, вспоминает, что Люба просила ее съездить к Вике домой и передать той лично в руки письмо. Она начисто забыла о просьбе тети, но, увидев «Вику», мигом вспомнила про послание и выбежала за ней. Именно в этот момент Мария Григорьевна выходит на балкон и видит, как внучка передает что-то «Вике».

Не успевает Алина возвратиться домой, как бабушка налетела на девочку:

— Ты зачем ходила на улицу?

— Отвяжись! — дернула плечиком Алина.

Тут надо сказать, что Алиночка находилась в подростковом возрасте и ни в грош не ставила Марию Григорьевну, постоянно грубила бабке, вечно отстаивала свое мнение, на все обижалась, словом, вела себя так, как большинство тинейджеров, считающих всех старше двадцати пяти лет кретинскими шнурками без ума и памяти.

— И все же! — настаивала Мария Григорьевна.

— Куда хочу, туда и хожу! — отбрила ее Алина.

— Что за конверт ты отдавала Вике? — настаивает старуха.

— Люба велела, — неожиданно мирно пояснила Алина добавила: — Там тайна ее смерти!

Последнюю фразу глупышка сказала специально, чтоб сделать больно бабке, но Мария Григорьевна мигом среагиро вала:

— Ты читала? Что в конверте?

— Москва, — издевательски ответила Алина, — Реутов ская улица, дом...

— Это на конверте, — стараясь не потерять самооблада ния, парировала Мария Григорьевна. — Я же спрашиваю пр содержимое, ты читала письмо? О чем оно?

Алина вытаращила глаза и на полном серьезе заявила:

— О-о-о! Там полно страшных тайн!

— Каких?

— Ты — убийца, — идиотничает Алина, — маньяк, убив ший сотни неповинных людей!

Девочка не читала письма, она и не представляла, о чем нем идет речь, ей просто нравится говорить гадости бабушке поэтому Алина принялась фантазировать. Любой другой че ловек, услышь он от ребенка подобную галиматью, мигом бь наподдавал безобразнице — и дело с концом, но Мария Гри горьевна, сами понимаете, почему, пугается и спрашивает:

— Не лежали ли внутри документы?

— Да! — кривляется Алина. — Полно таких стареньких мятых, желтых бумажек! Целый ворох.

— Ты их просмотрела?

И тут Алина скорчила гримасу и сообщила:

— А как же! Там списки тех, кого ты убила! Завтра ж пойду в милицию и все расскажу!

Потом, показав бабушке язык, дурочка убежала в сво комнату. Алина очень довольна тем, как ловко наговорил противной старухе глупостей, но она и не подозревает, чт шутка будет стоить ей жизни.

Мария Григорьевна в состоянии, близком к обмороку, ки дается звонить Валерию. На следующий день Алина умерла о отека Квинке.

— Но Ксюша, дочка Валерия, сказала мне, будто у девочк нашли опухоль, — возразила я.

Олег пожал плечами.

— Может, Боярский и озвучил эту версию, но в докумен тах объясняется четко: у Алины начался аллергический при ступ, скорей всего, на спрей от кашля. «Скорая помощь» за мешкалась, и ребенок погиб от удушья, развившегося вслед ствие отека Квинке. И опять все сошло им с рук.

Оставалась лишь одна ненужная свидетельница — Вик

Виноградова. Действовать следовало очень быстро. Мария Григорьевна-то была уверена, что у Вики на руках изобличающие Боярских документы. Адрес Вики ей сообщила Алина, но как подобраться к Виноградовой? Все убитые до этого люди были либо родственниками, либо хорошими знакомыми. Самой ехать домой к Виноградовой Мария Григорьевна боялась, и тут Валерию пришла на ум гениальная идея — Анна Петровна Заяц.

— Это кто? — изумилась Томочка.

— Мама мальчика Коли, — пробормотала я, — пыталась с ней поговорить, но она даже не открыла дверь.

— Естественно, — хмыкнул Олег, — она тебя узнала. Ладно, по порядку. Вы знаете, что за свои уколы Боярские берут большие деньги. Кому-то инъекции помогают, кому-то нет, но люди цепляются за последнюю надежду. Однако бывает так, что Валерий берется лечить человека бесплатно, если этот случай его интересует как исследователя. Так произошло с Колей Зайцем. У Анны Петровны, неудачливой актрисы мелкого театра, нет средств на лечение мальчика, но Валерий, осмотрев Колю, решает заняться ребенком, и Анна Петровна клянется до гроба быть благодарной.

Задумав убить Вику, Мария Григорьевна вызывает Анну Петровну и говорит:

— У Коли может случиться рецидив болезни.

— Что делать-то? — пугается мать. — Господи!

— Мы опять проведем ему уколы, — обещает Боярская, — абсолютно бесплатно, потому что являемся милосердными людьми, но от вас понадобится небольшая услуга.

— Ради жизни мальчика я готова перегрызть горло любому, — заявляет Анна Петровна.

— Вот и хорошо, — улыбается Мария Григорьевна, — вы ведь у нас актриса? Значит, сумеете хорошо сыграть роль!

А требуется от Анны Петровны сущая ерунда. Надо поехать по указанному адресу, подождать, пока придет домой Вика Виноградова, и изобразить из себя милую женщину, приветливую и интеллигентную, которая продает маринованные грибочки. Потом надо втереться в доверие к Вике, сесть с ней вместе к столу и подождать, пока ей станет плохо. Затем нужно прикинуться хорошей знакомой Виноградовой, сопроводить ее до больницы, получить на руки носильные вещи, ключи и документы несчастной и вернуться к ней на квартиру.

— Мне нужно письмо, — втолковывала Мария Григорьевна Анне Петровне, — довольно большой конверт, в нем лежат старые документы...

Другая бы женщина испугалась: что же будет в грибах, если

Вике станет так плохо, что придется вызывать «Скорую помощь», но Анна Петровна готова на все, лишь бы ее сыну провели вновь бесплатный цикл уколов, и с готовностью кидается в аферу.

Она без труда попадает в квартиру к Виноградовой. Вика наивна, доверчива и готова помогать людям, а Анна Петровна, несмотря на неудавшуюся карьеру, талантливая актриса. Продав баночку грибочков, она хватается за косяк и шепчет:

— Господи, дайте мне кусочек сахара, если не жалко!

Вика стремглав несется на кухню, притаскивает рафинад и с жалостью спрашивает:

— У вас, наверное, диабет! Моя покойная мама тоже бралась иногда за сладкое, когда плохо становилось.

— Нет, — лепечет Анна Петровна, — просто я два дня ничего не ела. Мой НИИ накрылся, нас, ученых, разогнали, денег нет. Вот решила грибочки продать, вы первая купили. Остальные отказывались, боится народ. Вы не сомневайтесь, для себя делала.

— А я и не боюсь, — улыбается Вика, — давайте я вас ужином угощу.

— Неудобно как, — заплакала Анна Петровна, — вроде я — нищая побирушка получаюсь.

— Да бросьте вы, — с жаром восклицает Вика и приглашает гостью на кухню, — картошечки поешьте, и полегчает.

Естественно, Анна Петровна не пробует грибы, и Вика одна уничтожает банку. Через некоторое время ей делается плохо, когда приезжает «Скорая помощь», девушка уже лежит без сознания. Анна Петровна, изображая безумную тревогу, показывает врачу пустую тару.

— У метро купили. Я не ела, у меня на грибы аллергия, а Викочка от души попробовала.

Доктор мрачно вздыхает, Виноградову госпитализируют, Анна Петровна получает утром, около восьми, вещи и ключи. Ни у кого из сотрудников больницы не возникает подозрений. Анна Петровна называется подругой Вики, мечется по коридору, плачет...

Получив ключи, актриса вновь приезжает на Реутовскую улицу и начинает открывать дверь.

— Кем вы Вике приходитесь? — проявляет любопытство дама из соседней квартиры.

И Анна Петровна совершенно спокойно заявляет:

— Я ее лучшая подруга. Вот дурочка-то! Купила у метро грибы...

Затем она начинает искать письмо. Она проводит в квартире часть утра, пытаясь найти конверт, но ничего подобного нет.

Жилплощадь у Вики большая — три комнаты. И как назло, они набиты бумагами. Анне Петровне пришлось пересмотреть кучу папок. В конце концов она, отчаявшись, звонит Марии Григорьевне.

— Тут всего полно, но письма от Любы Боярской нет.

— Должно быть! — восклицает Мария Григорьевна. — Ищи лучше.

— Я везде смотрела, тут очень много бумаг!

— Писем?

— И письма тоже есть.

— Вот что, — приказывает Мария Григорьевна, — отрой там какую-нибудь торбу, сунь в нее всю найденную корреспонденцию и неси мне, сама разберусь.

Анна Петровна оглядывается, видит сумку, сваливает в нее корреспонденцию, выходит из квартиры и налетает на Вилку.

Все уставились на меня.

— Она и впрямь хорошая актриса, — пробормотала я, — совершенно не растерялась, придумала историю про санитарку. Меня, и то лишь потом уже, насторожила одна деталь.

— Какая? — спросил Куприн.

— У нее был красивый маникюр, но не могут такие руки быть у женщины, занятой тяжелым физическим трудом.

— Да уж, — покачал головой Куприн, — правда, Мария Григорьевна не насторожилась, когда Анна Петровна рассказала ей про коллегу Вики. А вот Ладожского ты напугала по полной программе. Пришла, сунула под нос фото, где Лиззи запечатлена вместе с полковником Виттенхофом, стала «радовать» его известием о нашедшемся архиве Горгольца.

— Я думала, он один из несчастных, чудом уцелевших в Горнгольце людей, — отбивалась я, — кстати, зачем он отправился в Комитет помощи жертвам фашизма? Сидел бы тихо, не высовывался!

Олег пожал плечами.

— Ладожский очень, очень жадный человек. Ему хотелось получить компенсацию. И потом, он справедливо полагал, что после окончания Отечественной войны прошли десятилетия, свидетелей тех времен не осталось, а денежки — вот они, надо лишь затребовать компенсацию. Кстати, Мария Григорьевна, сентиментальная, как все убийцы, именно из этих соображений и повесила несколько лет назад у себя дома фото, где она вместе с Виттенхофом. Все свидетели давным-давно умерли, считала она. Виттенхоф был ей вместо отца, она его не забыла.

— Но ведь она спокойно допустила, чтобы полковника и Бригитту умертвили! — воскликнула Томочка.

— Да, — кивнул Куприн, — но спустя много лет убедила себя, что Фридрих Виттенхоф пал смертью храбрых на алтаре науки. Я не психолог, всего лишь, так сказать, практикующий мент, но хорошо знаю, что убийцы, которых не настигло правосудие, чаще всего внушают себе, что никакого преступления не совершали. Ну не убивали они никого, и все тут! Вот и Мария Григорьевна спустя десятилетия благополучно убедила себя в том, что воспитавший ее Виттенхоф погиб от руки советских солдат. Она повесила фото и иногда предавалась воспоминаниям, глядя на него.

Олег помолчал секунду и продолжил:

— Теперь понимаете, что испытал Ладожский, увидав дурочку Вилку? Сначала он решил тут же убить ее, вытащил веревку...

— Так вот почему Герман Наумович все время открывал ящики и вертел в руках то бечевку, то штопор, — испугалась я.

— Ага, — кивнул Куприн, — примерялся, как лучше отправить тебя к праотцам, но потом, когда понял, что явившаяся к нему глупышка в течение недели никуда не собирается идти, решил действовать по привычному сценарию. Он потребовал у Вилки паспорт и запомнил адрес, потом, чтобы у нее создалось впечатление — Герман Наумович бывший заключенный, который хочет наказать негодяев, — начинает негодовать, рассказывает про эсэсовские татуировки под мышкой... В общем, усиленно изображает человека, желающего отыскать негодяев. Более того, когда Виола собирается уйти, он ловко крадет у нее из сумочки снимок Лиззи с Виттенхофом. Дальше преступники действуют очень оперативно. Главную опасность для них представляет архив Горнгольца. Поэтому Герман Наумович несется в бумагохранилище, прикидывается обычным посетителем и заказывает себе папку с полки семьдесят восемь «а».

— Почему именно ее? — полюбопытствовал Сеня. — Что в ней?

— Ничего, — пояснил Куприн, — какие-то документы. Просто Вилка опрометчиво заявила, что архив Горнгольца лежит на стеллаже семьдесят восемь «а», вот Ладожский и выбирает, что поближе. Содержимое папки его совершенно не интересует. Некоторое время он делает вид, будто изучает бумаги, потом аккуратно насыпает внутрь одного из конвертов порошок, сдает документы и спокойно уходит. Примерно через час папочка начинает тлеть и разгорается пожар.

— Что он насыпал, — закричала я, — как называется это вещество?

— Не скажу, — нахмурился Куприн, — а то еще напишешь

в своей дурацкой книге рецепт самовозгорающейся смеси. Для высококлассного химика, которым является Ладожский, проблем нет. Самовозгорающиеся смеси хорошо изучены, и многие из них можно получить, смешивая совершенно свободно продающиеся ингредиенты. Герман Наумович получил необходимый порошок буквально за десять минут.

— А Света Сафонова? Она жива? — закричала я.

— Слава богу, да, — кивнул Куприн. — Боярские решили сначала избавиться от тебя и прислали вновь Анну Петровну с грибочками. На этот раз она переоделась, превратилась в милую бабусю, и задача была совсем простой — продать грибочки. Что ей и удалось. Ленинид пришел в полный восторг от шикарной и совсем недорогой закуски... Светой Сафоновой решили заняться чуть позже.

— Папенька — идиот, — прошипела я, — разве можно покупать консервы с рук?

— Между прочим, — возразила Томочка, — ты вела себя безобразно! Подвергла опасности всех нас, и все почему?

Я разинула рот. Мы дружим с Томочкой столько лет, что и сказать страшно, но никогда она не разговаривала со мной таким тоном.

— А все потому, — отозвался Олег, — что госпоже Арине Виоловой хочется до дрожи стать знаменитой писательницей.

Эпилог

Боярские и Ладожский были арестованы. На свободе осталась одна ни о чем не подозревающая Ксюша. Бедная девушка теперь носится с передачами. Надеюсь, что преступников сурово накажут.

Анна Петровна Заяц, тоже скорей всего сядет в тюрьму на длительный срок. Мне очень жаль Колю, который останется без матери, но преступница должна быть наказана. Нельзя, желая подарить жизнь своему ребенку, отнимать право на ту же жизнь у другого человека, но, с другой стороны, я очень рада, что меня судьба никогда не ставила перед таким выбором. Я, безусловно, осуждаю Анну Петровну, но в моей душе, где-то далеко-далеко внутри, живут жалость и сочувствие к ней.

К сожалению, мне как свидетельнице придется идти в суд. Но до этого далеко, следствие в самом разгаре, и продлиться оно может очень долго.

В воскресенье вечером я села писать книгу. Не успела схватить ручку, как в комнату всунулась Томочка.

— Вилка, к тебе пришли.

— Кто? — недовольно буркнула я. — Кого черт принес? Ну почему я не могу спокойно сесть работать, а?

— Извини, пожалуйста, — забубнила Томуська, — знаю, как ты не любишь, когда тебе мешают, но муж какой-то Юдиной просто ворвался в квартиру, кричит, что у него пропала жена, а ты знаешь, где она...

— Кто? — в ужасе переспросила я. — Муж Юдиной?

— Ага, — кивнула Томуська.

Я бросилась в прихожую. Муж Нюси, которую я отвезла на недельку в деревню для похудания! Отвезла и, занявшись расследованием, забыла про нее. Господи, Нюся там, предоставленная сама себе, живет почти месяц. Надеюсь, бабки не дали ей умереть с голоду, но... Ой, мама, что же теперь будет!

Антон Юдин мрачно молчал всю дорогу до Попугаихи. На окраине деревни вышколенный шофер, притормозив роскошный «Мерседес», виновато сказал:

— Извините, Антон Михайлович, дальше никак, дороги нет...

Нюсин муж вылез из салона и отчеканил:

— Если с моей женой... если только...

Не дослушав фразу, я понеслась к воротам, пнула створку ногой, влетела в чисто выметенный двор, вскочила в сени, затем в избу и заорала:

— Нюся!

Ответом была тишина.

— Ну и где она? — прошипел вошедший следом Антон.

Я перевела дух и огляделась. В доме не пахло тлением. Напротив, было тепло и уютно. На окнах появились занавески, на столе скатерть, кровать аккуратно застелена и топорщится подушками, а в воздухе витает аромат свежесваренной картошки.

У окна, на маленьком письменном столике, за который меня в свое время усаживала мать Раисы, заставляя выполнять заданные на лето уроки, лежала стопка тетрадей, самых простых, в серо-зеленых бумажных обложках, и стояла чернильница-непроливайка. Рядом, на специальной подставочке, покоилась старомодная ручка-«макалка» со сменным перышком. Я видела подобное приспособление для письма последний раз лет двадцать тому назад в почтовом отделении, куда пришла отправить телеграмму.

— Ну и где моя жена? — злобно прошипел Антон. — Имей в виду...

«Хряк, — раздалось со двора, — хряк, хряк...»

Не сговариваясь, мы, словно солдаты срочной службы, сделали поворот через плечо, выскочили из избы и понеслись на задний двор. Там, возле открытой двери сарая, стояла девочка-подросток: тоненькая, даже хрупкая, в старой кацавейке, туго перепоясанной ремнем. На ногах у девчонки чернели калоши. Стоя к нам спиной, девица, ловко орудуя топором, расколола чурбак и принялась подбирать поленья. Значит, к какой-то из бабок приехала внучка и они приставили девочку к делу. Забили свои сараюшки дровами, а теперь еще заполняют и наш. Зима длинная, запас карман не тянет.

— Девушка, — крикнула я, — не знаете ли...

Та обернулась. Конец вопроса застрял у меня в горле. На меня смотрела замечательно похудевшая и помолодевшая лет на двадцать Нюся.

— Ариша! — завопила она, бросая топор. — Уже приехала?

Я попятилась и закивала.

— Нюся! — взвыл Антон. — Это ты?! Не может быть!

— Может, может, — захохотала та, — пошли в избу, у меня картошечка своя, не купленное говно, с огорода, ровно яблочко, огурчики малосольные, пальчики оближете.

В полном ступоре мы прошли назад в избу. Нюся стащила кацавейку и оказалась в стареньком ситцевом платьишке, в котором я с изумлением узнала свое собственное, брошенное когда-то тут за ненадобностью. Пока я пыталась выдавить из себя слово, Нюся шлепнула на стол горшок с картошкой и стала рассказывать.

Первое время ей было тяжело и ужасно скучно, день тянулся, как резиновый, но потом она слазила на чердак, нашла там сундуки, набитые тряпьем, и швейную машинку. Бабки показали, как топить печь, рубить дрова Нюся научилась через два дня, с керосиновой лампой управляться еще раньше.

— Баня тут у меня, — звенела Нюся, — не чета Сандунам. Зайдешь, сердце радуется, а запах! Хотите, истоплю?

Антон во все глаза глядел на жену.

— А еще, — тарахтела Нюся, — нашла чистые тетрадки, чернила и ручку. Я, Антоша, новую книгу написала, да быстро как — за десять дней. Сейчас вторую кропаю. Господи, сколько же времени я потеряла, по тусовкам шляясь! Ты, Антоша, извини, но пока не допишу роман, и с места не сдвинусь. Слушай, Аришка, продай мне эту избу, а? Тебе же она не нужна! Все, решено. Ты, Антоша, уезжай, я приеду через месячишко, а может, и через два, до холодов тут поживу. Хотя зимой здесь, наверное, классно — тихо, все в снегу...

Я не нашлась что ответить.

— Так продаешь избу? — налетела на меня Нюся.

— Я тебе ее подарю, все равно она нам не нужна, — отмерла я.

— Нюся, — наконец обрел дар речи и Антон, — как ты выглядишь! Похудела, помолодела, прямо красавица.

Подруга смущенно хихикнула:

— Да уж, хорошо, в сундуках одежонка нашлась, а то ходить бы голой.

Антон повернулся ко мне.

— Ты уезжай домой, мы тут с ней недельку поживем.

— А бизнес? — прищурилась Нюся.

— Ну и чего? — вскинул брови муж. — Может, я хочу тут с тобой, такой молодой и красивой, вдвоем время провести, в баньку сходим...

Антон и Нюся уставились друг на друга туманными взглядами. Чувствуя себя абсолютно лишней, я выпала во двор, добрела до «мерса» и сказала шоферу:

— Поехали назад.

— А Антон Михайлович? — удивился водитель.

— Тут решил жить остаться.

— Вы шутница, однако, — покачал головой парень и пошел к избе. Через пять минут, подгоняемый гневными криками хозяина, он сел за баранку и, выруливая на дорогу, заворчал: — Офонареть можно. Прямо не знаю, чегой-то с людьми делается.

Я молча сидела в углу кожаного салона, глядя, как за окном проносятся деревья. «Что делается, что делается...» Что непонятного: второй медовый месяц у людей, в деревне, на печке. И еще, теперь я знаю, какой фразой начну свою новую книгу: «Что нас не убивает, то идет нам на пользу».

Г. Куликова

Закон

сохранения

вранья

ИРОНИЧЕСКИЙ ДЕТЕКТИВ

Дорогие мои читатели!

Вы, конечно, удивитесь, увидев, что в этой книге, кроме моего романа «Скелет из пробирки», опубликован еще и детектив Галины Куликовой «Закон сохранения вранья». Галина Куликова — молодой талантливый автор, который, надеюсь, скоро завоюет ваши сердца. Лично мне ее книга очень понравилась, и я уговорила издательство «Эксмо» сделать вам презент: выпустить повесть Галины Куликовой бесплатно. Вы, купив это издание, заплатите только за одно произведение, за «Скелет из пробирки». Захватывающая криминальная повесть «Закон сохранения вранья» — подарок вам от меня и издательства «Эксмо». Надеюсь, вы получите огромное удовольствие и проведете с этой книгой несколько приятных часов.

С ЛЮБОВЬЮ, ВАША

Дарья Донцова

Если к загадке добавить любовь и все это обильно присыпать юмором, а затем хорошо перемешать, то получатся иронические детективы Галины Куликовой:

Глава 1

Некоторые девушки с удовольствием участвуют во всяких конкурсах на звание самой красивой, обаятельной, сообразительной и т.д. и т.п. Да что там — они просто из кожи вон лезут, только бы надеть бикини и, обвязавшись шелковой лентой, появиться на сцене, улыбаясь так, чтобы жюри были видны зубы мудрости.

Вероника Смирнова подобных устремлений не разделяла. Когда ее шеф, Лев Данилкин, напомнил, что сегодня после работы ей предстоит заполнить анкету для участия в конкурсе красоты, она сделала непреклонное лицо и заявила:

— Я не пойду.

— Но ты ведь наша жемчужина! — воскликнул возмущенный Данилкин.

Это был длинный костлявый мужчина, похожий на скелет, наряженный в костюм. Причем скелет весьма подвижный — он любил размахивать руками и по всякому поводу закатывать глаза.

— Кто вообще придумал подобную ерунду? — возмутилась Вероника. — «Мисс Прилавок», или как там это называется? Кроме того, я тут временно. Не собираюсь всю жизнь торговать искусственными цветами. Каждый день идешь на работу, как на кладбище.

— Вероника! Мы считаем тебя украшением нашего художественного салона, — льстиво сказал Данилкин. — Кроме того, не забывай: конкурс красоты — это то самое место, где сбываются мечты!

— Мне двадцать восемь лет, — напомнила Смирнова. — У меня пять килограммов лишнего веса, которые по странному стечению обстоятельств устремились в нижнюю часть туловища и, кажется, собираются остаться там навсегда. Кроме того, мои мечты никак не связаны с грядущим мероприятием.

— Знаешь, что случается с красивыми девушками, которые не делают ставки на свою внешность? — спросил Данилкин. — Так вот: они становятся некрасивыми женщинами.

— Я художник, — гордо заявила Вероника. — А истинный художник рассчитывает на то, что публика по достоинству оценит его работы, а не его физиономию. Когда-нибудь вы будете гордиться тем, что я ступала по вашему полу.

— Извини, конечно, — ехидно заметил Данилкин, — но я не думаю, что кто-нибудь когда-нибудь согласится платить деньги за изображение людей со смещенными носами и непропорциональными конечностями.

— Ха! — сказала Вероника.

— «Ха» означает, что ты не пойдешь заполнять анкету? А если я тебя пораньше отпущу?

Напарница Вероники, толстая Алевтина, состроила за спиной шефа страшную рожу и бешено закивала головой.

— М-м-м... — пробормотала Вероника, в голове которой внезапно возник замечательный план. — Только пусть Тина меня проводит. Окажет мне психологическую поддержку.

— Хорошо-хорошо, я сам останусь в зале, — подскочил Данилкин, явно возлагавший на свою сотрудницу большие надежды. Ему страсть как хотелось, чтобы его художественный салон упомянули в прессе.

Еще год назад Вероника носила джинсы с дырами на коленях и ходила с коротко стриженной встрепанной головой. Тетка Зоя уверяла, что она похожа не на художницу, а на бандитку. Когда стало ясно, что занятия искусством не приносят денег, достаточных для пропитания, Веронике пришлось наступить на горло собственной песне. Она купила себе деловой костюм, туфли на каблуке и отпустила волосы так, чтобы они укладывались в низкий пучок на затылке.

— Я меняю свой имидж, — сообщила она тетке Зое. — Буду достойной молодой женщиной. Поступлю в какое-нибудь скучное место, чтобы хватало на проездной билет, овсянку и куриные окорочка по субботам.

— Все равно у тебя ничего не получится, — возразила та. — Характер не позволит. Вот увидишь, в ближайшее время что-нибудь случится, и ты вылетишь со своей скучной работы, как окурок из окна.

Вероника только сверкнула на нее глазами. Глаза были огромные, задиристые и жадные до жизни. Девушке с такими глазами было, конечно, скучно служить продавщицей в художественном салоне. Зато после смены имиджа все стали обращать внимание на ее внешность.

Толстая Тина, кривя губы, чуть что, говорила ей:

— Конечно! Тебе хорошо — ты красивая!

На что Вероника сдержанно отвечала:

— На любителя.

— Надо полагать, любителем ты считаешь своего Бороздина, — фыркала Тина.

Она терпеть не могла приятеля Вероники. Во-первых, он был женат. А во-вторых, казался ей типичным слабаком, который постоянно врет и жене, и любовнице. На самом деле все обстояло иначе. Просто вранье было тем воздухом, которым дышал Бороздин. Вероятно, он находил во вранье какую-то особую романтику.

— Послушай, я тебя не просто так отпросила, — сообщила Вероника, хватая свою напарницу за локоть и проникновенно глядя ей в глаза. — Ты должна мне помочь!

— Ладно, — сказала Тина, у которой не было никакой личной жизни, отчего она охотно встревала в личную жизнь других. — Что надо сделать?

— Пойти и заполнить за меня анкету.

— Ага, — снисходительно кивнула Тина. — А ты отправишься следить за Бороздиным.

— Как ты догадалась? — сделала большие глаза Вероника.

Тина пренебрежительно фыркнула:

— В течение дня ты звонила ему четыре раза и осталась страшно недовольна разговором.

— Тебе бы в разведке работать, — пробормотала Вероника. — Он сказал, что идет в ресторан окучивать каких-то клиентов. Туда можно только с женой. Кстати, вот тебе бумажка. Здесь все про меня. Где училась, адрес, паспортные данные и прочее. Остальное можешь выдумать сама.

— А что там еще будет, в этой анкете? — с подозрением спросила Тина.

— Ну, наверное, какая-нибудь лабуда типа моего отношения к животным и вклада, который я мечтаю внести в строительство новой России.

— Мне не кажется, что ты мечтаешь именно об этом, — пробормотала Тина. — А если я напишу что-нибудь не то?

— Мне все равно, — отмахнулась Вероника, которую в настоящий момент занимал только Бороздин и возможность своими глазами увидеть, с кем и куда он отправится вечером.

— Тебе надо найти настоящего парня, — заявила Тина, пряча бумажку в сумочку. — Холостяка я имею в виду.

— В моем возрасте? — воскликнула Вероника. — Невозможно! Все мужчины старше тридцати благополучно женаты.

— Некоторые разводятся.

— Разведенные выбирают восемнадцатилетних.

— Но бывают и вообще неженатые.

— Если кто не женат, значит, с ним наверняка не все в порядке.

— Что не все в порядке?

— Ну, не знаю. Может быть, он спит в носках или коллекционирует окурки знаменитых людей.

— Оригинальная теория. А зачем тебе следить за Бороздиным? — не отставала Тина. — Он же признался, что идет с женой в ресторан, где собираются все эти важные люди.

— Он разговаривал очень странным тоном, — прищурила глаз Вероника. — Здесь явно что-то не то.

— Неужели тебе больше нечем заняться? Я бы на твоем месте...

— Ты на моем месте сейчас летела бы заполнять анкету.

— Иду, иду, — пробурчала Тина. — Надеюсь, мне что-нибудь за это обломится?

— Чашка кофе и кусок шоколадного торта устроит?

— Может, авансом? — с надеждой спросила Тина.

— У нас нет времени рассиживаться в кафе. Есть сладкое будем завтра. Ну, Тина, пожалуйста!

Тяжело вздыхая, Тина двинулась к остановке троллейбуса, разглядывая адрес, указанный в пресс-релизе, который вручил Веронике Данилкин. В общем-то, никого из девушек, выдвинутых на конкурс, да и Тину тоже, не занимала мысль о том, кто и зачем его устраивает. В пресс-релизе мелким шрифтом было напечатано: «Спонсор — фирма «Счастливое лето». Впрочем, там могло быть напечатано что угодно.

Через полчаса Тина оказалась на месте. Тяжело отдуваясь, она взобралась на второй этаж большого дома на проспекте Мира, где в узком коридорчике отыскала белую дверь с картонной табличкой: «Конкурс красоты». Прежде чем войти, она распылила себе за шиворот щедрую порцию дезодоранта и двумя руками пригладила волосы. Потом постучала, приоткрыла дверь и засунула в комнату голову.

За дверью обнаружилась довольно большое помещение, вмещавшее несколько письменных столов. За одним из них скучала крашеная блондинка с челкой на один глаз и синими приклеенными ногтями. У окна восседал симпатичный молодой человек, оправленный в дорогие очки, часы и ботинки.

— Вам что? — сухо спросил он, окинув Тину изумленным взглядом.

— Я... Это... Явилась заполнить анкету, — сообщила та, внося себя внутрь. — Художественный салон «Бутоньерка». Вероника Смирнова.

— Послушайте, это не тот конкурс, где девушки соревнуются в весе? — предупредил молодой человек, постучав карандашом по полированной поверхности стола.

— Если я вам не нравлюсь, — заявила Тина, — то это еще не значит, что на моей красоте можно поставить крест!

Молодой человек посмотрел на блондинку. Блондинка сглотнула и отбросила с лица челку, чтобы видеть двумя глазами.

— Вадик, да пусть девушка заполнит анкету, — пробормотала она, явно опасаясь агрессии со стороны столь мощного противника.

В Тине был ровно центнер веса, с которым она никогда ничего не пыталась делать. Центнер был природный, наливной и упругий.

— Хм, — произнес Вадик. — Ладно, держите бланки. Вон там свободный стол. Приступайте.

— Да здесь куча вопросов! — воскликнула Тина, пролистав страницы. — Даже не знаю, справлюсь ли я.

— У вас что, проблемы с грамотностью?

Тина смерила его уничижительным взором и двинулась в указанном направлении. По дороге она спросила у блондинки:

— А как нужно отвечать на вопросы? Художественно?

Вместо блондинки откликнулся все тот же молодой человек:

— Вы должны писать правду, правду, одну только правду.

— Понятно, — пробормотала Тина, усаживаясь за стол и прицеливаясь кончиком ручки в первую строку. — Правду так правду. Надеюсь, кроме шоколадного торта, мне за это ничего не грозит.

Минут через сорок она завершила свой титанический труд и громко отодвинула стул. Донесла творение рук своих до Вадика и царственным жестом подала ему.

— До свидания, — пресно улыбнулся тот и, заглянув в анкету, добавил: — Вероника. Надеюсь, вы потрясете конкурсное жюри.

Когда Тина спускалась по лестнице, навстречу ей попался невысокий и смуглый молодой человек. Скользнув по ней взглядом, он проследовал дальше с маленькой самоуверенной улыбкой на лице. Очутившись на втором этаже, молодой человек, не раздумывая, двинулся к двери с табличкой «Конкурс красоты». Толкнув ее, вошел и небрежно кивнул Вадику, не обращая ровно никакого внимания на блондинку.

— Ну, как дела? Много собрал? — спросил он, останавливаясь напротив.

— Двадцать пять анкет, — отчитался тот и выложил на середину стола увесистую папку. Потом понизил голос и спросил: — Послушай, Дьяков, кому нужно все это дерьмо?

Смуглый молодой человек холодно смотрел ему в переносицу:

— А тебе какое дело, а? Получил свои бабки, делай, что приказано. Только молча.

Вадик дернул щекой, но сдержался и промолчал.

— Есть что-нибудь стоящее в смысле внешности? — спросил между тем Дьяков, забирая папку и устраивая ее на локте. — Какая-нибудь девица, которая тебя потрясла?

— Есть, — тут же ответил Вадик. — Самая верхняя анкета. Штучка по имени Вероника. Уверен, что, увидев ее в бикини, председатель жюри проглотит свою вставную челюсть.

— Угу, — пробормотал Дьяков. — Понял. Ладно, тогда пока, я завтра позвоню.

Он вышел, небрежно хлопнув дверью. Вадик и блондинка с усмешкой переглянулись.

Настоящая Вероника тем временем сидела в такси неподалеку от дома Бороздина. Шофер листал журнал и зажигал сигареты одну от другой, старательно выдувая дым в открытое окно. Однако духота, стоявшая снаружи, заталкивала его обратно, и пассажирка то и дело кашляла в кулак.

Наконец Бороздин, выряженный, словно жених, вышел из подъезда на улицу. Жена помахала ему рукой из открытого окна.

— Не задерживайся! — крикнула она, свесившись вниз. — И включи мобильный.

— Ах, — сказала наблюдавшая за этой сценой Вероника. — Подлец! Заводите мотор.

— Что такое? — спросил обиженный шофер. — Чего это я вдруг подлец?

— Да это я не вам. Поехали за той машиной.

— Надеюсь, вы шутите?

— С чего бы мне шутить? — рассердилась Вероника. — Немедленно трогайтесь с места!

— Нет, дамочка, мы так не договаривались, — шофер повернулся к ней всем корпусом и нахмурил брови. — Я думал, мы ждем второго пассажира. Прицепиться к какой-нибудь машине в конце рабочего дня! Вы в своем уме?

Автомобиль Бороздина между тем безвозвратно затерялся в потоке уличного движения.

— Ладно, замяли, едем в «Чертово колесо», — мрачно сказала Вероника, в нетерпении ерзая на сиденье.

— Где это? — удивился шофер. — У черта на куличках? И что это? Казино, что ли?

— Господи, ресторан! Ресторан в районе Покровки.

Шофер повернул ключ в замке зажигания, обиженно ворча,

что он не обязан знать все чертовы рестораны, которых понастроили по всему городу для чертовых «новых русских».

Вероника действовала наугад. Сегодняшний разговор с Бороздиным ей категорически не понравился. Его голос был каким-то слишком уж масленым. Кроме того, он ловко уходил от ответов на ее прямые вопросы и постарался побыстрее отделаться от нее, обещая позвонить завтра. Примерно так он разговаривал по телефону с женой, когда у них с Вероникой только завязались романтические отношения. Она отлично помнила, что именно в «Чертово колесо» он возил ее весь первый месяц после знакомства. Теперь ее вела туда интуиция.

Машины Бороздина на стоянке возле ресторана не было. Вероника отпустила такси и принялась прогуливаться по тротуару, озирая окрестности. Ее сердечный друг появился только через полчаса. Не замечая Веронику, он обежал личное средство передвижения и, распахнув дверцу, явил миру долговязую девицу с бесконечно длинными ногами.

Дымясь, словно забытая на огне сковорода, Вероника встала на пути у парочки, сложив руки на груди. Когда Бороздин увидел ее, лицо его непроизвольно вытянулось.

— Боже мой, — громко сказала долговязая девица, демонстративно обходя Веронику. — Какое бойкое место. Тут повсюду продажные женщины! — Бороздин глупо хихикнул. — Пойдем, мой дикий мустанг!

Она, не оглядываясь, двинулась вперед. Бороздин метнулся было за ней, но Вероника заступила ему дорогу, схватила за лацканы пиджака, притянула к себе поближе и незаметно, но сильно ударила коленкой в пах. Дикий мустанг издал сдавленное ржание и, согнувшись, поскакал по тротуару.

«Не могу поверить! — думала Вероника, быстро уходя прочь. — И это ничтожество я сделала своим кумиром!» Ее душа наполнилась горечью, которая поднялась к самым глазам, отчего глаза защипало. Вероника запретила себе плакать и упрямо вздернула подбородок. «Наши отношения с самого начала были нечестными, — стала убеждать она себя. — Мы вдвоем с Бороздиным обманывали его жену, теперь он с другой девицей обманывает меня. Закон сохранения вранья».

На сердце все равно было тяжело, поэтому вместо того, чтобы ехать домой и мерить шагами жилплощадь, Вероника отправилась к своей тетке, которая обещала сообщить ей какую-то потрясающую новость.

— Прабабка собирается оставить тебе свою квартиру!

Это и была та самая новость, которая выскочила из Зои сразу после того, как Вероника переобулась в тапочки.

— Глупости, — отмахнулась та. — Как это тебе в голову пришло?

— Сегодня звонила ее сиделка. Сказала, что старуха хочет тебя видеть. Сказала, чтобы ты зашла к ней как можно скорее.

— Это еще ничего не значит. То, что она просила меня зайти.

— Еще как значит! Сиделка сообщила, она плохо себя чувствует в последнее время. Вызывала на дом адвокатов. Вероятно, составляла завещание. Я ни на что не рассчитываю, меня она терпеть не может.

— Она никого терпеть не может, — пробормотала Вероника.

Зоя была младшей сестрой ее матери, ей только-только исполнилось сорок лет. От первого, давно разорванного брака у нее осталось двое детей. Зоя растила их одна. Замотанная работой, воспитанием отпрысков и ведением домашнего хозяйства, она махнула на себя рукой. И лишь теперь, когда дети подросли, решила расправить крылья.

Месяц назад у нее наконец появился сердечный друг — мастер по врезанию замков. Он носил фамилию Изюмский и очень серьезно относился к завязавшимся отношениям. Несколько раз Вероника сталкивалась с ним у тетки и, бегло поздоровавшись, торопилась ретироваться.

Изюмский был худым, жилистым мужчиной, который носил длинные волосы, стянутые в хвост шнурком для ботинок. Половину его лица занимала растительность — усы и буйная ржавая борода лопатой.

— Как ты с ним целуешься? — не удержавшись, спросила тетку как-то раз Вероника. — У тебя не возникает чувства, что ты тычешься губами в мох?

— Ах, разве дело в бороде? — отмахнулась та. — Изюмский очень хорошо относится к моим мальчикам. И он ужасно ответственный.

Пару раз Вероника видела ответственного Изюмского с авоськой картошки, которую тот тащил вверх по лестнице. Зоя была на седьмом небе от счастья. «Если я когда-нибудь докачусь до подобных радостей, — подумала Вероника, — можно считать, что жизнь прожита напрасно».

Весь этот вечер она думала об обманщике Бороздине и ни разу не вспомнила о том, что отправила подругу вместо себя заполнять длинную анкету. Разве могла она предположить, что «чистосердечные признания» Тины сыграют в ее судьбе роковую роль?

Глава 2

— Кажется, я нашел ее! — заявил Дима Дьяков, врываясь в кабинет главы фирмы «Счастливое лето» Матвея Каретникова. — То, что доктор прописал. Смотрите сами!

Жестом победителя он протянул своему боссу анкету, старательно заполненную Тиной накануне вечером.

— Даже рассчитывать не мог на такую удачу, — продолжал он ликовать. — Обычно красивые девицы хитры, расчетливы и излишне предприимчивы. Но эта — святая простота! Наив в чистом виде. Вы почитайте, почитайте!

Каретников взял листы. В отличие от своего стремительного помощника он казался воплощением спокойствия. Свои пятьдесят лет носил с большим достоинством, гордясь тонким интеллигентным лицом и все еще густой шевелюрой.

— Особенно мне понравились отдельные пункты, — перегнулся через стол Дьяков. — Листайте страницы. Глядите, вот здесь, после двадцатого.

Каретников послушно нашел нужные графы и пробежал их глазами. Уже сам почерк привлекал к себе внимание. Буквы были круглые, без наклона, с короткими бесхитростными хвостиками. На вопрос: «Ваша самая большая страсть» — Тина коротко ответила: «Драгоценности». Потом в скобочках мелко приписала: «(И живопись)».

Порыв писать правду, правду, одну только правду боролся в ней с пониманием взятой на себя ответственности. Дьяков и Каретников как раз знакомились с результатами этой борьбы.

— Дальше еще интереснее! — радостно улыбнулся Дьяков.

«Чему вы посвятите себя, если победите на конкурсе красоты?» — «Поиску мужа. (И борьбе против шуб из шкурок натуральных животных.)»

— Натуральные животные! Прелесть, прелесть! — потирал руки Дьяков, сверкая быстрыми и зоркими глазами. — Клянусь, эта девица сидит и ждет, когда за ней приедет принц на белой лошади! В голове у нее корзиночки с кремом, к тому же Вадик уверяет, что она красива, словно Клеопатра.

Предполагаемая Клеопатра не остановилась на достигнутом и в пункте 23 после слов «Ваша самая заветная мечта» начертала: «Узнать, чем закончилась «Санта-Барбара». Строчка была замарана, и над ней надписано: «Участвовать в строительстве новой России».

Также в анкете попадались настоящие перлы типа:

«Ваш любимый напиток?» — «Водка».

«Ваш любимый фильм?» — «Золушка».

«Что вы делаете, чтобы снять стресс?» — «Разнашиваю тесные туфли».

«Подарок, о котором вы грезите?» — «Обручальное кольцо».

«Как вы относитесь к браку по расчету?» — «С восторгом».

«Считаете ли вы, что внешность влияет на ваши жизненные обстоятельства?» — «Это они влияют на мою внешность».

«Что вы больше всего ненавидите?» — «Обезжиренные продукты».

«Что кажется вам смешным в других женщинах?» — «Кружевное белье».

«Что вы готовы отстаивать с оружием в руках?» — «Шоколадный торт». — Криво зачеркнуто и переправлено на «Мир во всем мире».

— Ну? Что вы думаете? — спросил Дьяков, плюхаясь в кресло и принимаясь вертеться в нем, точно ему было горячо сидеть. — Рискнем?

— Рискнем, — согласился Каретников. — Не зря же мы затеяли все это! — Он мотнул подбородком на папку с анкетами, которую его помощник водрузил на край стола. — Кстати, как там наш конкурс?

— А что конкурс? Конкурс пойдет своим чередом. Вы ведь его спонсировали.

— Да-да, ты последи за этим. Пусть не будет никаких эксцессов. Так где работает наша прекрасная принцесса? Как бишь ее?..

— Вероника, — подсказал Дьяков. — В художественном салоне «Бутоньерка», в одном из переулков неподалеку от ЦУМа. Там продают искусственные цветы из ткани для украшения одежды и интерьера. Вообще-то, судя по анкете, она имеет высшее образование. Может рисовать узоры для блеклого отечественного ситца. Или для обоев. Что-нибудь в этом роде. Однако почему-то предпочитает другой род деятельности.

— Думаю, это связано с заработной платой, — сказал умудренный жизненным опытом Каретников.

— Кроме того, — заметил Дьяков, — в художественном салоне в центре Москвы у девушки с прелестным лицом есть шанс встретить прекрасного принца. Если повезет, можно подцепить даже иностранца.

— Я должен выглядеть привлекательнее, чем иностранец! — предупредил Каретников. — Ты продумал стратегию? Как мне себя вести?

— Нужно делать вид, что вы сходите с ума от любви, вот и все. Побольше томных взоров и пылких признаний. И не бойтесь говорить глупости!

— Я давно уже ничего не боюсь. Кстати, вот здесь, видишь, она честно отвечает, что у нее есть друг. Как быть с этим?

— Друг — это не фигура на шахматной доске, — заявил Дьяков. — Мы съедим его в два счета.

— И еще: анкеты, безусловно, мало. Мне нужно знать об этой Веронике все. Каждую мелочь.

— Конечно!

— Скажи Виталику...

— Ни в коем случае! — подпрыгнул Дьяков. — Никого не впутывать, никого! Только вы и я будем посвящены в детали. Иначе нельзя гарантировать, что не произойдет утечки информации. Мало ли кто что может сболтнуть. И тогда все наши усилия окажутся напрасными!

— В самом деле, что это я? — расстроился Каретников. — Дурная привычка — доверять подчиненным. Как я мог так расслабиться?

— О Веронике я все выясню сам, — заявил Дьяков. — И о ее дружке тоже.

— И сколько же ждать? Мне не терпится начать немедленно! Какое сегодня число? — Он потянулся к ежедневнику. — Боже мой! У нас в запасе меньше месяца!

— Что, собственно, мешает нам прямо сейчас отправиться в этот салон и должным образом обставить первую встречу? Вы будете изображать мужчину, сраженного стрелой Амура, а я вам подыграю. Недостающую информацию доберем по ходу дела.

* * *

Когда Каретников, а следом за ним Дьяков вошли в художественный салон, Вероника обслуживала даму, которая подбирала букетик цветов для летней шляпы. Поэтому она только мельком взглянула на посетителей, предоставив Тине разбираться с ними.

Тина поспешно засунула в рот последний кусок марципана, который тайком пронесла на рабочее место, и вытерла руки о платье. К слову сказать, она была не в настроении — проспала на работу, поэтому не успела как следует позавтракать. Ее обычное благодушие осталось дома на верхней полке холодильника. По той же причине она не запаслась бутербродами, которые обычно скрашивали ее существование с обеда до ужина.

— Добрый день! — Очутившись внутри салона, Дьяков решил взять инициативу в свои руки, чтобы его босс успел осмотреться. — Где у нас тут очаровательное создание, которое вчера заполняло анкету для участия в конкурсе красоты?

— Это я, — сообщила Тина, позабыв о конспирации. Высунула язык и слизнула марципановые крошки с подбородка.

Крепкая улыбка Дьякова мгновенно размягчилась и оплыла вниз вместе с уголками губ. Каретников замер.

— Хотите сказать, это вы — Вероника Смирнова? — недоверчиво переспросил Дьяков.

— А! Конкурс красоты! — опомнилась Тина. — Это не я, не я! — Она хлопнула себя по лбу и глупо хихикнула: — Все время выдаю желаемое за действительное. Вон кто вам нужен!

Когда Вероника обернулась, босс и его помощник облегченно вздохнули. Да-да, она вполне вписывалась в их план. Вполне. Не просто очаровательная мордашка, состоящая из плавных линий и пустеньких глазок, но девушка с изюминкой.

— Одну минутку, — сказала Вероника с профессиональной галантностью и снова повернулась к клиентке.

В этот момент в зал из-за прилавка выпрыгнул Данилкин.

— Могу я быть вам полезен? — спросил он, сцепив руки перед собой и выжидательно наклонив голову.

— Мы насчет конкурса красоты, — объяснил Дьяков.

— Ваша девушка, — проникновенно сказал Каретников, не сводя восхищенных глаз с Вероники, — невероятно привлекательна. Она вполне может завоевать первый приз.

— О да! — закатил глаза тот. — Я тоже так считаю.

— Нам необходимо задать ей кое-какие вопросы по поводу анкеты, — небрежно заметил Каретников.

— Конечно, конечно, какие проблемы? Правда, сейчас она занята с клиенткой. Пока она не освободилась, разрешите, я покажу вам наши товары, — оживился Данилкин.

Он принялся носиться по магазину, грозя смести все на своем пути.

— Вот эти корзинки с незабудками очень милые, — заметил Дьяков, послушно бегая за ним.

Каретников остался стоять посреди зала, озирая Веронику со всем восторгом, который он только мог изобразить.

— Это к тебе по поводу конкурса красоты, — шепнул Данилкин, подскочив к Веронике, когда клиентка наконец отошла. — Важные люди. Будь с ними полюбезней.

— Добрый вечер, — сдержанно сказала Вероника, стараясь соответствовать избранному имиджу достойной молодой женщины. — Что не так с моей анкетой?

Она метнула взгляд на Тину, которая сделала глаза кружочками и выразительно пожала плечами, подтянув их к самым ушам.

— Все так, не беспокойтесь. Просто... М-м-м... Хотелось бы более пространных ответов на некоторые вопросы. — Дьяков сосредоточенно сдвинул брови, чтобы показать, насколько все серьезно и важно.

— Не согласитесь ли вы с нами поужинать? — в свою очередь спросил Каретников низким, чуть хриплым голосом, который так подходил к его дорогому облику.

Вероника еще ничего не ответила, но Каретников ясно увидел, что в ее глазах копится отказ. Поэтому он поспешил добавить:

— Это вас ровно ни к чему не обязывает. Можно просто выпить по чашке кофе, если вы категорически против ужина. Не здесь же нам разговаривать!

— В самом деле! — поддакнул Данилкин. — Что здесь за разговор? Присесть некуда... Опять же — клиенты... И мы с Тиной будем подслушивать! — Он издал несколько икающих звуков, означавших смех.

Потом незаметно для присутствующих больно ущипнул Веронику за руку.

— Иди, иди, глупая, — прошипел он.

— А вы, собственно... — начала Вероника.

— О господи! — спохватился Каретников. — О чем я только думаю? Забыл себя назвать. Просто голову потерял!

Вероника с некоторым подозрением посмотрела на него. Однако глаза собеседника были чисты и простодушны.

— Матвей Каретников. Мой помощник Дмитрий Дьяков. Как вы, наверное, поняли, это моя фирма «Счастливое лето» устраивает конкурс красоты. Я — владелец.

— Фирма туристическая? — уточнил любопытный Данилкин.

— Да нет, мы возводим коттеджи, летние резиденции, флигели...

— Дачное строительство, — резюмировал Дьяков.

Вероника замешкалась. Подлая измена Бороздина в один момент сожгла ее любовь и развязала ей руки. Кроме того, этот Каретников ничего себе. И как смотрит! Когда от тебя тащатся с первого взгляда, это приятно, чего уж там говорить.

Толстая Тина неожиданно спросила через голову Дьякова:
— А вы женаты?

Вероника смутилась, Данилкин содрогнулся, но Каретников подарил Тине улыбку и охотно ответил:

— Я в разводе.

Поскольку все молчали, он добавил:

— Ну, так что насчет чашечки кофе?

Данилкин ударил Веронику носком ботинка по пятке.

— Хочешь, я пойду с тобой? — неожиданно предложила Тина, желудком почуяв вкусную еду. — В качестве моральной поддержки?

Вероника окинула Каретникова королевским взором и сказала:

— Хочу.

Вместо того чтобы рассердиться, тот усмехнулся:

— Что ж, девушки, прекрасно. Когда заканчивается ваш рабочий день?

Данилкин вытянул шею:

— Считайте, он уже закончился. Можете забирать их обеих.

Каретников, правдоподобно изображая душевный трепет, повел Веронику к автомобилю. Тина пристально посмотрела на замешкавшегося Дьякова. Рядом с ней он выглядел, словно хомяк на фоне раскормленной морской свинки. Однако, к вящему ее изумлению, он ничуть не смутился и галантно подставил локоть.

В ресторан они вошли парами и расположились за круглым столиком в глубокой нише. Естественно, одним кофе дело не ограничилось. Вероника думала, что Каретников, желая произвести впечатление, примется выставлять напоказ купеческую щедрость. Однако тот приятно удивил ее сдержанностью. Примерно через час подружки наелись до отвала и захмелели от шампанского.

— Может, перейдем к делу? — спросила Вероника, ощущая смутное беспокойство.

Еще бы! Все это время новый знакомый смотрел на нее, словно снайпер, готовящийся вскинуть ружье.

— Ваша анкета рассказала мне о многом. Значит, больше всего на свете вы хотите заполучить мужа? — спросил он вкрадчиво и наклонился поближе к Веронике.

От него пахло чем-то необыкновенно приятным. Несмотря на вечерний час, воротничок его рубашки выглядел хрустящим.

— Я хочу заполучить мужа? — изумленно переспросила Вероника.

— Вы так написали, — мягко заметил Каретников.

Вероника кинула укоризненный взгляд на Тину. Та сконфуженно потупилась.

— Ах да. Мужа. Конечно, — пробормотала Вероника. — Муж — это как раз то, чего мне отчаянно не хватает.

— И при этом вы любите драгоценности?

— Еще бы не любить! — согласилась Вероника, вливая в

себя остатки шампанского из бокала. — Сплю и вижу бриллиантовое колье.

— В бархатном футляре, — мечтательно добавила Тина, которая беззастенчиво влезала в любые разговоры, которые достигали ее ушей.

— Значит, вам нужен богатый муж, — сделал заключение Каретников. — Такой, как я.

Дьяков под столом наступил ему на ногу и одними губами сказал: «РАНО».

— Думаю, вам не хватает в жизни романтики, — поспешно отступил Каретников. — Путешествий, развлечений, возможности совершать глупости...

— Для того чтобы делать глупости, муж нужен меньше всего, — неожиданно подала голос Тина и подмигнула Дьякову, который завороженно следил за тем, как исчезает в недрах ее большого туловища четвертый кусок торта.

— Нет, как раз романтики просто через край! — заверила Вероника, вспомнив Бороздина и вчерашнюю сцену возле ресторана. — Так что вы там хотели уточнить по поводу конкурса?

— Ну... Хм. Мы просто разговариваем со всеми девушками по очереди, чтобы сразу отсеять тех, кто совершенно точно не пройдет отборочный тур.

— Это каких? — хмуро поинтересовалась Тина, перекинувшаяся, словно всепожирающий огонь, с шоколадного торта на мороженое. — Какие не пройдут отборочный тур?

— Допустим, есть красивые девушки, которые заикаются, — тут же нашелся Дьяков. — Зачем травмировать бедняжек и заставлять их надеяться на победу? Ведь участницы конкурса должны не только хорошо выглядеть, но и проявить находчивость, продемонстрировать красивую речь, высказать замечательные мысли.

— Пожалуй, мне стоит отказаться от чести участвовать в вашем конкурсе, — заявила Вероника слегка заплетающимся языком. — У меня нет ни одной мысли, которую я хотела бы поведать человечеству.

— Вы остроумны, — похвалил Каретников. — Это дорогого стоит.

Вероника поднялась и сообщила, что ей необходимо припудрить нос. Тина в знак солидарности присоединилась к ней, с явной неохотой отложив чайную ложечку.

— Ну как? — с тревогой спросил Каретников, оставшись со своим помощником один на один. — Я веду себя как надо?

— Да, только очень торопитесь.

— Ладно, я учту.

— И когда станете прощаться, не вздумайте приглашать ее

на чашечку кофе. Или напрашиваться на чашечку кофе, ч
одно и то же. Вообще не заговаривайте о следующей встре
В следующий раз появитесь неожиданно.

— С бриллиантовым ожерельем.

— Да рано, я вам говорю! — рассердился Дьяков и, ничу
не смущаясь, гневно посмотрел на своего шефа. — Этой де
чонке подавай романтику. Навешать на нее драгоценност
вы еще успеете.

Каретников раздраженно зыркнул на своего помощник
но промолчал.

— Сделайте, как я говорю, — настаивал Дьяков. — Повезе
те ее домой, не клейтесь. Никакой дешевки.

— А ты что?

— А я возьму машину, отвезу домой эту...

— Твоя галантность не чрезмерна?

— При чем здесь галантность? Я надеюсь кое-что выведа
у толстухи. Возможно, ваша Вероника делилась с ней переж
ваниями и событиями личной жизни.

Вероника действительно делилась. Тем же вечером кова
ный Дьяков выудил из сытой Тины все ее девичьи тайны. Кра
кий отчет о беседе, который он подготовил для шефа вечеро
начинался с фамилии Бороздин.

* * *

Остановившись перед квартирой прабабки, Вероника пр
свистнула. Перед ней была мощная стальная дверь с оттисн
тым в уголке названием фирмы-производителя. Такая две
должна казаться ворам особенно привлекательной — она в
глядела как обещание того, что за ней спрятаны сокрови
Али-Бабы.

Когда Веронике позвонил адвокат и подтвердил, что пр
бабка хочет ее видеть, она не рискнула отказать. «Маргари
Прохоровна очень больна», — подчеркнул тот. Вероятно, е
предупредили, что просто так, на чай, правнучка не заходит

Последний раз Вероника видела прабабку десять лет наз
сразу после гибели родителей. Та вела себя словно безумная
так орала на Зою, что у Вероники захватывало дух. Больная
горя, она не поняла, с чего вдруг Маргарита Прохоровна т
взъелась на свою внучку. Она исторгала из себя проклять
широко разевая старушечью пасть, начиненную фарфоров
ми зубами. И закончила сакраментальным:

— Можешь ни на что не рассчитывать! Ни копейки из мо
денег ты никогда не получишь!

С тех самых пор тетка Зоя ни на что и не рассчитывала. Но почему разразился скандал, говорить отказалась наотрез. Устрашенная воспоминаниями, Вероника не отваживалась являться к прабабке одна. Кроме тетки Зои и ее отпрысков, родственников у нее больше не было, а тем вход в пятикомнатный мавзолей в центре Москвы был заказан.

Когда были живы родители, они часто, посмеиваясь, говорили о бабкиных фамильных «брульянтах», которые пережили вместе с ней страшные времена благодаря серии выгодных замужеств. Впрочем, счастья драгоценности не принесли: Маргарита Прохоровна похоронила трех высокопоставленных мужей, а также дочку и внучку, Вероникину мать. Мать с отцом погибли в перевернувшейся машине, и Вероника никак не могла понять, при чем здесь тетка Зоя. Отчего прабабка так орала на нее на похоронах.

Впрочем, была еще одна короткая встреча. Примерно год назад Маргарита Прохоровна без предупреждения нагрянула в крошечную квартирку Вероники, которую та называла ни больше ни меньше — студия. У Бороздина как раз выдалась «партизанская» ночь — его жена отбыла в очередную командировку в Клин. Там она что-то курировала на радость вероломным любовникам. Они уже откупорили бутылку красного вина и зажгли пару свечей, ожививших томные сумерки, как вдруг в квартире раздался звонок.

Звонок был таким длинным и требовательным, что Бороздин едва не хлопнулся в обморок. Ожидая самого худшего, Вероника открыла дверь и нос к носу столкнулась с собственной прабабкой, которая стояла на пороге, опираясь на лакированную палку. У нее был вид ведьмы, которую забыли пригласить на праздник в честь рождения принцессы. Поэтому она пришла сама, собираясь пожелать новорожденной какую-нибудь волшебную гадость.

— Ну? Ты меня пригласишь? — резко спросила Маргарита Прохоровна. — Надеюсь, ты меня узнала?

«Тебя, пожалуй, забудешь», — сумрачно подумала Вероника, отступая в сторону. Прабабке перевалило за девяносто, и держать ее на лестнице было неловко.

— Здрась-те! — расшаркался Бороздин, успевший натянуть штаны и накинуть рубаху на гладкое похотливое тело.

Появление прабабки он воспринял с восторгом. Он был до смерти рад, что это не его жена. Маргарита Прохоровна без приглашения прошла к одиноко стоящему у окна стулу и села, сложив руки на набалдашнике палки. Бороздин поспешно задул свечи, и пламя тихо умерло в глубине стаканов.

— Что-нибудь случилось? — нервно спросила Вероника,

пытаясь запахнуть халат как можно глубже. Она осталась стоять возле двери, глядя на нежданную гостью в упор.

— А что могло случиться? — сварливо отозвалась прабабка, озираясь по сторонам. — Я не умерла, значит, все в порядке. Просто приехала тебя проведать. В конце концов, ты — моя единственная родственница.

— Как это? — рассердилась Вероника. — А Зоя? И у нее двое мальчиков — Миша и Коля.

— *Их* я не желаю знать, — отрезала старуха.

— Но почему?!

— А ты будто не знаешь? — Прабабка зыркнула на нее и снова принялась разглядывать развешанные повсюду картины.

— Откуда бы мне знать? Вы ведь ничего не рассказываете! И тетка Зоя тоже.

— Еще бы она тебе рассказала! — фыркнула старуха. — Но я думала, у тебя есть глаза.

— У меня есть глаза, — запальчиво ответила Вероника.

— Вот и разуй их! — грубо сказала Маргарита Прохоровна. Повисло молчание, и Бороздин, кашлянув, предложил:

— Хотите чаю?

— Да, Маргарита Прохоровна, хотите чаю? — эхом откликнулась Вероника, нахмурив лоб.

— Не хочу. Я просто заехала посмотреть, как живет моя наследница.

— И как? — сделав глуповатую физиономию, спросил Бороздин.

— Она живет в хлеву. Да еще и в грехе. — Старуха проворно поднялась на ноги и в упор посмотрела на Бороздина: — Когда вы женитесь на моей правнучке?

— Э-э... — пробормотал тот. — Женитесь? Я не понял...

— Никогда, — ответила за него Вероника, хотя могла промолчать и послушать, как тот вывернется. — Он уже женат.

— Как это вульгарно, — пробормотала старуха и, окинув Бороздина брезгливым взглядом, словно таракана, застуканного в сахарнице, направилась к двери. — Я ухожу.

— Вы бы предупредили, что приедете, — пробормотала Вероника.

— Зачем? Чтобы ты заранее заварила чай? — пожала плечами прабабка. — До свидания, Вероника. Приятно было поболтать.

Она вышла и захлопнула за собой дверь с такой силой, что картины на стенах возмущенно вздрогнули.

— Могла бы сказать, что ей нравится твое творчество, — заметил Бороздин, который чувствовал себя не в своей тарелке. Чуть-чуть. Ведь он же не виноват, что уже женат.

— Зачем она вообще приезжала? — пробормотала Вероника, поежившись. — Что за дурацкая инспекция?

Через неделю после прабабкиного визита Вероника позвонила ей, но к телефону подошла сиделка и сказала, что Маргарита Прохоровна отдыхает. Больше не было ни встреч, ни звонков.

И вот теперь Вероника стояла на пороге старухиной квартиры и против воли волновалась. Дверь ей открыла чопорная дама в длинном платье под горлышко с кружевным воротничком. Она тихо поздоровалась и тут же опустила глаза долу. Казалось, она вынырнула прямо из прошлого века и продолжает существовать в этом как ни в чем не бывало.

Квартира оказалась совсем не такой, какой Вероника ее себе представляла. Она думала, что здесь мрачно, темно и сыро, пахнет лекарствами и влажной землей от многочисленных горшков с геранью, заполонивших подоконники. Все было не так. Вероятно, совсем недавно здесь сделали ремонт — специфический строительный дух витал вокруг стен, оклеенных светлыми обоями. Узорный паркет лежал досочка к досочке, с выбеленного потолка хрустальной гроздью свисала итальянская люстра.

— Сюда, — сказала женщина из прошлого века и показала рукой направление.

Вероника шагнула в просторную комнату, где все выглядело дорогим и нарядным. Прабабка сидела в кресле напротив двери. На ней был брючный костюм шоколадного цвета, в вырезе которого мерцали желтые камни. Такие же камни были вделаны в серьги и теперь оттягивали сморщенные мочки ушей.

— Ну, спасибо, что пришла, — ехидно сказала старуха и сцепила скрюченные пальцы в замочек. Пальцы тоже оказались унизаны кольцами с желтыми камнями.

— Мне сказали, вы плохо себя чувствуете, — Вероника изо всех сил старалась не отводить глаз. Однако понимала, что надолго ее не хватит: старуха ей явно не по зубам. — Можно мне сесть?

— Нельзя, — отрезала та. — Нечего тебе рассиживаться. Я позвала тебя только затем, чтобы сказать лично: я все это оставляю тебе. — Она неопределенно махнула рукой. — И квартиру, и все, что найдется в ней ценного. А здесь есть кое-что, уж поверь мне!

Она довольно квохтнула и снова вперила в правнучку зловещий взор, как будто уже была фамильным привидением и знала, что может испугать наследницу до смерти.

— Спасибо, конечно, — пробормотала Вероника.

Ей хотелось спросить про тетку Зою, но она не рискнула. Вдруг со старухой случится приступ ярости, который повредит ее здоровью?

— Надеюсь, ты больше не встречаешься с *этим*? — Прабабка раздула маленькие круглые ноздри и пошевелила ими, словно почувствовав дурной запах.

Поскольку, кроме Бороздина, она никого не видела, то спрашивать, кого она имеет в виду, не имело смысла. Вероника постаралась ответить сдержанно:

— Мы расстались.

— Я рада, — проскрипела прабабка. — Ты красивая женщина, Вероника. Похожа на меня в молодости. С такой внешностью грех было бы продешевить. За тобой кто-нибудь ухаживает?

Вероника по-прежнему стояла на пороге, и ей невольно хотелось принять позу смирения, какую она заметила у встретившей ее сиделки.

— Да, — неожиданно для себя призналась она. — Матвей Каретников. Мы познакомились недавно, но он, кажется, настроен очень серьезно. Ему пятьдесят лет, у него собственная фирма...

— Он что, «новый русский»? — подозрительно спросила старуха. — Вор?

— Он не вор, а созидатель! — вспылила Вероника. — Тот, кто не крадет, а строит. И он подарил мне — вот!

Вероника распахнула воротничок блузки и показала ожерелье, которое боялась оставлять дома.

— Главное не то, что он это подарил, — задумчиво пробормотала старуха, щуря выцветший глаз. — Главное то, что ты приняла подарок.

— Мне двадцать восемь лет, — тоном, каким говорят о тяжкой болезни, сообщила правнучка.

— Двадцать восемь! — мечтательно закатила глаза старуха. Потом вернула их назад и посмотрела на Веронику с усмешкой. — А мне девяносто два.

Вероника вспыхнула, а прабабка залилась каркающим смехом. Отсмеявшись, она тяжело задышала и махнула рукой:

— Все. Аудиенция окончена. Я высказала тебе свою волю, можешь быть свободна. Когда умру, тебе сообщат.

— Но, может быть...

— Мне ничего не надо! — важно сказала старуха и даже притопнула ногой: — Проваливай.

Вероника сделала два шага назад, но потом все же решилась и спросила:

— Почему вы так со мной обращаетесь?

— Потому что твоя мать была дура, и ты, ее дочь, судя по всему, такая же дура. Мне это не нравится. Однако выбора у меня нет.

— До свидания, Маргарита Прохоровна, — пробормотала Вероника.

— Прощай.

Выкатившись на улицу, Вероника согнулась пополам, потом разогнулась и громко сказала:

— Фу-у!!

Да уж, это был всем визитам визит. Тетку Зою страшно интересовало, о чем они будут говорить, и она взяла с Вероники слово, что та, как вернется домой, сразу же позвонит.

— О тебе она даже не заикнулась, — сразу же сообщила ей Вероника. — Ни о тебе, ни о мальчиках.

— Вот зараза! — беззлобно заметила та. Веронике даже показалось, что Зоя испытала облегчение.

— Не хочешь сказать, из-за чего вы поругались?

— Из-за ерунды. Даже стыдно вспоминать. Мне правда стыдно, не наезжай, ладно? Вот сама скажи, на нее легко обидеться?

— Более чем.

— Видишь!

— Она в самом деле обещала оставить мне квартиру, — выпалила Вероника. — Со всей обстановкой. Выглядело это... ужасно.

— Почему? Старуха выставила какие-нибудь условия?

— Да нет, просто она сидела в кресле — живехонька-здоровехонька... Сказала, что, когда умрет, мне сообщат.

— Вот ведь карга! — подивилась Зоя. — Всю жизнь боролась за какую-то мифическую честь фамилии, а сама ведет себя, как последняя сволочь. — Кстати, — без перехода сказала она. — Мы с Изюмским решили пожениться.

— Ой, — опешила Вероника. — Поздравляю! А когда?

— Ну, он собирается на месячишко отчалить на заработки с какой-то строительной бригадой, заработает денежек, вернется, и сразу под венец. Заявление мы уже подали.

— Зоя, ты счастлива? — спросила Вероника.

— Абсолютно. А что?

Вероника не могла объяснить — что. В последнее время она часто примеривала замужество к себе — Матвей Каретников созревал для брака со скоростью кукурузного початка. Он уже едва не лопался от переполнявших его чувств, и, когда встречался с Вероникой, золотые колечки блистали в его глазах победным блеском. При этом он проявлял странное целомудрие и не заводил отношения дальше страстных поцелуев.

— Сегодня он сделает тебе предложение, — говорила Тина всякий раз, когда автомобиль Каретникова тормозил перед художественным салоном. — Не может же он дарить такие дорогие подарки без задней мысли!

Вероника и сама понимала, что все к этому идет. И не знала, как поступить. С одной стороны, она принимала подарки — это да. С другой стороны, представить Каретникова в роли спутника жизни?.. Она про него почти ничего не знала. У него должен быть стальной хребет, раз он имеет собственное дело и уверенно держится на плаву.

Однако с ней Каретников был другим — мягким и пушистым. В конце каждого свидания он впадал в дешевую патетику и становился слащавым до отвращения. Вероника убеждала себя, что он свихнулся от любви. И ей, черт побери, было лестно. «Может, это вообще мой последний шанс, — думала она. — Откажу Каретникову и останусь навсегда старой девой».

Старые девы вызывали у нее сложные чувства. Она еще помнила двух своих бабушек со стороны матери, которые всю жизнь прожили в гордом одиночестве. У них были странные представления не только непосредственно о мужчинах, но и о жизни вообще. Из чего можно было сделать вывод, что отсутствие мужа как-то влияет на голову. Веронике совершенно не хотелось страдать закидонами и служить объектом сожаления всех знакомых. Каретников в данном случае казался ей не просто выходом из положения. Он был шикарным выходом. Ей, безусловно, будут завидовать.

Кроме того, Каретников хорошо обеспечен, и, сделавшись мадам Каретниковой, Вероника сможет позабыть о скучной службе в «Бутоньерке» и всецело отдаться живописи. Короче, со всех сторон одни плюсы. «Значит, когда Матвей сделает предложение, я это предложение сразу же приму, — решила Вероника. — Не забыть, что принять его надо с радостью».

Глава 3

— Что ж, шеф, — сказал Дима Дьяков однажды утром. — Пришла пора делать предложение и знакомить Веронику с мамой.

— С мамой?! — ужаснулся Каретников, глядя на своего помощника дикими глазами. — Но для чего?

— Ах, боже мой, шеф! — всплеснул руками Дима. — Как же без этого? Никто не поверит в серьезность ваших намерений без знакомства невесты с родительницей! Все знают, как вы любите маму.

— Но я не хочу ее расстраивать, — уперся Каретников. — Когда девку убьют, она подумает, что я страдаю, и тоже примется страдать! У нее подскочит давление, а в пожилом возрасте это опасно.

— А мы ей ничего не скажем, — Дима перешел на ласковый тон.— Я имею в виду, что девку убили. Скажем, что вы поссорились и раздумали жениться.

В последнее время Дима Дьяков чувствовал себя Котом в сапогах. Решительный и умный Каретников в деле с собственной женитьбой вел себя в точности как маркиз де Карабас — то есть как дурак. Диме приходилось следить за каждым его шагом, давать рекомендации, вырабатывать стратегию и тактику, направлять, увещевать, льстить, а иной раз и приказывать. Каретников слушался беспрекословно. Из чего Дима сделал вывод, что он напуган. Вероятно, перекладывая ответственность на своего помощника, он как бы прятал голову в песок.

— Хорошо, — сдался Каретников. — Я сделаю девке предложение и предупрежу маму о скором визите. Кстати, что мне нужно подарить по такому случаю? Тряпок накупил, ожерелье подарил. Может быть, машину? Какую-нибудь дамскую игрушку, а? Это наверняка будет расценено как широкий жест.

— Шеф, она не умеет водить машину. Подарите ей бриллиантовые серьги или брошь. Кстати, можете снять для нее студию, чтобы она малевала там своих уродцев.

Дима сам посоветовал Каретникову приобрести несколько Вероникиных картин и развесить их по дому. Босс, как водится, слегка переборщил, и теперь отвратительные косые рыла, созданные извращенным дамским воображением, висели также в коридорах фирмы «Счастливое лето». Самое удивительное, что все иностранцы, бывавшие в офисе, проявляли к полотнам просто болезненный интерес. «Да, Запад точно катится в пропасть», — думал Дима, с содроганием поглядывая на «Скрипача в лиловом», который, на его взгляд, был похож на расчлененный баклажан, облитый горчицей.

— Надо купить ей белые розы, — вещал Дима, нежно вращая руль автомобиля. — Только-только раскрывшиеся, на длинных стеблях. Велите продавщице не заворачивать их в блестящую бумагу с бантиками. Ваша любимая, чтоб вы знали, предпочитает пóлучать цветы голыми.

Ценную информацию относительно вкусов и пристрастий Вероники Дима раздобыл у Бороздина. Тот был им тщательно допрошен и устрашен с помощью большого пугача, который безотказно действовал на воспитанного в страхе обывателя. Теперь никакая сила не могла бы заставить Бороздина подойти к бывшей подружке ближе, чем на пушечный выстрел. Целую неделю после визита Димы Дьякова он вообще не выходил по вечерам из дому, озирался в подъезде и плотно занавешивал окна.

— А где я буду делать предложение? — ворчливо спросил Каретников, влезая в салон с охапкой влажных бутонов. — Прямо в «Бутоньерке»? Меня раздражает этот кузнечик, ее шеф. И жуткая Тина со своей любопытной рожей...

— Конечно, лучше бы сделать предложение руки и сердца при свидетелях, — задумчиво пробормотал Дьяков. — Впрочем, назавтра ваша милая все равно раззвонит всем о потрясающей новости. Ладно, — хлопнул он себя по коленкам. — Везите ее в ресторан.

— Может быть, все-таки домой? — с сомнением спросил Каретников.

— Ни боже мой! — запретил Дима. — Не портите все, что было создано с таким трудом. Когда о вас будут наводить справки, нужно, чтобы сразу стало понятно: Вероника Смирнова — это не очередное легкое увлечение, это очень серьезно. Только тогда можно рассчитывать на успех предприятия.

Они заехали за Вероникой в художественный салон и вырвали ее из рук Тины, которая намеревалась прицепиться к подруге вагончиком и вкусно поужинать.

— Спасибо, — сдавленным голосом сказала Вероника, принимая от Каретникова розы. Розы до странности напоминали ей Бороздина.

Напряженная физиономия Матвея утвердила Веронику в мысли, что дело идет к кульминации. Он то и дело бросал на нее крокодильи взоры, а его помощник Дима Дьяков с делано равнодушной физиономией насвистывал за рулем. «Боже! Боже! — думала Вероника. — Разве не об этом мечтает каждая нормальная женщина?»

Она мечтала не об этом. Ей хотелось влюбиться и потерять голову. Ничего такого к Матвею Каретникову она не испытывала. Однако твердо решила идти до конца. С каждым годом ставки ее будут понижаться, и останется выйти замуж за какого-нибудь Изюмского с бородой лопатой.

В ресторане Каретников повел Веронику к столику, спрятанному в нише, чтобы им никто не мешал разговаривать. Дьяков сначала шел следом, но в самый последний момент нырнул куда-то за колонну и исчез из виду. Усевшись на свое место, Каретников с беспокойством поискал его глазами. Пока он делал заказ, его помощник появился в поле зрения и занял соседний столик, усевшись так, чтобы его видел только шеф.

Когда на столе зажгли свечу и Каретников решительно опустил ладонь на руку Вероники, Дьяков сложил пальцы колечком, показывая, что все тип-топ. Шеф приободрился и, когда принесли вино, полез во внутренний карман пиджака за кольцом. «Сейчас все испортит, — расстроился Дима. — Попросит девку стать его женой и ни словечка не скажет о любви. Ему это просто в голову не придет. Как я забыл его предупредить?!»

Он принялся бурно жестикулировать, чтобы привлечь к себе внимание Каретникова. Тот увидел и приподнял брови. Дима сложил руки крестом, и босс перестал копаться в пиджаке. Дима с облегчением кивнул. Каретников поглядел на него угрюмо и одним махом проглотил бокал вина. Потом перевел глаза на Веронику и изобразил на лице кретинскую улыбку.

Официант тем временем принес закуски и принялся расставлять их на скатерти, мельтеша руками с ловкостью фокусника. Каретников высунулся из-за него и вопросительно посмотрел на Дьякова. Тот вытянул шею и одними губами подсказал:

— Объясниться в любви!

Каретников отрицательно мотнул головой — дескать, не понимаю. Разевая рот, словно спятивший суфлер, Дьяков снова беззвучно выговорил:

— Я те-бя люб-лю!

Каретников раздул ноздри. Дьяков оторвал зад от стула и лег животом на скатерть.

— Я тебя люблю! — громким шепотом сказал он.

В зале появился метрдотель и встал так, чтобы Дима его увидел. Однако тому не было ни до чего дела.

Каретников сидел неподвижно, словно скала, и посматривал исподтишка на своего помощника. Жестом полного отчаяния Дима взъерошил волосы и, выхватив из кармана ручку, быстро нарисовал на салфетке сердце, пронзённое стрелой. Внизу он написал: «Я тебя люблю!» взволнованными корявыми буквами. Вывесив салфетку перед собой, он напряженно ждал.

Каретников сощурился. «Господи, он же ни черта не видит!» — возопил про себя Дьяков. Очки его шеф не носил, потому что они его якобы старили, а от контактных линз у него воспалялись глаза.

Дима поднялся и решил подойти к столику, чтобы сообщить свою подсказку шефу на ухо, но на его пути вырос метрдотель, неотвратимый, словно Терминатор.

— Господа просили не беспокоить, — негромко сказал он, оттесняя Диму назад.

— Да это я сам велел, чтобы их не беспокоили! — возмутился тот.

— Сядьте, пожалуйста. Сейчас к вам подойдет официант.

Диме ничего не оставалось делать, как вернуться на свое место. Каретников сверлил его глазами. Видно, коробочка с кольцом жгла его карман, он все совал туда руку и ощупывал ее нервными пальцами. Он даже не был способен поддерживать нормальный разговор со своей дамой, которая слушала музыку, рассеянно озирая зал.

— Я тебя люблю! — привстав и сложив руки рупором, снова прошипел Дима в направлении шефа.

Снова непонятно откуда возник метрдотель и закрыл вид.

— Нас всех трогает ваша личная драма, — холодно сообщил он. — Однако я попрошу вас сесть на свое место.

Криво усмехнувшись, Дима плюхнулся на стул.

— Что будем заказывать? — холодно глядя на Диму, спросил подошедший официант.

— Проваливай! — рявкнул тот. — Когда проголодаюсь, позову. Хотя нет, стой!

Он расправил салфетку с сердцем на столе, свернул ее в четыре раза и, сдобрив купюрой, распорядился:

— Отнеси вон за тот столик!

Официант с безмятежной физиономией двинулся в указанном направлении. Поскольку он видел, что на салфетке нарисовано сердце, то, ничтоже сумняшеся, подал записку Веронике.

— Это вам! — сказал он безо всякого выражения.

Дима в это время, метнувшись к барной стойке, опрокинул в себя рюмку водки. Проходя мимо, официант, посланный с поручением, отчитался:

— Записку я отдал. Дама в полной растерянности.

— Какая дама?! — взвился Дима. — Это надо было отдать ее спутнику, ты, болван! Немедленно пойди и все исправь!

Он сунул официанту еще одну купюру, и тот, с жалостью посмотрев на него, поплыл обратно. Между тем, пока Дьяков пил водку, за облюбованный им столик уселся молодой человек в клетчатом пиджаке с шейным платком под рубашкой. Ожидая, пока ему принесут карту, он разглядывал интерьер ресторана, сложив ручки под подбородком.

Пунцовая Вероника между тем комкала салфетку с Димиными художествами и заикающимся голосом расспрашивала Каретникова о том, что лучше заказать из горячего. Ей пришла в голову мысль, что где-то здесь находится Бороздин. Кому бы еще могло прийти в голову передать ей такое?

— Извините, — сказал официант, нависая над Вероникой. — Я ошибся. Это записка для вашего спутника.

Он взял скомканное сердце с припиской «Я тебя люблю!» и передал Каретникову.

— От кого это? — спросил тот, прежде чем развернуть.

— От молодого человека за соседним столиком.

Каретников прочел записку, потом перевел глаза на соседний столик. Вероника повернулась и проследила за его взглядом. Молодой человек в клетчатом пиджаке, заметив интерес к своей персоне, пошевелил бровями и широко улыбнулся.

— О господи! — пробормотала Вероника, потирая виски.

— Какой-то глупый розыгрыш! — пробурчал Каретников и сунул салфетку в карман.

В этот момент в поле его зрения попал Дьяков. Заметив, что шеф смотрит на него, Дима принялся кривляться перед барной стойкой, вытягивая губы трубочкой и обнимая воображаемую партнершу. При этом он отклячивал зад и делал странные вихляющие телодвижения.

— По-моему, вы не голодны, — сказал метрдотель, подходя к Диме. — В таком настроении вам лучше посетить дискотеку.

— В каком смысле? — не понял тот.

— В том смысле, что вам придется покинуть наш ресторан.

Когда Дьякова выставили на улицу, в кармане его пиджака запищал мобильный телефон.

— Алло! — крикнул он, пытаясь справиться с унижением.

— Что ты все это время пытался мне сказать? — раздался из трубки голос Каретникова.

Дима оторвал телефон от уха и возмущенно поглядел на него.

* * *

— Ты победила на конкурсе красоты? — восхитилась Зоя и приложила руки к груди.

Она была маленькой субтильной женщиной, которая со школы носила одну и ту же непрезентабельную стрижку и не пользовалась косметикой, считая, что никакие штучки-дрючки не сделают из нее Брижит Бардо. Ногти у Зои всегда были коротко острижены и покрыты бесцветным лаком. Она работала делопроизводителем в большой государственной конторе и считала себя образцом деловитости.

— Еще бы я не победила, — обронила Вероника, протопав на кухню. — Владелец фирмы, которая организовала всю эту байду, только что сделал мне предложение руки и сердца.

— Я за тебя так рада! — умилилась Зоя и даже обняла Веронику. Глаза у нее увлажнились. — И я уверена, что победила ты вполне заслуженно! Таких красивых девушек еще поискать! Значит, ты тоже выходишь замуж? Боря! — неожиданно закричала она. — Иди сюда! Вероника выходит замуж!

Через минуту на кухне появился Изюмский, который пощипал свою ужасную бороду и сказал:

— Здрасьте! Поздравляю вас. Кто же ваш жених?

— Его зовут Матвей Каретников, — ответила Вероника слегка растерянно. Она еще не была готова воспринимать Изюмского как члена семьи.

— Он владеет фирмой, которая строит загородные резиденции, — тотчас же пояснила для него Зоя. — Моей племяннице несказанно повезло. Представляешь, Матвей собирается снять для нее студию. Она будет писать картины, как и мечтала, не думая о хлебе насущном!

Изюмский покосился на Вероникину работу, которая висела тут же, на кухне, и неизменно портила ему аппетит, и с любопытством спросил:

— А куда вы их деваете? Свои картины, я имею в виду?

— Никуда, — удивилась Вероника. — Они все находятся у меня дома. Ну, за исключением тех, что я подарила друзьям.

— Это только начало! — с воодушевлением заявила Зоя. — Вот погоди, Борис, о ней еще будут писать во всех журналах!

Иллюстрированные журналы всегда были для тетки высшим критерием популярности. Судя по физиономии Изюмского, Зоиной уверенности он явно не разделял. Однако, немного подумав, изрек:

— Да, мальчикам было бы приятно иметь знаменитую тетю.

Зоя посмотрела на Изюмского с обожанием, и Вероника про себя усмехнулась. Показательная забота о детях была нехитрым приемом, с помощью которого размягчались и более загрубевшие сердца, чем у ее тетки. Изюмский интуитивно выбрал правильный путь и теперь уверенно шел по нему к своей цели.

Судя по всему, он вообще был очень обстоятельным мужчиной. Серьезные карие глаза смотрели на мир со стариковской мудростью. Данью времени был только «конский хвост», обнажавший острые рысьи уши, да крошечное серебряное колечко, пронзившее левую мочку.

— Я купила мальчишкам малины, — сказала Вероника, потянувшись к сумке.

— А это правда, что все прабабушкино наследство теперь ваше? — спросил Изюмский.

Вероника разинула рот, а он продолжил:

— Нет, вы не подумайте, будто меня интересуют какие-то там богатства. Просто Зое обидно. Все-таки она Маргарите

Прохоровне родная внучка — дочь ее дочери, не какая-то там седьмая вода на киселе, правда?

— Борис! — ласково одернула его Зоя. — Она не хочет об этом говорить.

— Прабабушка ведь жива! — сердито поглядела на него Вероника. — Мало ли что она там говорит. Может быть, просто хочет наладить отношения и не знает, каким образом это сделать. Она очень своеобразная женщина...

— Да уж, это точно, — покачал головой Изюмский.

— Лично я считаю, что наследство должно делиться между всеми наследниками, — тихо сказала Вероника. — И если прабабушка вдруг действительно... — Она стушевалась и махнула рукой. — Впрочем, не дело сейчас говорить об этом. Лучше расскажите, как дела у Миши и Коли.

— Мы отправили их в спортивный лагерь, — с гордостью сообщила Зоя. — Вот, собираемся поехать их навестить. Я уже печенья испекла, яблок накупила. Теперь еще от тебя малина. Сегодня съездим, потому что завтра Боря уезжает. На заработки, я ведь тебе говорила?

— Детям к осени нужно будет кое-какую одежду купить, — кивнул Изюмский. — Да и у Зои зимнее пальто совсем износилось.

Тетка кивала, глядя на Изюмского с такой гордостью, словно он был ее третьим, самым славным ребенком. Вероника отчетливо представила себе картину: вечер, Изюмский подклеивает рассохшиеся ящики комода, Зоя починяет ему прохудившиеся джинсы, а Миша и Коля прилежно делают уроки — каждый за своим маленьким письменным столом. Тишь да гладь да божья благодать. Почему, интересно, ей, Веронике, простое женское счастье кажется таким непривлекательным? Все удачливые замужние приятельницы рассказывали о своей жизни почти одно и то же. Веронику от их рассказов охватывала страшная тоска. «И куда девается эта чертова любовь, когда мужчина и женщина поселяются на одной жилплощади?» — раздраженно думала она. В ее представлении любовь ассоциировалась с непрекращающимися страстями, выяснением отношений, цветами, поцелуями, а домашний, «умилительный» вариант любви казался слишком пошлым.

— А твой жених повезет тебя куда-нибудь отдыхать? — спросила Зоя и мечтательно добавила: — На Мальдивы или на Борнео? Может быть, в Париж?

— Это потом, после свадьбы, — смутилась Вероника. — Зато я как победительница конкурса красоты на все выходные отправляюсь в дом отдыха «Уютный уголок», в роскошный номер с джакузи и кондиционером.

— Ого! — восхитилась Зоя. — А Матвей тоже поедет?

— Нет, у него дела. Кстати, именно фирма Матвея строила этот «Уютный уголок». Он говорит, там просто потрясающий сервис и масса всяких знаменитостей.

Зоя мгновенно загорелась и потребовала:

— Если увидишь Киркорова — возьми для меня автограф!

* * *

Киркорова в «Уютном уголке» не оказалось, зато Вероника попала на весьма любопытное мероприятие — финал конкурса «Мисс Марпл», который проводился редакцией журнала «Женский досуг». В конце каждого номера журнала в течение нескольких месяцев публиковались логические задачки с детективным сюжетом под интригующими названиями «Смерть хромого логопеда» или «Людоеды никогда не кашляют». Читательницам предлагалось самостоятельно вычислить убийцу и прислать в редакцию правильный ответ. После трех туров были объявлены три победительницы — учительница математики из Химок, экономист НИИ из Москвы и работница химчистки из Тулы. Им и предстояло участвовать в финале конкурса, который решено было провести в доме отдыха «Уютный уголок».

Веронику поселили в одном корпусе с финалистками, работниками редакции и спонсорами мероприятия. Соседство оказалось шумным, но безумно любопытным.

— Конечно, такие финалы были бы нам не по карману, — призналась Веронике главный редактор журнала Нелли Шульговская, с которой они познакомились в столовой, очутившись за одним столиком.

Нелли была примерно того же возраста, что и тетка Зоя, но в отличие от нее успешная и ухоженная. На реставрацию и отделку собственного фасада она наверняка тратила львиную долю заработанных средств. Вероника успела втайне ей позавидовать. Нелли носила короткие волосы, выкрашенные в ярко-каштановый цвет, и простые изящные платья, на внутренней стороне которых наверняка имелись умопомрачительные бирочки.

— Так вот, я и говорю: какие у редакции деньги? — Нелли лукаво улыбнулась. — Но дело в том, что этот корпус — самый шикарный, с кондиционерами и джакузи — еще в начале строительства выкупила фирма моего мужа.

Муж, Тарас Шульговский, который сидел тут же, ковыряя вилкой летний салатик, вскинул веселые глаза:

— Это оказалось чертовски выгодным вложением капитала! Мы возим сюда своих клиентов, гостей, партнеров, сотрудников и их родственников. Иногда сдаем домик в аренду сторонним людям, иногда им распоряжается дом отдыха. В общем, я очень доволен.

— А что у вас за фирма? — спросила дама, занимавшая четвертый стул за столиком, — одна из тех самых финалисток, экономист какого-то невнятного НИИ по имени Татьяна Семенова.

— Фирма «Супервтор», — охотно ответил Тарас. — Мы перерабатываем вторичное сырье и делаем из него множество потрясающих вещей.

«Еще один созидатель!» — с иронией подумала Вероника. Повадками Тарас чем-то напоминал Каретникова, хотя был моложе и держал себя, так скажем, демократичнее. Татьяне Семеновой он явно импонировал. Разговаривая с ним, она постоянно ерзала и поправляла пестрое платье с неровно обшитым воротом. «Наверняка совместное производство Италии с Белоруссией», — с сочувствием подумала Вероника, которая в последние годы просто выбивалась из сил, чтобы пристойно выглядеть.

К цветастому платью Татьяны Семеновой прилагались неодинаковые глаза — один серый, другой зеленый. Она первая разделалась с десертом и, уходя, бросила на Веронику странный разноцветный взгляд. Может быть, ей было неприятно, что та пришла и Тарас Шульговский ею заинтересовался? Потому что до этого его вниманием всецело владела она, Татьяна.

— А почему вы своих финалисток не посадили за один столик? — поинтересовалась Вероника, обозревая большой и гулкий обеденный зал.

— Сначала мы так и сделали, — вздохнула Нелли Шульговская. — Мы ведь приехали утром, еще до завтрака. Но наши дорогие дамы тут же перессорились.

— Это все Букашкина, — хмыкнул Тарас.

— Коровкина, — поправила его жена. — Вон она, Кира Коровкина, через столик от нас. Вон та, в панаме. Лучшая работница своей химчистки.

— Сочувствую остальным работницам, — пробормотал Тарас.

— Я уже обратила на нее внимание, — усмехнулась Вероника. — Горничная попросила эту Киру выйти на пять минут, но та заявила, что заработала дорогой номер своим собственным умом и не собирается упускать ни одной минуты пребывания внутри. Она так вопила, что я даже вышла в коридор посмотреть, что случилось.

— Так вот этой Кире, — понизила голос Нелли, попутно промокнув губы салфеткой, — накануне поездки сюда кто-то угрожал. Она решила, что соперницы хотят выдавить ее из соревнования, и ополчилась на них со всею силою своей страстной натуры.

Вероника понимала, что Нелли делится информацией не потому, что неожиданно прониклась к ней симпатией. Для нее и Тараса подобное «светское» перемывание косточек было делом совершенно обыденным. Они просто обсуждали вслух все, что им было интересно, а Вероника просто попалась под руку.

— Как это — угрожали? — заинтересовалась она, кинув на Киру Коровкину пытливый взгляд.

— Ну, прежде чем отправиться в дом отдыха, мы собрали всех трех победительниц в редакции. Делали с каждой интервью, фотографировали. Кира приехала первая, прямо с чемоданом. Я повела ее в буфет перекусить с дороги, и свои вещи она оставила в большой комнате, где постоянно толчется народ. Я сейчас тоже там сижу, потому что у меня в кабинете ремонт. Так вот. Когда мы возвратились обратно, две другие финалистки уже были там. А через некоторое время Кира обнаружила в своей сумочке записку: **«Если поедешь в «Уютный уголок» — будешь убита».**

— Вот это да! — расширила глаза Вероника, а Нелли с воодушевлением продолжала:

— Слушайте, она так разоралась! И сразу же решила, что записку подбросил кто-то из соперниц, чтобы испугать ее и не дать ей выиграть телевизор.

— А у вас главный приз — телевизор? — уточнила Вероника.

— Вообще-то это секрет, — хмыкнул Тарас. — Но Кира думает, что именно телевизор. Если она победит, я обязательно куплю ей какой-нибудь подходящий агрегат. Нельзя же разочаровывать читательниц журнала. Я как-никак главный спонсор. Вернее, не я, а «Супервтор».

— Можешь смело говорить — *я, моя фирма*, — насмешливо изогнула бровь Нелли. — Стаса здесь нет, никто тебя не отбреет.

— Стас — это мой партнер, — пояснил Тарас. — И фирма у нас с ним общая.

Шульговский уронил с края чашки каплю, чертыхнулся и, достав из кармана большой красный в белую клетку носовой платок, промокнул им брюки.

— Когда мой муж и его партнер только разворачивались, я эту их фирму называла «Стас энд Тарас», — засмеялась

Нелли. — Конечно, если бы все начинать сначала, то пусть был бы один Тарас.

— Не верю, что это говоришь ты! — хмыкнул ее муж. — Ты же безумно любишь Стаса!

— Люблю, конечно. Тарас, попроси, чтобы мне принесли вина, — попросила Нелли.

— В такое время? — тот бросил взгляд на часы.

— Но мне хочется!

— А вы будете? — спросил Тарас, быстро оглядев Веронику.

На самом донышке его глаз притаился мужской интерес. Вероника была как-никак победительницей конкурса красоты. Пусть и малюсенького конкурса, но все-таки.

— Вы недорассказали про угрозы, — напомнила та, отказавшись от вина.

— Ну... Это все! — пожала плечами Нелли. — Никто эту записку всерьез не воспринял. Однако бурная Кира не только настроила против себя остальных двух финалисток, но и ухитрилась сделать так, что они переругались между собой.

— Хорошенькое дело! — хмыкнул Тарас. — Я тут стелюсь для того, чтобы конкурсанткам было комфортно...

— Ты стелешься для того, чтобы было комфортно мне, — похлопала его по плечу Нелли. И добавила для Вероники: — Тарас с самого начала помогает моему журналу выживать.

— Так вот почему вы их рассадили! — пробормотала Вероника. — А Кира после того, как получила записку, не испугалась ехать сюда?

— Конечно, нет. Да всем ясно, что это так — глупый розыгрыш! Кому она нужна, Кира из химчистки, верно ведь?

— Ты не права, дорогая, — возразил Тарас. — С таким жутким характером можно нажить себе врагов даже в химчистке. Эта Кира — та еще штучка. Да одна фишка с номером чего стоит!

— С каким номером? — поддержала беседу Вероника.

— Пока я в холле разговаривала с обслуживающим персоналом, — понизила голос Нелли, — она заняла мою комнату. Нарисовала в журнале регистрации свою фамилию синим фломастером и нахально выставила рядом — номер один. Сама выбрала себе номер, ни у кого не спросила — куда ее собираются поселить... А я всегда останавливаюсь в первом номере. Мне нравится вид из окна и вообще... Я люблю традиции. Еле-еле вдвоем с горничной упросили эту Киру переместиться в комнату под номером три. Она сама тащила свой чемодан. Сообщила, что все самое ценное хранит именно в чемодане. Ей сказали, будто в Москве сумочки вырывают прямо из рук. Специально для такого случая она носит в кармашке сумочки китайский сувенир — резиновую фигу. И рубль мелочью. Теперь она у меня за стеной.

— За стеной? — удивилась Вероника. — Ах, да! Нечетные по правую руку, четные — по левую. Значит, я прямо напротив вас — во втором номере.

— Все комнаты одинаково хороши! — заверил Тарас, со странной тревогой наблюдая за тем, как его жена поглощает вино.

— Дорогой, ты останешься на ночь? — спросила та.

— Не могу, ты ведь знаешь, у меня сегодня деловая вечеринка.

— Пусть туда Стас пойдет.

— Он ходил на прошлой неделе.

Тарас улыбнулся Веронике, как бы показывая жене, что они не одни и не стоит наезжать друг на друга в присутствии посторонних.

— Ну, ладно, ладно, — тотчас же сдалась она. — Ты уезжаешь прямо сейчас?

— Да, дорогая, проводи меня.

Тарас поднялся и пожелал Веронике приятного уик-энда. Взбив ложечкой десерт, она смотрела, как он идет к выходу, придерживая жену за талию. У него было привлекательное лицо с умными синими глазами, но фигура не бог весть что. Вероятно, осанку и крепкие мускулы «съела» кабинетная работа. Даже под роскошным костюмом Тарас Шульговский казался каким-то дряблым.

Однако это нисколько не отвращало от его персоны женский пол. Вероника смогла в этом убедиться, как только прикончила сладкое и отправилась в свой корпус. В холле на диванчике она обнаружила ту самую Киру Коровкину, которой какой-то недоброжелатель сильно не советовал ехать в «Уютный уголок». Рядом с ней сидела третья финалистка конкурса «Мисс Марпл» Инна Головатова, учитель математики из химкинской школы. Нелли мимоходом показала ее Веронике, но в столовой та не смогла Инну толком рассмотреть.

Вероятно, недавние антагонистки как-то примирились друг с другом. Вероника остановилась возле столика со свежими газетами и журналами и услышала, как Кира Коровкина говорит:

— Ты видела, какие у Шульговского ботинки? Такие ботинки мог купить себе только законченный эгоист и себялюбец!

Кира выглядела не меньше чем на тридцать, и у нее был такой воинственный вид, словно она всю жизнь сражается с врагами и в любую минуту готова дать отпор любому из них.

Женщины с такими лицами спускаются в кратеры вулканов, изучают африканские болезни и раскапывают пески в поисках древних горшков. Впрочем, иногда они застревают среди обычных людей, делая их жизнь совершенно невыносимой. У нее были глубоко посаженные серые глазки с рыжеватыми ресничками, нос картошкой, крупные медные веснушки, обсыпавшие переносицу, и маленький, упрямо сжатый рот, открывающийся только для того, чтобы настоять на своем.

— Человек, имеющий собственное дело, может позволить себе выпендриться, — со знанием дела заявила Инна Головатова.

Внешность этой дамы строго соответствовала профессии. Учительница математики была невысокая, тощая, с короткими черными волосами, завитыми в тугие колечки, с узким ядовито-красным ртом и в квадратных очках. На плечах у нее висел неопределенного покроя серый пиджак без опознавательных знаков. Лет ей было примерно сорок — сорок пять, если смотреть издали. При ближайшем рассмотрении вполне можно было скостить десятку. А может быть, прибавить.

Впрочем, Вероника не собиралась ни с кем здесь сближаться. Матвей Каретников отправил ее в «Уютный уголок» для того, чтобы она отдохнула и развлеклась, и она как раз собиралась этим заняться.

В доме отдыха наличествовала библиотека, где Вероника рассчитывала найти какую-нибудь легкую книжку и забраться с ней в теплую булькающую ванну. Райское блаженство! Проходя мимо стоянки машин, она увидела чету Шульговских, которые что-то обсуждали, остановившись возле серебристого автомобиля. Вероника непроизвольно взглянула на ботинки Тараса. Ботиночки действительно были отпадные: комбинированная кожа трех цветов — от песочного до шоколадного, наборный каблук и надменные узкие носы. «Наши бабы все замечают, — усмехнулась про себя она. — У каждой прямо глаз-алмаз. Даже обувку спонсора не пропустили!»

Библиотекарша всучила ей затрепанный и оплаканный любовный роман, присовокупив к нему личный восторженный отзыв.

— Бессонную ночь гарантирую! — с маниакальной улыбкой пообещала она. — Там такие зубодробительные чувства — закачаешься!

Вероника усмехнулась. Она порой почитывала любовные романы, но никогда ни один из них не доводил ее до слез. Однако на этот раз ей попалась действительно стоящая вещь — с характерными героями и интригующим сюжетом. Библиотекарша не обманула. Шел уже третий час ночи, а Вероника вертелась в постели, глотая абзац за абзацем. В одном особенно душераздирающем месте она положила книжку на грудь и закрыла глаза. Две соленых слезы выкатились из-под ресниц на щеки, немного задержались там и стекли вниз, оставляя за собой извилистые дорожки.

«Неужто такая любовь и вправду бывает? — подумала Вероника и хлюпнула носом. — Может быть, она обязательно должна случиться в жизни каждой женщины, только не всем хватает выдержки ее дождаться?» Вероника отбросила книжку и села в постели. Что, если ей не выходить замуж за Матвея Каретникова? Подумаешь — двадцать восемь лет! Может, у нее еще все впереди? А Бороздин и Каретников — всего лишь ступени на пути к настоящему роману? Их просто надо перешагнуть.

Вероника принялась метаться по номеру и крутить кольцо на безымянном пальце. Его подарил Матвей. «Надо выйти на воздух, прогуляться и успокоиться», — в конце концов решила Вероника. Скинула халат, надела тренировочный костюм и выскользнула в коридор. Он был тускло освещен двумя лампочками. Еще две такие же разливали жидкий грязно-желтый свет в холле, который находился справа от ее номера. Очутившись в коридоре, Вероника сразу услышала шаги и увидела тень, которая мазнула по ковру. Потом кто-то завозился возле входной двери.

Она сделала шаг вперед и, прижавшись к косяку, выглянула в холл. Из корпуса выходил человек, которого Вероника ни разу прежде не встречала. Вид у него был совершенно жуткий. Сразу же поражал абсолютно голый череп, похожий на черепашью голову, и цвет лица — мучнисто-серый с зеленоватым отливом. Поперек горла, выглядывающего из свободного ворота рубашки, шел фиолетовый шрам. Внутри костюма гулял воздух, словно он был надет на бесплотное привидение.

Вероника потрясла головой, и в тот же миг дверь тихо закрылась, плотоядно щелкнув замком. Тогда она стремглав бросилась следом за ужасным человеком и через несколько секунд очутилась под козырьком, нависавшим над входом в корпус. Здесь тоже торчала слабая лампочка, которая освещала только коврик возле двери. Дальше лежала плотная темнота, которая, по всей видимости, поглотила незнакомца безвозвратно. «Ну и черт с ним! — подумала Вероника. — У меня своих переживаний выше крыши, буду я беспокоиться о каком-то жутком типе».

Вероника тоже врезалась в темень, раздираемая жалостью к себе. Бедная она, бедная! Ну ничего-то у нее в жизни не выходит так, как хочется! Мечтала стать художницей — фиг тебе.

Мечтала о необыкновенной любви — связалась с женатым Бороздиным. А теперь вот собирается замуж по расчету. Конечно, по расчету, зачем обманывать себя саму? Матвей Каретников со всех точек зрения завидный муж, но... Но она его не любит.

Вероника брела по территории дома отдыха, подчиняясь собственной интуиции. По бокам темнели остовы двух больших каменных корпусов, значит, дорожка должна идти прямо посредине.

— И не приедет рыцарь на белом коне, чтобы спасти меня! — пробормотала Вероника и заплакала в голос: — Ы-ы-ы!

И в этот самый момент из черноты впереди нее донеслось шуршание, и что-то большое, темное, металлическое налетело на Веронику, ударило и отбросило в сторону. Она вскрикнула и со всего маху упала на асфальт. И сразу почувствовала, что прикусила язык, потому что рот быстро наполнился соленой кровью.

— О, черт! — выругался где-то над ней мужской голос. — Вы где? Вы целы?

Чья-то жесткая рука легла Веронике на макушку.

— Что это было? — дрожащим голосом спросила она.

— Это был мой велосипед, — раздраженно ответил человек-невидимка и, неловко обхватив Веронику, потащил ее вверх.

Она покачнулась и непроизвольно схватилась двумя руками за его одежду — может быть, это был пиджак, может, куртка. Но тут же резкая боль пронзила ее большой палец. Вероника ахнула и отдернула руки.

И в тот же миг мужчина исчез. Где-то в отдалении громыхнул его велосипед, зашелестели шины — и все. Тишина и темнота. Продолжая рыдать — теперь уже от боли, — Вероника побрела обратно, ориентируясь на далекую лампочку над дверью своего корпуса. Дверь была закрыта на кодовый замок, но Вероника отлично помнила комбинацию цифр, поэтому быстро проскользнула внутрь.

На большом пальце обнаружилась маленькая ранка, как будто она укололась булавкой. Ранка была глубокой и саднила. Вероника удержалась от желания засунуть палец в рот и побежала в номер, чтобы прижечь ее йодом.

— Ничего себе — погуляла! — пробормотала она, оглядывая разбитые ладони и грязный спортивный костюм. — И это называется: охраняемая территория! А по ней ночью ездят на велосипедах какие-то козлы.

Территория и в самом деле была обнесена забором. На воротах дежурил охранник, а калитка открывалась с помощью плоского ключа. Такие ключи раздавали всем отдыхающим. Наскоро приняв душ, Вероника прижгла раны, немножко поплакала и неожиданно быстро заснула.

Разбудил ее странный шум. Она открыла глаза и прислушалась. Прямо под ее дверью гудели голоса, и создавалось впечатление, будто весь коридор забит народом. Вероника накинула халат, повернула ключ в замке и рывком распахнула дверь.

В коридоре топталась группка мужчин в казенных костюмах — они переговаривались между собой и курили, стряхивая пепел прямо на ковер. Увидев Веронику, ближайший к ней человек с тусклыми глазами сказал:

— Войдите, пожалуйста, в свой номер и оставайтесь там. Я поговорю с вами чуть позже.

Вероника закрыла дверь и некоторое время стояла неподвижно, тупо уставившись на нее. Потом пошла к окну и выглянула на улицу. Вдалеке, у ворот, стоял автобус, в который спешно грузились пассажиры. Вероника узнала Инну Головатову: она затаскивала на подножку большую спортивную сумку. Также там были спонсоры конкурса «Мисс Марпл», которых Вероника мельком видела вчера возле четы Шульговских.

— Куда это они подались? — пробормотала Вероника. — А как же финал и телевизор за сметливость? И что за фигня в коридоре?

Тут прямо мимо ее окна прошла Кира Коровкина, волоча за собой пухлый чемодан на колесиках. Вероника рванула на себя форточку и, поднявшись на цыпочки, крикнула:

— Кира! Вы куда?

— Уж конечно, не в Тулу! — мрачно ответила та, притормозив и обернувшись к Веронике. — Мне на целую неделю сняли номер в гостинице в Москве. И я не стала отказываться, хотя некоторые считают, что так поступать неприлично.

Кира повернулась и поплелась к автобусу. Чемодан покатил за ней. Вероника машинально завернула волосы в пучок, и в этот миг в дверь постучали.

— К вам можно? — спросил тот самый тип с тусклыми глазами, который обещал нанести ей визит.

— Ночью что-то произошло? — проявила чудеса догадливости Вероника.

— Вы знакомы с Нелли Шульговской? — вопросом на вопрос ответил тип, не посчитав нужным представиться, а лишь мельком показав ей удостоверение.

— Познакомились вчера в столовой. Просто оказались за одним столиком, а что?

— Произошел несчастный случай. Она смешала снотворное с вином и заснула в ванне.

— Она что, утонула?! — в ужасе спросила Вероника. — Умерла?

— Очень красивая женщина, — пробормотал тип. — Жаль. Вы видели, как она пила вино?

— Да, она выпила после обеда. Но...

— В каком она была настроении?

— В хорошем, — сглотнув, ответила Вероника. — И она ограничилась одним бокалом.

— Это она только начала, — вздохнул тип. — А вечером продолжила. Видимо, хотела как следует расслабиться.

У Вероники неожиданно сильно забилось сердце.

— А... когда это случилось? — спросила она.

— Пока трудно сказать, но скорее всего ночью, после полуночи.

Перед мысленным взором Вероники тотчас же возник лысый мужик со шрамом на шее, на которого она наткнулась в холле.

— А вы не думаете, что Нелли Шульговскую убили? — выпалила она.

— Пара таблеток, полбутылки вина и теплая ванна — вот ее убийцы, — покачал головой тип. — Хотел вам сообщить, что во всем корпусе вы остались одна, все остальные уехали. Ведь это Шульговская организовала конкурс, без нее мероприятие потеряло смысл. Кроме того, все в шоке и не хотят никакого праздника. Что вы на меня так смотрите?

— Я видела ночью ужасного человека! — выпалила Вероника. — Он был такой... серо-бело-зеленый. С маленькими глазками. И совершенно лысый! И у него на шее был фиолетовый шрам — вот такой!

Она провела по шее пальцем, показывая, какой был шрам. Тип с тусклыми глазами посмотрел на нее с некоторым сомнением.

— Вы любите читать детективы? — наконец спросил он, кинув взгляд на книжку, которая валялась на коврике возле кровати.

— Нет, не люблю, — злобно сказала Вероника. — Вы решили, что я выдумываю? Но я ведь видела этого типа! В половине третьего ночи он выходил из корпуса.

— Вы не спали? — заинтересовался тип. — Что-нибудь слышали? Шульговская к вам не заходила?

— Нет, не заходила. И я ничего не слышала. Но я видела лысого человека со шрамом!

— Ладно, ладно, — успокоил ее тип. — Я узнаю, кто это такой. Может быть, работник дома отдыха?

— Его можно нанять только в качестве местного привидения, — поежилась Вероника.

— А зачем вы выходили на улицу ночью?

— Мне не спалось, — коротко ответила она и после некоторого раздумья добавила: — Книжка попалась слишком интересная и не способствовала засыпанию. Тогда я решила прогуляться.

— Долго гуляли?

— Минут десять. Вышла в половине третьего, а без четверти уже была в номере. Я бы гуляла и дольше, но меня велосипедист сбил.

— В полтретьего ночи?

— Представьте себе, в темноте здесь кто-то гоняет на велосипеде.

— Понятненько, — пробормотал тип и неожиданно засобирался. — Ну, ладно. Покажите мне ваш паспорт, будьте любезны.

Он переписал паспортные данные Вероники и ушел, цинично пожелав ей приятно провести выходные. Представив, что следующую ночь ей придется провести одной в пустом корпусе, да еще напротив номера, в котором умерла Нелли Шульговская, Вероника содрогнулась. Она побежала к таксофону и позвонила Каретникову. Стараясь подавить истерические нотки в голосе, рассказала о происшествии и попросила забрать ее как можно скорее.

— Почему мне так не везет? — воскликнул тот, бросив трубку, и раздраженно пояснил Диме Дьякову, который как раз зашел в кабинет за распоряжениями. — В этом доме отдыха кто-то утонул, и все разбежались, как крысы. Моя невестушка тоже решила смыться. Придется тебе ехать, везти ее в Москву. Сегодня у меня нет никакого желания с ней возиться. И не говори, что в моих интересах проводить с ней как можно больше времени! Я и так достаточно засветился. Кроме того, — признался он, помолчав, — я не хочу оказаться с ней рядом, когда... Ну, ты понимаешь. А ведь это может случиться в любой момент, ты сам говорил: время пошло.

— Не волнуйтесь, босс. Я думаю, по дороге ничего не случится, — сказал Дима, забросив в рот орешек из пакета, который он держал в руках. — Так я поехал.

— Будь осторожен, — пробормотал Каретников. За своего помощника он волновался искренне. — Кстати, если уж она возвращается до срока, может, мне свозить ее к маме завтра? Так сказать, вне расписания?

— Отличная мысль, — похвалил Дима. — Вам сейчас вообще нужно поступать непредсказуемо. Переносить заранее назначенные совещания и уклоняться от запланированных встреч.

— Господи, пусть мой план удастся! — взмолился Каретников, прикрыв глаза и сцепив руки перед собой. — Пусть Веронику Смирнову убьют! И поскорее, господи, поскорее!

Глава 4

Ночь с субботы на воскресенье Вероника почти не спала. Она никак не могла забыть о смерти Нелли Шульговской и постоянно вспоминала разговор в столовой. «А я еще ей позавидовала, дура!» — содрогнулась Вероника.

Предстоящая поездка к матери Каретникова тоже не добавляла спокойствия. Событие обещало стать неординарным. Матвей говорил о своей маме с нежным трепетом. Значит, предстоит следить за собой из последних сил, чтобы не оскорбить ненароком сыновние чувства жениха.

Ко всему прочему утром выяснилось, что позавтракать решительно нечем. Уезжая, Вероника выгребла из холодильника все несъедобное, а о свежих продуктах решила позаботиться по возвращении. Ужином ее накормил верный Дима Дьяков, извинившись за погрязшего в делах босса.

Вероника не собиралась демонстрировать в гостях зверский аппетит, поэтому решила, что стоит сходить в магазин, накупить продуктов и поесть как следует. Она натянула на себя затрапезный сарафанчик, схватила пластиковый пакет, бросила в него кошелек и вышла на лестничную площадку.

Со своего третьего этажа Вероника всегда спускалась пешком, а не на лифте. Вот и сейчас она уже взялась рукой за перила, чтобы побежать по ступенькам, когда с верхней площадки совершенно неожиданно кто-то понесся вниз большими прыжками. Вероника резко вскинула голову и успела увидеть нечто такое страшное, что у нее мгновенно расширились глаза и подогнулись коленки.

За ней бежал мужчина, одетый во все черное. А на голове у него была шапочка с дырками для глаз! Вероника скатилась вниз всего на три ступеньки, когда черный человек настиг ее. Перед глазами мелькнуло что-то узкое, и не успела она даже пискнуть, как холодный шнур обвился вокруг ее шеи.

— Что вы делаете?! — захрипела Вероника, забившись, словно рыба в сачке.

Убийца скрестил концы шнура и потянул их на себя. Вероника, выгнувшись, увидела прямо над собой страшную черную маску и сверкающие глаза. Она хваталась руками за шнур, пытаясь оторвать его от горла, пусть даже вместе с кожей, но у нее ничего не получалось.

— Ты слишком многое знаешь о прошлой ночи! — зловещим голосом прошипел человек в маске. — Поэтому умрешь. Все умрут!

Именно в этот самый миг где-то далеко на верхних этажах послышались возня, потом кашель, и кто-то, громко шаркая, отправился пешком вниз, презрев возможность прокатиться на лифте.

Человек в маске вскинул голову, чертыхнулся сквозь зубы и, сдернув с шеи Вероники шнур, сильно толкнул ее в спину. Она полетела со ступенек, инстинктивно выставив вперед руки. Убийца мелькнул мимо нее черным призраком. Через несколько секунд хлопнула входная дверь, и все стихло.

Вероника без сил опустилась на ступеньки. Дыхание у нее было сбито, а сердце грохотало так, словно его сунули в жестяной ящик. Между тем ее нежданный спаситель, видимо, раздумал идти дальше пешком. Ухнул лифт, клацнул где-то наверху железными частями, некоторое время ровно гудел, потом клацнул еще раз, на первом этаже. Громко хлопнула дверь, и Вероника осталась в подъезде совсем одна.

У нее не было сил встать и выглянуть в окно. Или позвать на помощь. Держась за стену, она поднялась на ноги, но коленки тряслись так сильно, что не смогли выдержать веса ее тела. Она снова опустилась на пол и попыталась зарыдать. Однако ничего из этого не вышло. Из горла вылетели два басистых всхрипа — и это было все.

Чтобы добраться до двери и попасть в квартиру, Веронике потребовалось минут двадцать. Запершись изнутри, она доползла до дивана и свалилась на него, чувствуя себя так, словно внутри ее тела все поломалось и перепуталось и никогда уже не будет действовать как положено. Она вяло подумала, что надо бы позвонить в милицию, но делать этого категорически не хотелось. Звонок предполагал какие-то телодвижения с ее стороны, но на них Вероника была стопроцентно не способна.

Несколько раз звонил телефон, но она даже не посмотрела в его сторону, не то чтобы протянуть руку. Как там сказал этот тип в маске? «Ты слишком много знаешь о прошлой ночи. Поэтому умрешь. Все умрут». Интересно, кто это — все? Такие же, как она, гости элитного корпуса? А что, собственно, она о ней знает, о прошлой ночи?

Ничего особенно умного в голову не приходило. Только то, что лысый со шрамом убил Нелли Шульговскую, а она, Вероника, видела его в холле сразу после преступления. Вероятно, он видел ее тоже. Она ведь выскочила следом за ним на крыльцо. Он уже был в темноте, в безопасности. Обернулся на шум и увидел, кто там наступает ему на пятки. Дождался, пока Вероника вернулась с прогулки, и подсмотрел, в какой она отправилась номер. Потом заглянул в журнал регистрации и узнал, как ее зовут. Вот и вся цепочка!

Значит, только что в подъезде ее хотел убить лысый со шрамом. Поэтому-то он и надел шапочку на голову, чтобы она его не узнала сразу. Впрочем, если он собирался ее задушить, то зачем маскировался? Разве что на случай провала?

Мысли сменяли одна другую так медленно, словно с трудом влезали в голову и кряхтя вылезали из нее. Веронике казалось, что гортань у нее горит огнем, хотя это, скорее всего, была иллюзия. Хотелось пить, но за водой нужно идти на кухню.

Неизвестно, сколько прошло времени, когда в дверь принялись настойчиво звонить. Сначала Вероника думала, что это вернулся лысый, чтобы закончить свое черное дело. Но потом отчетливо услышала истеричные выкрики Каретникова:

— Дима, вот увидишь, ее убили! В квартире наверняка лежит труп. Надо ломать дверь! Надо позвать кого-нибудь, чтобы сломали дверь. Надо заглянуть в окно с балкона. У нее есть балкон?

— Может быть, она куда-нибудь ушла, — флегматично заметил Дима. Его она слышала очень хорошо. Наверное, он прислонился головой к двери. Наверное, прислушивался — не раздастся ли внутри какой-нибудь шум.

— Ушла?! Да ведь мы договорились ехать к моей маме! Разве она могла проигнорировать знакомство с будущей свекровью?

«Действительно, — вяло подумала Вероника. — Будущая свекровь — это вам не фунт изюма. Вот только почему Матвей сразу же решил, что меня убили? Если я прихожу к кому-нибудь домой и не застаю хозяина, мне такая страсть в голову не приходит. Не мог же он знать, что на меня накинется убийца со шнуром!»

Дверь надо было открывать. Вероника кое-как встала и поплелась в коридор, подтаскивая ногу к ноге. Ступни казались ей пудовыми.

— Я дома! — громко сказала она, принимаясь за замки. — Я уже открываю.

— Господи, девочка моя, лапочка, что с тобой?! — набросился на нее Каретников. — Что случилось? Почему у тебя такой вид?

За его спиной перетаптывался Дьяков с вытянутой физиономией.

— Меня чуть не убили, — странным замороженным голосом ответила Вероника. — Меня хотели задушить.

Она села на тумбочку под вешалкой и неожиданно разревелась, уткнув лицо в колени. Каретников с Дьяковым недоуменно переглянулись.

— Задушить? — переспросил ошарашенный жених. — Как это?

— Шнуром. Он был такой холодны-ы-ый! — провыла Вероника.

— А... Убийца, случайно, не сказал, почему он хочет тебя убить? — осторожно спросил Каретников, забегая то с правого боку, то с левого.

Лицо у него было почти подобострастным, хотя на самом деле ему хотелось схватить Веронику за волосы и хорошенько дернуть, чтобы она перестала прятать лицо и объяснила все толком.

— Сказал, — неожиданно заявила та и, перестав выть, посмотрела на него влажными глазами. — Он сказал, что я слишком многое знаю о прошлой ночи. Еще он добавил, что все умрут.

— Глубокое наблюдение, — хмыкнул Дима Дьяков. — Конечно, все умрут. Когда-нибудь.

— Он имел в виду всех, кто что-то знает о прошлой ночи.

Визит к маме, понятное дело, пришлось отменить. Каретников велел Веронике позвонить тетке Зое и оставил какого-то мрачного типа сторожить дверь в квартиру. Вероника хотела, чтобы он оставил Диму Дьякова, но тот, как выяснилось, до зарезу нужен ему самому.

— Почему мне так не везет? — в который уже раз вознегодовал Каретников, когда они с Димой сели в машину. — Теперь эта дурища вляпалась в историю с бабой, утонувшей в ванне!

— Чтобы не выйти из роли, вам придется дать ей телохранителя,— подумав, заявил Дима. — Не может любящий мужчина, без пяти минут счастливый муж, оставить девушку без присмотра после того, как на нее напал бандит.

— С ума сошел?! — выпучил глаза Каретников. — Какого телохранителя? Что, если он будет хорошо охранять ее?

— Надо дать такого, который будет охранять плохо, — тут же нашелся Дима.

Шеф и его помощник задумчиво посмотрели друг на друга.

— Помнишь того типа с лошадиной фамилией? — неожиданно ожил Каретников. — Рысцов? Или Рысаков?

— Рыськин! — подсказал Дима. Глаза его на миг сощурились, потом распахнулись широко-широко. — Шеф, это мысль!

Никто не знает о его провалах. Рыськин лег на дно, а репутация у него осталась незапятнанной. Мы вполне можем его использовать, вполне!

— Действуй быстро! — жестко приказал Каретников. — Найди его, озолоти. Чтобы сегодня вечером он приступил к исполнению своих обязанностей.

— Надеюсь, он в плохой форме, — пробормотал Дима, — и для наших целей подойдет.

— Как ты думаешь, мне надо будет вечером навестить мою невестушку?

— Естественно! А как же иначе? Вы ведь без памяти влюблены и переживаете за ее драгоценное здоровье.

— Полагаешь, ее действительно хотели убить за то, что она что-то такое видела в доме отдыха?

— Конечно. Судя по всему, редакторша не сама утонула в ванне, ей кто-то помог. Теперь этот кто-то пытается замести следы. Дилетант хренов. Это надо же такое придумать — душить шнуром на лестнице!

— А я так надеялся, что она уже труп! — сокрушенно покачал головой Каретников и внезапно помертвел: — Дима.

— Что? — испугался его помощник и, замедлив ход, съехал к тротуару.

— А что, если ее убьет этот самый дилетант?! И тогда все — крышка! Ты ведь понимаешь, что во второй раз мне этот ход с неземной любовью и женитьбой не провернуть! Кто мне поверит?

— Я как-то... не сообразил, — выдавил из себя Дима. — Но нам придется рискнуть. Рыськин тут как раз будет очень кстати. Думаю, уж от дилетанта он Веронику отобьет. А большего-то нам и не надо!

— Тогда давай — рысью к Рыськину! — воскликнул Каретников.

— Узнаю, где он, и полечу стрелой, — пробормотал Дима. — Только бы он был жив и здоров.

* * *

— Все нужно делать как положено! — раздраженно заявила Зоя, усаживаясь за кухонный стол. Она с остервенением потрясла чайный пакетик, чтобы вода в кружке побыстрее потемнела. — Нужно было вызвать милицию и сделать заявление. А не заниматься... самодеятельностью.

— Я рассказала милиции о лысом типе, который ночью выбрался из корпуса! — запальчиво ответила Вероника. По наущению тетки она выпила рюмку коньяка и теперь раскраснелась так, будто ее отхлестали по щекам. — Милиция решила, что у меня слишком буйная фантазия.

— Теперь они так не скажут! Теперь ты — пострадавшая.

— Матвей не хочет, чтобы я вызывала милицию.

— Но почему?!

— Потому что это бессмысленно, Зоя! У них нет возможности приставить ко мне защитника. А у Матвея есть. И я собираюсь использовать этого защитника на полную катушку.

— В каком смысле? — опешила Зоя.

— Собираюсь под его охраной немного поездить по городу. Хочу встретиться со всеми, кто был в ту ночь в одном со мной корпусе в «Уютном уголке». Во-первых, этих людей на всякий случай надо предупредить. Ведь тот тип ясно сказал: «Все умрут».

— Считаешь, он маньяк? И задумал придушить группу отдыхающих?

— Или решил истребить всех постояльцев элитного корпуса. У маньяков бывают странные идеи, если ты не в курсе.

— Ну, ты всех предупредишь, а дальше? — Зоя скрестила руки на груди и упрямо наклонила голову. — Что дальше?

— Заодно я расспрошу каждого о той ночи. Может быть, мне удастся сообразить, кто хотел меня задушить. Удастся вычислить. Догадаться.

— А! — воскликнула Зоя радостно. — Вот и добрались до сути дела! Для того чтобы вычислить, кто хотел тебя задушить, придется найти убийцу той женщины. Ты ведь полагаешь, что тот, кто утопил ее в ванне, теперь охотится за свидетелями.

— Да, типа того, — пробормотала Вероника, а потом жарко добавила: — У меня есть мысль, Зоя! Эту мысль я должна донести до Киры Коровкиной, работницы химчистки из Тулы.

— Ты поедешь в Тулу?! — вскинулась Зоя.

— Да не поеду, не пыли. Кира Коровкина в настоящее время проживает в небольшой гостинице в районе Сокольников. Она сама мне сказала, что для нее сняли номер в гостинице. Обнаружить ее не составило особого труда. Я прикинула, какого примерно класса может быть эта гостиница, и обзвонила все подходящие. В два счета ее нашла.

— Кира Коровкина! — пробормотала Зоя, словно попробовала это имя на вкус. — Какое... жизнерадостное сочетание.

— Мне кажется, именно она во всем виновата! — поделилась Вероника с теткой.

Впрочем, развернуть свою мысль ей не удалось: в дверь начали звонить требовательно и длинно.

— Может быть, это милиция? — с надеждой спросила Зоя.

Однако это был Дима Дьяков в паре с новым телохранителем.

— Знакомьтесь! — радостно возвестил он, отходя в сторону, чтобы его находку было хорошо видно. — Осип Рыськин, лучший бодигард из всех, каких я знаю.

— Боди кто? — изумленно переспросила Зоя.

— Гард, — услужливо подсказал Рыськин и наклонил голову, словно он был на балу и собирался пригласить даму на танец.

— Это телохранитель, Зоя! — прошипела Вероника и улыбнулась Рыськину. — По-английски так произносится.

— Ося! — представился тот. — Запомните мое лицо, девочки, чтобы ни с кем не спутать.

Лицо его запоминалось без труда. Оно оказалось большим, желтым и больным. Под глазами висели дряблые мешки, а сами глаза были цвета тухлой трески, забытой на рыночном прилавке. Пара жидких слипшихся прядей висела над переносицей, претендуя на то, чтобы называться челкой. Вероятно, с мытой головой Рыськин мог считаться блондином, но сейчас его масть определить было весьма затруднительно. Только большой рот казался веселым и активным. Он постоянно двигался — то обнажал зубы, то раздвигался в стороны, то складывался розочкой, делая Осино покойницкое лицо хоть сколько-нибудь живым.

— Осип будет постоянно находиться возле подъезда в машине, — сообщил Дима Дьяков и вытащил из портфеля два сотовых. Один подал Веронике, другой — ее телохранителю. — Вот, здесь записаны номера. Можете перезваниваться по мере надобности. Когда вам, Вероника, нужно будет куда-то выйти, вы предварительно звоните Осипу, и он встречает вас у дверей.

— Хорошо, — кивнула Вероника. — Осип, не уходите. Я чувствую, что скоро захочу выйти.

— И правильно! — неожиданно обрадовался Дима Дьяков. — Нечего сидеть взаперти из-за какого-то придурка! Если показывать всякой мрази, что ты ее боишься, она совсем распоясается.

— Это вы так считаете, потому что вас шнуром не душили! — мрачно заметила Зоя, и Дима мгновенно затух.

— Боссу, как назло, нужно на некоторое время уехать из Москвы, — пробормотал он, пятясь к двери. — Он так переживает! Придется поить его транквилизаторами, чтобы он хоть немного поспал в самолете.

— Пусть летит спокойно, — покровительственно заявил Рыськин. — За его невестой я уж пригляжу. Кстати, где у вас туалет?

Он скрылся в указанном направлении, а Вероника шепотом спросила у Дьякова:

— А как же он будет спать, пить и есть без сменщика?

— На ночь его будет подменять наш человек! — заверил ее Дима, спиной перешагивая через порожек. — Но ночью вряд ли кто на вас покусится. А днем Ося будет во всеоружии. Ося — ас своего дела, вы в этом сами убедитесь.

Ас просидел в уборной две четверти часа и, когда вышел, показался Зое с Вероникой еще более желтым, чем прежде.

— Куда поедем? — спросил он, потирая руки.

— Сначала завезем мою тетю домой, а потом — в Сокольники.

— Гулять? Наводить панику на врага своим бравым видом?

— Мне нужно в тамошнюю гостиницу, — пояснила Вероника. — Встретиться с одним человеком.

Однако, как вскоре выяснилось, «одного человека» в гостинице не оказалось.

— Киру Николаевну только что увезли, — со странной трусливой интонацией пояснил плоский тип, который дежурил за конторкой.

Сказалось впечатление, что всего одно касание — и он сложится пополам, словно длинная тонкая бумажка. Каждое свое слово тип подтверждал кивком головы, которая даже на взгляд казалась тяжелой и клонила его вниз.

— Что значит — увезли? — всполошилась Вероника. — Кто увез?

— Человек, — пожал тот плечами. И после некоторого раздумья добавил: — Мужчина. Некрасивый такой... Лысый, как кулак.

Вероника подпрыгнула на месте и даже раскинула руки, словно собиралась хватать лысого.

— Если они не сразу сели в машину, вы их еще догоните! — ободрил тип, выстукивая на своей конторке барабанную дробь всеми десятью пальцами. — Идите туда, направо!

Вероника бросилась к выходу, но Рыськин оказался проворнее. Он оттер ее плечом и первым выкатился на улицу.

— Стой, Вероника! — закричал он, загораживая от нее солнечный свет широкими плечами. — Сначала я, после ты.

Вероника отпихнула его и помчалась по тротуару странными зигзагами, словно муха, по которой хлопнули полотенцем.

— Давай в машину! — на бегу крикнула она Рыськину, потому что уже увидела Киру Коровкину.

Тип в гостинице не соврал: Кира собиралась нырнуть в «Ниву», за рулем которой сидел лысый. Вероника заметила отвратительный розовый затылок и страшно возбудилась.

— Кира! — завопила она во всю мощь своих легких. — Остановитесь! Не садитесь к нему, он завезет вас в лес и убьет!

Кира не слышала. Она захлопнула дверцу, и автомобиль рванул с места, словно пришпоренная кобылка. В этот миг Рыськин подрулил к тротуару и крикнул в открытое окошко:

— Залезай скорее, крючок тебе в жабры!

Вероника прыгнула в «Жигули» и ловко защелкнула ремень безопасности:

— Осенька, ты понял, за кем гнаться? — азартно крикнула она.

— Осенька уже гонится! — буркнул тот, ловко маневрируя в мощном потоке транспортных средств. Он вился ужом по шоссе, и расстояние между ним и «Нивой» неуклонно сокращалось.

Однако проклятая машина внезапно свернула в какой-то переулок и исчезла из виду. Рыськин проскочил поворот, поэтому пришлось сделать приличный крюк, чтобы вернуться на прежнее место. «Нива» обнаружилась во дворе большого старого дома возле подвальчика с деревянной лошадью над входом и надписью «Троянский конек».

— Может, еще не поздно? — воскликнула Вероника, выпутываясь из ремня. — Может, лысый собирается ее накормить-напоить и только потом прикончить? Не станет же он на глазах у почтенной публики душить ее шнуром?

— Почему обязательно шнуром? — вмешался Рыськин. — Даму можно «сделать» иначе. Например, пригласить на обед и отравить.

Вероника глянула на него дикими глазами, потом схватилась двумя руками за ручку и вытолкнула дверцу наружу.

— Погоди! Я первый! — завопил Рыськин. — Тормози, пистон тебе в седло!

Но Вероника его не слышала. Резвой козой она доскакала до подвальчика и в мгновение ока пересчитала каблуками ступеньки. Рыськин бросился было за ней, но на полдороге внезапно остановился и схватился за живот. Некоторое время пыхтел, потом в полусогнутом состоянии проследовал к двери «Троянского конька» и сдавленным голосом спросил у «мальчика» на входе:

— Где у вас тут туалет?

Мальчик показал, неотрывно глядя вслед Веронике. Она кралась по короткому коридору, высунув от напряжения язык. Добравшись до двери, остановилась и принялась растерянно вертеть головой.

В зале стояло полдюжины столиков, а остальное пространство занимали два ряда кабинок, задергивающихся плотными шторами.

— Эй, любезный! — раздраженно позвала Вероника прошмыгнувшего мимо официанта. На нем были русская рубаха — красная в белый горох — и задубевший от крахмала фартук. Волосы пострижены «горшком» и выкрашены в ненатуральный желтый цвет. — У вас тут что, сауна?

— Нэт, — ответил официант и повернул к ней чернявое лицо с красивым кавказским носом. — Рэсторан. Принэсти мэню?

— Не надо меню, — отмахнулась та. — Где парочка, которая только что вошла? Девушка, похожая на комсомольскую вожатую, а с ней лысый тип.

— Нэ знаю.

— Хочешь, чтобы у вас случилось убийство? — прошипела Вероника, схватив его за воротник. Другой рукой она нашарила на соседнем столе вилку.

— Нэт, нэ убивай, дэвушка! — взмолился официант и неожиданно пал на колени.

Пустой поднос грохнулся на пол и откатился в сторону. Из-за занавесок начали высовываться любопытные носы. Вероника окинула их цепким взглядом и сразу поняла, где находятся Кира и лысый. Вон там, в самом углу. Из-за той занавески никто не выглянул.

Перепрыгнув через официантские ноги, Вероника опрометью кинулась к вычисленной кабинке, сделала глубокий вдох и рывком отдернула занавеску.

Госпожа Коровкина стояла в самом углу кабинки, прижавшись лопатками к стене. Лысый надвигался на нее, словно корабль на маленькую шлюпку, и его намерения казались очевидными. «Он собирается задушить Киру! Прямо так, голыми руками».

Подчиняясь инстинкту, она издала боевой клич и сгруппировалась. Боевой клич получился похожим на длинный поросячий визг. Лысый, не оборачиваясь, зажал руками уши и пригнулся так, словно попал под обстрел. Вероника в мощном рывке распрямила колени и прыгнула ему на спину.

И тут случилась совершенно неожиданная вещь. Вместо того, чтобы попытаться освободиться, лысый завертелся на месте, а потом с ревом бросился вон из кабинки. Вероника сидела на нем верхом, обхватив руками и ногами, и продолжала визжать, словно пила на лесопилке. Лысый пронесся через весь ресторанчик, сметая на своем пути стулья и распугивая высыпавший из кухни персонал. Вторя Веронике, он начал реветь — только басом. Словно разогнавшийся «Боинг», он взмыл по ступенькам и вылетел на улицу.

На улице Вероника сразу же перестала визжать и, вытаращив глаза, глядела, как проносятся мимо стволы деревьев, опешившие прохожие и автомобили. В центре двора была разбита клумба, и лысый принялся бегать вокруг нее, при этом не прекращал реветь, словно пароход, прощающийся с портом. Бегал он быстро и тряско, у Вероники клацали зубы, а за ними подпрыгивал язык.

— О-о-ста-ста-но-но-ви-ви-тесь-тесь! — прокричала она ему в ухо.

Бессмысленно. Когда лысый заходил на третий круг, она заметила, что из ресторанчика высыпала группка людей, среди которых оказалась и Кира Коровкина. Лицо у нее было изумленным.

— Выдохся, сейчас упадет, — сказал один из официантов и поцокал языком.

— Не, еще круг осилит, — возразил кто-то.

— Тпру! — закричала Вероника и стала царапать лысому пиджак. Поскольку это мало помогло, она отцепила от него одну руку и, изловчившись, стала тыкать пальцами в глаза своему коню.

Лысый перестал реветь, но упорно продолжал бежать по выбранному маршруту, правда, уже гораздо медленнее, чем вначале. Теперь он мотал взмокшей башкой, пытаясь увернуться от Вероникиных ногтей. Кончилось все тем, что он споткнулся о камушек и повалился вперед, вытянув руки так, словно собирался с размаху броситься под волну. Раздался отвратительный шмякающий звук, как будто на землю свалился по меньшей мере водяной матрас. Вероника в последний момент успела выдернуть из-под лысого руки и теперь лежала на нем, тупо глядя на розовый складчатый затылок.

— Что тут происходит, ствол тебе в ухо?! — раздался над ней звонкий голос Рыськина.

— Ося, где ты был? — жалобно спросила Вероника.

Рыськин забежал сзади и, схватив ее под мышки, принялся тащить вверх, смущенно и горячо зашептав в ухо:

— У меня, понимаешь, это, ОРВИ.

— Кто такое? — заплетающимся языком спросила Вероника. — Кто это такое — ОРВИ?

— Острое респираторное... это... Ви. Не помню, как расшифровать «ви».

Давешний официант с кавказским носом, который стоял среди публики, охотно подсказал:

— О — остраэ, Р— распэраторнаэ, ВИ — виспаление!

— Вот-вот, — бросил на него благодарный взгляд Рыськин. — Оно, понимаешь, сопровождается расстройством желудка. Как скрутит в самый неподходящий момент, как поведет! Ужас.

— Диарея, дружок? — голосом рекламного искусителя поинтересовался какой-то бестактный юноша из числа собравшихся зевак.

Стрелять в ответ Рыськин счел преждевременным и мужественно промолчал. К лысому между тем подскочила Кира Коровкина и, уперев руки в бока, потрогала его скругленным носком туфли.

— Николай!

В ее голосе был мороз. Однако лысый не отозвался.

— Переверни этого типа, — попросила Вероника Рыськина, показав пальцем на поверженного врага.

Рыськин подчинился и, кряхтя, выполнил порученное. Лысый квакнул и открыл глаза.

— Не тот! — горестно закричала Вероника на весь двор и даже топнула ногой. — Не он! Лысый, но не он!

У того лысого было узкое землистое лицо с длинным носом, длинными синеватыми губами и маленькие ушки, плотно прижатые к голове. Этот же лысый оказался широкомордым, курносым и лопоухим.

— Николай, что это было? — строго спросила Кира.

— Да, — поддержала ее Вероника. — Что это было? Почему вы бросились бежать, словно вам дали понюхать тухлое яйцо? И так орали!

— Вы тоже орали! — недовольно заметила Кира, обернувшись к ней.

— Я орала потому, что думала, будто лысый собирается вас убить. А вот он почему орал?

— А я орал, потому что думал, будто вы — моя жена.

— Жена?! — хором спросили Кира с Вероникой.

— Кто еще мог вцепиться в меня и визжать? Ленка всегда визжит так, словно с нее снимают скальп.

— Ленка?! — переспросил хор все в том же составе.

— Ленка, моя жена. Я думал, она меня выследила. А я в ресторане... С женщиной... Ну, вы понимаете!

Лицо Киры Коровкиной внезапно начало наливаться кровью, а глазки выпучились так, что, казалось, лишь короткие реснички удерживают их в глазницах.

— Так ты, гнида, женат?! — воскликнула она и от досады пнула лысого ногой.

— Ах, как обидно! — расстроилась Вероника. — Не тот. А я уж было решила, что добралась до цели.

— Ты хотел меня совратить, сволочь лысая! — не унималась Кира. — Хотел совратить, имея жену! Да как ты?.. Да я тебя!.. Я, видишь ли, неиспорченная! Но не настолько, чтобы не накостылять тебе, клен, твою мать, опавший!

— Кира, успокойтесь, иначе у вас полопаются сосуды в носу.

— Почему в носу? — удивилась Кира и от удивления перестала ругаться.

— Потому что вы сопите, как барсук.

— А я вас знаю! — внезапно воскликнула Кира. — Вы ведь были в «Уютном уголке»! Я вас вспомнила.

— Вот и хорошо, что вспомнили, — ласково сказала Вероника и взяла ее под руку. — Нам надо поговорить.

— О чем?

— Кира, Нелли Шульговскую убили. Она вовсе не утонула в ванне, задремав после выпитого.

— С чего это вы взяли? — недоверчиво спросила Кира.

— С того, что я видела убийцу, и теперь он пытается разделаться со мной. Он обещал разделаться со всеми, кто что-то видел прошлой ночью.

— Я ничего не видела, — отрезала Кира, вырывая руку и становясь лицом к Веронике. На ее физиономии нарисовалось упрямство. — Так что мне не о чем беспокоиться.

— А по-моему, вы ошибаетесь, — вкрадчиво сказала Вероника. — Убить-то хотели вас. Просто случилась ошибка, и вместо вас случайно убили Нелли Шульговскую.

— И из-за этой бредовой идеи вы расстроили мой ужин?

— Кира, вам угрожали. Вас предупредили заранее, чтобы вы не ездили в «Уютный уголок». Как там было в записке? «Иначе умрешь». А вы поехали. Поехали и написали в журнале регистрации, что занимаете первый номер. Это потом уже Нелли Шульговская и горничная уговорили вас переехать. Кстати, кроме них, свидетелей вашего перемещения не было. Нелли рассказала об этом только своему мужу и мне. Так что любой, кто заинтересовался бы Кирой Коровкиной и заглянул в журнал, должен был подумать, что она находится в комнате под номером один.

— Это ваши домыслы, — не хотела сдаваться обвиняемая.

— Кроме того, Кира, вы пострижены примерно как Нелли Шульговская. И волосы у вас каштановые. Если убийца незнаком с вами лично, он мог запросто ошибиться.

— Какая-то ерунда! — в сердцах бросила Кира.

— Кира, вы не можете не знать человека в своем окружении, который так вас ненавидит, что нанял киллера.

— Какое окружение, что вы несете?! Я живу в Туле со старой бабкой, ее глухонемой сестрой и двумя младшими братьями. По субботам хожу в библиотеку, раз в месяц — в баню. У меня просто нет окружения! У меня даже нет подруг!

— Может быть, какой-нибудь клиент химчистки? — задумчиво предположила Вероника.

— На пиджаке которого осталось невыведенное пятно из-под соуса? Не мелите чепухи!

— Мне кажется, вы просто не хотите мне сказать.

— Да мне нечего вам сказать!

— А как же записка с угрозой убить вас?

— Об этом вам лучше спросить у Инны Головатовой или Татьяны Семеновой. Записку состряпала какая-нибудь из них, больше некому. Хотели увеличить шансы на свою победу.

— А что вы делали ночью? — не отставала Вероника. — Я имею в виду ночь, когда умерла Нелли?

— Спала, — быстро сказала Кира. — Спала и ничего не слышала.

Она ответила слишком поспешно и при этом отвела глаза.

— А любовника в Туле у вас нет?

— Любо-о-овника? — протянула Кира, сощурив глаз. — Эк вас куда занесло!

— Да что ж не занести? Николая-то, как я погляжу, вы в два счета окрутили. Ресторан, обещания, то-се...

— Если бы не вы, я бы так и не узнала, что гаденыш женат.

— Вот, Кира, номер моего телефона, — Вероника подала ей листочек. — Позвоните, когда захотите. Если передумаете и решите поделиться информацией.

— Я спала, — упрямо повторила Кира. — И звонить мне вам совершенно незачем.

Однако листочек взяла и сунула в карман.

Глава 5

Первый раз женщина в зеленом появилась на следующее утро на стоянке возле супермаркета. Вероника заявила Рыськину, что у нее в доме ничего нет, и нацелилась посетить большой магазин, рассчитывая сделать все покупки сразу. Рыськин не хотел идти в супермаркет.

— Там много народу! — ныл он. — Чтобы оттереть от тебя подозрительных личностей, мне придется скакать вокруг, как придурку.

Вероника, которая боялась только того, что ее задушат, наоборот, стремилась в толпу. Ей казалось, что чем больше народу, тем безопаснее. В конце концов она победила.

— Тебя наняли, чтобы ты меня охранял, а не для того, чтобы мешал жить.

Кстати, Каретников, который постоянно трезвонил ей по мобильному телефону, одобрял поведение своей невесты и восхищался ее мужеством. От этого она чувствовала себя даже более смелой, чем была на самом деле.

Пока Вероника возила тележку между полками с товарами, ее телохранитель находился в страшном напряжении и даже потел. Когда же она распихала покупки по пакетам, Рыськин наотрез отказался их нести.

— Вдруг потребуется стрелять, а у меня руки заняты! — сурово отрезал он.

И первым вышел из дверей, которые разъехались перед ним, как ему казалось, подобострастно. Обвел орлиным взором окрестности и кивнул головой. Можно, мол, идти. И сам двинулся вперед.

Но как только Вероника, нагруженная пакетами, ступила на дорогу, по которой к супермаркету подъезжали автомобили, случилось непредвиденное. Со стоянки, из-за умытых иномарок, выстроившихся ровными рядами, прямо на нее выскочил плохонький «Москвич» и, грозно рыча, буквально рванул вперед.

— Ах! — только и успела крикнуть Вероника.

Без сомнения: тот, кто сидел за рулем, пытался убить ее. Тот, кто давил на педаль газа и нужным образом поворачивал руль. Через лобовое стекло Вероника хорошо видела шофера. Буквально долю секунды, но рассмотрела его отчетливо.

Это была молодая женщина в зеленом. Бледная, словно привидение. Копна медных волос, узкое лицо, ярко накрашенные губы и большие темные очки. Вероника уже давно не видела таких больших очков — они были не модными. Конечно же, убийца пыталась скрыть свое лицо.

Тучный мужчина, шедший прямо за Вероникой, бросил тележку и в последний момент ухитрился изо всех сил дернуть ее за пояс джинсов. Вероника полетела спиной на асфальт, а «Москвич» прогромыхал в сантиметре от ее башмаков.

— Рысь-кин! — выплюнула, как будто чихнула Вероника, поднятая с земли несколькими парами рук.

Рыськин не слышал. Размахивая пистолетом, он побежал вслед за «Москвичом», распугивая покупателей. Его путь сопровождал стайный женский визг и раздельная мужская ругань. Вероника заревела, уткнувшись носом в своего спасителя.

— Какой ужас! — по-бабьи причитал тот. — Кто-нибудь запомнил номер этой машины?

— У нее не было номера, — сказал служащий супермаркета, который дежурил на стоянке и прибежал на крики. — Вместо номеров висели белые таблички.

— Но как же? — сквозь слезы спросила Вероника. — Кругом же милиция...

— Да он сейчас сделает пару поворотов, остановится возле кустиков и водрузит номера на место! — со знанием дела заявил мужчина, которому Вероника слезами измочила шикарную льняную рубашку.

Тут как раз вернулся Рыськин — потный и обессилевший.

— Хотел стрелять по колесам, но там могли оказаться дети, — заявил он. — В смысле, в машине. Номеров нет, зато за рулем — баба в зеленом платье.

— Да я ее видел! — неожиданно закричал дежурный по стоянке. — Она давно уже тут болталась. Все ходила туда-сюда. Я еще подумал — ждет кого-то.

— Опишите ее! — потребовала Вероника, втягивая носом воздух и вытирая глаза руками.

— У нее ноги красивые, — покраснел охранник и потупился.

— А еще что-нибудь?!

— Я больше ничего не запомнил.

«Бедные женщины! — невольно подумала Вероника. — Большая их часть искренне считает, что быть привлекательной — значит блистать умом, талантами, светиться обаянием. На самом деле достаточно иметь красивые ноги. И все».

— Говорил я, надо сидеть дома! — бухтел Рыськин, запихивая Веронику в машину.

— Не буду! — расхорохорилась та. — Сидячую меня тоже могут того... ликвидировать. Выстрелят через окно с чердака соседнего дома, или газом отравят, или пришлют конфеты с ядом вместо начинки.

— А ты лишнего-то не ешь! — прикрикнул Рыськин. — Ешь только свое, лично купленное.

Они подобрали с асфальта все, что высыпалось из пакетов, и загрузили в багажник.

— Мне обязательно надо узнать, кто написал ту записку, — горячо доказывала Вероника своему телохранителю. — Тогда я пойму, кого на самом деле хотели убить — Киру Коровкину или Нелли Шульговскую. Если это баловались две другие финалистки конкурса «Мисс Марпл», тогда, возможно, у Киры и вправду нет врагов и жертвой должна была стать именно Нелли. То есть никакой ошибки не случилось. Умереть должен был тот, кто умер.

Вероника рвалась в бой. Женщина в зеленом ее разозлила.

— Ося, но почему женщина? — вслух спросила она Рыськина. — Я ночью в доме отдыха видела только лысого. Это лысый должен на меня покушаться. Я — свидетель! И уверяю тебя, в первый раз, в подъезде, на меня напал мужчина. Он был сильный и разговаривал низким голосом. То есть не мог быть переодетой женщиной. Так откуда бы ей взяться, Ося? Ни у одной женщины нет причины меня убивать!

— Может быть, мадам в зеленом — сообщница лысого? — предположил Рыськин, который уже вник в дело и разобрался во всех его тонкостях. — Сам он прячется, а ее послал на дело? Что, если они договорились разделить все трупы поровну? Он убил Шульговскую, а она должна избавиться от свидетеля.

Вероника прикусила губу и задумалась. Версия Рыськина ее не вдохновила. В любом случае действовать она собиралась по заранее намеченному плану. Нужно встретиться с двумя оставшимися конкурсантками и попытаться вытянуть из них правду. Писала одна из них записку с угрозами или нет?

Узнать домашние адреса экономиста Татьяны Семеновой и учительницы Инны Головатовой можно было только в редакции «Женского досуга». Опекаемая Рыськиным, Вероника купила в киоске свежий номер журнала и открыла последнюю страницу, чтобы узнать адрес редакции. Она находилась не слишком далеко от ее дома.

— Едем туда! — велела она Рыськину.

— Неужели тебе не страшно? — изумился тот.

— Очень страшно, — призналась она.

С ней всегда так было — страх побуждал ее к действиям, и после короткого периода апатии наступал пик активности. Тело требовало движения, а ум — нагрузки. Она должна защищаться, черт возьми!

Редакция «Женского досуга» разместилась в старом доме и заняла весь второй этаж. Перед дверью, которая вела в нужный коридор, сидел за столом охранник, перед ним лежал раскрытый журнал.

— Вы к кому? — лениво спросил он, едва подняв голову.

— Мы... к... заместителю Нелли Шульговской, — нашлась Вероника.

— Мне нужны ваши паспорта.

Они достали паспорта и подали ему. Охранник принялся неторопливо списывать данные в свой журнал. В графе «К кому» он написал: «Казарюк С. Е.». Вероника еще подумала: женщина это или мужчина? Но спрашивать ничего не стала, а, получив разрешение войти, резво рванула к двери.

Большинство комнат в коридоре пустовало — там шел ремонт и бродили, нога за ногу, заляпанные белым строители.

— Нелли говорила, что она временно сидит вместе со всеми в общей комнате. Надо найти эту комнату.

— Нет ничего проще! — пожал плечами Рыськин. — Видишь, откуда дым идет? Там курит целое стадо. Иди туда, не ошибешься.

— Здравствуйте! — деловито сказала Вероника, возникая на пороге задымленного зала, густо уставленного рабочими столами. Она убрала руки за спину и поиграла языком за щекой. — Я по поводу тех женщин, которые должны были участвовать в финале конкурса «Мисс Марпл». Мне нужны их адреса. И поскорее.

Сотрудники редакции тотчас же решили, что раз она спрашивает, значит, имеет на это полное право.

— Сейчас я вытащу их адреса из компьютера! — подхватилась девица с острыми коленками, в короткой юбочке. — Минуточку.

Пока она распечатывала данные, Вероника осматривалась. На нее никто не обращал особого внимания. Людей в редакции было много, но они разговаривали приглушенными голосами и совершенно явно были подавленны. Еще бы! Смерть главного редактора журнала запросто могла лишить их рабочих мест и надолго выбить из седла.

— Вот, держите! — сказала девица в мини-юбке и подала Веронике лист бумаги, только что «выпеченный» принтером.

После чего кивнула и деловито направилась к своему рабочему месту. Это был стол с компьютером, вокруг которого высились горы бумаг и бумажек, пустые и полупустые чашки, пепельница с курганом окурков. На спинке стула висела джинсовая курточка и сумка.

— Ося! — шепотом сказала Вероника. — Кажется, я все поняла с этой запиской! Надо было приехать сюда и увидеть все своими глазами, чтобы догадаться.

— С какой запиской? — раздраженно спросил Рыськин, отступая в коридор.

— С запиской, которую подбросили Кире Коровкиной. Ну, чтобы она не ездила в «Уютный уголок».

— Поняла — и прекрасно, — пробормотал Рыськин, который после покушения женщины в зеленом был сам не свой.

— Все равно мне надо поговорить с этими двумя мадам, финалистками конкурса «Мисс Марпл», — вздохнула Вероника. — Поедем сначала к экономисту Татьяне Семеновой.

— Почему к ней? — проворчал Рыськин, хотя ему было

ровным счетом наплевать, куда ехать. Опасность подстерегала на каждом шагу.

— К ней первой, потому что мы знакомы, — охотно ответила Вероника. — Сидели в столовой дома отдыха за одним столиком. Думаю, она меня не вытурит.

Татьяна Семенова открыла дверь и уставилась на Веронику и Рыськина с таким выражением лица, как будто была контрреволюционеркой, а к ней внезапно нагрянули комиссары.

— Татьяна, нам нужно поговорить! — с места в карьер заявила Вероника и сделала шаг вперед.

Хозяйка квартиры поспешно отступила в сторону. Вероника могла бы поклясться, что, несмотря на хмурое лицо, в глазах ее мечется паника. «Что бы это значило? — подумала Вероника. — Неужели она боится меня. Почему?» Никаких мыслей по этому поводу у нее не возникло. Женщиной в зеленом Татьяна Семенова не могла быть по определению. Та женщина красива. А эта...

Эта обладала посредственной внешностью, на троечку. Если бы не разноцветные ведьмины глаза, в ней и вовсе не было бы ничего примечательного. Мышиного цвета волосы, плохо стриженные и плохо расчесанные, обрамляли унылое лицо. Когда Создатель творил Татьяну Семенову, ему было скучно. Поэтому все в ней получилось заурядным и на редкость пресным.

— Вы можете уделить мне пятнадцать минут? — с нажимом спросила Вероника.

Она вынуждена была спросить, потому что, пропустив гостей в коридор, Татьяна Семенова застыла на месте и принялась ломать пальцы, похрустывая суставами.

— Пройдите... сюда, — с трудом выдавила она наконец и поплелась на кухню.

Вероника с Рыськиным двинулись следом.

— Это вы подложили записку Кире Коровкиной? — задала свой главный вопрос Вероника. Она решила быть жесткой, чувствуя, что это может подействовать. — Вы угрожали ей! У меня есть свидетели.

Однако вместо того, чтобы разнюниться и сразу же расколоться, Татьяна неожиданно озлобилась.

— Блефуете, — презрительно сказала она. — Никто не знает, кто подложил эту дурацкую записку дурацкой Кире Коровкиной. Еще тогда, в редакции, была большая разборка, и она окончилась ничем. А теперь вы приходите и говорите о каких-то свидетелях. Нет никаких свидетелей. И записку я не писала. Ну, сами подумайте — за каким фигом мне это могло понадобиться?

— Кира считает, будто вы сразу распознали в ней будущего лидера и решили расчистить путь к собственной победе.

Татьяна Семенова фыркнула и ничего не ответила.

— Скажите, — зашла с другого боку Вероника. — А после возвращения из дома отдыха с вами не происходило ничего, хм, необычного?

— У меня украли кошелек, — ровным голосом сообщила та. — Разрезали сумочку в троллейбусе.

— Что же в этом необычного? — подал голос Рыськин. — Это как раз самое обычное дело.

Вероника пнула его ногой под столом и сказала:

— Я не просто так спрашиваю. На меня, например, охотятся. Это чтоб вы были в курсе. Сначала меня попробовали задушить в подъезде собственного дома. Но номер не прошел! Потом попытались сбить машиной.

— Почему? — заинтересовалась Татьяна, облизав губы острым, словно заточенным кончиком языка.

— Потому что я слишком много знаю о прошлой ночи. Имеется в виду та ночь, когда умерла Нелли Шульговская.

— А что вы такого знаете? Что вы делали той ночью?

— Ну... Я довольно долго не ложилась. И в начале третьего вышла в коридор. Там я увидела странного лысого типа, который тайком выбирался из корпуса. Кстати, Кира Коровкина уверена, что это именно вы подложили ей записку. Она сказала, что, когда вы отпираетесь, вы врете.

— Сама она врет! — выплюнула Татьяна, которая при упоминании Киры напрягалась, словно бегун на старте. — Вы лучше спросите ее, где она сама была той ночью!

Поняв, что проговорилась, Татьяна полезла в ящик за сигаретами и принялась изводить спички, пытаясь прикурить.

— Продолжайте, продолжайте, — подбодрила ее Вероника.

— Ну, хорошо, — сказала та, выпустив двойную струю дыма из носа. — В ту ночь я тоже не спала.

— Тоже?

— Как и вы. Было без четверти два, когда я увидела за окном Киру. Она кралась мимо корпуса и все время оглядывалась, как будто боялась, что за ней кто-то следит. Как раз выглянула луна и осветила Киру.

— А вы заметили, когда она вернулась обратно?

— Нет, — покачала головой Татьяна. — Не заметила. Мне совершенно наплевать, сколько отсутствовала эта фифа.

Больше Татьяна Семенова не сказала ничего вразумительного. Разговор вертелся вокруг одних и тех же предметов, и она продолжала стоять на своем: о записке ничего не знает, из номера ночью не выходила, посторонних в корпусе не видела. Вероника посоветовала Татьяне проявлять осторожность в подъезде и на дорогах и раскланялась.

— Я думал, что после сегодняшнего покушения ты будешь вести себя, как мышь, побывавшая в кошачьих лапах, — недовольно сказал Рыськин, оттесняя Веронику плечом от выхода из подъезда. — Сначала я. Стой, кому говорю! Стой, пыль тебе под колеса!

— Да ладно, Ось! — отмахнулась Вероника. — Неужели ты думаешь, что следующая попытка последует так скоро? Моим убийцам надо посовещаться и выработать новый план.

На самом деле держать себя в руках Веронике помогала ярость. Только ее жизнь стала налаживаться, и вдруг — бац! — все разладилось в один присест. Матвей уехал в командировку непонятно куда и непонятно на сколько, свидание с его мамой сорвалось, а сама Вероника едва не стала жертвой преступления.

Ей не хотелось быть жертвой. Она решила, что, если начнет хныкать, опустит руки, убийцы обязательно с ней разделаются. Ей не хотелось, чтобы с ней разделались. Поэтому она наказала Рыськину быть готовым к дальнейшему расследованию. Рыськин сдал вахту ночному дежурному и уехал отсыпаться, а Вероника, наскоро поужинав, принялась размышлять.

Сейчас, когда она была отделена от покушений на свою жизнь событиями дня, встречами, разговорами, кое-что стало казаться ей странным. Так, самую малость. Зачем тот тип, который напал на нее в подъезде, сообщил, по какому случаю собирается ее задушить? Это было слишком любезно с его стороны. Конечно, он рассчитывал, что с его помощью она превратится в остывшее тело... Но стоило ли тогда расточать свое красноречие и тратить драгоценные секунды?

Еще осталось странное ощущение от того, что убийца бросил дело на полдороге. Сосед или соседка, которые спускались сверху, находились еще довольно далеко — было ясно по звуку шагов. Убийца вполне мог бы стянуть шнур и прикончить ее, что называется, одним движением. Но нет — он почему-то толкнул ее и убежал, не закончив начатого. Может быть, он просто пугал ее, а убивать-то вовсе не хотел? Почему? И кто он в таком случае, этот таинственный человек в маске?

Зато женщина в зеленом совершенно точно собиралась расправиться с Вероникой. Если бы не расторопный дядечка в льняной рубахе, лежать бы ей, переехавшей, в каком-нибудь морге на металлической каталке и пугать студентов-медиков ужасными ранами и отвратительной бледностью.

Кстати, о бледности. Женщина в зеленом была очень бледной. Хотя, возможно, она нервничала перед убийством. В сущности, ничего удивительного. Веронике почему-то казалось, что она где-то когда-то видела ее лицо. Но где? Когда? Какое-то смутное, неясное ощущение, не более того. Ах, если бы не темные очки!

Утром ей позвонил Каретников и трагическим голосом спросил, все ли в порядке.

— Все очень хорошо, Матвей! — бодрым тоном ответила Вероника. — Рыськин — просто зверь! За его спиной я как за каменной стеной! Можешь ни о чем не волноваться!

От «зверя» сегодня явственно попахивало перегаром. По аромату, висевшему в салоне автомобиля, было ясно, что он пытался залить предательский запах одеколоном, но цитрусовые добавки с заданием явно не справлялись.

— Как твоя ОРВИ? — спросила Вероника, устраиваясь на переднем сиденье.

— Неважно, — дернул тот плечом.

Он действительно выглядел неважно. Желтушное лицо его приобрело дополнительный сероватый оттенок, который его явно не красил.

— Куда мы отправимся сегодня? — спросил он сварливым тоном.

— В Химки, к учительнице математики Инне Головатовой, — объяснила Вероника. — Вот адрес.

Она протянула Рыськину бумажку, которую получила в редакции журнала «Женский досуг».

— Знаешь, как добираться?

— Соображу, — мрачно ответил тот.

Настроение у него было совершенно точно не боевое. Утро, кстати, выдалось таким же хмурым и желтушным, как и Рыськин. Воздух казался горьким, а над головой висели хворые тучи. Не такие, что несут дождь, — полные, набухшие от воды и сознания собственной значимости, — а плоские, вылинявшие и жалкие.

Инна Головатова на звонки не откликалась.

— Наверное, она уехала в отпуск, — высказал вполне здравую мысль Рыськин. — У школьников каникулы, финал конкурса, объявленного журналом, не удался. Что ей еще делать?

Веронике, однако, не хотелось уезжать несолоно хлебавши.

— Я должна знать совершенно точно, в городе Головатова или нет, — уперлась она. Потом повернулась к соседней двери и утопила кнопку звонка. Через некоторое время на пороге появилась женщина в деловом костюме и профессорских очках.

— Вам что, товарищи? — спросила она запредельным голосом и строго посмотрела на непрошеных гостей. — Вы по поводу канализации?

— Да, — тут же ответил Рыськин и бросил жалобный взгляд на Веронику. Вероятно, ОРВИ снова давала о себе знать.

Вероника безжалостно оттерла его плечом от двери и, в свою очередь, пояснила:

— Мы по поводу вашей соседки, Инны Головатовой. Не знаете случайно, где можно ее найти?

— Конечно, знаю, — раздраженно ответила профессорша. — В морге. На железной каталке.

Это было так неожиданно, так страшно, так созвучно кое-каким мыслям Вероники относительно собственного будущего, что она едва не села.

— В мо-орге? — повторил Рыськин за ее спиной. — У нее что, болела печень?

— Ничего не знаю насчет внутренностей покойной, но умерла она оттого, что на нее машина наехала, — отрезала профессорша. — По всем остальным вопросам вам лучше обращаться к ее подруге. Сейчас дам номер телефона.

Она ушла, оставив дверь приоткрытой, и через некоторое время вернулась с использованным метрополитеновским билетиком, на обратной стороне которого крупно написала три группы цифр.

— Вот, — она подала билетик Веронике и сказала: — Подругу зовут Татьяной. Она была с Инной в больнице и теперь занимается всеми скорбными делами.

— Что ж, спасибо за информацию и до свидания, — пробормотала Вероника.

— До свидания, — повторил за ней бледнеющий на глазах Рыськин.

Соседка закрыла дверь.

— Зря ты не дала мне развить тему канализации, — укоризненно сказал Рыськин, выходя из подъезда и привычно озирая окрестности. — Теперь мне придется решать свою проблему как-то иначе.

— Надеюсь, ты найдешь цивилизованное решение, — с опаской заметила Вероника, косясь на него. — Надо заехать в какой-нибудь ресторан или супермаркет, там обязательно есть уборные.

— Не всякая уборная мне подойдет! — неожиданно заявил Рыськин. — Мне нужна достаточно большая, желательно с окном. В другую я не пойду.

Вероника повернулась и посмотрела на него с искренней озабоченностью:

— Зачем тебе с окном? Ты ведь не жить в ней собираешься!

— Мне нужно, — уперся Рыськин. — Без окна я не справлюсь.

— На МКАД есть огромный мебельный центр, можем заехать, убедиться, соответствуют ли их удобства твоим вкусам. Кстати, больше у тебя никаких требований нет?

— Хотелось бы, чтобы кабинки были с короткими дверями. Ну, чтобы между дверью и полом оставался большой зазор, — поспешно сказал Рыськин. Лоб его снова покрылся испариной. — Двери до самого пола — совсем не то.

— Ясно, — ответила Вероника деревянным голосом.

«Может, дело даже не в желудке? Может, у Оси не все в порядке с головой? — подумала она. — Вдруг у него была какая-нибудь производственная травма? Контузия там или что-нибудь в этом роде? А он скрывает это, чтобы не лишиться работы».

Когда они подкатили к мебельному центру, Рыськин внезапно обеспокоился ее безопасностью.

— Не стоит тебе выходить из машины, — заявил он. — Запрись изнутри и закрой окна. Лучше всего вообще пригнуться. Знаешь что? Полезай назад и приляг, о'кей?

— О'кей, — вздохнула Вероника. Ей не очень хотелось лежать в душной машине, но делать было нечего. — Только ты, пожалуйста, недолго, хорошо?

Рыськин пообещал вскоре вернуться, но обещания своего не сдержал. Прошло примерно минут двадцать, а его все не было. Зато из мебельного центра густо повалил народ. Складывалось впечатление, что внутри что-то случилось. Вероника долго боролась с собой, потом все-таки выбралась на улицу и остановила женщину, которая так торопилась на стоянку, что даже приседала от нетерпения.

— Скажите, а почему все выходят? — спросила Вероника встревоженно.

— Какой-то псих засел на втором этаже возле туалетов и обещает взорвать здание! — прокричала та на бегу. — Говорит, что он Бомбермен!

— Трех человек положил! — подхватил толстый мужчина, машина которого была припаркована рядом с «Жигулями» Рыськина. — Ходил по магазину с дубинкой и долбил по голове тех, кто ему не приглянулся! А теперь засел в уборной. Наверняка готовит взрыв!

Вероника похолодела. «Неужели это Ося? — подумала она. — То-то мне не понравился его разговор об уборных!» Она чувствовала себя в какой-то степени ответственной за Рыськина, поэтому решительным шагом направилась к входу в мебельный центр. Спецслужбы еще не подъехали, и кругом царил хаос. Охранники пытались порциями вывести народ на улицу, но народ их не слушал и убегал неорганизованно. По радио предлагали присутствующим срочно эвакуироваться. С верхних этажей на всех парах неслись замешкавшиеся покупатели. Вероника продиралась против течения к эскалатору и, когда продралась, прыгнула на лесенку, едущую вверх.

— Куда?! — закричали ей снизу. — Стой! Вернись!

Вероника краем глаза увидела, как забегали по первому этажу охранники, как позадирали головы. Впрочем, возвращать ее силой ни один не отважился.

И никто не обратил внимания на то, как по дальней лестнице легко взбежал на второй этаж элегантный мужчина с сединой в постриженных бобриком волосах. На согнутой руке у него висел пиджак, под пиджаком был спрятан пистолет. «Как удачно, — удовлетворенно думал он. — Паника, массовое бегство, сумасшедший в туалете... Все как по заказу». Улыбка тронула его губы. Он застрелит Веронику и спокойно уйдет. А когда подкатят эти идиоты на своих машинах с пищалками, пусть попробуют догадаться, что случилось.

Вероника соскочила с эскалатора и повертела головой, отыскивая указатель. Наконец обнаружила стрелочку и поспешно двинулась по коридору мимо испанских шифоньеров и немецких столов, перемешанных с отечественными образцами мебельного искусства, которые поражали наглыми ценами.

Перед входом в туалет стоял странный тип в клетчатой рубашке навыпуск, в шортах и больших сандалиях, надетых на босу ногу. В руке он держал тяжелую короткую палку, похожую на милицейский жезл.

Озабоченно нахмурившись, Вероника махнула рукой в сторону лестницы и сказала:

— Идите вниз, а то, не приведи господи, на вас псих из туалета выскочит. Что вы стоите? Все уже давно на улице! Идите, идите!

Вероника даже ногой топнула. Тип в клетчатой рубашке мешал ей совершить аморальное вторжение в мужской туалет. Однако тот на ее слова не обратил никакого внимания, только наклонил голову, как скворец, заметивший в траве аппетитное розовое шевеление.

— Ну что ты стоишь? — рассвирепела Вероника, которой не терпелось отыскать Рыськина. — Глухой, что ли? Или отмороженный, не боишься взлететь на воздух?

— Я Горец! — неожиданно сказал клетчатый и гордо поднял голову. — Я должен остаться один!

— Пошел ты к черту! — разозлилась Вероника и двумя руками толкнула клетчатого в грудь.

Тот не удержал равновесия, взмахнул руками и шлепнулся на пол, стукнувшись головой о стену. Некоторое время сидел без всякого выражения на лице, потом собрал глазки в кучку, отключился и пал на линолеум.

Вероника перепрыгнула через него в тот самый момент, когда мужчина с пиджаком на локте осторожно выглянул из-за угла.

— Все шикарно, — пробормотал он, увидев, что жертва вошла в мужской туалет. По собственному почину влезла в ловушку! Несколько секунд он смотрел на бездыханное тело, перегородившее вход, потом тронулся с места.

Вероника была уверена, что, кроме Рыськина, в туалете никого нет. Но она все равно испытывала чувство неловкости и даже покраснела, переступив порог заведения. Она сразу же увидела, что двери в кабинках действительно не достают до пола и в самой крайней стоят ноги в знакомых ботинках.

— Ося! — дрогнувшим голосом позвала она. — Ося, это ты?

Взвизгнула «молния», клацнула металлическая защелка, и изумленный Рыськин появился на пороге кабинки с вытаращенными глазами.

— Я, — удивленно ответил он. — А что ты здесь делаешь?

— Скажи, Ося, кто такой Бомбермен?

— Чего? — удивленно спросил Рыськин. Он совершенно явно не мог сообразить, зачем Вероника явилась в мужской туалет. — Ничего не понимаю!

— Фу! Кажется, я ошиблась.

Вероника бросилась к умывальнику и принялась плескать себе в лицо ледяную воду.

В этот момент позади нее открылась дверь, и в проеме появился седоватый мужчина, стриженный бобриком. Несмотря на то что рот его был плотно сжат, глаза улыбались. Мужчина шагнул внутрь и слегка приподнял руку, на которой висел пиджак. Рыськин не увидел пистолета, но сразу же понял, что он там есть. Его рука метнулась за собственным оружием, но тут позади седого возникла покачивающаяся фигура в клетчатой рубашке. Клетчатый на цыпочках вошел в туалет и поднял свою палку над головой.

Вероника обернулась как раз в тот самый миг, когда палка уже готова была обрушиться на голову седого.

— Назад! — крикнул Рыськин непонятно кому.

От неожиданности Вероника отпрыгнула от умывальника, и тут пистолет седого выстрелил. В разные стороны брызнули осколки кафеля.

— Я Гарри Поттер! — крикнул клетчатый.

Раздался глухой стук, и седой мужчина мешком свалился на пол. Пистолет выскользнул из-под пиджака и прокатился по скользким плиткам пола.

— Господи, что это? — испугалась Вероника, поджимая одну ногу, рядом с которой остановилось оружие.

— Сейчас я буду творить заклинания! — сообщил клетчатый с благостной улыбкой на лице. Повернулся и запер дверь в туалет на задвижку.

— Господи, да ведь это и есть тот самый псих! — воскликнула Вероника. — Посмотри, Ося, на его рожу!

Ося не ответил, поэтому Вероника повернулась и поглядела на него. С Рыськиным творилось что-то странное. Глаза его почти что вылезли из орбит, а на губах появилась пена, словно он собирался пускать мыльные пузыри прямо изо рта.

— Открой дверь обратно! — закричал он неожиданно тонким пронзительным голосом. — Открой, буек тебе в киль!

Клетчатый захохотал и показал ему мясистый кукиш. Тогда Рыськин наклонил голову и, растопырив руки, прыгнул прямо на обидчика. От удара оба отлетели к пресловутой двери и вмазались в нее. Туалет содрогнулся.

— Открой дверь, сволота-а-а-а!!! — пищал Рыськин неправдоподобно тонким голосом. Выходило почти как у солистки группы «Аква».

Клетчатый сопел и сопротивлялся. Вместо того чтобы вмешаться, Вероника медленно повернула голову и посмотрела на стену, в которой засела пуля. Прямо над умывальником. Если бы Рыськин не крикнул и она не отскочила бы в сторону — все. Ее жизнь закончилась бы совершенно бесславно — в мужском туалете мебельного центра неподалеку от МКАД.

Словно во сне Вероника наклонилась над неподвижно лежащим мужчиной и увидела, что из-под его головы вытекает кровь. Ее затошнило и повело. Стены завертелись перед глазами. Она опустилась на четвереньки и сквозь пелену в глазах некоторое время наблюдала за тем, как клетчатый обегает туалет по периметру, а за ним, надрываясь, словно автомобиль реанимации, носится Ося Рыськин с выпученными глазами и высунутым языком.

Когда Рыськин догнал клетчатого, они принялись волтузить друг друга. И тут воздух сотрясла серия мощных ударов в дверь. Вероятно, спецслужбы наконец-то добрались до места происшествия и решили взять уборную приступом. Вероника закрыла голову двумя руками и зажмурилась.

— Я случайная жертва, — шепотом бубнила она себе в коленки. — Когда меня спросят, кто я такая, так и скажу. Случайная жертва...

После криков, грохота и шума борьбы все наконец стихло, и Веронику потянули за руки вверх. Потом кто-то обнимал ее за плечи и нашептывал нейтрально-успокаивающие слова, но она предпочитала не разжимать глаз и шагала вслепую.

— Вам не о чем волноваться, — увещевали ее. — Психа уже поймали и увезли. И раненого увезли. Здесь остались только вы и второй свидетель его бесчинств. Тот мужчина в клетчатой рубашке.

Вероника мигом распахнула глаза.

— В клетчатой рубашке?! — закричала она. — Так это и есть псих! А вы что, забрали Осю?!

— Извините, конечно, — хмыкнул один из ее спасителей, — но мужчина в клетчатой рубашке был жестоко избит. А... как вы там сказали? Ося, да? Так вот, Ося был разъярен, дик и имел при себе оружие. Неужели вы не слышали, как он стрелял?

— Это не он стрелял, а тот, который валялся на полу! — закричала Вероника. — Седой в бобрике!

— Этот в бобрике неизвестно, выживет ли, — сердито ответили ей. — А ваш Ося в отличной форме. Бурлит, как гейзер. Знаете, как он к вам рвался? Даже зубами клацал!

Очутившись на улице, Вероника принялась звонить Каретникову.

— Матвей! — закричала она в трубку, когда тот ответил. — Рыськина загребли! В ментовку!

— Да что ты говоришь? — изумился тот. — А за что?

— Его схватили по ложному обвинению! Он ввязался в драку в уборной мебельного центра. Там был один псих, и Осю с ним перепутали.

— Дорогая, не волнуйся, мы что-нибудь придумаем. Я немедленно позвоню Дьякову, он все уладит. А пока езжай домой. Я не хочу, чтобы ты шаталась по городу без охраны. Вдруг тебя опять захотят душить!

Пряча телефон в сумочку, Вероника пробормотала:

— Это ты, дорогой, еще не знаешь, что меня давили машиной...

Водить она не умела, поэтому пришлось запереть «Жигули» и оставить их на стоянке. Выбравшись на шоссе, Вероника тотчас же увидела автобусную остановку и подумала: «Все равно я уже почти в Химках. Может быть, попробовать позвонить подруге Инны Головатовой? Вдруг она дома? Я просто обязана узнать про этот наезд как можно больше». Конечно, она сразу же подумала о стареньком «Москвиче» и женщине в зеленом. А кто бы не подумал? Возможно, есть какие-нибудь свидетели происшествия, которые описали машину. Если это действительно «Москвич», за рулем которого сидела женщина, тогда человек в маске не соврал. Действительно, умереть должны все.

Подруга Инны Головатовой оказалась дома и ответила на телефонный звонок сразу, будто бы сидела перед аппаратом.

— Я кое-что знаю о подоплеке этого дела, — официальным тоном заявила Вероника. — Не могли бы мы встретиться? Как можно скорее.

— Подъезжайте, — разрешила та и объяснила, каким транспортом добираться.

«Еще одна училка!» — тут же поняла Вероника, когда Татьяна открыла ей дверь своей квартиры. Она была маленькой и довольно полной, со строгой прической и твердым преподавательским взглядом. Единственное, что выпадало из образа, так это огромная растянутая кофта, накинутая на плечи и завязанная узлом под подбородком.

— На улице жара, а я мерзну, — жалко улыбнулась хозяйка.

— Это на нервной почве, — кивнула Вероника. — Просто у вас стресс. Я сама в последнее время постоянно в стрессе, поэтому знаю наверняка.

— Инночку убили! — с надрывом сказала Татьяна, доведя гостью до комнаты и свалившись на диван. — Я была с ней до самой последней минуты. Это так страшно! Представляете, она умирала и все говорила про какие-то ботинки.

— Ботинки? — насторожилась Вероника. — А вы не могли бы рассказать поподробнее?

— Ах, боже мой! — приложила руки к груди Татьяна. Грудь у нее была большой и высоко поднятой.

«Когда-нибудь ее сделают завучем», — промелькнуло в голове у Вероники. Все завучи, которых она знала, имели такую же воинственную, забранную в броню грудь.

— Инна бредила, — продолжала тем временем Татьяна. — И бред всегда начинался с одного и того же — с какого-то конверта. Она собиралась показать кому-то какой-то конверт. А потом увидела ботинки. «Те самые ботинки» — вот ее точные слова. Ее как-то беспокоили эти ботинки. Будто бы в них заключалась некая постыдная тайна, Инна узнала эту тайну и занервничала. Да, и обращалась она все время к некой Ире. Говорила: «Ира, Ира, ну у тебя и аппетиты! Сидела бы со своими пряниками!» По-моему, это чистой воды бред.

— Бред, — пробормотала Вероника и сжала пальцами виски. — Но очень информативный.

— А вы-то сами что знаете? — внезапно вспомнила Татьяна. — По телефону вы сказали, будто бы знакомы с подоплекой дела. Какого, кстати, дела?

— О наезде на Инну. Понимаете ли, меня ведь тоже едва не сбили машиной. И все потому, что я, как и Инна, стала свидетельницей преступления.

— Ну да? — открыла рот Татьяна.

— Я не могу разглашать, — промямлила Вероника, в голове у которой бешено вращались шестеренки. Она просто не хотела, не могла отвлекаться на болтовню, которая ее сбивала. — Кстати, как все случилось?

— Инна переходила дорогу. Дело происходило поздним вечером, было уже темно, и убийца без проблем удрал с места преступления. Говорят, Инну сбил «Москвич». Он и выскочил-то непонятно откуда! Конечно, его ищут, но... Свидетелями происшествия оказалась лишь пара припозднившихся пешеходов. Ничего вразумительного они так и не сказали.

«Вот тебе и на! — думала Вероника, подпрыгивая на заднем сиденье троллейбуса и завороженно глядя в окно. — Наверное, это тот же самый «Москвич», и Инну убила все та же женщина в зеленом. Значит, действительно ничего личного. Все дело в смерти Нелли Шульговской. Ну, допустим, я видела лысого, и он это знает. Ведь я вышла на крыльцо прямо вслед за ним, и он наверняка обернулся на стук захлопнувшейся двери. А Инна что, тоже видела лысого? То есть он засветился той ночью по полной программе? Очень, очень странно».

Вероника принялась размышлять о том, что так мучило Инну Головатову перед смертью. Конечно же, говорила она не про какую не про Иру, а про Киру. Это ясно, как дважды два. «Сидела бы со своими пряниками!», вот что она сказала, подразумевая родную Кирину Тулу.

С ботинками тоже все более или менее понятно. Она наверняка имела в виду ботинки Тараса Шульговского. «Те самые ботинки». Те самые, которые они обсуждали с Кирой накануне происшествия в доме отдыха. Хорошо, что Татьяна, рассказывая, употребила выражение «постыдная тайна». Это сразу же натолкнуло Веронику на мысль.

Вот какая картинка складывалась. Инна Головатова решила ночью посетить Киру Коровкину. Поскольку она не знала (Вероника придерживалась именно этой версии), что Киру переселили, то отправилась в первый номер, куда та определила сама себя по приезде. Постучала и вошла.

Кстати, как она вошла? Логично было бы найти дверь запертой, ведь наступила ночь! Почему Нелли Шульговская не заперла дверь на ночь? Кого-то ждала и не хотела, чтобы стучали?

Итак, войдя в номер, Инна увидела ботинки. И узнала их. Ботинки Тараса Шульговского! Она подумала, что Кира успела каким-то образом спеться со спонсором и затащила его к себе в постель. «Ну у тебя и аппетиты!» — говорила Инна в бреду, имея в виду, конечно же, напористую и нахрапистую Киру.

Посчитав, что узнала постыдную тайну — Тарас Шульговский изменяет жене практически у нее под носом, — она поспешила ретироваться. Так и только так! Неясной остается только причина, побудившая Инну отправиться к Кире ночью. Какой конверт собиралась она показать Кире? Это надо выяснить в первую очередь.

Итак, предстояла вторая встреча с постоялицей не слишком респектабельной московской гостиницы. Впрочем, в то место, где Вероника однажды побывала, ей не хотелось ехать второй раз без охраны. Одно дело — визит к подруге Инны Головатовой. Никто не мог знать, что она отправится к этой самой подруге. А вот у Киры ее могут ждать. Поколебавшись, Вероника все же решила не рисковать и отправилась домой. Вот освободит Дьяков Рыськина, тогда уж она в его сопровождении отправится в Сокольники и возьмет Киру за жабры!

От остановки до ее дома было минут пять ходьбы, но Веронике они показались пятью часами. Единственная мысль, которая согревала ее, пока она вприпрыжку преодолевала сквер, — это то, что возле подъезда должен дежурить ночной сменщик Рыськина. Его наверняка уже предупредили. Он сидит в машине, вглядывается в темноту и ждет, когда она наконец появится в поле его зрения. Надо будет узнать у Дьякова его мобильный телефон. На всякий случай.

Однако возле дома никакого охранника не оказалось. Это было так странно. Не мог же влюбленный до судорог Матвей небрежно отнестись к делу охраны любимой женщины! Вероника повертела головой и даже остановилась, хотя больше всего на свете ей хотелось влететь в квартиру и запереть за собой дверь. Вот обтерханный «жигуль» соседа-строителя, вот отвязная тачка владельца мини-пекарни, а дальше, на газоне, — совершенно умильная иномарка аспирантки журфака. Больше машин возле подъезда не было. Ни одной.

Звонить Матвею казалось неудобным. Вдруг он только что заснул, набегавшись за день? Она сломает его сон и расстроит. Действительно, не будет же она стоять на улице и ждать, пока Матвей не решит вопрос с ее провожатым?

Тут из соседних кустов на Веронику выскочил дог. Она не успела испугаться, потому что узнала пса. Он проживал на пятом этаже вместе с электриком местного РЭУ и всегда вел себя примерно — не лаял и не бросался на соседей. Хотя некоторым из них, считала Вероника, не мешало бы основательно попортить шкуру.

Вероника обрадовалась компании и пристроилась в хвост собаке и электрику. Радостно поздоровалась с обоими и вошла с ними в подъезд. Пока те ждали лифта, она птичкой взлетела на свой третий этаж и начала вращать в замке ключ.

Лишь оказавшись внутри квартиры, Вероника почувствовала, как ей было страшно. Сердце как будто не стучало, а вздрагивало в груди, а руки и ноги были деревянными и абсолютно потеряли чувствительность, словно на улице не жаркое лето, а зима и она стояла на морозе в тапочках.

— Что ж, — сказала Вероника собственному отражению в зеркале. — Как говорится, спасение утопающих есть дело их собственных рук.

Даже забота любящего мужчины не может спасти от опасности. Вот, например, сегодня система защиты, которую придумал для нее Матвей, дала сбой. Рыськина забрали менты, а ночной охранник почему-то не приехал.

Глава 6

Наутро, когда Вероника проснулась, Рыськина все еще не было. Под окнами не стояло никакого неприметного автомобиля, а все известные ей телефонные номера — самого Каретникова, его помощника Дьякова и бедолаги-Рыськина — не отвечали. Вернее, их телефоны оказались выключенными. Выходить из дому одной было страшно. Что, если поблизости не окажется расторопного прохожего, который очередной раз выдернет ее из-под машины? И не будет Рыськина, который крикнет, чтобы она успела уклониться от пистолетного выстрела.

«Боже мой! — внезапно подумала Вероника. — Отчего же я такая дура? Почему выпустила из виду того мужика, которому едва не размозжили голову в туалете мебельного центра? Ведь он стрелял в меня из пистолета! И не попал лишь по чистой случайности!»

Она написала на бумажке: «Седой!!!» — и приклеила ее к холодильнику. Впрочем, уж теперь-то она о нем не забудет. От того, что приходилось бездействовать, Вероника буквально сходила с ума. Хорошо еще, что Матвей отпросил ее на неделю у Данилкина. За свой счет, разумеется. Вернее, за его счет. Иначе она сейчас торчала бы в «Бутоньерке» и при появлении каждого нового посетителя пряталась за прилавок.

Первым в это утро в ее квартире появился Дьяков. Он был

озабочен и настойчиво расспрашивал Веронику о том, как она провела вчерашний вечер.

— Одна, без охраны! — восклицал он и как-то страшно ненатурально цокал языком.

— Да на меня, в общем-то, и при наличии охраны все время кто-то покушается, — со вздохом призналась та. — Вот и вчера тоже покушались.

— Не может быть! — воскликнул Дьяков, посмотрев на Веронику с восхищением. — А вы все же живы! Молодец!

— Кстати, хотелось бы мне узнать, кто этот тип, который стрелял в меня из пистолета!

— Из пистолета? — эхом повторил Дима и отчего-то побледнел. — С глушителем?

— Откуда вы знаете?

— Не знаю, я просто предположил.

— Можете выяснить для меня кое-что? Этого типа увезли в больницу из мебельного центра. Имея должную сноровку, можно запросто узнать, кто он такой. Сделаете, а?

— Конечно! — пообещал Дьяков. — А как он выглядел, этот убийца?

— Немолод, — начала описывать Вероника, закатив глаза. — Элегантен. Волосы седые, пострижены бобриком.

— Понятно, — проговорил Дима, побледнев еще сильнее. Он медленно сел на стул и зажал ладони между колен. — Так вы говорите: ему размозжили голову?

— Мне сказали, что он жив, — поспешила заявить Вероника.

«Надо же, — подумала она, — как переживает помощник Матвея. Какой верный и преданный человек! Одна мысль о том, что могли угробить невесту шефа, так выбила его из колеи!»

— Вашего телохранителя я выкупил, он скоро приедет, — сообщил Дьяков, засобиравшись.

— А почему меня никто ночью не охранял? — капризным тоном спросила Вероника.

Пусть думает, что она истеричка и устраивает скандал. Впредь будет внимательнее.

— Вы просто не увидели нашего человека, он постоянно был тут.

— Ну, ладно... — неуверенно проговорила она. — Придется поверить вам на слово. Но я лично его не видела.

— В общем, вы ждите Рыськина, а о седом я постараюсь что-нибудь узнать.

С этими словами Дима торопливо покинул ее квартиру.

Ждать Рыськина было занятием довольно утомительным. У Вероники накопилось столько вопросов, что, казалось, они вот-вот полезут наружу, как новые мозги из сказочной головы

Страшилы Мудрого. Когда стало совершенно невтерпеж, она решила позвонить Кире Коровкиной по телефону. К счастью, та сидела в гостинице. Вероятно, Николай получил отставку, а новый кавалер еще не был найден. Без кавалера Кира прожигала жизнь, не выходя из номера.

— Кира, вы знаете, что Инну Головатову убили? — спросила Вероника, когда та проявила недовольство, поняв, кто звонит.

— Убили? Не может быть! Угрожали мне, а убили ее? Или, считаете, опять перепутали? Как в доме отдыха?

— Кира, скажите мне, куда вы ходили той ночью? — перебила ее Вероника. — Вы ведь не хотите, чтобы убийства продолжались?

— А при чем здесь я? Совершенно неважно, куда я ходила.

— Нет, важно.

— Ну, хорошо, черт с вами. Я ходила на улицу гулять.

— Замечательно! На улицу гулять. А то я и так не знала. Скажите, будьте милой, что это вас понесло гулять глухой ночью?

— Просто так.

— Не просто так.

— Я ждала одного человека.

— О! — пробормотала Вероника, потом быстро спросила: — Тараса Шульговского?

— Чего? — опешила Кира. — Кого?

Опешила она столь правдоподобно, что Вероника мгновенно отказалась от возникшего было у нее подозрения.

— Это я просто так спросила, на всякий пожарный. Так кого вы там поджидали, прогуливаясь под луной?

— Акима Голубцова. — Поскольку Вероника молчала, она добавила: — Это один из информационных спонсоров конкурса «Мисс Марпл». Он с радио, понимаете? Занимал номер на втором этаже.

— И что? — оторопело спросила Вероника.

— Что, что? Я ему понравилась. Он собирался рассказать мне о далеких созвездиях и пообещал выйти на улицу часа в два ночи. Вот я и прогуливалась снаружи в оговоренное время.

— Но урок астрономии не состоялся? — уточнила Вероника.

— Как вы догадались? — Кира выделяла желчь, как возбужденный желчный пузырь.

— А вы никого не видели входящим или выходящим из корпуса, пока прогуливались? — с надеждой спросила она.

— Конечно, нет. Я прогуливалась по аллее, там, куда выходят окна Акима. А входная дверь с противоположной стороны. Поэтому я по определению ничего не могла видеть.

— Как же Аким объяснил наутро свое поведение?

— А никак! — легко ответила Кира. — Сделал вид, что не помнит, кто я такая.

— Милый. А теперь вопрос на засыпку, — азартно сказала Вероника. — Инна Головатова хотела показать вам на сон грядущий какой-то конверт. Вы знаете, что за конверт она имела в виду?

Вероника в общем-то не рассчитывала на сколько-нибудь внятный ответ. Поэтому была поражена, когда Кира ответила:

— Знаю. Речь идет о конверте с заданием.

— Не поняла... — протянула Вероника.

— А что тут понимать? Никто ведь не знал, что Нелли Шульговская утонет в ванне. Поэтому в редакции журнала серьезно готовились к проведению третьего тура. Вечером приезжал заместитель главного редактора... как его? Казарюк. Он раздал всем финалисткам конверты. Утром в доме отдыха должны были разыграть сцену убийства. Каждой из нас дали кое-какие зацепки.

— Всем разные?

— Всем разные. Ну, это совершенно обычное дело. Слышали, наверное? Иван Петрович ходит в белой куртке, а ботинки у него не черные и не синие. Петр Иванович поднялся в восемь утра и надел красную куртку. Вы должны себе представлять эти задачки, из них составляют сборники для продвинутых школьников.

— Да-да, я понимаю, о чем вы говорите.

— Так вот. Я думаю, что Инна Головатова собиралась заглянуть ко мне со своим конвертом.

— Именно с ним? Почему вы так думаете?

— Потому что у меня самой возникало искушение раздобыть как можно больше информации.

— А куда потом делся этот Казарюк? — спросила Вероника.

— Собирался ехать в Москву. По крайней мере, он торопился. Не стал особо со мной рассусоливать.

— А где теперь ваш конверт с заданием, не помните?

— Кажется, я оставила его в номере. Мы так поспешно собирались! Впрочем, думаю, вы делали то же самое.

— Кира! Вы ведь до конца недели пробудете в Москве?

— Полагаю, что так, — важно ответила та.

— Прошу вас, не отказывайте мне во встрече, если появится надобность. Я собираюсь отыскать убийцу Нелли Шульговской, а вы можете мне помочь.

— Честно говоря, мне бы не хотелось лезть в это дело.

— Вы уже в нем по самые уши, уверяю вас. Правда, глубже вы не лезете. Лезу я. Кстати, Кира, Акимов не оставлял вам своего телефона?

— Не оставлял, — ответила Кира. — Но я ухитрилась его достать. Правда, зря. Но откуда ж я тогда знала?

— И как же вы его достали?

— Подарила сладкий поцелуй заму Шульговской Казарюку, за это он подарил мне акимовскую визитку.

— Прочитайте, пожалуйста, что там написано, — попросила Вероника. — Только не говорите мне, что вы ее выбросили, я этого не переживу.

— Зачем это я буду выбрасывать? — тоном записной скупердяйки ответила Кира. — Информацией в наши дни не разбрасываются.

Рыськин явился часа через полтора и дал три коротких отрывистых звонка, побудив Веронику вскочить и промчаться к двери.

— Ося, дорогой, все нормально? Все обошлось? — накинулась она на своего горе-телохранителя.

— Не плачь, старушка, меня не били сапогами по ребрам и не рвали ногти плоскогубцами. Я просто немножко не выспался. Однако, уверяю тебя, это не помешает мне работать, как негру. Знаешь, как я волновался, что тебя пристрелят, пока я буду объяснилки писать? Надо же, козлы какие — спутали меня с психом!

— Ты действительно выглядел, как форменный псих! — сердито сказала Вероника. — А как ты орал! Я думала, у меня лопнут барабанные перепонки. И еще эти пузыри изо рта.

Рыськин потупился.

— Конечно, я понимаю... — промямлил он. — Я должен был тебя предупредить... Но мне просто не хотелось, чтобы ты обо мне плохо думала...

— Ты, собственно, о чем?

— Понимаешь, у меня болезнь такая...

— Какая? — насторожилась Вероника.

— Ну, эта. Известная такая, немецкая. Боязнь замкнутого пространства.

— Клаустрофобия, что ли?

— Точно, она.

— А почему она немецкая-то? — опешила Вероника.

— Как почему? — удивился Рыськин. — Там же имя в начале немецкое — Клаус. А потом уже к имени приделана болезнь — трофобия. По крайней мере, я так понимаю.

— Ага, — сказала Вероника. — В общем-то, логично. Может, она и вправду немецкая? Ось, поедем сегодня на Зубовскую площадь?

— А там что? — заинтересованно спросил тот.

— Там работает некий Аким Голубцов. Надо бы расспросить его кое о чем. Я позвонила ему, пока тебя не было, договорилась, что он в час дня выпьет со мной чашечку кофе.

— Прелестно! — с иронией воскликнул Рыськин. — Ты была уверена, что я из-за решетки сразу же побегу к тебе!

— Ты очень ответственный, Ося, — польстила ему Вероника. — Я ни секунды не сомневалась, что ты не бросишь, так сказать, рабочее место.

— Ну, ладно, погнали. Только из подъезда первой не вылетай, бормашину тебе в зуб!

* * *

Аким Голубцов был отвратительно молод. «Интересно, как могла дура Кира рассчитывать на то, что он будет изучать с ней созвездия, когда она годится ему если не в матери, то уж по крайней мере в старшие сестры? В сильно старшие».

К слову сказать, Голубцов был не только молод, но и стилен. Стильные черно-белые джинсы, стильная рубашечка, стильная стрижечка, и с тем же эпитетом папочка в руках. Он пил кофе, держа блюдце на весу и отодвинувшись от стола, чтобы удобно было закидывать ногу на ногу.

— Коровкина? — тупо переспросил он. — Ждала меня на улице ночью?

Он провел рукой по голове, точно погладил себя против шерстки. Вероятно, этот жест выражал досаду.

— Честно говоря, когда я предложил встретиться ночью и посчитать звездочки, это я ее отшил. Не думал, что она не догонит.

— Она не догнала, — сухо прокомментировала Вероника.

— Отвязная тетка!

Значит, Кира не врала. Она и в самом деле выперлась ночью из корпуса только потому, что почти незнакомый молодой человек пообещал ей романтическое свидание. Бедные, бедные женщины! Под ногами у них навоз, а в голове все равно цветут розы.

Причисленный Вероникой к навозу Аким Голубцов выпил кофе и начал проявлять нетерпение.

— Еще один малюсенький вопросик, Аким! — попросила Вероника.

Свое право задавать эти вопросы она объяснила тем, что на ее жизнь несколько раз покушались. И именно потому, что ее занесло в «Уютный уголок». Теперь же, расследуя странные обстоятельства гибели Нелли Шульговской, она подвергает свою жизнь опасности ради всех, кто находился в ту ночь в одном с ней корпусе.

Аким поглядел на часы и вздохнул:

— Но только один вопросик, ладно?

— Вы знакомы с Казарюком?

— С Сергеем Евгеньевичем? Естественно. В сущности, на нем лежала организация третьего тура конкурса «Мисс Марпл». Творческая его сторона. Он готовил задания для финалисток и возглавлял конкурсную комиссию.

— Он занимал номер на втором этаже?

— Да нет же, на первом. Насколько я знаю, на первом этаже жили вы, все три финалистки, Нелли Шульговская и ее зам Казарюк. Шесть номеров, все верно.

— Интересно, почему же я его ни разу не встретила? — пробормотала Вероника.

— Он жутко суетливый, — усмехнулся Аким. — Наверное, бегал туда-сюда, словно ужаленный.

Он поднялся, показывая, что разговор окончен. Вероника заявила, что заплатит за его кофе сама, и Аким с видимой радостью согласился. Да уж, Кира может особо не расстраиваться, что упустила такой подарочек!

— Чувствую, встречи на сегодня не закончились, — проворчал Рыськин, увидев озабоченное чело Вероники.

— Понимаешь, Ось, тут неподалеку работает один тип, Бороздин. У нас с ним были отношения, потом случился резкий разрыв, и мы больше не виделись.

— Ну и хорошо! — бодро сказал Рыськин. — Чем меньше встреч, тем слаще воспоминания.

— Очень поэтично. Только у меня остались его вещи, которые, я уверена, ему нужны. В том числе записи, дискеты с рабочими материалами, ну и так далее. Я звоню ему, звоню, а он не подходит к телефону.

— Ясно. Ты хочешь предстать перед ним живьем. Боже, как я не люблю участвовать в скандалах!

— Да не собираюсь я скандалить! — рассердилась Вероника. — Мне надо просто перекинуться с ним парой слов. Заодно, кстати, сообщить, что скоро я выхожу замуж.

— Тоже немаловажно, — согласился Рыськин. — Дескать, знай наших, да?

— Да, — мрачно ответила Вероника.

Ей даже в голову не приходило, что Дима Дьяков запугал Бороздина до такой степени, что тот, всего лишь услышав имя Вероники, впадал в странное суетливое беспокойство.

Когда они подъехали к нужному дому, Вероника сказала:

— Ты, Ося, внутрь лучше не заходи, охраняй подъезд снаружи.

— Разговариваешь со мной, как со служебной собакой, — проворчал тот, зорко оглядывая окрестности. — Подожди, сначала я выйду из машины, потом ты. И не выскакивай раньше времени, блоха тебе в голову!

Он проводил ее до стеклянной двери и стал возле урны, расставив ноги на ширину плеч и спрятав руки за спину. Такая поза казалась ему очень мужественной и даже немного опасной.

Тем временем его подопечная прошла по коридору и рывком распахнула дверь в приемную Бороздина. За столом сидела его верная секретарша Надя и подкалывала скрепочками какие-то бумаги. Увидев на пороге Веронику, она выронила все, что держала в руках, и оторвала зад от стула, словно собиралась сию же минуту броситься бежать.

— Здравствуйте, Надя, — любезно сказала Вероника. — Надеюсь, ваш любимый шеф на месте?

— Бэ-э-э, — проблеяла Надя.

Шеф строго-настрого наказал секретарше не впускать Веронику в кабинет, если та вдруг заявится. «Придумай что хочешь, — беспокоился он, ломая руки. — Скажи, что я в больнице, в отпуске, в аду, в конце концов! Скажи, что придет тебе в голову. Только сделай так, чтобы эта девица не переступила порог моего кабинета! Если не справишься, будешь мгновенно уволена. В ту же секунду». Такими вещами, как увольнение, Бороздин никогда не шутил. Быть уволенной Наде не хотелось.

— С вами все в порядке? — озабоченно спросила Вероника, увидев, что секретарша раскорячилась над стулом и не может двинуться с места.

— В порядке, в порядке! — Надя с трудом выпрямилась и вышла из-за стола, бомбообразной грудью прикрывая вход в святая святых. — Со мной — все в порядке.

— Хотите сказать, с шефом что-то не так?

— Он... Он очень сильно болен, — понизив голос, сообщила Надя. — Заболел какой-то странной африканской болезнью. Выглядит хуже Франкенштейна. Все лицо покрыто ужасными пятнами. Врачи не разрешают ему общаться с посторонними.

— Я не посторонняя, Надя, — сказала Вероника, озабоченно сдвинув брови. — Кроме того, мне бы хотелось уточнить, когда он почувствовал первые признаки недомогания. Вдруг мне срочно нужно сделать какую-нибудь прививку? Не так уж давно мы с ним расплевались.

Бороздин, который, услышав знакомый голос, всем своим

грешным телом прильнул к двери, сквозь зубы чертыхнулся. Тот смуглый парень, который совал ему в нос большую пушку, ясно сказал: «Вам нельзя видеться. Ни под каким предлогом. Даже если ты будешь лежать на смертном одре, не смей звонить этой женщине и просить приехать проститься. Иначе в твоей шкуре будет столько дырок, сколько их в чайном ситечке».

Бороздин не желал превращаться в ситечко. Однако не знал, удастся ли его секретарше сдержать натиск Вероники. Поэтому, чтобы подыграть Наде, он бросился к столу, выхватил из стаканчика сиреневый фломастер и, подскочив к зеркалу, поспешно принялся рисовать на своей физиономии маленькие кружочки. Дабы они выглядели попротивнее, он еще поставил внутрь каждого кружочка черную точку финским маркером.

После чего на цыпочках возвратился к двери и снова прильнул к ней ухом, чтобы понять, что происходит в приемной.

— Вам не надо туда идти, — истерически восклицала Надя где-то совсем рядом. Вероятно, Вероника продвинулась довольно далеко. — Вы не сможете остаться равнодушной к тому, что увидите. Вы упадете в обморок и там, на полу кабинета, уж точно заразитесь. Потому что эта зараза передается как раз половым путем — она ползет по полу вместе со сквозняком.

— Господи, Надя, что за чушь вы несете?! — в сердцах воскликнула Вероника. — Я догадываюсь, что шеф не велел меня пускать. Беру всю ответственность на себя. Скажете, что я свалила вас с ног ударом в челюсть. Или угрожала маникюрными ножницами.

— Нет-нет! — зашипела Надя. — Вы ничего не понимаете! К шефу и вправду нельзя! Нельзя!

— Да почему?!

— Потому что он умер, — выпалила Надя.

— Отлично. Я хочу поговорить с телом, — заявила Вероника.

— Нет.

— Да!

Бороздин услышал пыхтение и нечленораздельные выкрики. Вероятно, дамы сошлись в рукопашной. Он заметался по кабинету, пытаясь отыскать хоть какое-нибудь укрытие. Под столом? Примитивно, как в плохом кино. Когда Вероника обнаружит его там, она обхохочется.

Единственной мебелью, помимо рабочего стола и открытого стеллажа, был узкий «пенал», в который можно было поставить зонт и повесить на гвоздик плащ или куртку. Однако дверцы в нем тоже отсутствовали. «Надо развернуть его лицом к стене и влезть внутрь, — возбужденно подумал Бороздин. —

Вероника откроет дверь, окинет взглядом пустую комнату и уйдет».

Одним ловким движением он развернул шкафчик и втиснул в него зад. Зад отлично уместился внутри, а вот плечи не входили. «Завтра же закажу шкаф», — в панике подумал Бороздин и попытался уменьшить грудную клетку, скруглив спину. Таким образом он продвинулся еще сантиметров на пять.

— Нет, я войду! — бушевала Вероника уже совсем рядом с дверью.

Услышав ее голос так близко, Бороздин дернулся, хлипкий шкафчик пошатнулся и... начал заваливаться назад. Самое ужасное, что вырваться наружу уже не было никакой возможности — хозяин кабинета сидел в «пенале» плотно, словно пробка в бутылке шампанского. Единственное, что он сумел сделать на лету, так это выпростать руки и взмахнуть ими. Впрочем, это мало что изменило. Только ваза с букетом цветов, стоявшая на подоконнике, закачалась и завертелась на самом краю.

Наконец раздался подобающий случаю грохот, и «пенал» рухнул-таки на пол. Бороздина окончательно «вбило» в него, да так, что он не мог даже пошевелиться. Наверху что-то тоненько тренькнуло, по батарее потекла вода, и сверху посыпались цветы. Почти тотчас же дверь распахнулась, стукнувшись о стену, и на пороге кабинета появилась торжествующая Вероника. Надя пыхтела сзади и дергала ее за одежду.

— Господи, он что, в самом деле умер?! — воскликнула Вероника, непроизвольно отступая назад. — И вы охраняете кабинет с разлагающимся телом?

Надя выглянула из-за спины Вероники и, увидев украшенного цветами шефа в импровизированном гробу, со страшными язвами на лице, закричала и, словно укушенная, вырвалась в коридор. Ее визги, естественно, не остались без внимания, и через минуту в распахнутую приемную уже заглядывали сотрудники.

— А что это с Надей? — неуверенно улыбаясь, спросил молодой человек приятной наружности и протер очки кончиком галстука.

— Она... Ее... — пролепетала Вероника, чувствуя подкатывающуюся дурноту, — ее пугает труп вашего босса.

— Какой труп? — наморщил лоб молодой человек и недоуменно оглянулся на своих коллег, которые толпились на входе.

Те в ответ дружно пожали плечами.

— Ваш босс Бороздин отдал богу душу, — дрожащим голосом сообщила Вероника, не смея оглянуться назад. — Под батареей стоит гроб, в гробу лежит тело. Вы разве не в курсе?

Бороздин, который все слышал, судорожно пытался придумать хоть сколько-нибудь приемлемый выход из сложившейся ситуации, но в голову ему не приходило ничего умного. Тогда он закрыл глаза и покорился судьбе. Чертова Вероника! Принесла же ее нелегкая! А он-то надеялся, что после встречи возле ресторана она больше никогда не появится.

— Батюшки! — прошептал молодой человек, разглядевший наконец то, что видели Вероника с Надей. — Матушки! Сергей Алексеич в гробу! А нам не сказали!

— Почему он стоит под батареей? — тонким голоском спросила завитая дама с жирно подведенными глазами. — Его надо поставить на стол. И выяснить, что случилось. Где Надя? Куда она убежала?

— В туалет. Рыдает в три ручья.

Сотрудники один за другим вошли в кабинет Бороздина маленькими шажками.

— Боже, что у него с лицом? — ахнул кто-то.

— Давайте поставим его на стол, — шепотом предложила завитая дама. — Потом кто-нибудь выудит Надю из туалета и мы все наконец выясним.

— Я видел, как Сергей Алексеевич сегодня приехал на работу! — удивленно сказал толстяк в очках. — Когда же его успели умертвить и засунуть в гроб?

Несколько мужчин, кряхтя и постанывая, подняли «пенал» с втиснутым в него Бороздиным и водрузили на длинный письменный стол. Бороздин старался лежать тихо. «Если я моргну, — думал он, — или чихну, они меня как пить дать уронят. Тут-то и наступит мой конец». В этот момент зазвонил его мобильный телефон, который лежал на подоконнике рядом с опрокинутой вазой и натекшей лужей.

Бороздин не выносил, когда трезвонил телефон. Он открыл глаза и, вытянув руку, требовательно пошевелил пальцами:

— Ну, чего вы стоите? Подайте мне мою трубку!

В тот же миг кабинет наполнил стройный женский визг, и «группа товарищей», толкаясь и ругаясь, вымелась в коридор.

— Вот что, Бороздин, — сказала оставшаяся Вероника, пылая негодованием. — Ты законченный кретин.

— Твои глупые стишки меня не обижают, — сказал тот, тяжело ворочаясь в своем вместилище.

— Никак узковат гробик? — насмешливо спросила Вероника. — А что у тебя с лицом? — Она наклонилась и, лизнув палец, потерла бороздинскую щеку. — Похоже, ты рисовал на себе узоры. Точный диагноз не поставлю, но то, что у тебя башня накренилась, это факт. Я тебе всегда говорила, что ты ешь слишком много консервированной кукурузы. Собственно, я зашла сообщить, что выхожу замуж. Можешь забрать свои вещи, они меня тяготят.

— Замуж? — переспросил Бороздин. В голосе его сквозила неподдельная радость. — Как славно! А за вещами я пришлю Надю. Когда тебе удобно ее принять?

— Пусть она приезжает, когда захочет, только позвонит сначала. Конечно, если ее еще не забрали в сумасшедший дом.

— Ну, как? Встретилась со своим милым? — спросил Рыськин, все это время дежуривший возле урны. — Обещала не устраивать скандала, а сама?

— Что сама? — удивилась Вероника.

— Ладно, ладно! Я слышал, как ты визжала. Тут даже прохожие останавливались. Поедем куда-нибудь еще?

— Пока домой. Там я посижу, подумаю. Может быть, что-нибудь надумаю.

Едва открыв дверь, она услышала, как надрывается в комнате телефон.

— Да? — крикнула она в трубку, поманив Рыськина за собой. Он вошел и захлопнул дверь.

Звонил Дима Дьяков.

— Вероника? Я насчет того человека с бобриком. Узнать ничего не удалось. Он исчез из больницы сразу же, как только ему оказали первую помощь. Никто не знает, куда он делся.

— А его имя?

— Никакого имени. Он растворился в воздухе без имени, без адреса. Мистер Икс, так сказать.

— Какая-то ерунда! — рассердилась Вероника, хлопнув трубку на место.

Телефон, однако, молчал всего секунду. И снова разразился воплями.

— Да! — рявкнула Вероника, раздосадованная тем, что не сообразила заняться седым раньше, пока он еще оставался в ведении врачей.

— Вероника? — раздался знакомый женский голос. Голос дрожал, и Вероника никак не могла сообразить, кому он принадлежит. Однако голос немедленно назвался. — Это Татьяна. Татьяна Семенова...

— У вас что-то случилось? — мгновенно поняла та.

— Да. Меня... Меня хотели убить!

— Когда?

— Несколько часов назад.

— Вы вызывали милицию?

— Да, но... Свидетелей нет, и вообще... Все так запуталось! Не могли бы вы приехать? Нам надо поговорить. Я совершила ужасную глупость! Я... боялась вам рассказать. Всем боялась рассказывать. Но теперь...

Но теперь, когда ее собственная жизнь оказалась под угрозой, Татьяна Семенова мгновенно обрела желание делиться всем, что знала.

— Ося, нам надо мчаться к Татьяне Семеновой!

Вероника заметалась по комнате, засовывая в сумку разные мелочи. Потом схватила яблоко и впилась в него зубами.

— Ося, вожми тоже! — прогудела она с яблоком во рту. — Вожми, и помчалишь!

— Только не выбегай из подъезда раньше меня, заноза тебе в пятку!

Сегодня Татьяна Семенова была совсем не той, что в понедельник. Куда-то делись враждебность, подозрительность и агрессия. Она смотрела на Веронику жалобными глазами собаки, которая точно знает, что в сумке, висящей на локте, есть колбаса.

— Меня хотели убить! — сообщила она трагическим тоном.

— Каким способом? — жестко спросила Вероника, которая естественным образом приняла на себя роль прокурора. Рыськин был публикой. Он прибился к кухонным полкам и затих, скромно скрестив ноги в просвечивающих от старости носках.

— Мне нужно было вынести мусор, — Татьяна сглотнула и потерла шею. — Я взяла ведро, вставила ключ в замок, надела тапки...

— Причесалась, попудрилась, погляделась в зеркало, — нетерпеливо подначила ее Вероника. — И...

— И вышла из квартиры на лестницу. — Татьяна замолчала, в ее разноцветных, горящих от волнения глазах подогревался ужас.

— На вас напали?

Татьяна кивнула:

— Он... Он шел прямо на меня с верхней площадки.

— Кто?

— Человек в черной маске! Рта у него не было, и носа тоже. Только два глаза в прорезях! Я хотела закричать, но почему-то не смогла. — Она всхлипнула. — Этот тип держал в руках шнур. Он растянул его, чтобы набросить мне на шею. Боже, я была на волосок от смерти!

— И как же вы ее избежали? — заинтересовалась Вероника.

— Убийцу спугнули соседи! Кто-то из соседей спускался с верхнего этажа и кашлял, понимаете? Он прислушался, чертыхнулся и бросился вниз по лестнице! Мне потрясающе повезло!

— Причем повезло в точности как мне, — пробормотала Вероника. — А вы видели, кому конкретно из соседей обязаны своим спасением?

— Нет. Я не осталась на лестнице. Я была так испугана! Нырнула в квартиру и заперла дверь. А потом позвонила в милицию.

— Очень занимательная история. А человек в маске случайно не сообщил вам, за что собирается вас прикончить?

— Нет. Он вообще ничего не говорил, только зыркал на меня жуткими блестящими глазищами. Это было ужас что такое!

— Ну, а теперь расскажите мне, *за что*, по-вашему, вас хотели убить. — Прокурорский тон никуда не делся. Вероника даже лицо сделала строгое и суровое, как настоящий служитель закона.

— Вы должны меня понять, — заканючила Татьяна, дергая себя за волосы, торчавшие в разные стороны. — Я совершила плохой поступок и не хотела, чтобы о нем узнали! Господи, мне так стыдно!

Она сложила руки книжкой и закрыла этой книжкой лицо.

— Меня совершенно не волнует ваша нравственность, — мягко сказала Вероника. — Меня не волнует, раскаиваетесь вы или нет. Я хочу найти человека, который охотится за моим скальпом. А теперь заодно охотится и за вашим. Ну! Перестаньте ломаться, словно пьяная школьница.

Татьяна отняла от лица руки. Лицо было покрыто рваным свекольным румянцем и напоминало диатезную попу младенца. Она набрала побольше воздуха и пожевала его во рту, как будто собиралась плюнуть. Потом шумно выдохнула и сказала:

— Я украла у Киры конверт.

— Конверт с заданием? — проявила осведомленность Вероника.

— Не знаю. Вроде бы да. А может, и нет. Нам ведь так и не сказали, в чем суть финального тура. Я зашла к ней ночью и украла.

— Понимаю, — пробормотала Вероника. — Вы увидели, что Кира вышла на улицу и удаляется от корпуса, и решили сходить на разведку.

— Я надеялась, что она забыла запереть дверь. Только она не забыла, а не смогла запереть.

— Что вы имеете в виду?

— С внутренней стороны двери торчал ключ. Он был сломан.

— Сломан? Такой здоровенный ключ? — не сдержала изумления Вероника.

— Практически любой ключ можно сломать, — со знанием дела заявила Татьяна. — А уж такой, как в доме отдыха, и подавно!

— Ладно, вы толкнули дверь, и она открылась.

— Точно. Я засунула голову в комнату и сразу же увидела на прикроватном столике конверт. Почти такой же, как у меня.

— В комнате что, горел свет?

— Да, — удивленно подтвердила Татьяна. — Тогда я как-то не придала этому значения. Свет горел. Может быть, Кира выходила ненадолго?

— Может быть. Рассказывайте дальше, пожалуйста.

— Я подумала, что только загляну одним глазком в задание и сразу же смоюсь. Взяла конверт в руки и тут...

Татьяна зажмурилась и замолчала. Вероника сцепила руки в замочек, чтобы ненароком не выцарапать ей глаза за то, что она так тянет.

— И тут... — подсказала она.

— И тут из ванны раздался мужской голос. Он сказал: «Вот так, голубка». Я чуть не умерла.

— Могу себе представить, — пробормотала Вероника.

— Я не знала, что и думать. Кира совершенно точно была на улице, а в ее ванной засел какой-то мужик.

— Вас не удивило, что он сказал «голубка»? С кем, по-вашему, он разговаривал?

— Не знаю, может, со своей правой ногой? Или с любимой бородавкой?

— И что вы сделали?

— Бросилась бежать! — выпалила Татьяна. — А конверт остался у меня в руках. Не знаю, как Кира его не хватилась! Это ведь сущий дракон в юбке! Она следит за самой бросовой своей собственностью, как гном за сокровищами.

— Почему Кира не хватилась конверта, это я могу вам сказать, — любезно улыбнулась Вероника. — Дело в том, дорогая, что вы побывали вовсе не в номере Киры Коровкиной. А в номере Нелли Шульговской.

— Да нет же! — расстроилась и одновременно рассердилась та. — Я же не совсем идиотка! Это был первый номер. Самый крайний. Кстати, напротив вашего.

— Вот-вот. Только должна вам сообщить, что Кира переехала из этого номера еще днем.

— Почему?!

— Потому что комната считалась личными апартаментами Нелли Шульговской. Киру вежливо попросили освободить территорию. Она освободила и перетащила свои пожитки в комнату под номером три.

— Вы хотите сказать... — побледнела Татьяна.

— Угу. Вероятно, вы зашли к Нелли Шульговской как раз тогда, когда ее топили в ванне. Теперь мы точно можем сказать, что убийца был мужчиной.

— Если я правильно все понял, он был лысым мужчиной, — неожиданно подал голос молчавший до сих пор Рыськин.

— Возможно.

— А как же конверт? — растерянно переспросила Татьяна. — Я думала, записка в нем имеет отношение к убийству, которое должны были разыграть на следующий день!

— Надеюсь, записка цела? — вкрадчиво спросила Вероника. Татьяна кивнула. — Тащите ее сюда!

Татьяна никуда не пошла, а просто сунула руку в карман халата и достала оттуда чистый белый конверт. Незапечатанный. В конверте лежал сложенный лист бумаги с тремя строчками текста.

«Смогу приехать только ночью. Не паникуй раньше времени. Думаю, пришла пора во всем сознаться. Не ложись спать, я постучу в окно. С.».

— Отлично, — пробормотала Вероника, потом вскинула голову и напряженно спросила: — Таня, а вы не заметили в номере какой-нибудь обуви?

Татьяна поглядела на нее удивленно.

— Да, я видела обувь, — кивнула она. — Возле кровати стояли женские босоножки.

— И все? Вы уверены, что рядом не было мужских ботинок?

— Совершенно точно не было.

Вероника потерла подбородок и задала следующий вопрос:

— А как выглядели босоножки?

— Модные, бежевые, — Татьяна сделала такое движение руками, как будто бы что-то вытягивала. — С длинными носами. С двумя широкими перепоночками.

— Ах, Таня! — покачала головой Вероника. — Как же вы собирались победить в конкурсе «Мисс Марпл»? Вы совсем ненаблюдательны. Такие босоножки были на Нелли Шульговской днем.

— Надо же мне было связаться с этим журналом! — в сердцах воскликнула Татьяна. — Как дура решала логические задачки, посылала в редакцию. И чем мне отплатили?

— Казненные по голове не плачут, — снова встрял Рыськин. — Ну, или что-то в этом роде.

— Вам надо было с самого начала все рассказать. Той же милиции, которая приезжала в «Уютный уголок».

— Я ведь думала, что утащила чужое задание! Как я могла сознаться?! Представляете, какой позор?

— Ладно, — Вероника хлопнула ладонями по коленкам. — У вас есть возможность сидеть дома и не высовываться на улицу?

— Есть. Меня теперь не выгнать даже к почтовому ящику! Сестра станет приносить мне продукты...

— Надеюсь, ваше заточение продлится не слишком долго. Это письмо, — Вероника потрясла конвертом, — дает нам ниточку, за которую можно дернуть. А там поглядим, что будет.

— За непонятные ниточки лучше не дергать, — высказал свое отдельное мнение Рыськин. — В ответ на тебя может вывалиться куча дерьма.

Они оставили Татьяну Семенову упиваться своим ужасом и гуськом двинулись к машине. Рыськин, как всегда, прикрикивал, чтобы Вероника не лезла вперед, тычинку ей в рыло.

— Итак, картина проясняется! — потерла руки Вероника, пристегнувшись ремнем безопасности. — Вот как я это вижу. Некий С. передает Нелли Шульговской записку. Дескать, приеду ночью, жди. Нелли даже не запирает дверь. Впрочем, возможно, потому, что сломался ключ. Так или иначе, дверь открыта. Убийца пользуется этим обстоятельством и беспрепятственно проникает внутрь.

— Убийца — С.? — поинтересовался Рыськин.

— Мы не можем этого знать. Пока. Итак, убийца подсыпает снотворное Шульговской в вино и ждет, пока она отключится.

— Он, очевидно, пробыл в ее номере довольно долго, — заметил Рыськин, остервенело сигналя какому-то чересчур шустрому водителю. — На то, чтобы напоить женщину, нужно время.

— Что могло ему помешать? Муж Шульговской после обеда уехал в Москву. Вечером ему предстояло побывать на деловой тусовке, от которой он и хотел бы, но не мог увильнуть. Нелли знала, что он не приедет до завтра. Конечно, логика подсказывает, что убийца именно С. — человек, написавший записку.

— Какая логика?

— Разве стала бы Нелли распивать вино с каким-нибудь другим типом, зная, что в любой момент С. постучит в окно?

— Действительно, логично, — признал Рыськин и рванул на желтый.

— Убийца раздевает Нелли, укладывает ее в ванну и пускает воду. Пока он там возится, в комнату заглядывает Инна Головатова. Она думает, что это номер Киры Коровкиной и хочет поговорить с ней о заданиях, розданных им накануне финального тура. Однако тут она замечает на полу мужские ботинки. Ботинки совершенно особенные, штучные. Такие она видела днем на муже Нелли Шульговской. Решив, что Кира затащила в свою постель, а точнее, в ванную, Тараса Шульговского, Инна поспешила ретироваться. При этом чувствовала она себя неловко.

Едва она скрылась в своем номере, как в комнату Нелли Шульговской зашла Татьяна Семенова.

— Почему — едва она скрылась? — поинтересовался внимательно слушавший Рыськин.

— Потому что убийца все еще был в ванной комнате. Сколько он там сидел — не час же! Татьяна вошла, взяла со столика конверт, так же, как и Инна, думая, что номер принадлежит Кире Коровкиной. И тут услышала мужской голос. Голос доносился из ванной. Но в отличие от Инны, она точно знала, что Киры в номере нет. Не раздумывая, Татьяна бросилась прочь, прихватив с собой письмо. Остается несколько неясных моментов.

— Каких?

— Первое. Кто сломал ключ от номера Нелли Шульговской? Было сделано это намеренно или случайно? Второе. Каким образом в номере Нелли оказались ботинки ее мужа? Почему Инна видела их, а Татьяна нет? Куда они подевались? Ведь между посещениями номера Нелли одной и второй прошло совсем немного времени. Третье. Кто такой лысый? Может быть, лысый и есть С.? Четвертое. Почему ни меня, ни Татьяну Семенову не задушили в подъезде, хотя у типа в маске была для этого прекрасная возможность? Нас пугали? С какой целью?

И женщина в зеленом, Ося! Она действует совершенно иначе. Она не пугает. Она задавила Инну Головатову и едва не задавила меня. Кто она такая? Сообщница лысого? И кто тот тип, стриженный бобриком, который стрелял в меня в мебельном центре, а потом скрылся из больницы, куда его отвезла «неотложка»...

— И это ты называешь — картина проясняется? — хмыкнул Рыськин. — Я бы сказал: картина напоминает твои живописные полотна. По крайней мере, те, которые я видел в коридоре.

— А ты что, тонкий ценитель живописи? — желчно спросила Вероника. К собственному творчеству она относилась трепетно.

— Не так чтобы тонкий, — пожал плечами тот. — Но не

нужно быть семи пядей во лбу, чтобы не отличить шедевр от художественного бреда.

— Многим нравится! — обиженно сказала Вероника.

— Назови хоть одного.

— Матвей Каретников!

— Матвей Каретников! — передразнил Рыськин. — Если бы ты вышивала крестиком, он бы повесил твое рукоделие в изголовье своей кровати. Любовь, девочка моя, — это чистый сдвиг по фазе.

Вероника надулась, но идеи просто распирали ее, молчать было невмоготу, и она сделала вид, что не обратила на выпад Рыськина особого внимания.

— Интересно, а в чем этот загадочный С. собирался сознаться? — вслух спросила она. — Помнишь, в записке написано: «Думаю, пришла пора во всем сознаться».

— Может быть, С. и Нелли Шульговская вдвоем совершили какое-нибудь преступление? — высказал догадку Ося. — Там еще было: «Не паникуй раньше времени».

— Это значит, что Нелли запаниковала, — подхватила Вероника. — Что заставило ее запаниковать?

— Откуда же я знаю? — откликнулся Рыськин. — Меня там не было.

— А я была, — пробормотала Вероника. — Но тоже ни черта не знаю.

— А может быть, супруги Шульговские совершили какое-то преступление? — помолчав, выдал еще одну идею Рыськин. — Посуди сама: в номере ночью были ботинки Тараса. Может быть, он и сам там был?

— Но его инициалы Т. Ш. Или, ты думаешь, он подписался отчеством?

— Я думаю, — надменно заявил Ося, — что он мог подписаться тем нежным именем, которым называла его жена. Например, Суслик. Или Сладенький. Или Сопливчик. Ты что, сама не знаешь, как жены порой обзывают своих благоверных?

— Итак, расследование выходит на новый уровень, — задумчиво сказала Вероника. — Нужно вплотную заняться Тарасом Шульговским.

— А кто он вообще такой? — с любопытством спросил Ося.

— Владелец фирмы «Супервтор». Вернее, совладелец. У него есть партнер, некий Стас. Нелли в шутку даже называла их фирму «Стас энд Тарас».

— Стас? — тонким голосом переспросил Рыськин. — Стас?!

— Да, а собственно...

Вероника оборвала себя на полуслове и открыла рот.

— Вот тебе и загадочный С.! — воскликнул Ося. — Это он написал записку!

— Похоже на правду, — пробормотала Вероника. — Ладно, пусть он будет у нас первым подозреваемым.

— Я бы на твоем месте сделал его главным подозреваемым! — напыщенно сказал Рыськин.

— Пойми, Ося, записка совершенно не вяжется с ботинками Тараса Шульговского. Как их совместить? И еще я совершенно убеждена: кто-то предупредил Нелли Шульговскую, что в «Уютном уголке» ее могут убить. Однако записка по ошибке попала к Кире, и все приняли ее просто за глупый розыгрыш.

Глава 7

— Не представляешь, как странно и удивительно я себя чувствую! — говорила Зоя, наливая себе вторую кружку кофе. — Изюмский уехал, дети в лагере. Я одна. Одна, Вероника! Ты и вообразить себе не можешь, какой это кайф!

— Согласно твоей теории, я должна постоянно кайфовать, — пробурчала Вероника. — Но это совершеннейшая неправда.

— Когда-нибудь ты меня поймешь! Хотя... Если вы с Матвеем поселитесь в доме с дюжиной комнат и наймете для своих детей нянюшек и мамушек, мой кайф так и останется для тебя тайной, покрытой мраком.

Вероника нахмурилась. Разговоры о будущем с Матвеем Каретниковым наводили на нее тоску. И даже немного пугали.

— Что с тобой? — спросила Зоя, отставляя чашку. — Все думаешь о той женщине, которая утонула в ванне?

— Которую утопили в ванне, — мгновенно поправила Вероника.

— Ну ты и ослица! — удивилась Зоя. — Тебя ведь чуть не задушили!

«И чуть не задавили, — про себя подумала Вероника. — А потом чуть не застрелили».

— Послушай, Зоя! Ты очень разумная женщина... — вслух сказала она.

— Надеюсь.

— Подскажи глупой племяннице, как выяснить хоть что-нибудь о мужчине, про которого известно только, что он совладелец некой фирмы.

— Совладелец? — переспросила Зоя. — Большой Босс. Так-так.

— Что «так-так»?

— Есть хороший способ. Надо разговорить его секретаршу.

— А что, если у него хорошая секретарша? — не уступала Вероника. — Такая, что не станет ничего рассказывать посторонним о своем начальнике?

— Станет. Если с ней поговорит человек, к которому она будет испытывать доверие.

— И что это за человек?

Зоя обезоруживающе улыбнулась и ответила:

— Другая секретарша! Только и всего.

— Только и всего? А где я тебе возьму такую секретаршу? Подкуплю, что ли?

— Дурочка! — воскликнула Зоя. — Ты видишь перед собой одного из лучших делопроизводителей города! Если это тебе действительно надо... И если ты меня хорошенько попросишь...

— Зоя! — воскликнула Вероника, подскакивая. — Хочешь, я встану перед тобой на колени?

— Не хочу, — засмеялась та. — Могу провернуть операцию прямо сейчас. Сегодня мне разрешили явиться после обеда — начальник в командировке, а у зама медовый месяц. Говори, что за фирма.

— «Супервтор», — поспешно сказала Вероника. — Только я не знаю, где она находится.

— Не проблема!

Зоя подвинула к себе телефон, набрала известный ей одной номер и щебечущим голоском произнесла:

— Наташа! Это Зоя. Выясни для меня по-быстрому, где находится фирма «Супервтор». Я тебе перезвоню минут через десять. Ну! — сказала она, подмигнув. — Секретарши в этой жизни тоже кое-что могут! Кстати, а как зовут совладельца? — поинтересовалась она у воодушевленной Вероники, положив трубку.

— Стас. Фамилии не знаю. Но ты не перепутаешь. Второй совладелец — Тарас Шульговский. Кстати, если услышишь что-нибудь и о нем тоже, намотай на ус.

— Ладно. А об этом Стасе что конкретно тебе нужно знать?

— Пожалуй... — раздумчиво ответила Вероника. — Ну, положение на фирме, влияние, семейный статус... Стандартный набор. Да, и еще узнай, где он бывает после работы. Мне необходимо исхитриться и каким-то образом с ним познакомиться.

— Будешь должна мне половину выходного, — тотчас же заявила Зоя. — Когда мальчишки вернутся домой, сходишь с ними в кино.

Зоя возвратилась часа через три. У нее был вид победительницы.

— Все произошло точно так, как я и планировала, — принялась рассказывать она, поедая свою любимую солянку, которую Вероника специально приготовила в знак своей безмерной благодарности. — Я вошла в офис, разузнала, где кабинет Стаса. Кстати, его фамилия — Марягин, чтоб ты знала.

— Марягин, — попугаем повторила Вероника.

— Тотчас же выяснилось, что на месте его нет, что будет он часика через два. Поэтому мне предоставилась отличная возможность посидеть в его приемной. Якобы у меня были документы под расписку, и я не могла оставить их секретарше. Секретарша, конечно, слегка удивилась, все пыталась вызнать у меня, что за документы такие, но я была — кремень. Через полчаса ожидания секретарша — ее зовут Вера — предложила мне чашечку чая. Я согласилась с радостью. Начались разговоры, то да се...

— Зоя, что ты узнала? — нетерпеливо спросила Вероника.

— Марягину тридцать пять лет. Уже четыре года как разведен. Был женат на балерине, но не выдержал конкуренции с балеруном и ушел от нее. Считается самым завидным женихом на фирме. Многочисленная популяция девиц «Супервтора» ведет на него настоящую охоту. Пока безрезультатно. В связях с сослуживицами Марягин замечен не был. На стороне у него тоже ничего серьезного.

— Это хорошо, — пробормотала Вероника, потирая руки. — Это очень хорошо!

— Оба партнера — и Марягин, и Шульговский — одинаково влиятельны. Тарас — отличный администратор, Стас же генерирует идеи и выполняет функции, так сказать, мозгового центра. Они отлично ладят между собой.

И еще — для информации. Большим доверием обоих партнеров пользуются две тетки. Во-первых, начальница отдела кадров Иванова. Как мне сказали — старая перечница с бульдожьей хваткой и таким же нюхом на людей. Во-вторых, исполнительный директор Акимова. Акимова молодая — двадцать восемь лет. Говорят, просто ласточка. Отлично знает свое дело и при этом мила, обаятельна, незлопамятна, для всех на фирме — «свой парень». Она не замужем и при этом единственная, кто не пытается заловить Стаса Марягина.

Вот, в сущности, и все. Да! Холостяк Марягин каждый вечер ужинает в «Елках-палках по-восточному». Садится всегда один, сосредоточенно съедает свою порцию ассорти и прогуливается до машины, которую оставляет на стоянке возле офиса. Вероятно, это у него вечерний моцион для поддержания формы.

— Он что, толстый? — разочарованно спросила Вероника.

Ей не нравились толстые мужчины, и, когда она сделает попытку познакомиться со Стасом, антипатия наверняка будет ей мешать.

— Откуда я знаю? — пожала плечами Зоя, доедая вторую порцию солянки. — Моей задачей было смыться до того, как он появится. Впрочем, за толстым Марягиным вряд ли бегали бы все поголовно женщины «Супервтора». А за ним все бегают.

— Все, кроме Акимовой.

— Кроме Акимовой, — согласилась Зоя. — Конечно, может быть, тебе этой информации покажется мало, но, поверь, я трудилась на совесть.

— Зоя, ты — просто ас!

— Асиха, — усмехнулась та, — ты меня так накормила, что я буду теперь дремать в конторе.

— Скажи мне напоследок, где находится кабинет Марягина.

— Первый этаж, правый коридор, первая дверь на левой стороне. Ее отлично видно из холла. Можешь сесть на диванчик и читать газетку. Поскольку в здании находятся еще юридическая контора, копировальный и гомеопатический центры, охранник благодушествует. Кстати, можешь там же записаться к гомеопату, пусть снимет с тебя напряжение.

— Разве можно при помощи гомеопатических средств снять напряжение с человека, за которым охотится убийца? — всплеснула руками Вероника.

— Ой, не пугай меня. Лучше я пойду, пока снова не начала тебя воспитывать. Надеюсь, что добытая мной информация пойдет тебе не во вред, а на пользу.

Зоя ушла, а Вероника повалилась на кровать и принялась сочинять сценарий для грядущего знакомства. Интересно, каких девиц любит этот самый Стас? Высоких или маленьких? Блондинок или брюнеток? Впрочем, укоротить она себя в любом случае не сможет, красить волосы не станет ни за что, поэтому нечего зря и голову ломать. Лучше придумать хороший повод для того, чтобы завязать отношения.

— Так-так, — сказал Рыськин, когда увидел Веронику в маленьком красном платье, в туфлях на шпильке и с распущенными волосами. — И куда же это мы поедем в таком виде?

— В «Елки-палки по-восточному»! — объявила та.

— Не слишком ли шикарно для трактира?

— Это не для трактира, а для мужчины. Ося, ты должен мне помочь познакомиться с партнером Тараса Шульговского!

— Ничего подобного, — помотал головой тот. — Я должен

тебя охранять. И вообще. Может, я не хочу, чтобы ты с кем-то там знакомилась!

— Ося, — строго сказала Вероника, — ты мне нравишься, но исключительно как брат. Так что давай не будем ссориться.

Записанный в братья Рыськин некоторое время дулся, потом оттаял и потребовал, чтобы ему изложили план кампании во всех подробностях.

Вероника охотно принялась излагать.

— В крайнем случае получишь в глаз, — закончила она свое повествование. — Всего и делов-то.

— Ну ни фига себе! — возмутился тот. — Глаз, между прочим, профессиональное орудие телохранителя. Я не могу им рисковать.

— Ося, это образное выражение. Возможно, Марягин попадет тебе в ухо. Или в живот.

— Мне не нравится твой план, — отрезал Рыськин.

— Но другого у меня нет! — жалобно воскликнула Вероника. — Ося, пожалуйста! Я так хочу выбраться из этой истории живой!

Рыськин еще некоторое время покочевряжился, но потом, конечно, согласился. Перед Вероникой он не мог устоять. Тем более ему отчаянно не хотелось, чтобы ее убили. Вдруг он не сможет сработать как надо и ее пристрелят или переедут? Он никогда себе этого не простит! Нет уж, пусть лучше она активно ищет своего убийцу. Вдруг да найдет?

* * *

Дверь кабинета Марягина открылась ровно в семь часов вечера. Вероника, которая листала книжку, устроившись на банкетке под фикусом, настороженно подняла голову, словно собака, услышавшая подозрительный шум.

И тут на пороге появился сам Большой Босс, как назвала его Зоя. В действительности он не казался таким уж большим, то есть высоким. Вероника мигом прикинула, что на каблуках будет почти с него ростом. Однако держался он как министр иностранных дел во время зарубежного визита.

— Станислав Георгиевич! — вышла вслед за ним секретарша. — Звонит Симаков. Сказать, что вы уже ушли?

— Но я ведь еще не ушел, Вера! — укоризненно ответил тот. — Не заставляйте меня краснеть.

«Фу-у! — про себя сказала Вероника. — Он жуткий зануда, да еще и на «вы» со своей секретаршей. Человек чести, долга и совести. Пожалуй, мне придется очень, очень легко». Марягин снова скрылся в кабинете, а Вероника вышла на улицу и нырнула в машину к Осе.

— Сейчас выйдет, — сказала она напряженным голосом. — Вот он, гляди!

Она подбородком показала на появившегося Марягина, и Ося поцокал языком. У Стаса были в меру приятное лицо с упрямым крутым лбом и довольно узкие, но очень темные глаза с густыми ресницами. Простецкий нос, мягкий рот, радушные щеки как будто бы говорили, что перед вами рубаха-парень. Но глаза это отрицали. Они были внимательными, умными и холодными.

— Едем! — велела Вероника. — Марягин оставит машину здесь, на стоянке, а сам пойдет ужинать. Пешком. Мы его опередим.

— Откуда ты это знаешь? — мрачно спросил Рыськин.

Мрачность его была понятной. Ему вовсе не светило получить в глаз от мужика, комплекция которого обещала обидчику, по меньшей мере, полет вверх тормашками. Он и сам был не хилым, но сразу же понял, что Марягин недурственно натренирован и под выпендрежным пиджачком у него стальной пресс и каменные предплечья.

— Проследи за тем, чтобы этот тип меня не убил, — пробормотал Ося, когда Вероника полезла из машины.

Она фыркнула, вероятно, посчитав его слова забавной шуткой, и направилась к входу в едальное заведение. Следующие двадцать минут Вероника исправно играла роль под названием «одинокая грустная девушка». Она рассеянно набрала в мисочку аппетитных кусочков рыбы, грибов и овощей и теперь ждала, пока они приготовятся. Лицо ее было откровенно печальным. Марягин стоял тут же и наблюдал за тем, как поджаривается его порция. Только раз он поглядел на Веронику. И потом еще один раз, когда она устроилась за соседним столиком.

Едва она отправила первую порцию еды в рот, как на сцене появился актер номер два — Ося Рыськин. Он заказал себе только кофе и теперь шел к столику «одинокой грустной девушки» развязной походкой плохого парня. Уселся без спросу и принялся громко отпускать сальные шутки. Марягин тщательно пережевывал пищу. Из-за довольно громкой музыки, игравшей в зале, он наверняка не слышал большей части того, что говорил «плохой парень».

Представление продолжилось на улице. Как только Марягин поднес к губам салфетку, Вероника поднялась, резко отодвинув стул, и направилась к выходу. Ося отодвинул поднос и пошел за ней. Они точно знали, где стоит машина Марягина, и разыграли на его пути сценку «Отстань от меня, негодяй!».

— По-моему, он готов, — шепотом сообщила Вероника Рыськину, когда увидела, что Марягин остановился метрах в пяти и пристально смотрит на них.

Ося протянул руку и ущипнул «одинокую грустную девушку» за плотно обтянутый платьем зад. Она изо всех сил стукнула его по руке и отшатнулась. Ося очень правдоподобно изобразил хохот гиены. Они увлеклись и на какое-то время потеряли Марягина из виду. И очень зря. Потому что через две минуты он появился с другой стороны в сопровождении милиционера.

— У этого человека под пиджаком оружие, — заявил Марягин ледяным тоном, не подарив ни одного взгляда «одинокой грустной девушке».

Веронику перекорежило от ярости. Ей стоило огромного труда держать себя в руках. Как бы то ни было, но у Оси действительно оказался при себе пистолет, а посему он уже во второй раз загремел в ментовку, а Вероника осталась одна в игривом красном платье, туфлях на шпильке и без копейки денег. Деньги лежали в кошельке, кошелек — в сумочке, а сумочка в машине. Машина была заперта, а ключ остался в кармане у Рыськина. Там же, в сумочке, погребен и мобильный телефон.

Вероника прикинула, что если идти домой пешком, то как раз поспеешь к утру. Придется добираться, пересаживаясь с троллейбуса на троллейбус. Да еще зайцем. И там придется несладко. Ключа нет, придется проситься на ночь к соседям. А соседи запросто могут не пустить, потому что отношения не сложились. Если бы не страх быть убитой, она бы лучше провела эту ночь на лавочке возле дома, чем проситься к ним.

На противоположной стороне улицы находилась остановка, а из-за поворота как раз показалась тупоносая морда троллейбуса. Вероника быстро пошла через дорогу, и тут...

Все повторилось в точности, как это уже было возле супермаркета. Грязно-серый «Москвич» вынырнул из-за поворота и рыкнул мотором. За рулем сидела женщина в зеленом — узкое лицо, черные очки. Вероника вскрикнула и отпрыгнула назад, но женщина вывернула руль — прекрасная, бледная и яростная. Медные волосы разметались по плечам. Настоящее исчадие ада! Вероника поняла, что сейчас будет боль, чернота и, может быть, даже смерть.

И тут кто-то схватил ее за шиворот и дернул изо всех сил. Ткань затрещала и лопнула, а Вероника упала на спину и покатилась по асфальту. «Москвич» тотчас же нырнул в подворотню и через пару секунд исчез, словно «Летучий голландец».

Вокруг Вероники начала собираться толпа. Она лежала, смотрела в пустое небо и стучала зубами.

— Вставайте! — сказал незнакомый голос, и кто-то потянул ее за руку. — Вы можете шевелиться?

Вероника повела глазами и увидела Стаса Марягина. У него было злое лицо, перевернутое вверх ногами.

— Не знаю, — пробормотала она и, кряхтя, поднялась, почувствовав спиной прохладное дуновение ветра. Колени дрожали.

— У вас все платье порвано! — ахнула какая-то маленькая откормленная женщина, похожая на болонку.

— Пойдемте, я отвезу вас домой! — процедил Стас и подтолкнул ее, побуждая двигаться в выбранном им направлении.

Вероника скрестила руки на груди, опасаясь, что без этого платье просто-напросто упадет с плеч. Темп, в котором она двигалась, Стаса не устраивал, поэтому он сказал:

— Посидите вот здесь, на лавочке, я сейчас подгоню машину.

Вероника послушно села и уставилась на свои туфли. В голове у нее был вакуум, в котором, словно обломки метеоритов, плавали кусочки мыслей. Когда Марягин вернулся за ней, обломки рассеялись и вакуум стал абсолютным. Он почти силой довел ее до машины и запихнул на переднее сиденье.

— Где вы живете?

— Я... — Вероника облизала пересохшие губы и ничего не ответила.

— Может быть, позвонить вашему мужу? Или вы холостячка?

— У меня есть жених, — выдавила из себя Вероника, хотя перед началом операции собиралась скрыть эту информацию от Марягина. — Только он в командировке за границей. Можно было бы позвонить его помощнику, но я не помню телефон. А сумочка моя... не знаю, куда делась.

— По-моему, вас хотели убить.

— Нет, ну что вы? Я всего лишь продавщица в художественном салоне. За что меня убивать? Давайте попробуем позвонить моей тетке Зое. Хотя она, кажется, собиралась сегодня уехать за город, — сообщила Вероника и монотонно продолжила: — У нее маленький вшивенький домик под Гжелью. Детей туда возить не стоит, но одной вполне можно перекантоваться. Зоя любит природу. Завтра пятница, ее начальника не будет на месте, поэтому она взяла отгул.

— А подруги у вас есть? — обронил Марягин.

Он сидел прямо, положив руки на руль, и смотрел на дорогу, а не на Веронику.

— Есть. Одна в прошлом году уехала в Канаду. Навсегда. А вторая, Тина, с которой я вместе работаю, два дня назад ушла в отпуск.

— А сами вы где живете? — спросил Стас, не сумев скрыть легкого раздражения.

— Какая разница, где я живу, если у меня стальная дверь, а ключи остались в пропавшей сумочке? — пожала плечами Вероника.

— А запасную связку соседям вы случайно не оставляли?

— Я им не доверяю.

— Отлично. И что же мне с вами делать?

Он наконец повернул голову и поглядел на нее в упор. Вероника тоже посмотрела на него и поежилась, такой у него был неласковый взгляд.

— Мне показалось, что за рулем того «Москвича» была женщина, — неожиданно сказал Стас. — Может быть, вы не поделили какого-нибудь... м-м-м... — он поискал обидное слово, не нашел и закончил: — ...индивидуума? Или... Ах да, у вас же есть жених.

— Отвезите меня на улицу Михельсона.

— Куда? — опешил Стас.

— Улица Михельсона. Надо свернуть с МКАД на Новоухтомское шоссе и немножко по нему проехать. Там живет мой шеф Данилкин. Хоть какой-то выход из положения.

Стасу не хотелось тащиться через всю Москву на улицу Михельсона и стоять в пробках, чтобы отдать девицу в разодранном платье неведомому Данилкину. Почему-то этот Данилкин представлялся ему пузатым сластолюбцем с короткими жирными пальцами и влажными малиновыми губами.

— Что, никакой альтернативы улице Михельсона? — угрюмо спросил он.

— Нет, — коротко ответила Вероника.

Стас понял, что еще минута разговоров, и она заревет. Он давно не попадал в такие ситуации. Вернее, ни разу не попадал. Никогда еще у него на руках не оказывалась женщина, которой мог помочь только он один. И которая так нравилась бы ему.

Она понравилась Стасу еще в «Елках-палках», когда стояла рядом, переминаясь с ноги на ногу, и завороженно глядела на большой раскаленный круг, где жарилась их еда. От нее пахло не туалетной водой, а каким-то мылом или кремом. Это был уютный запах, который отличался от всего того, что он знал. Запах волновал его почти так же сильно, как сама женщина.

Женщина была «интересной», как сказала бы его бабушка. Или «с изюминкой», как сказала бы его мать. Не то чтобы красива, но... Об это «но» Стас споткнулся и тяжко вздохнул. Забрать ее к себе? После развода он купил новую квартиру и ни разу никого туда не приводил.

— Как вас зовут? — спросил он, трогая машину с места.

— Вероника. — Она отвернулась к окну.

— Меня Станислав. Лучше называйте Стасом, я так привык. Возьмите с заднего сиденья куртку и накиньте на плечи. А то у вас руки затекут держать платье.

Его квартира оказалась почти такой же, как у Вероникиной прабабки. Огромная, свежеотремонтированная, наполненная дорогими вещами. На мраморном столике в коридоре разрывался телефон. Стас выдернул его из розетки носком ботинка.

— Вам нужно в ванну, — заявил он тоном профессора медицины. — Сейчас принесу халат и полотенца.

Вероника смотрела на него не мигая. Ей никогда не нравились такие мужчины. Такие мужчины всегда точно знают, как следует поступить в том или ином случае, и чувствуют себя хозяевами положения. Они не нервничают и не потеют во время важных деловых встреч, потому что все встречи проходят если и не с пользой для них, то вполне удовлетворительно. Они не ругают себя за ошибки, а просто исправляют их, стараясь свести потери к минимуму. Они выбирают себе подходящих женщин, но не влюбляются до потери памяти. Увидев, что представительница слабого пола попала в беду, просто идут за милиционером и указывают ему на непорядок.

— Спасибо, — пробормотала Вероника, принимая зеленый и коричневый — мужские — полотенца и халат, который она придержала подбородком.

— Что это вы на меня так смотрите? — недовольно спросил Стас.— А, понял! Можете расслабиться. Я не одобряю сексуальных домогательств. Кроме того, поверьте мне на слово: у меня нет нужды отлавливать женщин на улицах.

Еще бы! Теперь, когда он переоделся в джинсы и футболку, это стало еще более понятно, чем в самом начале.

— Будете спать здесь, — непререкаемым тоном заявил Стас, когда Вероника вышла из ванной и съела бутерброд с молоком, который он для нее приготовил, поставив тарелку и стакан на туго накрахмаленную салфетку.

Вероника никогда не доверяла мужчинам, у которых в доме водились такие салфетки. Она считала, что тип, умеющий ухаживать за собой и понимающий толк в интерьере, сервировке и в приготовлении пищи, может быть только шпионом или сволочью от рождения.

Стас понятия не имел, что она о нем думает. Странно, но ему хотелось бы это узнать. Запах, который соблазнял его еще перед ужином, теперь почему-то усилился, хотя у нее не было сумочки, а значит, никакой собственной парфюмерии. Он придвинулся ближе, не в силах совладать со странным чувством, которого, пожалуй, ни разу в жизни не испытывал. «Не иначе как я охвачен любовным томлением», — мрачно подумал он и придвинулся еще ближе, как бандерлог, повинующийся шипению удава Каа.

Вероника стояла неподвижно, остро ощущая присутствие Стаса. В ее голове среди обломков метеоритов появился яркий болид, который слепил глаза и нагревал кожу. Кажется, еще совсем недавно она думала, что любит Бороздина? Какая глупость. А Матвей Каретников подарил ей кольцо. Интересно, зачем она его приняла?

Она очень хотела, чтобы Стас до нее дотронулся, и он дотронулся. Вероника вздрогнула. И в том месте, где он дотронулся, запылала кожа. Потом они почему-то оказались друг у друга в объятиях, и им обоим было тяжело дышать, потому что в комнате как-то сразу закончился воздух. И обоим было так хорошо, что господь сжалился и позволил им ни о чем не думать до самого утра.

Первым, что увидела Вероника, когда открыла глаза, была улыбка Стаса. Это была хорошая улыбка. Вероника натянула простыню до самых глаз и пробормотала:

— Доброе утро.

Стас наклонился и поцеловал ее в лоб.

— Не хотел тебя будить, — сказал он. — Но мне нужно на работу. Ты дождешься меня?

Вероника расширила глаза.

— А что? — принялся рассуждать Стас, расхаживая по комнате и застегивая рубашку. — Ключей от дома у тебя нет, тетка вернется, насколько я понял, только в понедельник, соседи тебе не помощники...

Про жениха он не вспоминал, и Вероника была ему благодарна.

— Мне тоже надо заехать на работу, — солгала она. — Уладить дела с отгулами.

Она полагала, что Рыськину уже удалось вырваться на волю, он забрал машину и теперь поджидает ее около дома. В машине драгоценная сумочка. Только теперь Вероника поняла, что женщина без сумочки — все равно что рука без пальцев.

— Ах, черт! — неожиданно воскликнул Стас, едва не облившись кофе. Что-то за окном привлекло его внимание. — Я совсем забыл...

— Да?

— Я совсем забыл, что должен приехать мой брат. Он наверняка на ногах не стоит. У него был долгий перелет, а в самолетах он никогда не спит.

— Он что, уже приехал? — Вероника села в постели.

— Не волнуйся, Паша не станет врываться в мою спальню, как только я открою ему дверь.

Вероника мгновенно оказалась на ногах.

— Господи, но что же я надену?! Ведь мое платье испорчено!

— М-да, — Стас подошел и поцеловал ее в кончик носа. Настроение у него было потрясающим. Эта ночь оказалась не такой, к каким он привык. Не такой, как все подобные ночи.

— Какой у тебя размер брюк? А лишний ремень у тебя найдется? — Она заметалась по комнате.

— Открывай все подряд и выбери, что захочется. Я позвоню на работу, скажу, что задержусь на полчаса. А пока сварю кофе и напою вас с Пашей. Заодно познакомитесь.

Вероника в две минуты приняла душ, вытерла волосы и распахнула шкаф, чтобы найти себе что-нибудь приемлемое. Выбрала джинсы и сильно затянула их ремнем. Получилось смешно. Потом перекопала полку со свитерами и футболками. Справа, заваленная барахлом, лежала большая красивая коробка. Вероника не утерпела и заглянула в нее.

Заглянула и замерла. Потом медленно отодвинула вещи в сторону и придвинула коробку к себе. Открыла крышку и уставилась на ботинки, которые аккуратно лежали внутри. Шикарные ботинки. Комбинированная кожа трех цветов — от песочного до шоколадного, — наборный каблук и надменные узкие носы. Копия тех, что были на Тарасе Шульговском в день, предшествующий убийству его жены.

С первого взгляда становилось ясно, что ботинки носили — подошва была достаточно исцарапана и слегка стерты уголки каблуков.

«Буква С в записке, которую Татьяна Семенова унесла из номера Нелли Шульговской, скорее всего, означает именно «Стас», — отстраненно подумала Вероника. — И ботинки, которые видела Инна Головатова, принадлежали ему же. Никакой несостыковки». Возможно, деловые партнеры ездили в командировку за рубеж и отоваривались в одном магазине. Или же им сделала презент какая-нибудь заинтересованная в сотрудничестве торговая фирма. Неважно. Важно, что существовало две пары ботинок.

Когда Паша познакомился с Вероникой, она показалась

ему тихой и какой-то потухшей. Стас, однако, ничего не замечал. Как всякий нормальный мужчина, он был поглощен новизной собственных чувств и откровенно упивался ими.

— Куда тебя подвезти? — спросил он, распахивая перед Вероникой дверцу своего автомобиля.

Та невольно отступила.

— Никуда не надо, — через силу улыбнулась она. — Я прогуляюсь, тут недалеко. Ты же в центре живешь, забыл?

— Ладно, — Стас обнял ее за шею и прижался носом к носу. — Вот тебе моя визитка, там все-все телефоны. Но лучше звони на мобильный.

Вероника сглотнула, испугавшись, что это получилось у нее очень громко и нервно. Интересно, называла она ему вчера салон, в котором работает? Сможет он ее найти? Впрочем, что это она? Если именно Стас убил Нелли Шульговскую, он знает про нее все.

Она смотрела, как он отъезжает, и думала, похож ли он на человека в маске, который душил ее в подъезде? Или не душил, а просто хотел напугать? Конечно, если бы не записка, Вероника записала бы в главные подозреваемые Тараса Шульговского, а не Стаса. Не Стаса, от воспоминания о котором у нее кружилась голова. Однако буква С, которой подписался неизвестный, Тарасу совсем не подходила.

* * *

Рыськин действительно ждал ее в машине около подъезда.

— Ну, мать, ты и выкинула фортель! — воскликнул он после коротких судорожных объятий. — Хороший придумала планчик. Я готовился получить по носу от одного Марягина, а получил по зубам, по шее и два раза по почкам от парочки датых ментов. Им не нравилось, что нужно вернуть мне пистолет и еще — как я произношу слово «лицензия».

— Ося, не ной, это твоя работа! — строго сказала Вероника.

— Пожалуй, с тобой я заработаю не гонорар, а инфаркт, — пробурчал тот. — Кстати, где ты провела ночь?

— У подруги, — соврала Вероника. — Да, и еще: мне удалось познакомиться с Марягиным.

Рыськин присвистнул.

— Расскажешь?

— Да там нечего особо рассказывать. Опять появился тот «Москвич», за рулем — женщина в зеленом. Поскольку я шла за Марягиным, он оказался ко мне ближе всех. И вытащил из-под колес.

— Ну, ты даешь — нитку тебе в шпульку!

— Ось, скажи честно: ты умеешь добывать сплетни? — Они поднялись в квартиру Вероники, и теперь она ходила по комнате, поправляя картины.

— Что ты еще придумала?

— Хочу знать, чем занялся Тарас Шульговский после смерти жены.

— Это я тебе и сам могу сказать — похоронами.

— Плохой повод для шуток, — одернула его Вероника. — Можешь покрутиться среди людей, поспрашивать, а?

— Среди каких людей? — искренне возмутился Рыськин. — Для того чтобы крутиться среди бизнесменов, я рожей не вышел. И денег у меня нет на крутеж.

— Потолкайся среди служащих «Супервтора». Придумай что-нибудь!

— Хочешь, чтобы я оставил тебя без надзора?

— Я буду дома, клянусь.

— Хорошо, я поеду, — проговорил Рыськин, всплеснув руками. — Что остается делать бедному слуге, когда у барыни приступ деспотизма?

— Бедному слуге остается подчиниться. Ось, только поезжай прямо сейчас.

Рыськин вздохнул и сказал:

— Ладно, поехал. Туда — не знаю куда.

Он еще поворчал в коридоре, пока завязывал шнурки на ботинках.

— Если хочешь, — крикнула из комнаты Вероника, — я подарю тебе одну из своих картин!

— Спасибо, не надо! — быстро ответил Ося и, помолчав, добавил: — Это слишком щедрый подарок.

Вероника вышла в коридор и увидела, что Рыськин стоит, завороженно уставившись на длинную стену, плотно увешанную обрамленными холстами.

— Скажи честно, что ты думаешь, когда смотришь на мои работы? — спросила она.

Ося открыл дверь на лестничную площадку и ответил:

— Что ты долго болела.

Быстро выскочил и захлопнул за собой дверь.

Как только он исчез, с лица Вероники мгновенно сползло оживленное выражение. Она легла на диван и потухшим взглядом уставилась в потолок.

— Вот это я влипла так влипла, — тихо пробормотала она.

Ей не хотелось думать или двигаться, и она не думала и не двигалась до тех пор, пока не зазвонил телефон.

— Это я, — сообщила трубка бодрым голосом Рыськина. —

Узнать удалось очень немного. После смерти жены Тарас Шульговский сильно страдает. Его скорбь не демонстративна, но видна невооруженным глазом. И вот такой еще удивительный факт. Каждую ночь, как стемнеет, Тарас приезжает в редакцию журнала «Женский досуг» и по нескольку часов проводит в свежеотремонтированном кабинете жены. Что он там делает, никому не известно. Женщины считают, что скорбит. А мужчины — что он там прячет какие-то ценности или важные бумаги.

— Интересно, — пробормотала Вероника. — Бумаги... Может быть, он прячет какие-то бумаги от своего партнера по бизнесу? А? Надо бы посмотреть, Ося, чем он там занимается по ночам!

— Это я, что ли, должен поглядеть?

— Не ты, а я. Вернее, мы. Ты ведь все равно постоянно рядом.

— Мне за это заплатили, — проворчал Рыськин. — И как ты собираешься попасть в редакцию? Ну, допустим, те типы, которые проверяют документы на этажах, ночью не несут службы. А вот внизу, на входе, круглосуточная охрана, уж поверь моему опыту. Как ты просочишься внутрь?

— Это же элементарно! Мы придем в редакцию вечером, как в прошлый раз, помнишь? И где-нибудь спрячемся. Ты должен быть знаком с этим приемом благодаря мировому кинематографу.

— А потом придет Тарас, а мы ка-ак выскочим! — дурашливо подхватил Ося.

— Мы не выскочим, а подсмотрим, что он будет делать. Вдруг он оттуда звонит кому-нибудь? Или с кем-то там встречается? Тайно?

Рыськин закатил глаза:

— Женское детективное расследование! Может быть, ты откроешь собственное частное бюро? Народ к тебе так и повалит. Особенно если ты повесишь в холле парочку своих буратин с отрубленными головами.

— Я никогда не рисовала отрубленные головы! — вознегодовала Вероника.

— Да? А что тогда висит возле зеркала: красное, с растрепанными жилами, торчащими пучком из розовой трубы?

— Эта картина называется «Огненный танец». Надо же такое придумать — отрубленная голова!

— Тебе надо сходить к психоаналитику.

— Сам туда сходи.

Вероника бросила трубку и пошла обуваться.

— А ты в курсе, во сколько редакция заканчивает работу? — спросил Рыськин, встретив ее на лестничной площадке. Каждый раз он обследовал подъезд, начиная с верхнего этажа.

— В семь. Это официально. Но вполне может случиться, что кто-нибудь застрянет там после того, как все разойдутся. Так что нам необходимо найти такое убежище, где не было бы тесно.

— А под каким предлогом ты вообще собираешься там появиться? — не отставал от нее Ося.

— Скажу... ну...

— Ну?

— Скажу, что Нелли Шульговская хотела сделать мой снимок для обложки.

— Неудобно как-то пользоваться авторитетом покойной.

— Невинная ложь, — возразила Вероника. — И все для того, чтобы отыскать убийцу той же Нелли Шульговской!

— Ну, допустим. А если они пошлют тебя подальше?

— Я и пойду, — кивнула Вероника. — И найду какой-нибудь укромный уголок, где можно схорониться.

— В прошлый раз я не видел там никаких укромных уголков, — заметил Рыськин.

— Значит, в этот раз мы должны подсуетиться.

Глава 8

В этот раз у них все получилось настолько удачно, насколько это вообще было возможно. Они спрятались в дальнем туалете возле лифта, где еще не закончился ремонт, и благополучно пересидели там всех сотрудников. Последний, кстати, ушел только в начале одиннадцатого.

— Хорошо, что это был не шкаф, — пробормотал Рыськин, выходя в коридор и хрустко потягиваясь. — Представляешь, как бы мы выглядели после шкафа?

— Иди сюда, — позвала Вероника и распахнула дверь в уже знакомую комнату, где в прошлый раз ютилось большинство сотрудников. Сейчас столы поредели, и вид у редакционного помещения был вполне респектабельный.

— Помнишь, я сказала тебе, что Нелли Шульговской кто-то угрожал?

— Ты ничего толком не объяснила.

— А теперь хочу объяснить. Благо у нас полно времени. Представь себе, что это — стол Нелли Шульговской.

Вероника выбрала ближайшее рабочее место с компьютером и симпатичным вертящимся стульчиком. Подошла поближе и положила руку на спинку.

— Ты, Ося, — Нелли Шульговская. Ты сидишь и занимаешься делами. Садись! — предложила она.

Рыськин послушно сел и навесил шалашиком руки над клавиатурой.

— Занимаюсь делами, — повторил он.

— А я — Кира Коровкина. Я только что приехала из Тулы. У меня с собой чемодан на колесиках и сумочка, естественно.

— Не пойму, к чему ты клонишь.

— Как ты думаешь, Ося, где в настоящий момент находится твоя собственная сумочка?

— Барсетка, что ли?

— Ося, ну какая барсетка! Ты — Нелли Шульговская, Балда Иванович!

— А-а! Ну, где-где? Лежит где-нибудь тут, возле компьютера. Вот тут, — он хлопнул ладонью по столу. — Если, конечно, я не оставляю ее где-нибудь в другом месте.

— С деньгами и документами?

— Ну, тогда она, возможно, в ящике стола.

— Возможно, — согласилась Вероника. — Но уж никак не на стуле, потому что ты на нем сидишь.

— Согласна, — сказал Ося.

— Что?

— Я ведь Нелли Шульговская!

— А, ну да! Итак, в комнате появляется Кира Коровкина с чемоданом и сумочкой через плечо. Здесь полно людей, все галдят, разговаривают друг с другом, болтают по телефону, входят, выходят, перекрикиваются. В общем, обычный рабочий дурдом. Нелли Шульговская здоровается с Кирой и ведет ее к своему столу. Говорит: располагайтесь, дорогая, ля-ля-ля. Кира задвигает чемодан под стол или куда-нибудь в угол и опускает сумочку в кресло.

— Она могла оставить ее висеть на плече.

— Могла. Но я думаю, она все же поставила ее. Кира устала и, когда достигла цели своего путешествия, так сказать, разгрузилась. Помню, как Нелли Шульговская рассказывала мне за обедом, что Кира все самое ценное держит в чемодане. А в сумочке у нее только рубль мелочью. Возможно, они стояли и разговаривали с Нелли, и та знакомила Киру со своими сотрудниками. Как бы то ни было, сумочка некоторое время лежала без присмотра. Думаю, когда Кира и Нелли отправились выпить по чашечке кофе, Кира даже не взяла ее с собой. Чемодан был заперт, а сумочка ее не волновала. Платить за кофе она не собиралась — Нелли пригласила ее.

— Никак не соображу, что ты хочешь сказать.

— Сейчас сообразишь. Только для этого тебе надо встать. Давай-давай, Ося, поднимайся!

Ося поспешно встал, и Вероника положила свою сумочку в кресло.

— Ну, дорогой мой, — сказала она, — подойди к двери. Подошел? Отлично. А теперь представь, будто ты только что появился в этой комнате. Ты прекрасно знаешь, где находится стол Нелли Шульговской. Что ты подумаешь о сумочке, которая стоит в кресле?

— Что это *ее* сумочка! — воскликнул Рыськин и хлопнул себя по лбу.

— Теперь ты понимаешь, кому предназначалась та записка: «Если поедешь в «Уютный уголок» — будешь убита»?

— Господи! Но зачем убийце понадобилось предупреждать ее?!

— Думаю, эта записка была одной из главных составляющих преступного плана. Но она не сработала! Произошла ошибка, и план дал осечку. И вот тогда-то...

— Тогда-то... — повторил заинтересованный Ося.

— Тогда-то и появился в моем подъезде душитель в черной маске!

— Какую связь ты видишь... — начал было Рыськин, но Вероника немедленно зажала ему рот ладошкой.

— Ш-ш! Сюда кто-то идет!

В коридоре и в самом деле раздались шаги. Они принадлежали женщине — гулко цокали «подкованные» каблучки. Вероника и ее телохранитель заметались по комнате и в конце концов спрятались за шторами. Однако женщина до их пристанища не добралась. Цоканье неожиданно прекратилось, и все стихло.

— Она зашла в один из кабинетов дальше по коридору! — прошептала Вероника и поглядела на часы: — Половина первого ночи. Что ей понадобилось в редакции? «Женский досуг» — все же не ежедневная газета, тут авралов нет.

— Может быть, это с ней встречается здесь Тарас Шульговский по ночам? — тоже шепотом предположил Рыськин.

— Ты сам сказал, что он приходит не раньше половины второго ночи.

— Это не я сказал, это охранники сплетничали в буфете.

— Вдруг это ночная уборщица? — испугалась Вероника. — Она облазит все углы и, безусловно, наткнется на нас.

— Давай чем-нибудь припрем дверь. Она подумает, что комнату заперли.

— Комнаты внутри коридора не запираются — ты же ви-

дишь, здесь нет замков. Если дверь не откроется, уборщица по-
зовет охранников.

Однако неизвестная дама вообще не подавала признаков
жизни.

— Что, если она и в самом деле ждет здесь Тараса? — Вероника потерла кончик носа. — Перетирает бокалы, зажигает
свечи.

— Тарас Шульговский, безусловно, такой бедный, что ему
больше негде встречаться с бабой, кроме как в редакции журнала, принадлежавшего его жене, которая только что умерла.

— Убедил, — кивнула Вероника. — Может, пойдем посмотрим, где она?

— Не вздумай. Нас может выдать каждый шорох.

— Тогда я чуть-чуть приоткрою дверь, чтобы лучше слы-
шать, что происходит снаружи.

Вероника выполнила свое намерение и на цыпочках вернулась обратно. Они с Осей простояли за занавесками не меньше четверти часа, когда услышали далекое гудение лифта.

— О-па! — сказал Рыськин. — Сюда поднимается кто-то
еще.

— Почему ты думаешь, что сюда?

— Вот увидишь.

Ося оказался прав, потому что почти сразу после того, как
лифт, лязгнув, остановился, в коридоре прозвучал капризный
женский голос:

— Ты опоздал!

— Спешил к тебе и был остановлен за превышение скорос-
ти, — ответил мужчина. Тон у него был недовольный.

— Принес деньги?

Пауза, затем все тот же тон:

— Вот.

— Прекрасно, прекрасно. Просто чудесно. Сумма меня
устраивает. Только не пойму, зачем понадобилось встречаться
именно здесь. Можно было пересечься в метро или в баре.

— А ты будто не понимаешь? — вкрадчиво спросил мужчина.

— Что я должна понимать?

— Разве ты не знаешь, что делают с маленькими грязными
шантажистками? — Тихий взвизг. — Не знаешь? С ними об-
ходятся очень, очень жестоко!

Рыськин и Вероника одновременно высунулись из-за штор
и вопросительно посмотрели друг на друга.

— Внизу охранники! — пискнула тем временем незадачли-
вая шантажистка.

— У юридической консультации есть отдельный вход. А у

меня есть ключ. Я прошел незамеченным. Охранники думают, что ты здесь одна.

— Но я буду кричать!

— Я тебе не позволю.

Послышалась какая-то возня, сопение, а потом — все. Стало тихо, словно ничего и не было.

— Там что, кого-то убили? — дрожащим голосом спросила Вероника.

— Ага. А мы будем соучастниками.

— Ося, у тебя ведь есть пистолет!

— А вдруг у этого типа тоже есть пистолет? Обычно на свидание к шантажистам ходят вооруженными.

— Ося, мы не можем сидеть здесь и делать вид, что ничего не происходит!

— Взываешь к моим человеческим чувствам?

— Вроде того.

— Я не человек, а телохранитель.

— В любом случае ты — друг человека, — Вероника подошла и ткнула его в спину. — Так что давай не дрейфь.

— А ты?

— Я тоже пойду.

Толкаясь, они пересекли комнату и поглядели через щелку в коридор. Там было пусто и тихо.

— Он затащил ее в один из кабинетов! — прошептала Вероника. — Только в какой?

— Будем проверять, — обронил Рыськин и, достав оружие, прокрался к ближайшей двери.

Поднял руку и тихо-тихо постучал по ней костяшками пальцев. Подождал. Когда ничего не произошло, перешел к следующей. Снова постучал. Ничего. Так он прошел половину коридора, когда за очередной дверью в ответ на его стук раздались какое-то шуршание, шипение, потом быстрые легкие шаги, и... дверь распахнулась.

Вероника, стоявшая прямо позади Рыськина, взвизгнула. И было от чего! На пороге кабинета стоял тот самый жуткий тип, которого она в третьем часу ночи видела выходящим из корпуса дома отдыха «Уютный уголок», — бледно-зеленый, лысый, со шрамом на шее. На нем был расхристанный костюм, белая рубашка в пятнах крови. Кровь капала и с его правой руки. Посреди кабинета, на ковре, корчилась девица, поджимая ноги к самому животу и слабо попискивая.

— Руки вверх! — в полный голос крикнул Рыськин и наставил дуло пистолета лысому в лоб.

— Ося, это он! — воскликнула Вероника. — Убийца Нелли Шульговской!

Лысый, который держал дверь одной рукой, внезапно что есть силы толкнул ее, и она захлопнулась прямо у спасателей перед носом. Ося тотчас же выбил ее правым плечом. Лысый трусил к окну, вероятно, рассчитывая пройти по карнизу или выброситься на асфальт.

Рыськин в два прыжка догнал его и хотел ударить пистолетом по голове, но лысый увернулся и, в свою очередь, нанес Осе удар кулаком в нос. Тот ругнулся, сделал выпад, лысый ответил, и тут между ними завязалась отчаянная потасовка.

— Стреляй! — закричала Вероника. — Я свидетель! Это самооборона!

— Не могу прицелиться! — прохрипел Ося, которого худой, но жилистый лысый теснил к шкафчику с документами. — Вызывай милицию!

Вероника кинулась было к телефону на столе, но тут же налетела на жертву убийства, которая на четвереньках двигалась к выходу из кабинета, с бешеной скоростью перебирая коленками.

— Эй! — крикнула Вероника. — Ты куда это?

Жертва ничего не ответила и через пару секунд исчезла в коридоре. Вероника метнулась к телефону и только тут заметила, что на столе стоят два бокала, а рядом, в ароматной луже, бутылка вина.

— Что здесь происходит, черт побери?! — совершенно неожиданно раздался позади нее властный голос.

Вспыхнул свет, и Вероника, обернувшись, увидела на пороге Тараса Шульговского. Рыськин с лысым перестали сражаться и тоже повернулись к вошедшему, растерянно хлопая глазами.

— Они... Они ворвались! — отвратительным визгливым голоском сказал кто-то из-за спины Тараса.

Вероника сделала шаг в сторону и увидела, что это говорит жертва нападения — молодая встрепанная девица в помятой блузке и короткой юбке.

— Сергей Евгеньевич, что вы здесь делаете в такой час? — продолжал допытываться Шульговский, глядя теперь почему-то конкретно на лысого.

— Я... Забыл тут кое-какие документики! — забормотал тот, пытаясь огладить себя руками со всех сторон.

— Сергей Евгеньевич? — изумленно повторила Вероника. — Какой такой Сергей Евгеньевич? Это он — Сергей Евгеньевич? Вы его знаете?

— Сергей Евгеньевич Казарюк, — представился лысый, застегивая рубашку на верхнюю пуговку, вероятно, чтобы скрыть шрам. — Исполняющий обязанности главного редактора журнала «Женский досуг».

— А по тебе не скажешь! — презрительно заметил Рыськин, одним движением руки спрятав пистолет.

— Я видела, как примерно в половине третьего ночи вы выходили из того корпуса, где погибла Нелли Шульговская! — тотчас же обличила Вероника нового и.о.

— Ну, я выходил, — выпятил хилую грудь Казарюк. Пятна на его рубашке поблекли, и стало ясно, что он всего-навсего облился красным вином.

— Постойте-ка! — встрял Тарас. — А вы, вообще, кто такие?

— Я Вероника Смирнова, — поспешно ответила Вероника. — Мы с вами знакомы. Помните, сидели за одним столиком в столовой «Уютного уголка»?

— А-а! Да-да-да-да, припоминаю. Конечно, это были вы!

— Понимаете, меня как победительницу конкурса красоты собирались сфотографировать для обложки. Я пришла в редакцию, меня посадили в какой-то пустой кабинет и велели ждать. Поскольку по личным обстоятельствам, о которых позвольте не распространяться, я всю ночь не спала, то почти сразу задремала. А когда проснулась, оказалось, что все сотрудники уже ушли, а дверь в коридоре заперта.

— Вы могли позвонить на пост охране, — укоризненно заметил Тарас.

— Но как? Я же не знаю телефона.

— Ах, да! Но кто, извольте узнать, вот это?

Тарас неаристократично, пальцем указал на Осю, который сунул руки в карманы штанов и посвистывал, облокотившись на стену.

— Это... Это мой брат, — сказала Вероника. — Когда я не вернулась домой к ужину, он подъехал к редакции и решил меня поискать.

— Охранники не могли его пропустить!

— Тю! — сказал Рыськин. — Видал я ваших охранников в гробу и белых тапках!

— Так, — мрачно заявил Тарас. — С охраной надо разбираться. Но это позже. Скажите на милость, зачем вы напали на Сергея Евгеньевича?

— Мы думали, что его руки обагрены кровью!

— А при чем здесь половина третьего ночи и «Уютный уголок»?

— Как? Вы разве не знаете?! — удивилась Вероника и тут же пробормотала: — Впрочем, откуда же вам знать?

— Что знать?

— Есть все основания полагать, что вашу жену убили.

— Вы спятили.

— Может быть. Но за что тогда угробили одну финалистку конкурса «Мисс Марпл» Инну Головатову и покушались на меня и на вторую финалистку, Татьяну Семенову?

— Угробили?

— Убили.

— Почему?

— Потому что мы — свидетели убийства. Мы трое занимали номера по соседству с Нелли и не спали той ночью.

— Какой-то бред, — помотал головой Тарас. — Вы отдаете себе отчет?..

— Я-то отдаю. Кстати, а у вас есть алиби? — неожиданно выпалила Вероника. — На ту ночь?

— Я не обязан вам отвечать, — заявил Тарас, — но да, алиби есть. Вас это успокаивает?

— Зря вы на меня обижаетесь, — пожала плечами Вероника.

— На дур не обижаются, — неожиданно сказала из-за спины Шульговского девица, которая еще недавно валялась на ковре. Вероника смутно представляла себе, как можно прийти в такой экстаз от Казарюка.

— Кстати, — оживилась она. — Что это были за разговоры про шантаж, про деньги? «Маленькая грязная шантажистка», кажется, так вы сказали, Сергей Евгеньевич?

— Это мы... — икнул Казарюк, — мы так играем. У нас такой способ... разнообразить отношения, понимаете? Можно, мы пойдем?

— И все-таки, Сергей Евгеньевич, — весьма учтиво спросила Вероника. — Почему вы той ночью в доме отдыха не вернулись в свой номер?

Она блефовала. Потому что понятия не имела, вернулся Казарюк в номер или нет. Однако тот мгновенно попался на удочку.

— Я вообще той ночью не был в своем номере!

— Как это? — опешила Вероника.

— Понимаете, я готовил финал конкурса. Все было на мне — и реквизит, и непосредственно сами задания, и...

— Короче, Сергей Евгеньевич, — одернул его Шульговский. Вероника недовольно поглядела на него.

— Я приехал днем, раздал девочкам конверты и пошел к администратору договариваться о месте проведения конкурса, — затараторил Казарюк. — Ну, и так получилось, что мы заболтались, засиделись за полночь... — Он зыркнул на Шульговского, будто бы ожидал от него какой-то реплики. Но Шульговский промолчал.

— Администратор — женщина? — грозно спросила девица в мятой блузке, выходя из тени Тараса.

— Разве в этом дело, Маруся? — У Казарюка был жалкий вид. — В общем, я зашел в корпус уже после двух. Мечтал завалиться спать. Но, представьте себе, мой номер оказался заперт! Я вертел в замке ключ минут пять — без толку. Может быть, перепутал да взял не тот, кто его знает? Короче, в номер я не попал. Тогда я поднялся на второй этаж и попробовал достучаться до знакомых мне членов конкурсного жюри. Но они, вероятно, уже сладко спали. Что мне было делать? Я выбрался наружу и вернулся к администратору проситься на ночлег.

— Так администратор все-таки женщина? — снова вопросила Маруся уже не грозным, а ехидным тоном.

— Да! — вздернув подбородок, сказал тощий Казарюк. — Администратор — женщина.

— Так я и знала!

Маруся в сердцах швырнула на пол салфетку, которую комкала в руке, и размашистым солдатским шагом вышла из кабинета.

— Догоните ее! — жалобно попросил Казарюк и посмотрел на Рыськина. — В конце концов, вы должны компенсировать мне душевное потрясение. Для нее нужно поймать такси.

— Догоните сами!

— Я... не умею успокаивать женщин. Она вырвется от меня и пойдет пешком по темной улице...

Ося вздохнул и поглядел на Веронику. Она кивнула, и тогда только он вышел из кабинета.

— Сейчас я здесь все приберу, — сказал Казарюк, встряхиваясь, словно собака. — И тоже поеду.

— Послушайте, Сергей Евгеньевич, — обратилась к нему Вероника. — Вы должны оставить мне ваш номер телефона.

— А что за нужда?

— Я пытаюсь разобраться в том, что случилось в доме отдыха. Масса странных деталей и фактов. Возможно, у меня будут к вам вопросы.

— Вы расследуете смерть моей жены? — сопя, уточнил Тарас.

— Можно сказать и так.

— Почему я в этом не участвую?

— Насколько я понимаю, вы считаете, что в тот вечер она просто много выпила.

— Да, но... Черт побери! Я расстроен. — Тарас взъерошил волосы и шагнул к Веронике. — Могу я чем-то помочь?

— Можете. Скажите, где вы были той ночью? На деловой тусовке?

— Нет, совсем нет. На деловой тусовке вместо меня был Стас Марягин.

— Вот как? Но я же сама слышала, как вы говорили, что теперь, дескать, ваша очередь, потому что Стас ходил на прошлой неделе.

— Точно. Но когда я приехал в Москву, мне позвонила Акимова... Это наш исполнительный директор. Сказала, что ей утром ехать на встречу, а документов, которые необходимо взять с собой, нет.

— Пропали какие-то документы? — насторожилась Вероника.

— Нет, не пропали. Это я виноват. Случайно засунул их в свои бумаги и унес домой. Мне пришлось перерыть все. Перевернул квартиру вверх тормашками.

— Акимова была с вами? Это она — ваше алиби?

— Нет. Я не знаю, где она была, но она мне все время звонила. Все время! Из-за нее я чертовски нервничал и уронил стойку с видеокассетами. Стоял такой грохот! У меня внизу соседка, мерзкая тетка Варвара Никитична. Любопытная и жутко склочная. Она мне ничего не спускает! Я думал: уж в два часа ночи она не придет интересоваться, что у меня упало и не грозит ли ей обрушение потолка. Представьте себе, пришла!

— И она может подтвердить, что в два часа ночи вы были дома?

— Конечно, подтвердит, куда она денется? Если к ней придут из милиции, я буду только рад. Такая маленькая соседская месть.

— Я не из милиции.

— Я знаю. Но ведь не собираетесь вы копаться во всем этом в одиночку? Если у вас есть подозрения относительно смерти Нелли...

— Милиция не разделяет моих подозрений. Например, когда я описала им Сергея Евгеньевича, они заявили, что он — плод моего воображения.

— Я, пожалуй, пойду, — проблеял из угла Казарюк. — У меня завтра множество дел. Нужно хорошенько выспаться...

Он прошмыгнул мимо Шульговского, глубоко втянув голову в плечи. Вероятно, боялся, что тот остановит его и скажет, что он больше никакой не «и.о.». Вероника была больше чем уверена, что именно Тарас раздает теперь должности в журнале.

— Господи, где же Ося? — обеспокоенно пробормотала Вероника.

— Кто такой Ося? — тут же вскинулся Тарас.

— Да мой брат.

— Ему больше подошло бы имя Геннадий или Георгий. В общем, что-нибудь на букву «г».

— Это что, оскорбление? — опешила Вероника.

— Шутка. У вашего Оси такое лицо, будто он болен гипотонией, гепатитом и гастритом одновременно.

Вероника подумала, что Тарас, возможно, весьма близок к истине. Чтобы поддержать шутку, она сказала:

— Мне известно только о диарее и клаустрофобии. Сейчас позвоню ему на мобильный, узнаю, куда он запропастился.

Однако мобильный Рыськина не отвечал.

— Его не могли скрутить ваши охранники? — поинтересовалась Вероника.

Тарас поднял телефонную трубку и позвонил на пост. Охранники сообщили, что Рыськин вышел вместе с Марусей и больше в здании не появлялся.

— И что же мне теперь делать? — расстроилась Вероника. — Как я попаду домой? Частника ловить ночью страшно.

— Наверное, из этих же самых соображений ваш брат решил отвезти Марусю домой.

«И бросил меня? Без предупреждения? — подумала Вероника. — Не может быть». Она волновалась, как бы с ее горе-телохранителем снова чего-нибудь не случилось.

— Если вы подождете пять минут, я вас подброшу, — неожиданно предложил Тарас. — Ночевать в казенном здании не слишком-то приятно.

— Была бы вам очень признательна, — учтиво сказала Вероника.

Они перешли в другой кабинет, где Тарас некоторое время копался в бумагах.

— После смерти Нелли, — признался он, — я частенько приезжаю сюда ночью поработать. Вообще не могу спать, даже снотворное на меня не действует.

— Но у вас ведь есть собственный офис! — удивилась Вероника.

— Не собственный. Офис у нас один на двоих с партнером. Боюсь, если я начну торчать там ночами, Стас забеспокоится. Подумает, что я проворачиваю какие-нибудь темные делишки.

«Может быть, так оно и есть?» — неожиданно подумала Вероника.

Когда они вышли из подъезда, оказалось, что на улице льет дождь — все вокруг шуршало и булькало, а фонари парили над головой, потеряв ориентацию в пространстве. Шульговский скинул пиджак, раскрыл его у них над головами, и они бросились под секущие струи. Потом он достал из кармана брелок, и машина преданно подмигнула ему фарами.

— Садитесь, — предложил Тарас, торопливо распахивая дверцу.

«Он не знает, что я провела ночь с его партнером, — подумала Вероника, очутившись в машине, и почувствовала, как загорелись щеки. — Впрочем, об этом никто не знает».

Тарас спросил, куда ее везти, потом с печалью в голосе начал рассказывать о том, какие трудности возникли с журналом после смерти Нелли. Вероника слушала вполуха и механически отвечала на вопросы.

— Казарюк меня сегодня удивил, — неожиданно сказал Тарас.

— Да уж, — пробормотала Вероника. — Они с Марусей всех поставили в тупик.

— Я, собственно, не об этом. — Тарас оторвал левую руку от руля и сильно потер лоб. — В тот день в доме отдыха... Перед тем, как... как Нелли погибла, я позвонил ему и сообщил, что прилетает Питер Ларсон из Лондона. Питер — журналист, он должен был усилить конкурсное жюри. Я попросил Сергея Евгеньевича встретить важного гостя лично.

— И куда же делся этот ваш Питер?

— У него в последний момент все изменилось, и он не прилетел. Но, как я сегодня понял, Казарюк вообще не был в аэропорту. Удивительное дело. Мой партнер Стас за такие штучки увольняет сотрудников.

Услышав это имя, Вероника вздрогнула. Интересно, Стас ждал вечером ее звонка? Конечно, ждал — она бы на его месте тоже ждала. Но как она могла встретиться с ним после того, как нашла злосчастные ботинки?

Неужели она провела ночь с... с монстром? С убийцей, который подбирается к ней все ближе и ближе? Почему, если он считал, что «Москвич» намеревался сбить ее, он не позвал милицию? Он, такой правильный, который натравил на Осю представителя правопорядка только за то, что тот якобы приставал к ней? Потому что он знает женщину в зеленом! Потому что она — его сообщница!

Вероника застонала.

— Что с вами? — спросил Тарас участливо. — Что вас беспокоит?

— Я... У меня... У меня ноги промокли, — нашлась Вероника.

— Под вашим сиденьем есть пара тряпок, чтобы вытирать обувь. Оботрите туфли, иначе схватите воспаление легких.

— И еще кучу болячек на букву «в»? — усмехнулась Вероника, послушно наклоняясь и шаря под сиденьем. — Водянку, волдыри и варикоз?

— Ну, для вас это слишком. Пожалуй, стоит остановиться на веснушках.

Тарас улыбнулся, но улыбка вышла печальной. Вероника тем временем разглядела, что держит в руках красно-белый клетчатый носовой платок, сильно перепачканный и странно заскорузлый. Этот платок она видела в столовой дома отдыха, когда Тарас Шульговский вытирал брюки. Странно, что вещь, которую он носил отглаженной в кармане, Тарас использовал не по назначению. Особенно если учесть, что под сиденьем и в самом деле было полно тряпок.

В тот момент Вероника не смогла бы объяснить, зачем она это сделала. Скомкала платок в руке и опустила в свою сумочку. Даже если Тарас Шульговский убил жену, он в любом случае не обагрял руки кровью. И, конечно, платок не кровью испачкан. Однако Вероника считала, что, пока убийца разгуливает на свободе, нельзя пренебрегать ни одной мелочью.

— Я сочувствую вам. Очень, — сказала она, пожимая холодную руку Тараса Шульговского, который промок до нитки. Дождь по-прежнему буйствовал, но Тарас все равно побежал вместе с ней к подъезду.

— Иначе я буду волноваться, — объяснил он. — У вас в подъезде не страшно?

— Н-нет, — соврала Вероника.

Совершенно неожиданно она испугалась: вдруг Марягин как-нибудь узнал, где она живет, и теперь ждет ее возле двери?

— Я отлично доберусь до квартиры!

— Ну, ладно.

Тарас тревожно глянул на нее из-под мокрой челки, и Вероника улыбнулась. Помахала рукой и вошла в подъезд. Дверь хлопнула и отсекла все звуки мира. Здесь было сухо и необычайно тихо. Только сейчас она сообразила, что ночь уже кончается. Какой Стас? Что это она, в самом деле?

Вероника постояла под горячим душем и легла на неразобранную постель. Рыськин не звонил. Вероника еще раз проверила его номер — мобильный не отвечал. Она не позволяла себе думать, что с ее телохранителем случилось что-то плохое. Плохого и так выше крыши.

Глава 9

Рыськин появился рано утром — помятый и грязный, словно лист скомканной бумаги.

— Ну, что скажешь в свое оправдание? — спросила Вероника, оглядывая его с ног до головы, словно жена загулявшего мужа.

— Что скажу, что скажу? — расстроенно ответил тот. — Скажу, что менты в нашем городе совсем опупели.

— Тебя что, опять загребли в милицию? — ахнула Вероника.

— Слушай, ну не нравится им моя рожа, что ты будешь делать!

— А почему ты мне не позвонил?

— Потому что у меня отобрали телефон, вот почему.

Вероника тотчас же сменила гнев на милость.

— Есть хочешь?

— Еще бы! У меня в желудке мечутся злые пираньи.

Вероника приготовила ему омлет, а сама уселась напротив и принялась разглядывать носовой платок Тараса Шульговского, который выудила вчера из-под сиденья его машины.

— Что это такое? — с набитым ртом спросил Рыськин, удивленно подняв брови.

— Просто одна вещь, — уклончиво ответила она. — Не могу понять, чем ее испачкали.

— Фу, — наморщил нос Рыськин, — выглядит отвратительно.

— Ося, по-моему, это глина.

— И что с того?

— Хочу понять, зачем вытирать испачканные глиной башмаки платком, если есть тряпки.

— Говоришь загадками, — пробормотал Рыськин, уткнувшись носом в чашку с чаем.

— Я пока не готова делать заявления для прессы, — сказала Вероника. — Мы можем съездить в дом отдыха «Уютный уголок»?

— Где это?

— Не слишком далеко.

— Хочешь скрыться от опасности? — предположил Рыськин.

— Ошибаешься. Хочу кое-что узнать о нашем лысом друге Казарюке и заодно поискать глину.

— А Казарюк-то тут при чем?

— Его имя начинается с буквы С, — сообщила Вероника. — Это дает мне... надежду.

— Надежду на что?

— На личную жизнь, Ося.

Когда они уже подъезжали к «Уютному уголку», Рыськин признался:

— Я так и не понял, зачем мы туда едем.

— Ты, главное, меня охраняй, — сказала Вероника.

С ночи, проведенной в квартире Стаса Марягина, она потеряла желание делиться с кем бы то ни было своими догадками и подозрениями.

Глина была обнаружена очень быстро. Первым делом Вероника обошла вокруг «своего» корпуса и тотчас же увидела желто-коричневое месиво под одним из окон. Здесь, судя по всему, собирались разбить клумбу, но работа отчего-то встала, и земля с комьями глины так и осталась лежать вывернутой рядом с бордюрным камнем. Никаких отчетливых следов на глине не было, и Вероника стала соображать, кто занимал номер. Много времени это не отняло — номер занимал Казарюк.

Итак, он сказал, что, когда попытался проникнуть внутрь, ключ не подошел. А у Нелли Шульговской ключ сломался прямо в замке...

Недолго думая, Вероника отправилась к администраторше, у которой Казарюк, по его словам, провел часть вечера и остаток ночи. Она решила сказать ей, что задает вопросы по просьбе Тараса Шульговского. Он ведь вроде бы говорил, что не хочет оставаться в стороне от расследования. Вот пусть его имя и послужит во благо самостийному следствию.

Администраторша оказалась маленькой миловидной пышечкой, при взгляде на которую у тощего Сергея Евгеньевича наверняка текли слюнки.

— Да, все так и было, — подтвердила администраторша, представившаяся Натальей. — Не могла же я выгнать на улицу хорошего человека? Он такой очаровательный мужчина, Сергей Евгеньевич!

Вероника незаметно скосила глаза на Рыськина. Судя по выражению его лица, он тоже считал Казарюка каким угодно, но только не очаровательным.

— Для нас было таким ударом узнать, что Нелли Шульговская погибла! — сказала между тем Наталья. — Представляете, мы ведь ее обсуждали. Сергей Евгеньевич бедняжку терпеть не мог.

— Почему же? — напряглась Вероника.

— Он сказал, будто Нелли перекрывает ему кислород. В профессиональном плане, разумеется. Он ведь такой талантливый, Сергей Евгеньевич. Если дать ему развернуться, он горы свернет!

— Могу себе представить те горы! — пробормотал Рыськин. — Облагороженные талантом Казарюка.

— Мне кажется, — потупилась Наталья, — Шульговская не нравилась ему не только как начальница, но и как женщина.

— Да? — удивилась Вероника. — А я не знала.

— Он называл ее фифой. Говорил, что это идиотство — строить из себя бизнесвумен, когда денежки на покрытие расходов дает муж.

— Все это он говорил в ту ночь?

Наталья энергично кивнула:

— Вот именно. Можете себе представить наш стыд и ужас, когда наутро мы узнали, что Нелли погибла?

Вероника поблагодарила Наталью за помощь и потащила Рыськина к машине.

— Мне надо поговорить с Казарюком! — заявила она. — Мчись во весь опор!

— Я же не лошадь, — пробормотал тот.

— А я и не собиралась ехать у тебя на горбу! — парировала Вероника и удивленно воскликнула: — Эй, ты куда это сворачиваешь?

— Поедем короткой дорогой, — сказал Рыськин. — Пока ты рыла носом землю, мне рассказали, как сократить путь.

Минут пятнадцать они тряслись по одноколейке, тянувшейся через лесок, потом выбрались на проселочную дорогу, которая вилась между полями, засеянными клевером.

— В конце вон того поля повернем налево и выскочим прямо возле указателя, — гордо сообщил Рыськин.

Именно в этот момент раздался хлопок, и руль вырвался у Оси из рук.

— Прокол! — с досадой воскликнул он. — Эх, бляху тебе в муху!

Он ударил по тормозам и полез наружу. Вероника тоже собралась вылезти и вдруг увидела, как из клевера восстает фигура с пистолетом в руке. Это был тот самый тип из мебельного центра — седой, постриженный бобриком. Теперь вместо костюма на нем были джинсы и толстовка.

— Ося-а-а! — завизжала Вероника.

Седой, без сомнения, в ту же секунду убил бы ее. Но неожиданно прямо в нескольких метрах от них появился запыленный «Москвич». Седой пошевелил губами и нырнул в траву.

А Вероника, выпрыгнув из машины, бросилась к своему телохранителю. Вместо того чтобы защитить ее, болван Ося разинул рот и попытался схватить свою подопечную двумя руками.

— Тебя что, оса укусила? — сочувственно спросил он.

«Москвич», который до сих пор ехал довольно медленно, неожиданно взревел и помчался прямо на них. За рулем сидела женщина в зеленом! Вероника тоже с ревом взвилась в воздух и изо всех сил толкнула Рыськина ладонями в грудь. Они оба потеряли равновесие и покатились под уклон. На том месте, где они только что стояли, взвились два фонтанчика земли. Заметив их краем глаза, Вероника ахнула и всем телом прижалась к Рыськину.

— Никак ты в меня влюбилась? — спросил он, когда открыл глаза и увидел, что находится в кювете, а Вероника лежит сверху и обнимает его.

— Ося! Ползи в клевер! — шепотом приказала та.

— В сущности, — заявил Рыськин, послушно работая локтями, — ты могла бы найти более подходящее место для объяснения. Я не привык ухаживать за женщиной в антисанитарных условиях.

— Ося, заткнись!

— А ты закрой мне рот поцелуем!

Вероника застонала и зажала ему рот рукой. Ося вытянул губы трубочкой и звонко чмокнул ее в ладонь.

— Доставай пистолет! — прошептала Вероника ему в самое ухо. — Нас хотят убить!

— Ап! — в ответ на это сказал Ося и сощурился. — Чхи! Ап...

Седой тем временем выбрался на дорогу и теперь шел прямо на них, противно улыбаясь.

— Ося! — заплакала Вероника. — Где твой пистолет?

— Чхи! — громко сообщил Ося и уткнулся носом в землю.

В это время на дороге показался грузовик. Следом за ним ехал «газик», а в хвосте плелась побитая временем «Газель».

Вероника начала судорожно обшаривать Осино тело и наконец достала оружие. Грузовик был еще далеко, а седой близко.

— Ап... — снова начал Ося.

Говорил он свое «ап» и «чхи» так громко, что седой мог ориентироваться по его голосу без всякого труда. Вероника чертыхнулась про себя и поползла в сторону. Счастье, что трава такая высокая и густая!

Кавалькада машин была уже совсем близко, когда седой обнаружил Осю. Он расставил ноги на ширину плеч и вытянул в его направлении руку с пистолетом. В этот миг Вероника, которая уже обошла седого с тыла, вскочила на ноги. К счастью, шум на дороге помешал ему услышать шорох и догадаться о ее манипуляциях.

— Кия! — крикнула Вероника и размахнулась.

Поскольку она умела пользоваться пистолетом исключительно как холодным оружием, седой тотчас же получил хороший удар рукояткой по голове. Он глухо ухнул и осел на землю.

— Ося! — крикнула Вероника, кидаясь к своему телохранителю. — Ося, я побегу, грузовик остановлю! А то вдруг тот «Москвич» еще не уехал? Развернется, и опять!

— Ап... — ответил Ося и закончил свою мысль тотчас же: — Чхи! — После чего ударился лбом о землю с такой силой, что во все стороны полетели комочки.

— Ося, возьми себя в руки! — топнула ногой Вероника, косясь на бездыханного седого.

— Я за-ды-хаюсь... — прошелестел Рыськин.

— Чего-о? — наклонилась к нему Вероника. — Тебя что, ранили? Он в тебя попал?!

— У беня аллергия да клевер! — простонал Рыськин и добавил: — Ап... Чхи! Я дичего де вижу!

Вероника взяла его за волосы и оттянула голову назад. Лицо было красным и распухшим, из глаз ручьями текли слезы.

— Господи боже мой! — закричала она и бросилась с поля вон, рассчитывая остановить какую-нибудь из машин. Но те, не доезжая до них, свернули куда-то в сторону. Видимо, там имелась еще одна дорога, которую не было видно издали.

Тогда Вероника вернулась к Рыськину и попыталась поднять его, чтобы вывести из клевера, однако он полностью потерял ориентацию в пространстве. Вероника принялась тащить его за ноги и кое-как стащила в кювет. Дальше дело не пошло.

— Ося! У меня просто не хватит сил! — стенала она, слушая хрипы Рыськина.

И тут судьба улыбнулась ей, послав ярко-желтую легковушку, которой управлял крепкий молодой мужик в вельветовой кепке.

— А ну-ка, давай, братан! — увещевал он Осю, вытягивая его на дорогу. — Давай, поехали!

Вероника выхватила из «Жигулей» свою сумочку, заперла их и, забравшись на заднее сиденье желтой легковушки, достала мобильный телефон.

— Матвей! — гневно крикнула она в трубку, едва услышала знакомый голос. — Это черт знает что!

— Что? — обалдело переспросил Каретников, который в настоящее время сидел в пражском кафе и наслаждался пирожными. — Что случилось, девочка моя?!

— Ты нанял для меня телохранителя! — надрывалась Вероника.

— Нанял, — согласился Каретников, стряхивая крошки с галстука. — И что?

— Он разваливается на кусочки!

— В каком смысле?

— Матвей, он страшно болен!

— Господи, чем?

— Он болен списком! ОРВИ и диарея у него были с самого

начала. Потом добавилась клаустрофобия! Теперь выясняется, что у него аллергия на клевер!

— А что вы делали в клевере? — недовольно поинтересовался Каретников.

— Прятались от киллера!

— От какого киллера? — у того дрогнул голос.

— От седого, стриженного бобриком. Мне пришлось ударить его по башке и оставить на поле, потому что Рыськин, твою мать, начал задыхаться!

— Вероника, деточка, ругаться тебе совсем не идет.

— Когда ты прилетишь, Матвей? — спросила Вероника, переходя с гневного тона на жалобный.

Ей хотелось спрятаться от неприятностей. Любой ценой. Матвей — тот человек, за которого она согласилась выйти замуж. И он небезразличен ей. Но самое главное — он никак не связан с убийством в доме отдыха «Уютный уголок» и у него нет трехцветных ботинок, похожих на те, что носит Тарас Шульговский.

— Родная моя, успокойся! Я не знал, что все так ужасно! Ты ничего мне не говорила!

— Потому что ты не спрашивал!

— Я прилечу во вторник, — решительно заявил Матвей. — Хотя должен был остаться здесь до пятницы. Ты встретишь меня в аэропорту? Я скажу Дьякову, чтобы он заехал за тобой. Он предварительно позвонит, хорошо?

Закончив разговор, Вероника расплакалась. Ося хрипел на переднем сиденье. Мужик в вельветовой кепке не обращал на него никакого внимания. У него орало радио, и он вместе с ним в полный голос исполнял игривую песню, припев которой звучал весьма современно: «Я согласна за Шойгу даже в тундру и в тайгу. А за Путиным на Север без колготок побегу!»

* * *

Рыськин остался в местной больнице, а Вероника выложила мужику в вельветовой кепке целое состояние за то, чтобы он довез ее до Москвы. Дома она приняла душ, поела, немного побегала по комнате, заламывая руки. Что она могла предпринять? Завтра воскресенье — пустой день, никто не работает. Придется ей сидеть дома. После того, что случилось, ездить в одиночестве по городу было страшно.

Но когда наступило утро понедельника, позвонил Рыськин и сказал, что у него случился астматический приступ и чтобы скоро она его не ждала. Вздохнув, Вероника села перед телефоном и набрала домашний номер Казарюка.

— Сергей Евгеньевич? — строгим голосом уточнила она. — Это Вероника Смирнова. Ну, помните, ночью в редакции? Отлично. Можете уделить мне пять минут? Ваш босс Шульговский просил мне содействовать, не так ли?

Шульговский ничего такого не просил, но Вероника решила, что Казарюк не вспомнит об этом.

— Я согласен содействовать, — неохотно согласился тот. — Говорите, что вам надо.

— Мне надо знать, почему вы не поехали встречать Питера Ларсона из Лондона?

— Потому что... Потому что...

— Пожалуйста, правду, Сергей Евгеньевич!

— Потому что я не хотел расставаться с Наташей. Она мне понравилась, и у нас... как это сказать? Все шло на лад, вот.

— Так. Но если бы этот Ларсон все-таки прилетел?

— Я позвонил Марусе и попросил ее поехать в аэропорт вместо меня. Она все сделала бы в лучшем виде!

— Понятненько.

— Это все?

— Не все, Сергей Евгеньевич. Кто дал вам ключ от номера в доме отдыха?

— Наташа. То есть администратор. А что?

— Днем, когда приехали, вы заходили туда?

— Заходил. Нам надо было распределить роли на завтра.

— Кому это — нам?

— Ну, всем нам. Пришли Нелли, Голубцов, спонсоры...

— Шульговский тоже там был? — спросила Вероника.

— Да, был, а что? — заволновался Казарюк.

Вместо ответа Вероника задала новый вопрос:

— Как же получилось, что днем ваш ключ открыл номер, а ночью, когда вы задумали лечь спать, — нет?

— Понимаете, я ведь поначалу честно собирался ехать встречать Ларсона. И отдал ключ Наташе, чтобы не таскать с собой. Я вечно все теряю! А потом, когда мне удалось свалить почетное поручение на Марусю, я снова взял ключ. Вот тогда, вероятно, и перепутал.

— Благодарю вас, Сергей Евгеньевич! — сказала Вероника, копируя Зоины интонации. — Если вы мне понадобитесь, я еще позвоню.

Она положила трубку и азартно потерла руки:

— Кажется, кое-что становится понятным! Но для того, чтобы прояснить дело окончательно, мне нужно поговорить с Акимовой, уж не знаю, как там ее зовут.

Задачка не из простых! Встретиться с Акимовой можно было только в офисе «Супервтора». Акимова не станет говорить по телефону с незнакомой женщиной. И уж тем более не станет отвечать ей на вопросы личного характера.

Однако в офисе запросто можно было наткнуться на Стаса Марягина.

Вероника долго колебалась, потом решила, что у нее просто нет выбора. Теперь уже преступники покушаются на нее не по очереди, а вдвоем. Седой подстерегает на дороге с пистолетом, а женщина в зеленом на всякий случай сидит неподалеку в «Москвиче» без номеров. Не век же они будут терпеть неудачи! И даже Рыськина с ней рядом нет!

Вероника вызвала по телефону такси и, помолясь, отправилась в путь. «Завтра уговорю Матвея обратиться в милицию. Должен же он понять, что мне угрожает нешуточная опасность! И, судя по всему, не только мне, но и Татьяне Семеновой». Хотя насчет Татьяны Семеновой у нее были большие сомнения.

Вероника появилась в офисе незадолго до конца рабочего дня.

— Скажите, где кабинет исполнительного директора? — поинтересовалась она у девушки в коридоре.

— Регины Николаевны? — переспросила та. — В конце коридора, там табличка есть.

Когда Вероника открыла дверь, Регина Акимова разговаривала по телефону. Увидев посетительницу, кивнула и поманила ее рукой, улыбнувшись и указав на стул. Она выглядела прелестно. Простое каре с короткой челкой, ямочки на круглых щеках, симпатичный острый носик с посаженными на него очками никак не вязались с занимаемой должностью. Да уж, времена меняются.

— Здравствуйте! — сказала Регина, положив наконец трубку. — Чем могу вам помочь?

— Я по личному делу, — Вероника сцепила руки на коленях. — Понимаете... Появилась версия, что Нелли Шульговскую убили...

— Вы из милиции? — посерьезнела Регина.

— Да нет! Нет. Я знакомая Тараса. И просто помогаю ему. Меня зовут Вероника Смирнова.

— Ах так! Ну, что ж, приятно познакомиться.

— Он хочет, чтобы с его алиби все было в порядке, — быстро сказала Вероника. — Вы ведь звонили ему той ночью, верно?

— Постоянно звонила, — призналась Регина. — Я жутко нервничала. Потому что это вполне в духе Тараса — унести бумаги с собой, а потом обвинить кого-то другого в том, что важная встреча сорвана.

— Он что, самодур?

— Какой он самодур? Обыкновенный мужчина.

— А вы звонили ему по городскому телефону или на мобильный?

— По городскому, — тотчас же ответила Регина. — Он свою квартиру перелопачивал.

— А где вы сами были в тот момент?

— У себя дома, а что, это имеет какое-то значение? — Регина сверкнула очками.

— Возможно, позже вас спросят, были ли вы одна.

— Нет, я была не одна, — улыбнулась та. — Так что у меня с алиби тоже все в порядке. А что, есть подозрения, будто бы я ездила ночью в дом отдыха, чтобы утопить в ванне жену босса?

Таких подозрений у Вероники не было. Она уже открыла рот, чтобы поблагодарить за помощь и откланяться, когда дверь в кабинет отворилась, и Вероника услышала за своей спиной мрачный голос Стаса Марягина:

— Регина, прозвони в ивановскую фирму... — Он оборвал себя на полуслове и замолчал.

Вероника, не оборачиваясь, втянула голову в плечи.

— Да, Стас? Говори, говори! — подбодрила его Регина.

— Я вижу, у тебя гости?

Он вложил в вопрос все оскорбленное чувство собственного достоинства.

— Это... Вероника Смирнова, — растерялась Регина.

— Как приятно!

Стас обошел стул и появился наконец перед ней во всей своей красе. Его узкие темные глаза источали яд. Он протянул Веронике руку «для знакомства» и сказал:

— Стас Марягин.

Вероника оторвала зад от стула и, глупо улыбаясь, сунула ему свою ладонь. Тот сжал ее стальными пальцами и дернул на себя.

— Ой! — пискнула Вероника.

— Вы ведь уже уходите, не так ли? — процедил Стас и сказал изумленно взиравшей на происходящее Регине: — Она у тебя тут засиделась, верно?

Свободной рукой он открыл дверь и потянул свою жертву за собой. Протащил несколько метров по коридору, мимо собственной секретарши в приемной и наконец затолкал в кабинет.

— Что-то ты плохо выглядишь, — сказал он, отпустив наконец ее руку.

— Спасибо, ты очень мил.

— Где ночевала? — продолжал любопытствовать Стас, остановившись перед ней и сложив руки на груди.

— Дома. Мне вернули мою сумочку.

— О! Какая удача.

— Не понимаю, — взвилась Вероника, — почему я должна стоять здесь и выслушивать от тебя выговоры!

— Ты не позвонила.

— Да, я не позвонила. Не захотела и не позвонила.

На лице Стаса мгновенно нарисовалось невероятное изумление. Он растерянно моргнул.

— Я решил... — начал он, потом захлопнул рот и поиграл желваками. Через секунду его тон сделался совсем другим — мрачным и отстраненным. — Извини, что я на тебя набросился. Просто подумал, что тебе было хорошо так же, как и мне. А когда ты не объявилась вечером, забеспокоился. Все-таки тебя едва не сбила машина прямо на моих глазах.

«Мне было хорошо», — хотелось признаться Веронике, но слова не шли с языка. Вместо этого она сообщила:

— Мой жених завтра возвращается из Праги.

— Да? Это замечательно.

— Я... Я так рада! — воскликнула Вероника и заплакала.

— Ты что? — удивился Стас. — Что такое?

Так Вероника не плакала, наверное, со школьных времен. Взахлеб, бурно, самозабвенно.

Стас поколебался, потом все-таки притянул ее к себе и обнял.

— Мне страшно, Ста-аас! — провыла Вероника. — Меня хотят убить, и я не люблю своего жениха-аа! И мне было хорошо-оо! Но я не могу больше с тобой встреча-ааться!

— Информация очень ценная, — пробормотал Стас, поцеловав ее в макушку и коротко улыбнувшись. — А почему ты не можешь со мной встречаться? Если не любишь своего жениха?

— Из-за твоих ботинок! — провыла Вероника ему в пиджак.

Стас отстранился и изумленно поглядел на свои ботинки.

— Они тебе до такой степени не нравятся? — спросил он потрясенным голосом.

Вероника полезла в сумочку и, добыв бумажный платок, утерла лицо.

— Не из-за этих ботинок. А из-за тех, которые спрятаны в твоем шкафу!

Стас снова моргнул, потом мальчишеским жестом взъерошил макушку.

— Интригующее заявление! Не могла бы ты объяснить все поподробнее? Ты увидела в моем шкафу пару башмаков, и они тебе так не понравились, что ты решила больше со мной не встречаться, я верно понял?

— Да, — сказала Вероника и твердо встретила его взгляд. — Потому что эти башмаки связаны с убийством Нелли Шульговской.

Стас отшатнулся.

— Убийством? — переспросил он. — Но ведь это был несчастный случай!

— Ты сам видел, что меня хотели переехать машиной. Еще меня дважды пытались застрелить. И один раз — задушить шнуром.

— Но почему?!

— Потому что я — свидетель.

— Ты видела, как убили Нелли?! — Стас был потрясен.

— Я не знаю, что я видела! — Вероника сжала руками виски. — Но убийца думает, будто я представляю для него опасность. Я и еще женщины, которые не спали той ночью.

— Не может быть.

— Инну Головатову сбил «Москвич». Она умерла.

— Кто это?

— Одна из финалисток конкурса, который Нелли собиралась провести в «Уютном уголке».

— А что говорит милиция?

— Я не обращалась в милицию.

— Но почему, черт побери?!

— Потому что Матвей... мой жених... попросил меня этого не делать. Он не хочет, чтобы его имя было связано с преступлением. Пострадает его деловая репутация.

— Какая чушь! — в сердцах сказал Стас. — Так при чем здесь мои ботинки?

Вероника принялась объяснять ему про ботинки, перепутала все события, но в конце концов все же завершила рассказ и достала из сумочки белый конверт.

— Вот та самая записка, которую Татьяна Семенова утащила из номера Нелли.

Стас взял конверт, повертел в руках и достал записку. Развернул и тут же мрачно взглянул на Веронику:

— Это моя записка.

— Что?!

— Я писал эту записку.

Вероника без сил опустилась в кресло, а Стас добавил:

— Три года назад.

— Ты несешь какую-то чушь!

— Это не чушь. Посмотри внимательно на бумагу, на ее сгиб. Неужели не видишь, как давно ее сложили?

— Боже мой! Теперь вижу.

— Три года назад у нас с Нелли был роман. Я ей нравился, и она приложила массу усилий, чтобы, в свою очередь, понравиться мне. Это была ошибка, ужасная ошибка с моей стороны! Я это очень быстро понял и разорвал отношения. Однажды, уже после разрыва, мы с Тарасом были приглашены на вечер. Он, конечно, приехал с женой. Я сразу заметил, что Нелли очень расстроена. Она пригласила меня на танец и трагическим голосом сообщила, что кто-то насплетничал Тарасу про нас. Она сказала, что нам нужно встретиться с глазу на глаз и все обсудить.

Вероника жадно слушала, не сводя со Стаса глаз. Он ходил по кабинету взад и вперед, глядя себе под ноги.

— В ту ночь Тарас уезжал в Питер. Я должен был посадить его на «Красную стрелу» — мы до последнего обсуждали дела. А потом я собирался подъехать к Нелли на дачу и поговорить. Я считал, что Тарасу нужно во всем признаться. Я пытался предупредить Нелли, что приеду, чтобы она не ложилась спать, но никак не подворачивался случай — она постоянно находилась рядом с мужем. Тогда я написал записку и, прощаясь, просто сунул ей в ладонь.

— Звучит, как сцена из романа, — пробормотала Вероника.

— Уверяю тебя, ничего романтичного в этой связи не было.

— Так вы признались Тарасу?

— Нет, — Стас покачал головой. — Нелли считала, что это повредит бизнесу.

— Думаю, она была права, — кивнула головой Вероника.

— Может быть, но теперь это уже не имеет значения.

— Боюсь, что ты ошибаешься.

— У тебя есть какая-то версия? — вскинул голову Стас.

— Да, у меня есть версия, — кивнула Вероника. — Если ты утверждаешь, что в ночь убийства Нелли был в Москве, версия есть.

— Я был в Москве, — сказал Тарас. — Не сомневайся во мне.

Он подошел и погладил ее по щеке. Вероника закрыла глаза. Итак, записку в номер Нелли Шульговской подбросили. И теперь ясно зачем. Чтобы подставить Стаса. Вероника прокрутила в голове все, что ей удалось узнать, и кивнула: да, версия вполне жизнеспособна.

— Послушай, что ты собираешься делать? — спросил Стас,

присел перед ней на корточки и взял ее руки в свои. — Ты поедешь сегодня ко мне?

— Если ты не против... Только утром я должна поехать в аэропорт и вернуть Матвею кольцо. И вообще все его подарки.

— Ты любишь драгоценности? — усмехнулся Стас.

— Ничего подобного. Кроме того, у меня богатая прабабушка, у нее тоже полно драгоценностей, которые когда-нибудь перейдут ко мне!

— Чего ты кипятишься?

— Просто мне неприятно, что ты думаешь...

— Я ничего такого не думаю, — перебил ее Стас. — А в аэропорт завтра мы поедем вдвоем.

— Нет!

— Да. Я не отпущу тебя одну. Разбираться со своим Матвеем ты, конечно, будешь сама, а я просто подстрахую. Буду изнывать от ревности где-нибудь неподалеку.

* * *

Утром Стас вызвал служебную машину.

— Решил на всякий случай взять с собой телохранителя, — пояснил он Веронике. — Он машину поведет. Мало ли, что придет в голову твоему бывшему жениху!

Когда Матвей Каретников вышел из здания аэропорта, он еще не знал, что он — бывший жених. Поэтому, увидев Веронику, широко раскинул руки и улыбнулся во весь рот. Дима Дьяков, стоявший позади, тихо спросил:

— Кстати, как ты добралась, на такси?

Вероника ничего не ответила и сделала два неуверенных шага в направлении Каретникова. И тут... Буквально как из-под земли возник киллер, стриженный бобриком. Из-под висящего на руке пиджака выглядывало дуло пистолета с глушителем, и направлено оно было на Веронику. На какую-то долю секунды они встретились глазами. В тот же миг седой отвел взгляд, слегка двинул рукой и пальнул в Каретникова.

Вероника закричала, Каретников упал, Дима Дьяков бросился к нему. Стас и его телохранитель со всех ног неслись к Веронике. Толпа пришла в движение, и, как только кто-то сообразил, что случилось, поднялась паника.

Диме Дьякову понадобились секунды, чтобы понять: его босс мертв.

— Чертова девка! — выплюнул он в лицо оглушенной Веронике. — Почему он не выстрелил в тебя?!

— Что ты такое говоришь? — отшатнулась та.

— Это ты должна была валяться тут, на асфальте! Ты!

— Очень интересно, — сказал подоспевший Стас, крепко взяв Диму за локоть. — Думаю, нам стоит потолковать.

Дима рванул руку, но освободиться ему не удалось. Стас быстро повел его прочь от толпы зевак, от появившейся на горизонте милиции, засунул в свою машину и сел сам.

— Едем отсюда! — велел он, едва телохранитель усадил на переднее сиденье растерянную и испуганную Веронику. — Давай в офис, нам нужно допросить этого типа.

Дьяков сжал губы и всю дорогу пустым взглядом смотрел в окно. Вероника стучала зубами, Стас сочувственно гладил ее затылок.

Когда Диму конвоировали в кабинет Стаса, он слегка остыл и, казалось, погрузился в пучину безразличия. Телохранитель остался в приемной, заняв пост у двери.

— Клясться не стану, — начал Стас, когда Вероника устроилась в кресле, а Дьяков опустился на стул, — просто сообщаю тебе, что здесь нет звукозаписывающей аппаратуры. И тебя никто ни в чем не обвинит.

— А меня и не в чем обвинять! — неожиданно заявил Дима совершенно нормальным голосом. — Обо всем ужасе, который задумал Матвей, я узнал лишь вчера вечером, когда он позвонил мне по телефону из Праги. Вот тогда-то он и признался, зачем сделал предложение Веронике!

— Хороший ты придумал ход, чтобы увильнуть от ответственности, — одобрил его Стас с кривой улыбкой. — Так зачем же ему нужна была Вероника?

— Для того чтобы ее убили. Вместо мамы.

— Какой мамы? — не понял Стас.

— Вместо мамы Каретникова, — охотно пояснил Дима. — Я могу закурить?

Стас медленно двинул пепельницу по столу. Они с Вероникой посмотрели друг на друга, и та пожала плечами.

— В общем, ничего сверхъестественного! — Дима явно почувствовал себя лучше и даже забросил ногу на ногу. — Раз уж ты, детка, осталась жива, — он отсалютовал Веронике сигаретой, — то, вероятно, имеешь право все узнать. Примерно год назад у Матвея случились большие неприятности. Его поймали на криминале, и, чтобы выпутаться, он подставил своего партнера по бизнесу, некоего Шевченко. Шевченко взяли под стражу, а он, дурак, возьми да и повесься! Матвей очень переживал. — Дима выпустил в потолок длинную струю дыма. — Особенно когда выяснилось, что у Шевченко старший брат — уголовник. Сегодня вы могли его лицезреть воочию.

— Это седой, что ли? — тоненьким голоском переспросила Вероника.

— Так точно, седой. Через своих людей он пообещал Каретникову, что, как только выйдет на свободу, тотчас же отомстит ему. Он сказал: «Тебе будет так же больно, как и мне, когда я узнал о смерти брата! Ты почувствуешь то же, что чувствовал я».

— Вам пришло в голову, что он убьет кого-нибудь из близких Каретникова, — констатировал Стас.

— Вот-вот. А из родных у Матвея осталась в живых только мама.

— Маму он нежно любил, — пролепетала Вероника.

— Именно! — похвалил ее проницательность Дима.

— И вы решили по-быстрому найти Каретникову невесту, — продолжил за него Стас.

— Не мы решили, а он решил, — поправил его Дима. — Я тут совершенно ни при чем.

— Ладно, — усмехнулся тот. — Твой босс решил найти себе невесту.

— Нужно было сделать так, чтобы в глазах Шевченко-старшего невеста выглядела предпочтительнее мамы. Каретников отлично понимал, что умрет та из них, которая будет ему дороже.

— Так вот откуда неожиданная бурная страсть! — воскликнула Вероника.

Стас насупился.

— Матвей отлично сыграл свою роль! — гордо заявил Дима.

— Разве? — насмешливо переспросил Стас. — Вероника, кажется, жива. А ваш босс — тю-тю!

— Не понимаю, что произошло! — всплеснул руками Дьяков. — Шевченко ведь охотился за тобой, ты сама говорила!

— Охотился, — кивнула Вероника.

— Может быть, он промахнулся? — сам себя спросил Дима. — Все-таки он вор, а не киллер.

Стас рассмеялся.

— Промахнулся? Промазал метров на пять?

— Но почему же он не выстрелил в тебя? — Дима рассерженно поглядел на Веронику.

— Думаю, из чистого суеверия, — усмехнулась та. — Чтобы снова не получить по башке. Прецеденты уже были.

— Наверное, Шевченко догадался, что его обувают, — предположил Стас.

— Не знаю, не знаю... Даже она, — Дима подбородком указал на Веронику, — не догадалась.

— А конкурс красоты? — неожиданно вспомнила Вероника. — Он тоже входил в ваш план?

— Не в наш, а в план босса, — терпеливо поправил Дима. — Конечно, входил. Нужно было найти девицу достаточно красивую, чтобы Шевченко поверил в любовь с первого взгляда. Ваш с боссом роман, детка, должен был стать скоротечным. Мысль спасти маму, изобразив бурную влюбленность, пришла Каретникову в голову лишь за месяц до выхода Шевченко из тюрьмы.

— Значит, у вас в запасе был месяц, — пробормотал Стас. — Вы нашли красивую девушку...

— Она должна была быть не только красивой, но и достаточно наивной.

— Чтобы, не подавившись, скушать ваше свадебное блюдо, — добавил Стас.

— Именно! Девушки перед конкурсом красоты заполняют анкеты. Каретников придумал кучу вопросов, чтобы найти себе подходящую невесту.

Вероника неожиданно закинула голову и от души рассмеялась.

— Анкету вместо меня заполняла Тина!

Дима дернул уголком рта и нервно затянулся.

— Ну да?

— Честное пионерское. Это она срочно хотела мужа и бриллиантовое ожерелье!

Стас зло сказал:

— Думаю, когда Шевченко увидел, с какой рожей твой босс идет к Веронике, он тут же смекнул, что никакой любовью здесь и не пахнет. И прямо на ходу изменил сценарий.

— С какой такой рожей? — обиделся Дима.

— С фальшивой, вот с какой, — отрезал Стас. — От него за версту несло художественной самодеятельностью.

— Если бы она вела себя, как обычная девица, и не изображала из себя крутую, Шевченко ее шлепнул бы с первого захода, и дело с концом.

Вероника икнула.

— Это не я сказал. Так Каретников говорил, — тотчас же добавил Дима. — Я просто ужаснулся, когда узнал, что тот задумал. И после вчерашнего разговора по телефону помчался в аэропорт. Хотел отговорить, образумить...

— Конечно-конечно, — улыбнулся Стас и обратился к Веронике: — У тебя еще есть к дяде вопросы?

— Есть один. Где вы откопали Рыськина?

— О, этот человек — знатный неудачник. Последняя его

работа закончилась гибелью клиента, и Рыськин пал на самое дно. Спивался, бедолага.

— Значит, Матвей специально выбрал самого плохого? — уличила Вероника.

— Понимаешь, что получилось. После покушения на тебя он, как пламенно влюбленный, не мог остаться равнодушным. Даже когда были неприятности у помощника нашего бухгалтера, он оплачивал тому телохранителя. А уж защищать любимую невесту сам бог велел.

— Но телохранитель, — тут же подхватила Вероника, — защищал бы меня и от Шевченко. А это не входило в ваши планы!

— В планы Матвея, не объединяй меня с ним, — попросил Дьяков. — С другой стороны, если бы тебя прикончил какой-то другой убийца, под удар снова попала бы матушка босса. Так что Рыськин был наилучшим выходом из положения. Он еще не окончательно деградировал и вполне мог защитить тебя от какого-то там дилетанта в черной маске и со шнуром в руках. С другой стороны, он был не настолько хорош, чтобы помешать исполнить задуманное пылающему местью человеку, который только что вышел из тюрьмы. То бишь Шевченко.

— Вы с боссом ошиблись — Рыськин оказался на высоте!

— Не мы с боссом, а один босс, — снова подчеркнул свою непричастность к произошедшему Дьяков.

— Что будем с ним делать? — спросил Стас, глядя на Веронику.

— Да ничего. Пусть заберет реквизит и проваливает, — ответила та и, достав из сумочки коробку, перевязанную лентой, водрузила Диме на колени. — Это драгоценности.

— А теперь проваливай, — велел Стас. — Приятно будет никогда больше тебя не видеть.

— Взаимно, — пробормотал Дьяков. Поспешно затушил сигарету и, прижав коробку к себе, быстро поднялся. — Пока, везунчики!

Когда дверь за ним закрылась, Стас виновато сказал:

— Мы ничего не смогли бы доказать. Мне большого труда стоило не броситься на него и не придушить своими руками.

— Бр-р! — потрясла головой Вероника. — Просто поверить не могу, что это все не сон. Выходит, один убийца из трех вышел из игры.

— Думаю, да, — кивнул Стас. — Господин Шевченко отомстил господину Каретникову. Вряд ли тебе угрожает какая-то опасность с его стороны.

— Но остаются еще женщина в зеленом на «Москвиче» и тип в черной маске, который набросился на меня в подъезде. Это ведь живые люди! И у них есть причина, вынуждающая охотиться за мной! Хотя, кроме Казарюка, я той ночью в доме отдыха никого и ничего не видела. Впрочем, насчет типа в маске у меня есть особое соображение.

— Поделишься?

— Потом, ладно? Дай мне очухаться. — Вероника обхватила себя руками за плечи. — Меня что-то поколачивает.

— Вероника, тебе надо выпить, — со знанием дела заявил Стас. — Поедем домой!

— Что же ты, из-за меня забросишь свою работу?

— Иногда я выполняю свои служебные обязанности по телефону. Кроме того, сегодня исключительные обстоятельства. Я должен о тебе позаботиться. Я хочу о тебе позаботиться!

Вероника вспыхнула. Однако тут же некая идея заставила ее встрепенуться.

— Стас, ты можешь продиктовать мне домашний адрес Шульговского?

— Зачем тебе? — нахмурился тот.

— У меня появилась одна идея.

— Давай договоримся, — строго сказал Стас. — С сегодняшнего дня все твои идеи мы обсуждаем и реализуем только вдвоем.

— Ну, пожалуйста!

— Хорошо, пиши, — сдался тот.

Вечером, завернутая в огромный халат Стаса, Вероника устроилась на диване с чашкой чая в руке и позвонила Зое.

— Ты меня не ищешь? — спросила она.

— Нет, а что, тебя надо искать? — насторожилась та. — У тебя там все в порядке?

— Все просто отлично! Зоя, ты не смогла бы сделать для меня кое-что?

— Мне, конечно, приятно быть тебе полезной, но...

— Зоя!

— Ну, хорошо. Чего ты хочешь?

— Подожди минутку!

Вероника выглянула из комнаты, чтобы проверить, где Стас. Из ванной доносилось пение, перемежающееся фальшивым насвистыванием, которое перекрывал шум льющейся воды. Вероника вернулась обратно и сильно прижала трубку к уху.

— Я хочу, чтобы ты съездила туда, где живет Тарас Шульговский.

— А! Фирма «Супервтор»!

— Зоя, ты сможешь? Вечером, после работы?

— Не так часто ты ко мне обращаешься за помощью. Я даже польщена.

— Тогда записывай адрес!

Вероника продиктовала адрес и объяснила, чего она от нее хочет.

— А что, если он узнает? — встревожилась Зоя.

— Я сама ему расскажу, только позже. И запиши телефон, по которому меня можно найти.

— Ты что, переселилась к Матвею? — оживленно спросила Зоя.

— К счастью, нет, — содрогнувшись, ответила Вероника, представив мертвого Каретникова. — Я совсем в другом месте. Так ты позвонишь?

— Непременно.

Тем временем Стас выбрался из душа и сказал:

— Я проголодался. Хочешь, закажем что-нибудь из ресторана? Или лучше сходить за продуктами?

— Что-то мне не хочется, чтобы сюда приходил какой-то посыльный. Нужно будет открывать дверь незнакомому человеку, а это опасно.

— Ладно, тогда придется тебе полчаса побыть одной. Не боишься?

— Не-а! — помотала головой Вероника.

Стас натянул джинсы, футболку, ловко зашнуровал кроссовки.

— Замерзнешь, — предостерегла его Вероника. — Прохладно ведь, накинь что-нибудь.

— Приятно, когда о тебе заботятся! — Стас снял с вешалки джинсовую куртку и втиснулся в нее. — Поцелуешь меня на дорожку?

— Еще бы!

Вероника подошла к Стасу, приподнялась на цыпочки и, подняв вверх лицо, взяла его за отвороты куртки. И тут...

— Ай! — воскликнула она и отдернула руку.

— Что такое?

— Укололась, — пробормотала Вероника и потянула в рот большой палец. — Что это у тебя?

— Господи, значок! — расстроился Стас, вытаскивая из воротника металлический кругляшок на длинной булавке.

— Уже второй раз! — пожаловалась Вероника. — Один и тот же палец...

Она неожиданно замолчала и отступила на несколько шагов.

— Ты чего? — удивился Стас.

Вероника смотрела на него во все глаза и молчала.

— Да что случилось-то?!

— Стас, ты был там, — тихо сказала Вероника. — В доме отдыха. Той ночью, когда убили Нелли Шульговскую.

— С чего ты взяла? — сердито спросил он.

— Этот твой значок... Я уже однажды поранилась им. Ты сбил меня своим велосипедом, а потом потащил вверх, и я ухватилась за твою одежду...

Стас бросил на пол сумку, которую уже повесил на плечо, и в сердцах сказал:

— Вот черт! — Потом, увидев, что Вероника продолжает пятиться, вытянул вперед руку: — Послушай, я сейчас все объясню! Мне просто не хотелось морочить тебе голову лишними подробностями.

— В деле об убийстве не бывает лишних подробностей, — дрожащим голосом возразила Вероника. Ей было страшно до чертиков.

— В последнее время у Тараса с женой возникли проблемы. Она была зла на него и решила, что лучше всего отомстит, если возобновит со мной отношения. В тот злосчастный день она позвонила мне и принялась за старое. Уговаривала приехать в дом отдыха. Я согласился, потому что хотел выяснить все раз и навсегда, но для этого необходимо было найти подходящее место и время. Конечно же, я не собирался ехать к ней ночью! Но потом позвонил Тарас и сказал, что потерял важные бумаги и отправляется их искать. На деловую тусовку пришлось идти мне. Я перезвонил Нелли, чтобы сообщить, что с моим приездом ничего не получается, но она уперлась. У нее был потрясающий характер — могла переупрямить кого угодно! Короче, я сдался. Пообещал, что приеду в любом случае.

— Ты добирался из Москвы велосипедом?

Стас невесело усмехнулся:

— Конечно, нет. С западной стороны в заборе есть калитка. У меня давным-давно лежит ключ от нее, еще с тех пор, как я проводил там отпуск. А велосипед я взял в будочке охранника. Им пользуется весь персонал дома отдыха, если в этом есть нужда. Так это тебя я сбил тогда с ног?

— Меня, — подтвердила Вероника, чувствуя, что у нее снова начинают стучать зубы.

— Поскольку я не знал, как попасть в корпус — там ведь сигнализация, я начал постукивать в окно. Нелли не отвечала. Я попробовал позвонить ей на мобильный — тоже безрезультатно. Я проболтался там не меньше получаса, и мне пришлось уехать несолоно хлебавши. Дорогая, пожалуйста, поверь мне!

— Я уже поверила... Матвею Каретникову, — пробормотала Вероника.

Стас строго посмотрел на нее и сказал:

— Если бы ты была на моем месте, я бы тебе поверил.

— Если бы я была на твоем месте, я бы все тебе рассказала с самого начала.

— Да что ты говоришь? Почему же тогда ты не делишься со мной своими догадками относительно убийства Нелли? Молчишь? Кроме того, если бы я был в чем-то замешан, то уже давно расправился бы с тобой.

— Но ты же видишь, что я ничего не знаю!

— Наоборот. Мне кажется, что ты знаешь больше, чем хочешь показать.

— Ты собирался в магазин, — напомнила Вероника.

— Хочешь выставить меня из дому и простучать стены?

— Да нет, просто хочу есть. Честно.

Тарас ушел, а Вероника легла на диван и принялась размышлять. Все сейчас зависело от того, что скажет ей Зоя. Когда вернулся нагруженный Стас, Вероника взяла у него из рук пакеты и поцеловала в губы.

— Я верю тебе, — сказала она. — Я была бы дурой, если бы не поверила.

Стас прижал ее к себе и тихо заметил:

— Чтобы мы могли строить нормальные отношения, нужно раскрыть это преступление. Убийство Нелли. Покушения на тебя.

— Я его уже раскрыла, — огорошила его Вероника. — Если Зоя скажет мне то, что я думаю...

Зоя позвонила в девять вечера и сказала именно то, что она думала.

— И что ты собираешься с этим делать? — спросила тетка настороженно.

— Собираюсь разоблачить убийцу.

— Это не опасно? — забеспокоилась та.

— Не опаснее, чем выходить замуж.

— Кстати, дорогая, завтра вечером возвращается мой Борис! Ты заедешь на чашечку чая? Часов в восемь?

— Возможно. Кстати, ничего, если я привезу с собой друга?

Зоя на секунду замерла, потом осторожно спросила:

— Вы с Матвеем что, стали друзьями?

— Я совсем забыла тебе сказать! С Матвеем приключилась очень скверная история!

— Что такое?

— Его застрелили в аэропорту.

— Террористы? — ахнула Зоя. — В журнале пишут, что сейчас в аэропортах полно террористов.

— Наверное, террористы. Честно говоря, я бежала с места происшествия, поэтому почти ничего не знаю.

— Хорошо, тогда приезжай с другом! — разрешила Зоя, очень быстро смирившись с потерей Матвея Каретникова, с которым она, впрочем, не была знакома. — Дети еще в лагере, посидим вчетвером, как белые люди.

— Стас! — важно заявила Вероника, явившись в спальню. — Завтра я собираюсь разоблачить преступника. Но для этого мне будет нужна твоя помощь.

— Я весь внимание.

— Во-первых, мне нужно или попасть домой к Регине Акимовой, или хотя бы прокатиться в ее автомобиле. В качестве пассажира, естественно.

— Что за странные желания? — изумился Стас. — Это как-то связано с разоблачением преступника?

— Еще как связано! — воскликнула Вероника.

— Ну... хорошо. — Стас почесал макушку. — В принципе, это можно устроить.

— Во-вторых, — продолжила Вероника, — ты должен позволить мне приехать завтра в офис вашей фирмы и немножко там покомандовать. Без свидетелей, разумеется. Я не хочу портить тебе репутацию.

— Поверь, моей репутации необходима хорошенькая встряска. И я заранее согласен на все.

— Мне нужно будет пригласить Казарюка.

— Зама Нелли? — удивился Стас.

— Он теперь «и.о.» и ощущает себя важной шишкой. И еще Ося Рыськин завтра должен выписаться. Его я тоже возьму с собой.

— Куда мы денем такую пропасть народу? — изумился Стас.

— Об этом стоит волноваться в последнюю очередь! — усмехнулась Вероника.

— Слушай, сколько сейчас времени? — неожиданно вскинулся Стас. — Еще не поздно? Я придумал одну фишку. Дай-ка телефон!

Он быстро набрал номер и, сделав такое лицо, будто на язык ему нечаянно попала халва, воскликнул:

— Регина! До-обрый ве-ечер! Это Стас, узнала?

Акимова что-то ответила, и Стас рассмеялся противным ненатуральным смехом.

— Региночка, ты не могла бы оказать мне услугу? Завтра утром мне нужно в аэропорт. — Вероника поежилась. — Не могла бы ты подбросить до офиса мою родственницу? Ты с ней знакома, это Вероника Смирнова.

Он снова помолчал, слушая, после чего бодро заявил:

— Отлично! В девять она будет ждать тебя на остановке возле моего дома, лады?

Он положил трубку и добавил специально для Вероники:

— Только не вздумай стоять на краю тротуара! Заберись под навес, в самую глубину, поняла? И учти: несмотря на то что я буду следить за тобой, если что, просто не успею тебя спасти.

— Сказка про Петю-Петушка, — грустно заметила Вероника. — Помнишь, как наказывали ему друзья не отворять оконце? Мы, дескать, пойдем далеко, если случится беда, тебя не услышим!

— Батюшки мои! — воскликнул Стас. — Что за пораженческие речи? Кажется, ты собиралась завтра разоблачить убийцу?

— Не веришь в мой сыщицкий талант? — усмехнулась она.

— Просто я не понимаю, что ты задумала. Не могу оценить всей красоты замысла, а потому безмерно взволнован.

Он действительно волновался, и Вероника подошла и поцеловала его.

— Я ничего про тебя не знаю, — неожиданно сказал Стас. — Если ты вдруг решишь снова исчезнуть, я не смогу тебя найти.

— Для этого существует Мосгорсправка, — наставительно заявила Вероника. — Ты ведь знаешь мои имя и фамилию. И приблизительный возраст.

— Может быть, все же дашь мне свой телефончик?

— Оригинальный способ познакомиться с девушкой: сначала затащить ее к себе домой, а потом попросить телефончик!

Глава 10

Тарас Шульговский сидел в своем кабинете, барабанил пальцами по столу и размышлял, стоит ли пить вторую чашку кофе. Уже было решил, что стоит, как зазвонил телефон. «Ну вот, — подумал он. — Все само решилось. Никакого избытка кофеина!» Он протянул руку и снял трубку.

— Алло! — раздался тонкий капризный голос Казарюка. — Доброе утро. Это Казарюк.

— Я узнал, Сергей Евгеньевич, — мягко сказал демократичный Тарас. — Чего вы хотите?

— Денег, — совершенно неожиданно ответил тот.

— Простите, я не понял? Вы имеете в виду журнал? — опешил Тарас. — Финансирование?

— Нет, я имею в виду убийство вашей жены.

— Не понимаю, что вы несете, — пробормотал Тарас.

— Прекрасно вы все понимаете! — заявил наглый Казарюк. — Или вы забыли, что ключ в двери номера первого был сломан? Я вас видел той ночью. И не в коридоре, как вы могли бы предположить, а непосредственно в номере вашей жены. Я зашел и заглянул в ванну. Вы держали ее под водой, чтобы она случайно не вынырнула.

— Какая-то чушь! — рявкнул Тарас. — Вы кретин, Казарюк! И что это на вас напала такая жажда справедливости? Вы ведь ненавидели Нелли! Вы завидовали ей!

— Жажда справедливости напала на меня еще той ночью, когда я застукал вас на месте преступления! Просто тогда у меня не было острой необходимости в деньгах. А сейчас она появилась.

— Сергей Евгеньевич, у меня для вас неприятная новость, — спокойно сказал Тарас. — Вы — безработный.

— И еще я знаю, кто действовал с вами заодно! Тут у меня компромата побольше. Если ваш компаньон захочет узнать подробности, пусть позвонит мне вечером домой.

— Я и не подозревал, что вы шизоид! — рассвирепел Тарас. — Теперь я понимаю, почему моя жена не допускала вас до власти!

— Я хочу двадцать пять тысяч долларов. Наличными. Даю вам неделю срока. Видите, какой я разумный? Шизоид потребовал бы бабки немедленно. Итак, я позвоню через неделю, сообщу, где встретимся.

Казарюк бросил трубку и дрожащей рукой вытянул из кармана платок. С его лица градом катился пот.

— Пора, — сказала Вероника и подтолкнула Стаса Марягина к двери.

Тот послушно распахнул ее и шагнул в коридор. Потом тотчас же захлопнул и, обернувшись, удивленно сказал:

— Сработало. Он вылетел из кабинета. — Марягин снова отворил дверь. — Тарас, ты к Регине? — громко спросил он. — Я с тобой, мне нужно кое-что уточнить. Нет, мне нужно именно сейчас.

Раздосадованный Шульговский вошел в кабинет исполнительного директора и недовольно обернулся. Стас вошел следом за ним и поздоровался с Акимовой. Однако дверь не закрыл, а вместо этого пригласил:

— Заходите, ребята!

Первой деловито вошла Вероника. Вслед за ней появился ко всему принюхивающийся после астматического приступа

Рыськин. Последним вошел серо-зеленый Казарюк, который двумя руками держался за свой галстук, будто бы опасаясь, что его украдут.

— И что означает это вторжение? — холодно поинтересовался Тарас, не сводя взгляда именно с Казарюка.

— Ну, перестань, Тарас, — радушно улыбнулась Регина. — Это мой кабинет, и вопросы здесь задаю я.

— Если хочешь, задай им тот же вопрос в более мягкой форме.

— Раз они пришли, значит, им нужно, — заявила Регина. — Рассаживайтесь, тут полно стульев.

— Благодарю, — ответила за всех Вероника.

— Садись, Тарас, — предложил Марягин таким тоном, словно не происходило ничего необычного. — Ты ведь знаком с Вероникой? Она приготовила для тебя небольшое представление. Увертюру ты только что слышал по телефону. Ее исполнил Сергей Евгеньевич по моей просьбе. Теперь начинается основная часть.

— Ну ладно, — неожиданно сменил гнев на милость Тарас и развалился на диванчике, который облюбовал для себя одного. — Валяйте, начинайте ваше представление.

— Начинай, Вероника! — скомандовал Марягин.

— Буду краткой, — сказала она, и Рыськин засмеялся.

— Вижу, вы не расстаетесь со своим братом, — ехидно заметил Тарас. — Водите за собой на веревочке, чтобы он никуда не исчез? Внезапно?

— Он думает, что вы тоже шизоид, — вполголоса поделился Казарюк с Осей. — Исчезли той ночью из редакции, словно Копперфильд из запертого сейфа.

— Попрошу внимания, — сказала Вероника и откашлялась. — Я хочу вам рассказать о том, как я вычислила человека, убившего Нелли Шульговскую.

— Вы шутите? — воскликнул Тарас. — Делать такие заявления в моем присутствии по меньшей мере бес... бес... бес...

Регина наклонилась в его сторону и потрепала рукой по плечу.

— Успокойся, Тарас. Надо выслушать человека.

— Начну с конца, — заявила Вероника. — Нетрадиционно. Назову убийцу, а потом докажу, что именно этот человек совершил преступление.

Рыськин весь подобрался, словно сию секунду ему предстояло прыгнуть на врага и прижать его к полу.

— Это вы, Тарас! — Вероника развела руки в стороны, словно сожалела о том, что приходится говорить такое. — Вы убили свою жену и рассчитывали, конечно, что об этом никто не узнает.

— И зачем же я ее убил? — насмешливо спросил тот. — Она была небогата, да будет вам известно. — Или вы считаете, что я сделал это в припадке ревности?

— Никаких припадков! — решительно отозвалась Вероника, встав возле двери — так, чтобы всех хорошо видеть. — Это отлично продуманное и исполненное преступление. И вашей главной целью была вовсе не Нелли, а ваш партнер Стас Марягин.

Стас быстро взглянул на Шульговского, но тот только усмехнулся и покачал головой.

— Вы знали, что некоторое время назад у вашей жены со Стасом был роман.

— Вот так так! — тихо сказала Регина Акимова и едва не уронила на стол очки.

— Вы даже раздобыли где-то записку, которую Стас когда-то писал Нелли. «Смогу приехать только ночью. Не паникуй раньше времени. Думаю, пришла пора во всем сознаться. Не ложись спать, я постучу в окно. С.», — процитировала она на память. Вероятно, Нелли вместо того, чтобы уничтожить ее, спрятала в каком-нибудь потайном месте, а вы случайно ее нашли.

Уверена, что мысль избавиться от партнера засела в вашей голове давно. Помните, как жена шутила над вами тогда в столовой, что вы стесняетесь говорить «я, моя фирма». Якобы не хотите обижать Стаса. На самом деле вы стеснялись потому, что боялись выдать себя. Ведь это была ваша заветная мечта — сделать фирму своей и владеть ею безраздельно.

Тарас выразительно фыркнул, но Вероника не обратила на это никакого внимания.

— Итак, замысел созрел, оставалось только придумать, как его осуществить. Вы выбрали широко известную схему. Назовем ее — ложное обвинение. Стас должен быть обвинен в убийстве, которого не совершал. Для начала следовало выбрать жертву. Не думаю, что поиски были долгими. Жертвой стала ваша жена. Во-первых, потому, что Нелли изменяла вам, и вы это знали. Во-вторых, потому, что у вас у самого была любовница, которая хотела власти, денег и, возможно, огласки ваших отношений.

При слове «любовница» Ося Рыськин покраснел и потупился. Регина нахмурилась и нервно побарабанила пальцами по столу. Очевидно, ни на что подобное она не рассчитывала, когда приглашала всю честную компанию чувствовать себя в ее кабинете как дома.

— Не знаю, что навело вас на мысль совершить преступление в доме отдыха, — продолжала Вероника тоном учительницы. — Возможно, фраза «я постучу в окно». В московской квартире такая записка вряд ли сработала бы. Итак, поскольку финал конкурса «Мисс Марпл» планировался заранее, вы тоже могли заранее подготовиться к преступлению. Первое, что вы сделали, — это написали записку с угрозами и, заехав в редакцию во время обеденного перерыва, засунули ее в сумочку своей жены. Она должна была найти записку, возмутиться, показать ее всем своим сотрудникам...

— А зачем? — полюбопытствовал Рыськин.

— Зачем? — живо обернулась к нему Вероника. — Очень просто! Обнаружив Нелли мертвой, вся редакционная шатия-братия должна была сразу же вспомнить о записке! Записка как бы заранее настраивала всех на убийство, а не на какой-то там несчастный случай.

Однако произошло досадное недоразумение. Тарас наверняка не знал «в лицо» все сумочки своей жены. И на этом прокололся. На рабочем месте у Нелли в тот момент стояла сумочка Киры Коровкиной, финалистки конкурса «Мисс Марпл». Кира решила, что это соперницы пытаются напугать ее, и устроила скандал. Итак, записка не сработала. Первый холостой выстрел.

— А был еще второй? — спросил нетерпеливый Рыськин.

— Был и второй, и третий. Сейчас я коротко расскажу, что происходило той ночью в доме отдыха. Тарас собирался сделать вид, что уезжает после обеда. На самом деле он всего лишь отогнал машину на стоянку возле соседнего дома отдыха. А потом пешком вернулся обратно. Ждать ночи, чтобы выполнить задуманное, он собирался в номере, который был забронирован для Сергея Евгеньевича Казарюка. Для того чтобы беспрепятственно попасть туда, он еще днем открыл окно, когда в этом номере обсуждали и планировали завтрашний день сотрудники редакции и спонсоры. Он просто отодвинул шпингалет, и никто, разумеется, не обратил на это внимания.

Тарас сидел с улыбкой на лице и поигрывал брелком. Вероника обращалась по очереди ко всем присутствующим, но на него почти не смотрела.

— Итак, Тарас возвращается через заднюю калитку и, прячась за кустами, пробирается к заранее открытому окну номера Казарюка. Выбирает подходящий момент, и вот — он внутри. Кстати, Сергея Евгеньевича в это время уже не должно было быть в доме отдыха. Тарас придумал для него поручение — встретить в аэропорту важного гостя. Ему и в голову не могло прийти, что тот перепоручит столь важное дело кому-то другому.

Тарас находится в номере Казарюка и ждет ночи. Ночь наступает. На первом этаже никто не спит. Я читаю интересную книгу, Нелли ждет приезда Стаса Марягина, который обещал ей кое-чем помочь... — Тарас гнусно усмехнулся. — Кира Коровкина готовится к ночному свиданию, которое обещал ей Аким Голубцов, а Татьяна Семенова и Инна Головатова беспокоятся о том, как они завтра справятся с последним заданием.

Вечером Сергей Евгеньевич раздал финалисткам конверты, содержавшие некую информацию, которую, вероятно, следовало обстоятельно обдумать. Каждая считает, что неплохо бы обменяться мнениями с активной и самоуверенной Кирой. Причем обе убеждены, что Кира проживает в первом номере, тогда как там остановилась Нелли, а Кира переехала в третий.

Итак, ночь. Не знаю, когда точно, но в выбранный им час Тарас открывает дверь и заходит в номер к Нелли. Поскольку ключ сломан, дверь не заперта. Но даже если бы она была заперта, Тарас не сомневался, что жена его впустит. Он придумывает какую-то небылицу относительно своего возвращения, уговаривает Нелли выпить вина и подмешивает в него снотворное. Нелли выпивает довольно большую порцию, чтобы снять напряжение. Ведь с минуты на минуту может явиться Стас, и она нервничает по этому поводу. Наконец Нелли отключается. Тарас раздевает ее, аккуратно складывая одежду на кровати. Достает заранее приготовленную записку, написанную рукой Стаса, и кладет на прикроватный столик. Затем несет жену в ванну и опускает в воду.

В это самое время Кира Коровкина отправляется на улицу, рассчитывая встретиться там с молодым человеком. Татьяна Семенова увидела ее в окно и решила: вот он, подходящий момент, чтобы посмотреть, что за задание дали Кире. Она рассчитывает, что дверь не заперта — ведь Кира наверняка вышла ненадолго.

Татьяна заходит в номер, как она думает, Киры. А на самом деле в номер Нелли Шульговской. Видит на прикроватном столике конверт, похожий на тот, что выдали ей, и берет его в руки. В ту же секунду она слышит, как из ванной комнаты доносятся слова: «Вот так, голубка», сказанные мужским голосом.

Татьяна так испугалась, что дала стрекача, не соизволив положить конверт на место. Позже она побоялась признаться, что хотела поступить нечестно. Она сгорала от стыда и скрыла этот эпизод.

Едва она заперлась в своем номере, как на разведку отправилась Инна Головатова. Она также вошла в номер первый, рассчитывая застать там Киру. Однако Киры в комнате не оказалось, зато Инна услышала какой-то шум в ванной и увидела на коврике ботинки Тараса Шульговского. Очень заметные ботинки, которые ни с какими другими не спутаешь! Решив, понятное дело, что у Киры интрижка с Шульговским, Инна тотчас же ретировалась и тоже заперлась в своей комнате до утра.

Потом, я думаю, случилось вот что. Тарас сделал свое черное дело и вышел в коридор. Но то ли он услышал, что кто-то идет, то ли должен был прийти в себя. — Она посмотрела на Тараса. Тот изучал свои ногти. Шея у него была красная. — Как бы то ни было, он снова нырнул в номер Казарюка и закрылся на задвижку.

Через некоторое время Сергей Евгеньевич, который не уехал, как я уже говорила, ни в какой аэропорт, после посиделок с администратором Наташей явился в корпус и принялся ковырять ключом в замке.

— Я подумал, что взял не тот ключ! — тотчас же подал голос Казарюк. — Мне и в голову не могло прийти, что внутри кто-то заперся.

— Вероника! — вмешался Стас. — Объясни ты толком про эти чертовы ботинки. Когда одна женщина заглянула в номер Нелли, их там не было, а через пять минут они там появились!

— О! Это один из ключевых моментов, который помог мне разобраться во всем деле, — охотно ответила Вероника. — Под окном номера Сергея Евгеньевича развезли грязь. И не просто грязь, а глинистую грязь. Когда Тарас лез в окно, он испачкал ботинки. Не так сильно, чтобы обратить на это внимание в период ожидания. Однако когда он топил в ванне свою жену, вероятно, на полу было влажно, и он заметил, что оставляет следы. Тарас достал из кармана платок, обтер ботинки, вытер следы и сунул платок в карман. А ботинки снял и оставил в комнате. Сам вернулся в ванную комнату... доделывать свое... дело. Вот тогда-то и увидела эти ботинки Инна Головатова.

Позже, когда я ехала в машине Тараса, я нашла испачканный глиной платок под сиденьем среди тряпок, которыми вытирают обувь. Возвращаясь из дома отдыха, он, верно, просто бросил испорченную вещь на пол. Ведь платком он и в самом деле вытирал обувь, значит, тому было самое место под сиденьем. Сделав свою находку, я стала искать глину на территории дома отдыха. Нашла ее под окном номера Казарюка и сообразила, что Тарас лазил туда через окно. Догадаться об остальном было несложно. Конечно, после того, как мне удалось поговорить по душам с Кирой и Татьяной. А также с администратором Натальей.

А вот с Ингой мне поговорить не удалось. Ингу к тому времени уже убили.

— Тоже я? — насмешливо спросил Тарас.

Регина Акимова взглянула на него с неподдельным ужасом и даже отодвинулась.

— Вы или ваш сообщник.

— Ах, так у меня еще был сообщник! — всплеснул руками Тарас. Никто не улыбнулся.

— Был. Но о нем немного позже. Теперь я расскажу, зачем, Тарас, вы надели маску и накинулись на меня в подъезде со шнуром. А затем проделали то же самое с Татьяной Семеновой, напугав ее до полусмерти.

— Ну-ну, я весь внимание!

— Вы ведь помните, что Татьяна Семенова унесла из комнаты записку, написанную рукой Стаса. Унесла улику, которая должна была четко указать на него как на убийцу! Вышла уже вторая осечка! Без этой записки милиция расценила произошедшее как несчастный случай. Можете себе представить, в каком бешенстве был убийца. Вот он и решил, что неплохо бы организовать несколько ложных покушений на якобы свидетелей преступления. На женщин, которые находились в ту ночь в соседних с Нелли номерах. Может быть, тогда милиция все-таки спохватится?

Тарас действовал вдвоем со своим сообщником. В момент нападения сообщник начинал шуметь на верхних этажах подъезда, и Тарас убегал, как бы бросив свою жертву. Я никак не могла понять, почему человек в маске меня не прикончил, ведь у него была отличная возможность! И тогда я подумала: он и не хотел меня убивать! Он затеял нападение только ради одной фразы: «Ты умрешь, потому что слишком многое знаешь о прошлой ночи. Все умрут».

По его разумению, я должна была помчаться в милицию, оглашая окрестности поросячьим визгом. Но по причинам личного характера я в милицию не побежала. Тогда такой же трюк был проделан с Татьяной Семеновой. Она, правда, обратилась в правоохранительные органы, но там не связали покушение с несчастным случаем в доме отдыха. Что естественно. А вот с Ингой Головатовой получилась осечка — ее хотели испугать, но случайно задавили насмерть.

— Ерунда! — в очередной раз подал голос Тарас. Теперь у него покраснела не только шея, но и лицо. — Стыдно слушать этот детский лепет.

— Прошу вас! — с чувством сказал Казарюк, сложив ручки перед грудью и глядя на Веронику восхищенными глазами. — Лепечите дальше! Все это очень, очень фантастично и страшно.

— Некоторые ваши поступки, Тарас, — горячо продолжала Вероника, — просто не лезли ни в какие ворота. Когда вы застали нас с Осей ночью в редакции журнала «Женский досуг» и я сказала вам, что Нелли была убита, помните, как вы отреагировали?

— Он предложил вам помощь! — вмешался Казарюк.

— Вот-вот. С его-то связями и деньгами он удовлетворился тем, что какая-то девица решила разбираться в смерти его жены? Абсурд. Он просчитался, потому что потерял голову от страха. И помощь предлагал лишь для того, чтобы быть в курсе моего расследования.

— А что он делал ночью в редакции журнала? — робко спросила Регина, глядя не на Тараса, а на Веронику. Его сейчас все старались не замечать. Кроме Марягина. Тот, напротив, не сводил глаз со своего партнера.

— Думаю, он не соврал, когда ответил мне на тот же самый вопрос лично. Он сказал, что после смерти жены не может спать. А работать в офисе опасается, чтобы Стас не подумал, будто бы он занимается какими-то незаконными делишками. В это я верю. Только вот не спал он потому, что своими руками убил жену и боялся возмездия. А вовсе не потому, что глубоко переживал ее смерть.

Вот, собственно, и все о преступлении.

— Как все? — подскочил Рыськин. — А сообщник? Тот, который топал на верхних этажах и мог задавить Инну Головатову? Ты ведь знаешь, кто он?

— Знаю, — сказала Вероника. — Вычислить его не составило труда. Труднее было добыть доказательства его причастности к преступлению. Вернее, ее причастности. Потому что это женщина.

Все разом повернули головы и посмотрели на Регину Акимову. А та растерянно глядела на Веронику.

— Знаете, как я догадалась, что это вы? — участливо спросила у нее та. — Именно вы обеспечивали Тарасу алиби. Стоило мне только заподозрить Тараса, как вы тоже попали под подозрение. Якобы вам нужны были деловые бумаги, якобы вы без конца звонили ему по телефону... Допускаю, что звонки действительно были вами организованы. Ведь вы рассчитывали, что алиби будет проверять милиция. Вы рассчитывали, что будет следствие! А следствия никакого не было.

— Вовсе не я — его алиби! — испуганно сказала Регина. — Что вы такое говорите? Я всего лишь по телефону звонила. Он же сказал, что к нему соседка снизу приходила! Тарас уронил стойку...

— Я все это знаю, — оборвала ее Вероника. — Только это не Тарас уронил стойку, а вы. Потому что это вы были в его квартире в то время, как он расправлялся со своей женой в доме отдыха. Мой человек (Вероника имела в виду, конечно, тетку Зою) поговорил с соседкой Тараса. И тут-то выяснилось, что Варваре Никитичне дверь той ночью никто не открывал. Тарас Шульговский просто крикнул ей из-за запертой двери своей квартиры: «Все в порядке, Варвара Никитична! Я тут важные документы ищу, у меня стойка упала. Извините за беспокойство!»

— И кто же это кричал, если не Тарас? — спросила Регина, у которой покраснел и набух нос.

— Его голос.

Вероника полезла в сумочку и достала оттуда магнитофонную кассету. Потрясла ею в воздухе и обратилась непосредственно к Регине.

— Милиция обыскала ваш дом и нашла кассету с записью. Хотите послушать? — Она повертела головой и, не обнаружив магнитофона, добавила: — Впрочем, я вам только что рассказала, что там записано.

Тарас вскинул голову и с ненавистью посмотрел на Регину.

— Вы смотрите на нее с верным выражением, — похвалила его Вероника. — Думаю, Регина оставила эту запись на случай, если вы станете ей угрожать, или захотите лишить ее доли, или еще что-нибудь.

— Дура! — выплюнул Тарас, не сдержавшись. Потом повернулся и сказал Стасу: — Все равно вы ничего не докажете!

— Может быть — да, может быть — нет, — пожал плечами тот. — Но ты же понимаешь, что прежняя жизнь для тебя закончилась навсегда?

— Я хочу, чтобы вы знали, — неожиданно тонким голосом сказала Регина. — Я не сбивала машиной ту женщину. Я не имею к этому никакого отношения. И Тарас тоже не имеет. Вероятно, это был несчастный случай.

— Ужасно, — пробормотал Стас, хватаясь за голову. — Поверить не могу.

— Вы как хотите, — заявил Казарюк, покидая кабинет Акимовой, — но я подаю заявление в милицию. Это же черт знает что такое! Убийцы буквально ходят среди нас! Они буквально живут среди нас!

— И они буквально могут нас убить! — добавил Рыськин, присоединяясь к нему.

Стас почти нес дрожащую Веронику по коридору, когда Казарюк неожиданно спохватился:

— Подождите! Так вы, получается, уже связались с милицией?

Вероника отрицательно покачала головой.

— Но вы ведь сказали, что милиция сделала обыск и нашла кассету с записью...

— Она блефовала! — с гордостью заявил Стас. — На самом деле Акимова держала запись в машине, ведь так? И когда сегодня она тебя подвозила, тебе удалось ее стащить!

— Да вы что? — дрожащим голосом ответила Вероника. — Какая запись? Нет у меня никакой записи! Я и в самом деле блефовала. Это просто пустая пленка, я купила ее в переходе возле метро. А домой или в машину к Акимовой я хотела попасть только для того, чтобы посмотреть, кассеты какой марки она предпочитает. У нее были кассеты марки «Sony», и я купила такую же, чтобы была возможность потрясти коробочкой.

— Конгениально! — воскликнул Рыськин. — Только, дорогая моя девочка, расскажи папе Осе, залп тебе в ухо, что за баба пыталась раздавить тебя «Москвичом»?

Стас от неожиданности даже остановился.

— Акимова? — потрясенно воскликнул он.

— Никогда, — отрезала Вероника. — У нее такой загар, который ничем не запудришь. А та женщина была очень бледной.

— Так кто тогда? Еще одна сообщница Тараса?

— У меня есть одна версия, — призналась Вероника, — но для того, чтобы ее проверить, мне нужен как минимум один день. Обещаю вам, мальчики, что вы первыми обо всем узнаете.

— Мой желудок от волнения скрутился жгутиком, — признался Рыськин. — Чтобы не было язвы, надо срочно покушать.

— Дорогая, а ты как? — спросил Стас. — Он смотрел на Веронику с восхищением. — Не хочешь перекусить после выступления перед господами присяжными заседателями?

— Не смогу проглотить ни кусочка.

— Знаю, что тебе нужно: пар и массаж.

— Пар и массаж?

— Баня!

— Ты хочешь повести меня в баню?

— В общую баню. Любимое развлечение «новых русских». Приобщайся.

— Я тебе говорила, что вечером мы приглашены к тетке Зое?

— И как ты меня представишь? — Стас даже притормозил, чтобы получить ответ на этот вопрос.

— Ну... Как своего друга. А что?

— Почему-то мне хочется большего.

— Давай хотя бы повстречаемся немножко, а там решим.

— Знаешь, — признался Стас, удивленно глядя на Веронику. — Еще мне хочется ограничить твою свободу.

— В каком смысле?

— Ну, запретить тебе носить короткие юбки и общаться с другими мужчинами. С тех пор как мы познакомились, другие мужчины кажутся мне козлами.

— Отлично, — сказала Вероника. — Будем считать это первым шагом на пути к чему-то большему.

Глава 11

— А кто вот на этой фотографии? — спросил Стас у Вероники, с увлечением разглядывая снимки, забранные в рамочки и развешанные по всей квартире. — Твои племянники?

— Да, — с гордостью подтвердила та. — Миша и Коля.

Снимки были большими, красочными, выразительными.

— Они очень похожи на тебя! — сказал Стас.

— А я как две капли воды похожа на папу! — похвалилась Вероника и споткнулась на полуслове.

Потом медленно повернула голову и посмотрела на Зою. Зоя была бледной, как простыня.

— Что такое? — забеспокоился Ося Рыськин, явившийся на вечеринку.

В баню его не взяли, а в гости к Вероникиной тетке он прямо-таки напросился. Еще в первый раз у Вероники она поразила его воображение. Он пришел от Зои в неописуемый восторг и каждые пять минут расточал ей комплименты.

— Вот придет Борис, он вам задаст! — игриво говорила та, поправляя помаду кончиком мизинца.

Изюмский непозволительно задерживался, и за стол сели без него. Теперь уже сделали перерыв, и Стас отправился обозревать фотоснимки.

— Зоя, — испуганно сказала Вероника, медленно прозревая, — Миша и Коля — дети моего отца?

Стас отступил на два шага и переводил напряженный взгляд с одной женщины на другую.

— По-моему, здесь какая-то личная драма! — шепотом сказал Рыськин, подобравшись к нему на мягких ногах. — Подброшенные дети, внебрачные связи, душераздирающие страсти... Бразильский сериал!

— Да помолчите вы! — шикнул на него Стас.

— Прабабка говорила мне: ты — слепая! Разуй глаза!

— Вероника, ты не можешь меня осуждать!

— Теперь я все поняла! — Вероника сжала руками виски. — Мама с папой страшно поругались тогда. Папа сел за руль в растрепанных чувствах. И, уезжая, они продолжали ссориться. Вероятно, мама обо всем догадалась...

— Он сам сказал ей, — заплакала Зоя. — Я тут ни при чем! А Маргарита Прохоровна... Она... Она думает, что это я сказала... Прямо в дорогу...

— Боже! — пробормотала Вероника и плюхнулась на диван. — Зоя, это настоящий удар!

Зоя рыдала.

— Ты меня не простишь... — слышалось сквозь рыдания. — Презирать... ни ногой... а я не смогу... тебя люблю...

— Зоя, — твердым голосом заявила Вероника, — кажется, я сейчас тебе отомщу.

Зоя тотчас перестала плакать, а Стас и Рыськин с подозрением посмотрели на Веронику.

— Она не вооружена? — спросил Ося громким шепотом. — Не попала бы и в меня шальная пуля!

— Как это ты мне отомстишь? — глядя на Веронику исподлобья, спросила Зоя.

— Сообщу тебе ужасную новость. — Зоя уже схватилась было за сердце, поэтому Вероника поспешно добавила: — Не про детей.

Зоя оставила свое сердце в покое и склонила голову набок.

— Чего такое? — спросила она, жалобно глядя на племянницу.

— Изюмский больше не придет. — Вероника помолчала и добавила: — Никогда.

Зоя выпрямилась так резко, что диван, на котором она сидела, жалобно вскрикнул.

— Как это — не придет никогда? — закричала она. — Ты его что, соблазнила, что ли?

— Хуже, Зоя. Он хотел меня убить. — Она повернулась к Стасу с Рыськиным и пояснила: — Изюмский и есть та женщина в зеленом.

— Мужчина?! — хором воскликнули те.

— Эта мысль просто не могла не прийти мне в голову, — принялась объяснять Вероника. — Женщина была все время в одной и той же одежде. Это очень, очень подозрительно. Так не бывает, чтобы такая фифа, какой она выглядела, не меняла наряды так долго. Что и навело меня на мысль о маскарадном костюме. Именно для мужчины женская одежда будет маскарадным костюмом. Еще таинственная незнакомка надевала темные очки. Без очков я, пожалуй, узнала бы ее... То есть его. Хотя он и сбрил бороду.

— Изюмский? Сбрил бороду? — потрясенно воскликнула Зоя. — Этого не может быть! Он ее обожал!

— Видимо, ты ему нравилась больше, чем борода, — печально сказала Вероника. — Думаю, он решил восстановить историческую справедливость. Прикончить меня, чтобы тебе и твоим детям досталась квартира Маргариты Прохоровны. И все ее содержимое. Он сказал тебе, что уезжает на заработки, именно поэтому. Он не мог показаться без бороды до тех пор, пока не убьет меня. Иначе я могла бы при встрече узнать в нем женщину в зеленом!

— У него была борода, — забормотал Рыськин, — он ее сбрил и поэтому выглядел бледным. Кожа под бородой не загорает, поэтому он был бледный.

— Он надевал парик, Зоя, — сказал Вероника с жалостью, — и гонялся за мной на «Москвиче» без номеров. У меня полно свидетелей. Вот хотя бы Ося. И Стас тоже один раз вытащил меня прямо из-под колес.

Зоя зажала рот ладонью.

— Я даже догадываюсь, когда он задумал меня убить, — продолжала Вероника, торопясь высказать все сразу. — Когда я рассказала тебе о покушении в подъезде. О человеке в черной маске. Ты ведь наверняка с ним делилась? Вот он и подумал: какой отличный шанс решить житейские проблемы! Все подумают, что Зоину племянницу шлепнули за то, что она видела что-то лишнее в доме отдыха.

Зоя некоторое время смотрела в стену, выпучив глаза, потом неуверенно произнесла:

— Его ведь надо поймать...

— Да ну его к черту! — с жаром заявила Вероника. — Он теперь точно не покажется, побоится. Без бороды наверняка побоится. Может быть, сделает попытку прозондировать почву через некоторое время.

— Да я его! — внезапно закричала Зоя. — Да я...

— Простите, — подскочил к ней Ося. — Я правильно понял, что вы теперь как бы... свободны от обязательств?

Зоя посмотрела на него сначала с недоумением, потом с любопытством.

— Почему вы такой желтый? — спросила она.

— Потому что я очень добрый, солнечный человек! — понизил голос тот и взял Зоину руку в свои ладони.

— Боря тоже казался добрым, — попыталась освободиться Зоя.

Ося ее руку не отпустил и гордо ответил:

— Между мной и вашим Борей — пропасть шириною с Днепр, до середины которого, как известно, долетит не всякая птица.

От подобного красноречия Зоя даже открыла рот.

— Ваш Боря убивает людей, а я их охраняю! — пояснил Рыськин.

— А сколько вам лет?

— Господи, какие низменные материи занимают вас в момент, когда одна душа уже устремилась к другой!

— Я все равно узнаю, — пообещала Зоя.

— Каким же это образом? Я не тополь, у меня на спиле нет годовых колец!

Зоя, одобрявшая любые разговоры про кольца, глупо хихикнула.

Воспользовавшись благоприятным моментом, Стас обнял Веронику и нежно прижал к себе.

— Дорогая, тебе надо снять нервное напряжение! — прошептал он ей в розовое ушко.

Рыськин услышал и воскликнул:

— Да, да! Вы правы! Ей надо скинуть с себя весь этот ужас! Ей надо творить!

— Что ей надо делать? — переспросил изумленный Стас.

— Творить! Малевать! Живописать! Разве вы не знаете, что влюбились в художницу с неуемным воображением и свободным полетом кисти?

— А ты мне ничего не говорила про свое увлечение! — укорил ее Стас с улыбкой. — Мне бы очень хотелось увидеть твои работы.

— За чем же дело стало? — спросил Рыськин. — Поезжайте к ней домой и любуйтесь.

— Да он пытается нас вытурить! — шепотом сказала Вероника Стасу. — То-то он так развопился.

В это время в квартире раздался телефонный звонок. Зоя подошла, сказала «алло», некоторое время слушала, потом положила трубку на место и торжественно сказала:

— Вероника, звонили твои соседи. Поздравляю, дорогая, тебя обокрали!

— Поздравляю?! — хором закричали все присутствующие.

— У тебя из дому вынесли все картины, — улыбаясь до ушей, сообщила Зоя.

— И тот жеваный банан, покрытый мелкой сыпью, который меня особенно нервировал? — уточнил Ося.

На его выпад, впрочем, никто не обратил никакого внимания. Вероника развела руками и растерянно спросила:

— Зоя, чему ты так радуешься?!

— Как — чему? Глупая! Уж теперь-то твои работы наверняка появятся в иллюстрированных журналах!

СОДЕРЖАНИЕ

Литературно-художественное издание

Донцова Дарья Аркадьевна
СКЕЛЕТ ИЗ ПРОБИРКИ

Куликова Галина Михайловна
ЗАКОН СОХРАНЕНИЯ ВРАНЬЯ

Ответственный редактор О. Рубис
Редактор Т. Семенова
Художественный редактор В. Щербаков
Художник Е. Рудько
Компьютерная обработка И. Дякина
Технический редактор Н. Носова
Компьютерная верстка В. Фирстов
Корректоры Е. Дмитриева, Н. Хасаия

Подписано в печать с готовых монтажей 21.01.2003.
Формат 84×108 ¹/₃₂. Гарнитура «Таймс». Печать офсетная.
Бум. газ. Усл. печ. л. 21,84. Уч.-изд. л. 24,3.
Доп. тираж 20 000 экз. Заказ № 0213172.

ООО «Издательство «Эксмо».
107078, Москва, Орликов пер., д. 6.
Интернет/Home page — www.eksmo.ru
Электронная почта (E-mail) — info@eksmo.ru

По вопросам размещения рекламы в книгах издательства «Эксмо»
обращаться в рекламное агентство «Эксмо». Тел. 234-38-00

Книга — почтой: Книжный клуб «Эксмо»
101000, Москва, а/я 333. E-mail: bookclub@eksmo.ru

Оптовая торговля:
109472, Москва, ул. Академика Скрябина, д. 21, этаж 2
Тел./факс: (095) 378-84-74, 378-82-61, 745-89-16
Многоканальный тел. 411-50-74. E-mail: reception@eksmo-sale.ru

Мелкооптовая торговля:
117192, Москва, Мичуринский пр-т, д. 12/1. Тел./факс: (095) 932-74-71

ООО «Медиа группа «ЛОГОС».
103051, Москва, Цветной бульвар, 30, стр. 2
Единая справочная служба: (095) 974-21-31. E-mail: mgl@logosgroup.ru

ООО «КИФ «ДАКС». 140005, М. О., г. Люберцы, ул. Красноармейская, д. 3а.
Тел. 503-81-63, 796-06-24. E-mail: kif_daks@mtu-net.ru

Книжные магазины издательства «Эксмо»:
Москва, ул. Маршала Бирюзова, 17 (рядом с м. «Октябрьское Поле»). Тел. 194-97-86.
Москва, Пролетарский пр-т, 20 (м. «Кантемировская»). Тел. 325-47-29.
Москва, Комсомольский пр-т, 28 (в здании МДМ, м. «Фрунзенская»). Тел. 782-88-26.
Москва, ул. Сходненская, д. 52 (м. «Сходненская»). Тел. 492-97-85
Москва, ул. Митинская, д. 48 (м. «Тушинская»). Тел. 751-70-54.

Северо-Западная Компания представляет весь ассортимент книг издательства «Эксмо».
Санкт-Петербург, пр-т Обуховской Обороны, д. 84Е
Тел. отдела рекламы (812) 265-44-80/81/82/83.

Сеть магазинов «Книжный Клуб СНАРК» представляет
самый широкий ассортимент книг издательства «Эксмо».
Информация о магазинах и книгах в Санкт-Петербурге по тел. 050.

Вы получите настоящее удовольствие, покупая книги в магазинах ООО «Топ-книга»
Тел./факс в Новосибирске: (3832) 36-10-26. E-mail: office@top-kniga.ru

Всегда в ассортименте новинки издательства «Эксмо»:
ТД «Библио-Глобус», ТД «Москва», ТД «Молодая гвардия»,
«Московский дом книги», «Дом книги в Медведково», «Дом книги на ВДНХ».
Книги издательства «Эксмо» в Европе: www.atlant-shop.com

Отпечатано на MBS в полном соответствии
с качеством предоставленного оригинал-макета
в ОАО «Ярославский полиграфкомбинат»
150049, Ярославль, ул. Свободы, 97.

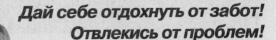